Klarant Verlag

„Ein erlaubter Kuss ist niemals soviel wert wie ein gestohlener."

Guy de Maupassant

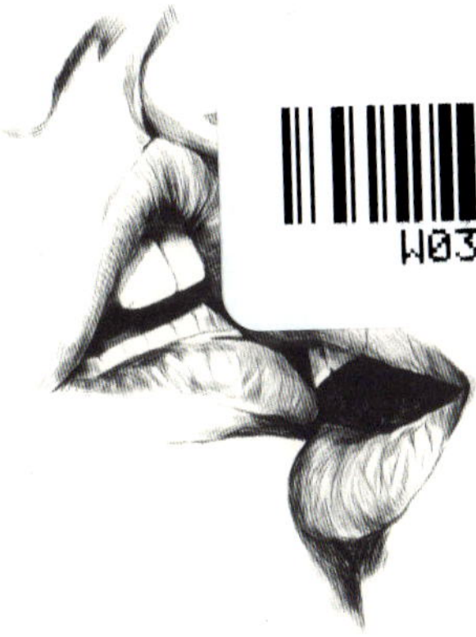

Bärbel Muschiol wurde 1986 in Weilheim, Oberbayern, geboren. Glücklich verheiratet lebt und arbeitet sie mit ihrem Mann und ihren zwei Kindern heute noch immer im tiefsten Bayern. Im Genre Erotik und in der Belletristik hat sich die Autorin mittlerweile einen festen Platz in den Bestsellerlisten geschaffen.

Bärbel Muschiol

Küss mich, Rocker

Klarant Verlag

Klarant Verlag, www.klarant.de
ISBN: 978-3-96586-147-3
1. Auflage, 2020
Umschlagabbildung: Klarant Verlag unter Verwendung von shutterstock-Bildern.

Printed in the EU.

Prolog

Lina

Keuchend riskiere ich einen Blick über die Schulter und stelle entsetzt fest, dass mir meine Verfolger auf den Fersen sind. Die zwei riesig wirkenden, in schwarze Anzüge gekleideten Russen brüllen sich in ihrer Landessprache wütend klingende Befehle zu.

Der, der mir am nächsten ist, heißt Pawel und ist die Nummer eins unter Kyrills Männern.

Er liebt Actionfilme, steht auf Madonna und hasst Amerikaner, was ich lustig finde, schließlich lebt er schon seit über zehn Jahren in den USA. Seine Sprachkenntnisse sind schlecht, aber hey, da er es bevorzugt, sich mit Kugeln, Messern und gebrochenen Knochen verständlich zu machen, spielt es überhaupt keine Rolle, ob ihn seine Opfer verstehen oder nicht. Genau wie Mischa, der nur einen halben Meter hinter ihm ist, hält er eine schwarze, extrem tödlich aussehende Waffe in den Händen. Seine Stirn ist gefurcht und seine Lippen sind zu einem schmalen Strich zusammengepresst.

Vor weniger als 48 Stunden sind wir noch zusammen in der Küche gesessen und haben darüber diskutiert, wie lange guter Sex dauern muss.

Ich kenne die zwei Mörder, die mich jagen und die fest entschlossen sind, mich zu erwischen, seit fast einem Jahr.

Woher? Ganze einfach, ich habe mit ihrem Boss gebumst.

Meine Beziehung zu Kyrill war nicht einfach, genau genommen war sie sogar verdammt schmerzhaft und alles andere als gesundheitsfördernd, wie die vielen Narben und Hämatome auf meinem Körper beweisen.

Am Anfang war der Russe noch einfühlsam und zärtlich.

Bis auf Haare ziehen und beißen war da nichts Grobes.

Aber mit der Zeit ...

Na ja ... das gehört jetzt der Vergangenheit an.

Ich habe nicht viele Talente, aber ich kann gut schauspielern und darum ist es mir gelungen, Kyrill vorzuspielen, dass ich ihn wirklich will, und dass ich ihm seine Wutanfälle verzeihe. Es ist nicht so, dass ich eine große Wahl gehabt hätte, denn Kyrill ist im wahrsten Sinne ein Diktator. Ihn einfach so zu verlassen wäre unmöglich gewesen, meine Vorgängerinnen sind allesamt spurlos verschwunden.

Keine Ahnung, ob sie noch am Leben sind.

Weder wurden ihre Leichen gefunden, noch hat irgendjemand, den ich kenne, eine Ahnung, was Kyrill mit ihnen gemacht hat.

Es ist allgemein bekannt, dass dieser Russe nach spätestens zwei Jahren das Interesse an seinen Frauen verliert. Mir musste also schnell etwas einfallen. Ich hätte es auch keinen Monat länger in seinem Bett ausgehalten und hatte schon gar keine Lust, von ihm für immer beseitigt zu werden. Ich brauchte also einen Plan. Einen, der meine Flucht möglich machte und mir zugleich jede Menge Geld einbringen würde. Denn vor einem mächtigen und wütenden Russen zu fliehen ist erstens nicht leicht und zweitens eine verdammt kostspielige Angelegenheit.

Zusammen mit Lena, meiner Zwillingsschwester, die für Kyrill die letzten Jahre als Buchhalterin gearbeitet hat und durch die ich diesen Mann überhaupt erst kennengelernt habe, habe ich einen Plan geschmiedet. Kyrills Imperium stützt sich auf insgesamt vier Säulen: Waffen, Nutten, Menschenhandel und Diamanten.

Da ich mich weder mit Waffen noch mit Zwangsprostitution oder Menschenhandel auskenne, habe ich zusammen mit Lena beschlossen, dass wir versuchen werden, an die Diamanten zu kommen, und das war weiß Gott nicht leicht. Als Erstes musste es mir gelingen Kyrills Vertrauen zu gewinnen, und das ging nur über Sex in Kombination mit vielen Tränen und Leidensfähigkeit. Dieser Russe ist ein paranoider Despot, es gleicht also einem Wunder, dass ich es geschafft habe, ihn so weit zu bringen, sich mit mir über seine Geschäfte zu unterhalten.

Als ich auf den Tag genau vor einer Woche erfahren habe, dass heute eine Diamantenlieferung aus Afrika eintreffen sollte, konnte ich mein Glück kaum fassen.

Ich hatte längst die Zahlenkombination des Safes in Kyrills Schlafzimmer herausgefunden, sodass es mir möglich war, an die Steine, die Dollarbündel und den Schmuck, den er darin gelagert hatte, zu kommen.

Es musste alles ganz schnell gehen ...

Lena hat mit dem Auto hinter Kyrills Villa vor dem Personaleingang gewartet, und dank der 10000 Dollar, mit denen ich die Putzfrau bestochen hatte, ist es mir mit deren Hilfe gelungen, das streng bewachte Anwesen des Monsters, dem ich über eine lange Zeit so etwas wie Liebe vorspielen musste, zu verlassen.

Jetzt bin ich frei – zum ersten Mal seit ich den großen Fehler gemacht und mich auf Kyrill eingelassen habe – und werde von seinen Killern gejagt.

Ich weiß genau, was mit mir passiert, wenn Mischa oder Pawel mich erwischen. Zuerst brechen sie mir Dutzende von Knochen, dann schleppen sie mich zu ihrem Boss und der wird mich bei lebendigem Leib in Stücke hacken.

Kyrill ist kein Mann, der Menschen leichtfertig an sich heranlässt, bei mir hat er eine Ausnahme gemacht, was bedeutet, dass meine Strafe besonders grausam ausfallen wird.

Auf eine schräge, perverse und verdrehte Art habe ich ihm sicherlich etwas bedeutet, das könnte ich spüren. Doch auf seine Liebe konnte ich mich nicht verlassen. Kyrill ist eine tickende Zeitbombe, die in regelmäßigen Abständen explodiert und dabei alles und jeden, der sich in diesem Augenblick in seiner Nähe befindet, zerstört und tötet.

Fürs Sterben bin ich einfach noch zu jung.

Verdammt! Ich bin gerade erst zwanzig geworden ...

Meine Vorliebe für starke, dominante und mächtige Männer droht mir das Genick zu brechen.

Wenn ich diese Nacht überlebe und das ist, wenn man bedenkt, wie schnell meine Verfolger mir näher kommen, eher unwahrscheinlich, werde ich mir einen netten, harmlosen und total ungefährlichen Typen suchen, für den es schon aufregend ist, in der Öffentlichkeit zu knutschen.

Dank dem fiesen Seitenstechen, das immer heftiger durch meinen Brustkorb zuckt, bekomme ich kaum noch Luft, trotzdem laufe ich immer schneller durch die dunklen Gassen Atlantas.

Es ist Nacht, die kalte Herbstluft schlägt mir ins Gesicht, trotzdem laufen mir salzige Schweißperlen übers Gesicht. Das Gemisch der nächtlichen Geräusche verschluckt mein angsterfülltes Keuchen.

Ein Auto hupt, das dunkle Geboller mehrerer Motorräder hallt durch die Straßenschluchten. Irgendwo in der Ferne jaulen Polizeisirenen.

Da mir klar war, dass Kyrill vor allem meinen Kopf auf einem Spieß sehen will, haben Lena und ich uns dazu entschlossen uns zu trennen, als wir bemerkt haben, dass wir verfolgt werden. Wir haben die Beute aufgeteilt und sind in verschiedene Richtungen gelaufen. Während sich in meiner Tasche die Diamanten befinden, hat sie den Rucksack voller Geld und Schmuck bei sich.

Im Optimalfall treffen wir uns morgen bei Sonnenaufgang in dem kleinen Kaffee in der Nähe des Zoos, in dem wir uns früher immer zum Frühstücken verabredet haben. Wenn wir aber Pech haben, sehen wir uns nie wieder ...

„Blyat! Bleib stehen!“

Mischas vor Zorn bebende Stimme lässt mich zusammenfahren. Dass er mich als Hure bezeichnet hat, stört mich nicht. Aber dass er so dumm ist zu glauben, dass ich mich freiwillig ergebe, entlockt mir ein Schnauben.

Als Kyrills Geliebte war ich schon eine Art Gefangene der Russen. Was bin ich dann also, wenn ich tatsächlich eine Gefangene bin? Anstatt auf seine völlig absurde Forderung einzugehen, überquere ich, ohne dem Verkehr auch nur die geringste Beachtung zu schenken, die Straße, stolpere über eine am Boden liegende Fast-Food-Tüte und falle mit einem entsetzten Schrei auf die Knie.

Das volltönende Dröhnen einer Lastwagenhupe lässt mich den Blick von dem Russen, der nur noch wenige Schritte von mir entfernt ist, reißen und fesselt meine Aufmerksamkeit auf sich.

Ein schwarzer LKW schlingert mit quietschenden Reifen auf mich zu.

Vor Panik wie gelähmt, kämpfe ich gegen die Starre an, die mich erfasst hat und springe auf die Füße. Humpelnd kämpfe ich mich auf die andere Fahrbahn und sehe prompt in den kreisrunden Scheinwerfer einer direkt auf mich zukommenden Harley.

Wie ein Reh, das auf die tödliche Kollision wartet, stehe ich da, sehe, wie mir das Motorrad mit beängstigender Geschwindigkeit immer näher kommt und zucke, als es nur einen Zentimeter von meinem Arm entfernt an mir vorbeirauscht, laut schreiend zusammen. *Oh Scheiße!*

Ich spüre den Fahrtwind, höre das Krachen des noch immer außer Kontrolle geratenen Lastwagens und den lauten Fluch des Motorradfahrers. Um mich herum ist die Hölle los, mehrere Autos fahren ineinander, das unverkennbare Geräusch sich verbiegenden Stahls lässt mich erschaudern. Pawel und Mischa, jeder mit einer Waffe in der Hand und den Finger am Abzug, kommen mit großen Schritten auf mich zu.

Im Augenwinkel sehe ich weitere Bikes an mir vorbeirasen, doch alles, was ich noch wahrnehme, sind die beiden Russen, die fest entschlossen sind, mich einzukassieren.

Ich weiß, dass ich laufen sollte, rennen und schreien – aber ich halte still und bleibe stumm – warte auf das Unausweichliche, meinen Tod.

Mein mit der Situation völlig überfordertes Hirn ist nur zu einem Gedanken fähig:

So war das nicht geplant – das war nicht der Plan – so was das nicht geplant – das war verdammt noch mal nicht der verfickte Plan ...

Wie in Dauerschleife wiederhole ich wieder und wieder die gleichen Sätze und kann nicht nachvollziehen, wie das alles nur so schiefgehen konnte.

Die Tüte mit den Diamanten, die sich in meiner Hosentasche befindet, scheint plötzlich eine Tonne zu wiegen, zwingt mich beinahe in die Knie.

Mit rasendem Puls beobachte ich, wie Mischa und Pawel zeitgleich die Arme hochreißen und mich ins Visier ihrer Waffen nehmen. Zwischen die panischen Schreie der Passanten mischen sich wütend klingende Männerstimmen. Weder verstehe ich ein Wort von dem, was gesagt wird, noch habe ich eine Ahnung, wer da brüllt – die Russen sind es nicht, deren Lippen sind entschlossen zusammengepresst.

Das Zittern in meinen Beinen wird immer heftiger und mir wird immer bewusster, dass ich Lena nie wiedersehen werde.

Diese Sache mit dem Sterben hat so etwas schrecklich Endgültiges. *Scheiße!*

Wir hatten mit dem vielen Geld und den Glitzersteinchen so viel vor. Weißer Sand, blaues Meer, grüne Palmen und braune Kokosnüsse. Es hätte so viele Farben geben können, die meine Zukunft geprägt hätten, wenn Pawel und Mischa mich nicht erwischt hätten.

Jetzt hingegen erwartet mich rotes Blut und der schwarze Tod.

Immer dickere Tränen steigen mir in die Augen. Schon seltsam, dass mir erst jetzt klar wird, wie aussichtslos und naiv der Glaube war, dass es zwei zwanzigjährigen Frauen hätte gelingen können, woran schon echte Profis gescheitert sind.

Kyrill ist ein Mann, mit dem sich niemand freiwillig anlegt. Sogar die völlig durchgeknallten Mexikaner halten sich von den Russen fern.

Die Einzigen, die mutig und zugleich mächtig genug sind, den Russen die Stirn zu bieten, sind die Hell Riders. Die Member dieses Motorcycle Clubs kennen keine Furcht, kein Gesetz und keine Grenzen. Sie töten jeden, nehmen sich alles und fürchten nichts.

„Auf den Boden, Bitch! Der Boss will dich lebend und in einem Stück.“

Die schwere, schleppend klingende Aussprache von Pawel habe ich früher immer sympathisch gefunden. Jetzt hingegen macht sie mir Angst.

Vor Furcht gelähmt starre ich auf den Lauf der Knarre, warte regelrecht auf die silberne Kugel, die er jede Sekunde auf mich abfeuern wird.

Dann ertönt er, der laute, die Zeit zerreißende Knall.

Das *Bumm* dröhnt durch die Nacht, vermischt sich mit dem panischen Schrei einer Frau – es dauert einen Moment, bis ich kapiere, dass ich ihn ausgestoßen habe.

Doch anstatt von dem Geschoss durchbohrt zu werden, beobachte ich, wie Mischa sich blitzschnell auf den Boden fallen lässt, hinter einem völlig verdrehten und verbeulten Kleinwagen Deckung sucht und ebenfalls wieder und wieder den Abzug betätigt.

Zum Teufel? Was passiert hier gerade?

Nicht sicher, wie ich es finden soll, so plötzlich von meinen Verfolgern ignoriert zu werden, sehe ich nach, auf wen Pawel und Mischa zielen und stelle überrascht fest, dass die Motorräder, die vorhin so nah an mir vorbeigerast sind, niemand Geringerem gehören als den gefürchteten Outlaw-Rockern, die Kyrill seit ich denken kann Paroli bieten.

Es ist nichts Neues, dass sich die Kutten tragenden Biker mit den Russen anlegen, zwischen den beiden Parteien gab es schon immer Krieg. Es geht um die Herrschaft in dieser Stadt, um Reviere und Gebietsgrenzen.

Die Schießerei wird immer heftiger, die Menschen in der Nähe sind längst um ihr Leben gerannt oder haben sich vor Entsetzen flach auf den Boden fallen lassen. Nur ich stehe mitten in all dem Chaos, zwischen den zerstörten Autos und dem umgekippten Lastwagen und beobachte die Schießerei um mich herum, als wäre sie eine Szene aus einem Film.

Wütende Männerstimmen, Schreie und das Knallen, all das hallt in meinen Ohren wieder und legt meinen Verstand lahm.

Mir ist klar, dass das meine Chance ist und dass ich so schnell wie möglich abhauen sollte, aber meine Füße sind wie festbetoniert.

Ich stehe zwischen den Fronten. Ein Projektil fliegt so nah an meinem Gesicht vorbei, dass ich das leise Zischen hören kann, ehe das laute Ping ertönt, als es in der schwarzen Harley, hinter der einer der Biker Deckung gesucht hat, einschlägt. Sein gebrülltes „Fuck!“, lässt mir das Blut in den Adern gefrieren, noch nie zuvor habe ich so viel Wut in der Stimme eines Mannes gehört. So als könnte er meinen Blick spüren, ruckt sein Kopf in meine Richtung und unsere Blicke begegnen sich.

Als Erstes fällt mir das eisige, geradezu unheimliche Blau seiner Iriden auf.

Seine Augen wirken wie eingefrorene Seen – erstarrt, ohne jegliches Leben, es ist fast so, als würde ich in zwei Glaskugeln schauen, die im Schnee liegen.

Er trägt einen schwarzen Helm, der über seinen Ohren endet und, welch Überraschung, eine lederne Kutte, die mit verschiedenen Aufnähern übersät ist. Die harten und vom Leben gezeichneten Gesichtszüge faszinieren mich, ein Cut durchtrennt seine linke Augenbraue, verleiht ihm etwas Verwegenes, Piratenhaftes.

„Verdammt, Mädchen, lauf!"

Zwar sehe ich, wie sich seine Lippen bewegen, und höre auch, was er mir zuruft, doch anstatt zu tun, was er mir befiehlt, bleibe ich einfach stehen, was ihm einen weiteren Fluch entlockt.

„Willst du sterben oder was?"

Blöde Frage. Von wollen kann hier nicht die Rede sein!

Du hast einen Schock ...

Mein Unterbewusstsein bleibt in all dem Durcheinander sachlich und erklärt mir, warum ich einfach nicht in der Lage bin, mich zu bewegen.

Während wir uns ansehen und ich ein stummes Zwiegespräch mit meinem Großhirn führe, schlägt erneut ein Projektil in sein schönes Motorrad ein. Es ist auf Hochglanz poliert, um den Tank winden sich rötliche Flammen, in denen sich ein Totenkopf befindet, wobei es eigentlich kein ganzer Death Skull ist, sondern nur die Augenpartie und das knochige Nasenbein. Der Ausschnitt wird von einer goldenen Krone, riesig wirkenden Flügeln und Waffen eingerahmt.

Alles ist nur schemenhaft und angedeutet, doch jeder erkennt sofort, dass das Zeichen der Rocker eine Warnung darstellt.

Es ist so passend, dass der Schädel ebenfalls auf der linken Seite eine Verletzung in Form eines schwarzen Strichs hat, genau wie der Hell Rider, der mich noch immer fassungslos ansieht.

Wieder und wieder dröhnt das *Bämm, Bämm, Bämm* der Schüsse durch meine Nervenbahnen, jedes Mal wieder zucke ich entsetzt zusammen und danke Gott dafür, dass ich noch nicht tot auf dem Asphalt liege. Was ein klarer Hinweis dafür ist, dass ich gerade dabei bin, den Verstand zu verlieren, denn eigentlich bin ich kein gläubiger Mensch. Für mich existieren nur Dinge, die ich sehen oder anfassen kann, oder die wissenschaftlich belegbar sind.

Zwei weitere Geschosse bohren sich in die Harley, dem Rider reicht's. Mit einem wütenden Brüllen springt er auf, verlässt seine Deckung und geht, wieder und wieder feuernd auf Pawel und Mischa zu. Den beiden Russen fliegen die Kugeln nur so um die Ohren.

Eine streift Mischa am Hals, sodass dieser ein lautes „Maslobojtschik!", in die Richtung des Rockers schreit, mit einer Hand die blutende Wunde abdrückt und blitzschnell davonrennt.

Nach einem flüchtigen Blick auf mich dreht Pawel sich ebenfalls um und folgt seinem Kollegen. Fassungslos darüber, dass es den Bikern tatsächlich gelungen ist, Kyrills Nummer eins in die Flucht zu schlagen, lege ich mir die Hände auf den Bauch und spüre, wie sich meine Kehle krampfend zusammenzieht.

Ich sehe, wie der Rider auf mich zukommt, die Waffe in der Hand, den Finger noch immer am Abzug, und mich prüfend ansieht.

Mit einer lässigen Geste und ohne das wilde Durcheinander, das die Schießerei und die vielen Verkehrsunfälle, die ich bei meiner Flucht ausgelöst habe, zu beachten, zieht er sich mit der linken Hand den Helm vom Kopf und lässt die Schultern rollen. Jetzt, wo ich ihn in Ruhe betrachten kann, stelle ich fest, dass dieser Rocker bedeutend größer und attraktiver ist, als zuerst angenommen.

Er trägt eine schwarze Jeans und – welch eine Überraschung – schwarze, schwere Stiefel. Überhaupt ist einfach alles an ihm schwarz und dunkel. Alles außer den stechend blauen, wie Eis wirkenden Augen. Ich habe mir noch nie Gedanken darüber gemacht, wie der Teufel wohl aussehen würde, wenn er ein Mensch wäre – jetzt kenne ich die Antwort. Die Aura von Gefahr, Brutalität, Gnadenlosig- und Unbesiegbarkeit, die diesen Rocker wie ein zäher Nebel umgibt, lässt mich frösteln. Wenn das ein Film und nicht die Realität wäre, dann würde die Temperatur innerhalb von wenigen Sekunden auf den Gefrierpunkt sinken, die Schweißperlen auf meiner Stirn würden gefrieren, während dieser Rider von tanzenden Flammen umringt wäre. Wild und hart schlägt mir das Herz gegen die Rippen, es ist so außer Kontrolle geraten, dass es sich so anfühlt, als würde ich jede Sekunde einen Infarkt erleiden.

Schon witzig, in der einen Sekunde bete ich zu Gott und in der nächsten bilde ich mir ein, dem Höllenfürsten höchstpersönlich gegenüberzustehen, und das alles mit lupenreinen und wunderschönen Diamanten in der Tasche.

Entsetzt stelle ich fest, dass uns kein Meter mehr trennt, sodass ich die vielen Patches, die seine Kutte zieren, erkennen kann. Auf dem schwarz-weißen Aufnäher, der sich auf der Höhe seiner linken Brust befindet, steht in geraden Lettern *Präsident* geschrieben.

Oh Hilfe!

Mein Hirn ruft alle Gerüchte und Geschichten ab, die mir jemals über diesen Kerl zu Ohren gekommen sind und sorgt so dafür, dass mir immer schlechter wird.

In genau dem Moment, in dem der Anführer der im ganzen Land gefürchteten Hell Riders vor mir zum Stehen kommt, beginnen meine Nerven zu flirren, in meinen Augen breiten sich Tränen aus, meine Finger zittern.

Das alles ist einfach zu viel ...

Ich würge mehr und mehr, spüre, wie mir bittere Magensäure in den Mund steigt und übergebe mich direkt neben dem attraktivsten Mann, der mir jemals begegnet ist, lautstark auf die Straße.

Wieder und wieder landet mein Mageninhalt vor ihm auf der mit bunten Scherben übersäten Straße.

Anstatt angewidert zurückzuweichen, bleibt er seelenruhig stehen, murmelt einen leisen Fluch und steckt sich die Waffe hinten in den Hosenbund.

Nach und nach beginnt sich mein Magen wieder etwas zu beruhigen. Beschämt wische ich mir mit dem Handrücken über die Lippen, kämpfe mit meinem streikenden Gleichgewichtssinn und lasse zu, dass mich der Rocker am Arm packt und in die Richtung seiner Harley zieht.

Ich spüre die Blicke der vielen Menschen auf mir, höre die immer lauter werdenden Sirenen der sich nähernden Einsatzkräfte und weiß, dass ich hier weg muss, und zwar sofort.

Kyrill hat weitreichende Kontakte und Beziehungen.

Falls die Polizei mich mit aufs Revier nimmt oder vielleicht sogar verhaftet, wird es keine 24 Stunden dauern, bis ich wieder in seiner protzigen Villa sitze und mich ihm gegenüber rechtfertigen muss. Dieses Mal wird er mich nicht in sein Schlafzimmer sperren, so wie in der Vergangenheit, wenn ich etwas getan habe, was ihn verärgert hat. Dieses Mal wird er mich töten. Kyrill wird sich damit viel Zeit lassen, mich leiden lassen und mir, so wie ich ihn kenne, solch unerträgliche Schmerzen zufügen, dass ich ihn schlussendlich anflehen werde, mir den Gnadenschuss zu geben.

Panik breitet sich in mir aus.

„Ich muss hier weg! Sie dürfen mich nicht erwischen."

Falls es den Hell Rider überrascht, dass ich vor den Cops flüchte, lässt er es sich nicht anmerken. Anstatt mich einfach loszulassen, setzt er mir seinen Helm auf und hebt mich auf sein Bike.

Was geschieht hier?

Ich war so auf den Präsidenten konzentriert, dass ich die anderen Rocker, die plötzlich neben mir stehen und die ebenfalls an der Schießerei beteiligt waren, erst jetzt bemerke.

„Was jetzt, Präs?"

Die Frage kommt von einem Mann, dessen rechte Gesichtshälfte komplett vernarbt ist. Die Haut wirkt wie verbrannt. Sein Auge ist umgeben von wulstiger Haut, Wimpern oder Augenbrauen hat er keine mehr. Sein Mundwinkel ist nach unten verzogen, die Narben ziehen sich an seinem Ohr entlang bis hinab zu seinem Hals und verschwinden dann unter dem Stoff der abgewetzten Lederjacke, über der der Rocker seine Kutte trägt, auf der das *Vizepräsidenten-Patch* prangt.

„Wir verschwinden. Schnell."

Der Vize nickt.

„Was ist mit der Frau?"

Die beiden tauschen einen kurzen Blick. Und obwohl sie sich nur für den Bruchteil einer Sekunde ansehen, scheinen sie sich wortlos auszutauschen. Denn auf einmal nickt er verstehend, wendet sich ab und geht zu einer silbernen Harley, die etwas abseits neben dem LKW auf der Straße liegt. Einer der Spiegel ist abgebrochen, der Lack hat Schrammen und der Frontscheinwerfer hängt lose an der Halterung.

Umständlich versuche ich von dem Motorrad zu steigen, was der Präsident mit einem festen Griff verhindert. Seine Finger umschlingen so unnachgiebig mein Handgelenk, dass es sich so anfühlt, als würde es brechen.

Einen unterdrückten Schmerzensschrei ausstoßend, sehe ich den Hell Rider an und stelle fest, dass er mich aus zusammengekniffenen Augen mustert.

„Was soll das werden?"

„Ich muss weg."

Streng schüttelt er den Kopf.

„Du kommst mit uns."

Himmel hilf…

„Warum?"

„Weil ich es sage!"

In diesen vier Worten schwingt so viel Bestimmtheit und Autorität mit, dass ich mich schlagartig wieder wie ein vierjähriges Kind fühle. All meinen Mut zusammenkratzend stoße ich ein unsicher klingendes „Nein", aus. „Nein, ich komme nicht mit. Ich habe andere Pläne und bin nicht auf der Suche nach einer Mitfahrgelegenheit. Aber danke."

Ein Zischen ausstoßend, beugt er sich zu mir vor, ist mir auf einmal so nah, dass sein warmer Atem über meine Wange streift. Der Geruch von Mann, Aftershave, Schießpulver und Leder steigt mir in die Nase, lässt meinen Puls in die Höhe schnellen.

Seltsam ... Ich dachte immer, der Teufel riecht nach Rauch und Schwefel.

„Fick dich, Mädchen. Niemand hat gefragt, was du für Pläne hast. Du bist mir und meinen Brüdern vors Bike gerannt, hast mehrere Unfälle verursacht und wurdest von Kyrills Handlangern verfolgt. Solange ich nicht weiß, was hier gespielt wird und in welcher Beziehung du zu den Russen stehst, interessieren mich deine Pläne einen Dreck. Entweder verpasse ich dir jetzt und hier eine Kugel oder ich nehme dich mit zum Club, wir unterhalten uns und du erzählst mir alles, was ich wissen will."

Er bedenkt mich mit einem trügerischen Lächeln, das zwar freundlich aussieht, zugleich aber auch eine tödliche Warnung darstellt.

Mit diesem Outlaw ist nicht zu spaßen.

Ich zweifle nicht daran, dass er seine Worte wahrmacht. Männer wie er haben kein Problem damit, Frauen wie mich abzuknallen.

„Ähm ... ich denke, ich fahre vielleicht doch mit."

Er nickt.

„Kluge Entscheidung."

In dem Moment, in dem mehrere Streifenwagen eintreffen und die Straße in ihr bläuliches Licht tauchen, steigt er ohne Hast vor mir auf das Motorrad, startet mit einem Fußkick den Motor und gibt Gas.

Skrupellos bahnt er sich einen Weg durch die verunfallten und zum Teil ineinander verkeilten Autos, nutzt die Lücke zwischen zwei Streifenwagen und gibt mit einem Mal Vollgas, sodass ich beinahe von der Maschine gefallen wäre. Einen erschrockenen Schrei ausstoßend, kralle ich mich an ihm fest. Schüsse werden laut, es dauert einen Moment, bis ich kapiere, dass die von den Polizisten kommen und dass sie uns gelten.

Der Rockerpräsident beschleunigt.

Das wilde Knurren der Harley übertönt das *Bämm Bämm.*

Wir schaffen es, ohne getroffen zu werden, aus der Reichweite der Projektile. Am liebsten würde ich ein Kreuzzeichen machen und Gott so danken, dass sich keine Kugel in meinen Rücken gebohrt hat, doch ich widerstehe dem Drang, meine neu gefundene Gläubigkeit auszuleben, und halte mich einfach nur an dem Mann fest, der auf mich wirkt, als wäre er der Teufel höchstpersönlich.

Das Dröhnen und Vibrieren zwischen meinen Beinen, der Fahrtwind und die Wärme des Körpers, an dem ich mich festhalte ...

Als wir ein paar Minuten gefahren sind, tauchen die anderen Rocker auf und folgen uns. Ich riskiere einen Blick und stelle fest, dass wir in Formation fahren. Der Mann mit dem vernarbten Gesicht befindet sich direkt links hinter mir. Unsere Blicke begegnen sich für den Bruchteil einer Sekunde, schlagartig wird mir eiskalt.

Keine Ahnung, was passiert wäre, wenn ich diese Unfälle nicht ausgelöst und somit nicht den Bikern vor die Räder gerannt wäre. Wahrscheinlich hätten Pawel und Mischa mich dann längst erwischt und zurück zu Kyrill geschleppt.

Ist der Umstand, dass ich in diesem Moment auf dem Bike des Präsidenten des Hell Riders Motorcycle Clubs sitze, Glück im Unglück oder Pech?

Das wird sich wohl erst noch herausstellen.

Das einzig Wichtige ist, dass Lena entkommen konnte. Es reicht schon, dass ich durch meinen bescheuerten Plan in der Scheiße hocke. Bleibt mir nur zu hoffen, dass die Russen meine Schwester nicht in die Finger bekommen, denn wenn sie das tun ...

Himmel hilf ... Daran will ich lieber gar nicht denken!

Häuser, Straßen, Schilder und Menschen – das alles zieht dank der unglaublichen Geschwindigkeit, mit der der Rocker sein Motorrad vorantreibt, in einer bunten Masse an mir vorbei. Keine Ahnung, wie er es schafft, trotz des Fahrtwinds etwas zu sehen, mir gelingt es kaum, die Augen offen zu halten.

Für den Anführer der Hell Riders scheinen keine Geschwindigkeitsbegrenzungen oder sonst irgendwelche Verkehrsregeln zu gelten. Sein Fahrstil kann nur als aggressiv und rücksichtslos bezeichnet werden. Rote Ampeln sind für diesen Biker längst kein Grund anzuhalten. Als wir endlich am Rand des Industriegebiets, in dem sich das Gelände der Rocker befindet, ankommen, atme ich erleichtert auf.

Diese Fahrt kann nur als Höllenritt bezeichnet werden.

Soweit ich weiß, haben sich die Kuttenträger in einer alten Fabrikhalle einquartiert, in der bis vor zehn Jahren noch Teile für Maschinengewehre produziert wurden – irgendwie passend.

Das riesig erscheinende Grundstück, das von Mauern, Zäunen und Kameras von der restlichen Welt abgeschirmt wird, ist legendär.

Kyrill hasst die Riders, wenn er könnte, hätte er die Biker längst dem Erdboden gleichgemacht. Aber er kann es nicht und das bringt mich auf eine Idee ...

Das silberne, aus stabilem Eisen bestehende Tor wird von zwei mit Kalaschnikows bewaffneten Männern geöffnet. Unglaublich – und das mitten in Atlanta. Kyrill versucht zumindest noch nach außen hin den

Anschein von Normalität zu wahren, diese Rocker hingegen präsentieren ihre Macht und ihre Gewaltbereitschaft ganz offen.

Auf den ersten Blick erkenne ich vier Gebäude, die große Halle, auf deren Wand der gekrönte Skull in Übergröße thront, bildet den Mittelpunkt.

Dutzende Harleys stehen in Reih und Glied an der Mauer, laute Musik wummert aus den Boxen. In verrosteten Ölfässern lodern wilde Feuer, zwei helle Strahler erleuchten das Firmament.

Unzählige Männer, allesamt tragen Kutten, befinden sich auf dem Gelände. Halb nackte Frauen stolzieren auf viel zu hohen Absätzen über den gepflasterten Hof.

Manche von ihnen wirken nüchtern, sind sehr attraktiv und tragen genau wie die Rocker lederne Westen. Andere hingegen wirken wie billige Nutten. Ihre Klamotten sind zerrissen und hängen schief an ihren ausgemergelten Körpern.

Links von mir befindet sich ein Berg bestehend aus aufgetürmten alten Reifen. Der unverkennbare Geruch von Lagerfeuern liegt in der Luft. Einen prüfenden Blick nach hinten werfend, stelle ich fest, dass die beiden Wachen das Tor wieder geschlossen und davor Posten bezogen haben. Diese Biker mögen wie wilde Tiere auf mich wirken, aber sie sind sehr gut strukturiert und verdammt gefährlich.

Die Tatsache, dass nicht mal die Russen es geschafft haben, den Rockerclub zu besiegen, verrät, wie gut organisiert die Hell Riders sind.

Für diese Kerle gelten die Gesetze der restlichen Welt nicht.

Der Anarchismus dringt ihnen aus jeder Pore.

Das Motorrad stoppt, ich zwinge mich, die Arme von dem Rockerpräsidenten zu lösen und versuche trotz meiner wackeligen Beine möglichst anmutig von der Harley zu steigen. Die anderen Biker fahren eine Kurve, reihen sich direkt neben uns ein und parken alle mit dem Hinterreifen zur Hallenwand. Warum?

Damit sie im Notfall schneller loskönnen?

Wegen der Optik?

Noch während ich versuche, eine logische Erklärung für dieses Verhalten zu finden, steigt der Teufel mit den blauen Eisaugen ebenfalls ab. Sein Vize geht zu ihm, die beiden wechseln ein paar Worte, die ich leider nicht verstehen kann, dann verschwindet die Nummer zwei der Rocker im Clubhaus.

Mit rasendem Puls, klammen Händen und viel zu schnell kommendem Atem erwidere ich den eindringlichen Blick des Riders und frage mich, was jetzt wohl passieren wird?

Warum hat er mich hierhergebracht?

Was verspricht er sich davon?

Und was am wichtigsten ist, was hat er mit mir vor?

1. Kapitel

Ice – der Präsident

Einen Fluch unterdrückend starre ich das Mädchen an und kann den Ärger und die Probleme, die es mit sich herumschleppt, geradezu wittern.

Diese Frau steckt in der Scheiße!

Seit einem Jahrzehnt ziert nun schon das *Präsidenten-Patch* meine Kutte. In all den Jahren habe ich so etwas wie einen Bullshit-Detektor entwickelt.

Keine Ahnung, was die junge Frau getan hat, um die Russen zu verärgern, aber es muss heftig gewesen sein.

Egal, wie dreckig das Business, mit dem Kyrill sein Vermögen anhäuft, auch sein mag, nach außen hin versucht dieser Russe immer, den Schein des seriösen Geschäftsmanns zu wahren. Ein lächerlicher Versuch. Seine Hände sind genauso mit Blut besudelt wie die meinen. Für mich spielt es keine Rolle, ob jemand einen 5000-Dollar-Maßanzug oder eine 20-Dollar-Jeans trägt. Ein Zuhälter ist ein Zuhälter und ein Mörder ist ein Mörder, egal wie kostspielig er sich auch kleiden mag.

Dass er seine Gorillas losgeschickt hat, um das Mädchen einzufangen, ist noch nichts sonderlich Ungewöhnliches, ich weiß, dass dieser Russe ein Frauenhändler ist, der auch gewisse Bestellungen annimmt. Dass sich seine Handlanger jedoch auf eine Schießerei auf offener Straße eingelassen haben, nur um an das Mädchen ranzukommen, verrät mir, dass da mehr dahinterstecken muss. Meistens, wenn zu extremen Maßnahmen gegriffen wird, ist es etwas Persönliches.

Die Kleine ist eine echte Schönheit.

Vielleicht gehört sie ihm?

Vielleicht geht es hier um nichts weiter als eine Beziehungstat?!

Fuck! Keine Ahnung. Aber die Art, wie sich das Mädchen immer wieder prüfend umsieht, und das kämpferische Funkeln in ihren Augen verraten mir, dass es um mehr geht.

Und genau dieses *mehr* interessiert mich.

Wie heißt es so schön?

Der Feind meines Feindes ist mein Freund?

Keine Ahnung – wie auch immer. Wenn die Frau Informationen hat, die mir und meinen Brüdern dabei helfen können, Kyrill zu schaden, bin ich bereit, sie vor den Russen zu schützen – für den Moment jedenfalls und auch nur, falls sie das denn möchte.

Wenn sie sich jedoch als nutzlos erweist, ficke ich sie und schmeiße sie dann wieder raus. Der rötliche Schein des Feuers reflektiert sich in ihren langen rabenschwarzen Haaren. Helle Haut, katzenhafte Augen und eine kleine Nase.

Sie ist ein süßes kleines Ding, das mir nicht mal bis zur Schulter reicht.

Ich schätze, sie wiegt maximal 60 Kilo, wenn überhaupt. Wenn ich wollte, könnte ich sie packen, über mein Bike beugen und so hart ficken, bis sie in zwei Teile zerbricht.

Bloody Hell!

Ich beherrsche mich, denke an die vielen Möglichkeiten, die sich mir bieten, wenn die Kleine tatsächlich nützliche Informationen hat, und zünde mir erst mal eine Kippe an.

Geduld ist eine Tugend, dumm nur, dass ich noch nie sonderlich tugendhaft war.

Langsam lasse ich die Augen über meinen Gast gleiten und spüre, wie mir das Wasser im Mund zusammenläuft. Der Vergleich mit einer Praline schießt mir durch den Kopf.

Köstlich, süß, mit einem Biss zu verspeisen und doch geheimnisvoll.

„Wie alt bist du, Mädchen?“

Dass sie zögert, verrät mir deutlich, dass ihr klar ist, in welche Situation sie da reingerutscht ist.

„Zwanzig.“

Also blutjung. Im Normalfall meide ich kleine, putzige Mädchen. Ich habe auf dem harten Weg gelernt, dass sie nur Ärger und Probleme mit sich bringen. Doch für sie hier würde ich eine Ausnahme machen. Gedanklich habe ich längst ihre schwarze Mähne um meine Hand gewickelt, ihren Kopf nach hinten gerissen und mich bis zum Anschlag in ihre heiße Fotze gestoßen.

Fluchend reibe ich mir über die Stirn, fülle meine Lunge mit dem warmen Rauch und zwinge mich zur Konzentration.

Der Tag war lang, anstrengend und ziemlich beschissen. Weder habe ich etwas Anständiges zwischen die Zähne gekriegt, noch hatte ich Zeit, mir eine Nutte zu suchen. Kein Wunder, dass ich nur ans Fressen und Ficken denke.

„Was wollten die Russen von dir?“

Ihre Pupillen weiten sich, es ist dem Mädchen anzusehen, dass es fieberhaft dabei ist, sich eine Ausrede einfallen zu lassen.

„Komm gar nicht erst auf die Idee, mir eine Lüge aufzutischen.“

„Das würde ich nie tun.“ Das Miststück besitzt doch glatt die Frechheit, mir direkt in die Augen zu sehen und mich anzulügen. Skeptisch ziehe ich die rechte Augenbraue hoch und fordere sie somit auf, mir endlich die gewünschte Antwort zu geben.

In einer nervösen Geste leckt sie sich über die Unterlippe und versucht sich an einem künstlichen Lächeln.

Noch bevor sie zu sprechen anfängt, weiß ich, dass sie mir Bullshit erzählen wird.

„Das mag jetzt komisch klingen, aber ich habe echt keine Ahnung, wer die zwei Männer waren, die mich verfolgt haben. Ehrlich. Ich kenne gar keine Russen!“

„Ach Fuck!“

Genervt lasse ich die Kippe fallen, atme tief ein und stoße ein Knurren aus.

Noch bevor die süße Praline auch nur erahnen kann, was passiert, habe ich sie auch schon an der Kehle gepackt und mit dem Rücken gegen die Wand des Clubhauses gepinnt. Das entsetzte Keuchen, das ihr über die kirschroten Lippen kommt, gefällt mir.

Sie zappelt wie ein Fisch auf dem Trocknen, krallt sich an meinem Handgelenk fest und versucht, meinen Griff zu lösen. Geduldig warte ich, bis ihre Wehrhaftigkeit nachlässt. Erst als sie ruhiger wird, mache ich mir die Mühe, ihr zu erklären, wie es jetzt weitergeht.

„Also ...?“

Sie kapiert sofort, was ich wissen will.

„Lina, mein Name ist Lina.“

„Schön. Also Lina, ich bin ein sehr ungeduldiger Mensch, mit geringer Hemmschwelle und hoher Reizbarkeit. Ich erkläre die Dinge nur ein Mal – nicht zwei oder drei Mal, sondern ein Mal und dann erwarte ich, dass es läuft. Ich kann verstehen, dass du einen harten Tag hattest und dass dich die Geschehnisse der letzten Stunde irgendwie durcheinandergebracht haben. Wahrscheinlich hast du einfach vergessen, mir die Wahrheit zu sagen, oder dass du die Russen kennst. Das kann ja mal passieren. Aber jetzt erinnerst du dich besser wieder und beginnst, mit der Scheiße aufzuhören, denn sonst werde ich vergessen, dass du eine kleine wehrlose Praline bist und dich wie einen Feind des MCs behandeln. Das wird garantiert blutig und – wenn ich deinen zerbrechlich wirkenden Körper so ansehe – höchstwahrscheinlich tödlich enden.“

Bei jedem meiner Worte hat sie die Augen weiter aufgerissen, jetzt sieht sie mich an wie ein Hase den Wolf, kurz bevor ihm der Kopf abgebissen wird.

Die Sekunden vergehen, ungeduldig zähle ich ihre Atemzüge. Erst als ich bei sechsundzwanzig angekommen bin, setzt sie zum Reden an.

„Die zwei Russen haben mich verfolgt."

Ach, was sie nicht sagt.

„Ja, das habe ich gesehen. Mich interessiert das Warum."

„Ich war mit einem von ihnen zusammen. Er hat die Trennung nicht so gut weggesteckt. Na ja ... das übliche Theater eben."

Dieses Mal spricht sie die Wahrheit. Aber eben nur die halbe.

„Mit wem?"

Linas Blick huscht nach links und rechts, für sie gibt es kein Entkommen.

„Das ist nicht wichtig."

„Was wichtig ist und was nicht, entscheide immer noch ich!"

Ein Seufzen ausstoßend, versucht sie noch immer, meine Hand von ihrem Hals wegzubekommen. Gelangweilt warte ich, bis sie endlich aufgibt.

„Mit Pawel."

Wenn sie wirklich das Mädchen von Kyrills Nummer eins wäre, dann würde das erklären, warum der Russe auf offener Straße das Feuer erwidert hat, trotzdem glaube ich ihr nicht.

„Du lügst."

Hektisch schüttelt sie den Kopf.

„Nein!"

„Doch!"

„Dann steht es wohl Aussage gegen Aussage, Rider. Eine Pattsituation. Lass mich los und ich verschwinde."

Ihr aberwitziger Vorschlag bringt mich zum Lachen.

„Wir sind hier nicht vor Gericht, Lina. Wann du gehst, entscheide ich."

Sie will etwas sagen, bevor sie dazu kommt, taucht Bentley neben mir auf. An seiner Mimik kann ich ablesen, dass er wohl etwas in Erfahrung gebracht hat, das mich interessieren könnte.

„Willst du wissen, wem das Vögelchen, das du da eingefangen hast, gehört?"

Besagtem Vögelchen weicht jegliche Farbe aus dem Gesicht.

„Lass mich raten, sie hat nicht auf Pawels Schwanz gesessen?"

„Nope. Sie hat sich gleich den Boss geangelt."

Respekt. Damit habe ich nicht gerechnet.

„Wir haben uns also Kyrills Liebchen eingefangen?"

Mein Vize nickt.

„Korrekt. Aber das ist noch nicht alles. Wenn mein Informant recht hat und davon gehe ich aus, dann hat das Mädel dem Russen nicht nur das Herz, sondern auch noch eine Lieferung Steine und den Inhalt seines Tresors gestohlen."

Einen anerkennenden Pfiff ausstoßend, löse ich den Griff und sehe Kyrills Frau an.

„Du hast deinen Lover ausgeraubt?"

Sie schweigt.

„Nicht alleine, angeblich lief das Ding zusammen mit ihrer Schwester."

Der gezischte Fluch, den das Mädchen von sich gibt, ist mir Bestätigung genug, dass Bentleys Informationen stimmen.

„Respekt. Das hätte ich dir gar nicht zugetraut."

„Das mit dem Respekt kannst du dir sparen, Bro. Die Putze, die den beiden bei der Flucht geholfen hat, ist bereits tot und ihrer Schwester sind sie längst auf der Spur. Ich schätze, bis Sonnenaufgang sind alle, die an dem Coup beteiligt waren, tot."

Ein entsetztes Wimmern ausstoßend, drückt sich Lina von der Wand ab und beginnt, so schnell sie kann Richtung Tor zu laufen.

Genervt sehe ich ihr nach und wende mich erst an Bentley, ehe ich die Verfolgung aufnehme.

„Verdopple die Wachen, es wird nicht lange dauern, bis Kyrill erfährt, dass wir seine Frau einkassiert haben. Informier Fire, unser Sergeant soll Vorbereitungen treffen."

Er nickt.

„Was hast du vor? Ich denke, wir könnten einen ordentlichen Preis für das Mädchen verlangen. Der Russe wird jede Summe zahlen, die wir fordern."

Schnelles Geld?

„Du hast was von einem Tresor und Steinen erzählt?"

Mittlerweile ist Lina bei den Wachen angekommen. Unsere Prospects, Jett und Troy, zögern nicht, sondern verschnüren sie mit ein paar Kabelbindern zu einem handlichen Päckchen und verfrachten sie mit beeindruckender Effizienz auf den Boden.

„Aye. Sie soll eine komplette Lieferung Diamanten gestohlen haben."

Jetzt wird es interessant.

„Der geschätzte Wert?"

„Eine Million Dollar."

Heilige Scheiße!

„Aber sie hat keine Tasche bei sich."

„Ja, das ist mir auch schon aufgefallen. Vielleicht hat die Schwester die Beute bei sich?“

Gut möglich.

„Fuck! Such du Fire und sorgt dafür, dass alles safe ist. Um den Rest kümmere ich mich.“

Ein zustimmendes Brummen von sich gebend, zündet Bentley sich eine Kippe an.

„Was, wenn wir Lucky auf die noch flüchtige Schwester ansetzen? Wenn wir sie vor Kyrill erwischen, machen wir doppelt Kasse.“

Die Idee gefällt mir.

„Alles klar. Dann setz alles in Gang. Wir dürfen keine Zeit verlieren.“

Ich gebe ihm einen brüderlichen Klaps auf die Schulter und mache mich auf den Weg zu dem Mädchen, dem es gelungen ist, dem aufgeblasenen Wichser von einem Russen eine Lektion zu erteilen.

Im Gegensatz zu mir hat Kyrill wohl noch nicht gelernt, dass es grundsätzlich ein Fehler ist, einer Frau zu vertrauen.

2. Kapitel

Lina

Scheiße! Scheiße! Scheiße!

Anstatt die Diamanten in Sicherheit zu bringen und meine Schwester zu finden, liege ich mit gefesselten Händen vor den verschlossenen Toren des Hell Riders Motorcycle Clubs, werde von zwei Typen bewacht und von dem Präsidenten der Rocker als Praline bezeichnet.

Geht es eigentlich noch schlimmer?

Wohl eher nicht, wenn man bedenkt, dass ich aus dem Bett des wohl gefährlichsten Mannes des Landes geflüchtet bin, um endlich frei zu sein.

Wenn das Narbengesicht recht hat, und davon gehe ich aus, woher hätte es sonst wissen sollen, wie ich zu Kyrill stehe und dass dieser bereits seine Putzfrau getötet hat, dann sind die Russen jetzt hinter Lena her.

Die Mischung aus Angst und Sorge, die durch meine Adern rauscht, macht mich beinahe atemlos. Unzählige spitze Kieselsteinchen drücken sich in meine Haut, Tränen verschleiern mir die Sicht.

Keine Ahnung wie, aber es muss mir gelingen, von hier zu verschwinden.

Doch selbst wenn ich das schaffe. Was dann?

Allein habe ich gegen Kyrill und seine Männer überhaupt keine Chance. Sein schwerbewaffnetes Killerkommando ist wie eine Horde Bluthunde hinter mir her.

Gratulation Lina, dein Plan war schon Scheiße, aber die Umsetzung war noch beschissener ...

Mein Unterbewusstsein kann es natürlich nicht lassen und muss noch Salz in die Wunde streuen. Das Wissen, dass sich meine Schwester nur wegen mir in dieser Lage befindet, hilft mir nicht gerade dabei, ruhig zu bleiben.

Es war meine Idee Kyrill zu bestehlen, Lena war von Anfang an skeptisch. Nur weil ich sie überredet und ihr versprochen habe, dass wir es schaffen und mit den Taschen voller Geld in die Karibik flüchten, hat sie schlussendlich zugestimmt und mir dabei geholfen Kyrill für all den Schmerz, den er mir zugefügt hat, leiden zu lassen.

Doch anstatt in einem Flieger zu sitzen, der uns ans andere Ende der Welt bringt, muss sie jetzt um ihr Leben laufen.

Fluchend reiße ich an den Kabelbindern und versuche, meine Hände frei zu bekommen, was mir natürlich nicht gelingt und dem Bikerboss, zu dessen Füßen ich liege, nur ein abschätziges *Tzzz Tzzz Tzzz* entlockt.

Seelenruhig, so als ob es für ihn nichts Besonderes wäre, eine gefesselte Frau vor sich liegen zu haben, begibt er sich vor mir in die Hocke und streicht mir mit seiner schwieligen Fingerspitze eine Haarsträhne aus dem Gesicht.

Die Diamanten in meiner Hosentasche fühlen sich plötzlich heiß wie glühende Kohlen an. Der selbstgefällige Ausdruck, der sich auf das markante Gesicht des Rockers legt, macht mich wütend.

„Wenn du dich brav für diesen schlechten Fluchtversuch entschuldigst, löse ich die Fesselung und helfe dir beim Aufstehen."

Niemals!

Am Klang seiner Stimme kann ich erkennen, dass ihn meine Notlage amüsiert.

„Fick dich ins Knie, Arschloch!"

Die zwei mit Maschinengewehren bewaffneten Kuttenträger beobachten uns aus sicherem Abstand.

„Na, na, na, Mädchen. Willst du wirklich, dass deine Schwester wegen deiner unangebrachten Arroganz von deinem Ex erwischt und hingerichtet wird? Überwinde deinen Stolz und wir finden vielleicht eine Lösung, die uns beiden gefällt."

Er weiß so gut wie ich, dass ich keine andere Wahl habe, als mich auf sein krankes Spiel einzulassen.

Das bisschen Stolz, das mir geblieben ist, runterschluckend, hebe ich so gut wie möglich den Kopf an und versuche ihn anzusehen, was nicht so leicht ist – auf dem Bauch liegend und mit auf dem Rücken gebundenen Armen.

„Es tut mir ja so leid, dass ich mein Recht zu gehen nutzen wollte und dass ich dich als das betitelt habe, was du auch bist – ein arrogantes, blödes Arschloch."

Im Gegensatz zu ihrem Präsidenten finden die zwei Wachen meine Entschuldigung witzig, was ihnen einen maßregelnden Blick einbringt.

„Du willst also wirklich, dass deine Schwester stirbt? Gut."

In einer anmutig wirkenden Geste steht er wieder auf, dreht sich um und entfernt sich einige Schritte von mir.

Verdammt! Verdammt! Verdammt!

Er hat gewonnen und ich habe verloren. Die vielen neugierigen Blicke der feiernden Menschenmasse um mich herum sind so unglaublich erniedrigend, dass ich mich am liebsten in Luft auflösen würde.

„Bitte ... es tut mir leid. Okay?“

Das ist zwar gelogen, aber das scheint ihn nicht zu stören.

Mit einem zufriedenen Grinsen auf den Lippen kommt er zu mir zurück und pickt mich mühelos vom Boden.

Genau wie versprochen löst er mit einer gefährlich aussehenden Klinge, die bis eben in einer ledernen Scheide an seinem Gürtel hing, die Kabelbinder und befreit so meine Hände.

Das Blut beginnt wieder zu zirkulieren und rauscht in meine Finger, was ein fieses Prickeln auslöst.

„Jetzt, wo du kapiert hast, was für ein netter Kerl ich doch bin, können wir uns zivilisiert unterhalten.“

Was? Er? Nett?

Dieser Idiot sollte aufpassen, dass ich seinen Dolch nicht in die Finger bekomme, denn ich habe gerade gute Lust, ihm das Ding so tief wie möglich in den Rücken zu rammen.

Mehr oder weniger freiwillig folge ich ihm über den Hof und ins Clubhaus. Hier drinnen ist es sogar noch lauter als draußen.

An mehreren Poledance Stangen rekeln sich splitterfasernackte Frauen. Zwei von ihnen sind echte Schönheiten, sie wiegen sich anmutig, schwingen ihre Hüften und verleihen der Biker-Party einen Hauch von Extravaganz. Die dritte hingegen wackelt nur plump mit dem Arsch, presst ihre zu großen Titten gegen die silberne Stange und lacht dabei schrill. Ich schätze, dass sie eigentlich gar keine Tänzerin, sondern einfach nur irgendeine Tussi ist, die viel zu viel getrunken hat. Doch den vielen Männern ist das egal, sie sabbern, gaffen und jubeln immer lauter.

Im Club stinkt es nach Schnaps, Schweiß, Rauch und Sex – eine ziemlich ekelhafte Mischung. Noch bevor ich den riesigen Hauptraum durchquert habe, packt sich ein Rocker eine von den Tänzerinnen, küsst sie stürmisch und drückt sie dann über einen der wild blinkenden und piependen Flipperautomaten. Die Frau wehrt sich nicht, sondern grinst triumphierend, als er ihren winzigen String zerreißt und seine langen Finger grob in sie hineinstößt. Das Pärchen bleibt nicht unbemerkt, Jubelrufe hallen von den Wänden wieder. Wie paralysiert bleibe ich stehen und beobachte das wilde Treiben.

Den Gürtel öffnend reißt er sich die Hose runter, sodass die Jeans an seinen Knien hängt, rollt sich ein Kondom über den Schwanz und beginnt dann das Go-go-Girl vor den Augen all seiner Brüder hart zu ficken.

Der Kuttenträger ist offensichtlich nicht auf eine zärtliche Nummer aus. Schon nach wenigen Stößen hallen die lauten Lustschreie der Frau durch den Club und vermischen sich mit den wummernden Rhythmen der Musik.

Ich schlucke und spüre, dass der Liveporno eine seltsame Wirkung auf mich hat.

Wieder und wieder rammt sich der Rider bis zum Anschlag in die Frau. Er packt sie, zieht sie an den Haaren und stöhnt. Der Sex ist wild und dreckig und lässt meinen Puls in die Höhe schnellen.

Eigentlich sollte ich beschämt die Augen abwenden, doch es ist wie bei einem Unfall – man will wegsehen, schafft es aber einfach nicht.

„Erregt es dich, andere beim Ficken zu beobachten?“

Ich war von dem Anblick der beiden so gefesselt, dass ich nicht bemerkt habe, wie sich der Präsident dieser Bande von hinten an mich herangeschlichen hat. Jetzt ist er mir so nah, dass sein heißer Atem über meinen Nacken streift.

„Nein.“

Ein raues Lachen löst sich aus seinem Brustkorb, lässt mich erschaudern.

„Sicher? Also wenn ich jetzt in deine Hose fasse und mit der Hand zwischen deine Schenkel gleite, werden meine Finger nicht auf eine nasse Pussy treffen?“

Dieser arrogante Bastard.

„Wenn du mich anfasst, werde ich dir die Finger brechen.“

Er bleibt von meiner Drohung völlig unbeeindruckt. Wenn überhaupt, wirkt er belustigt.

„War es deine Wildheit, die dem Russen so gut gefallen hat? Oder ist dein Kitzler aus Gold und deine Muschi so eng, dass ein Mann Sterne sieht, wenn er sich in sie stößt?“

Anstatt meine Antwort abzuwarten, packt er mich am Arm und zieht mich hinter sich her. Wir kommen an einer Bar vorbei, deren verspiegelte Regalböden sich unter dem Gewicht der unzähligen bunten Flaschen biegen. Mehrere Billardtische und Boxsäcke später kommen wir an einer stählernen Türe an. Er tippt einen Code in das Zahlenfeld ein, das Schloss öffnet sich mit einem leisen Piepen.

Verdammt, wer hätte gedacht, dass die Hell Riders auf dem neuesten Stand der Technik sind? Nach einem langen, nur wenig beleuchteten Flur stoppen wir erneut vor einer elektronisch gesicherten Türe.

Dieses Mal ist sein Fingerabdruck nötig, um in das dahinter liegende Büro zu kommen.

Die Musik ist nur noch schwach zu hören, das dumpfe Dröhnen der Bässe wird fast vollständig von den Mauern des Gebäudes geschluckt.

„Kann es sein, dass ihr Rocker ein wenig paranoid seid?"

Er nimmt mir die Frage nicht übel, sondern lässt sich in den gemütlich aussehenden Ledersessel hinter dem Schreibtisch fallen und lehnt sich entspannt zurück.

Es ist eindeutig, dass er sich sichtlich wohl damit fühlt, mit mir Katz und Maus zu spielen.

„Deinem Kerl hätte ein bisschen mehr Paranoidität auch nicht geschadet."

„Kyrill ist nicht mein Kerl. Wenn, ist er mein Ex, wobei ich mir nicht sicher bin, ob wir überhaupt so etwas wie eine Beziehung geführt haben."

Das Eisblau seiner Iriden blitzt kurz auf.

„Den Gerüchten nach warst du die erste Frau, die dem Russen tatsächlich etwas bedeutet hat."

Die Worte des Präsidenten lösen einen fiesen Stich in meinem Inneren aus. Schnell verdränge ich den Anfall von Schuld und konzentriere mich ganz auf das Wissen, dass Kyrill ein Monster ist.

„Für ihn war ich nichts weiter als sein Besitz. Ein schönes, nettes Ding, das man benutzen und behalten kann. Vergleichbar mit seinem gepanzerten Auto oder der Waffe, die er immer bei sich trägt und die nachts sogar direkt neben ihm am Bett liegt. Ich war sein Eigentum und nicht seine Frau."

Ein Nicken andeutend, verrät mir der Hell Rider, dass er genau weiß, wovon ich rede. Männer wie er, sein Vize oder Kyrill sind in dieser Hinsicht alle gleich. Sie lieben die Frauen, die sie ficken, nicht – sie besitzen sie. Ich würde die Diamanten in meiner Tasche darauf verwetten, dass dieser Outlaw noch nie etwas für eine Frau empfunden, aber garantiert schon mal eine als sein Eigentum bezeichnet hat.

„Du kennst meinen Namen längst, aber ich den deinen nicht. Findest du das fair?"

„Ein Themenwechsel? Okay. Aber dass du meinen Namen nicht weißt, glaube ich dir nicht."

Wie selbstverliebt!

„Tja, so ist es aber."

Für eine Weile starren wir uns einfach nur an, ich ertrinke regelrecht in den gefrorenen Tiefen seiner unheimlichen Iriden.

„Man nennt mich Ice."

Komisch, das überrascht mich nicht im Geringsten.

„Warum? Weil deine Augen aussehen, als würden sie aus gefrorenem Wasser bestehen?“

Belustigt biegen sich seine Mundwinkel nach oben.

„Nein, weil ich eiskalt bin und absolut keine Gnade kenne. In Anbetracht dessen, welches Gespräch wir gleich führen werden, solltest du dir das merken. Ich verhandle nicht, ich schließe keine Kompromisse und ich weiß sofort, wenn ich belogen werde!“

Ach du heilige Scheiße!

Es fühlt sich so an, als hätte mir gerade jemand den Strick eines Galgens um den Hals gelegt. Selbst wenn ich die Biker wie durch ein Wunder dazu bringen könnte, mich gehen zu lassen, wäre das wahrscheinlich gar nicht so gut für mich.

Ich bin so was von erledigt ...

Im Nachhinein ist man immer schlauer, mittlerweile habe ich kapiert, dass es ein riesen Fehler war, Kyrill auszurauben, ich hätte einfach nur flüchten sollen.

Vielleicht hätte der Russe mich dann gehen lassen, aber mit den Diamanten in der Tasche? Niemals!

Er wird mich suchen, jagen und töten!

Allein schon, um sein verletztes kleines Männerego wieder aufzupolieren.

Der Rockerpräsident mir gegenüber gibt ein Schnalzen von sich, steht von seinem Sessel auf und dreht in einer lässigen Geste den Bildschirm seines PCs zu mir rüber. Mit dem Zeigefinger deutet er auf das übertragene Livebild einer der vielen Kameras.

Draußen auf der Straße lehnt Pawel zusammen mit Mischa, der einen Verband am Hals trägt, an einem silbernen SUV mit schwarz getönten Scheiben und beobachtet das rege Treiben auf dem Gelände des MCs.

Obwohl sich pure Panik in mir ausbreitet, versuche ich nach außen hin cool zu bleiben.

„Es war absehbar, dass die Russen hier auftauchen, schließlich habt ihr mich denen vor der Nase weggeschnappt.“

Ice nickt und verschränkt die Arme vor der Brust, die Wölbung seiner beachtlichen Muskeln stellt den Stoff seines Shirts auf die Probe, für einen Moment hoffe ich, dass es zerreißt – leider hält es. Überhaupt scheint dieser Mann nur aus Kraft, Muskeln und roher Gewalt zu bestehen. Kyrill war auch stark, aber eher auf eine geschmeidige, raubkatzenhafte Art. Während mein Ex wahrscheinlich versuchen würde über ein Hindernis drüber zu springen, wirkt Ice, als würde er einfach ungebremst darauf zulaufen und es umnieten. Diese beiden Gangsterbosse sind so verschieden wie Tag und Nacht und dennoch haben sie eine Sache gemeinsam – die Unerbittlichkeit, mit der sie der Welt begegnen.

„Wirst du mich an Kyrill ausliefern?“

Nachdenklich reibt er sich über den Kiefer und sieht mich dabei direkt an.

„So wie ich das sehe, gibt es mehrere Optionen.“

Als seine eisigen Augen sich in die meinen bohren, merke ich, wie eine Gänsehaut meinen Rücken hinaufkriecht.

„Welche?“

„Du bist dem König der Russen viel wert. Ich könnte eine horrend hohe Summe von ihm verlangen und er würde sie, ohne zu zögern, bezahlen, damit ich dich ihm zurückgebe.“

Oh Shit! Daran habe ich noch gar nicht gedacht.

„Du willst mich verkaufen?“

Gelangweilt zuckt der Rocker mit den Schultern.

„Du bist wie ein wertvoller Goldfisch, der unverhofft in meinen Tümpel gesprungen ist. Noch habe ich mich nicht entschieden, wie es mit dir weitergeht, doch mein Fokus liegt natürlich darauf, für den Club einen Gewinn rauszuschlagen.“

Natürlich ... so ein Arschloch!

„Aus der Notsituation einer Frau ein Geschäft zu machen, zeugt ja auch von Stärke und Männlichkeit.“

Er gibt ein wütendes Fauchen von sich.

„Spiel nicht die Unschuldige. Du wusstest, auf was für einen Typen du dich einlässt und hast trotzdem die Beine für ihn gespreizt. Und damit nicht genug, du hattest auch noch die brillante Idee ihn auszurauben. Fuck, Mädchen! Wer mit dem Feuer spielt, verbrennt sich die Finger!“

Verdammt, da ist was Wahres dran!

Unsicher, wie es jetzt weitergeht, wäge ich all meine Möglichkeiten ab und stelle fest, dass mir seine Geldgier in die Hände spielt.

„Du bist also auf Profit aus?“

Der Präsident nickt.

„Willst du mir denn ein Angebot machen, kleiner Goldfisch?“

Erst Praline und nun das?

„Ist das so eine Art Tick von dir, den Menschen in deiner Umgebung seltsame Kosenamen zu geben?“

Über meine Frage nachdenkend, legt er den Kopf leicht schief und schnappt sich die Zigarettenschachtel, die auf seinem Schreibtisch liegt.

„Vielleicht? Aber wenn du nicht willst, dass ich dich als Nächstes als Kapitalanlage bezeichne, solltest du dich mit deinem Angebot beeilen."

Pawel und Mischa werden die Jagd nach mir nie aufgeben.

Sie werden so lange an meinen Fersen kleben, bis sie mich haben.

Ice hat recht, Kyrill wird jede Summe bezahlen, nur um mich zurückzubekommen und wenn er mich dann hat, wird er mich dafür, dass ich ihm so etwas wie Liebe vorgespielt habe, auf brutalste Art und Weise töten.

Ganz davon abgesehen geht es hier nicht nur um mich, sondern auch um meine Schwester. Die Ausweglosigkeit der Situation, in die ich mich selbst manövriert habe, lässt mein Interesse an den Diamanten in meiner Tasche rapide sinken. Bevor Lena und ich den Überfall durchgezogen haben, wollte ich diese Steine soooo unbedingt und jetzt? Jetzt bin ich bereit, sie für mein Leben und für die Sicherheit meiner Schwester einzutauschen. Was für eine bittere Ironie!

„Nehmen wir mal an, ich hätte etwas in meinem Besitz, das dich interessieren könnte. Woher soll ich wissen, dass ich dir vertrauen kann? Du könntest mein Angebot annehmen, die Bezahlung kassieren und mich anschließend trotzdem an die Russen verkaufen."

Das fiese Grinsen, das nun auf seinen Lippen erscheint, macht mir Angst.

„Ja, das könnte ich. Aber jetzt mal ehrlich, was hast du bisher alles über den Hell Riders Motorcycle Club und seine Member gehört?"

Vieles, hauptsächlich furchteinflößende und echt heftige Dinge.

Aber deswegen hat er mir diese Frage nicht gestellt. Jeder in der Stadt weiß, dass auf das Wort von einem dieser Rocker zu 100 Prozent Verlass ist. Wenn dir ein Rider etwas verspricht, steht es außer Zweifel, dass es auch passieren wird. Sichert dir einer dieser Kuttenträger zu, dass du sterben wirst, machst du dich am besten daran, schon mal deine Beerdigung vorzubereiten.

Verspricht er dir aber, dass er dich verschonen oder vielleicht sogar beschützen wird, tut er das.

Diese uneingeschränkte Verlässlichkeit ist etwas, das ich bewundere.

Ich steh auf Männer, die ihr Wort halten.

Zuverlässigkeit ist extrem sexy.

Ice erkennt, dass ich genau weiß, worauf er anspielt und nickt zufrieden.

„Sehr schön. Dann hätten wir das schon mal geklärt! Also, was willst du mir anbieten?"

Mit rasendem Puls stehe ich auf, eine dünne Schweißschicht überzieht meinen Nacken. Einen kurzen Blick auf den Bildschirm werfend, weiß ich, dass Pawel und Mischa sich nicht von der Stelle gerührt haben. Die beiden Russen als Bedrohung zu sehen, ist ein komisches Gefühl. Bis vor vierundzwanzig Stunden war es noch ihre Aufgabe, mich zu beschützen und zu bewachen, wenn ich unterwegs und Kyrill nicht bei mir war.

So schnell ändern sich die Dinge ...

Tief einatmend fasse ich mir in die Hosentasche und ziehe einen der schwarzen Samtbeutelchen hervor, in denen sich die wertvollen Diamanten befinden.

Die Mimik des Rockers beobachtend, öffne ich die Kordel und kippe den kostbaren Inhalt auf die abgeschrammte Holzplatte seines Schreibtischs.

Die Rohdiamanten sind noch nicht geschliffen, trotzdem bricht sich das Licht in ihnen und wirft farbige, einem Regenbogen ähnliche Reflexe an die Wand.

Der Umstand, dass Ice nicht im Geringsten überrascht ist, verrät mir, dass er längst wusste, dass ich die Steine bei mir habe.

„Wenn du mir dabei hilfst, meine Schwester zu finden und zu retten und du uns anschließend mit gefälschten Pässen außer Landes schaffst, gehören die Steine dir."

Von hier nach Mexiko sind es mehr als 1600 Meilen und nach Kanada? Scheiße, ich habe keine Ahnung ...

„Selbst wenn du uns beide einfach nur zum Flughafen bringst und dafür sorgst, dass wir sicher in einer Maschine nach Hawaii sitzen, bin ich schon zufrieden!"

Sich die halb gerauchte Kippe in den Mundwinkel klemmend, nimmt er sich einen der Diamanten und lässt ihn zwischen seiner Daumenkuppe und der Spitze seines Zeigefingers hin und her rollen.

„Ich verstehe nicht ganz, warum du deine Beute so schnell aufgibst, Mädchen."

Das tue ich nicht. Schließlich habe ich noch so einen Beutel in der Hosentasche und Lena hat einen Rucksack voller Geld, kostspieligen Uhren und wertvollem Schmuck bei sich.

„Was nützt es mir, eine reiche Leiche zu sein?"

Die Zigarette wieder in die Hand nehmend, inhaliert er den warmen Rauch und gibt anschließend ein zustimmendes Brummen von sich.

„Hast du eine Ahnung, wo deine Schwester steckt?"

„Bedeutet diese Frage, dass wir einen Deal haben?"

Ice zögert.

„Kyrill würde mir wahrscheinlich die komplette Beute geben, du hingegen hast nicht mal die Hälfte auf den Tisch gelegt. Was kannst du mir noch anbieten, damit ich mich nicht an den Russen wende, um die Verhandlungen aufzunehmen?"

Verflucht! Woher weiß er das alles?

Die Art, wie er mich bei dieser Frage mustert, sorgt dafür, dass sich meine Brustwarzen zusammenziehen. *Hilfe* ...

Mit einem Schnippen befördert er den Stein, den er sich genommen hatte, zurück zu den anderen und genießt die Röte, die mir in die Wangen steigt.

„Keine Ahnung, worauf du hinaus willst."

„Ach nein?"

Ice wirkt belustigt, was mich echt wütend macht.

„Du willst doch sicherlich keinen Goldfisch ficken. Oder?"

Er bleckt die Zähne, kommt auf mich zu, beugt sich zu mir herab und streift mit der Nase an meinem Hals entlang.

„Nein, aber eine Praline vernaschen."

Ach du heilige Scheiße!

„Nur um das klarzustellen, wir reden schon von Sex. Oder?"

Sein lautes Lachen hallt von den Wänden des Büros wider.

„Yeah, Mädchen. Wir reden übers Ficken! Deine Pussy muss aus Gold sein. Sie muss einem Mann das Gefühl geben, gestorben und in den Himmel gekommen zu sein. Anders kann ich mir nicht erklären, dass Kyrill so unvorsichtig geworden ist."

Wir sind uns noch immer so nah, dass ich kaum einen klaren Gedanken fassen kann. Die Art, wie mein Körper instinktiv auf diesen Rockerpräsidenten reagiert, verrät mir, dass es mir nicht sonderlich schwerfallen würde, mich ihm hinzugeben.

Der Geruch von Seife, Mann, Leder und Schießpulver löst ein heftiges Kribbeln in meinem Magen aus. Ice schnuppert an mir, rau und kratzig schaben seine Barthaare über meine Wange, entlocken mir ein leises Wimmern. Auf mich selbst wütend, beiße ich mir auf die Zunge. Nicht zum ersten Mal verfluche ich mich selbst für meinen selbstzerstörerischen Männergeschmack.

Ich bin wie eine Gazelle, die es kaum erwarten kann, von einem Löwen gefressen zu werden. Wenn unter eintausend netten Männern ein Monster verborgen ist, finde ich es garantiert ...

Je gefährlicher, böser und düsterer ein Mann ist, umso anziehender finde ich ihn. Bescheuert, ich weiß – aber so ist es.

Die Situation, in der ich gerade feststecke, hätte mir eigentlich eine Lehre sein sollen.

Nervös lecke ich mir über die Unterlippe und kämpfe darum, meinen außer Kontrolle geratenen Atem zu regulieren.

Unter halb gesenkten Lidern sehe ich zu dem Biker auf, überwinde meine Angst und streife mit dem Fingernagel über die gebogene Narbe an seinem eckigen Kinn.

„Nehmen wir mal an, ich bin bereit, mich von dir ficken zu lassen. Was habe ich davon?"

Er schluckt, ich beobachte, wie sich sein Adamsapfel bewegt.

„Sicherheit."

An der Art, wie er mich ansieht, erkenne ich die Dringlichkeit, mit der er mich will. Also beschließe ich zu pokern.

„Das reicht mir nicht. Mein Körper ist mehr wert als ein paar ungeschliffene Edelsteine."

Knurrend packt er mich an den Haaren und wickelt sie sich um die Faust.

„Der Club ist voller Tussis, du hast es mit eigenen Augen gesehen. Ich müsste nur mit den Fingern schnippen und schon könnte ich sie alle haben. Keine von den Nutten sagt zum Präsidenten nein."

Mag sein ...

„Aber keine von ihnen ist die Frau, die dein Feind will. Ich bin nicht naiv, ich weiß, dass es hier nicht um mich geht, sondern darum, dass du Kyrill einen Schlag verpassen willst, indem du das Mädchen bumst, das er für sich will. Hier geht es um Rache und irgendein machoartiges Männerding, das ich nicht verstehe. Und wenn du mich schon benutzt, um noch mehr Öl in den Krieg zwischen den Riders und den Russen zu gießen, dann will ich auch etwas dafür."

Ice flucht.

„Nicht nur schön, sondern auch klug. Also gut. Nenn mir deine Forderungen."

Na also ...

„Ich will Schutz und Sicherheit und dein Wort darauf, dass du und deine Brüder meine Schwester ausfindig macht und ihr uns beide weit wegbringt – raus aus den USA. Ein Tauschhandel sozusagen. Du bekommst die Diamanten und ich ein neues Leben."

Ich war mir sicher, dass er verhandeln oder Nein sagen würde, umso erstaunter bin ich, dass er einfach nur „Ja", zu allen meinen Bedingungen sagt.

„Deine Schwester zu finden kann schnell gehen, aber auch Tage in Anspruch nehmen. Für die Dauer der Suche gehört dein Körper mir. Tabulos! Ich werde dich ficken wann und wo ich will. Du wirst mich nicht abweisen und nicht Nein sagen. Sobald du das tust, ist unsere Vereinbarung hinfällig!“

Oh mein Gott!

Wenn ich jetzt zustimme, verkaufe ich mich an den Teufel höchstpersönlich.

„Das ist ein hoher Preis.“

Zwischen seinen Augenbrauen bilden sich zwei tiefe Falten.

„Findest du, Mädchen?“

„Nicht mal Kyrill habe ich so viel Macht über mich gegeben.“

Dass dem Rocker diese Tatsache ganz besonders gut gefällt, ist ihm deutlich anzusehen.

„An den Russen hast du aber auch keine Forderungen gestellt.“

1:0 für den Rocker.

„Die Sicherheit meiner Schwester ist nicht verhandelbar. Wenn ihr Lena nicht findet oder die Russen sie vor euch erwischen, ist unser Deal sofort hinfällig. Ich behalte die Steine und du bringst mich sofort raus aus dieser Stadt!“

Anstatt mir zu antworten, schlingt er seine langen Finger um meine Taille, hebt mich hoch und setzt mich auf seinem Schreibtisch ab.

Anschließend tritt er einen Schritt zurück.

„Zieh dich aus!“

„Was?“

Mich mit einem Killerlächeln bedenkend, bleckt er die Zähne.

„Ich will sehen, was ich kaufe.“

„Du kaufst mich nicht. Ich bin keine Sklavin!“

Wut kocht in mir hoch, am liebsten würde ich ihm mit der Waffe, die sich in seinem Hosenbund befindet, ins Knie schießen.

Siegessicher wendet er sich von mir ab, geht zur Türe und verlässt das Büro. Bevor er endgültig aus meiner Reichweite verschwinden kann, rufe ich ihm hinterher:

„Hey, was soll das? Was hast du vor?“

Ice stoppt, er macht sich nicht die Mühe, sich zu mir umzudrehen, während er mit mir spricht.

„Herausfinden, was die Russen bereit sind, für dich zu bezahlen.“

Scheiße! Scheiße! Scheiße!

„Tu das nicht. Bitte.“

Jetzt dreht er sich doch zu mir um.

Das Herz schlägt mir so heftig gegen die Rippen, dass es sich so anfühlt, als würden sie gleich brechen. Zögerlich stehe ich auf, gehe einen Schritt auf ihn zu und öffne dabei nach und nach die Knöpfe meiner Bluse.

Um den Rocker zu reizen, streife ich den Stoff besonders langsam über die Schultern.

Raschelnd fällt er auf den Boden, sodass ich nun nur noch mit Schuhen, Jeans und BH bekleidet vor Ice stehe. Sein sengender Blick brennt sich in meine Haut. Zum ersten Mal wirken seine Iriden nicht wie Eis, sondern wie lodernde Flammen.

„Fuck! Du bist echt verdammt wunderschön.“

Ohne unseren Blickkontakt zu unterbrechen, fasse ich nach hinten und öffne die kleinen Häkchen meines BHs.

Bevor er fallen kann, verschränke ich die Arme vor der Brust.

Es sollte mich nicht so anmachen, mich für diesen Biker zu entblößen, und es sollte mich schon gar nicht erregen, dass ich mich an diesen Mann verkaufe. Dennoch tut es das, was schon verdammt viel über meine Seele aussagt.

Ich bin verloren – ich war es schon immer ...

Während andere Mädchen von Königen und Helden geträumt haben, wollte ich schon immer ein Beast. Mich hat der Drache aus dem Märchen, das mir meine Mutter früher vorgelesen hat, immer mehr fasziniert als der Prinz, der gekommen ist, um die Prinzessin zu retten.

Früher habe ich mich dafür geschämt, anders zu sein, heute tue ich das nicht mehr.

Die Seele eines Menschen ist voller Geheimnisse. Die Abgründe in meiner Seele sind einfach etwas tiefer und dunkler als bei anderen Frauen.

„Du kannst mich haben. Wenn du mir auf deine Kutte schwörst, dass du mich und meine Schwester beschützt!“

Die Arme senkend, lasse ich zu, dass der BH zu Boden fällt.

Der kühle Windhauch, der durch das Hauptquartier der Hell Riders zieht, lässt mich frösteln. In der einen Sekunde trennen uns noch mehrere Meter, in der nächsten prallt sein harter Körper gegen den meinen, ich werde durch die Luft gewirbelt und mit dem Rücken gegen die raue Mauer geschleudert.

Sämtlicher Sauerstoff wird mir aus der Lunge gepresst. Keuchend schnappe ich nach Luft, was Ice dazu veranlasst, seine warmen Lippen grob auf die meinen zu pressen. Wild und ungebändigt wühlt sich seine raue Zunge durch die Höhle meines Mundes. Er stöhnt, knurrt und beißt sich an mir fest.

Fordernd presst er seinen Unterleib gegen den meinen, sodass ich die harte Beule in seiner Hose spüre.

Besitzergreifend packt er mich an der Brust, kneift mir in den Nippel und reibt sich an mir. Das Blut in meinen Adern beginnt zu kochen.

Trotzdem lasse ich mich nicht auf dieses gefährliche Vorspiel ein, sondern versuche den viel größeren und stärkeren Rocker von mir zu stoßen.

„Stopp! Noch haben wir uns nicht geeinigt!"

„Doch, das haben wir. Der Deal steht. Bis wir deine Schwester gefunden haben, gehörst du mir. Ich werde filmen, wie ich dich ficke und das Tape dann an Kyrill schicken. Er wird ausflippen, Blut und Feuer spucken. Das Wissen, dass ich habe, was er will, wird ihn in den Wahnsinn treiben!"

Ein Sex-Tape? *Niemals* ... In der heutigen Zeit sind solche Aufnahmen gefährlicher denn je. Alles findet irgendwie seinen Weg ins Internet und was einmal online gestellt wurde, kann nie wieder gelöscht werden.

„Ich bin kein Pornostar, Ice. Wenn du mich filmst oder Fotos machst, schwöre ich dir, wirst du es bereuen!"

Er lacht, natürlich tut er das.

Seit wann nimmt ein Wolf seine Beute ernst?

„Ach, werde ich das, ja?

Ich nicke.

„Kyrill hat den Fehler gemacht, mich zu unterschätzen. Jetzt ist nicht nur sein Bett, sondern auch sein Safe leer. Einer seiner Männer wurde von euch angeschossen und seine Diamanten gehören dem Motorcycle Club, den er mehr als alles auf der Welt hasst. Ich bin gefährlicher, als ich aussehe, Rider."

Schlagartig weicht jegliche Belustigung aus Ice' Mimik, sehr schön, er scheint verstanden zu haben, dass ich es absolut ernst meine.

„Ein Hai im Kostüm eines Goldfischs."

Der Vergleich gefällt mir.

„Oder eine Praline gefüllt mit Gift. Such es dir aus, aber glaube ja nicht, dass ich ein nettes kleines Spielzeug bin, das du benutzen und verarschen kannst!"

Mit einem gemurmelten „Fuck!", stellt er mich wieder ab, löst seine prankenartigen Hände von mir und fährt sich mit den Fingern durch die Haare.

Ohne seinen Blick von mir zu lösen, brüllt er laut:

„Bentley! Hier. Sofort!"

Keine Sekunde später taucht der von Narben entstellte Biker auf. Er entdeckt mich, mustert gierig meine Brüste und grinst dabei wissend.

„Fuck, was geht denn hier ab?"

Gute Frage. Obwohl ich genau weiß, dass ich mich auf den Pakt mit dem Teufel höchstpersönlich eingelassen habe, habe ich keine Ahnung, wie es überhaupt so weit kommen konnte. Erst war ich auf der Flucht, dann sind mir die Kugeln nur so um die Ohren geflogen und jetzt ... *Himmel* ... jetzt stehe ich halb nackt im Clubhaus der Hell Riders und hoffe, dass mir diese Harley fahrenden Killer dabei helfen werden, Lena vor meinem rachsüchtigen Ex zu beschützen.

„Hast du alles geregelt?"

Ice' Stimme klingt wie das Knurren eines wilden Tieres.

„Logo, Boss. Zwei Schützen auf dem Dach, doppelte Wachen am Tor und die Bewegungsmelder sind ebenfalls aktiviert."

Ach du Heilige ...

„Gut. Wie sieht es bei Fire aus? Hat er schon was herausgefunden?"

Der Vize sieht kurz zu mir, ehe er antwortet. Offensichtlich gefällt ihm nicht, dass ich alles hören kann.

„Die Russen haben das Mädchen bis in die U-Bahn-Station verfolgt. Dort ist sie ihnen allerdings entwischt. Genau wie vermutet hat sie einen Rucksack bei sich."

Erleichterung breitet sich in mir aus. Endlich mal gute Nachrichten. Vielleicht stellt sich Lena bei ihrer Flucht geschickter an als ich.

Im Gegensatz zu mir hat sie sofort erkannt, was für ein Mann Kyrill ist und mich davor gewarnt, seine Geliebte zu werden.

Wenn ich auf sie gehört hätte, würde ich jetzt nicht hier stehen und mich fragen, warum ein fast zwei Meter großer Kerl, der ein sowjetisch-russisches Maschinengewehr über der Schulter hängen hat und wie eine verdammte Automarke heißt, sich ein Auge auf den Handrücken tätowieren lassen hat, in dessen Pupille zwei Uhrzeiger stecken.

„Ich will, dass du die Frau verfolgst. Fang sie vor den Russen."

„Was hast du mit der Kleinen vor? Einen geilen Zwillingsfick?"

Ice runzelt die Stirn.

„Zwillingsfick? Wovon redest du, Alter?"

„Na ja, die Tussi, die du da gerade an die Wand gepinnt hattest, hat nicht einfach nur eine Schwester, die beiden sind Zwillinge, sie sehen sich so verdammt ähnlich, dass es fast schon unheimlich ist. Muss geil sein, zwei Muschis gleichzeitig zu ficken, die absolut identisch sind."

Das scheint der Präsident bisher noch nicht gewusst zu haben.

Die Fäuste ballend, geht er auf Bentley zu, packt ihn am Kragen und sieht ihn wütend an.

„Wenn du sie anrührst, breche ich dir erst die Finger, dann die Hände und anschließend die Arme. Die Kleine ist tabu! Kapiert? Hier geht es ums Business und nicht ums Vergnügen."

Ach, was er nicht sagt. Interessant! Mich zu ficken ist also Business?

Falls der Vize wegen des Angriffs überrascht ist, lässt er es sich nicht anmerken.

„Von welchem Business sprichst du, Bro?“

„Kyrills Mädchen und ich haben uns geeinigt. Wir fangen ihre Schwester vor den Russen und dann setzen wir die beiden mit neuen Identitäten und frischen Pässen in ein Flugzeug. Als Bezahlung erhält der Club die Diamanten.“

Das Narbengesicht grunzt und reißt sich von Ice los.

„Klingt nach einem guten Plan. Was ich aber nicht verstehe, ist, dass du eine der Schwestern ficken darfst, mir aber denselben Spaß nicht zugestehst. Wo ist das Problem, Präs? Zwei Muschis zum Preis von einer klingt für mich nach einem guten Geschäft.“

Allein bei der Vorstellung, dass dieser Bentley Lena anfasst, wird mir schlecht. Und das nicht wegen seines entstellten Gesichts, Narben stellen keine Gefahren dar, sie zeugen nur von vergangenen Taten. Sondern weil ich genau weiß, was für eine Art Mann der Vize der Hell Riders ist. Er ist wie sein Präsident oder Kyrill: kalt, tödlich, gnadenlos und definitiv gefährlich. Im Gegensatz zu mir ist Lena eher an netten Kerlen interessiert. Während ich in meinem Leben schon so einige Monster und Drachen gefickt habe, hat sie ihre Zeit damit verbracht, von Prinzen zu schwärmen.

Bis heute weiß ich nicht, wie sie an den Job bei den Russen gekommen ist. Was ich aber weiß, ist, dass sie sich niemals auf eine Affäre mit einem der Typen eingelassen hätte. Das letzte Mal als wir uns bei einer Flasche Wein und einer Pizza mit extra Käse unterhalten haben, war meine Schwester noch Jungfrau. Das ist jetzt drei Monate her, und ich bezweifle, dass sich an diesem Status seitdem etwas verändert hat.

Zu meiner Erleichterung scheint Ice seine Meinung diesbezüglich nicht ändern zu wollen.

„Siehst du das Patch hier, Bruder?“

Bentley nickt.

„Es verkompliziert mein Leben um ein Vielfaches, meistens bereitet es Ärger und schlaflose Nächte. Es sorgt dafür, dass ich mir in manchen Nächten die Knarre an die Stirn halten und abdrücken will. Aber fuck – manchmal, an Tagen wie heute zum Beispiel, verschafft es mir einen Vorteil. Denn diese neun Buchstaben bedeuten, dass ich die Regeln aufstelle. Und eine davon lautet, dass du das Mädchen zwar suchen und einfangen, jedoch nicht ficken wirst! Verstanden?“

Bentley schnaubt vor Wut, sein Kopf ruckt in meine Richtung, sein Blick tackert sich an meinen Brüsten fest, während er ein „Ja, kapiert!", zwischen zusammengebissenen Zähnen hervorpresst.

Ice wirkt zufrieden.

„Sehr schön. Falls du nicht mehr damit zufrieden bist, einfach nur die Nummer zwei zu sein, kannst du mich jederzeit herausfordern. Aber wenn du das nicht vorhast – halt dein Maul und tu, was ich dir sage."

Interessant.

Zwischen dem Präsidenten und seinem Stellvertreter scheint es böses Blut zu geben.

Bentley marschiert davon, ich bücke mich nach meinem BH und ziehe ihn mir schnell wieder an.

„Was soll das werden, Baby?"

Die Frage klingt wie eine Drohung. Der unheilvolle Klang seiner Stimme sorgt dafür, dass sich die Härchen in meinem Nacken warnend aufstellen.

„Mir ist kalt."

Ice folgt mir, sein eindringlicher Blick verbrennt mich regelrecht.

„Vertraust du deinem Vize?"

„Das geht dich nichts an."

Schnell knöpfe ich meine Bluse zu und drehe mich zu ihm um.

„Doch, tut es. Schließlich hast du ihn damit beauftragt, sich um meine Schwester zu kümmern."

An seinem Kiefer beginnt ein Muskel zu zucken. Fluchend zündet er sich eine Zigarette an und schließt dann die Türe. Das Geräusch des einrastenden Schlosses lässt meinen Puls in die Höhe schnellen.

„Für Bentley lege ich meine Hand ins Feuer."

„Dann pass besser auf, dass du dich nicht verbrennst."

Tiefe Furchen bilden sich auf seiner Stirn.

„Was willst du damit sagen?"

„Nichts. Nichts, außer dass eure Unterhaltung gerade nicht sonderlich vertrauenerweckend auf mich gewirkt hat."

Das Nikotin inhalierend, kommt er langsam auf mich zu. Mit jedem Schritt, den er sich mir nähert, werde ich nervöser.

„Bentley ist mein VP, ihm vertraue ich mein Leben an. Also wage es nicht, seine Loyalität in Frage zu stellen."

Ich schlucke schwer und beschließe, das Thema zu wechseln.

„Warum nennst du ihn wie eine Automarke? Heißt er wirklich so oder klang Goldfisch oder Praline einfach nicht furchteinflößend genug für den Vize der Riders?"

An Ice' Augenwinkeln bilden sich kleine Fältchen, sie erinnern mich daran, dass dieser Mann bedeutend älter ist als ich.

Ein Brummen ausstoßend, packt er mich am Kinn, streicht mit der rauen Kuppe seines Daumens über meine Unterlippe und schiebt sie mir dann in den Mund. Instinktiv schnellt meine Zunge vor, ich umspiele die Fingerspitze und beobachte, wie sich das Blau seiner Iriden auf einen Schlag verdunkelt.

„Vor ungefähr einem Jahr, es war Sommer, hatte er sich für eine Frau interessiert. Sie hat nicht zum Club gehört – kam aus einer völlig anderen Welt. Er hat das volle Programm abgezogen. Blumen, Schokolade und den ganzen Scheiß! Nach einigen Wochen hat er erfahren, dass sie bereits verheiratet war. Womit er nicht gerechnet hatte, schließlich hat sie sich bis zu diesem Zeitpunkt Dutzende Male von ihm ficken lassen. Die Tussi hat die Kutte gesehen, das Bike und das Geld und wollte alles davon. An einem Freitag wollte er sie überraschen und zu einem Trip abholen. Er kam an und hat die Frau dabei beobachtet, wie sie in einem Auto auf den Schoß eines anderen Mannes geklettert ist und ihm die Zunge in den Hals schob. Du kannst dir vorstellen, wie er reagiert hat. Mein VP ist ausgeflippt, hat den Wichser zu Rede gestellt und herausgefunden, dass der Typ tatsächlich Anspruch auf die Muschi hatte. Die Bitch war verheiratet."

Ice macht eine kurze Pause und nimmt einen weiteren Zug seiner Kippe.

„Er ist zurück zum Club, hat einen Baseballschläger und einen Kanister Benzin geholt und den Bullshit dann auf seine Art geklärt. Der Typ lag vier Wochen auf der Intensiv, das Auto ist in Flammen aufgegangen. Mein Vize war an dem Tag so in Rage, dass er seine Vorsicht vergessen und sich selbst das halbe Gesicht verbrannt hat. Die Narben werden ihn für den Rest seines Lebens daran erinnern, was passiert, wenn man Gefühle zulässt. Diesen Fehler wird er garantiert nicht noch mal machen."

Krass! Was für eine Geschichte!

„Lass mich raten, das Auto war ein Bentley?"

Mit einem Nicken bestätigt er meine Vermutung.

„Was ist mit der Frau passiert?"

Er lässt den Rauch durch die Nasenlöcher entweichen und sieht mich prüfend an.

„Spielt das denn eine Rolle?"

„Da du diesen Typen auf meine Schwester angesetzt hast, ja."

„Ihr ist nichts passiert. Bentley hat sie nicht angerührt. Aber nicht, weil er es nicht wollte, sondern weil er es nicht konnte. Er hat diese Schlampe echt geliebt."

Wow ... Damit habe ich nicht gerechnet.

„Sie hätte die Schläge mehr verdient als ihr Ehemann."

„Yeah. Das stimmt. Aber im Leben geht es nicht darum, was man verdient oder was nicht. Denn das würde voraussetzen, dass die Welt gerecht wäre und das ist sie nicht!"

Harte aber wahre Worte.

„Und was habe ich verdient? Ich bin eine Diebin."

Kalt und geheimnisvoll bohrt sich sein Blick in den meinen, es fühlt sich so an, als würde Ice mir bis in den hintersten Winkel meiner Seele sehen und all meine bösen kleinen Geheimnisse entdecken.

Obwohl ich wieder komplett angezogen bin, fühle ich mich nackt und schutzlos – regelrecht entblößt ...

3. Kapitel

Ice – der Präsident

Ich stehe auf dem Trockenen, genau genommen mitten in meinem Büro und dennoch fühlt es sich so an, als würde ich in den tiefgrünen Augen dieses Mädchens ertrinken. Jetzt in diesem Moment wirkt diese Frau so jung und unschuldig, dass ich mir nur schwer vorstellen kann, dass sie Kyrills Geliebte war und dass sie genug Mut bewiesen hat, um einen der gefährlichsten Männer dieses Landes auszurauben.

Holy Fuck!

Und genau diese Klein-Mädchen-Ausstrahlung hat etwas, das mich wie magisch anzieht.

Lina hierzubehalten ist ein Fehler, für den ich garantiert mit Blut bezahlen werde. Wenn ich schlau bin, packe ich die schwarzhaarige Schönheit, verschnüre sie zu einem handlichen Paket und übergebe sie den zwei Russen, die noch immer vor dem Tor stehen. Ich weiß, dass sie mir eine Frage gestellt hat, habe aber keine Ahnung, über was zur Hölle wir uns eigentlich gerade unterhalten haben. Ich glaube, es ging um Autos, meinen Vize und Gerechtigkeit.

Die Tatsache, dass ich diese Frau mit ihrem Körper für ihren Schutz bezahlen lasse, macht mich zu einem fiesen Arschloch.

Aber hey ... Immerhin bin ich das Arschloch, das sich in die Pussy dieses Mädchens rammen kann. Dass sie kein Sex-Tape drehen will, verwundert mich nicht. Die wenigsten Frauen mögen es, beim Ficken gefilmt zu werden.

Mir wird ein anderer Weg einfallen, Kyrill wissen zu lassen, dass ich nun habe, was er so dringend besitzen will.

Er wird ausrasten, durchdrehen und hoffentlich unvorsichtig werden.

Der Krieg zwischen den Russen und den Hell Riders ist schon zu einer Art Normalzustand geworden. Beide Seiten haben in den letzten Jahren Verluste erlitten. Es ist unheimlich viel Blut geflossen.

Wie heißt es so schön?

Im Krieg und in der Liebe ist alles erlaubt. Mit der Liebe kenne ich mich nicht aus, mit dem Krieg hingegen schon. Daher weiß ich auch, dass er nicht nur für viele Tote sorgt, sondern auch Unmengen von Geld verschlingt.

Auch wenn ich in der Vergangenheit alles in meiner Macht Stehende getan habe, um den Club in ruhigere Gewässer zu führen, ist mir das nur selten gelungen.

Atlanta ist nicht nur die Haupt-, sondern auch die größte Stadt des Bundesstaates Georgia und liegt zum größten Teil im Fulton County. Ursprünglich war das Land von den Cherokee- und Muskogee-Indianern besiedelt, die den Ort *Pakanahuihli* nannten, was ‚Stehender Pfirsichbaum' bedeutet. Um 1837 erhielt die City von der *Western and Atlantic Railroad* den treffenden Namen *Terminus,* was grob übersetzt so etwas wie ‚Endstation' bedeutet hat.

In den folgenden Jahren haben noch einige Leute genug Macht erlangt, um die Stadt wieder und wieder umzubenennen.

Angeblich hieß irgendeine Gouverneurstochter Atlanta und deren Name wurde dann schlussendlich auch für die Stadt verwendet.

In meinen Augen hat *Endstation* am besten gepasst – denn dieser Ort war für viele Hell Riders genau das, das Ende.

Sie wurden von Kyrill und seinen Männern regelrecht abgeschlachtet, das hingegen steht in keinen Geschichtsbüchern.

Die Namen all unserer getöteten Brüder werden über kurz oder lang vergessen sein.

Ihre Kutten wurden entweder mit ihnen beigesetzt oder während einer Abschiedszeremonie verbrannt. Und zum Teufel, ich habe es so satt, meine Brüder sterben zu sehen. Dieses Mädchen, das mir so unverhofft vor das Bike gerannt ist, könnte uns zum Sieg verhelfen.

Kyrill wäre nicht der erste mächtige Mann, der wegen einer Frau den Verstand verliert. Ich werde seine Eifersucht schüren, ihn wissen lassen, dass seine Frau nun in meinem Bett liegt – in dem Bett seines Feindes – und abwarten, was passiert.

Wenn mein Plan aufgeht, wird der Russe blind vor Zorn zu einem überstürzten und zum Scheitern verurteilten Angriff rufen.

Wir hingegen werden vorbereitet sein und den Bastard mit Blei vollpumpen. Ich werde ihn mit so vielen Kugeln durchlöchern, dass seine Überreste in eine Tüte passen.

In meinem Kopf entsteht ein Plan, tödlich und präzise.

Dieses Mal werde ich nichts dem Zufall überlassen. Und während ich den Untergang des Mannes plane, den ich abgrundtief verabscheue, greife ich nach der Hand des Mädchens, das mir dabei helfen wird, Kyrill in seinem eigenen Blut zu ertränken.

„Was hast du vor?"

Linas Stimme klingt zittrig.

„Ich fordere die Bezahlung ein."

Furcht blitzt in ihren Augen auf, mein Schwanz zuckt ungeduldig.

„Wofür? Für nicht erbrachte Leistungen? Es war nie vereinbart, dass ich in Vorkasse gehe."

Vorkasse? Eine merkwürdige Art, Sex zu beschreiben.

Mit einem Ruck ziehe ich sie an mich, Lina gerät ins Stolpern und knallt gegen meine Seite. Ich nutze die Chance, packe sie am Arsch und fange sie ein.

Welch köstliche Beute ...

Sie wehrt sich, kratzt und beißt mir in den Arm.

Genervt bleibe ich stehen und starre sie finster an.

„Wovon redest du? Warum *nicht erbrachte Leistungen*?"

Kampflustig reckt sie den Kopf in die Höhe und schafft wieder etwas Abstand zwischen uns. Es gefällt mir nicht, wenn sie das tut.

Ach Fuck!

Das wird anstrengender als gedacht. Die Kleine hat offensichtlich nicht vor, sich brav auf den Rücken zu legen und die Beine für mich zu spreizen.

„Na ja. Was hast du denn bisher schon getan? Weder weißt du, wo sich meine Schwester aufhält, noch hast du dich um irgendetwas anders gekümmert. Sex gegen Schutz und Sicherheit für Lena und mich. So war der Deal!"

Das soll ein Witz sein, oder?

„Willst du mich verarschen, Püppchen?"

„Nein. Ich passe lediglich auf, dass *ich* nicht verarscht werde."

Wenn sie wüsste, was ich mit ihrem Arsch am liebsten anstellen würde, hätte das Gezicke augenblicklich ein Ende und sie würde mich um Gnade anflehen.

Fluchend zwinge ich mich dazu, ruhig zu bleiben, gehe zu den Diamanten, die noch immer auf dem Tisch liegen, packe sie zurück in den Beutel und verstaue sie im Tresor. Dabei achte ich penibel darauf, dass die Frau hinter mir keinen Blick auf die von mir eingetippte Zahlenkombination werfen kann.

Einmal Diebin – immer Diebin.

Das ist wie mit dem Morden, wenn die Hemmschwelle überschritten wurde, gibt es kein Zurück mehr.

Kaum dass die Steine in Sicherheit sind, packe ich das Mädchen am Handgelenk, ziehe es durch den Club, hinaus in die kalte Nachtluft.

Der Himmel ist schwarz, die Sterne sind nicht zu sehen, so als hätte das Universum sie verschluckt, um sie vor den gierigen Blicken der Menschen zu verbergen.

„Scheiße, Ice, was soll das werden? Du tust mir weh."

„Ich beweise dir, dass ich mich an die Vereinbarung halte."

Erst als wir mitten im Hof stehen, lasse ich sie los, stelle mich direkt hinter sie und packe sie an den Schultern. Grob drehe ich sie so, dass ihr die beiden Scharfschützen auf dem Flachdach ins Auge stechen. Das Zittern, das sie erbeben lässt, ist sicherlich nicht auf die Kälte zurückzuführen. Erst als ich mir sicher bin, dass sie kapiert hat, dass sie sich in diesem Moment in den Visieren der beiden Sturmgewehre befindet, verpasse ich ihre eine 90-Grad-Drehung, sodass ihr die Wachen auffallen, die in 2er-Teams an der Grenze unseres Reviers patrouillieren. Lina versteinert, ich bin mit meiner Machtdemonstration noch nicht fertig. Langsam führe ich sie näher an das verschlossene und streng bewachte Tor, an dem mittlerweile nicht nur die zwei Prospects für Sicherheit sorgen, sondern auch noch Lucky, der Enforcer der Hell Riders, und Cruz, unser Kassenwart und Waffennarr, anzutreffen sind.

„Vorkasse? Wenn hier jemand bereits Leistung erbracht hat, dann bin ich das, Baby. Fire, unser Sergeant-at-Arms ist zusammen mit Bentley längst dabei, nach deiner Schwester zu suchen. Wenn es darum geht, jemanden aufzuspüren, sind die beiden unschlagbar. Betrachte deinen Zwilling als so gut wie eingefangen!“

Lina nickt zögerlich, ihr Blick fällt auf den SUV, an dem mit zur Schau gestellter Lässigkeit die zwei Russen lehnen.

„Warum schießt keiner?“

Ihre Frage überrascht mich.

„Was meinst du?“

„Na ja, ihr hasst euch. Pawel und Mischa würden, wenn sie die Gelegenheit dazu hätten, auf euren Gräbern tanzen. Und euch geht es da sicherlich nicht anders. Also warum steht ihr da, und wartet ab? Wieso macht keiner von euch den ersten Schritt? Ich kenne Pawel, sein Zeigefinger liegt garantiert auf dem Abzug. Shit! Gedanklich hat er dich in den letzten Sekunden sicherlich ein Dutzend Mal kaltgemacht.“

Das hat er garantiert.

„Wir sind keine kleinen Straßengangster, die sich nicht beherrschen können. Wenn einer der Russen jetzt abdrückt und mir eine Kugel ins Hirn jagt, ist er innerhalb von drei Sekunden ebenfalls tot. Und selbst wenn sie aus dem Auto heraus schießen, würde ihnen das nur einen kleinen Vorteil verschaffen. In diesem Moment befinden sich grob geschätzt um die fünfzig Member auf dem Clubgelände. Was meinst du, wie weit würden Pawel und Mischa kommen, bis sie von Bikes umzingelt wären? Ein toter Rockerpräsident würde eine Welle lostreten, der dein Ex nicht gewachsen wäre. Hunderte Rider aus allen Chaptern dieses Landes würden sich auf den Weg nach Atlanta machen. Das Blutbad, das dann folgen würde, kannst du dir nicht mal im Ansatz vorstellen, kleiner Goldfisch."

Ich löse die Finger von ihren Schultern, schlinge meine Arme um ihre schmale Taille, spüre die Wärme ihres Körpers und die Rundungen ihrer Titten.

„Und warum schießt ihr dann nicht auf die Russen?"

Ach verdammt, die Kleine hat es immer noch nicht verstanden.

„Warum sollte ich? Was bringen mir zwei tote Russen auf der Straße direkt vor dem Club?" Mit einem Ruck drehe ich sie zu mir um, sodass sie mir direkt in die Augen sehen kann. „Ich bin ein Killer, aber kein schießwütiger Idiot. Wenn ich abdrücke, dann immer mit einem Plan. Ich lasse mich nur selten zu einer Emotionstat verleiten. Diese zwei Wichser abzuknallen, würde mir nur Ärger bringen. Zwei Russen mehr oder weniger machen keinen großen Unterschied. Ein Krieg wird in Schlachten gewonnen, nicht durch die Anzahl der Leichen!"

Verwirrung spiegelt sich in ihren moosgrünen Augen. Sie muss nicht verstehen, warum ich handle, wie ich handle, nur dass sie sich auf mich verlassen kann.

„Wie du siehst, bin ich längst dabei, meinen Teil unseres Deals einzuhalten. Du bist hier sicher zumindest so sicher, wie du es in meiner Nähe sein kannst!"

Ich lächle, doch die aufsteigende Gier ist mir sicherlich anzusehen.

Ungeduldig öffne ich den obersten Knopf ihrer Bluse, fahre mit dem Finger zwischen den aufklaffenden Stoff und treffe auf samtene, seidig weiche Haut.

Ihr Mund öffnet sich einen Spalt, in meiner Hose wird es eng.

Es ist offensichtlich, dass sie sich vor mir fürchtet, dennoch erkenne ich die Erregung in ihrem Blick. Die Tatsache, dass längst feststeht, dass ich sie ficken werde und dass keine Spielchen nötig sind, gefällt mir. Grob wirble ich sie herum, packe ihre Handgelenke und drehe ihr die Arme auf den Rücken. Das Mädchen keucht erschrocken auf.

Die Party um uns herum ist in vollem Gange. Keiner von uns lässt sich durch Kyrills Marionetten aus der Ruhe bringen. Es hat keinen Sinn, den Russen mehr Bedeutung zuzumessen, als sie verdient haben.

Wenn sie schießen wollen, sollen sie es tun – aber dann werden wir ja sehen, wer hier auf wessen Grab tanzt. Die Nase in Linas langen Haaren vergrabend, inhaliere ich ihren verführerischen Duft und spüre die wütenden Blicke der Russen, die uns nicht aus den Augen lassen. Mir kommt da eine Idee.

Das Mädchen will nicht, das ich es filme, aber ... *Fuck!*

Der König der Russen wird erst recht ausflippen, wenn ich seine Frau in aller Öffentlichkeit ficke, wenn ich sie vor den Augen seiner Männer nehme und es zum Beispiel Pawel ist, der sein Handy zückt und aufnimmt, wie ich mich bis zum Anschlag in die Pussy ramme, die Kyrill als sein Eigentum ansieht.

Wenn es umgekehrt wäre ... *Bloody Hell!*

Wenn ich an seiner Stelle wäre und er hätte die Frau, die ich für mich beansprucht habe, in seiner Gewalt und ich müsste dabei zusehen, wie er sie fickt ... Es würde mich umbringen! Ich würde die Kontrolle verlieren, meine Männer zusammentrommeln und ein Massaker anrichten, wie es die Welt so noch nicht gesehen hat.

Das unwichtige Detail, dass das Mädchen abgehauen ist, würde für mich keine Rolle spielen. Frauen sind wunderschöne, verletzliche und wankelmütige Geschöpfe. Heute hassen und morgen lieben sie einen. Ein Nein ist nicht gleich ein Nein, in den meisten Fällen bedeutet es sogar eher ein Ja. Meiner Erfahrung nach zumindest!

Entschlossen, Kyrill so schnell es geht aus seiner Hochsicherheits-Villa zu locken, führe ich Lina an den Rand der Party, sodass die Russen freie Sicht auf uns haben, drücke sie mit dem Rücken gegen die Mauer, die das Gelände der Rider vor der Außenwelt abschirmt, und befehle ihr, sich auszuziehen. Wie zu erwarten zögert sie, was mich dazu bringt, den nächsten Knopf ihrer Bluse zu öffnen.

„Was ist los, Baby? Angst vor der eigenen Courage? Willst du einen Rückzieher machen? Nur zu? Sag es – sag Nein zu mir und ich übergebe dich an die zwei Häscher, die bereits darauf warten, dich zurück in den goldenen Käfig zu sperren, aus dem du geflohen. Dein Ex ist sicherlich schon ganz scharf darauf, dich wieder sein eigen nennen zu können!“

Zorn blitzt in ihren Iriden auf.

„Du erpresst mich?“

„Nein, ich zeige dir lediglich deine Möglichkeiten auf!“

Mit deutlich mehr Kraft, als ich ihr zugetraut hätte, boxt sie mir gegen den Solarplexus, was mich keuchend zusammenzucken lässt.

„Fick Dich!“

„Nein, ich ficke dich!“

„Ach ja?“

Nur Frauen schaffen es, mit zwei Worten mehr auszudrücken als ein Mann mit einem kompletten, verfickten Aufsatz!

„Ja, und zwar genau jetzt und hier!“

In einer königlichen Geste reckt sie das Kinn in die Höhe und sieht mich herausfordernd an.

„Denkst du denn, dass du mir gewachsen bist, Rocker?"

Echt jetzt? Wie geil!

„Du forderst mich heraus?"

„Es gibt Unterschiede zwischen ficken und na ja ... ficken. Dummerweise kennt diesen Unterschied nicht jeder Mann."

Mutig fasst sie mir in den Schritt und grinst siegessicher, als sie die harte Ausbeulung spürt.

Respekt! Sie wagt es tatsächlich, mich herauszufordern!

Einen Fluch unterdrückend, packe ich sie an der Bluse, die restlichen Knöpfe fliegen durch die Luft.

„Verdammt, was soll das?"

„Ich demonstriere dir den Unterschied zwischen einem mit Mädchen handelnden, wodkasaufenden Russen und einem echten Outlaw Biker."

Grob packe ich mir ihre linke Titte, massiere das weiche Fleisch und kneife in den durch die Spitzen des BHs lugenden Nippel.

Sie keucht, ich schiebe meine Zunge tief in ihren Hals und presse sie fester gegen die Mauer. Das Keuchen, das sie von sich gibt, macht mich hart, es erregt mich, Macht über dieses Mädchen zu haben.

Und während ich ihren Mund für mich beanspruche, mich durch die samtene Höhle wühle und ihr den Atem stehle, riskiere ich einen Blick nach rechts und stelle zufrieden fest, dass mein Plan aufgeht.

Mischa, der Typ, den ich am Hals getroffen habe, steht mit geballten Fäusten am Tor, Kyrills Nummer eins leistet ihm mit gezücktem Handy Gesellschaft. Erst wirkt es so, als würde er telefonieren, dann nimmt er das Telefon vom Ohr, streckt den Arm aus und filmt, was ich mit dem Mädchen anstelle.

Ein Blitz zuckt an meinem Rückgrat nach unten, explodiert in meinen Eiern und entlockt mir ein ungeduldiges Knurren.

Es wird Zeit, die Praline zu vernaschen, meinen Sold zu kassieren und den Russen in die Knie zu zwingen.

4. Kapitel

Lina

Rau und heiß windet sich Ice' Zunge um die meine.
Seine Hand auf meiner Brust und sein Geruch in meiner Nase – die Knie werden mir weich.

Der Kuss hat etwas Wildes, Bittersüßes und zugleich Verzweifeltes.

Hier geht es nicht um Liebe, Zuneigung oder irgendeinen anderen mit Gefühlen beladenen Scheiß. Sondern um einen einfachen und hoffentlich erfolgreichen Deal.

Schutz gegen Sex. Klingt genial.

Ob es das auch ist, wird sich zeigen!

Das Wissen, dass ich nicht mehr alleine dastehe, sondern Unterstützung habe, beruhigt mich und hilft mir dabei, die Panik, die in mir wütet, unter Kontrolle zu bringen.

Lena und ich wären auf uns alleine gestellt so gut wie erledigt gewesen. Es war naiv zu glauben, dass zwei Frauen gegen die Russen gewinnen können.

Ice hat Wort gehalten, das Gelände ist gesichert und zwei seiner besten Männer haben sich auf die Suche nach meiner Schwester gemacht.

Vielleicht sollte ich dem Schicksal dafür danken, dass ich in einer Stadt, in der über 400000 Menschen leben, ausgerechnet dem gefürchteten Präsidenten des Hell Riders Motorcycle Clubs vor die Harley gelaufen bin.

Wären Ice und seine Männer nicht gewesen, hätten Pawel und Mischa mich längst erwischt und ich würde jetzt als zerstückelte Leiche in einem frisch ausgehobenen Grab liegen. Es ist, als hätte eine höhere Gewalt gewollt, dass ich jetzt mit zerrissener Bluse mitten auf einer Bikerparty stehe und der Reinkarnation des Teufels zu Willen bin.

Die Bässe der Musik wummern durch meine angespannten Nervenbahnen, das schrille Lachen einer Frau vermischt sich mit Ice' animalischem Fauchen.

Keine Ahnung, was in mich gefahren ist, als ich den Outlaw gereizt habe – ich muss verrückt gewesen sein ...

Wahrscheinlich ist mir der ganze Stress und die Aufregung der vergangenen zwölf Stunden zu Kopf gestiegen. Anders kann ich mir nicht erklären, dass ich den Rocker nicht nur im sprichwörtlichen Sinne am Schwanz gezogen habe.

Mit jedem Zungenschlag und jeder weiteren heroischen Berührung weicht die Sorge um meine Schwester mehr und mehr in den Hintergrund. Aber nicht, weil es mir plötzlich einerlei ist, was mit Lena geschieht, sondern weil ich weiß, dass bereits nach ihr gesucht wird und dass ich ihr am besten helfe, wenn ich den Biker mit den Eisaugen zufriedenstelle.

Wie heißt es so schön? Der Feind meines Feindes ist mein Freund.

In meinem speziellen Fall muss diese Weisheit etwas abgeändert werden. Der Feind meines Feindes ist mein ... Geliebter, Schutzpatron oder vielleicht sogar kuttentragender Schutzengel?

Eine merkwürdige Konstellation, mit der ich so nie im Leben gerechnet hätte.

Wieder und wieder schlängelt sich seine Zunge durch meinen Mund. Die Bluse wird mir von den Schultern gestrichen und raue Fingerspitzen kratzen über meine Haut, als der Rocker geschickt die Häkchen meines BHs öffnet. Die schwarze Spitze fällt zu Boden.

„Du bist unglaublich schön. Kein Wunder, dass der Russe dich zurück will, Diamantendiebin."

Endlich mal ein Kosename, der mir gefällt.

Nicht sicher, ob ich wirklich hier, auf dem Hof und unter freiem Himmel, von dem Biker genommen werden will, sehe ich mich nervös um. Niemand schenkt uns besondere Beachtung. Wir sind einfach nur ein weiteres Pärchen, das sich mitten im Trubel der Party vergnügt. Doch falscher könnte man mit dieser Einschätzung gar nicht liegen. Weder sind wir ein Paar, noch vergnügen wir uns.

Dieser Sex ist eine reine Geschäftsabwicklung.

Langsam streicht er über mein Schlüsselbein, zwischen meinen Brüsten hinab, um die Mulde des Bauchnabels herum bis zum Bund der Hose.

Zittrig atme ich aus, beobachte sein finsteres Mienenspiel und schlucke schwer, als er beginnt, meine Jeans zu öffnen.

Jetzt wird es ernst ...

Zweifel steigen in mir auf.

Was, wenn dieser Sex ein Fehler ist, der mich meiner Zeit beraubt?

Vielleicht wäre es doch besser gewesen, mich selbst auf die Suche nach Lena zu machen?

Verdammt! Ich habe keine Ahnung, was richtig oder falsch ist.

Was ich aber weiß, ist, dass vor den Clubtoren Pawel und Mischa stehen und dass dieser Hell Rider mich nicht einfach so wieder gehen lassen hätte.

„Du hast die Steine und jetzt bekommst du meinen Körper. Schwöre mir, dass du meine Schwester findest und uns beide in Sicherheit bringst."

Mit geblähten Nasenlöchern zieht er mir die Jeans zusammen mit meinem String runter an die Knie. Fast nackt und mit wummerndem Herzen stehe ich da und starre den Rocker an, dessen Finger meine Scham bedecken.

„Das ist sie also, die Pussy, die Kyrill in die Knie gezwungen hat."

„Schwöre es, verdammt!"

Langsam öffnet er mit seinen langen Fingern meine Schamlippen, der Zug um seinen Mund wird hart und entschlossen. Die Muskeln in seinen Armen zucken.

„Fire und Bentley sind längst auf der Suche nach ihr. Keine Sorge. Die Russen werden sie nicht kriegen."

Seltsamerweise beruhigt mich diese erneute Zusicherung nur minimal.

Hektisch fliegen meine Blicke über den Hof, hoch zu den Scharfschützen, zu den Wachen, die ihre Runden drehen und zu den Membern, die schwer bewaffnet die Zufahrt sichern.

Ich entdecke den SUV – entdecke Pawel und Mischa und stelle entsetzt fest, dass Ersterer sein Handy auf uns gerichtet hält. Ich weiß sofort, was er da macht – ein Beweisvideo für seinen Boss.

Es würde mich nicht einmal sonderlich verwundern, wenn Kyrill gerade live zusieht, was der Rocker mit mir anstellt.

Wie Kyrill wohl reagiert?

Vielleicht verabscheut er mich jetzt, wo ich ihn ausgeraubt habe, so sehr, dass er mich gar nicht mehr zurückwill, sondern dass er nur noch von Hass und Rache getrieben ist und es ihm egal ist, dass ich Sex mit seinem Feind habe.

Nein! Dafür kenne ich ihn zu gut. Aller Wahrscheinlichkeit nach ist er gerade dabei mit seinem heißgeliebten, goldenen Baseballschläger, mit dem er schon so viele Kniescheiben zertrümmert hat, die kostspielige Inneneinrichtung seiner Villa kurz und klein zu schlagen. Dabei wird er brüllen, fluchen und eine so unglaubliche Wut empfinden, dass er völlig durchdrehen und sich in seiner Fantasie meinen Tod minutiös ausmalen wird. Bis jetzt war die Einzige, die ihn, wenn er die Kontrolle verloren hat, wieder beruhigen konnte, ich.

Aber jetzt bin ich diejenige, die seinen Kontrollverlust ausgelöst hat. Die Frau, die ihn die letzten Monate glauben ließ, dass sie ihn liebt, hat ihn nicht nur verraten und hintergangen, sondern auch bestohlen ...

Das ist heftig, das sehe ich ein.

Sollte Kyrill mich jemals wieder in die Hände kriegen, werde ich das alles bitterlich bereuen!

Langsam schiebt sich Ice' Daumen zwischen meine Schamlippen, bleibt auf meinem Kitzler liegen und übt einen perfekt dosierten Druck aus. Einen Druck, der gegen meinen Willen sämtliche meiner Gedanken zerplatzen lässt.

„Fuck!“

Meine Reaktion bringt ihn zum Lachen.

„Was? Hast du gedacht, dass ich dich umdrehe, gegen die Mauer drücke, ficke und das war's?“

Um ehrlich zu sein? Ja!

Rein – raus – fertig.

Über die Biker sind viele Geschichten im Umlauf, in keiner geht es darum, dass die Rider sonderlich geschickte oder gar aufmerksame Liebhaber sind.

Es ist allgemein bekannt, dass Ice und seine Männer auf harten, schnellen Sex stehen.

Hart und schnell kann gut sein – muss es aber nicht.

„Ja. Davon bin ich ausgegangen.“

Er grinst, so als ob ich einen Witz gemacht hätte.

„Baby. Es ist erst ein Sieg, wenn du vor Lust schreist. Wenn du in dem Moment, in dem du kommst, den Namen des Russen vergessen hast, ja wenn du nicht mal mehr beschreiben könntest, wie er ausgesehen hat. Erst wenn du zitterst und stöhnst, wird Kyrill kapieren, dass ich gewonnen habe.“

Perplex starre ich ihn an.

„Du willst, dass es persönlich wird.“

Der Rockerpräsident nickt.

„Jetzt hast du es kapiert. Ich will den Wichser, der dich bis letzte Nacht in seinem Bett hatte, in die Knie zwingen.“

Da gibt es nur ein Problem.

„Ich denke nicht, dass ich Kyrill so viel wert war.“

„Den Gerüchten nach warst du es.“

Wenn das so ist, habe ich das, was der König der Russen für mich empfunden hat, völlig falsch eingeschätzt.

Langsam beginnt Ice seinen Daumen kreisend zu bewegen, reibt wieder und wieder über das empfindliche Nervenbündel und entlockt mir so ein Keuchen.

Ich versuche wirklich gegen die immer stärker werdende Lust, die sich in meinem Unterleib aufbaut, anzukämpfen, doch darin war ich noch nie besonders gut.

Wenn mich die Erregung packt – dann richtig.
Immer mehr Feuchtigkeit flutet meine Mitte, Ice bemerkt es, wühlt sich durch den Spalt meiner Muschi und dringt mit zwei seiner Finger tief in mich ein.
Seufzend lege ich den Kopf in den Nacken, drücke mich dem Rocker entgegen und versuche, das Gesicht in die entgegengesetzte Richtung zu drehen, sodass Pawel und Mischa nicht sehen können, wie sich meine Lippen für einen leisen Schrei öffnen.
Der Rocker durchschaut mich, packt mich am Kinn und sorgt so dafür, dass Pawel mit seinem Handy filmen kann, was Ice mich empfinden lässt.
Rhythmisch fickt er mich mit seiner Hand, pinnt seine Lippen auf die meinen und küsst mich stürmisch. Wild und hungrig erobert er meinen Mund, rammt seine Zunge tief in mich hinein und wiederholt diese Bewegung mit seinen Fingern.
Noch immer liegt sein Daumen auf meiner Klit. Ich erschaudere, wimmere und versuche ruhig zu bleiben, was er allerdings nicht zulässt.
„Kämpfe nicht dagegen an, du hast keine Chance gegen mich."
Der Rider, dessen Geschmack meine Lippen benetzt, wirkt siegessicher.
Für gewöhnlich ist es ja immer so, dass wir Frauen um jeden Orgasmus froh sind und hoffen, dass wir noch rechtzeitig fertig werden, bevor unser Liebhaber sein Pulver verschossen hat.
Doch genau jetzt in diesem Moment, kämpfe ich gegen das Zucken in meiner Mitte an.
Ich gönne Ice den Triumph nicht ...
Das Problem ist nur, dass sich dieser Biker wirklich gut mit der weiblichen Anatomie auskennt. Er weiß genau, wo und wie er mich berühren muss, um mir ein Stöhnen zu entlocken.
Wieder und wieder stößt er sich in mich, hält meinen Kopf weiter in Pawels Richtung und beißt mir zeitgleich in den linken Nippel.
Ein Blitz bestehend aus bittersüßem Schmerz, Adrenalin und Widerwillen zuckt an meinen Nervenbahnen entlang und explodiert in meinem Schoß.
Mein lautes Kreischen hallt über den Hof, lenkt die Aufmerksamkeit der Scharfschützen auf uns. Einige Partygäste drehen sich zu uns um, beobachten, wie mich der Präsident in besorgniserregender Geschwindigkeit über die Ziellinie schubst.

Saugend, knabbernd und leckend verwöhnt er meine Brustwarzen, gleitet mit seinen Fingern immer tiefer in mich hinein und beginnt mit seiner noch freien Hand seine Hose zu öffnen.

Ich stammle ein Nein, will „Stopp", rufen und diese ganze Sache beenden. Doch Ice hindert mich daran, indem er mich erneut stürmisch küsst. Auf unsere vielen Zuschauer müssen wir wie ein ganz normales Paar wirken, nur er und ich wissen, dass das, was uns verbindet, alles andere als normal ist!

„Lass dich fallen, Mädchen. Komm schon! Lass es zu ..."

Rau und dunkel streicht seine Stimme wie Schleifpapier über meinen vor Lust ausgeknockten Verstand.

Ich kämpfe gegen das, was in meinem Inneren passiert, an, beiße mir auf die Unterlippe und erinnere mich an das Chaos, aus dem mein Leben derzeit besteht und in welcher Gefahr Lena und ich mich befinden. Es hilft nichts!

Ice entzieht mir seine Finger, verpasst meinen Schamlippen einen Klaps und reißt seine Jeans ungeduldig nach unten. *Hilfe ...*

Dick und prall reckt sich sein Glied in meine Richtung. Bevor ich mich an seinem leicht nach oben gebogenen Schwanz sattsehen kann, werde ich gepackt und herumgewirbelt.

Ice ist gut gebaut, sehr gut sogar – besser als Kyrill und all meine bisherigen Liebhaber.

„Stütz dich an der Mauer ab, Arsch zu mir."

Mit rasendem Puls und zitternden Beinen recke ich ihm meine Rückseite entgegen, senke den Kopf und versuche, die Tatsache auszublenden, dass dank Pawel Kyrill alles beobachten kann.

Schon seltsam. An jedem anderen Ort auf der Welt wäre ich nicht vor meinem Ex sicher, aber hier, halb nackt vor dem Präsidenten dieses Clubs, muss ich mich nicht vor meinem ehemaligen Geliebten fürchten, obwohl er dank seiner Handlanger ganz genau weiß, wo ich mich in diesem Moment aufhalte und was ich treibe. Uns trennen nur wenige Meilen und dennoch bin ich für ihn unerreichbar.

Einen besseren Beweis für die Macht der Hell Riders gibt es nicht.

Und während ich dem vertrauten Geräusch einer zerreißenden Kondomverpackung lausche, denke ich darüber nach, dass es vielleicht doch nicht die schlechteste Idee war, meinen Körper und einen Teil der Diamanten an den Outlaw hinter mir zu verkaufen.

Dick und prall drückt sich die Spitze seines Phallus an meine Öffnung, instinktiv zucke ich zusammen, was Ice dazu veranlasst, mir sanft über den Rücken zu streichen.

„Es gibt keinen Grund, sich vor mir zu fürchten."

Ach nein?

„Bist du dir da sicher?“

Ich spüre, wie er seine Finger in meinen Haaren vergräbt und sich die langen Strähnen um die Hand wickelt, bestimmend zieht er mir den Kopf in den Nacken, bringt sich in Position und stößt sich mit einem kraftvollen Ruck bis zum Anschlag in mich hinein.

Sein lautes „Fuck!“, vermischt sich mit meinem gepeinigten Schrei.

Halleluja!

Extrem dick und außergewöhnlich lang hat sich sein Schwanz so tief in mich geschoben, dass die runde Wulst seiner Eichel gegen meine Gebärmutter stupst.

Keuchend schnappe ich nach Luft, spüre, wie sich der Schmerz nach und nach verflüchtigt und nichts als pure Lust zurücklässt.

„Ich mag deine Schreie!“

Mein von Endorphinen vernebeltes Hirn erinnert mich daran, dass er bis jetzt noch nicht auf meine Frage reagiert hat.

„Du schuldest mir noch immer eine Antwort, Rocker!“

Selbst mir fällt auf, wie atemlos und erregt ich klinge.

Brummend zieht er sich fast vollständig aus mir heraus, nur um einen Atemzug später wieder in mich zu gleiten. Seine prallen Hoden klatschen gegen meine empfindlichen Falten. Obwohl seine Iriden aus arktischem Eis zu bestehen scheinen, fühlt sich sein Schwanz an, als würde er aus lodernden Flammen bestehen.

Zeitlos wirkende Augen, unheimlich viel Kraft und diese übernatürliche Hitze ...

Ich wusste gleich, dass er der Leibhaftige höchstpersönlich ist.

Immer mehr Nässe flutet meinen Schoß, es fühlt sich so an, als würde ich bei lebendigem Leib verbrennen. Wimmernd biege ich den Rücken durch, schiebe mich noch ein göttliches Stückchen tiefer auf sein Glied und spanne die inneren Muskeln an, was ihn dazu bringt, seine Finger fast schon schmerzhaft in meiner Haut zu vergraben.

Ice hält mich fest, als würde er befürchten, dass ich mich wie durch Zauberei in Luft auflösen könnte.

„Bis vor einer Minute ...“, wieder rammt er sich bis zum Anschlag in mich, „hätte ich dir noch geschworen, dass ich keine Gefahr für dich darstelle.“ Rückzug – Vorstoß. „Doch jetzt, wo ich spüre, was Kyrill gespürt hat, wo ich besitze, was er besaß, und fühle, was ihn unvorsichtig werden ließ, bin ich mir dessen nicht mehr so sicher.“

Ohoh ... Falls das der passende Moment ist, um laut nach Hilfe zu schreien, lasse ich ihn ungenutzt verstreichen. Der Druck in meinem Unterleib wird immer stärker, erschwert mir das Denken.

Diese Nummer hier sollte sich nicht so verdammt gut anfühlen.

„Fick mich, Hell Rider!“

„Das werde ich, wieder und wieder!“

Mittlerweile hat seine Stimme einen so dunklen Klang angenommen, dass ich sie kaum wiedererkenne.

All die Anspannung, die Angst und das aufgestaute Adrenalin, entladen sich mit einem Schlag. Ich breche zusammen, zittere, schreie und spüre, wie mir die Tränen über das Gesicht laufen.

Der Orgasmus, der wie ein Orkan über mich hinwegfegt, entlockt Ice ein gebrummtes „Gott verdammt, Baby!“.

Vor meinem Sichtfeld surren schwarze Punkte, irgendwo neben mir ertönt ein lautes Pfeifen. Meine Beine knicken ein, einzig Ice’ raue, fest zupackende Hände halten mich aufrecht und sorgen dafür, dass ich nicht wie eine leblose Puppe auf dem Asphalt lande.

Kraftlos, verschwitzt und leise wimmernd, spüre ich, wie er sich wieder und wieder in mich rammt.

Die Mauer, an der ich mich festhalten soll, ist rissig und vermoost. Zähne graben sich in mein Schulterblatt, kratzige Bartstoppeln schaben über meinen Nacken. Der Biss schmerzt und löst, so unglaublich es auch sein mag, einen weiteren Höhepunkt aus. Das alles ist zu viel und zu intensiv, um schweigend ertragen werden zu können.

Einen Schrei ausstoßend, genieße ich die Kraft, mit der Ice mich immer härter fickt. Auf einen Schlag versteinert er, alles an ihm wird hart. Die Muskeln in seinen Oberschenkeln zucken, das raue Leder seiner Kutte reibt über meinen entblößten Rücken. Ein erlösendes Brüllen ausstoßend schlägt er mit der geballten Faust keinen Zentimeter von meinem Gesicht entfernt gegen die Mauer. Obwohl das alles eigentlich ganz schnell geschieht, kommt es mir so vor, als würde es in Zeitlupe passieren. Die Zeit hat ihre Geschwindigkeit verloren und der Gedanke an Kyrill seinen Schrecken.

Die Haut an Ice’ Knöcheln platzt auf, Blut kommt zum Vorschein, sein Sperma pumpt sich Schub für Schub in die dünne Latexmembran, die uns trennt.

Das Zittern, das mich schon bei meinem ersten Höhepunkt heimgesucht hat, wird immer stärker, mir fehlen die Worte, um das, was ich empfinde, zu beschreiben. Wie kann es sein, dass sich dieser schnelle, harte und wilde Fick mitten auf dieser verfluchten Bikerparty intimer und persönlicher anfühlt, als alles, was ich bisher erlebt habe?

„Holy Fuck, Baby. Fuck! Fuck! Fuck!“

Noch immer aufs Intimste verbunden, raunt Ice mir unzählige Flüche ins Ohr. Sein heißer Atem in Kombination mit der kühlen Nachtluft, lässt mich erschaudern.

Als ich nicht reagiere, sondern einfach nur erschöpft in seinen Armen hänge, mustert er mich besorgt.

„Alles okay bei dir, kleiner Goldfisch?"

Um ehrlich zu sein, habe ich keine Ahnung.

„Ich weiß nicht."

Er nickt, so als könnte er genau verstehen, was ich mit dieser nichtssagenden Äußerung gemeint habe.

„Aye, mir geht es da so ähnlich."

Prüfend sehe ich zum Tor, Pawel und Mischa sind verschwunden.

Seltsam, ihre Abwesenheit wirkt auf mich besorgniserregender als ihre Anwesenheit.

„Sie sind, nachdem du das erste Mal gekommen bist, in den SUV gestiegen und abgehauen."

Natürlich war Ice aufmerksamer als ich.

„Warum? Ist was mit meiner Schwester?"

Der Sex hat mich betäubt, doch jetzt kommt die allumfassende Angst mit voller Wucht zurück. Ich versuche, mich von Ice zu lösen, was er mühelos verhindert.

„Wenn etwas vorgefallen wäre, wüsste ich es."

Das reicht mir nicht.

„Kannst du bei deinem Vize anrufen?"

Er nickt. Langsam zieht er sich aus mir heraus, ich wimmere leise. Jetzt, wo ich ihn nicht mehr in mir habe, breitet sich ein unangenehmes Gefühl der Leere in mir aus.

„Kannst du stehen?"

Blöde Frage.

„Natürlich."

Zögerlich lässt er mich los, zieht das Kondom ab und wirft es kurzerhand über die Mauer. *Echt jetzt?*

Während ich mich fühle, als würde ich aus Glas bestehen, wirkt Ice stark und mächtig – ganz der Rockerpräsident – was ich echt unfair finde.

Die letzten Stunden waren unglaublich kräftezehrend.

Es war nicht so leicht, unbemerkt an Kyrills Tresor zu kommen, dann die riskante Flucht aus seiner Villa, die Verfolgungsjagd, der Verkehrsunfall, die Biker und der Schusswechsel.

Das alles plus dem harten Sex und der Sorge um Lena ...

Kein Wunder, dass ich mich fühle wie ein Blatt im Wind.

Die letzten Wochen waren unheimlich anstrengend.

Es war heftig, den Verrat zu planen und gleichzeitig Kyrill vorzuspielen, dass ich für immer bei ihm bleiben will.

Ich bin kein kaltherziger Mensch, was bedeutet, dass mir das alles schon ziemlich nahegeht. Liebe und Verrat gehen oft Hand in Hand, dennoch macht es das nicht leichter.

Ich fühle mich wie eine Ratte, was lächerlich ist, schließlich hatte ich gute Gründe, zu tun, was ich getan habe. Es war nicht die Geldgier, die mich zu dieser Verzweiflungstat getrieben habe, sondern mein Überlebensinstinkt.

Kyrill ist kein netter Märchenprinz, sondern ein Mann, der seine Frauen, wenn er ihrer überdrüssig wird, spurlos verschwinden lässt ...

Mit ruckartigen Bewegungen zieht Ice sich an, schließt den Gürtel und fährt sich mit der Hand durch die Haare. Das Licht der Strahler bricht sich in den silbernen Ringen an seinen Fingern. Er tauscht einen kurzen Blick mit einem der Scharfschützen und wendet sich dann wieder mir zu. Ich habe gerade erst meine Jeans hochgezogen und kämpfe nun mit dem Reißverschluss.

Mit einem amüsierten Funkeln in den Augen hebt er den BH und meine Bluse auf und reicht mir beides. So schnell wie möglich ziehe ich die Sachen an und hebe die Knöpfe, die vor meinen Füßen verteilt liegen, auf. Die werde ich wohl wieder annähen müssen. Beschämt sehe ich mich um und streife mir eine Locke aus dem Gesicht. Wenn ich aussehe, wie ich mich fühle, na dann gute Nacht ...

Ice wartet geduldig, erst als er sich sicher ist, dass ich fertig bin, marschiert er Richtung Clubhaus. Die Bluse zuhaltend, prüfe ich, ob sich die restlichen Diamanten noch immer in meiner Hosentasche befinden und mache mich dann daran, ihm zu folgen.

Ich komme genau drei Schritte weit, ehe meine Beine ihren Dienst versagen und einknicken. Ein erschrockenes Keuchen ausstoßend, kämpfe ich darum, mein Gleichgewicht wiederzufinden, und scheitere kläglich. Instinktiv strecke ich die Arme aus, aber bevor ich auf dem Boden aufschlage, packt Ice mich und verhindert so, dass ich stürze.

„Fuck, Mädchen. Ich habe dich doch gefragt, ob es dir gut geht."

„Woher hätte ich denn wissen sollen, dass ich umkippe?"

Ein Grunzen ausstoßend, trägt er mich über den Hof.

An der Türe zum Clubhaus angekommen, sieht er mit zuckenden Mundwinkeln auf mich herab.

„So viel zum Thema *ficken ist nicht gleich ficken*."

Der Rocker wirkt zufrieden mit sich und seiner Welt. Warum sollte er auch nicht? Für ihn ist dieser Tag wie ein Sechser im Lotto.

Schon seltsam. Unser Fick an der Mauer hat nicht für halb so viel Aufsehen gesorgt wie die Tatsache, dass der mächtige Präsident der Hell Riders eine Frau in seinen Armen trägt.

Was verrät mir das über den Mann, an den ich mich verkauft habe?

An der Bar angekommen, verscheucht er eine der halb nackten Tussis, die es hier zu Hauf zu geben scheint, von ihrem Platz und setzt mich vorsichtig auf den mit rotem Leder bezogenen Hocker.

Der Typ neben mir erkennt, wer da hinter ihm steht und verschwindet freiwillig.

Ice bestellt bei der Blondine, die hinter dem Tresen steht, ein Bier und ein Glas Orangensaft. Dann zieht er sein Handy aus der Innentasche seiner Kutte und tippt auf den Kurzwahlspeicher.

Gegen den Schwindel ankämpfend, beobachte ich ihn dabei, wie er sich bei seinem Vize erkundigt, ob es Neuigkeiten meine Schwester betreffend gibt.

Das Telefonat ist kurz, was meine Hoffnung wie eine schillernde Seifenblase zerplatzen lässt.

„Und? Was ist passiert? Haben deine Männer meine Schwester?"

„Nein."

Bittere Tränen steigen mir in die Augen. Es ist einzig und allein meine Schuld, dass sich Lena in Gefahr befindet.

Ice beobachtet mich. Als er merkt, dass ich weine, stößt er einen derben Fluch aus. „Hey, Schätzchen ..." Fast schon zärtlich legt er zwei seiner Finger unter mein Kinn und hebt meinen Kopf an, sodass ich ihm in die Augen sehe.

„Beruhig dich. Es gibt auch gute Neuigkeiten."

Schniefend wische ich mir mit dem Handrücken die salzigen Tropfen von den Wangen.

„Ach, und welche? Hat der Typ, der wie ein Auto heißt, Kyrill eine Kugel ins Hirn gejagt?"

Der Ausdruck in seinen frostigen Iriden wird nachsichtig.

Die Finger, die bis eben noch unter meinem Kinn lagen, packen mich nun am Hals. Nicht fest, eher zärtlich, dennoch hat die Geste etwas Bedrohliches.

Der Präsident mustert mich nachdenklich.

„So schön und zugleich so blutrünstig."

In seiner Stimme schwingt keine Wertung mit, er wirkt eher überrascht.

„Was ist jetzt mit Lena?"

„Bentley und Fire sind der Spur deiner Schwester gefolgt, gerade als sie sie in einem kleinen Motel aufgespürt hatten, sind wie aus dem

Nichts Pawel und Mischa aufgetaucht. Die Russen wussten irgendwoher, wo sich das Mädchen versteckt hält. Anscheinend haben nicht nur wir Rider unsere Informanten."

Zögerlich gibt er meine Kehle wieder frei, zieht seine Hand zurück und zündet sich eine Kippe an.

„Ich verstehe nicht, was daran gut sein soll."

„Mischa ist tot. Pawel hat eine Kugel ins Bein gekriegt und deine Schwester ist entkommen."

Bämm ... Fuuuuccckkkk!

Dass Lena entkommen ist, finde ich nur bedingt gut. Es hätte mir besser gefallen, wenn die Rocker sie erwischt hätten. So ist sie noch immer auf sich allein gestellt auf der Flucht.

Mischas Tod ist heftig. *Verdammt!*

Dieser Russe und ich waren so etwas wie Freunde, also auf eine schräge und abgehobene Art. Zumindest waren wir das so lange, bis ich Kyrill bestohlen habe und abgehauen bin. Durch diese Tat sind wir schlagartig zu Feinden geworden. Ein weiterer Beweis dafür, dass das Leben nicht nur aus Schwarz und Weiß besteht, sondern auch aus tausend verschiedenen Grautönen. Es sollte mich freuen, dass es einen meiner Verfolger erwischt hat – doch stattdessen spüre ich einen heftigen Stich in meiner Brust. Vor meinen Augen spulen sich Dutzende kleine Erinnerungen ab.

Sie alle drehen sich um den von den Rockern getöteten Russen. Darum, wie er mir erstaunlich geduldig das Messerwerfen beigebracht oder darum, wie er mir mit vor Sehnsucht glänzenden Augen von seiner Familie, die in Moskau zurückgeblieben ist, und der er monatlich Geld schickt, erzählt hat.

Für die meisten Menschen war Mischa einfach nur ein teuer gekleideter, anzugtragender Schläger, der für eines der größten Monster dieser Stadt gearbeitet hat. Ich hingegen konnte einen kleinen Blick hinter die tödliche Fassade werfen.

Gegen das emotionale Chaos in meinem Inneren ankämpfend, atme ich tief ein und zwinge mich dazu, den Rockerpräsidenten anzusehen, dessen Geschmack noch immer meine Lippen benetzt.

Groß, düster, sexy und auf seine eigene Art und Weise höllisch schön. Unglaublich, dass ich erst vor wenigen Minuten Sex mit diesem Mann hatte.

„Wie geht es jetzt weiter?"

Er zuckt mit den Schultern und reicht mir die Kippe, die dich dankbar annehme.

„Wir suchen weiter."

„Und was ist, wenn ihr Lena nicht erwischt? Was, wenn meine Schwester zu schlau für euch ist?“

Ice selbstgefälliger Gesichtsausdruck verrät mir, dass er diese Möglichkeit gar nicht erst in Betracht zieht.

„Sie ist nur ein Mädchen. Undenkbar, dass sie dem Club entkommen kann.“

Nur ein Mädchen also? Aha ...

„Das hat Kyrill über mich auch gedacht und was hat es ihm gebracht?“

Einen leeren Safe, ein leeres Bett und tote Mitarbeiter.

Obwohl ich die Frage Ice gestellt habe, beantworte ich sie mir insgeheim selbst.

Diese männliche Arroganz kotzt mich tierisch an ...

„Touché. Vielleicht sollten wir Haie nicht den Fehler machen, die Raffinessen der Goldfische zu unterschätzen.“

Er trinkt von seinem Bier, ich rauche die Zigarette fertig und gönne mir anschließend einen großen Schluck des Orangensafts. Die kalte Flüssigkeit tut gut, ich kann regelrecht spüren, wie sich mein geschwächter Kreislauf auf den Fruchtzucker stürzt.

Erst als das große Glas halb leer ist, setze ich es wieder ab.

„Hast du auch Wodka?“

Ice ist von meiner Frage so überrascht, dass er sein Bier über die halbe Theke prustet.

„Willst du mich verarschen?“

„Nein! Meine Nerven brauchen etwas Härteres. Der Tag war echt krass und ich habe so die Befürchtung, dass die Nacht ebenfalls noch einige Überraschungen für mich bereithält.“

Dazu sagt er nichts, das ist auch gar nicht nötig. Ich erkenne an seinem Blick, dass er für heute noch nicht mit mir fertig ist. Mit einem Handzeichen gibt er der Frau hinter der Bar zu verstehen, dass sie mir geben soll, was ich will.

Ich schnappe mir die Flasche und fülle mein Glas mit der klaren Flüssigkeit wieder bis zum Rand auf. Der Rockerpräsident neben mir beobachtet mich skeptisch, die Blondine räumt den Wodka zurück ins Eisfach.

„Man merkt, dass du bei den Russen gelebt hast, Mädchen.“

Bekanntschaften solcher Art gehen an niemandem spurlos vorbei.

„Messer, Waffen, Leichen und blutverschmierte Marmorböden – mit der Zeit und ausreichend Wodka gewöhnt man sich an alles.“

Er zündet sich eine neue Lucky Strike an und lässt den Rauch des ersten Zugs durch seine Nase entweichen.

„Hast du keine Möglichkeit, mit deiner Schwester in Kontakt zu treten? Eine Telefonnummer oder Ähnliches?“

Schön wär’s.

„Kyrill wollte nicht, dass ich ein eigenes Handy besitze, er war in dieser Hinsicht etwas paranoid. Und Lenas Telefon ist bei der Flucht in den Pool gefallen.“

Wieder wird mir bewusst, dass mein angeblich so genialer Plan etliche Schwachstellen hatte.

„Was ist mit einem Treffpunkt? Ihr müsst doch damit gerechnet haben, dass ihr getrennt werdet. Oder dachtet ihr allen Ernstes, dass ihr seelenruhig, Hand in Hand aus der Villa des Russen stolziert, die Taschen voller Diamanten und mit einem Rucksack prall gefüllt mit Geld?“

Oh Gott!

Ich werde es nie schaffen, morgen alleine in das kleine Café zukommen. Wenn ich da nicht auftauche, wird Lena automatisch vom Schlimmsten ausgehen. Sie wird denken, dass ich erwischt wurde oder dass ich längst tot bin ... *Scheiße!*

Es mag sein, dass Ice mir Schutz versprochen hat, doch ich darf keine Sekunde lang vergessen, dass dieser Biker genauso ein Monster ist wie Kyrill.

Die beiden Männer kleiden sich anders und haben sich auch sonst für zwei völlig verschiedene Geschäftsmodelle entschieden, aber tief in ihrem Inneren sind sich diese beiden Killer ähnlicher, als sie zugeben wollen.

Was wird passieren, wenn ich Ice von dem geplanten Treffen erzähle? Wird er mich gehen lassen oder wird er seine Männer schicken, um Lena einzufangen?

Der Umstand, dass seine Leute Mischa erschossen haben, beweist mir, dass Ice vorhat, sich an unseren Deal zu halten. Er würde wohl kaum einen Russen nach dem anderen umlegen, wenn er insgeheim vorhätte, Lena und mich an Kyrill zu verkaufen.

Leichen sind keine gute Basis für Verhandlungen – denke ich zumindest.

Irgendetwas an meiner Reaktion muss Ice verraten haben, dass es tatsächlich ein vereinbartes Notfalltreffen gibt.

„Wenn du nicht ehrlich zu mir bist, kann ich dir nicht helfen.“

Was soll ich denn jetzt tun?

Dem Biker alles anvertrauen oder schweigen und darauf hoffen, dass es mir irgendwann in der Nacht gelingen wird davonzulaufen? Wobei eine Flucht das Dümmste ist, was ich tun könnte.

Der Preis wäre einfach zu hoch. Immerhin habe ich Ice die Hälfte meiner Diamanten gegeben, damit er mich beschützt.

Fuck! Ich war noch nie gut in Schach. Ich bin kein Stratege. Vorauszuahnen, was mein Gegner plant, ist für mich ein Ding der Unmöglichkeit. Trotzdem bin ich keine Idiotin.

Mit den Scharfschützen auf dem Dach, den Wachen, die auf dem Grundstück patrouillieren, dem verschlossenen Tor und als extra Bonbon den Bewegungsmeldern, müsste ich schon ein verdammter Harry Houdini sein, um das Grundstück der Hell Riders unbemerkt verlassen zu können. Aber ich bin kein Entfesselungs- und Zauberkünstler, sondern einfach nur eine Frau, die sich mit dem falschen Mann angelegt hat.

Ich seufze, trinke die Wodka-Orangen-Schorle leer, knalle das Glas anschließend verkehrt herum auf die abgewetzte Holzplatte und wische mir mit dem Handrücken über die Lippen.

„Lena erwartet mich morgen nach Sonnenaufgang in *Ria's Bluebird Café* im Memorial Drive."

Ice wirkt zufrieden.

„Das ist in der Nähe des Zoos."

Ich nicke, er flucht.

„Dir ist klar, dass dieses Gebiet momentan von den Russen kontrolliert wird?"

„Nein, das war mich nicht klar. Scheiße! Woher soll ich wissen, wer, wann, wo das Sagen hat? Ihr kämpft seit Ewigkeiten um Reviergrenzen, Straßen und ganze Stadtviertel."

Jetzt, wo ich alle Karten auf den Tisch gelegt habe, weiß Ice alles. Wenn er beschließen sollte, mich zu hintergehen, hätte ich keinen Trumpf mehr im Ärmel.

„Okay. Ich werde dafür sorgen, dass Fire und Bentley sich auf die Lauer legen. Gibt es noch etwas, dass ich besser wissen sollte?"

„Ja. Wenn du mich verarscht, bringe ich dich um!"

Im ersten Moment wirkt Ice überrascht, ja geradezu geschockt, doch dann fängt er sich wieder und stößt ein bellendes Lachen aus.

„Scheiße, bist du süß!"

Na klasse! Genau das wollte ich nicht hören.

Aber hey ...

Wenn er meint, soll er ruhig denselben Fehler begehen wie Kyrill und mich unterschätzen. Der Russe hat in mir auch nur ein süßes Sexspielzeug gesehen.

„Bist du fertig oder brauchst du noch mehr Wodka?"

Der dunkle Unterton in seiner Stimme lässt mich hellhörig werden.

„Kommt darauf an, was du mit mir vorhast.“

„Ich werde dich ficken. Wieder und wieder.“

Oh ...

„In dem Fall würde ich den Wodka gerne mitnehmen.“

Mit einem Fingerschnippen sorgt er dafür, dass die eisgekühlte Flasche vor mir abgestellt wird.

Ich schaffe es gerade noch, nach ihr zu greifen, ehe Ice mich packt und über seine Schulter wirft. Wie seine Beute schleppt er mich durch den Club, in den Flur, eine Treppe nach oben und in den ersten Stock des Gebäudes. Dort angekommen, ist erneut sein Fingerabdruck nötig, um die verschlossene Stahltüre zu öffnen, vor der wir stehen.

Mit einem leisen Schaben springt der Bolzen auf und der Rockerpräsident trägt mich in seine Wohnung.

Obwohl ich verkehrt herum an seinem Rücken hänge, sehe ich mir alles ganz genau an.

Ein nackter Betonboden, der unnatürlich glänzt. Weiße Wände, Möbel, die aus Glas und Chrom bestehen und eine dunkle Ledercouch, auf der ein Stapel Klamotten liegt. Ein pinker String baumelt an dem Harleylenker, der an der Wand direkt neben dem gigantischen Flachbildschirm hängt.

Willkommen in der Höhle des Löwen ...

Ohne stehen zu bleiben, bringt er mich direkt ins Schlafzimmer. Das große Fenster ist weit geöffnet, sodass die Kühle und mit Geräuschen geschwängerte Luft zu uns hereinströmt. Es gibt keine Vorhänge und keine Bilder an den Wänden. Der Mangel an persönlichen Gegenständen ist erschreckend. Hier gibt es nichts, was mir dabei helfen könnte, herauszufinden, auf was für einen Mann ich mich da eingelassen habe.

Ice wirft mich aufs Bett, es gelingt mir gerade so, den Wodka festzuhalten.

„Dieses Mal ohne Zuschauer?“

Seine Augen verengen sich zu Schlitzen.

„Vorhin habe ich dich nur gekostet und der Welt gezeigt, dass ich jetzt Anspruch auf dich habe. Jetzt werde ich dich ficken. Richtig!“

So stark und mächtig dieser Hell Rider auch sein mag, im Grunde genommen ist er einfach nur ein kleiner Junge, der sich darüber freut, dass er einem anderen das Spielzeug weggenommen hat.

Wäre ich einfach nur irgendeine Frau, die ihm vor das Bike gelaufen ist, hätte er sicherlich kein Interesse an mir gezeigt. Einzig die Tatsache, dass ich zuvor in dem Bett seines Feindes gelegen bin, macht mich für diesen Rocker interessant.

Ich nehme Ice das nicht übel, wie könnte ich auch?

Kyrill hat mich ebenfalls nur fasziniert, weil der das böse Monster war, vor dem ich jetzt auf der Flucht bin. Wäre der Russe einfach nur ein netter Versicherungsvertreter gewesen, hätte ich mich nie auf ihn eingelassen.

Das, was wir tun, macht uns zu dem, wer wir sind ...

5. Kapitel

Ice – der Präsident

In den letzten Jahren habe ich unzählige Russen getötet.

Ich habe sie nicht einfach nur gejagt, sondern auch ihre Lagerhallen in die Luft gesprengt und ihre Geschäfte weitestgehend verhindert.

Häuser, Drogen, Waffen, Autos, Taschen voller Geld – vor nichts habe ich halt gemacht.

Es hat sich gut angefühlt, Kyrill leiden zu lassen – aber es war nie genug!

Erst jetzt, wo ich sein Mädchen in meinem Bett liegen habe, fühlt es sich an, als hätte ich einen Sieg errungen.

Lina ist eine Schönheit, das steht außer Frage, doch es ist nicht nur ihr Aussehen, das mich fasziniert. Die Tatsache, dass dieses kleine, zerbrechliche Geschöpf genug Mut hatte, sich dem König aller Russen zu stellen, imponiert mir. Diese Frau hat, während sie in Kyrills Bett lag und seinen Schwanz in sich aufgenommen hat, einen gefährlichen Plan geschmiedet.

Sie hat dem Bastard nicht nur seine Diamanten, sondern auch sein Herz gestohlen.

Ich kann verstehen, warum der Russe bei ihr schwach geworden ist, welcher Mann sehnt sich nicht nach einer Geliebten. Einer Frau, bei der er sich fallen lassen und den ganzen Bullshit, aus dem seine Existenz besteht, für ein paar kostbare Stunden vergessen kann.

Der Fick auf dem Hof war gut, doch ich war in Gedanken nicht wirklich bei der Sache.

Jetzt hingegen, wo ich dafür gesorgt habe, dass Kyrill ganz genau weiß, was ich mit seiner Frau mache, kann ich es genießen.

„Wenn ich mit dir fertig bin, wirst du vergessen haben, wie es sich angefühlt hat, von dem Russen genommen zu werden. Wenn ich mit dir fertig bin, kriechst du auf allen vieren aus dem Bett, weil du nicht mehr laufen kannst!“

Ein scheues Lächeln zupft an ihren Lippen.

Lina streift sich die Schuhe von den Füßen, öffnet dann die Flasche und kippt sich eine beachtliche Menge des Wodkas in den Hals.

„Versprich nicht, was du nicht halten kannst, Rocker.“

Mehr Provokation ist nicht nötig ...

Ohne die Augen von ihr zu lösen, ziehe ich mir die Kutte aus und lege das Holster samt Waffe auf die Kommode neben mir. Mit einem

Ruck ziehe ich mir das Hemd über den Kopf und öffne anschließend den Gürtel.

Die Unsicherheit, die plötzlich in ihrem Blick aufflackert, lässt meinen Schwanz gierig vibrieren.

Neugierig betrachtet sie den schwarzen Totenkopf, der mittig auf meinem Brustkorb thront und der auch auf meiner Harley, meinem Leder und am Clubhaus zu finden ist. Der Skull wird von zwei Flügeln eingerahmt und ist neben dem Schriftzug *RIDE OR DIE* der meine linke Schulter ziert, längst nicht das einzige Tattoo. Ungeduldig reiße ich mir die Sachen von Leib. Nach der kleinen Kostprobe von vorhin kann ich es nun kaum erwarten, das Mädchen mit den grünen Augen vollständig in Besitz zu nehmen. Keine Ahnung, wie lange es dauern wird, ihre Schwester einzufangen, aber für die Dauer der Suche gehört Lina mir.

Erst als ich nackt und mit geballten Fäusten vor ihr stehe, erlaube ich es mir, wieder tief durchzuatmen. Mit leicht geöffnetem Mund lässt das Mädchen ihre Augen über meinen Körper gleiten. An meinem vor Ungeduld zuckenden Schwanz angekommen, stoppt sie ihre visuelle Erkundungstour.

„Kein Wunder, dass meine Beine eingeknickt sind. Es ist unglaublich, dass der in mich reingepasst hat.“

Oh ja, ihre Pussy ist tatsächlich verteufelt eng.

Plötzlich unsicher sucht sie meinen Blick.

„Du willst es dieses Mal nicht etwas langsamer angehen lassen?“

„Nein! Will ich nicht.“

Nervös beißt sie sich in die Unterlippe.

„Vielleicht sollte ich noch etwas mehr trinken.“

„Tu, was du tun musst!“

Zitternd setzt sie die Flasche an und gönnt sich mehrere große Schlucke.

Meine Geduld ist aufgebraucht.

Ohne auf die Furcht in ihren Augen einzugehen, knie ich mich mit einem Bein aufs Bett, packe sie am Knöchel und ziehe sie zu mir her.

„Zieh dich aus, Mädchen. Ich will wissen, wofür ich bereit bin zu töten.“

Ich nehme ihr den Wodka ab, stelle ihn vor dem Bett auf dem Boden.

Nicht bereit, Lina ihre Verzögerungstaktik durchgehen zu lassen, ziehe ich ihr die Socken von den Füßen, öffne ihre Jeans und reiße sie nach unten. Knurrend betrachte ich die nun nackten Beine und ihre mit einem dünnen String bedeckte Mitte. Der unverkennbare Duft von

Pussy, Sex und Frau steigt mir zu Kopf, die Muskeln in meinen Oberschenkeln zucken, können es kaum erwarten zuzustoßen.

Lina schluckt und versucht sich an einem Lächeln.

„Bist du dir sicher, dass du dich nicht lieber auf die Suche nach meiner Schwester machen willst?"

Netter Versuch ...

„Ja, bin ich. Bentley und Fire schaffen das schon."

Sie öffnet den Mund, will noch etwas sagen. Um sie davon abzuhalten, mich vollzutexten, lege ich mich kurzerhand auf sie, drücke sie mit meinem Gewicht auf die Matratze und vergrabe meine Hand in ihren weichen Locken.

Ihre Fingernägel krallen sich tief in meinen Rücken, der leichte Schmerz hilft mir dabei, mich zu kontrollieren. Ich küsse sie grob, unsere Zähne schlagen krachend aufeinander.

Sie beißt mich, was mich dazu veranlasst, sie fest an den Haaren zu ziehen. Sofort geben mich ihre Zähne wieder frei und ich wühle mich wieder und wieder durch ihren Mund. Gierig windet sich meine Zunge um die ihre. Ich schmecke Blut, doch das stört mich nicht.

Erst als mein Hunger fürs Erste gestillt ist, löse ich meine Lippen von den ihren. Stück für Stück entkleide ich sie weiter und versuche dabei, nicht allzu grob zu sein. Erst als das Mädchen völlig nackt unter mir liegt, bin ich zufrieden.

„Letzte Nacht um diese Uhrzeit habe ich gerade Kyrills Schwanz in mir gehabt und nun liege ich hier unter dem Präsidenten des Hell Riders Motorcycle Clubs. Schon verrückt oder?"

Das alles ist verteufelt und absolut unnormal. Aber was soll's?

In der Welt, in der ich lebe, gibt es feste Regeln.

Aber mein moralischer Kompass ist flexibel und zeigt immer auf das, was ich am meisten will. Und im Augenblick ist dies das Mädchen, welches nackt und zitternd unter mir liegt.

Dick und hart drückt sich mein Schwanz gegen die weichen Falten ihrer heißen Mitte. Für uns beide gibt es kein Zurück mehr – dafür ist es längst zu spät. Ich werde sie jetzt ficken, mich in sie bohren und zum Schreien bringen, anschließend kümmere ich mich um die Diamanten in meinem Safe, Kyrill und ihre sich noch immer auf der Flucht befindende Schwester.

Für den Bruchteil einer Sekunde sehen wir uns einfach nur an.

Haut an Haut, unser Atem vermischt sich. Dann vergräbt sie ihre Finger in meinen Bizepsen, kommt mir entgegen und küsst mich hingebungsvoll.

Fuck! Damit habe ich nicht gerechnet ...

Dass sie sich von mir ficken lässt, war klar, dass sie aber selbst die Initiative ergreift, kommt überraschend.

Ihre Zunge windet sich um die meine. Knurrend trinke ich ihr Stöhnen und tackere meinen Mund auf dem ihren fest. Immer unruhiger presst sie sich gegen meinen Schwanz, reibt sich an ihm und treibt mich so in Höchstgeschwindigkeit in den Wahnsinn.

Erst als sie nach Luft schnappt, gebe ich ihren Mund frei, sauge mich an ihrer rechten Titte fest und koste das weiche Fleisch.

Keuchend biegt sie den Rücken durch, kommt mir seufzend entgegen.

Der Anblick, den sie mir gerade bietet, ist unglaublich geil und es stört mich gewaltig, dass Kyrill das Mädchen vor mir hatte.

Entschlossen drücke ich ihre Knie weiter auseinander und bedecke mit meiner Hand ihre vor Nässe triefende Pussy. Mit dem Daumen über den geschwollenen Knubbel ihrer Klitoris reibend, beiße ich mich an ihrem Nippel fest und entlocke ihr so einen lauten Schrei!

Holy Fuck!

Es fällt mir schwer, ruhig zu bleiben – es fällt mir schwer, sanft zu sein und es fällt mir ganz besonders schwer, zu akzeptieren, dass das vielleicht sogar das letzte Mal ist, dass ich sie ficke.

Sobald Bentley und Fire erfolgreich waren und ihre Schwester gefangen haben, werden wir die beiden Frauen aus dem Land schaffen und aller Wahrscheinlichkeit nach nie wiedersehen. *Seltsam!*

An den Gedanken, dieses Mädchen wieder und wieder zu ficken und vielleicht sogar für einen längeren Zeitraum zu behalten, hätte ich mich durchaus gewöhnen können.

6. Kapitel

Lina

Die letzten Nächte habe ich damit verbracht, wach in Kyrills Bett zu liegen und meinen Fluchtplan auszuarbeiten. Ich dachte wirklich, dass ich alle Eventualitäten berücksichtigt und an alles gedacht habe.

Es war so unglaublich naiv zu glauben, dass Lena und ich es schaffen könnten, mit der Beute zu verschwinden und uns ein neues Leben aufzubauen. Ich wollte weit weg von Kyrill und allen Monstern dieser Stadt.

Natürlich hatte ich auch einen Plan B, falls Plan A scheitert, ich hatte sogar eine vage Vorstellung von einem Plan C, falls alle Stricke reißen. Aber in keiner meiner Worst-Case-Szenarien bin ich wenige Stunden nach meiner Flucht im Bett des gefürchteten Präsidenten der Hell Riders gelegen. In absolut keiner!

Die Realität schlägt meine Fantasie um Längen.

Die Situation, in der ich mich gerade befinde, ist der beste Beweis dafür, dass das Schicksal alle Fäden in der Hand hält und dass wir Menschen absolut keinen Schimmer haben, was so alles auf uns zukommt.

Himmel!

Ich habe mit einem Rocker gefickt, der aussieht wie ein gefallener Engel und der die düstere Ausstrahlung eines Dämons besitzt.

Ice' Körper ist der eines Kriegers. Stahlharte Muskeln und Kraft ohne Ende. Neben unzähligen Narben zieren Dutzende Tattoos seine Haut. Der große, bedrohlich wirkende Totenkopf auf seinem Brustkorb starrt mich aus dunklen Augenhöhlen an.

Ice beginnt sich zu bewegen, reibt mit seinem dicken Glied durch meine heiße Mitte. Ich bin wund von vorhin und trotzdem kann ich es kaum erwarten, ihn erneut in mir aufzunehmen. Der Schwanz dieses Riders ist einfach nur *wow*! Keine Ahnung, ob ich ihn anbeten oder fürchten soll. Es gleicht einem Wunder, dass er überhaupt in mich hineinpasst. Ice hat den längsten, dicksten und zugleich am geilsten aussehenden Penis, den ich jemals zu Gesicht bekommen habe.

Er ist leicht gekrümmt und dicke Adern winden sich wie Schlangen über die beeindruckende Länge.

Wie es sich wohl anfühlt, ihn in den Mund zu nehmen?

Der Wodka entfaltet endlich seine beruhigende Wirkung, der Lärm in meinem Kopf wird langsam leiser. Die Stimmen meines Unterbewusstseins verstummen.

Gierig presse ich mich an den Biker auf mir, reibe meine Pussy an seinem Schwanz und stöhne, als er sich erneut an meiner Brust festbeißt.

Ich habe keine Ahnung, wie es dazu kommen konnte, dass wir jetzt hier liegen und tun, was wir nun mal tun – aber das macht nichts. Alles, was zählt, ist, dass es sich gut anfühlt, dass Kyrill mich hier nicht erwischen kann und dass zwei der Rocker längst auf der Suche nach Lena sind.

Hinter meinen geschlossenen Lidern zerplatzen grelle Funken, es fühlt sich so an, als würde sich das Bett gleich einem Karussell langsam um sich selbst drehen.

In dem Moment, in dem Ice seine Hand zwischen meine Schenkel schiebt, fokussiert sich all mein Denken auf den Mann über mir. Die Angst, die sich seit der gescheiterten Flucht in mir festgesetzt hat, löst sich gänzlich in Luft auf.

Alles, was ich noch wahrnehme, ist der Geruch von Mann und Leder, das leichte Kratzen seines Bartes und die unglaubliche Lust, die sich in meinem Unterleib aufbaut.

Ice' Lippen streifen warm und hungrig über die meinen.

Keuchend öffne ich mich ihm und lasse mich auf den wilden Kuss ein.

Unsere Zungen treffen sich, beginnen ein sinnliches Duell.

Bei allen Heiligen, dieser Teufel küsst mir die Seele aus dem Leib.

Obwohl ich mich vor seinem erneuten Eindringen fürchte, kann ich es irgendwie auch kaum erwarten.

Eine viel zu schnell vergehende Ewigkeit später beendet Ice langsam unseren Kuss und flucht dabei leise. Nach Halt suchend, kralle ich mich an ihm fest, genieße die Kraft, die er ausstrahlt und die mich wie ein schützender Kokon umgibt.

Langsam lasse ich meine Finger über die straffen Hügel seines Sixpacks gleiten.

Feste Muskeln und ein dünner Streifen dunkler Haare, der mich auf geradem Weg zu seiner Erektion führt.

Ein heroisches Knurren ausstoßend, beißt Ice die Zähne zusammen. Zögerlich umfasse ich seine dicke Erektion, lasse meine Augen an seinem Körper nach unten gleiten und stelle fest, wie klein meine Finger an seinem großen Schwanz wirken.

Unglaublich ... Hilfe ...

Die Muskeln in seinen Beinen spannen sich an und zucken.

Federleicht streiche ich über die pfirsichweiche Haut an seiner Eichel, verreibe die cremigen Tropfen, die aus dem kleinen Schlitz perlen und schlucke gierig.

„Ist das, was wir tun, falsch?"

Ich bemerke erst, dass ich diese Frage laut ausgesprochen habe, als es schon zu spät ist. In seinen eisigen Iriden spiegelt sich eine unzerstörbare Entschlossenheit und ich erkenne, dass das, was wir tun, egal ob falsch oder richtig, längst nicht mehr zu stoppen ist.

Es ist fast schon unheimlich, dass ich mich in den Armen dieses Rockers so sicher fühle, vor allem, da ich ja weiß, dass er genau wie Kyrill ein gnadenloser Killer ist.

Unsere Lippen treffen sich erneut, verschmelzen zu einem leidenschaftlichen Kuss.

Meine Hüfte umfassend hebt Ice meinen Unterleib an, und drückt ihn bestimmend gegen seinen bebenden Schwanz.

Während er sich zu seiner vollen Größe aufrichtet, stößt er ein wildes Fauchen aus und sieht mich aus zusammengekniffenen Augen an.

Er ist der Teufel, daran besteht kein Zweifel.

Die Muskelberge an seinem Bauch arbeiten heftig. Fasziniert streiche ich mit den Fingern über seinen tintenverzierten Brustkorb.

„Deine Pussy läuft regelrecht aus, Baby. Du kannst es kaum erwarten, erneut von mir gefickt zu werden."

Das dunkle Timbre seiner Stimme hallt in meinem Inneren nach. Leugnen nützt nichts und warum sollte ich es überhaupt tun?

Dank der Abgründe in meiner Seele bin ich nicht nur in Kyrills Bett, sondern auch in diesem hier gelandet. Gefahr zieht mich wie magisch an und böse Männer sind meine Schwäche.

Manche Frauen konsumieren harte Drogen, ich lande immer in den Armen von harten, gnadenlosen Kriminellen, die früher oder später mein Untergang sein werden.

In dieser Hinsicht ist mir nicht zu helfen.

Ich weiß um die Gefahr, spüre das Risiko und genieße beides wie einen guten Wein.

Fluchend beugt sich Ice über mich, unsere Haut reibt und streicht aneinander. Es fühlt sich sehr intensiv an, diesem Rider so nah zu sein.

Ich bin verloren ...

Meine Pussy pocht sehnsüchtig, meine Klit ist geschwollen und meine Brustwarzen sind hart. Jede Zelle meines Körpers sehnt sich danach, von diesem Rocker berührt und gefickt zu werden.

Ich will seinen vom Leben gezeichneten Körper anfassen und erkunden. Aber kaum dass ich es tue, fängt Ice meine Hände ein und presst sie über mir in das Kissen.

„Fuck! Stopp! Oder ich drehe durch, verliere die Kontrolle und verletze dich womöglich noch."

Bämm! Mit diesem einen Satz hat Ice mein Vertrauen gewonnen.

Warum? Ganz einfach. Obwohl er kurz davor steht zu platzen und vor Erregung mehr nach einem Tier klingt als nach einem Mann, versucht er, sich zu beherrschen, und stellt meine Unversehrtheit über seine Bedürfnisse.

Das hätte Kyrill nie getan!

Knurrend lässt er sich wieder auf mich sinken, saugt meine Nippel abwechselnd in seinen heißen Mund und lässt mich seine Zähne spüren.

Keuchend schnappe ich nach Luft, der dekadente Schmerz, den seine Bisse auslösen, setzt meine Nervenbahnen in Brand.

„Fick mich, Hell Rider!"

Winzige Schweißperlen bilden sich in meinem Nacken, ich erkenne meine eigene Stimme kaum wieder.

Ice löst seine rechte Hand von meinen Gelenken und umfasst sie nun nur noch mit der linken. Sofort will ich mich befreien – ein lächerlicher Versuch.

Kein Wunder. Dieser Rocker ist gut einen halben Meter größer und mindestens doppelt so schwer wie ich. Ohne Hast streicht er mit seinen Fingern durch meine Pussy, gleitet dann mit ihnen in mich hinein und treibt mich gezielt Richtung Höhepunkt.

Sehnsüchtig zieht sich meine Mitte zusammen, will mehr, wird immer feuchter.

Von einer mir völlig unbekannten Gier getrieben, presse ich meine Lippen wieder auf die seinen und küsse ihn rückhaltlos. Ice' raue Zunge wühlt sich durch meinen Mund, ist wild und unbezähmbar.

Seine gefrorenen Augen verweilen auf meinen Brüsten, an seinem Kiefer beginnt ein Muskel zu zucken und mittig auf seiner Stirn tritt eine dicke Ader hervor.

„Du bist der Wahnsinn, Mädchen. Wild, wunderschön und zugleich extrem verletzlich. Holy Fuck! Ich kann es nicht mit Worten beschreiben, aber ich kann verstehen, warum Kyrill dich in seiner Villa eingesperrt und für sich behalten hat."

Schlagartig verdunkelt sich seine Mimik. Ice starrt mich so finster an, dass es mir den Atem verschlägt. Unsicher rutsche ich hin und her, meine Hände sind noch immer über meinem Kopf gefangen.

Was ist los? Habe ich was falsch gemacht?

Ein gefährlich klingendes Grollen löst sich aus seiner Kehle.

„Es wird mir nicht gefallen, dich wieder gehen zu lassen."

Ich erschaudere.

„Was hat das zu bedeuten?"

Anstatt zu antworten, leckt er mit seiner rauen Zunge über meinen Hals, an meinem Schlüsselbein, dann an meinen Brüsten entlang und hinab bis zu meinem Bauchnabel.

An meinem Beckenknochen verweilt er, öffnet mit den Fingern geschickt meine Schamlippen und züngelt hungrig über meinen Kitzler.

„Köstliche kleine Praline ..."

Er saugt sich an meiner Klit fest, bringt seine Zähne ins Spiel und beißt sachte zu.

Sofort will ich seinem Mund ausweichen, der Biss schmerzt und die Empfindungen sind einfach viel zu intensiv, aber dann beginnt Ice versöhnend zu saugen und ich schmelze regelrecht dahin.

Mit zwei seiner langen Finger gleitet er so tief wie möglich in mich, krümmt sie dann und trifft auf diesen einen Punkt in mir, der mich zum Schreien bringt.

„Lauter, Baby. Lauter! Ich will, dass alle Männer in dieser Stadt hören, dass du jetzt in meinem Bett liegst."

Plötzlich beißt er so fest in die Innenseite meines rechten Oberschenkels, dass ich mich aufbäume und mit Tränen in den Augen nach Luft schnappe.

Der heftige Schmerz vermischt sich mit meiner Lust – wird zu einer explosiven Mischung, die all meine Synapsen zerplatzen lässt.

Ich bin zu keinem klaren Gedanken mehr fähig, verliere die Kontrolle und überlasse mich ganz dem Präsidenten dieses Clubs. Der immer stärker werdende Druck in meinem Inneren raubt mir den Atem.

Ruckartig spannen sich die Muskeln in meinen Beinen an, die Erlösung ist zum Greifen nah ... Der Rocker bekommt seinen Willen. Mein Stöhnen wird immer lauter, ich schaffe es einfach nicht, leiser zu sein. Ice leckt mich nicht einfach nur – sondern frisst mich regelrecht auf. Nachdem er mir seine Finger kurz entzieht, rammt er sie ein letztes Mal tief in mich hinein, während er sich unermüdlich durch meine Mitte leckt.

Der laute, verzweifelt klingende Schrei, der sich aus meiner Kehle löst, erfüllt die Stille des Schlafzimmers.

Ein animalisches Knurren vibriert in seinem Brustkorb. Zitternd und kraftlos beobachte ich unter halb gesenkten Lidern, wie er sich vor mir aufrichtet.

Ein zutiefst teuflischer Ausdruck legt sich auf seine markanten Gesichtszüge.

Einen Herzschlag später lässt er sich auf mich fallen, pinnt mich auf die Matratze und umfasst bestimmend meinen Kiefer.

„Du hättest mich stoppen sollen, Baby. Fuck! Jetzt, wo ich dich gekostet habe, bin ich süchtig nach dir."

Ice lacht ungläubig.

„Was ein Bullshit! In den vergangenen Jahren habe ich so viele Nutten gefickt, dass ich längst aufgehört habe, mich an ihre Gesichter erinnern zu wollen. Bei den meisten wollte ich einfach nur schnell fertig werden – alles, worum es mir ging, war, in möglichst kurzer Zeit möglichst viel Druck abzubauen. Bei dir ist das anders. Den Fick mit dir will ich hinauszögern. Du bist wie ein köstliches Dessert, das ich von dem Teller eines anderen gestohlen habe und nun genieße."

Nicht sicher, worauf er eigentlich hinauswill, sehe ich ihn einfach nur fragend an.

Die ungeheure Dominanz, die ihn wie zäher Nebel umgibt, ist auf düstere Art höllisch sexy und zugleich auch irgendwie einschüchternd.

Mein Puls rast, zwischen meinen Beinen pocht es verlangend und mich beschleicht das Gefühl, dass dieser Sex mein ganzes Leben verändern wird.

Dick und breit stupst sein Schwanz gegen meine Öffnung. Ich will ihn endlich in mir spüren ... All meinen Mut sammelnd, drücke ich mich ihm entgegen.

Sofort packt Ice mich an den Knien, reißt sie weit auseinander und legt sich auf mich. Das kratzende Geräusch, das seine über meine Haut reibenden Bartstoppeln auslösen, lässt mich erschaudern.

Meinen Hals mit leichten Bissen folternd, vergräbt er seine Faust in meinen Haaren. Mit heiserer Stimme raunt er mir ins Ohr, dass es jetzt ernst wird. Um seinen Worten mehr Nachdruck zu verleihen, lässt er seine Härte durch meine Falten gleiten.

Die dicke Wulst seines Gliedes drückt sich in mich, endlich ...

Ich stöhne gequält auf. Sein Schwanz ist einfach so verdammt groß!

Allein die wenigen Zentimeter, die er in mir steckt, dehnen mich so sehr, dass ich kaum noch atmen kann.

„Oh Gott, wie habe ich es vorhin nur geschafft, ihn in mir aufzunehmen?"

Wimmernd versuche ich ihm auszuweichen, doch Ice hält mich bestimmend fest.

„Ganz einfach, ich hatte dir keine andere Wahl gelassen ...“

Seine Muskeln zucken, sein Glied gleitet noch ein bisschen tiefer in mich. „... und das werde ich jetzt auch nicht!“

Kaum dass seine Worte verhallt sind, rammt er sich mit so viel Wucht in mich hinein, dass ich Sterne sehe. Ich schreie erstickt auf und spüre, wie mir eine Träne aus dem Augenwinkel rinnt.

Oh. Mein. Gott!

Ice ist so tief in mir, dass ich nicht spüren kann, wo er endet und wo ich anfange.

Für die Dauer weniger Atemzüge gelingt es ihm stillzuhalten. Es ist dem Rocker anzusehen, wie viel Kraft es ihn kostet, nicht sofort in einen harten und gnadenlosen Rhythmus zu verfallen.

„Yeah, das ist es, Baby ...“

Seine große Hand legt sich auf meinen Bauch, so als würde er ertasten wollen, wie tief er in mir steckt. Alles in mir zuckt und glüht. Ich bin aufs Äußerste gedehnt und bis zum Anschlag ausgefüllt.

Das heiße Feuer, das in meiner Pussy wütet, entlockt mir ein Keuchen. Das Herz schlägt mir wummernd gegen die Brust, es dauert eine kleine Ewigkeit bis der Schmerz sich in Lust verwandelt.

Der Ausdruck in den Augen des Rockers verändert sich, wird dunkler und gefährlicher.

Prüfend spanne ich meinen Unterleib an, entlocke ihm so ein raues Stöhnen.

„Nimm mich endlich!“

„Sicher?

Nein ...

„Ja!“

Mehr Aufforderung braucht er nicht.

Langsam zieht er sich aus mir heraus, nur um eine Sekunde später erneut in mich zu gleiten.

Der Rhythmus, mit dem er mich fickt, ist tief und gnadenlos.

Bei jedem Vorstoß werde ich auf dem Bett nach oben geschoben, obwohl er mich bestimmend festhält.

Wimmernd schnappe ich nach Luft, kralle mich an ihm fest und schließe die Augen. Mein Inneres ist so gedehnt, dass ich jede Erhebung und jede Ader an seinem Schwanz spüren kann. Wimmernd komme ich ihm entgegen, werde immer aktiver und fordere Ice heraus, noch etwas mehr Kraft in seine Stöße zu legen.

Wie verbinden uns, verlieren uns ganz in dem Gefühl, eins zu sein und vergessen dabei, dass es die Rache war, die uns zusammengeführt hat. In meinem Inneren beginnt es zu kribbeln und zu prickeln. Es fühlt sich an, als würde ich fliegen und zugleich untergehen.

Das Zittern, das mich erfasst, sorgt dafür, dass sich meine Zehenspitzen kringeln.

Der unfassbare Druck, der sich in meiner Pussy aufgebaut hat, entlädt sich auf einen Schlag. Der Orgasmus, der mich gleich einer Feuerwalze überrollt, bläst meinem Verstand die Lichter aus. Vor meinen Augen wird es schwarz und schwärzer ...

Ich höre meinen Schrei, presse mich Ice entgegen und fordere wider besseren Wissens mehr und immer mehr von ihm.

Völlig enthemmt rammt Ice sich immer fester in mich hinein, er verliert die Kontrolle und knurrt bei jedem seiner tiefen Atemzüge.

Ein letztes Mal stößt er sich bis zur Wurzel in meine Pussy, seine Hoden klatschen gegen meinen Damm. Ein Ruck durchzuckt ihn, dann verharrt er reglos in dieser Position, lässt den Kopf in den Nacken fallen und brüllt wie ein wildes Tier. Etwas Warmes flutet mein Inneres und mir wird klar, dass wir das Kondom vergessen haben.

Oh Gott! Verdammt ...

Unsere Blicke treffen sich und ich versuche, das gerade eben Erlebte zu begreifen.

Mir fehlen die richtigen Worte, um zu beschreiben, was da gerade zwischen uns passiert ist. Ich traue mich kaum zu atmen, bin verschwitzt und fühle mich so kraftlos wie noch nie zuvor.

Ich spüre sein Sperma in mir, es ist heiß und kribbelt. Erinnert mich an Champagnerbläschen. Ohne meinen Blick frei zu geben, beugt Ice sich zu mir herab, streicht überraschend liebevoll eine Strähne aus meinem Gesicht und küsst mich tief und langsam.

Am liebsten hätte ich ihn noch für eine Weile in mir behalten, aber er gleitet bereits langsam aus mir heraus.

„Alles okay bei dir, Mädchen?“

Ja. Nein. Ach verdammt. Keine Ahnung.

„Wenn ich das nur wüsste.“

Es fühlt sich so an, als hätte dieser mächtige Biker meine Welt aus den Angeln gehoben – als hätte er sie auf den Kopf gestellt und unter Wasser getaucht.

Dieser Sex hat mich in meine Einzelteile zerlegt und jetzt liegt es an mir, mich wieder zusammenzusetzen – falls das überhaupt möglich ist.

Alles in mir vibriert, meine Nerven liegen blank.

„War ich zu grob? Habe ich dir weh getan?“

Es kostet mich unheimlich viel Kraft, mich zu einer Antwort durchzuringen.

„Ja, hast du, aber es war ein guter Schmerz. Einer, nach dem ich süchtig werden könnte.“

Etwas, das ich nicht definieren kann, breitet sich in den Tiefen seiner gefrorenen Augen aus.

„Wir haben das Kondom vergessen!“

Entsetzt sieht er zwischen uns herab, sein gezischtes „Fuck!“, hallt von den Wänden wider. Damit wäre die Frage, ob er es absichtlich weggelassen hat, auch geklärt.

„Bist du jetzt schwanger?“

Seine Frage irritiert mich.

„Keine Ahnung. Ähm ... aber ich denke nicht, dass das so schnell geht.“

Das scheint Ice nicht sonderlich zu beruhigen.

„Es besteht also die Chance, dass du jetzt ein Kind von mir bekommst?“

„Rein theoretisch ja. Praktisch hingegen ...“ Er lässt mich nicht ausreden, sondern fällt mir ins Wort. „Hattest du jemals mit Kyrill ungeschützten Geschlechtsverkehr?“

Darüber muss ich gar nicht erst nachdenken.

„Nein.“

Etwas, das nach Erleichterung aussieht, blitzt in seinen Augen auf.

„Das ist gut.“

Ehrlich? Warum?

Ice lässt sich neben mir aufs Bett fallen, in meinem Kopf herrscht das totale Chaos.

Unruhig setze ich mich auf, reibe mir über die Stirn und will aus dem Bett steigen.

Der Outlaw hinter mir reagiert blitzschnell, rollt sich rüber und packt mich am Nacken.

„He, was hast du vor?“

„Ich will aufstehen.“

Seine Stirn legt sich in Falten.

„Warum?“

Um etwas Abstand zwischen uns zu schaffen.

„Ich brauche frische Luft.“

„Ich lasse dich aber nicht aus diesem Zimmer!“

Interessant.

„Mir reicht das Fenster.“

Er nickt zögerlich.

„Was, wenn du wieder umkippst?“

Gute Frage.

„Dann fängst du mich wieder auf.“

Hart und fest graben sich seine Finger in die Haut in meinem Genick. Gerade als ich denke, dass er es mir verbieten wird, löst er sanft seinen Griff.

„Gut. Aber mach langsam und vorsichtig.“

„Okay.“

Behutsam stehe ich auf, warte ab, was meine Beine machen und seufze erleichtert, als sie mich tragen. Trotzdem ziemlich wackelig durchquere ich das Zimmer, stelle mich nackt vor das offene Fenster und schließe die Augen. Tief einatmend inhaliere ich die kühle Luft, fülle meine Lungenflügel mit dem Sauerstoff und spüre, wie ich zu zittern anfange.

Warum um alles in der Welt habe ich nur nicht an das blöde Kondom gedacht?

Die Wahrscheinlichkeit einer Schwangerschaft ist unheimlich gering, aber sie existiert und beschert mir höllische Kopfschmerzen.

Dumm ... dümmer ... ich!

Ich spüre Ice' Blick auf mir. Seine Eisaugen verbrennen mich regelrecht.

Mit aller Kraft widerstehe ich dem Drang, mich zu ihm umzudrehen, sondern zwinge mich dazu, weiterhin rauszuschauen.

Mir war nicht bewusst, dass sich die Rückseite des Clubhauses so nah an der Grundstücksgrenze befindet. Die Mauer, die sich um das Gelände der Hell Rider zieht, berührt fast die Hauswand, sodass ich von hier oben aus über sie hinwegschauen kann. Die Straße, die sich durch die dunkle Nacht schlängelt und nur leicht vom silbrigen Schein des Mondes erhellt wird, wirkt unheimlich. Das Bollern eines dunklen Motors durchbricht die Stille, zwei kreisrunde Scheinwerfer nähern sich. Wie gebannt beobachte ich, wie die schwarze Limousine direkt vor mir auf der Straße anhält. Mein Puls schnellt instinktiv in die Höhe.

Auch wenn bis jetzt niemand ausgestiegen ist, weiß ich genau, wer sich in dem gepanzerten Audi befindet – Kyrill. Zu meinem Erstaunen scheint er heute auf seinen Chauffeur verzichtet zu haben, denn er steigt auf der Fahrerseite aus, dreht sich langsam um und sieht mir dann direkt in die Augen. Unsere Blicke treffen sich, meine Beine knicken ein, doch ich schaffe es, mich an der Fensterbank abzustützen. Wie in Trance starre ich den Mann an, den ich auf die schlimmste Art und Weise betrogen habe.

Ich habe ihm vorgespielt, dass ich ihn liebe, mir sein Vertrauen erschlichen und ihn dann verlassen, bestohlen und betrogen.

Dass er meinen Tod will, kann ich nur allzu gut nachvollziehen. Doch anstatt nach seiner Waffe zu greifen, auf mich zu zielen und abzudrücken, steht er einfach nur reglos da und sieht mich an.

Keine Ahnung, wie lange sich seine Augen in die meinen bohren, es fühlt sich an wie eine Ewigkeit. Ich bin wie erstarrt, unfähig, mich zu bewegen – unfähig, den Blick abzuwenden. Die Wolke, die bis eben den Großteil des Mondes verdeckt hat, zieht weiter gen Osten, sodass immer mehr des aschfahlen Lichts die Erde erhellt. Dank des nun in seiner ganzen Pracht am Himmel stehenden Vollmonds kann ich den Ausdruck in Kyrills Augen erkennen. Eine Mischung aus Schmerz, Leid, Liebe und Hass schlägt mir entgegen.

Ein Keuchen entweicht mir, der Boden unter meinen Füßen beginnt zu wanken. Gerade als ich befürchte, doch zu noch umzufallen, taucht Ice hinter mir auf. Natürlich entdeckt er den König der Russen, der einsam neben seinem Auto steht und beobachtet, wie der Rockerpräsident seinen Arm um mich schlingt und mit seiner warmen Hand meinen Bauch bedeckt. Wir sind beide nackt, Ice' Sperma läuft aus mir heraus, benetzt die Innenseiten meiner Schenkel.

Mein Ex ballt die Hände zu Fäusten, stößt einen undefinierbaren Laut aus und wendet sich von uns ab. Ohne ein Wort zu sagen, steigt er in seine Limousine, startet den Motor und fährt davon.

Bittere Angst und eine unheimliche Kälte beschleichen mich gleichermaßen.

„Er wird dich niemals aufgeben! Egal was du ihm angetan hast."

Das ist mir schmerzlich bewusst.

„Kyrill ist kein Mann, der die Bedeutung des Wortes Gnade kennt. Er wird mich jagen und töten."

Ein wildes Knurren ausstoßend, packt Ice mich an den Schultern und wirbelt mich zu sich herum. Immer mehr Tränen steigen mir in die Augen, das Wissen, dass ich Kyrills Hass verdient und mich selbst in diese Lage manövriert habe, zerrt wie tausend Ketten an mir. Ich bemerke erst, dass ich angefangen habe zu weinen, als Ice mit seiner rauen Fingerkuppe einen der salzigen Tropfen von meiner Wange wischt und dann von seinem Finger leckt.

„Ich werde nicht zulassen, dass er dich erwischt. Ich habe dir, schon bevor ich meinen Schwanz in dich geschoben habe, meinen Schutz versprochen und jetzt, wo ich dich gefickt habe und weiß, wie fantastisch es ist, in dir zu sein, werde ich erst recht nicht zulassen, dass dir etwas passiert."

Seine Worte beruhigen mich.

„Beschütze mich, Rocker!"

„Das werde ich!"

Erschöpft sinke ich gegen ihn, genieße die Wärme, die sein muskulöser Körper ausstrahlt und den Geruch seiner Haut.

Erleichtert darüber, dass ich in Sicherheit bin, schließe ich die Augen und seufze leise. Ice hebt mich hoch, trägt mich zurück ins Bett und zieht mich dort besitzergreifend an seine Seite.

Egal, wie sehr Kyrill mich auch hassen mag, hier in den starken Armen des Präsidenten der Hell Riders kann mir nichts passieren.

Die Nacht war lang und voller Schrecken.

Ich hätte nicht gedacht, dass mein Leben noch komplizierter werden kann, aber da habe ich mich wohl getäuscht.

In wenigen Stunden geht die Sonne auf, Ice' Männer werden Lena einfangen und dieser Alptraum nimmt hoffentlich bald ein Ende.

7. Kapitel

Kyrill

Hass, Angst, Wut und Schmerz, all diese Empfindungen quälen mich schon mein ganzes Leben lang. Verzweiflung hingegen ist ein Gefühl, das mir völlig neu ist.

Lina war der erste Mensch, der mir wirklich etwas bedeutet hat, für diese Frau hätte ich einfach alles getan.

Es ist also ein Wink des Schicksals, dass ausgerechnet die Person, die mir gezeigt hat, wie es ist zu lieben, mich verlassen, verraten und hintergangen hat.

Für diese Frau wäre ich mit Freuden in den Tod gegangen, nur sie hat es geschafft, diese ungeheure Wut, die, seit ich denken kann, in mir tobt, zu lindern.

Dass sie mich verlassen und bestohlen hat, war schlimm, aber das hätte ich ihr vielleicht sogar noch verzeihen können.

Dass sie nun aber in den Armen meines schlimmsten Feindes liegt ... *bei allen Höllen!* Dafür werde ich sie töten!

Lina weiß, wie sehr ich diese dreckigen Biker verabscheue.

Obwohl ich mich mit dem Club im Krieg befinde, ist sie in die Arme des Mannes geflüchtet, dessen Tod mein höchstes Ziel ist.

Ganz offensichtlich hat sich Lina gegen mich gewendet. Sie hat sich für die andere Seite entschieden und muss nun mit den Konsequenzen leben.

Solange sie sich auf dem Gelände der Hell Riders aufhält, ist sie, so ungern ich es auch zugebe, unerreichbar für mich. Aber das macht nichts, irgendwann wird sie einen Fuß durch das Tor setzen, und wenn es so weit ist, werde ich sie bereits erwarten.

Und bis dahin kümmere ich mich um ihre Zwillingsschwester.

Lina wird am eigenen Leib erfahren, wie grausam es ist, den Menschen zu verlieren, den man am meisten liebt. Ich werde diese Lena in Stücke hacken und diese als Geschenk verpackt zu meiner Geliebten schicken. Wollen wir sehen, ob Lina bereit ist, zu mir zurückzukommen, wenn das Leben ihrer Schwester davon abhängt.

8. Kapitel

Lena

Was geschieht hier?

Je länger ich laufe und je weiter ich komme, umso mehr Verfolger sind hinter mir her.

Erst waren es nur Kyrills Schläger, die mich jagten, aber mittlerweile haben sich auch noch die Rocker an meine Fersen gehängt.

Keine Ahnung, was die Hell Riders von mir wollen, bis jetzt hatte ich mit dem Motorcycle Club nichts zu tun, aber sie scheinen fest entschlossen zu sein, mich zu erwischen. Vorhin, als ich mich in Sicherheit gewähnt habe und in einem kleinen Motel verstecken wollte, standen plötzlich nicht nur Pawel und Mischa, sondern auch noch zwei der Kuttenträger vor mir. Bis ich überhaupt kapiert habe, was los ist, haben sich die vier eine heftige Schießerei geliefert, bei der ich glücklicherweise entkommen bin.

Mischa wurde in den Kopf getroffen – er war sofort tot.

Den Ausdruck, der in seinen leeren, weit aufgerissenen Augen gestanden hat, werde ich nie vergessen.

Ich weiß nicht, warum die Riders nun auch noch hinter mir her sind, aber ich weiß, dass es immer schwieriger wird, am Leben zu bleiben.

Es hat sich offensichtlich in Schallgeschwindigkeit herumgesprochen, dass meine Schwester und ich Kyrills Safe leergeräumt haben.

Die Diamanten, die sich darin befanden, sind schon ein Vermögen wert. Aber wir haben uns nicht nur auf die kostbaren Steine beschränkt, sondern auch das Bargeld und den Schmuck eingesteckt.

Die Biker müssen gehört haben, was passiert ist und sind wohl zu dem Entschluss gekommen, dass Lina und ich leichte Beute sind.

Ich glaube gern, dass zwei Frauen für diese Harley fahrenden Teufel keine Herausforderung sind. Doch ich habe nicht vor, es meinen Häschern leicht zu machen: weder den Russen, noch den Rockern.

Jetzt im Augenblick halte ich mich unter einer Brücke versteckt, über mir rauscht der Verkehr und neben mir sitzt eine Ratte, die an einem Stück altem Brot nagt. Wenn ich gewusst hätte, zu was für einer Katastrophe sich Linas Plan entwickeln wird, hätte ich mich nie dazu überreden lassen, zusammen mit ihr meinen Chef, der zugleich ihr Liebhaber ist, zu überfallen. Aber Shit! Ich wusste es eben nicht und nun sitze ich hier und frage mich zum tausendsten Mal, was mit ihr passiert ist.

Seit wir uns getrennt haben, sterbe ich fast vor Sorge.

Keine Ahnung, ob sie lebt oder tot ist. Ob die Rocker sie erwischt oder ob Kyrill sie eingefangen hat?

In wenigen Stunden geht die Sonne auf, dann bin ich schlauer.

Wenn Lina noch am Leben und frei ist, wird sie am vereinbarten Treffpunkt auftauchen, wenn sie jedoch nicht kommt ... *verdammt!*

Darüber will ich lieber gar nicht erst nachdenken.

Die Kälte macht mir zu schaffen. Ich bin nass, habe Dutzende Schürfwunden und meine Knie schmerzen höllisch, seit ich zum bestimmt einhundertsten Mal gestolpert bin.

Die Sorge um meine Schwester und die Angst um uns beide halten mich wach. Zum Glück. Denn ich darf nicht schlafen – ich darf auf keinen Fall nachlässig werden.

Die kleinen, runden Augen der Ratte huschen aufmerksam hin und her, sie wirkt genauso gehetzt und panisch wie ich.

Es war ein Fehler, einen der mächtigsten Gangsterbosse des Landes auszurauben, ein schlimmer unglaublich dummer Fehler, der sich leider nicht mehr rückgängig machen lässt.

Wenn Lina und ich das große Glück haben, diese ganze Scheiße zu überleben, werde ich mich nie wieder auf einen ihrer verrückten Pläne einlassen.

Obwohl wir eineiige Zwillinge sind und uns vom Optischen her kaum unterscheiden, sind wir so verschieden wie Tag und Nacht.

Keine Ahnung, warum sich unsere Eltern dazu entschieden hatten, uns so ähnlich klingende Namen zu geben. Es grenzt fast schon an Ironie, dass diese, zusammen mit unserem identischen Aussehen, das Einzige sind, in dem wir uns gleichen.

Während ich, was Männer angeht, noch ziemlich unerfahren bin, hat sie sich, seit ich denken kann, auf die schlimmsten Typen eingelassen, die man sich nur vorstellen kann.

Lina hat schon immer die Gefahr und das Abenteuer gesucht, ich hingegen mag es ruhig und sicher.

Seit ihrem sechzehnten Lebensjahr war sie ständig auf Partys, während ich zuhause geblieben bin und gelesen oder gelernt habe.

Sie ist das Feuer und ich bin das Wasser – und das ist okay so. Denn zusammen ergänzen wir uns perfekt. Die Hände zum Gebet faltend, flehe ich alle Götter dieser Welt an, dass sie bitte meine Schwester beschützen.

Wenn ihr etwas Schlimmes zustoßen sollte, wäre das auch mein Untergang.

Schniefend lehne ich den Kopf an den Brückenpfeiler und atme mehrmals tief durch. Jetzt in Panik zu geraten, wird mir auch nicht helfen.

Seit ich denken kann – ja eigentlich schon immer, habe ich mir vorgestellt, wie es wohl wäre, eine Prinzessin zu sein.

Ich habe mir einen tapferen Prinzen gewünscht, der, sollte ich mich jemals in Not befinden, kommt und mich rettet ...

Meiner Einschätzung nach, wäre diese Notsituation jetzt gekommen. Dumm nur das von meinem Prinzen weit und breit keine Spur zu sehen ist.

Hoffentlich hält das Schicksal eine Überraschung für mich bereit, ansonsten bin ich so was von geliefert ...

9. Kapitel

Bentley – der Vizepräsident

„Fuck, Ice! Das Mädchen ist weg!"

Angespannt starre ich auf die Regentropfen, die vor mir auf dem Asphalt landen, und lausche dem Schwall derber Flüche, die aus dem Lautsprecher meines Handys schallen.

Zusammengefasst ist die Message einfach – mein Präsident ist wütend.

Ich kann verstehen, dass er angepisst ist – *Bullshit* – ich bin ja selber nicht begeistert über die Scheiße, die da läuft!

Seit ich vor fünf Jahren die Kutte angezogen und somit zum Member des Hell Riders Motorcycle Clubs geworden bin, habe ich Dutzende Leute verfolgt. Die meisten, um sie zu töten, andere, weil sie dem Club Geld geschuldet haben und wieder andere, um sie an unsere Verbündeten zu übergeben. Natürlich nur gegen eine Art Finderlohn in Form von dicken Dollarbündeln.

Egal ob arm, reich, jung oder alt – ich habe sie alle gefunden. Meistens innerhalb von kurzer Zeit und ohne mich sonderlich anstrengen zu müssen.

Wir Hell Riders haben überall in der Stadt Augen und Ohren.

Meiner Loyalität und der Bereitschaft, für die Gemeinschaft alles zu geben, habe ich es zu verdanken, dass nach nur wenigen Jahren meine Kutte mit Patches übersät ist.

In der Schule war ich schlecht. Der Psychologe, zu dem mich meine alkoholkranke und völlig überforderte Mutter als Kind geschleppt hatte, kam zu dem Ergebnis, dass meine sozialen Kompetenzen nicht sonderlich stark ausgeprägt wären. Er bezeichnete mich, glaube ich, als schizophren. Was auch immer das bedeutet – im Club stört es keinen.

Im Gegenteil, mein Hang zur Brutalität und das Bedürfnis, meine Gewaltbereitschaft auszuleben, kommt mir dort zugute.

Ich bin kein Maler und Dichter, kein Denker und kein Philosoph – sondern ein Jäger und ein Killer. Und Fuck!

Das ist okay. Verdammt okay!

Ein Mann muss wissen, was er kann und was er nicht kann. Und wenn er das herausgefunden hat, muss er sich auf seine Stärken konzentrieren und seine Verpflichtungen ernst nehmen. Alles andere ist völlig nebensächlich. Und ich bin gut im Aufspüren von Personen. Was es auch so verfickt ärgerlich macht, dass mir dieses Mädchen, das zusammen mit seiner Zwillingsschwester Kyrill, den König der Russen, ausgeraubt hat, durch die Lappen gegangen ist.

Diese Tussi lässt nicht nur mich, sondern auch Fire, den Sergeant-at-Arms der Riders, wie blutige Anfänger aussehen.

Wer hätte gedacht, dass mir eine verängstigte junge Frau so verdammt viele Probleme bereiten kann?

Ihre Spur zu finden war leicht, wir mussten nur den Russen folgen und die haben eine Schneise der Verwüstung hinter sich gelassen, die kaum zu übersehen war. Als wir schließlich in dem Motel, in dem sich diese Lena verstecken wollte, angekommen sind, lief die Sache aus dem Ruder.

Endlich hatten wir die Wichser, denen wir gefolgt sind, eingeholt. Doch noch bevor wir überhaupt dazu gekommen sind, einen richtigen Blick auf unsere Beute zu werfen, sind uns auch schon die ersten Kugeln um die Ohren geflogen. Es ist uns gelungen, den Geschossen auszuweichen und in Deckung zu gehen, aber während Fire und ich damit beschäftigt waren, uns die Wodkasäufer vom Hals zu schaffen, ist die Frau geflüchtet.

Echt verdammt schlüpfrig, die Kleine. Sie ist wie Wasser, immer wenn ich nach ihr greifen will, rinnt sie mir durch die Finger.

Anstatt das Mädchen einzufangen, habe ich Mischa, einen von Kyrills Handlangern, ein Loch in den Kopf geballert und dem anderen, der Nummer 1. des Russen, hat Fire ins Bein geschossen.

Das hat gut getan, das kann ich nicht leugnen, diese Pisser sind uns schon lange auf den Sack gegangen, trotzdem war so nicht der Plan.

What a Fuck! Seit uns Lina, die Schwester des Mädchens, das ich jage, unverhofft vors Bike gerannt ist, herrscht, wenn man es genau nimmt, Chaos.

Es geht um Dollars, Schmuck und Diamanten.

Keine Ahnung, was Ice sich dabei gedacht hat, sich auf einen Deal mit dieser Frau einzulassen, aber das letzte Mal, als ich ihn gesehen habe, war er gerade dabei, die Schnecke zu vernaschen.

Sex und Edelsteine im Austausch für Schutz.

Auf so eine Scheiße kann auch nur mein Präsident kommen.

Während ich über und über mit dem Blut des Russen befleckt im Regen stehe und fluche, lässt Ice sich wahrscheinlich gerade von Kyrills Ex den Schwanz lutschen.

Genau mein Humor ...

Ja, die Kleine ist nicht von schlechten Eltern und verkörpert die perfekte Mischung aus süß und sexy, aber hey ... sie hat sich erst in das Bett unseres schlimmsten Feindes gelegt, ihm die wahre Liebe vorgespielt und ihm dann zusammen mit ihrer Schwester den Safe leer geräumt.

Einer Tussi, die so eine Nummer abzieht, kann man nicht trauen.

„Was heißt weg?“

Die Tatsache, dass er so lange gebraucht hat, um auf meine schlechte Nachricht zu reagieren, verrät mir, dass er gerade echt wütend ist.

„Na ja, eben einfach nicht mehr da.“

Ein gezischter Fluch faucht durch die Leitung.

„Ach, was du nicht sagst. Wo liegt das Problem, Bentley? Sie ist eine Muschi? Du lässt dich von einem zwanzigjährigen Mädchen an der Nase herumführen? Und wo zum Teufel ist Fire?“

Ice kann froh sein, dass er jetzt nicht neben mir steht, denn wenn er es täte, würde ich ihm die Fresse polieren.

„Fire habe ich direkt nach der Schießerei zurück zum Club geschickt. Shit! Das alles war deine beschissene Idee, Präs. Also wenn dir meine Vorgehensweise nicht gefällt, dann beweg deinen Arsch her und fang die Bitch selbst.“

Ein Grunzen dringt zu mir durch, ich werte es als ein Nein.

„Täusche ich mich oder klingst du genervt, VP?“

Das soll wohl ein Witz sein!

„Du steckst bis zu den Eiern in einer heißen Pussy und ich steh in einer dreckigen Seitengasse. Was denkst du wohl?“

Ich höre, wie er sich eine Kippe anzündet.

„Ich denke, dass ich die Lösung für dein Problem habe. Der Goldfisch hat mir erzählt, dass sich die beiden Schwestern bei Sonnenaufgang in einem Café in der Nähe des Zoos treffen wollen. Im *Ria's Bluebird Café* am Memorial Drive. Das war wohl ihre Notfallstrategie, falls sie sich wegen irgendwelcher ungeplanten Vorkommnisse trennen müssen.“

Goldfisch? Fuck!

„Wirst du das Fischlein in den Teich werfen oder im Club behalten?“

„Behalten. Das Risiko, dass Kyrill sich bei der Gelegenheit beide Schwestern packt, ist zu groß.“

Dachte ich es mir doch.

„Die Muschi muss paradiesisch sein. Erst hat sie Kyrill den Verstand vernebelt und jetzt dir. Vielleicht sollte ich sie auch mal ausprobieren ...“

Auf die Antwort muss ich nicht lange warten.

„Rührst du sie an, bereust du es, Bruder!“

Okay. Das ist krass! In der Vergangenheit ist es des Öfteren vorgekommen, dass wir uns eine Bitch geteilt haben. Ice ist nicht geizig und Frauen haben drei fickbare Löcher, also was soll's? Dass er bei dieser Diebin auf einmal so besitzergreifend reagiert, lässt darauf schließen, dass ihre Pussy tatsächlich etwas Magisches an sich haben muss.

„Behalt du deine Beute, aber gönn mir meinen Spaß. Die Frauen sind Zwillinge. Wenn die Muschi der einen Schwester gut ist, dann ist es die der anderen auch. Gleiches Recht für alle. Wenn ich das Mädchen schon jagen muss, dann will ich zumindest im Anschluss meinen Spaß haben."

„Gut. Tu, was du nicht lassen kannst. Aber pass auf. Die Kleine weiß nur, dass sie jetzt von den Russen und vom Club verfolgt wird. Sie hat keine Ahnung von dem Deal, den ihre Schwester mit uns gemacht hat, und scheißt sich vor Angst wahrscheinlich gerade in die Hosen."

Ich tue es Ice nach, zünde mir ebenfalls eine Zigarette an und fülle meine Lungenflügel mit dem warmen Rauch. Der Regen wird immer heftiger, ich steh in einer verdammten Pfütze.

„Die Kleine ist gewiefter, als ich dachte. Ich habe null Ahnung, wo sie hin ist. Bevor ich überhaupt wusste, was abgeht, war der Russe auch schon tot und die Frau weg. Fürs Erste reicht's mir, ich mach Schluss. Es ist kurz nach drei. Mir bleiben noch gut zwei Stunden, bis die Sonne aufgeht, die werde ich nicht damit verbringen, sinnlos im Kreis zu fahren."

Das Heulen der Polizeisirenen wird immer lauter, die Leiche in dem Motel wurde also bereits entdeckt.

„Alles klar. Kommst du zum Club?"

„Yep."

„Dann bis gleich."

Das Gespräch ist beendet. Ich drücke mir den Helm auf den Kopf und schwinge mich aufs Bike.

Ein paar Stunden Pause können nicht schaden.

Das mit dem Schlafen ist nicht so meine Sache. Mehr als ein oder zwei Stunden pro Nacht brauche ich nicht – wenn überhaupt. Ich habe auch kein Problem damit, ein paar Tage ganz auf ihn zu verzichten. Nutten und Whisky sind mein altbewährtes Rezept gegen Stress und Ärger. Zwar hat die Kombination in den letzten Jahren an Reiz verloren, aber solange sie funktioniert, bin ich zufrieden.

Die halb gerauchte Zigarette auf die nasse Fahrbahn schnippend, starte ich mit einem Fußkick den Motor und gebe Gas.

Heiße Zwillinge, ein wütender Russenkönig und jede Menge Diamanten ...

Was für eine verrückte Scheiße!

Keine Ahnung, wo sich diese Lena versteckt, es spielt auch keine Rolle. Jetzt, wo Kyrills bester Mann eine Kugel im Bein hat und seine Nummer zwei wahrscheinlich gerade in einen Leichensack gepackt wird, ist das Risiko, dass die Russen das Mädel vor mir erwischen, ziemlich gering geworden.

Es ist wenig los – Atlanta schläft – das passt mir gut in den Kram. Meine Geduld ist für heute aufgebraucht. Zehn Minuten nachdem ich mit Ice telefoniert habe, passiere ich das bewachte Tor und fahre auf das Gelände der Hell Riders.

Auf dem Dach der alten Fabrikhalle, in der bis vor einem Jahrzehnt noch Teile für Maschinengewehre produziert wurden, liegen zwei meiner Brüder, sie sind mit Uzis bewaffnet und nicken mir zum Gruß zu.

Wegen der Scheiße mit den Schwestern wurden die Sicherheitsvorkehrungen enorm erhöht.

Bloody Hell!

Mit den Russen ist nicht zu spaßen. Kyrill ist ein abartiger Drecksack, der unter normalen Umständen schon nicht unterschätzt werden sollte. Aber jetzt, wo es in diesem speziellen Fall um sein Mädchen geht, sieht die Scheiße noch mal ganz anders aus. Seine Geliebte hat ihn auf übelste Art und Weise abgezockt.

Sie hat ihm das Herz nicht nur gebrochen, sondern es ihm direkt aus der Brust gerissen, reingebissen, es zerfetzt und drauf geschissen. Dass der Russe von Rache getrieben ist, kann ich nur allzu gut verstehen. *Fuck!* Wenn diese Weiber das mit mir abgezogen hätten, würde ich Amok laufen. In meinem ganzen Leben gab es erst ein Mädchen, das ich wirklich wollte und das mir wahrhaftig etwas bedeutet hat.

Dass die Liebe keine gewinnbringende Kapitalanlage ist, weiß jeder. Dennoch hat mir diese ganze Gefühlsscheiße nichts als Schmerz, Leid und Ärger eingebracht, wie meine linke Gesichtshälfte beweist.

Frauen sind gefährliche Monster, sie sehen aus wie Engel, schmecken süß wie reife Äpfel und tragen zugleich den Teufel in sich.

Das Miststück, das ich geliebt habe, war verheiratet. Das wusste ich natürlich nicht und so habe ich mich komplett zum Affen gemacht. Rosen, Schmuck und Schokolade – das volle Programm. Geendet hat meine ganz persönliche Lovestory mit einem Baseballschläger, einem Kanister Benzin und einem in Flammen stehenden Bentley.

Damals habe ich mir nicht nur das halbe Gesicht verbrannt, sondern mir auch meinen Straßennamen verdient: Mein Alter Ego Mike Sanders ist gestorben und ein wütender, verletzter und mit Hass erfüllter Outlaw, der wie eine verdammte Automarke genannt wird, ist übriggeblieben. Das alles ist jetzt knapp ein Jahr her und seitdem habe ich mein Herz auf Eis gelegt. Frauen sind nur für eine Sache gut – zum Ficken. Die Aktion mit Kyrill ist der beste Beweis dafür, dass man diesen gefährlichen, mit Muschis bewaffneten Geschöpfen einfach nicht vertrauen darf. Lieber schlafe ich auf einem Bett voller Sprengstoff, als dass ich jemals wieder zulasse, dass mir ein Mädchen etwas bedeutet.

Wann immer ich in den Spiegel sehe und die wulstigen Narben betrachte, die sich von meinem Hals bis hinauf zu meiner Stirn winden, werde ich daran erinnert, wie dumm ich doch war.

Soziale Kompetenz, Gefühle und all der andere Bullshit werden völlig überbewertet.

Liebe, Gefühle, Glück und der ganze Kram. Alles Lüge!

Im Schritttempo bahne ich mir einen Weg durch die Party, bleibe neben den geschlossenen Toren der clubeigenen Werkstatt stehen und ziehe mir den Helm vom Kopf. Gedankenverloren reibe ich über die tote, wulstige Haut, die mich auf ewig entstellen wird, und atme tief ein. Das weitläufige Grundstück des MCs wird von Mauern, Zäunen und unzähligen Metern Stacheldraht vom Rest der Welt abgeschirmt. Der Club ist mein Leben, die Männer hier sind meine Familie und dieser Ort ist mein Zuhause. Der Rest der Welt kann sich ins Knie ficken: *Hell Riders forever – forever Hell Riders.*

Das Tor wird von Kameras überwacht, ich entdecke Zweier-Teams, die die Grenzen ablaufen. An sich ein ganz normaler Tag.

Es gibt immer irgendeine Gefahr oder eine Bedrohung, wegen der wir besonders aufmerksam sein müssen. Heute sind es die Russen, morgen die Albaner und nächste Woche vielleicht die Bullen. *Fuck!*

Dass Ice eine der Schwestern fickt, stört mich nicht, von mir aus kann er die Tussi so oft durchnehmen, bis sie nicht mehr laufen kann und sie dann vor Kyrills Villa vom Bike werfen. Was mich aber tatsächlich in Rage bringt, ist die Tatsache, dass es mir nicht gelungen ist, die Diamantendiebin einzufangen, hinter der die Russen her sind.

Mein Ehrgeiz ist geweckt – ich stehe auf Herausforderungen!

So langsam bin ich wirklich neugierig auf die Frau, die sich mit Kyrills Killern ein Katz-und-Maus-Spiel erlaubt.

Ich bleibe auf der Harley sitzen und krame die Schachtel Luckys aus meiner Hosentasche, recke das Gesicht in den Regen und zünde mir eine Kippe an.

Selbst das schlechte Wetter vermag es nicht, den Feiernden die Laune zu vermiesen.

Die Tussis sind schon viel zu betrunken, um sich wegen des Regens aufzuregen und uns Männern macht das bisschen Wasser nichts aus.

In Ruhe die Zigarette rauchend, lasse ich den Blick über den Hof gleiten und betrachte die in den Ölfässern lodernden Flammen.

Das orange Licht zaubert schwarze Schatten an die Hallenwand, taucht die Szenerie in eine geheimnisvolle Kulisse.

Bei Sonnenaufgang werde ich mir diese Lena schnappen, hierherbringen und sie dann für die vielen Stunden, die ich ihr hinterherjagen musste, bestrafen.

Es mag unfair sein, schließlich weiß sie ja noch gar nichts von dem Deal, den ihre Schwester mit den Hell Riders geschlossen hat, aber fuck! Darauf werde ich keine Rücksicht nehmen.

Erst als ich die Lucky bis zum Filter geraucht habe, schwinge ich mein Bein übers Bike, stehe auf und lasse die Schultern rollen.

Ein Schuss fällt, die Wachen am Tor legen sofort ihre Waffen an, es dauert einen Moment, bis sie kapieren, dass es Rocco war, der in seinem Suff versucht hat, den Mond abzuknallen.

Die Party mag weitergehen, aber es liegt Blut in der Luft – die Nerven sind angespannt.

Rocco ist jung, obwohl ich nur zwei Jahre älter bin als er, trennen uns Welten.

Im Gegensatz zu mir hat er erst vor ein paar Wochen sein *Back Patch* erhalten. Ich kenne niemanden, der eine so ruhige Hand und zugleich ein so aufbrausendes Temperament hat.

Als Tätowierer ist Rocco ein Künstler, niemand schafft es, ein Motiv so präzise in die Haut zu stechen – als Member hingegen gleicht der Junge einer tickenden Zeitbombe.

Ice und ich habe uns dazu entschlossen, ihm nach seiner Zeit als Prospect eine Chance zu geben. Dennoch sind wir uns den Risiken sehr wohl bewusst. Wenn es Rocco nicht bald gelingt, ruhiger und bedachter vorzugehen, wird er in absehbarer Zeit mit einer Kugel im Kopf enden.

Fluchend gehe ich zu ihm, entwinde ihm die Knarre, stecke sie ein und lasse meine Faust wortlos in seinem Magen landen. Mit einem gepressten *Urgs* ... geht er in die Knie, keucht und sieht mich überrascht an. Die Bitch, die bis eben neben ihm gestanden hat, weicht erschrocken zurück und beobachtet mich aus sicherer Entfernung.

„Bist du jetzt völlig übergeschnappt, du Idiot?“

Die Tatsache, dass Rocco nicht mal kapiert, warum ich ihm eine verpasst habe, spricht für sich.

„Warum ... was meinst du?"

Ich mache mir nicht erst die Mühe, den Trottel darüber aufzuklären, dass man Planeten nicht erschießen kann, sondern verpasse ihm einen rechten Hacken, brumme zufrieden, als meine Knöchel gegen seinen Kiefer knallen, und schüttle anschließend die Faust aus.

Ohne ihn eines weiteren Blickes zu würdigen, lasse ich ihn liegen, schnappe mir die Clubmaus, mit der er es heute Nacht eigentlich treiben wollte, und ziehe sie, ihr überraschtes Quietschen ignorierend, hinter mir her.

Sie ist blond und dürr, was nicht unbedingt meiner Idealvorstellung entspricht, ich mag es eher dunkelhaarig und mit Kurven, aber bis zum Sonnenaufgang wird mir das reichen.

„Scheiße Bentley, was soll das?"

„Ich brauche einen Blowjob."

Dank ihrer viel zu hohen Absätze, die auf dem groben Kopfsteinpflaster absolut lächerlich wirken, gerät sie ins Stolpern.

Genervt verdrehe ich die Augen, werfe mir die Bitch kurzerhand über die Schulter und trage sie ins Innere des Clubhauses.

Sie ziert sich etwas, strampelt mit den Beinen und tut so, als ob ihr das Upgrade, das ich ihr gerade verpasst habe, nicht gefallen würde. Aber fuck! Wem will sie da eigentlich etwas vormachen?

All die gefallenen Mädchen, die sich mit zu viel Schminke und zu wenig Stoff am Leib zu jeder Tages- und Nachtzeit bei den Hell Riders herumtreiben, sind auf eine einzige Sache aus: Sicherheit. Sie jagen einem hoffnungslosen Traum nach, hoffen, dass sie hier einen Mann finden, der sie für sich beansprucht und für sie sorgt.

Das mag passieren, zumindest für eine gewisse Dauer, aber im Grunde finden die vielen Tussis statt des erhofften Paradieses den Weg in die Hölle. Harter Sex, zu viel Alkohol und der tägliche Umgang mit einer wilden Horde Gesetzloser hinterlassen bei jedem Mädchen ihre Spuren.

Die meisten zerbrechen an dem Leben, für das sie sich entschieden haben, nur wenige kriegen die Kurve, fangen sich und verschwinden.

Aye, ich ficke die Nutten – oft und gerne. Aber ich würde niemals einer von ihnen mein Leder anziehen und sie zu meiner Old Lady ernennen.

Wenn ich jemals wieder so dumm sein sollte und mich auf eine Frau einlasse, dann will ich verdammt noch mal nicht, dass schon der halbe Club in ihrem Körper gesteckt hat.

Das mag scheinheilig sein, aber so ist es nun mal!

Ich mache den Huren keine falschen Versprechungen, sondern stecke ihnen ein paar Dollars zu und vergesse, sobald ich mit ihnen fertig bin, wie sie ausgesehen haben.

Ich bevorzuge es schnell und unkompliziert – keine Fragen, keine Verpflichtungen und keine Gefühle. Eine verbrannte Gesichtshälfte reicht mir vollkommen!

Hier drinnen ist es voll. Einige Schnapsleichen liegen auf dem Boden. Cruz, der Kassenwart der Riders, der, wenn es um Zahlen geht, ein verdammtes Genie ist, steht neben einem der Billardtische an der Wand, vor ihm kniet eine kleine Rothaarige. Seine Hände in ihren Haaren und ihren Mund an seinem Schwanz fickt er in einem schnellen Rhythmus ihre Kehle.

Dank der lauten Musik und dem Stimmengewirr kann ich nicht hören, was er zu ihr sagt, aber ich bin mir sicher, dass es keine Liebesschwüre sind. Betty, die Clubmaus, deren Haare jede Woche die Farbe wechseln – heute sind sie pink – steht hinter dem Tresen.

Sie zapft ein Bier nach dem anderen, schwingt die Hüften und sorgt für gute Stimmung.

„He Baby, gib mir ’ne Flasche.“

Sie weiß sofort, was ich will, es ist jede Nacht dasselbe Spiel.

„Du siehst genervt aus, VP? Hast wohl einen harten Tag gehabt, was?“

Ich antworte nicht, packe mir den Whisky, den sie mir reicht und verziehe mich ins hinterste Eck des großen Hauptraums. Zwar befindet sich im ersten Stock der alten Fabrik meine Wohnung, aber dorthin nehme ich keine Frauen mit. Die letzte Tussi, der ich es erlaubt habe, meinen privaten Bereich zu betreten, hat mich abgezockt.

Nachdem ich herausgefunden hatte, dass sie bereits verheiratet war, habe ich das Bett, in dem ich sie Nacht für Nacht gebumst hatte, aus dem Fenster geworfen. Ich habe den Anblick einfach nicht länger ertragen. Seitdem schlafe ich, wenn überhaupt, auf der Couch.

Die an der Decke hängenden Boxsäcke lasse ich hinter mir, gehe an den blinkenden Flipperautomaten vorbei, tätschle der Frau, die an meinem Rücken baumelt, den Arsch und bleibe erst bei einem der vielen Billardtische stehen.

„Lass mich runter, Bentley.“

„Hatte ich gerade vor.“

Die zwei Hangarounds, die gerade mitten in einer Partie waren, sehen mich wütend an, als ich die Bitch zwischen den bunten Kugeln absetze und somit ihr Spiel beende.

„Verpisst euch, hier ist jetzt besetzt."
„Komm schon, was soll das, Rider. Wir waren zuerst hier."
Echt? Sind wir jetzt wieder im Kindergarten?
„Scheiß auf zuerst! Das hier ist mein Club." Ich tippe auf meine Kutte und ziehe dabei herausfordernd eine Augenbraue in die Höhe. „Ihr Wichser werdet hier nur geduldet. Und jetzt verpisst euch, bevor ich beschließe, euch zu verbannen."
Fluchend stecken sie die Queues zurück in die Halterung an der Wand und suchen das Weite. *Zuerst hier ... dass ich nicht lache ...*
Ich schraube den Deckel des Jack Daniels ab, kippe die goldene Flüssigkeit in meine Kehle und mustere dabei die Nutte, die ich Rocco abgenommen habe.
Ein silberner Rock, dazu ein silbernes Oberteil und silberne Ohrringe in Kombination mit goldenen High Heels. Trotz der vielen Farbe, die sie sich ins Gesicht geklatscht hat, wirkt die Kleine abgeschlagen und erschöpft, was wohl weniger mit der Uhrzeit zu tun hat als mit dem Lebensstil, für den sie sich entschieden hat.
„Auf die Knie!"
Sie zögert, was mir ein wütendes „Scheiße!", entlockt.
„Hör zu, Mädchen. Ich habe die letzten Stunden damit verbracht, wild um mich zu schießen, Russen zu töten und einer Diebin hinterherzujagen. Wenn du mich anzickst, wird das für dich unschön enden."
Überraschung blitzt in ihren Augen auf.
„Drohst du mir?"
Wohl kaum.
„Nein, ich sage dir, was Sache ist. Ficken werde ich sich so oder so. Das steht fest. Die Frage ist nur, ob du dabei deinen Spaß haben willst."
Erneut trinke ich von dem Whisky und warte ab, wie sich die kleine Hure entscheidet.
„Was habe ich davon?"
„Meinen Schwanz."
Ihre Mundwinkel biegen sich nach oben.
„Ach, was du nicht sagst! Das ist ja mal was ganz was Neues."
„Wie wäre es mit einem Gefallen? Wenn es mir gelingt, dir das Hirn aus dem Kopf zu blasen, habe ich beim Vizepräsidenten der Hell Riders was gut."
Unter anderen Umständen, wenn ich die letzten Stunden nicht damit verbracht hätte, dieser Lena nachzujagen und es in wenigen Stunden wieder tun müsste, würde ich der Bitch einen Vogel zeigen.

So aber ... *Verdammt!*

„Okay, aber damit ich mich auf diesen Deal einlasse, muss es schon verdammt gut sein, deine Zunge an meinen Eiern zu spüren."

Sie leckt sich die Lippen, springt von dem Billardtisch, fasst mir mit der Linken herausfordernd in den Schritt und reicht mir zugleich die rechte Hand.

„Du wirst dein wahres Wunder erleben."

Das bezweifle ich – aber was soll's?

Anstatt ihre dargebotenen Finger zu ergreifen, packe ich sie an den Haaren, ziehe sie mit einem Ruck zu mir und trinke noch einen Schluck Jacky, ehe ich die Flasche abstelle, ihr Top zerreiße und sie anschließend vor mir auf den Boden drücke.

„Diese Vereinbarung wird mündlich besiegelt, nicht per Handschlag."

Geschickt öffnet sie meinen Gürtel, zieht anschließend die mit Blut bespritzte Jeans nach unten und holt meinen Schwanz raus.

„Mach ihn hart!"

Sie geht engagiert ans Werk, das muss ich ihr lassen. Mit genau dem richtigen Druck reibt sie über die komplette Länge, massiert mir die Eier und leckt über die Wulst meiner Eichel. Heiß, nass und herrlich glitschig umschließt ihr Mund die Spitze meines Glieds.

Brummend lege ich den Kopf in den Nacken, schließe die Augen und konzentriere mich nur noch auf ihre festen Lippen, die rotierende Zunge und die Atemzüge, die unregelmäßig über meine Schenkel wehen.

Zuerst saugt sie nur meine Eichel in ihren Mund, umspielt diese mit der Zunge und beginnt zu knabbern. Ihre kleinen Zähne sind scharf, der leichte Schmerz, die Hitze und die Nässe sorgen dafür, dass sich meine Hoden puckernd zusammenziehen.

„Fuck Bitch, das ist gut."

Ungeduldig gleite ich immer tiefer in ihren Hals, spüre das Zucken ihres Rachens und ziehe fester an den blonden Strähnen.

Sie keucht, würgt und zieht sich etwas zurück.

Oh nein! So war nicht der Plan ...

Entschlossen, mich bis zum letzten Zentimeter in ihr zu vergraben, drücke ich sie noch tiefer auf meinen Schwanz, lasse die Hüften kreisen und genieße die Enge, die mich umgibt.

Fluchend sehe ich zu der vor mir knienden Frau, stoße wieder und wieder zu.

Ihre Gegenwehr wird mit jeder Sekunde stärker, das Krampfen in ihrer Kehle ebenfalls.

„Ach Shit! Bist du eine Jungfrau, oder was?"

Genervt lasse ich sie los, sofort spuckt sie meinen Schwanz aus und schnappt nach Luft.

„Deine Latte ist riesig! Wie soll ich die komplett schlucken?"

„Ist das eine ernst gemeinte Frage?"

Sie nickt, na immerhin ist sie bereit, etwas zu lernen.

„Steig auf den Billardtisch, lass deinen Kopf über die Kante hängen, sodass dein Hals gestreckt wird."

Im ersten Moment zögert sie kurz, doch dann siegt die Neugierde und sie macht, was ich verlange. *Oh Fuck! Was ein Anblick!*

Pralle Titten, ein flacher Bauch und rote Nippel, die geradezu darum betteln, gebissen zu werden ... Ihre Haare hängen wie ein goldener Fächer nach unten.

„Atme tief ein und dann mach brav den Mund auf."

Sie befolgt meinen Befehl sofort, ich gehe etwas in die Knie und bringe mich vor ihrem Gesicht in Position. Um sicher zu gehen, dass die kleine Bitch auch ja still hält, umfasse ich ihren Kopf und schiebe mich zeitgleich in ihren Mund. Stück für Stück bahnt sich mein Schwanz seinen Weg, an ihrer Zunge entlang tief in ihren Hals.

Mein Geduldsfaden reißt, ich drücke fester zu und stoße mich so tief in ihren Rachen, dass meine Hoden gegen ihre Stirn klatschen.

Das würgende Gurgeln, das sie von sich gibt, verrät mir, dass sie jetzt kapiert hat, warum ich diese Stellung beim Blasen bevorzuge. In diesem Winkel kann ich mich so tief in ihre Kehle rammen, dass sie nicht mal schlucken muss.

Während ihr die ersten Tränen aus den Augen rinnen, lege ich zufrieden meine Hand auf ihren Hals, drücke leicht zu und spüre wie sich meine Härte in ihr bewegt.

Holy Shit, ist das geil!

Ihre kleinen Brüste wackeln im Rhythmus meiner Stöße. In dem verzweifelten Versuch, die Geschwindigkeit oder mich kontrollieren zu können, drückt sie ihre Hände gegen meine Beine. Ihr Widerstand lässt mich nur noch härter werden.

Die Gegenwehr der Nutte einfach ignorierend, ficke ich sie ganz nach meinem Belieben, hole mir, was ich brauche, um den Ärger der letzten Stunden zu vergessen.

Wieder und wieder vergrabe ich mich in ihrer Kehle, spüre, wie sie würgt und versucht nach Luft zu schnappen. Indem ich die Finger immer fester um ihren Hals lege, erhöhe ich den Druck an meinem Schwanz und sehe prompt grelle Blitze vor den Augen.

Fluchend starre ich an die Decke, genieße das gurgelnde Geräusch und lasse mich gehen.

Mal tiefer- mal schneller – mal langsamer. Ich probiere jeden Winkel, lasse mir Zeit und stöhne zufrieden. Nicht mehr lange und ich pumpe mein Sperma in den Bauch der Clubmaus.

Die Reibung, der Speichel, der an meinen Hoden entlangläuft und ihre weit geöffneten Lippen – mehr brauche ich nicht.

Ein lautes „Fuck!“, knurrend, beiße ich die Zähne zusammen, erhöhe die Geschwindigkeit, mit der ich mich in den Hals der Nutte ramme und spritze ab.

„Oh Shit. Das war gut.“

Einen Herzschlag lang lasse ich meinen Schwanz, wo er ist – zwischen den Lippen der Frau, dann ziehe ich mich ohne Hast zurück, schnappe mir den Whisky und begieße das Hochgefühl, das sich dank dem Kehlenfick in mir ausbreitet, mit jeder Menge Alkohol.

Kaum dass ich nicht mehr in ihr stecke, beginnt die Bitch zu husten. Desorientiert richtet sie sich auf und wankt dabei etwas.

„Jetzt habe ich was bei dir gut, vergiss das nicht, Bentley.“

Soll das ein Scherz sein?

„Falsch, du schuldest mir einen Gefallen. Immerhin habe ich dir gezeigt, wie's läuft.“

Wut blitzt in ihren verheulten blauen Augen auf.

„Du Arschloch.“

Lachend ziehe ich die Hose hoch, schließe den Gürtel und zünde mir eine Kippe an.

„Gern geschehen.“

Die Bitch tobt und hustet, sie klingt heiser und ihre Lippen sind geschwollen. Rocco kommt auf uns zu, meine Faust hat einen blauen Abdruck in seinem Gesicht hinterlassen.

„Ich will meine Waffe zurück!“

Fuck!

Für Sätze, die mit *ich will* anfangen, hatte ich noch nie viel übrig.

„Darüber können wir uns unterhalten, wenn du wieder nüchtern bist, Bro.“

„Nein! Jetzt – sofort!“

Er zieht ein Messer, was der Nutte mit den nackten Titten, die noch immer auf dem Billardtisch sitzt, ein verängstigtes Wimmern entlockt.

Tief durchatmend versuche ich mich zu beherrschen, ich suche in meinem Inneren nach einen Fünkchen Geduld – finde aber keins, was ein Pech.

„Dafür, dass du es wagst, mich mit deiner Klinge zu bedrohen, darf ich dir, den Clubregeln nach, schon mal das Genick brechen. Also steck das Messer weg, ehe ich von meinem Recht Gebrauch mache."

Anstatt die Warnung ernst zu nehmen, hebt er den Arm und zielt direkt auf meinen Magen.

„Gib mir meine Waffe. Sofort!"

Ach Scheiße!

„Einen Dreck werde ich!"

Schon während ich aushole, um dem Arschloch die Jack-Daniels-Flasche über den Kopf zu ziehen, ärgere ich mich darüber, dass ich mir jetzt einen neuen Tätowierer suchen muss.

Wenn ich Rocco erst mal beide Hände gebrochen habe, wird er nie wieder so gut sein wie zuvor.

Unzählige Scherben surren durch die Luft, der Whisky verteilt sich auf seinem Gesicht, tropft dann auf den Boden. Ein blutiger Schnitt zieht sich über Roccos Stirn, er sackt kraftlos zusammen, bleibt jedoch bei Bewusstsein.

Wer auf einer Clubparty sinnlos herumballert, ist ein Bastard und muss bestraft werden. Vor allem, wenn erhöhte Sicherheitsstufe herrscht und sowieso schon alle nervös sind und ihren Finger am Abzug haben.

Bis heute hatte ich es nur vermutet, aber jetzt bin ich mir sicher, es war ein Fehler, den Jungen zum Full Member zu ernennen.

„Verpiss dich, Alter. Lass dich für eine Weile nicht mehr hier blicken. Ice und ich werden uns überlegen, wie es mit dir weitergeht."

Unglaube und Verzweiflung zeichnen sich auf seiner Mimik ab.

„Das kannst du nicht tun."

Ach nein?

Ich betrachte die Sauerei – echt schade um den guten Whisky – dann entwende ich Rocco das Messer und wische die vom Alkohol benetzte Klinge an meiner Hose ab.

„Erst habe ich dir die Knarre abgenommen, dann die Bitch und nun dein Messer. Scheint nicht dein Tag zu sein. Jedem anderen hätte ich für die Scheiße, die du abgezogen hast, beide Hände gebrochen. Aber da du unser Tintenkünstler bist, sehe ich davon ab – allerdings nur, wenn du dich jetzt verpisst!"

Dumm wie er ist, lässt er meine gut gemeinte Warnung verstreichen, wischt sich das Blut aus den Augen und steht wankend auf.

Immer mehr Leute kapieren, dass hier was abgeht, ein Kreis aus Zuschauern hat sich gebildet. „Du bist ein blöder Wichser, Bentley!"

Genug ist genug!

Ich spare mir jedes weitere Wort, packe seine rechte Hand und drehe das Gelenk mit einem Ruck so weit nach hinten, bis das vertraute Knacken der splitternden Knochen ertönt. Sein jämmerlicher Schrei vermischt sich mit dem lauten Dröhnen der Musik.

Anstatt Mitleid zu zeigen, wiederhole ich die Prozedur an der Linken auch noch, und mache mich dann auf den Weg, mir einen neuen Whisky zu holen. An der Bar treffe ich auf Ice, der mich mit einem Blick mustert, den ich nicht deuten kann.

„Gibt es einen Grund dafür, dass du einen unserer Brüder zum Krüppel gemacht hast?"

Er klingt erstaunlich ruhig und wirkt, als hätte er beste Laune.

Seltsam, das passt gar nicht zu ihm.

„Er hat versucht, den Mond zu erschießen!"

Ice nickt, so als würde er verstehen, wovon ich spreche, doch dann runzelt er die Stirn und er schüttelt den Kopf.

„Was? Ich glaub, ich habe mich verhört."

„Nein, du hast mich schon richtig verstanden. Der Wichser hat versucht, einen Planeten zu erschießen. Nicht zu fassen oder!?"

Er nippt an seinem Bier, reibt sich über den Kiefer und atmet seufzend aus.

„Und deswegen musstest du ihm gleich beide Hände brechen?"

„Unter anderem. Ich hatte ihm seine Waffe und die Bitch, die er ficken wollte, abgenommen."

Ein freudloses Lachen ausstoßend, lehnt er sich an die Bar und beobachtet, wie ein unter Schock stehender Rocco versucht, vom Boden aufzustehen. Was mit zwei gebrochenen Handgelenken äußerst kompliziert zu sein scheint.

„Wir befinden uns im Krieg mit den Russen und du hast nichts Besseres zu tun, als einen Bruder auszuschalten?"

Ach Fuck!

„Wir befinden uns *immer* mit irgendeinem Psycho im Krieg. Das ist nichts Neues und daran wird sich höchstwahrscheinlich auch so bald nichts ändern. Der Tag, an dem ich mich von einem Bruder mit einem Messer bedrohen lasse, wird der Tag sein, an dem mich der Sensenmann auf einen wilden Ritt abholt. Respekt ist das Zauberwort."

Er leert den Rest des Bieres in einem Zug und rülpst laut.

„Hast ja recht. Rocco ist irre, aber zur Hölle, er war der beste Tätowierer, den wir jemals hatten. Hättest du ihm nicht die Füße brechen können?"

Das Thema beginnt zu nerven. Die Knochen sind gebrochen, es ist, wie es ist, also was nützt es jetzt noch, eine halbe Stunde darüber zu debattieren, was ich alles hätte tun können!

„Was machst du hier unten Ice? Ich dachte, du fickst die kleine Diebin?“

Das dreckige Grinsen, zu dem sich sein Mund verzieht, verrät mir fast schon zu viel.

„Die Praline ist längst vernascht. Wenn ich das Mädchen in den nächsten Stunden noch mal ficke, geht es kaputt. Lina braucht eine Pause.“

Ach Fuck!

„Hast du das gerade echt gesagt?“

Er nickt und bestellt sich zeitgleich ein weiteres Bier.

Bei den Billardtischen herrscht Trubel, ein paar Idioten helfen Rocco dabei, endlich vom Boden hochzukommen. Die unfähige Bitch, die sich angestellt hat, als hätte sie noch nie an einem Schwanz gelutscht, schluchzt hysterisch und sieht immer wieder angsterfüllt in meine Richtung.

„Jetzt, wo du die Kleine unter dir hattest, musst du mir eine Sache verraten. Ist ihre Pussy wirklich so verdammt geil, dass sie einen Mann alles vergessen lassen kann, oder warum hat Kyrill bei ihr mit dem Schwanz gedacht und alle Vorsicht vergessen?“

Ice zuckt mit den Schultern, er versucht, sich nichts anmerken zu lassen, aber dafür kenne ich ihn zu gut. Ich kann in seinen eisigen Augen erkennen, dass ihm die Muschi der Kleinen ebenfalls verdammt gut gefällt. Aber warum? Was ist an der Vagina dieser Frau so außergewöhnlich, dass sie es sogar geschafft hat, unseren Präsidenten anzufixen?

Er klemmt sich eine Lucky in den Mundwinkel und zündet sie an.

„Diese Muschimagie muss ja echt der Hammer sein, so blöd wie du grinst.“

„Wenn du dich bei Sonnenaufgang weiterhin wie ein blutiger Anfänger anstellst, wird es für dich immer ein Muschimythos bleiben. Aber verdammt, mir soll es recht sein. Solange du die eine Schwester nicht eingefangen hast, bleibt die andere in meinem Bett!“

Mit tiefen Zügen raucht er die Kippe, schnappt sich das Bier und stößt sich von der Bar ab.

Schlecht gelaunt sehe ich ihm nach. Da dreht er sich noch mal zu mir um und sieht mich mit erhobenem Zeigefinger an.

„Tu mir einen Gefallen, VP. Keine gebrochenen Hände mehr. Wenn du deine miese Stimmung an jemandem auslassen willst, dann bitte an den Russen und nicht an Ridern.“

Um ihm zu zeigen, was ich von seiner Idee halte, strecke ich ihm meinen ausgestreckten Mittelfinger entgegen, was ihm ein lautes Lachen entlockt.

Fuck!

Doppel Fuck!

Dreifach Fuck!

Die Muschimagie scheint echt der Oberhammer zu sein, anders kann ich mir Ice’ zum Kotzen gute Laune nicht erklären. Sobald ich diese Lena geschnappt habe, werde ich sie packen, auf den Rücken werfen und mich bis zum Anschlag in ihre verzauberte Möse rammen. Muschimagie oder Muschimythos – kurz nach Sonnenaufgang werde ich dieses Geheimnis gelüftet haben.

Mit neuem Whisky verlasse ich die Party, folge Ice in den ersten Stock und lasse mich, komplett bekleidet, auf das durchgelegene Sofa in meinem Wohnzimmer fallen. Scheiß auf die rostbraunen getrockneten Flecken, die meine Jeans zieren, morgen werden es garantiert noch mehr. Der Wind trägt den Lärm der Party zu mir herein, dank der dünnen Gipswände höre ich das erregte Wimmern einer Frau aus Ice’ angrenzender Wohnung.

Von wegen, die Praline ist schon vernascht ...

Genervt winkle ich die Arme an, lege sie unter meinen Kopf und starre an einen Punkt an der Decke. Aus dem anfänglich noch gedämpften Wimmern wird innerhalb kürzester Zeit ein lautes Schreien. Mein Schwanz zuckt und meine Hände ballen sich zu Fäusten.

Ice’ Mädchen gehört definitiv nicht zu der leisen Sorte.

Fluchend warte ich darauf, dass der Schlaf mich übermannt – es passiert nicht.

Die Stimmen in meinem Hirn sind zu laut, sie fordern Blut, quälen mich mit düsteren Fantasien und einer Wut, die schon immer da war und nie zu verschwinden scheint.

Ich weiß nicht, woher sie stammt.

Aber sie ist der Grund, dass ich mich nicht kontrollieren kann.

10. Kapitel

Lena

Es knallt. Erschrocken reiße ich die Augen auf. Im ersten Moment habe ich keine Ahnung, wo ich überhaupt bin und als es mir klar wird, braucht mein Hirn einen Augenblick, bis ihm wieder einfällt, wie ich hierhergekommen bin.

Die Erkenntnis, dass ich bis zum Hals in der Scheiße stecke, schlägt wie eine Bombe ein und lässt mich würgen.

In der ersten Sekunde habe ich gehofft, dass das alles nur ein böser Alptraum war – falsch gedacht – die Hoffnung ist zerplatzt.

Aber nicht wie eine bunte Seifenblase, sondern wie eine Wasserbombe, gefüllt mit Blut und Entsetzen.

Oh Gott! Ich muss tatsächlich eingeschlafen sein ...

Erschöpft und alles andere als ausgeruht reibe ich mir über die Augen und zucke schmerzerfüllt zusammen, als sich mein Rücken zu Wort meldet.

Der Tau hat vor mir keinen Halt gemacht und mich mit derselben feuchten Schicht überzogen wie den Rest der Welt.

Der Sommer ist längst vorbei und der Herbst hat Einzug gehalten.

Das kraftvolle Bollern von Motorrädern dröhnt mir in den Ohren. Die Bikes müssen sich direkt über mir auf der Brücke befinden.

Instinktiv mache ich mich so klein wie möglich, versuche, für den Rest der Welt unsichtbar zu werden.

Der Himmel färbt sich vom Osten her orange, die Dunkelheit zieht sich zurück, was bedeutet, dass ich losmuss.

Wenn es Lina geschafft hat, die letzte Nacht zu überleben und nicht eingefangen zu werden, dann wird sie am Memorial Drive auf mich warten. *Ria's Bluebird Café* liegt nicht weit von hier entfernt. Aber da ich darauf achten muss, nicht entdeckt zu werden, könnte es schwierig werden, rechtzeitig dort zu sein.

Umständlich stehe ich auf, beiße die Zähne zusammen, als durch die Bewegung in meinem gesamten Körper ein heftiger Schmerz aufflammt, und verlasse den Unterschlupf.

Prüfend sehe ich mich um – keine Gefahr in Sicht.

Mit steifen Beinen kämpfe ich mich hoch auf die Straße, kralle mich dabei an dem Rucksack fest, in dem sich die Finanzierung für Linas und mein neues Leben befindet, und laufe los.

Nach einigen Schritten taucht an einer Kreuzung vor mir eine dicke silberne Harley auf. Im ersten Moment bin ich mir sicher, dass ich jetzt erledigt bin – falsch gedacht. Der Typ, der auf der Maschine sitzt, ist zwar groß und bullig, trägt aber keine lederne Kutte.

Er schenkt mir null Beachtung, setzt den Blinker und biegt ab.

Mit rasendem Puls eile ich weiter, spüre die neugierigen Blicke der Passanten auf mir und wittere in jedem der Menschen Gefahr.

Was lächerlich ist – nicht alle Leute arbeiten für die Russen oder den Hell Riders Motorcycle Club. Dass sie mich so anstarren, liegt bestimmt daran, dass ich wohl einer Vogelscheuche gleiche.

Eine heftige Verfolgungsjagd und eine Nacht unter einer Brücke lassen eine Frau nun mal nicht wie ein Top-Model aussehen.

Das fiese Stechen in meinen Beinen ausblendend, gehe ich einfach weiter, ignoriere die immer stärker werdende Angst, die kurz davor ist in Panik umzuschlagen, und bete zu Gott, dass es meiner Schwester gut geht.

Ich habe keine Ahnung, was ich tun soll, wenn sie nicht auftaucht.

Zur Polizei gehen, gestehen was wir getan haben und auf Unterstützung hoffen?

An sich vielleicht nicht die dümmste Idee, zumindest, wenn ich nicht aus erster Hand wüsste, dass Kyrill den Großteil der Cops dieser Stadt bestochen hat.

Selbst einige Richter und Senatoren hat er in der Tasche, diejenigen, die sich nicht kaufen lassen wollten, hat mein ehemaliger Boss einfach ausspionieren lassen. Die meisten Männer, gerade die mächtigen, die nach außen hin auf gesetzestreu und ehrlich machen, haben ein dunkles Geheimnis, das ihnen im wahrsten Sinne des Wortes das Genick brechen kann.

Der oberste Richter zum Beispiel hat eine Schwäche für kleine, dunkelhäutige und am besten minderjährige Prostituierte.

Kyrill hat das herausgefunden, eine Nutte bestochen und ist so an ein ziemlich belastendes Video gekommen. Jetzt hat der König der Russen den Richter unter seiner Kontrolle.

Diese Stadt besteht aus lauter Marionetten und niemand kann mit Sicherheit sagen, wer die Fäden welcher Puppe in den Händen hält.

Falls ich also bereit wäre, zu den Bullen zu gehen und zu gestehen, na ja, dann besteht eine 70:30-Chance, dass ich an einen Polizisten gerate, der für Kyrill arbeitet.

Wenn ich eine Sache in der Zeit, die ich für Kyrill gearbeitet habe, gelernt habe, dann, dass nichts so ist, wie es scheint ...

Mit Tränen in den Augen und kurz vor einer ausgewachsenen Panikattacke, folge ich der

Cherokee Avenue am Grand Park entlang. Hinter mir liegt der Zoo, vier Häuserblocks vor mir befindet sich das *Ria's*.

Nur noch wenige Minuten, bis ich Lina wiedersehe – oder nicht.

Über das, was es bedeutet, wenn sie nicht da ist, will ich lieber gar nicht nachdenken. Meine Schwester hat das unglaubliche Talent, sich immer tiefer in die Scheiße zu reiten.

Jeder andere Mensch ist irgendwann mal an seinem Tiefpunkt angekommen, nur Lina nicht. Immer wenn ich denke, schlimmer geht es nicht mehr, beweist sie mir das Gegenteil.

Im Nachhinein könnte ich mich selbst dafür ohrfeigen, dass ich mich auf ihren Plan, Kyrill auszurauben, eingelassen habe.

Verdammt!

Damals, als sie wegen mir durch Zufall auf meinen Boss getroffen ist, habe ich wie eine Verrückte auf sie eingeredet und alles versucht, um sie davon abzubringen, zu ihm ins Bett zu steigen, gebracht hat es ganz offensichtlich nichts.

Lina macht, was sie will, ohne über die Konsequenzen nachzudenken.

Gut hundert Meter vor unserem Treffpunkt bleibe ich auf der gegenüberliegenden Seite stehen, sehe mich hektisch um und kann keinen der vielen, in schwarze Anzüge gekleideten Russen, die garantiert auf der Suche nach mir sind, sehen.

Das ist gut, dass aber auch jede Spur von Lina fehlt, ist schlecht.

Tief in meinem Inneren spüre ich, dass sie noch am Leben ist, aber wo steckt sie nur?

Ich gebe die Hoffnung nicht auf und überquere die Straße.

Obwohl es noch früh am Morgen ist, beinahe noch Nacht, herrscht schon reger Verkehr. Linienbusse, weiße Transporter und große Lastwagen, die ihre Fracht an die vielen Geschäfte ausliefern, füllen die *Interstate 20*, die sich wie die Hauptschlagader dieser Stadt durch Atlanta windet.

Mit zittrigen Knien stolpere ich durch den Verkehr, bahne mir einen Weg um die Autos und kassiere dafür genervtes Hupen. Ich ignoriere die wütenden Blicke der Fahrer, kralle mich an dem Riemen des Rucksacks fest und sauge jedes Detail meiner näheren Umgebung in mich auf. Der Blumenverkäufer auf der anderen Straßenseite, der eine Lieferung roter Rosen bekommt, der Bäcker ein paar Häuser weiter, der den Rollladen seiner Backstube öffnet und die adrette Karrierefrau, die in einem schicken Hosenanzug und High Heels an mir vorbeistolziert und mich mit einem abschätzigen Blick mustert.

Keine Russen, keine Lina ...

Tränen verschleiern mir die Sicht, kraftlos breche ich zusammen und lasse mich an der Hauswand des noch geschlossenen *Cafés* nach unten rutschen, sodass ich unsanft auf dem Gehsteig lande.

Am liebsten würde ich laut schreien, fluchen und die Welt verteufeln. Aber die Welt ist nicht schuld an der Misere, in der ich feststecke, sondern meine Schwester und ich.

Was nützt es mir, dass ich dicke Dollarrollen und Schmuck im Wert von geschätzt einer Million Dollar mit mir herumtrage, wenn ich dafür meine Schwester verloren habe?

Ein alter Mann, der an mir vorbeigeht, schnippt mir einen Dollar zu, die Münze rollt vor mir über das Pflaster, dreht sich zwei Mal und entscheidet sich dann für eine Seite.

Diese Geste der Nächstenliebe fühlt sich an wie ein Faustschlag mitten in den Magen. Ich bin wortwörtlich am Boden angekommen. *Fuck!* Obwohl ich genug Geld gestohlen habe, um mir einen mehrwöchigen Aufenthalt im *Four Seasons* leisten zu können, habe ich neben einer Ratte unter einer Brücke geschlafen.

Was nützt einem ein Vermögen, wenn man es nicht ausgeben kann, ohne seinen Jägern direkt in die Arme zu laufen? Und was bringen mir all die vielen grünen Scheine, wenn meine Schwester gefangen wurde oder längst tot ist?

Kyrill wird sie nicht sofort umbringen. Sie war seine Geliebte, er wird sie leiden lassen, sich Zeit nehmen und sie für das, was wir ihm angetan haben, bestrafen.

Und dieser Russe ist der letzte Mann auf diesem Planeten, von dem man sich bestrafen lassen will. Die Dollarmünze betrachtend, stütze ich die Arme auf den Knien auf, berge mein Gesicht darauf und lasse meiner Verzweiflung ihren Lauf.

Es ist mir egal, dass ich mitten in der Stadt auf dem Gehsteig sitze.

Ich habe keine Kraft mehr – ich brauche eine Pause.

Selbst wenn ich es schaffen würde aufzustehen, wohin sollte ich gehen?

Zum Flughafen? Ohne Lina gehe ich nirgendwo hin!

Nach Hause?

Da werden Kyrills Schläger bestimmt längst auf mich warten.

Zu den Cops? Zu riskant!

Noch bevor ich zu einem Entschluss gekommen bin, tauchen schwere abgewetzte Stiefel in meinem Sichtfeld auf und ein großer dunkler Schatten breitet sich über mir aus. Nicht einer der morgendlichen Sonnenstrahlen dringt noch zu mir durch.

Eine ungute Vorahnung breitet sich in mir aus, ein unangenehmer Schauer rieselt an meinem Rückgrat hinab und die Härchen auf meinen Armen stellen sich warnend auf.

Oh du heilige Scheiße!

Zögerlich lasse ich den Blick an den schweren Bikerstiefeln nach oben gleiten, an einer mit Blutspritzern benetzten Hose entlang, und stoppe erst an einer schwarzen Lederscheide, die sich an einem breiten Oberschenkel befindet und aus der ein hölzerner Griff ragt.

Ich schlucke hart, mein Puls rast.

Immer nervöser werdend setze ich die visuelle Erkundungsreise fort und entdecke einen schwarzen Gürtel, dessen Schnalle wie ein silberner Revolver geformt ist. Der schwarze Hoodie, über dem sich eine abgewetzte, mit Aufnähern übersäte Kutte befindet, endet an einem virilen Hals, der zum Teil von weiß wirkenden Narben durchzogen ist.

Eine silberne Gliederkette spannt sich um die Sehnen an dem Hals des Rockers.

Ich widerstehe dem Drang, mir die Hände vors Gesicht zu schlagen, ganz nach dem Motto: Ich sehe dich nicht – also siehst du mich nicht. Also kratze ich das letzte bisschen Mut, das mir geblieben ist, zusammen und sehe dem Arschloch, das es auf mich abgesehen hat, direkt in die Augen. Ich zucke, als ich das entstellte Gesicht sehe, erschrocken zusammen. Es wirkt wie verbrannt. Sein rechtes Auge ist von wulstiger Haut umgeben, Wimpern oder Augenbrauen hat er auf dieser Gesichtshälfte keine mehr. Der Mundwinkel auf dieser Seite ist nach unten gebogen, die Narben ziehen sich an seinem Ohr entlang hinab zu seiner Kehle.

Der unversehrte Teil des Gesichts ist markant und auf eine gefährliche Art und Weise höllisch attraktiv. Eine gerade Nase, schmale Lippen, hohe Wangenknochen und ausdrucksstarke braune Augen, die mich finster anstarren. Der Outlaw hat kurze blonde Haare, riecht nach Leder, Schießpulver und kaltem Rauch.

Mein Mund klappt auf, ein undefinierbares Geräusch löst sich aus meiner Kehle, dann schließe ich ihn wieder. *Oh Hilfe!*

Was um alles in der Welt soll ich denn bitte zu diesem Hell Rider sagen?

Keine Ahnung, ob ich aufstehen oder sitzen bleiben soll. Wie verhält man sich, wenn man von einem Killer in Kutte gejagt und schlussendlich auch gefunden wurde?

Panisch? Verängstigt? Beides wahrscheinlich ...

Der selbstgefällige, ja geradezu zufriedene Ausdruck in seinen kaffeebraunen Iriden lässt mich den Blick abwenden.

Tausend Wörter huschen durch meinen Kopf, ich formuliere Dutzende Fragen und bringe nicht eine über die Lippen.

Schweigend starre ich mein Gegenüber an, mustere, in der Hoffnung, herauszufinden, mit wem genau ich es zu tun habe, seine Kutte.

Als Erstes entdecke ich das *Vizepräsidenten-Patch*, das sein Leder auf Brusthöhe ziert.

Die Erkenntnis trifft mich mit voller Wucht.

Er ist Bentley, der zweitmächtigste Mann des Rockerclubs und einer der gefährlichsten Männer des Landes. Wann immer sein Name fällt, passiert es in Verbindung mit Angst, Mord und Schrecken.

Ice, der Präsident der Riders, ist schon ein brutaler Kerl, aber der VP des MCs ... *Oh Gott!*

Ich habe Geschichten über diesen Biker gehört, bei denen rollen sich mir die Zehennägel hoch. Auf einem roten, rautenförmigen Aufnäher prangt ein *1 %-Zeichen*. Daneben steht in großen schwarzen Lettern *DEQUIALLO* geschrieben. Dieser Aufnäher wird, glaube ich, nur an Member verliehen, die einen Polizisten in die Notaufnahme geprügelt haben. Wenn das, was ich über diese Rocker gehört habe, stimmt, dann müssen sie sich diese Patches alle verdienen. Sie sind quasi Auszeichnungen und stehen für geleistete Dienste, große Erfolge oder besondere Brutalität. Wenn einer von ihnen einer alten Oma über die Straße hilft, dann bekommt er dafür natürlich keinen Aufnäher, tötet er aber einen Feind der Riders, schickt Frauen auf den Strich oder macht etwas anderes Schreckliches, wird seine Kutte um ein weiteres Abzeichen reicher.

Erst letzte Nacht, genauer gesagt vor wenigen Stunden, habe ich dabei zugesehen, wie dieser Rocker und einer seiner Brüder Mischa getötet und Pawel verletzt haben.

Kyrill und die Member des Hell Riders Motorcycle Clubs hassen sich bis aufs Blut.

In ihrem Disput geht es um Macht, Reviergrenzen und hunderttausende von Dollars. Ganz kapiert habe ich das alles nie, was daran liegt, dass ich immer versucht habe, mich aus den Geschäften meines ehemaligen Bosses rauszuhalten. Wenig wissen, wenig reden am besten unsichtbar bleiben, war meine Devise. Zumindest war sie das so lange, bis Lina die bescheuerte Idee hatte, Kyrill zu ficken, ihm die große Liebe vorzuspielen und ihn anschließend auszurauben!

Scheiße! Scheiße! Scheiße!

Ich muss hier weg, und zwar sofort. Wenn mich dieser Bentley einkassiert, kann ich meine Träume von der Südsee und einem neuen Leben vergessen. Und dieses Leben wird sowieso nur dann stattfinden, wenn ich Lina gefunden habe.

„Fuck! Endlich habe ich dich erwischt, Mädchen!"

Wie bitte?

„Einen Scheißdreck hast du mich."

Der Vizepräsident der Riders grinst siegessicher, er glaubt, dieses Spiel bereits gewonnen zu haben.

Aber für mich ist das hier kein dummes Spiel, sondern Ernst und darum bin ich nicht bereit, es ihm leicht zu machen.

11. Kapitel

Bentley – der Vizepräsident

Es war fast zu leicht, keine Jagd, keine Herausforderung – nichts!

Das Mädchen, das mich letzte Nacht noch mühelos abgeschüttelt hat, sitzt kraftlos und erschöpft vor mir auf dem Boden und sieht mich aus großen moosgrünen Augen an.

Diese Lena hat genau wie ihre Zwillingsschwester lange, fast schwarze Haare und schneeweiße Haut. Trotz der dunklen Ringe, die sich unter ihren Augen abzeichnen, ist die junge Frau eine absolute Schönheit. Ich kann verstehen, warum Ice nicht gezögert und sich auf diesen verrückten Deal eingelassen hat: Sex und Diamanten im Austausch für Schutz. Die Schwestern wären ohne die Hilfe des Clubs längst von den Russen erwischt worden. Dass es Lena geschafft hat, die Nacht über nicht aufgespürt zu werden, grenzt an ein Wunder.

So wie sie da vor mir sitzt, mit verheulten Augen, dem zerkratzten Gesicht und den völlig verwuschelten Haaren, weckt sie etwas in mir, das sich verdächtig nach einem Beschützerinstinkt anfühlt.

Bullshit!

Aber das kann nicht sein, bis jetzt habe ich noch nie das Bedürfnis verspürt, eine Frau zu beschützen. Zu unterwerfen, zu dominieren und zu ficken, ja, aber niemals sie zu beschützen. Ich bin einfach nicht der Typ dafür. Gut, damals war das beinahe etwas anderes.

Aber selbst bei der Bitch, der ich das verbrannte Gesicht zu verdanken habe und deren Namen ich nicht mal gedanklich ausspreche, war es kein Beschützerinstinkt, der mich angetrieben hat, sondern reine Besitzgier. Ich wollte diese Frau besitzen wie mein Bike.

Keine Ahnung, wie ich das, was ich für sie empfunden habe, beschreiben soll.

Mit Worten bin ich genauso schlecht wie mit Gefühlen.

Umso verstörender ist es, dass ich keinen Triumph verspüre, weil ich Lena endlich eingefangen habe, sondern eher etwas, das sich nach Mitleid anfühlt.

Diese Mädchen haben sich auf einen Krieg mit den Russen eingelassen und sich einen der mächtigsten Männer, die ich kenne, zum Feind gemacht.

Keine Ahnung, ob das Geld und die Diamanten die einzigen Gründe für diese Aktion waren, wahrscheinlich hatte es auch etwas mit Hass und Rache zu tun, aber so wie das Mädchen, das vor mir auf dem Boden sitzt, aussieht, hat es längst erkannt, dass es Scheiße gebaut hat.

So oder so ...

Egal wie süß und zugleich sexy diese Frau auch sein mag, es ist nicht mein Problem, was mit ihr passiert. Ice wollte, dass ich sie einfange und das habe ich getan. Jetzt bringe ich Lena zum Club, stelle sie unter eine heiße Dusche, finde heraus, was es mit dieser Muschimagie zu tun hat und dann überlasse ich sie meinem Präsidenten.

„Fuck! Endlich habe ich dich erwischt, Mädchen!"

Wut funkelt in ihren Augen, das gefällt mir. Obwohl Lena am Ende ihrer Kräfte angekommen ist, hat sie noch immer Leben in sich.

„Einen Scheißdreck hast du mich."

Ach ja?

Ich grinse zufrieden und beobachte, wie ein Ruck durch ihren Körper geht. Nervös leckt sie sich über die Lippen, diese eigentlich unschuldige Geste bringt meinen Schwanz zum Zucken.

Ob die Kleine besser blasen kann als die Hure von letzter Nacht?

Allein bei der Vorstellung, wie ich meine Beute packe, auf den Billardtisch lege und mich bis zum Anschlag in ihre Kehle ramme, werde ich hart.

Kein Wunder, dass Kyrill und Ice wegen einer der Schwestern bereits gegen ihre Regeln verstoßen haben. Lina ist schon eine Bombe, aber diese Lena hier ... *Fuck!* Sie hat diese ganz besondere Ausstrahlung, die bei Männern verrückte Dinge anstellt.

Einerseits will ich sie packen und schütteln, sie anbrüllen, weil sie mir die letzten Stunden so viel Ärger bereitet hat, andererseits will ich das zutiefst verängstigte Mädchen in meine Arme ziehen und ihm versprechen, dass es von nun an in Sicherheit ist.

Schlussendlich tue ich keines von beidem, sondern bleibe reglos stehen, sauge ihren Anblick in mich ein und bewundere die feinen Züge ihres wunderschönen Gesichts.

Die Tatsache, dass Kyrill nicht sie, sondern ihre Schwester gebumst hat, gefällt mir. Die Vorstellung, mich in eine Pussy zu stoßen, in der schon der Russe gesteckt hat, stößt mich ab. Als Lena keine Anstalten macht aufzustehen, strecke ich ihr meine Hand entgegen.

„Steh auf!"

Anstatt mein nettes Angebot anzunehmen und meine dargebotene Hand zu ergreifen, sieht sie sich prüfend um.

Offensichtlich ist sie noch immer nicht bereit, sich kampflos zu ergeben.

„Vergiss es. Egal wie laut du nach Hilfe schreien wirst, niemand wird für dich den Retter spielen."

Zwischen ihren Augen bilden sich zwei tiefe Falten.

„Ach und warum nicht?“

Mit gefällt der Klang ihrer Stimme. Ob sie beim Ficken genauso laut ist wie ihre Schwester?

„Weil keiner so dumm ist, sich mit einem Hell Rider anzulegen.“

„Schon mal was von Zivilcourage gehört?“

Wie süß, da scheint noch jemand an Märchen zu glauben.

„Nur ein winziger Teil der Gesellschaft weiß überhaupt von der Existenz dieses Wortes, und davon ein noch viel kleinerer Teil, was es bedeutet. Das sieht bei dem Wort Todesangst anders aus. Das kennt jeder und nur die wenigsten wollen sie am eigenen Leib spüren. Jeder, der versucht, dich mir wegzunehmen, muss damit rechnen, eine Kugel in den Kopf zu bekommen. Also hör auf zu zicken, steht auf und komm mit. Deine Schwester freut sich sicherlich, dich zu sehen.“

Kaum dass ich ihre Schwester erwähnt habe, springt Lena mit erstaunlicher Leichtigkeit auf die Füße. Sie geht mir gerade mal bis zu den Schultern, genau genommen endet ihr Kopf sogar schon vorher. Diese Frau ist winzig und hat die perfekte Größe, um gepackt, gegen die nächstbeste Wand gepinnt und hart gefickt zu werden.

„Ihr blöden Schweine! Ihr geldgierigen Drecksäcke macht wohl vor gar nichts Halt.“

Von ihrem Ausbruch überrascht, weiche ich einen Schritt zurück.

„Na, na, na, Baby, mach mal langsam. Deine Schwester ist in besten Händen. Ihren Schreien nach, die die komplette letzte Nacht durch unseren Club geschallt sind, hat unser Präsident sich gut um sie gekümmert.“

Das Mädchen beginnt am ganzen Körper zu zittern, Tränen steigen ihr in die Augen und mir wird langsam klar, dass sie meine Worte wahrscheinlich missverstanden hat. Sie muss denken, dass wir ihre Schwester misshandeln und foltern, derweil liegt sie im Bett meines Präsidenten und lässt sich ihre kleine, diebische Seele aus dem Leib vögeln.

Gerade als ich sie beruhigen will, holt Lena aus, und schlägt mir mit voller Wucht ins Gesicht. *Wämm ...*

Meine Lippe platzt auf, ich schmecke Blut. Ungläubig taste ich die Stelle ab und tatsächlich, meine Fingerspitzen sind rot.

Fluchend packe ich Lena am Handgelenk und stoße sie grob gegen die Hausmauer des Cafés.

„Du winziges Miststück. Wage es noch ein Mal, mich zu schlagen, und ich schwöre dir, du wirst es bereuen.“

Verzweiflung huscht über ihre Mimik, immer mehr Tränen rinnen ihr aus den Augenwinkeln.

In dem Moment, in dem ich sie in die Richtung meines Motorrads ziehen will, wirbelt sie herum, reißt sich von mir los und rammt mir ihr Knie mit voller Wucht in die Weichteile.

Der brutale und unbeschreibliche Schmerz zwingt mich in die Knie, fährt hoch in meinen Bauch und lässt meine Lungenflügel beinahe kollabieren. Ich sehe Sterne. In den vergangenen Jahren wurde ich nicht nur angeschossen, sondern auch mehrmals niedergestochen. Doch nichts ist mit dem Schmerz vergleichbar, den ein Mann verspürt, wenn man ihm in die Eier tritt.

Ich sehe schwarz und fasse mir instinktiv in den Schritt, um zu fühlen, ob mein Schwanz und meine Hoden überhaupt noch existent sind oder ob sie nur noch aus Matsch bestehen.

Stöhnend schnappe ich nach Luft, fluche, als der Schmerz einfach nicht nachlassen will und heule wie ein kleiner Junge.

Die Frau, die ich gerade eingefangen hatte, steht wie eine gottverdammte Königin vor mir, stößt ein Zischen aus und spuckt mir mitten ins Gesicht.

Das wird sie noch bereuen ...

„Fick dich, Hell Rider. Richte dem Bastard von einem Präsidenten aus, dass ich alles tun werde, um meine Schwester zu retten. Alles. Absolut verflucht noch mal alles. Selbst wenn ich den Russen, der mich töten will, um Hilfe anflehen muss. Ich werde erst ruhen, wenn es deine Schreie sind, die durch euer verschissenes Clubhaus hallen. Das Karma fickt jeden, und bei dir fängt es gerade erst an.“

In Embryonalstellung auf dem Gehsteig liegend, beobachte ich Lena, wie sie in einer kämpferischen Geste ihr Kinn in die Höhe streckt, über mich hinwegsteigt und aus meiner Sichtweite verschwindet.

Schwitzend, jammernd und noch immer nicht in der Lage aufzustehen, stoße ich ein lautes Brüllen aus, höre, wie das Mobiltelefon in meiner Tasche zu klingeln beginnt und drücke die Stirn gegen den kalten Asphalt.

Das ist bestimmt Ice, der wissen will, ob Lena beim *Ria's Bluebird Café* aufgetaucht ist und ob ich sie mir geschnappt habe.

Er wird ausflippen, wenn ich ihm sage, dass mir das Miststück mal wieder entkommen ist.

Anstatt ranzugehen, warte ich, bis die Mailbox anspringt und bleibe einfach liegen.

Einige Passanten gehen an mir vorbei, mustern mich neugierig und können sich ein Lachen nicht verkneifen. Kein Wunder, diese Lena hat mich gerade zum Gespött der Nation gemacht.

Verdammte Scheiße!

Ich wurde gerade von einer Frau ausgeknockt, die nicht größer als ein winziges Schulkind ist. *Einfach fucking unglaublich!*

Wenn das rauskommt, wenn meine Brüder davon erfahren, bin ich so was von geliefert!

Die Zeit vergeht. Bis ich endlich wieder in der Lage bin aufzustehen, fehlt von Lena jede Spur. Genervt fahre ich mir mit den Händen durch die Haare, ziehe an ihnen und genieße den Schmerz, der dabei durch meine Kopfhaut zuckt.

Dieses blöde Weib könnte mittlerweile einfach überall sein.

So langsam beginnt die ganze Scheiße mich extrem zu nerven.

Der Vizepräsident des Hell Riders Motorcycle Clubs scheitert daran, ein kleines Mädchen einzufangen. Was sagt das über mich aus?

Was zur Hölle ist nur los mit mir?

Die Hand in die Hose schiebend, taste ich meinen Schwanz ab, positioniere ihn um und gehe zu meinem Bike.

Ich kann auf gar keinen Fall mir leeren Händen zurück zum Club fahren.

Umständlich setze ich mich auf meine Maschine, beiße die Zähne zusammen, als meine noch immer pochenden Hoden erneut zu schmerzen beginnen und gebe Gas.

Die Spielchen sind jetzt vorbei!

Ich werde diese Frau fangen, sie für den ganzen Ärger, den sie mir bereitet hat, bestrafen und sie anschließend so hart ficken, dass sie mich um Gnade anfleht.

Aber da kann sie laut und lange betteln.

Das *Expect-No-Mercy-Patch* ziert nicht umsonst meine Kutte.

12. Kapitel

Lina

Nackt, mit einer Tasse Kaffee in der einen und einem Bagel in der anderen Hand, sitze ich bis zu den Nippeln zugedeckt im Bett des Rockerpräsidenten und starre ihn ungeduldig an.
Ich fühle mich wund und erschöpft.
Dieser Rider ist nicht k. o. zu kriegen. Keine Ahnung, wie oft er mich letzte Nacht genommen hat. Fünf oder sechs Mal?
Vielleicht auch öfter. Das Kondom haben wir nur beim ersten Fick vergessen, aber Scheiße, wenn es dumm läuft, reicht das aus, mir mein Leben noch mehr zu versauen. Ein Baby von einem Rider ist wirklich das Allerletzte, was ich gebrauchen kann.

Das bisschen Schlaf, das Ice mir zugestanden hat, reicht bei weitem nicht aus. So fallen mir trotz der Sorge um Lena die Augen zu.

Der weiche Stoff des Bettbezugs streift über meine empfindlichen Brustwarzen und lässt mich zusammenzucken. Ice' Zähne haben deutliche Spuren auf meinem Körper hinterlassen. Dieser Biker scheint fest entschlossen zu sein, Kyrills Male, die auf ewig meine Haut zieren werden, zu überdecken.

Ich kann immer noch nicht glauben, dass Kyrill hierhergekommen ist. Und das noch dazu alleine – ohne Chauffeur und Bodyguard.

So etwas habe ich noch nie erlebt, Kyrill hat immer seine Bediensteten bei sich. Die Art wie er, vom silbrigen Licht des Vollmonds beleuchtet, mitten auf der Straße gestanden und zu mir hochgesehen hat, will mir einfach nicht mehr aus dem Kopf gehen.

Es hat fast den Anschein, als hätte ich dem mächtigen Boss der Russenmafia tatsächlich etwas bedeutet. Was mich zutiefst überrascht, ich war mir sicher, dass der Russe überhaupt nicht in der Lage ist, so etwas wie Liebe zu empfinden. Selbst beim Sex, der intimsten Sache überhaupt, hat er nie die Maske fallen und mich einen Blick auf sein Inneres werfen lassen.

Keine Ahnung, ob es für mich einen Unterschied gemacht hätte, wenn ich gewusst hätte, dass er mich wirklich liebt. Ich denke nicht – in der Welt der Killer und Gangster kommt es nicht auf Gefühle an, sondern nur aufs Überleben.

Entschlossen verdränge ich Kyrill aus meinem Kopf und beobachte gespannt, wie Ice nun schon zum zweiten Mal versucht, seinen Vize anzurufen. Sonnenaufgang ist schon vorbei, mittlerweile ist es vor den Fenstern taghell, doch dieser Bentley hat sich noch immer nicht gemeldet, um darüber Bericht zu erstatten, ob er meine Schwester gefunden hat.

Ich werte das als ein schlechtes Zeichen. Wenn es dem Rocker gelungen wäre, sie einzufangen, dann hätte er sie doch sicherlich schon hierhergebracht! Oder?

Mit einem ärgerlichen „Fuck!“, wirft Ice das iPhone zu mir auf das Bett und verpasst der Wand einen Tritt.

„Und?“

„Er geht nicht ran.“

Das Stück Bagel, das ich gerade runtergeschluckt habe, bleibt mir im Hals stecken.

„Für mich heißt das, dass er Lena nicht hat.“

Mit einem zustimmenden Nicken wendet Ice sich zu mir um.

„Ja, das sehe ich auch so. Die Frage ist nur, aus welchem Grund? Ist deine Schwester erst gar nicht aufgetaucht, oder ist sie ihm einfach nur ein weiteres Mal entwischt?“

Ich fürchte mich vor Ersterem und hoffe auf Letzteres.

Wenn sie nicht wie besprochen zu *Ria's Bluebird Café* gekommen ist, kann das eigentlich nur eine Sachen bedeuten: Kyrills Gorillas haben sie vor den Rockern erwischt.

Tränen steigen mir in die Augen. Die Sorge, gegen die ich die letzten Stunden angekämpft habe, überwältigt mich mit einem Schlag.

Es fühlt sich so an, als würde sie mich von innen heraus verätzen, es fällt mir schwer zu atmen.

„Das kann doch alles gar nicht wahr sein! Wenn Kyrill sie wirklich hat, dann werde ich zu ihm gehen und mich gegen Lena eintauschen. Ich weiß, dass er eigentlich mich will und nicht sie.“

Kaum dass meine Worte verhallt sind, verdüstert sich Ice’ Mimik merklich.

„Vergiss es, Baby. Keine Chance.“

Was? Mir wird klar, warum er das verhindern will.

„Mach dir keinen Kopf, falls es tatsächlich so weit kommt, dass ich zu meinem Ex zurückgehe, kannst du die Diamanten natürlich behalten. Schließlich hast du dich an deinen Teil der Vereinbarung gehalten.“

Ungläubig sieht er mich an, an seinem Kiefer beginnt ein Muskel zu zucken. Unsicher beobachte ich, wie sich seine Hände zu Fäusten ballen.

„Bist du jetzt völlig bekloppt, Weib?“

Nicht sicher, warum er so heftig reagiert, steige ich aus dem Bett. Doch bevor ich dazu komme, mir etwas zum Anziehen zu holen, eilt er mit großen Schritten zu mir und packt mich an den Schultern.

Plötzlich sind wir uns so nah, dass sein heißer Atem über meine Stirn streift. Ich lege den Kopf in den Nacken, um ihm in die Augen sehen zu können, und was ich in seinem Blick erkenne, macht mir Angst.

„Dir ist klar, was der Wichser mit dir macht, wenn du zu ihm zurückkehrst?“

Oh ja und wie ...

Ein kalter Schauer rieselt zwischen meinen Schulterblättern hinab, auf einmal wird mir schwindelig.

„Kyrill wird mich bestrafen, leiden lassen, ficken und im Anschluss töten!“

Dieselbe Ader, die auch beim Sex, wenn Ice kurz davor ist abzuspritzen, mittig auf seiner Stirn erscheint, tritt hervor. Hart und schmerzhaft drücken sich seine Finger in meine nackte Haut.

Im Gegensatz zu mir ist Ice komplett angezogen. Es ist so was von unfair. Während ich so erschöpft und durchgefickt bin, dass ich mich kaum auf den Beinen halten kann, steht er groß und stark vor mir. Dieser Rocker wirkt mächtig und unbesiegbar.

Das eisige Blau seiner Iriden bohrt sich tief in die meinen.

Instinktiv ziehen sich meine Nippel zusammen und zwischen meinen Schenkeln bildet sich eine verräterische Feuchtigkeit.

Wie kann es sein, dass ich Angst und Lust gleichzeitig empfinde?

Ein Teil von mir will sich von ihm losreißen und davonlaufen, ein anderer hingegen will auf die Knie sinken, seine Hose öffnen und ihm einen blasen.

Ich bin verloren ... Irgendetwas stimmt einfach nicht mit mir ...

„Das werde ich nicht zulassen, kleiner Goldfisch.“

„Ach, und wieso nicht? Es kann dir doch egal sein, was mit mir passiert. Wenn dieser Bentley Lena heute erwischt hätte, dann hättest du uns an den Flughafen gebracht und wärst mich los gewesen. Für dich macht es keinen Unterschied, ob ich wieder in Kyrills Bett lande oder in der Karibik am Strand liege!“

Ein wildes Knurren löst sich aus seiner Kehle. Auf einmal hebt er mich hoch und stellt mich auf das Bett, sodass wir uns auf Augenhöhe befinden.

„Nein, Mädchen, das hätte ich nicht.“

Obwohl ich es versuche, verstehe ich einfach nicht, was er mir gerade zu sagen versucht.

„Was hättest du nicht?“

„Dich zum Flughafen gebracht."

Das kapiere ich nicht.

„Was dann? Du willst uns wohl kaum über tausende von Meilen mit dem Motorrad zur mexikanischen Grenze schaffen. Oder?"

Seine Fingerspitzen streifen über meine Schläfe, hinab zu meinem Kinn. Sanft reibt er mit dem Daumen über meine Unterlippe.

„So weich, so süß, so perfekt ..."

Er murmelt das so leise, dass ich ihn kaum hören kann.

Was geschieht hier gerade?

„Verdammt, Ice. Erklär mir das!"

Für einen Moment zögert er, dann weicht jegliche Sanftheit aus seinem Blick und ich stehe von einer Sekunde auf die andere nicht mehr Ice, dem Mann, mit dem ich in den letzten Stunden wilden Sex hatte, gegenüber, sondern dem unbesiegbaren Anführer der Hell Riders.

„Du kapierst es wirklich nicht, oder, Lina?"

Verwirrt schüttle ich den Kopf.

„Nein, tue ich tatsächlich nicht."

„Ich habe dich gefickt, Mädchen. Wieder und wieder. Ich bin so tief in dir drinnen gewesen, dass du zum Heulen angefangen und mich trotzdem um mehr angebettelt hast."

Ich höre den Besitzanspruch, der in seiner Stimme mitschwingt, und ahne, worauf Ice hinauswill. In dem verzweifelten Versuch, die Katastrophe abzuwenden, unterbreche ich ihn.

„Das alles tut nichts zur Sache. Falls Kyrill sie nicht schon eingefangen hat, und deine Männer sie erwischen, wirst du sie und mich in Sicherheit bringen! Richtig?"

Ice nickt, doch ich bemerke das versteckte Zögern.

„Aye. Ich werde dafür sorgen, dass euch beiden nichts passieren kann."

Himmel hilf ...

„Das ist nicht dasselbe, Hell Rider. Unsere Vereinbarung lautet, dass du uns außer Landes schaffst!"

Sein Kiefer mahlt und an seinem Hals treten die Sehnen deutlich hervor.

„Die haben wir getroffen, bevor ich dich mit meinem Samen vollgepumpt habe."

Oh Scheiße!

„Das kann nicht dein Ernst sein."

„Das ist mir absolut ernst. Egal, wie schnell Bentley sich deine Schwester schnappt, bis du zu bluten beginnst und wir uns sicher sein können, dass du nicht schwanger bist, bleibst du bei mir."

An dem knallharten Ausdruck in seinen Augen kann ich ablesen, dass das nicht verhandelbar ist.

„Dann bring mich zu einer Apotheke. Ich hole mir die Pille danach und alles ist gut."

Das Brüllen, das er nun von sich gibt, lässt mich erschrocken zusammenzucken.

„Nur über meine Leiche, Baby!"

Die Vehemenz, mit der er spricht, überrascht mich.

„Du willst ein Kind?"

„Nein. Ich will keins. Aber falls es passiert ist, werde ich es auch nicht töten."

Er muss den Verstand verloren haben.

Eine andere Möglichkeit gibt es nicht.

„Von töten kann nicht die Rede sein. Es gibt ja nicht mal ein Kind. Diese Pille verhindert ja, dass ich schwanger werde. Kapierst du das nicht?"

Mit einem Mal lässt er mich los, verpasst mir einen Schubs und befördert mich so zurück in sein Bett. Einen Atemzug später liegt er auch schon auf mir, teilt mit seinen Knien meine Beine und pinnt mich so auf der Matratze fest.

In seinen eisigen Augen lodert ein gefährliches Feuer.

„Mein Leben besteht aus Mord, Blut, Hass und Gnadenlosigkeit. Der Club ist alles für mich, das Töten ist für mich kein Problem. Ich kenne keine Gewissensbisse und verschwende keine Gedanken an meine Opfer. Es gibt nicht viel, was mir wichtig ist. Aber es gibt zwei Dinge, für die ich mit Freuden mit dem Sensenmann mitgehen würde. Die Familie ist mir heilig und bei Kindern verstehe ich keinen Spaß. Wir sind beide erwachsen, wir haben gefickt und nicht verhütet, obwohl wir die Konsequenzen kennen. Keine Ahnung, ob mein Schuss ein Treffer war, aber wenn da in deinem Bauch ...", seine große Hand gleitet zwischen uns hinunter und bedeckt meinen Nabel, „... jetzt in diesem Moment ein Baby entsteht, werde ich nichts tun, was dieses Leben in Gefahr bringt oder gar verhindert. Hast du mich verstanden, Mädchen?"

Mit jedem Wort sind seine Augen dunkler und unergründlicher geworden. Ice ist der Teufel, der Teufel höchstpersönlich und obwohl seine Existenz darin besteht, zu töten, zu rauben und Waffen an böse

Menschen zu verkaufen, gibt es da etwas, das für ihn heilig, ja geradezu unantastbar ist – Kinder. Wer hätte das gedacht?

Die meisten Männer ficken, und wenn sie nicht verhüten, verschwenden sie an die möglichen Konsequenzen keine Gedanken. Ice ist anders. Obwohl die Wahrscheinlichkeit, dass ich wegen dieses einen Mals von ihm schwanger bin, extrem klein ist, nimmt er diese unglaublich ernst. So sehr dieser Charakterzug mein Leben auch verkomplizieren mag, bewundere ich ihn auch.

Auf den ersten Blick mag es so aussehen, als würde nicht ein Funke Menschlichkeit in diesem Biker stecken, doch auf den zweiten muss ich feststellen, dass dieser Mann aus tausend unterschiedlichen Facetten besteht und das mich diese neue, beschützende und besitzergreifende Seite extrem fasziniert.

„Du meinst das wirklich ernst, oder?“

Er nickt, brummt und drückt mich noch etwas fester auf sein Bett.

„Todernst!“

Ach du heilige ...

„Aber wir haben heute erst den 3. Oktober. Was bedeutet, dass es noch eine kleine Ewigkeit dauert, bis ich meine Periode wieder kriege.“

Seine Mundwinkel zucken kurz nach unten.

„Dann wirst du wohl für diese Dauer mein Gast sein.“

Unfähig, das alles zu begreifen, erwidere ich seinen eindringlichen Blick. In seinen Augen liegt nichts als Entschlossenheit.

„Okay. Aber sobald ich meine Tage habe, bringst du meine Schwester und mich in Sicherheit.“

Er nickt.

„Und für den Fall, dass Kyrill Lena hat, lässt du mich tun, was ich tun muss, um sie zu retten.“

Es ist dem Rockerpräsidenten deutlich anzusehen, was er von dem Vorhaben hält, dennoch nickt er erneut.

Noch immer ruht seine Hand auf meinem Bauch, langsam gleitet sie nach unten und bedeckt meine Scham.

„Und bis dahin gehörst du mir.“

In meinem Kopf überschlagen sich die Ereignisse der letzten dreißig Minuten.

Meine Schwester ist verschollen, es ist gut möglich, dass sie von meinem brutalen Ex geschnappt wurde, damit er sie für meine Sünden bestrafen kann und es besteht die winzige Chance, dass ich von diesem Hell Rider schwanger bin.

Diese vielen *Wenns* und *Abers* machen mich verrückt, doch in dem Moment, in dem Ice mit seinen langen Fingern meine Schamlippen teilt, über meinen Kitzler reibt und dann tief in mich hineingleitet, zerplatzen all meine Gedanken.

Noch bin ich nicht bereit, die Hoffnung aufzugeben.

Mit ein bisschen Glück gelingt es Bentley Lena zu finden und in Sicherheit zu bringen!

13. Kapitel

Lena

Nach Stunden im *Grant Park*, auf dem Hinterhof einer Tankstelle und in einem Fast-Food-Restaurant habe ich mich dazu durchgerungen es noch mal mit einem Motel zu versuchen. Die Sonne ist längst dabei wieder unterzugehen und ich fühle mich, als wäre eine komplette Panzerarmada über mich hinweggerollt. Jetzt, wo ich weiß, dass die Biker meine Schwester haben, brauche ich einen Plan. Ich brauche eine Basis, einen sicheren Ort, an dem ich mich ausruhen und sortieren kann. Was ich aber vor allem brauche, ist eine heiße Dusche und eine abgeschlossene Türe, die mich von der Außenwelt abschirmt. Es ist extrem anstrengend, wenn man alle zehn Sekunden angsterfüllt über die Schulter sieht, um zu prüfen, ob man einen Verfolger am Arsch kleben hat.

Doch bis jetzt ist keiner der Russen da und auch von den Rockern fehlt jede Spur.

So wie es aussieht, ist es mir gelungen, unsichtbar zu werden.

Wann immer ich an heute Morgen denke, läuft mir ein eiskalter Schauer über den Rücken. Keine Ahnung, woher ich den Mut hatte, dem Vizepräsidenten des Hell Riders Motorcycle Clubs in die Eier zu treten. Aber ich habe es getan und bin noch mal davongekommen – Lina wäre sicherlich stolz auf mich!

Erschöpft schleppe ich mich den langen Gang des heruntergekommenen Motels entlang, bleibe vor dem Zimmer mit der Nummer 69 stehen und sperre mit dem Schlüssel die völlig abgeschrammte Holztüre auf.

Im Inneren des kleinen, völlig in Gelbtönen ausgestatteten Raums riecht es nach kaltem Rauch, Sex und Mottenkugeln – eine echt fiese Mischung.

Unter anderen Umständen hätte mich die dazu gebracht, mich wieder umzudrehen und zu gehen, aber in meiner derzeitigen Lage darf ich keine hohen Ansprüche haben.

Das durchgelegene, schlampig gemachte Bett sieht im Vergleich zu der Brücke, unter der ich die letzte Nacht verbracht habe, geradezu himmlisch aus.

Müde sperre ich die Türe hinter mir zu, lasse den Schlüssel stecken und atme mehrmals tief durch. Ich bin nicht so naiv zu glauben, dass mich dieses windige Ding vor meinen Verfolgern beschützen kann, trotzdem kann es nicht schaden, die Türe zu verschließen. Mit schmerzenden Schultern ziehe ich mich aus und lasse die dreckigen Klamotten direkt neben mir auf den Boden fallen. Bevor ich hierhergekommen bin, habe ich mir in einer kleinen Boutique frische Jeans, Slips, BHs und Pullover gekauft. Der Rucksack voller Geld und Schmuck liegt neben mir, verhöhnt mich regelrecht. Wir hätten Kyrill niemals ausrauben dürfen! Aber wir haben es getan und jetzt müssen wir mit den unschönen Konsequenzen klarkommen.

Das Leben verzeiht keine Fehler. Es gibt keine Stopp- oder Repeat-Taste.

Gesprochene Wörter können nicht zurückgenommen und Fehler nicht ungeschehen gemacht werden. Doch nicht alles ist schlecht. Jetzt, wo ich weiß, dass Lina noch am Leben ist und wo sie sich aufhält, kann ich anfangen, mir eine Notfallstrategie zurechtzulegen.

Kaum dass ich mich unter das heiße Wasser gestellt habe, zucke ich gepeinigt zusammen. *Scheiße!* Die vielen Schürfwunden und all die anderen Verletzungen brennen wie Feuer. Tapfer beiße ich die Zähne zusammen, halte das Gesicht direkt in den Strahl und spüre, wie die Anspannung der letzten Stunden nach und nach von mir abfällt.

Die Tatsache, dass ich sogar hier, in dem winzigen Bad und in der Duschkabine immer wieder prüfend über meine Schulter sehe, beweist mir, dass ich mich alles andere als sicher fühle.

Die Frage, was gewesen wäre, wenn ich heute Früh mit dem Vizepräsidenten der Riders mitgegangen wäre, schwirrt mir unablässig im Kopf herum.

Dann wäre ich jetzt bei Lina, aber wir wären beide Gefangene!

Außerdem bin ich, als ich dem Rocker gegenübergestanden habe, gar nicht auf die Idee gekommen, mich von ihm einkassieren zu lassen.

Diese Möglichkeit lag für mich völlig außerhalb alles Denkbaren. Als er dann auch noch davon angefangen hat, wie Lina vor Schmerzen das halbe Clubhaus zusammengeschrien hat, habe ich rotgesehen. Es war keine bewusste Entscheidung, ihn mit meinem Knie zu kastrieren, sondern eher ein Reflex!

Ein Zittern breitet sich in mir aus, in meinem Sichtfeld tanzen schwarze Flecken, meine Beine sacken ein. Ich breche zusammen, rolle mich in der verschimmelten Duschwanne zusammen und merke, wie sich das Wasser, das auf mich herabprasselt, mit den unzähligen Tränen vermischt, die mir ungehindert aus den Augen laufen.

Es wäre leicht, die Schuld an dem ganzen Desaster auf Kyrill zu schieben, aber es wäre eben auch falsch.

Der Russe mag ein Monster sein, aber es war meine Entscheidung, für ihn zu arbeiten, und es war Linas freie Wahl, sich von ihm bumsen zu lassen. Niemand hat uns gezwungen, niemand hat uns eine Pistole an den Kopf gehalten.

Im Gegenteil, meine Schwester wusste genau, auf was für einen Dämon sie sich da eingelassen hat. Ich denke sogar, dass genau die Gefahr der Auslöser für diese Liaison war.

Ich weiß noch nicht, was ich tun werde oder wie ich es schaffen soll, sie aus den Fängen der Rocker zu befreien, aber ich werde alles versuchen, selbst wenn es meinen Tod bedeutet!

14. Kapitel

Bentley – der Vizepräsident

Den Blick über den Hof gleiten lassend, nippe ich an einer Dose Coke und frage mich zum wiederholten Male, wie es sein kann, dass ich von einem kleinen Mädchen vorgeführt werde?

Das Luder hat mich verarscht und ist seitdem untergetaucht.

Keiner unserer Informanten hat es gesehen, es scheint fast so, als wäre dieser Lena das Unmögliche gelungen – als hätte sie sich in Luft aufgelöst.

Immerhin hat unser Russen-Spitzel herausgefunden, dass Kyrill sie nicht vor uns erwischt hat. Das ist gut.

Denn diese Scheiße ist für mich mittlerweile zu einer persönlichen Angelegenheit geworden! Diese Frau glaubt allen Ernstes, dass sie mich zum Narren halten kann. Der Umstand, dass es ihr gelungen ist, vor mir davonzulaufen, hat mein Interesse an dieser Lena in ungesunde Höhen schnellen lassen. Ich bin ein Jäger, ein Hunter – die Jagd nach dieser sexy Beute erregt mich.

Allein die Erinnerung an ihre großen grünen Augen, die weiße Haut in Kombination mit den kirschroten Lippen ...

Es wird Spaß machen, das Mädchen zu ficken und es für all den Ärger zu bestrafen. Die Vorstellung, sie erneut vor mir auf dem Boden zu haben, aber dieses Mal mit ihrem Mund an meinem Schwanz, lässt meine Eier vor Vorfreude kribbeln.

Mehr oder weniger geduldig trinke ich die Coke leer, knülle das Alu zusammen und werfe es neben mir in die Tonne.

Die Frau ist jetzt seit beinahe 24 Stunden auf der Flucht, sie wird sich irgendwann ausruhen müssen. Und obwohl sie die Taschen voller Geld hat, wird sie die großen, luxuriösen Hotels meiden.

Im *Four Seasons* oder im *Waldorf Astoria* wird Kyrill als Erstes nach den Zwillingen suchen. Das heißt, Lena wird sich an den billigen Absteigen orientieren, kleinen Motels am Stadtrand ohne Sicherheitskameras.

Am einfachsten wäre es, wenn wir ein Foto von ihr hätten, mit dem ich die Prospects losschicken könnte, um die billigen Hotels abzuklappern. Dumm, dass Lina kein Handy besitzt und somit auch keine Bilder von ihrer Schwester. Auf meine Frage hin, ob sie einen Facebook-Account oder Ähnliches hat, von dem wir uns ein Bild hätten nehmen könnten, hat sie schallend zu lachen angefangen.

Anscheinend hält Lena nichts von Social-Media-Kanälen – da geht es ihr wie mir. Ich kann absolut nicht verstehen, warum manche Menschen das Bedürfnis verspüren, ihr komplettes Privatleben ins Internet zu stellen.

Am unkompliziertesten wäre es gewesen, wenn Lina ihre Schwester einfach hätte anrufen können, um ihr zu sagen, dass es ihr gut geht und dass sie ebenfalls zum Club kommen soll, aber auch das ist nicht möglich. Lena hat ihr Handy bei der Flucht verloren.

Einfach fucking unglaublich!

Das alles wäre beinahe schon lachhaft, wenn es hier nicht um das Leben dieser beiden Frauen gehen würde.

Ice ist auf die geniale und zugleich naheliegende Idee gekommen, einfach Lina zu fotografieren und das Bild dann für die Suche zu verwenden.

Da ich mich bereits selbst davon überzeugen konnte, dass sich die beiden Schwestern vollkommen ähnlich sehen, machen wir es jetzt so. Ice ist gerade dabei, das Bild Dutzende Male auszudrucken.

Sobald das erledigt ist, schicke ich Troy und Jett los, um sämtliche billigen Motels abzuklappern.

Ich will, dass die beiden überall in der Stadt ein Foto hinterlassen und den Leuten klarmachen, welche unschönen Konsequenzen es nach sich ziehen wird, wenn sie der Frau dabei helfen, sich vor dem MC zu verstecken.

Ich selbst werde mich ebenfalls an dieser Aktion beteiligen.

Mein Ziel ist es, bereits morgen Früh bis zum Anschlag in dem Mädchen zu stecken und dafür zu sorgen, dass es kapiert, über was für Schreie ich gesprochen habe.

Wenn der Plan aufgeht, gehört diese Lena in wenigen Stunden mir!

Keine Ahnung, was die Frau über die Hell Riders gehört hat, aber es scheint nichts Gutes gewesen zu sein, immerhin ist sie einfach davon ausgegangen, dass wir kleine, wehrlose Frauen foltern.

Fluchend zünde ich mir eine Kippe an und warte, bis Ice endlich fertig ist.

Lina taucht neben mir auf, ihr Blick ist auf das Tor geheftet.

Sie wirkt müde und besorgt, was unter den gegebenen Umständen kein Wunder ist.

„Planst du deine nächste Flucht?"

Ich stelle die Frage nur halb im Scherz, diesen Schwestern traue ich einfach alles zu.

Ein wehmütiges Lächeln huscht über ihre Gesichtszüge, sie zieht die Nase kraus.

„Nein, danke. Einmal mit Kabelbindern gefesselt am Boden zu liegen reicht mir völlig aus."

Das kann ich verstehen.

„Aber du willst deine Schwester suchen. Richtig?"

„Natürlich. Sie steckt wegen mir in der Scheiße. Es war meine Idee Kyrills Safe leer zu räumen. Ich war so dumm und hab echt geglaubt, dass ich einen genialen Plan habe und dass wir es schaffen, als reiche Frauen irgendwo in der Südsee ein neues Leben zu beginnen."

Was soll ich dazu sagen?

„Na ja, meiner Erfahrung nach steht ihr Frauen nun mal auf Wunder und Märchen. Doch in Wirklichkeit hattet ihr nie die geringste Chance."

Sie nickt und beobachtet mich dabei, wie ich an meiner Lucky ziehe.

„Magst du auch eine?"

„Ja, bitte."

Ich warte, bis sie sich eine Zigarette aus der Schachtel genommen hat, und stecke diese dann wieder weg.

„Es war ja nicht so, dass ich ihn nicht gekannt hätte. Verdammt! Ich war für eine lange Zeit die Frau an seiner Seite – und gerade deswegen war ich mir ja so sicher, dass Lena und ich mit unserer Beute davonkommen würden."

Es fällt mir noch immer schwer zu glauben, dass Lina die Geliebte unseres schlimmsten Feindes war. Ich gebe ihr Feuer, beobachte, wie sie den ersten Zug inhaliert und gedankenverloren den Kopf schüttelt, so als würde sie versuchen, die Erinnerungen an die Zeit, die sie mit dem Russen verbracht hat, abzuschütteln.

Ich hatte ihr zwar erzählt, dass ich ihre Schwester am *Ria's* gesehen habe, bin aber nicht darüber ins Detail gegangen, wie Lena es geschafft hat, mir zu entkommen. Das verkraftet mein Ego einfach nicht.

„Versprich mir, dass du alles tun wirst, um Lena zu finden."

Oh, das werde ich, mittlerweile sogar aus persönlichem Interesse.

„Du hast mein Wort. Ich werde erst ruhen, wenn ich sie eingefangen habe."

Ihr gewispertes „Danke, Bentley", nehme ich mit einem Brummen zur Kenntnis.

Für einen Augenblick hängt jeder von uns seinen Gedanken nach. Wir rauchen in einvernehmlichem Schweigen, zumindest tun wir das so lange, bis Ice in der Türe hinter uns auftaucht und mir den Stapel ausgedruckter Fotos überreicht.

„Du kannst loslegen, Vize."

„Sehr gut."

Der Blick meines Präsidenten huscht zu der Kippe zwischen Linas Fingern, wütend schlägt er ihr die Lucky aus der Hand, packt sie am Genick und stößt sie gegen die Wand.

Fuck! Was ist denn jetzt los?

Sein wütendes „Zur Hölle, Weib“, dröhnt über den Hof und sorgt dafür, dass sich alle Köpfe neugierig zu ihm umdrehen.

„Was hast du letzte Nacht bei unserem Gespräch nicht kapiert? Was? Hä? Wenn ich dich noch mal mit einer Zigarette erwische, schwöre ich dir, lege ich dich übers Knie!“

Keine Ahnung, was ich verpasst habe. Ich schnippe den Stummel meiner Kippe auf den Boden und folge meinem wütenden Präsidenten und seinem heulenden Mädchen ins Innere des Clubs.

Lina fängt sich schnell wieder, wischt sich die Tränen aus dem Gesicht und versucht, sich von Ice loszureißen, was sie natürlich nicht schafft.

„Komm schon, Ice. Was soll der Quatsch?“

Ihre Stimme bebt und als Ice sich ruckartig zu ihr umdreht, sie an den Schultern packt und mit vor Wut verzerrter Miene auf eines der Sofas drückt, zuckt sie verängstigt zusammen.

Mein erster Instinkt ist, dass ich dazwischen gehen und Lina beschützen sollte, doch ich halte mich zurück.

Bullshit!

Solange ich nicht weiß, worum zur Hölle es hier geht, halte ich mich wohlweislich raus.

„Quatsch?“

Ice’ Stimme wird bedrohlich leise, ein klarer Hinweis, dass er kurz davor ist durchzudrehen. Aber warum zum Teufel? Was hat das Mädchen getan, um seinen Zorn zu erregen?

„Du nennst das Baby, was vielleicht in dir heranwächst, Quatsch? Bist du irre, Frau?“

Baby? Baby wie Kind? Wie schwanger?? Fuck!

Im ersten Augenblick bin ich mir sicher, dass ich mich verhört haben muss. Immerhin hat er das Mädchen erst seit einer einzigen Nacht in seinem Bett. Aber dann spricht Ice weiter und meine Zweifel lösen sich in Luft auf.

„Solange wir nicht wissen, ob du nun schwanger bist oder nicht, rauchst du nicht, trinkst nichts und achtest auf deine Ernährung. Du regst dich nicht auf und tust auch sonst nichts, was dich in Gefahr bringen könnte. Kapiert?“

Lina sitzt stolz und stur vor ihm. Sie wirkt mindestens genauso wütend wie Ice.

„Du flippst aus und überreagierst völlig! Verdammt. Wir haben nur ein Mal kein Kondom verwendet. Ein einziges Mal! Die Wahrscheinlichkeit, dass ich tatsächlich schwanger bin, ist unheimlich gering. Also hör auf, dich zum Affen zu machen, Mister Rockerpräsident, dein Verhalten ist lachhaft."

Kaum dass ihre Stimme verhallt ist, kapiert Lina, dass es ein Fehler war, sich mit meinem Bruder anzulegen. In der einen Sekunde sitzt sie noch vor ihm, in der nächsten hat er sie der Länge nach auf die Couch gedrückt und regelrecht unter sich begraben. Von ihrem kleinen Körper ist bis auf die Füße nichts mehr zu sehen.

„Dir bleiben jetzt genau zwei Möglichkeiten, Frau. Entweder, du befolgst meine Befehle und kannst dich weiterhin frei auf dem Gelände bewegen, oder ich fessle dich an mein Bett. Such es dir aus!"

Während mein Hirn noch immer dabei ist, zu verarbeiten, dass Ice tatsächlich in Betracht zieht, dieses Mädchen geschwängert zu haben, geht ein neugieriges Getuschel durch die Anwesenden. *Shit!* Es wird keine Stunde dauern, bis Kyrill darüber informiert ist, dass der Präsident der Hell Riders vielleicht die Frau geschwängert hat, die er unbedingt zurückhaben will.

Ich kann mir nicht mal ansatzweise vorstellen, wie der Russe sich dabei fühlen wird. Nicht dass es mich interessiert, ob Kyrill leidet – trotzdem.

Aus Erfahrung weiß ich, wie es sich anfühlt, hintergangen zu werden. Die Schlampe, die mir damals das Herz aus der Brust gerissen hat, hat nie wirklich mir gehört. Das war bei ihm anders. Lina war für eine lange Zeit sein Eigentum und jetzt trägt sie vielleicht das Kind eines anderen Mannes unter dem Herzen.

Beim Blut aller Rider ...

Wenn ich an seiner Stelle wäre, würde es mich zerstören!

Ich weiß nicht, was Lina zu Ice gesagt hat, aber es hat ihn dazu gebracht, wieder ruhiger zu werden. Mit abgehackten Bewegungen richtet er sich auf, steigt von der Frau, bemerkt zum ersten Mal die vielen Leute, die das Drama beobachtet und alles gehört haben und stöhnt frustriert auf.

Mit den Händen reibt er sich über die Stirn, brüllt alle an, dass sie sich gefälligst verpissen sollen, und verschwindet dann in dem langen Gang, der zu seinem Büro führt.

Mit den Bildern in der Hand, mit denen ich ihre Schwester suchen will, beuge ich mich zu Lina und sehe ihr in die Augen.

„Alles klar bei dir?"

Sie zittert und schluchzt.

„Keine Ahnung. Ich bin in meiner persönlichen Hölle gelandet und finde den verdammten Ausgang nicht."

Oh ja, ich weiß, wie sie sich fühlt.

„Solche Tage gibt's."

„Tage?" Sie richtet sich auf. „Bei mir sind es Wochen, ach Quatsch, Monate!"

Was soll ich darauf erwidern?

„Hör zu, wenn du nicht willst, dass es schlimmer wird, dann tu, was Ice dir sagt. Ernsthaft! In dieser Hinsicht versteht er absolut keinen Spaß!"

Neugierde blitzt in ihren smaragdgrünen Iriden auf. Sie ahnt wohl, dass da eine etwas längere und persönliche Geschichte dahintersteckt.

Bevor sie nachhaken kann, lasse ich sie sitzen und folge Ice. Ich finde ihn an seinem Schreibtisch sitzend vor, eine Kippe im Mund, eine Flasche Whisky vor der Nase und den Kopf in die Hände gestützt.

„Hey."

„Was?"

Ich lasse mich in einen der Sessel ihm gegenüber fallen und strecke die Beine aus.

„Willst du mir verraten, was da abgeht?"

„Ich habe das verfickte Scheißkondom vergessen!" So viel habe ich auch schon mitbekommen. „Kannst du dir das vorstellen, Bentley? Ausgerechnet ich, der immer aufpasst, vergesse meinen Schwanz einzutüten."

Soll vorkommen.

„Ist mir auch schon passiert."

Sein Kopf ruckt nach oben.

„Dir und allen anderen – aber nicht mir. Du weißt, wie ich zu dem Thema stehe."

Oh ja ... allerdings!

Bis jetzt hat er nie wirklich viel durchdringen lassen, aber irgendwann – es ist schon einige Jahre her – hat ihn eine Nutte aufs Kreuz gelegt, und zwar im wahrsten Sinne des Wortes. Sie wollte sich den Präsidenten angeln, hat über einen längeren Zeitraum Löcher in die Kondome gestochen und ist tatsächlich schwanger geworden. Als sie Ice die *freudige* Nachricht überbracht hat und er herausfand, dass sie die Gummis präpariert hatte, ist er ausgeflippt. Die Bitch hat Schiss bekommen und ohne ein Wort zu sagen, das Kind wegmachen lassen, was Ice erst recht durchdrehen lassen hat.

So sehr er die Bitch auch für das, was sie getan hatte, hasste – für das Kind wäre er trotzdem eingestanden.

Ice ist ein Killer – ein Mann, mit dem sich keiner anlegen sollte.

Er macht vor nichts halt, vor nichts außer Kindern. Es ist kaum zu glauben, aber ausgerechnet der Präsident der Hell Riders würde für ein Baby einfach alles geben.

Die Familie ist ihm heilig, auch wenn er selber keine hat.

Keine Ahnung, ob er sich irgendwann eine Lady nehmen und eine gründen wird. Aber falls, dann kann sich seine Frau sicher sein, dass sie einen Mann an ihrer Seite hat, der für ihre Babys durch die verfickte Hölle gehen würde – barfuß!

„Wie du selbst gesagt hast, ist die Wahrscheinlichkeit, dass Lina deinen Braten in der Röhre hat, extrem gering. Also relax! Hör auf, wegen dieser Scheiße die Nerven zu verlieren."

Ich kassiere einen wütenden Blick.

„Du hast die Bilder und einen Auftrag. Also, worauf wartest du noch, VP? Fang dir deine eigene Katastrophe ein, fick den Zwilling und sieh zu, was es dir bringt. Aye, Linas Muschi ist der Hammer. Eng und heiß und mit das Beste, was ich je gefühlt habe. Echt süchtig machend! Ihr Inneres ganz ohne störenden Gummi an meinem Schwanz zu spüren war fucking geil. Aber Scheiße! Der Preis für dieses Vergnügen ist verdammt hoch."

Er trinkt von dem Whisky.

„Pussymagie?"

„Aber so was von. Das Paradies liegt zwischen den Beinen dieser Frau. Kein Wunder, dass der Russe sein Hirn verloren hat."

Lachend stehe ich auf, gehe Richtung Türe.

„Sei nicht so hart zu dem Mädchen, sie hat dich nicht aufs Kreuz gelegt. Der Bullshit von damals wiederholt sich nicht. Vergiss das nicht."

Sein genervtes „Halt's Maul!", verfolgt mich bis raus auf den Hof.

Eine Nacht mit dieser Lina und Ice' Verstand ist völlig benebelt. Es war ihm deutlich anzusehen, dass ihm das Mädchen innerhalb der kurzen Zeit unter die Haut gegangen ist.

Wer hätte das gedacht?

Draußen angekommen, verteile ich die frisch ausgedruckten Fotos an die beiden Prospects und an einige Hangarounds.

Sie bekommen von mir alle denselben Marschbefehl, dann schwinge ich mich auf mein Bike und mache mich ebenfalls auf die Suche.

Es wird Zeit, diese Lena zu finden und zu ficken. Ich will endlich wissen, was die Pussys dieser Schwestern an sich haben, dass sie nicht nur Kyrill, sondern auch Ice so durcheinanderbringen.

15. Kapitel

Lena

Draußen ist es stockdunkel, ein heftiger Wind zerrt an den alten Fenstern, bringt sie zum Wackeln und sorgt so für unheimliche Geräusche.

Meine Nerven sind angespannt wie Drahtseile!

Als sich kurz nach meiner heißen Dusche mein Magen knurrend zu Wort gemeldet hat, ist mir erst bewusst geworden, dass ich mir nichts zum Essen gekauft habe, was mich dazu gebracht hat, die Minibar zu plündern.

Bis auf fünf kleine Flaschen Schnaps, einen Schokoriegel, der das Verfallsdatum längst überschritten hat, und eine Minipackung Chips war da nichts drinnen.

Zu meiner Verteidigung muss ich sagen, dass ich eigentlich nur die Chips essen wollte. Wie es dazu gekommen ist, dass ich schlussendlich damit begonnen habe, mich zu betrinken, kann ich nicht sagen.

Für gewöhnlich konsumiere ich keinen Alkohol, was wahrscheinlich auch mit der Grund dafür ist, dass ich mich nach dem Wodka, dem Tequila und dem Jack Daniels ziemlich betrunken fühle.

Nicht gut! Ich weiß – aber: Ich fühle mich dank der flüssigen Sorgentöter schon viel besser.

Dank einer unerklärlichen Zuversicht, die sich in einem der leeren Fläschchen befunden haben muss, glaube ich mittlerweile fest daran, dass es mir gelingen wird, Lina zu befreien.

Keine Ahnung wie ich das anstellen soll, aber mir wird schon was einfallen. Gleich Morgen mache ich mich daran, mir einen Plan einfallen zu lassen.

Nur in das große Handtuch gewickelt, sitze ich mittig auf dem Bett und zappe mich durch das Fernsehprogramm. Genau wie zu erwarten läuft nur Scheiß!

Eine aufblondierte Tussi mit viel zu langen Wimpern versucht jetzt schon seit über zehn Minuten, mich dazu zu bringen, eine schneeweiße Keramikpfanne zu kaufen. Und verdammt, wenn ich ein Handy hätte, wäre es ihr wahrscheinlich sogar gelungen.

Seit ich den Whisky in erschreckender Geschwindigkeit geleert habe, bin ich völlig durcheinander. In der einen Sekunde breche ich in Tränen aus und in der nächsten beginne ich laut zu lachen. Aber nicht, weil ich die Situation, in der ich mich befinde, besonders amüsant finde, sondern weil es einfach zu dämlich ist, dass Lina und ich echt versucht haben, einen der gefährlichsten Mafiabosse dieses Landes auszurauben.

Genervt schalte ich den TV aus, rolle mich auf den Bauch und starre reglos an die vergilbte Zimmerdecke. Von den sechs Glühbirnen der dreckigen Lampe, die direkt über mir hängt, funktionieren gerade mal drei.

Der ganze Raum beginnt sich gegen den Uhrzeigersinn zu drehen, mein Magen stülpt sich um, es fühlt sich so an, als ob ich mich übergeben müsste.

Ach du heilige ...

Was, wenn das Verfallsdatum der Schnäpse ebenfalls schon abgelaufen war? Hat Alkohol überhaupt so ein Datum?

Was passiert mit Wodka, wenn er schlecht wird?

Färbt er sich dann blau und sieht aus wie Schlumpfpipi?

Über den skurrilen Weg, den meine Gedanken einschlagen, kichernd, setze ich mich wieder auf und versuche, aus dem Bett zu steigen, das sich seltsamerweise ebenfalls zu drehen beginnt. Ich komme mir vor wie dieser durchgeknallte Pirat Captain Jack Sparrow aus dem Piratenfilm.

Der ist auch immer am Wanken und wirkt durchgehend betrunken.

Gerade als ich mich etwas umständlich bücken will, um auf den leeren Fläschchen nach dem Verfallsdatum zu suchen, werden draußen im Flur wütend klingende Stimmen laut.

Mein benebeltes Gehirn braucht einen Moment, bis es kapiert, in welcher Sprache herumgeschrien wird – russisch.

Ach du Scheiße! Scheiße! Scheiße! Scheiße!

Wie konnten mich Kyrills Männer so schnell finden?

Ich habe doch aufgepasst und mich die ganze Zeit über versteckt!

Hektisch suche ich das kleine Zimmer nach der Tüte ab, in der sich meine neuen Klamotten befinden, doch ich kann sie nicht finden.

Mittlerweile klingt es so, als würden die Typen draußen im Flur direkt vor meiner Zimmertüre stehen. Zwar ist diese verschlossen, aber ich bin nicht so naiv zu glauben, dass die Schlägerbande von dem alten Schloss aufgehalten werden kann.

Verflucht! Ich könnte mich im Tresor der Nationalbank verstecken und die Arschlöcher würden einen Weg hinein finden.

Ein Zittern durchläuft mich.

Eine Faust donnert gegen das Holz, eine Männerstimme befiehlt mir mit einem slawischen Akzent, sofort die Türe zu öffnen. Ich zucke erschrocken zusammen, Panik flutet meine Venen.

Mir bleiben geschätzt noch zwei Minuten, ehe sich Kyrills Bande unter Anwendung von Gewalt Zutritt verschafft.

Ohne zu zögern, schnappe ich mir den Rucksack, eile zu dem Fenster, das auf den Hinterhof hinausgeht und vor dem sich die Feuerleiter befindet, und reiße es auf.

Der eiskalte Wind fährt unter das Handtuch, erinnert mich daran, dass ich nichts anhabe.

Aber mit dieser Kleinigkeit befasse ich mich erst, wenn ich in Sicherheit bin. Wenn ich zulasse, dass die Russen mich erwischen, wird es keine Rolle mehr spielen, ob ich angezogen oder nackt bin. Dann bin ich nämlich schon so gut wie tot!

Wieder donnert jemand gegen die Türe, wieder zucke ich keuchend zusammen.

Hilfe! Hilfe! Hilfe ...

Panisch sehe ich nach unten.

Bis zum Boden sind es maximal vier Meter, aber verdammt, diese vier Meter kommen mir unendlich hoch vor. All meinen Mut zusammennehmend, steige ich raus auf die verrostete Feuerleiter, achte dabei darauf, dass sich das Tuch nicht löst, und kämpfe gegen den immer stärker werdenden Schwindel an.

Also eines steht schon mal fest, wenn ich diese Nacht überlebe, rühre ich nie wieder auch nur einen Schluck Alkohol an.

Unter meinen Füßen knackt es. Erst jetzt bemerke ich, dass ich vor lauter Angst vergessen habe, meine Schuhe anzuziehen. Für den Bruchteil einer Sekunde spiele ich mit dem Gedanken, wieder in das Zimmer zu klettern und sie zu holen, doch dann höre ich auch schon das splitternde Geräusch der aufbrechenden Türe und ich verwerfe diese Überlegung schnell wieder. Auf wackeligen Beinen, mit rasendem Puls und verschwommener Sicht kämpfe ich mich Stufe für Stufe die Leiter nach unten.

Mit ist schlecht und die dünnen Sprossen drücken sich schmerzhaft in meine Fußsohlen.

Die Russen schreien, fluchen und brüllen. Noch bevor ich im Hof unten angekommen bin, streckt auch schon einer seinen Kopf aus dem offenen Fenster. Sein gezischtes „tupaya suka!“, lässt mich zusammenzucken.

Ich kann kein Russisch, aber das kann sogar ich übersetzen, er hat mich eine blöde Schlampe genannt. Mich mit einem tödlichen Grinsen bedenkend, zieht er seine Waffe, zielt auf mich und drückt mehrfach ab. Die Kugeln verfehlen mich alle, blitzen an dem Stahl der Leiter ab, ändern die Richtung und surren unkontrolliert durch die Luft.

Dass ich nicht getroffen wurde, grenzt an ein Wunder.

Nicht bereit, mich einfach so abknallen zu lassen, löse ich meine verkrampften Finger und lasse mich auf den Boden fallen.

Ich schlage hart auf dem Asphalt auf, das Handtuch löst sich, sodass ich nackt, nur mit dem Rucksack auf dem Rücken, im Dreck liege.

Der Schmerz, der in der Sekunde, in der meine Knie auf den Boden treffen durch meine Beine zuckt, lässt mich laut aufschreien.

So schnell ich kann, stehe ich wieder auf, wanke bedächtig und sehe mich hektisch um.

Dank des Adrenalins beginnt mein Hirn sich gegen die betäubende Wirkung des Alkohols zu wehren, doch ich fühle mich noch immer wie auf einem untergehenden Schiff.

Was ein ziemlich passender Vergleich ist ...

Nicht sicher, in welche Richtung ich flüchten soll, starre ich auf einen hellen, kreisrunden Punkt, der sich mir mit erschreckender Geschwindigkeit nähert.

Wie ein Reh, das mitten auf der Straße steht und in das tödliche Licht starrt, bleibe ich stehen. Mein Hirn schreit: Renn! Meine Beine sind jedoch wie festbetoniert.

Das Bollern des Motorrads wird lauter, das Licht hat mich beinahe erreicht. Hektisch wirble ich herum, denke gerade noch daran, mir das Handtuch zu schnappen, und wickle es mir, während ich davonlaufe, um den Leib.

Ich renne wirklich, so schnell ich kann, doch gegen die Harley, die mich verfolgt, habe ich natürlich keine Chance.

Die Russen schießen noch immer auf mich, in meinen Ohren dröhnt es so laut, dass ich schon befürchte, dass mein Trommelfell gleich platzt.

Um die Ecke des Hauses schaffe ich es noch, doch dann holt mich der Biker ein.

Einen kurzen Blick später weiß ich auch, wer mich gefunden hat – der Vizepräsident der Hell Riders.

Der Schein der Straßenlaterne beleuchtet sein von Narben durchzogenes Gesicht.

Falls ihm mein seltsames Erscheinungsbild oder die schießenden Russen komisch vorkommen, lässt er es sich nicht anmerken.

„Bleib sofort stehen!“

Niemals.

„Ich bin nicht lebensmüde!“

Seine rechte Augenbraue wandert nach oben.

„Wenn du nicht sterben willst, steig auf mein verdammtes Bike, ehe Kyrills Männer hier auftauchen!“

Soll das ein Witz sein?

Vehement schüttle ich den Kopf, biege blitzschnell nach rechts in eine Einbahnstraße ab. Bentley zögert nicht und verfolgt mich. Mühelos überholt er mich, blockiert die Straße, klappt den Ständer aus und springt anmutig von seiner Maschine.

„Bullshit, Mädchen. Was soll das werden? Willst du nur mit einem Handtuch bekleidet durch fucking Atlanta rennen?“

Eine gute Frage.

„Wenn es sein muss? Ja!“

Wie ein Wolf auf der Jagd kommt er auf mich zu, beobachtet jede meiner Regungen und ist bereit, zum Sprung anzusetzen, falls seine Beute, also ich, vorhat, die Richtung zu wechseln.

„Du bist irre!“

Nach den vergangenen 24 Stunden bin ich das mit Sicherheit!

„Soll ich dir noch mal in die Eier treten? Oder was willst du von mir, Hell Rider?“

Wut blitzt in seinen Augen auf, ich schlucke schwer. Meine Finger verkrampfen sich, während ich mit mehr Kraft als notwendig wäre, das Frotteetuch festhalte.

Die Tatsache, dass ich eigentlich nackt bin und er in kompletter Montur, bis an die Zähne bewaffnet, vor mir steht, verdeutlicht mir, dass ich im Grunde genommen schon so gut wie verloren habe.

Der Rocker ist ganz in seinem Element: Schießende Russen, nackte Frauen, wilde Verfolgungsjagden und gestohlene Schmuckstücke gehören nicht zu meinem Alltag – zu seinem hingegen schon.

Ich bin es nicht gewohnt, gejagt, beschossen und bedroht zu werden. Das alles wächst über meinen Horizont hinaus und ich spüre bis in die letzte Faser meines Körpers, dass ich so gut wie *game over* bin.

Verflucht! Ich bin Buchhalterin!

„Was ich will, tut nichts zur Sache. Ich bin hier um dich zu deiner Schwester zu bringen.“

Lina ... oh mein Gott!

„Was, damit ihr mich auch foltern könnt?“

Ein amüsiertes Grinsen huscht über seine entstellte Mimik.

„Foltern? Wohl eher nicht. Scheiße, als ich sie das letzte Mal gesehen habe, hat ihr mein Präsident aus Sorge um ihre Gesundheit das Rauchen verboten und ihr befohlen, sich von jeglicher Gefahr fernzuhalten.“

Ungläubig suche ich in seinen dunkelbraunen Augen nach einem Hinweis, dass er gelogen hat. Doch ich erkenne nur Aufrichtigkeit, was mich verwirrt.

„Warum sollte er das tun?“

„Dir das zu erklären, liegt bei deiner Schwester. Aber damit sie das auch noch tun kann, musst du jetzt endlich mit mir kommen.“

Der Vizepräsident spricht immer schneller und sieht prüfend über meine Schulter. Ich höre genau, wie sich die Russen uns mit schnellen Schritten nähern.

Einerseits würde ich dem Rocker echt gerne glauben, andererseits kann ich die silberne Waffe unter seiner Kutte und den Dolch an seinem Bein sehen.

Dieser Kriminelle kann mir vieles erzählen ...

Aus einem Impuls heraus entschließe ich mich dazu, ihm nicht zu vertrauen.

Ich spanne die Muskeln in meinen Beinen an, Bentley scheint zu ahnen, was ich vorhabe, denn er legt den Kopf schief und sieht mich abwartend an.

„Lauf ruhig, Süße, lauf so schnell du kannst, ich werde dich trotzdem kriegen!“

Der entschlossene Klang seiner Stimme lässt mich zusammenzucken.

Das war ganz eindeutig eine Drohung.

„Wenn du dir so sicher bist, dann fang mich, Rocker!“

Überrascht beiße ich mir auf die Zunge, an diesem Satz ist der Alkohol schuld.

Noch bevor er sich in Bewegung setzt, stürmen auch schon Kyrills Männer auf uns zu, alle haben mindestens eine Pistole in der Hand. Ich warte nicht ab, wer zuerst schießt, der Rider oder die Russen, sondern renne los.

Ich höre ein Fluchen, dann ertönt auch schon das mittlerweile vertraute *Peng ... Peng ... Peng ...*

Wieder und wieder wird abgedrückt. Ob der Rocker bereits in seinem eigenen Blut liegt? Ich sehe mich nicht um, schaue nicht nach, sondern schaffe möglichst schnell möglichst viel Abstand zwischen mich und meine Verfolger. Unzählige spitze Steine drücken sich in meine Sohlen, ich ignoriere den Schmerz und komme genau bis zur Kreuzung, als ich höre, wie die Harley mit einem kräftigen Tritt gestartet wird.

Das kann doch wohl nicht wahr sein?!

Jetzt riskiere ich doch einen neugierigen Blick über die Schulter.

Das Erste, was mir auffällt, sind die vielen, reglos am Boden liegenden Russen, dann bemerke ich erst das auf mich zukommende Motorrad.

Ach du heilige Scheiße!

Dieser Biker hat mehr Leben als eine verdammte Katze.

Kyrills Killer waren bestimmt zu sechst und trotzdem hat der Rider sie besiegt.

Das fiese Seitenstechen in meiner Brust ignorierend, laufe ich weiter und komme sage und schreibe noch genau dreizehn Schritte weit, ehe Bentley mich einholt. Dieses Mal überholt er mich nicht, sondern bleibt direkt neben mir stehen und richtet den Lauf seiner Waffe mittig auf meine Stirn.

„Fuck off! Ich hatte echt keine Ahnung, wie verdammt anstrengend es sein kann, eine einzige verdammte Frau einzufangen!"

Das nehme ich dann wohl mal als Kompliment.

„Einfach ist nicht so mein Stil."

„Offensichtlich!"

Trotz des Zorns in seinen Augen und der Tatsache, dass er gerade mehrere Männer getötet hat, beginnen seine Lippen amüsiert zu zucken.

„Steigst du jetzt auf oder was?"

„Wenn ich es nicht tue, wirst du mich dann erschießen?"

Für die Dauer mehrerer Herzschläge starren wir uns an, ich traue mich kaum zu blinzeln.

„Glaube mir, nach der Sache von heute Morgen hättest du diese Kugel echt verdient. Aber nein. Wenn ich dich hätte tot sehen wollen, wärst du es längst."

Wie beruhigend ...

Auch wenn ich es mir nur ungern eingestehe, aber ich bin schachmatt!

Weder habe ich Klamotten noch eine Fluchtstrategie. Alles, was ich besitze, ist ein Rucksack voller Geld und Schmuck.

Verflixt! Ich habe ja nicht mal Schuhe an.

„Es ist nicht gerade intelligent, mir zu sagen, dass du mich nicht töten willst, das nimmt der Waffe, die du mir ins Gesicht streckst, ihren Schrecken."

Der Outlaw kneift die Augen zusammen.

„Ich kenne mindestens ein Dutzend Stellen an deinem Körper, auf die ich schießen kann, ohne dich umzubringen."

Ähm ... Ja ... Scheiße!

Was ist die angemessene Reaktion auf so eine Ansage?

Da mir keine einfällt, tue ich, was Lina tun würde, wenn sie an meiner Stelle wäre, hebe die Hand und strecke dem gefürchteten Vizepräsidenten des Hell Riders Motorcycle Clubs meinen Mittelfinger entgegen.

„Fick dich, Arschloch! Fick dich so viel ...!"

Mit den Armen mache ich eine ausladende Bewegung, die die ganze gottverdammte Welt umfassen soll.

Irgendwie rechne ich damit, dass er jetzt Ernst macht und mir eine Kugel in eine der ein Dutzend nicht tödlichen Stellen jagt, doch es passiert nicht. Anstatt wütend zu sein, beginnt Bentley lauthals zu lachen.

„Ach Süße, du hast echt Unterhaltungswert!" Sein Lachen verstummt so abrupt, als hätte jemand auf einen Ausschalter gedrückt. „Und jetzt steig endlich auf."

Ich sehe zu den toten Russen, dann auf meine nackten Füße und anschließend auf die Waffe, die noch immer auf mich gerichtet ist.

„Weißt du, was echt Scheiße ist? Mir fehlt einfach die Kraft, um noch länger davonzulaufen."

Der harte Ausdruck in seinen Augen wird einen Ticken weicher.

„Dann lass es!"

Er hat leicht reden ...

Mein Blick fällt auf seine mit Abzeichen übersäte Kutte.

„Steht einer dieser Aufnäher für den Mord an einer Frau?"

Bentley wirkt irritiert.

„Was?"

Ich deute mit dem Zeigefinger auf die vielen Patches, die sein Leder schmücken.

„Na ja, ich habe gehört, dass jedes dieser Abzeichen für eine Tat, ein Talent oder ein bestimmtes Aufgabengebiet steht. Und da ich die Zeichen und Begriffe deiner Welt nicht kenne, muss ich nachfragen. Bedeutet einer dieser Sticker, dass du ein Frauenmörder bist?"

Der Rocker wirkt amüsiert und wütend zugleich. Dank seinem vernarbten Gesicht und dem rechten, leicht nach unten gezogenen Mundwinkel erinnert mich der Vizepräsident der Riders sowieso schon an einen dieser lachenden und zugleich weinenden Clowns.

„In meinem ganzen Leben habe ich noch keiner Frau auch nur ein Haar gekrümmt. Ich töte euch Mädchen nicht, dafür ficke ich euch viel zu gerne. Aber das hier", Bentley deutet auf das *Expect-No-Mercy-Patch* an seiner Brust, „bedeutet, dass du keine Gnade erwarten darfst, wenn du mich weiterhin verarscht, und dass ich niemals aufgebe. Zum Teufel! Wenn es sein muss, verfolge ich dich bis ans Ende der Welt.

Also steig jetzt endlich auf mein verdammtes Motorrad oder ich schwöre dir, deine erneute Weigerung bringt Konsequenzen mit sich, die dir nicht gefallen werden!"

Für eine Weile starre ich noch den *Erwarte-keine-Gnade-Aufnäher* an, dann zwinge ich mich, erneut zu den vielen toten Russen zu sehen.

Habe ich überhaupt eine andere Wahl?

Die Antwort auf diese Frage ist einfach: Nein, habe ich nicht!

Außerdem lässt mich die Aussicht, Lina endlich wiederzusehen, beinahe in Tränen ausbrechen. Zögerlich, so als würde ich mich einem tödlichen Raubtier nähern, gehe ich auf Bentley zu.

Dieser steckt zufrieden seine Waffe weg und beobachtet mich aus zusammengekniffenen Augen, so als würde er damit rechnen, dass ich es mir doch noch mal anders überlege und erneut davonlaufe.

„Mach jetzt keinen Scheiß, Mädchen!"

Mit zitternden Knien und rasendem Puls steige ich unsicher auf die große Harley. Die kühle Nachtluft streicht wie eine Liebkosung über meinen mit Schweiß überzogenen Nacken. Verzweifelt bemüht, das Handtuch festzuhalten, spreize ich die Beine und nehme hinter dem Biker Platz. In der Sekunde, in der meine nackte Mitte auf das Leder des Sozius trifft, zucke ich zusammen. Es fühlt sich unheimlich an, das kraftvolle Vibrieren des Motors direkt an meiner Vagina zu spüren.

So als würde ich auf einem riesigen Vibrator sitzen.

Was mache ich jetzt mit meinen Händen? Wenn es schon keinen Sicherheitsgurt gibt, dann doch wohl hoffentlich Griffe, an denen ich mich festhalten kann?

Unsicher sehe ich mich um, kann aber keine entdecken.

„Fuck Lena, was wird das?"

„Was mache ich mit den Händen? Ich meine, wo halte ich mich fest?"

Sein Oberkörper bebt vor Lachen.

„Bist wohl noch nie auf einem Motorrad gesessen, was?"

„Nein. Nie. Das hat sich bis jetzt zum Glück vermeiden lassen."

Er greift nach hinten, packt sich meine Hände und schlingt sie sich um die Mitte.

„Hallt dich gefälligst an mir fest! Wenn du loslässt, fällst du vom Bike. Ich bin deine einzige Sicherheit, Mädchen."

Wie beruhigend …

Ich überwinde meine Scheu, tue, was der Rider verlangt und halte mich so gut es geht an ihm fest. Der Tatsache, dass meine nackte Muschi in dieser Position gegen seine Rückseite gepresst wird, versuche ich möglichst wenig Beachtung zu schenken.

Selbst in meinen verrücktesten Träumen wäre ich nie auf die Idee gekommen, das ich mal mitten in der Nacht und nur mit einem Handtuch bekleidet auf der Harley des Vizepräsidenten des Hell Riders Rockerclubs sitze, während hundert Meter weiter eine Handvoll toter Russen liegt und sich auf meinem Rücken ein Rucksack voller Geld und Schmuck befindet.

Das ist alles so absurd, dass ich es selbst jetzt, wo es mir tatsächlich passiert, nur schwer glauben kann. Der Geruch von Leder, Mann, Schießpulver, Rauch und Seife steigt mir in die Nase. Unbewusst lehne ich mich ein winziges bisschen weiter vor und atme tief ein.

Dank meiner Nacktheit bin ich mir allem, was mich berührt, überdeutlich bewusst. Der glatten Struktur seiner Kutte, des rauen Jeansstoffs, der an meinen Oberschenkeln kratzt, des kühlen Herbstwinds, der durch meine Haare fährt und des harten Stahls, auf dem meine Fußsohlen ruhen.

„Bereit?“

„Nein!“

„Sehr schön.“

Waaaasssss?

Typisch Mann, er hört einfach das, was er will.

Mit einer Drehung seines Handgelenks gibt er Gas. Wir rasen über die Straße, der kalte Fahrtwind fühlt sich an meinen nackten Beinen wie Eisregen an. Er sticht und sorgt dafür, dass meine Füße schon nach wenigen Minuten taub sind.

Scheiße! Wenn ich gewusst hätte, dass ich sowieso hinter diesem Biker lande, wäre ich schon heute Morgen mit ihm mitgegangen, da war ich zumindest komplett angezogen.

Meine nassen Haare werden durch die Luft gewirbelt, morgen bin ich bestimmt todkrank. Ich spüre noch immer die Wirkung des Alkohols. Wahrscheinlich verdanke ich es dem Mix aus Wodka, Tequila und Whisky, dass ich nicht vollends die Nerven verliere.

Bentley fährt schnell und selbstsicher. Er hält sich kaum an die Straßenverkehrsordnung, setzt voraus, dass ihm die anderen Verkehrsteilnehmer Platz machen. Was sie erstaunlicherweise auch tun. Diese Fahrt beweist, was ich eigentlich schon immer wusste – Atlanta gehört den Hell Riders.

Kyrill kann noch so viel kämpfen, toben und versuchen, die Macht an sich zu reißen, aber diese Stadt ist das Revier der Rocker und daran wird sich auch nie etwas ändern.

16. Kapitel

Bentley – der Vizepräsident

Es vergehen gerade mal zehn Minuten bis wir beim Club ankommen, doch diese kommen mir unendlich lang vor.

In meiner Zeit als Rider habe ich schon so einigen Bullshit erlebt, aber fuck! Noch nie hatte ich eine nackte Frau hinter mir auf dem Bike.

Aye, sie trägt ein Handtuch, aber das zählt nicht.

Mein Schwanz ist so hart, dass es schmerzt, dafür dass ich nicht nach der Hälfte der Strecke irgendwo am Straßenrand angehalten, Lena gepackt, über meine Harley gebeugt und gefickt habe, sollte mir ein verdammter Orden verliehen werden!

Das Gefühl ihrer Beine, die sich an meine Oberschenkel drücken, ihr Geruch und die Art wie sie sich panisch an mir festkrallt – Fuck! Fuck! Fuck!

In Anbetracht der Tatsache, dass sie nichts anhat, hätte ich eigentlich langsamer und vorsichtiger fahren sollen, aber das war mir einfach nicht möglich.

Mit jeder Minute, wo dieser süße Zwilling länger an meinem Rücken klebt, hat sich meine Selbstbeherrschung mehr und mehr in Erregung verwandelt.

Das Problem ist, dass ich mich gar nicht länger zurückhalten will. Dieses Mädchen hat mich die letzten vierundzwanzig Stunden den letzten Nerv gekostet und dafür werde ich es jetzt bestrafen.

Unter anderen Umständen, wenn Lena mir heute Morgen nicht ihr Knie in die Weichteile gerammt hätte, wäre ich nett gewesen und hätte ihr meinen Pullover überlassen – so aber ... *Niemals!*

Dieses Miststück hat mich beinahe kastriert, ein nackter Ritt auf meiner Maschine ist also eine faire Sache.

Das Tor wird geöffnet. Ich gebe Gas, lenke mein Bike neben die offen stehenden Clubtüren und mache den Motor aus. Die Frau hinter mir erstarrt, sie reagiert wie eine Maus, die in einen Käfig voller hungriger Katzen geworfen wurde.

„Ich glaube, ich will nicht hier sein."

Das kann ich mir durchaus vorstellen.

In einem Anflug von Mitleid lege ich meine Hand auf ihren Oberschenkel und reibe sachte über die weiche, jedoch eisige Haut.

„Dir wird nichts passieren!"

Ihre winzigen Finger sind noch immer an meiner Kutte vorne festgekrallt.

„Versprochen?“

Holy Shit!

Ich bin kein Mann, der Frauen Versprechungen macht, doch in diesem Fall mache ich eine Ausnahme.

„Yeah, du hast mein Wort.“

Lena wirkt nur wenig erleichtert, das kann ich ihr nicht verübeln.

Auf ihr Bein klopfend, fordere ich sie auf, abzusteigen.

Sie tut es unbeholfen, sorgt dafür, dass sich das Handtuch nicht löst, und sieht sich verängstigt um.

„Wo ist meine Schwester?“

Auf dem Hof ist es ruhig.

Keine laute Musik, keine Party, kaum Nutten.

Noch immer liegen zwei Scharfschützen auf dem Dach, das Tor ist streng bewacht und zwei Dreier-Teams patrouillieren an der Grenze des Geländes.

Shit! Ich habe vergessen, den anderen Bescheid zu geben, dass ich das Mädchen gefunden habe. Schnell schreibe ich eine Nachricht an Troy, dass die Suche beendet ist und dass er dafür sorgen soll, dass alle zurück zum Club kommen.

„Ich schätze mal, sie liegt unter meinem Präsidenten.“

Vor Überraschung fallen Lena beinahe die Augen aus dem Kopf.

„Definiere das genauer! Was meinst du damit?“

Blöde Frage ...

Das Handy in meine Tasche gleiten lassend, gehe ich zu Lena, packe sie am Kinn und zwinge sie so, mich direkt anzusehen.

„Eine Frau, die unter einem Mann liegt, was gibt es daran nicht zu verstehen? Hm, Mädchen?“

Zufrieden beobachte ich, wie sich ihre Pupillen weiten.

„Bingo, jetzt hast du es kapiert.“

Ein Schauder lässt ihren schlanken Körper erbeben.

„Lina schläft mit dem Präsidenten der Hell Riders?“

Irgendwie süß, wie sie das formuliert hat.

„Nein, die beiden schlafen nicht – sie ficken. Jetzt kapierst du wohl auch endlich, auf welche Schreie ich heute Morgen angespielt habe.“

Sie schluckt hart, legt sich die Arme um den Brustkorb und versucht, sich aus meinem Griff zu lösen.

„Warum tut sie das?“

„Was denkst du wohl, aus welchem Grund ich hinter dir her war? Bestimmt nicht, um dich auf einen Kaffee einzuladen. Deine Schwester hat sich auf einen Deal mit dem Club eingelassen. Die Diamanten und Sex im Ausgleich für Schutz und sicheres Geleit.“

Kaum dass sie denn Sinn meiner Worte verstanden hat, knicken dem Mädchen die Beine ein. Reflexartig fange ich Lena auf und drücke ihre halb nackten Rundungen an meinen Körper. Mein Schwanz zuckt auffordernd, er kann es kaum erwarten, sich in die Muschi meiner Beute zu rammen.

„Langsam, Kleines, langsam."

„Wie konnte Sie das tun? Verdammt? Warum macht sie das? Kyrill hätte ihr eine Lehre sein sollen. Mörder fickt man nicht."

Was für eine Weisheit!

„Mach dir mal keinen Kopf. Ice passt gut auf Lina auf. Das schwöre ich dir. Im Augenblick gibt es keinen Mann, der mehr auf die Sicherheit deiner Schwester bedacht ist als mein Präsident."

Die Frau in meinen Armen wirkt irritiert.

„Aber warum?"

„Das soll Lina dir morgen selber erklären."

Für eine Weile versucht Lena, das eben Gehörte zu begreifen. Sie sieht süß aus, wie sie da in meinen Armen liegt, schutzlos und nackt und verängstigt. Neben mir wirkt das Mädchen klein, geradezu winzig. Es verschwindet regelrecht zwischen der Wölbung meiner Oberarme.

„Morgen? Warum kann ich sie nicht sofort sehen?"

Bevor ich zu einer Antwort komme, taucht Ice neben uns auf, er hat gehört, was Lena wissen will und ergreift das Wort.

„Ganz einfach. Weil ich nicht zulassen werde, dass du sie aufweckst! Die letzten Tage waren lang und anstrengend für deine Schwester. Wenig Schlaf, harter Sex und all der Stress ... sie braucht Ruhe und ich werde dafür sorgen, dass sie die bekommt."

Ich spüre, wie ein Zittern sie durchläuft, anstatt sich von mir zu lösen, drückt Lena sich nur noch fester an mich heran. Sie sucht Schutz bei mir, in meiner Brust breitet sich ein warmes Gefühl aus.

Das Mädchen mustert Ice prüfend, entdeckt das *Präsidenten-Patch* auf seiner Kutte, die Waffe, die vorne in seinem Hosenbund steckt und den Dolch in der Scheide an seinem Gürtel.

Ice checkt die Frau kurz ab, dann bleckt er die Zähne und sieht mich fragend an.

„Gibt es einen Grund dafür, dass du die Kleine nur in ein Handtuch gewickelt durch die halbe Stadt geschleift hast?"

Ja, den gibt es.

„Reichen ein halbes Dutzend toter Russen?"

Einen Fluch ausstoßend, ballt Ice die Fäuste.

„Wie knapp war es?"

„Verdammt knapp. Eine Minute später und ich wäre zu spät gewesen.“

Mein Präsident nickt, zündet sich eine Kippe an und inhaliert geräuschvoll den ersten Zug.

„Wir müssen reden.“

Er dreht sich um, ich hebe Lena hoch und trage sie durch den großen Hauptraum, den Gang entlang zu den Büros.

„Wohin gehen wir?“

„In Ice’ Büro.“

Sie sieht sich neugierig um, während sie spricht.

„Warum?“

„Es müssen einige Dinge besprochen werden.“

Dazu sagt sie nichts. Vor Ice’ Schreibtisch angekommen, stelle ich Lena hin, streife die Kutte ab, ziehe mir den Hoodie aus und lege mein Leder wieder an.

Noch bevor Lena kapiert, was los ist, zupfe ich an dem Handtuch, werfe es auf den Boden und lasse meine Augen kurz, aber gründlich über ihre Rundungen gleiten, ehe ich ihr den Pullover über den Kopf stülpe und ihr so was zum Anziehen gebe.

Ein „Danke“, murmelnd, schlüpft sie in die Ärmel. Der dicke Stoff reicht ihr bis unter die Knie, sodass Lena noch kleiner wirkt, als sie eh schon ist. Die Kippenschachtel aus der Hose ziehend, lasse ich mich auf einen der Sessel fallen, schnappe das Mädchen und setze es mir auf den Schoß. Ice beobachtet das, zieht eine Augenbraue in die Höhe und wirkt belustigt. Er soll mal schön sein Maul halten, immerhin hat er schon einen von den scharfen Zwillingen in seinem Bett liegen.

Als ich ihn herausfordernd ansehe, ihn regelrecht auffordere, etwas zu sagen, grinst er nur blöd, schnappt sich den Whisky und schiebt ihn über den Tisch zu Lena rüber.

„Hier Mädchen, ich denke, den wirst du noch brauchen.“

Zu unser beider Erstaunen zögert das Mädchen nicht, sondern nimmt die eckige Flasche, hebt sie an die Lippen und trinkt.

Mir soll es recht sein, je betrunkener sie ist, umso leichter wird es, sie zu ficken.

17. Kapitel

Ice – der Präsident

Nicht sicher, was ich davon halten soll, betrachte ich die halb nackte Frau auf dem Schoß meines Vizepräsidenten und beobachte, wie sie mit erstaunlicher Geschwindigkeit den Jack Daniels in sich reinschüttet.

Klar wusste ich, dass die beiden Mädchen Zwillinge sind, dennoch stört es mich, dass Bentley seine Hand auf einer Frau liegen hat, die 1:1 aussieht wie das Mädchen, das ich vor wenigen Minuten noch halb bewusstlos gefickt habe.

Hätte er Lina statt Lena auf seinem Bein sitzen, würde ich ihm, ohne zu zögern, eine Kugel in den Kopf jagen.

Und das macht mir eine scheiß Angst ...

Es war nicht geplant, meinen süßen Goldfisch ohne Kondom zu ficken, aber jetzt, wo es passiert ist und die Wahrscheinlichkeit einer Schwangerschaft besteht, stört es mich nicht. An Liebe und diesen ganzen Bullshit glaube ich nicht. Ich glaube an Loyalität, die Bruderschaft, die unseren Club ausmacht und an die Zukunft.

Die Vorstellung, Lina zu behalten, gefällt mir. Gedanklich stelle ich mir vor, wie ihr Bauch anschwillt und dank mir immer dicker wird.

Ein Baby ist eine große Sache, klar.

Aber fuck! Irgendwann wollte ich so oder so Kinder haben.

Also wieso nicht jetzt?

Wieso nicht mit dem Mädchen, dessen Pussy das gottverdammte Paradies ist und dessen Augen mich den ganzen Dreck, aus dem mein Leben besteht, vergessen lassen?

Lina ist eine faszinierend schöne Frau und die Tatsache, dass sie im Moment mir gehört, gefällt mir mehr als gut.

Dass Kyrill in ihrer Muschi gesteckt hat, stört mich nicht, ich habe ihre Pussy längst zu meinem Revier gemacht. Keine Ahnung, wie oft ich die köstliche Praline in den vergangenen vierundzwanzig Stunden vernascht habe – es waren unzählige Male.

Ihr Körper gehört jetzt mir, und bei allem, was mir heilig ist, ich bin nicht bereit, ihn so schnell wieder frei zu geben. Dass ich durch diesen Besitzanspruch meinem Todfeind das Herz aus der Brust reiße, ist ein zusätzlicher Bonus.

Vielleicht war es gut, dass ich das Mädchen mit meinem Samen vollgepumpt habe. Diesem Fehler verdanke ich es, dass ich die beiden Schwestern nicht bei Sonnenaufgang außer Landes schaffen muss, sondern meinen Zwilling für eine Weile behalten kann. In meiner Welt und in diesem Club gibt es Dutzende von Frauen, aber keiner ist es gelungen, mich so anzufixen, wie Lina es getan hat.

Scheiß auf die Diamanten, den Russen und den ganzen anderen Mist.

Ich bin Ice, der Präsident der Hell Riders und wenn ich dieses Mädchen behalten will, tue ich das – so einfach ist es.

Niemand kann mich davon abhalten, sie zu der meinen zu machen. Mein Club, meine Regeln, meine gottverdammte Welt.

Aus zusammengekniffenen Augen beobachte ich, wie mein VP seine Hand an Lenas Bein nach oben und unter den dicken Stoff des Hoodies gleiten lässt, in meinem Kopf beginnen die ersten Adern zu platzen.

Wieder und wieder sage ich mir, dass es nicht Lina ist, die da auf seinem Schoß sitzt, sondern nur ihre Zwillingsschwester.

Dass ich so heftig auf den Anblick reagiere, zeigt mir deutlich, wie verfickt süchtig mich die Pussy meiner Süßen bereits gemacht hat.

Am Anfang konnte ich nicht verstehen, warum Kyrill wegen einer Muschi so nachlässig geworden ist – mittlerweile kann ich es.

Die Kombination aus weißer Haut, grünen Augen, roten Lippen und einer so engen und heißen Pussy, dass es mir jedes verdammte Mal fast den Schwanz zerdrückt, ist extrem gefährlich.

Ich weiß nicht, ob Lina schwanger ist, ich weiß nicht, was passiert, wenn sie zu bluten anfängt, aber ich weiß, dass mir die Vorstellung, diese Frau aufzugeben, nicht gefällt.

Mag sein, dass sich das in den nächsten Tagen oder Wochen noch ändern wird, aber das bezweifle ich stark.

Das kleine Fischlein ist in meinen verfluchten Teich gehüpft und wann oder ob ich es jemals wieder entwischen lasse, ist fraglich.

Fluchend reibe ich mir über die Stirn, verdränge die verwirrenden Gedanken und konzentriere mich auf das Hier und Jetzt.

„Stell den Whisky ab und schau mich an, Lena."

Das Mädchen tut wie befohlen.

„Keine Ahnung, was mein Vize dir schon gesagt hat oder inwieweit du über den Sachverhalt aufgeklärt bist. Aber Lina hat sich auf einen Deal mit mir eingelassen. Schutz und Sicherheit gegen die Steine, die ihr dem Russen abgenommen habt, und den Körper deiner Schwester. Die Bezahlung ist erfolgt und ich stehe zu meinem Wort. Ich schwöre dir, dass es dir und Lina bei uns gut gehen wird. Bentley ist ab jetzt für dich verantwortlich. Mach keinen Ärger und versuch nicht, abzuhauen – glaube mir, du wirst keinen Fuß von dem Gelände setzen, ohne dass er oder ich es dir erlaubt haben."

Wut blitzt in den vertrauten Tiefen ihrer grünen Augen auf, oh ja, diese Schwestern besitzen dasselbe Temperament. Bevor sie loslegen und schimpfen kann, stehe ich auf und stemme mich mit den Fäusten auf dem Schreibtisch ab.

Sofort zuckt die Kleine verängstigt zusammen.

Sehr schön, wie ich sehe, verstehen wir uns.

„Bevor du die Krallen ausfährst, Kätzchen, musst du eine Sache wissen. Es besteht die Chance, dass ich Lina geschwängert habe. Solange ungeklärt ist, ob sie nun mein Kind in sich trägt, seid ihr unsere Gäste. An dem Tag, an dem sie ihre Periode kriegt – oder eben nicht – sehen wir weiter und besprechen, was mit euch passiert."

Blankes Entsetzen zeichnet sich auf Lenas wunderschönen Gesichtszügen ab.

Ihr Mund klappt auf, dann wieder zu und wieder auf.

Das wütend klingende „Du mieses Schwein!", das ihr nun doch noch über die Lippen kommt, bringt mich zum Lachen.

„Beleidige mich, solange du willst, es wird nichts an den Tatsachen ändern. Falls es dich beruhigt, kann ich dir versichern, dass ich deiner Schwester nichts getan habe. Sie ist freiwillig in mein Bett gestiegen und wird nun auch dort bleiben!"

Vor Zorn bebend springt sie von Bentleys Beinen, geht einen Schritt auf mich zu, klappt dann aber zusammen, sodass mein Vize sie erneut auffangen muss. Ihre Aussprache wird immer undeutlicher, was wohl an dem Alkohol liegt.

„Wenn du meine Schwester verletzt, wenn du sie benutzt und dann wegwirfst wie ein paar alte Socken, töte ich dich!"

Sie versucht, die Beretta, die sich in einem Holster unter Bentleys Kutte befindet, rauszuziehen, scheitert aber an dem Druckknopf.

Lachend schüttle ich den Kopf und mache mich daran, das Büro zu verlassen.

„Die Wachen sind postiert und die Sicherheitsvorkehrungen auf höchster Stufe. Fire hat alles im Griff, also pack dir deine Beute und hab Spaß!"

Mit diesen letzten Worten lasse ich Bentley mit seinem Zwilling stehen und gehe zurück zu dem Mädchen, das es geschafft hat, mich mit seiner Pussymagie völlig aus der Bahn zu werfen. Wenn es nach meinem Schwanz ginge, würde ich Lina jetzt wecken, ihre Beine spreizen und mich bis zum Anschlag in ihrer Möse vergraben. Ich würde sie ficken wieder und wieder und wieder.

Doch als ich dann in meinem Schlafzimmer ankomme und die schlafende Frau betrachte, fasse ich mir in die Hose, richte meine Erektion anders aus und beiße die Zähne zusammen.

Ihre langen, fast schwarzen Haare sind wie ein Fächer auf meinem Kissen ausgebreitet, geschwollene, leicht geöffnete Lippen und feste weiche Titten. Die köstlichen, beerenfarbenen Nippel vervollständigen das reizende Bild. Linas kleiner, zerbrechlicher Körper verspricht das Paradies und wirkt in der Mitte meines Bettes geradezu winzig.

Langsam, um sie nicht zu wecken, setze ich mich auf die Matratze, bedecke ihren flachen Bauch mit meiner Hand und frage mich, was zur Hölle ich hier tue.

Wenn da mein Baby drinnen ist, wird diese Frau mir gehören, ich werde ihr mein Leder anziehen und sie zu meinem Eigentum erklären.

Falls sie aber nicht schwanger ist ...

Diese Möglichkeit ist bedeutend komplizierter.

Der Deal lautet, dass ich sie dann frei gebe, doch ich weiß jetzt schon, dass ich das nicht tun werde!

Das Leben ist ein verficktes Rätsel und wenn ich meinem Instinkt vertraue, dann ist diese Frau die Lösung für meine dunkelsten Sehnsüchte ...

18. Kapitel

Lena

Mist! Mist! Mist!

Einmal in meinem Leben will ich jemanden mit einer Waffe bedrohen und dann bekomme ich sie nicht mal aus dem Waffenhalterungsding gezogen.

Das ist doch alles Scheiße!

Ich wusste schon immer, dass Lina das Talent hat, sich die gefährlichsten Männer auf diesem Planeten zu schnappen und dass es für sie kein Problem ist, eine Katastrophe noch katastrophaler zu machen.

Aber das, was sie sich jetzt geleistet hat, toppt wirklich alles.

Innerhalb von 24 Stunden hat sie den Boss der Russenmafia, dem sie die wahre Liebe vorgespielt hat, verlassen und bestohlen. Ist dann mit mir geflüchtet und direkt in dem Bett des berühmt-berüchtigten Präsidenten des Hell Riders Motorcycle Clubs gelandet, nur um sich dann von ihm schwängern zu lassen.

Geht es eigentlich noch schlimmer?

Ich meine – was will sie als Nächstes tun?

Fluchend gebe ich den Versuch, die Pistole aus der Halterung zu ziehen, auf und schnappe mir wieder den Whisky.

Der Rocker hatte recht, den Alkohol kann ich wirklich gut gebrauchen.

Irgendwie fühle ich mich wie eine Ameise in einer Plastikbox in den Händen eines dreijährigen Kindes. Immer wenn ich denke, dass jetzt endlich alles gut wird, schüttelt das Kind die Box wieder und wirbelt mich so lange umher, bis ich keine Ahnung mehr habe, wo oben und unten ist. Mein ganzes verdammtes Leben lang war ich immer bemüht, das Richtige zu tun und die vernünftige Schwester zu sein.

Und was hat mir das gebracht? *Nichts!*

Während Lina durch die Betten sämtlicher Dämonen gehüpft ist und dabei die meiste Zeit über ihren Spaß hatte, habe ich versucht, die schlimmsten Katastrophen abzuwehren und – wie meine derzeitige Situation beweist – ist mir das nicht sonderlich gut gelungen. *Verdammt!*

In den letzten Stunden wurde so oft auf mich geschossen, dass es an ein Wunder grenzt, dass ich noch am Leben bin.

Vielleicht ist es ja wie in den vielen Horrorfilmen, die ich so gerne anschaue: Die Jungfrau ist am Schluss die einzige Überlebende.

Was für ein lächerlicher Trost.

Während ich von den Russen durch die halbe Stadt gejagt wurde, lag mein liebes Schwesterchen im Bett des Rockers und hat sich ficken lassen.

Vielleicht sollte ich das jetzt auch so machen?

Vielleicht sollte ich einfach mal so tun, als ob ich Lina und nicht Lena bin, auf alle Konsequenzen scheißen und meinen Spaß haben.

Sex muss etwas Tolles sein, sonst wäre nicht die ganze Welt scharf darauf.

Es ist schon traurig, ich bin beinahe gestorben und hatte noch nie einen Schwanz in mir.

Die erotischste Erfahrung meines jämmerlichen Lebens war ein heißer Kuss mit einem von Kyrills Bodyguards.

Schniefend stelle ich den Whisky wieder ab, drehe mich zu dem Biker um, dessen starke Arme mich auf den Beinen halten und sehe ihn prüfend an.

Ja, die Narben sind schlimm, aber sie tun Bentleys Attraktivität keinen Abbruch.

Dieser Rider ist groß, stark, tödlich und scheint nur aus Muskeln zu bestehen. Der weiche Stoff seines Pullovers streicht über meine Haut, verdeutlicht mir, wie aussichtslos die Situation ist, in der ich feststecke.

Das abgewetzte Leder seiner Kutte bedeckt seine breiten Schultern, steht vorne offen und lässt mich einen Blick auf die beeindruckende Hügellandschaft seines Sixpacks werfen. Darunter trägt er nur das Ding, in dem die Waffe steckt, mit der ich dem Präsidenten des Clubs am liebsten den Schwanz abgeschossen hätte.

Wie es sich wohl anfühlt, von all diesen Muskeln umgeben zu sein?

Zögerlich suche ich Bentleys Blick, sehe ihm in die Augen und strecke die Finger nach ihm aus. Sachte streife ich über seine Brust, spure die schwarzen Linien seiner vielen Tätowierungen nach und genieße die Wärme, die sein Körper ausstrahlt.

Der Totenkopf, der mittig auf seiner Brust thront, ist mir nicht unbekannt, schließlich ist er das offizielle Zeichen der Riders.

Mutig ziehe ich das Revers der Kutte auseinander und betrachte dic tintenverzierte Haut etwas genauer.

Lodernde Flammen umrahmen den Skull, wobei es eigentlich kein ganzer Death Skull ist, sondern nur die Augenpartie und das knochige Nasenbein.

Der Ausschnitt wird von einer großen Krone, engelsgleichen Flügeln und Revolvern eingerahmt. Das Tattoo ist groß, wunderschön und erinnert mich daran, dass mit diesem Mann nicht zu spaßen ist.

Auf der Jagd nach mir hat er Dutzende Leichen zurückgelassen. Durch die Hände, die sich warm und rau unter den Pullover schieben und besitzergreifend meine Pobacken umfassen, sind unzählige Menschen gestorben. Umso skurriler ist es, dass ich die Berührung nicht als abstoßend, sondern überraschenderweise als angenehm empfinde.

„Fuck, Mädchen. Wenn du mich weiter so ansiehst, ficke ich dich gleich hier!“

Angst und noch etwas – etwas, das sich nach Neugierde und Erregung anfühlt, rauscht durch meine Venen. Ich habe es so satt, die Anständige zu sein. Zum ersten Mal seit ich denken kann, bin ich bereit, etwas völlig Verrücktes zu tun.

Dank dem vielen Alkohol verdränge ich die warnende Stimme in meinem Kopf und spiele mit dem Feuer.

„Und was hält dich davon ab?“

Bentley legt den Kopf schief, zwei tiefe Falten bilden sich auf seiner Stirn.

„Nichts!“

Seine Antwort lässt mich erschaudern.

Die Jungfrau und der Biker, das klingt fast nach einem Titel der kitschigen Bumsbücher, die Lina so gerne liest.

Mit zitternden Fingern streife ich ihm die Kutte von den Schultern, was ihn dazu bringt, auch die Waffe abzulegen.

In meinen Träumen hatte ich mein erstes Mal immer mit einem strahlenden Ritter. Mit einem Mann, der sanft, nett und verständnisvoll ist und mit dem ich mir eine gemeinsame Zukunft aufbauen will.

Verdammt!

Die Realität weicht etwas von dieser Fantasie ab und ob ich überhaupt so etwas wie eine Zukunft habe, ist fraglich.

Der Rocker, der mich ansieht, als würde er jeden Moment wie eine Bestie über mich herfallen, wirkt eher wie ein gefährlicher Dämon und nicht wie ein Traumprinz. Sein mächtiger Körper ist der eines Kriegers. Stahlharte Muskeln so weit das Auge reicht. Unzählige Narben und Dutzende Tätowierungen zieren seine Haut.

Manche der Narben sehen älter aus und wurden nicht gut genäht, andere hingegen sind glatt und schimmern leicht silbrig.

Mühelos hebt er mich hoch, trägt mich zu dem Sofa, das sich am anderen Ende des Büros befindet und legt mich darauf ab.

Reglos wie eine Opfergabe liege ich vor ihm und beobachte mit zugeschnürter Kehle, wie er sich an seinem Gürtel zu schaffen macht.

Meine Zunge klebt am Gaumen fest. Bentley kickt sich die Stiefel von den Füßen, steigt aus seiner Jeans und steht nun nackt und in seiner ganzen Pracht vor mir.

Immer nervöser werdend, löse ich die Augen von dem schwarzen, brennenden Totenkopf und lasse sie an seinem Sixpack nach unten gleiten. Dicke Adern winden sich unterhalb seines Nabels in Richtung der beachtlichen Erektion, die sich irgendwie wütend in meine Richtung reckt.

Sein Schwanz ist dick und erschreckend lang und ich bin mir sehr sicher, dass er niemals in mich hineinpassen wird. Die runde Wulst seiner Eichel ist rot und geschwollen und so glatt wie ein Pfirsich.

Keine Ahnung, wie ich es schaffe, einigermaßen ruhig liegen zu bleiben, anstatt aufzuspringen und davonzulaufen. Dieser Biker hat den längsten, dicksten und zugleich furchteinflößendsten Schwanz, den ich jemals gesehen habe.

Und ich habe schon einige gesehen ...

Eine Frau, die so lange auf ihr erstes Mal wartet wie ich, liebt Google und seine Suchfunktionen.

Bentleys Glied ist leicht nach oben gebogen und erinnert mich an einen der vielen Vibratoren, die Lina in ihrem Nachtkästchen liegen hat. An dem kleinen Schlitz vorne perlt ein cremiger Tropfen, den ich nur allzu gerne ablecken würde.

Wie männliche Lust wohl schmeckt?

Ich habe mal gehört, Sperma soll vom Geschmack her am ehesten mit Ananas und Mandeln zu vergleichen sein.

Eine merkwürdige Kombination, aber gut ...

„Zieh dich aus, Baby."

Ich beiße mir auf die Unterlippe, richte mich auf und befolge seinen Befehl.

Kaum dass ich mir seinen Pullover über den Kopf gezogen habe, reißt er ihn mir auch schon aus der Hand und schleudert ihn auf den Boden.

Wild und dunkel gleiten seine Augen über meine Brüste, verweilen auf dem Dreieck zwischen meinen Beinen und huschen dann zurück zu meinem Gesicht.

„Oh fuck! Du bist unglaublich schön."

Ich schlucke, beobachte, wie sein Schwanz zuckt und sich seine Hände zu Fäusten ballen.

Vielleicht sollte ich ihm sagen, dass ich noch nie zuvor Sex hatte?

Bevor ich aber dazu komme, legt er sich auch schon auf mich, lässt mich sein Gewicht spüren und küsst mich wild und grob.

Heiß, weich und zugleich rau.

Es fühlt sich unglaublich an, nackt unter einem Mann zu liegen.

Dick und prall presst sich sein Glied gegen mein Bein. Ich spüre, wie ich immer feuchter werde, und bin froh, dass mein Körper instinktiv weiß, was zu tun ist.

Gierig plündert der Rocker meinen Mund, stiehlt mir den Atem und schenkt mir den seinen. Süchtig nach dem dekadenten Gefühl seiner Zunge, die sich um die meine wickelt, presse ich mich an ihn und keuche lustvoll auf, als er meine reche Brustwarze zwischen seinen Fingern einklemmt.

In dem Moment, in dem er seine Hand zwischen meine Schenkel schiebt, fokussiert sich meine Welt auf den Rider über mir. Die Angst, die ich seit Tagen verspüre, löst sich nach und nach in Luft auf.

Mein Kopf fühlt sich an, als wäre er mit Zuckerwatte gefüllt.

Ich vergesse, dass ich mich eigentlich vor diesem Hell Rider fürchten sollte und konzentriere mich ganz auf das, was dieser Outlaw und ich im Begriff sind zu tun.

Warm und hungrig streifen seine Lippen über die meinen.

Stöhnend öffne ich mich für ihn und heiße seine fordernde Zunge erneut willkommen.

Wir umspielen einander und beginnen ein sinnliches Duell.

Bei allen Göttern, kann dieser Rocker küssen ...

In meinen Beinen breitet sich, teils aus Angst, teils aus Erregung, ein Zittern aus.

So sehr ich mich vor seinem Eindringen fürchte, kann ich es irgendwie auch kaum erwarten.

Eine viel zu schnell vergehende Ewigkeit später beendet Bentley unseren Kuss und stößt dabei ein wildes Knurren aus. Nach Halt suchend, kralle ich mich an seinen zuckenden Armen fest, genieße die Kraft, die diesem Killer aus jeder Pore dringt.

Tief einatmend, beginne ich seinen Körper zu erkunden.

Federleicht lasse ich meine Fingerspitzen über die straffen Hügel seines Bauches gleiten.

Harte Muskeln, weiche Haut und ein dünner Streifen dunkler Haare, der mich auf direktem Weg zu seiner Erektion führt.

Ängstlich stoppe ich. *Hilfe!* Ich habe keine Ahnung, wie man einen Mann an dieser Stelle berührt.

Fauchend packt er sich meine Finger und drückt sie voller Ungeduld fest auf seinen Schwanz. *Halleluja!*

Unsicher ertaste ich sein Glied, staune über die stählerne Weichheit und erkunde dieses mir völlig fremde Terrain. Während meine Augen an seinem mit Tinte überzogenen Brustkorb nach unten gleiten, stelle ich fest, wie klein meine Hand neben seinem dicken Schwanz aussieht. *Der Wahnsinn!*

Die Muskeln in seinen Beinen spannen sich an, werden hart und zucken ungeduldig, so als könnten sie es kaum erwarten, mit aller Kraft in mich zu stoßen.

Vorsichtig streiche ich über die seidige Haut an seiner Eichel und verreibe den Tropfen auf dem prallen Fleisch.

„Zum Teufel, Mädchen. Fester!"

In seinen schokobraunen Iriden spiegelt sich eine unglaubliche Lust und ich erkenne sofort, dass das, was wir tun, längst nicht mehr zu stoppen ist.

Wieder bedeckt er meine Hand mit der seinen, drückt hart zu und beginnt mir zu zeigen, wie er es braucht. Meine zwischen seinem Glied und seiner Hand eingeklemmten Finger schmerzen, so kraftvoll massiert er seine Erektion. Bentley zieht eine Grimasse, beißt die Zähne zusammen und gibt ein gepeinigtes Stöhnen von sich.

Auf seiner Stirn tritt eine Ader hervor, mein Herz rast.

Zu meiner eigenen Überraschung fürchte ich mich nicht davor, dass der Vize der Riders seine körperliche Überlegenheit ausnutzen könnte, um mich zu verletzen.

Warum sollte er auch?

Schließlich habe ich mich ganz bereitwillig für ihn auf den Rücken gelegt.

Es mag verrückt klingen und es ist fast schon unheimlich, aber in den Armen dieses Rockers fühle ich mich so sicher wie schon lange nicht mehr.

Vielleicht sogar wie noch nie ...

Hier, von seinen Muskeln umgeben und unter seinem breiten Rücken verborgen, werden mich Kyrills Schläger niemals erwischen.

Wieder küssen wir uns. Ich keuche leise und ertrinke in der immer stärker werdenden Lust, die in mir brodelt. Bentley packt mich, hebt meinen Unterleib an, sodass sich sein dicker Schwanz drohend gegen meine Mitte drückt.

Mit einem animalischen Brüllen richtet er sich über mir auf und verschlingt mich mit einem angsteinflößenden Blick. Das Zucken seines Sixpacks fasziniert mich – so viel Kraft.

„Oh Baby, deine Pussy läuft regelrecht aus. Du kannst es kaum erwarten, endlich gefickt zu werden."

Endlich oder das erste Mal?

Das dunkle Timbre seiner Stimme hallt in meinem Inneren nach. Langsam, mit kontrollierten Bewegungen beugt sich zu mir herab. Wir berühren uns, ich verliere immer mehr meiner jungfräulichen Scheu.

Es fühlt sich unglaublich intensiv an, ihm so nahe zu sein.

Zu meiner eigenen Überraschung bin ich mehr als bereit, mich auf diesen Biker einzulassen. Wimmernd schlinge ich meine Arme um seinen breiten Nacken, ziehe ihn fester zu mir und küsse ihn wild. Unsere Zähne schlagen aufeinander und in meinem Unterleib beginnt es heftigst zu pulsieren. Rau und ohne Unterlass wühlt sich seine Zunge durch meine Mundhöhle.

Ich bin verloren ...

Fieberhaft gleiten meine Hände über seinen Rücken, ertasten Muskeln, Sehnen und die Erhebungen der vielen Narben.

Meine Mitte pocht sehnsüchtig, mein Kitzler ist geschwollen und meine Brustwarzen ziehen sich erregt zusammen. Jede Zelle meines Körpers sehnt sich danach, von diesem Rider berührt und in Besitz genommen zu werden.

Unser Zungenspiel endet viel zu schnell und seine Nasenflügel blähen sich, während wir uns tief in die Augen schauen.

Sachte berühre ich die glatte Haut seiner rechten Gesichtshälfte, spüre die Unebenheiten und bemerke die Verletzlichkeit, die sich plötzlich in Bentleys Iriden ausbreitet. Sein Atem stockt.

„Himmel und Hölle – Engel und Teufel – gut und böse. Du bist ein Mann mit zwei verschiedenen Seiten und mit zwei Gesichtern."

Heiser lässt er seinen angehaltenen Atem entweichen.

Ich will ihn anfassen, erkunden und berühren. Bin selbst von dem Bedürfnis nach Nähe, das sich in mir ausbreitet, überrascht. Aber kaum dass ich das tue, fängt er meine Hände ein und presst sie über meinem Kopf auf das Polster.

„Mach langsam, Baby oder ich verliere die Kontrolle!"

Die Warnung lässt mich erschaudern.

Selbst wenn ich wüsste, was ich tue, würde dieser Sex eine Menge Risiken für mich bergen. Aber da ich keine Ahnung habe, was auf mich zukommt – keine wirkliche zumindest, gehe ich ein großes Risiko ein. Selbst wenn Bentley mich nicht verletzen will, würde eine unbedachte Bewegung schon ausreichen.

Er ist so viel größer und stärker als ich, dass es mir schwerfällt zu glauben, dass wir biologisch füreinander geschaffen sind.

Meine Nippel abwechselnd in seinen heißen Mund saugend, beißt er sachte zu und lässt mich seine Zähne spüren.

Ich keuche und japse nach Luft. Ein bittersüßer Schmerz entflammt meine Nervenbahnen und breitet sich wie ein Waldbrand in meinem Inneren aus.

„Ich will dich, Hell Rider!"

Von dem dringenden Bedürfnis, endlich von ihm gefickt werden zu wollen, selbst überrascht, balle ich die Fäuste und versuche, mich nicht vollends an diesen gefährlichen Rocker zu verlieren.

Winzige Schweißperlen bilden sich in meinem Nacken, ein Zittern durchläuft mich.

Bentley löst seine rechte Hand von meinen Gelenken und umfasst sie nun nur noch mit der linken.

Zögerlich versuche ich, mich zu befreien – vergebens.

Kein Wunder, Bentley hat hundert Mal mehr Kraft als ich.

Träge streicht er mit seinen rauen Fingern durch meine Scheide, teilt meine Schamlippen und gleitet ein winziges Stückchen in mich.

Ich koche, brenne und stöhne. Die Lust wird immer stärker, meine Mitte zieht sich sehnsüchtig zusammen.

„Oh verdammt, bist du eng."

Bentley klingt ungläubig, sieht aus dunklen Augen auf mich herab und dringt tiefer in mich ein.

Von einer mir völlig fremden Gier getrieben, presse ich den Mund wieder auf den seinen und küsse ihn stürmisch.

Bentleys Blick tackert sich auf meinen Brüsten fest, an seinem eckigen Kiefer beginnt ein Muskel zu zucken.

„Du bist so fucking perfekt. So klein und wild und verletzlich und ... fuck! Ich will mich in dich rammen, dein enges Fötzchen ficken und mich so tief in dir vergraben, dass du nie wieder vergisst, wie es war, als du mir gehört hast."

Das wird nicht schwer sein, angeblich vergessen Frauen ihren ersten Liebhaber nie.

Schlagartig verdunkelt sich seine Mimik. Innerhalb einer Sekunde verwandelt Bentley sich in den gefährlichen Killer, der er ist.

Unsicher rutsche ich etwas nach unten, Angst breitet sich in meinem Magen aus.

„Was ist los? Habe ich was falsch gemacht?"

Ein wildes Grollen löst sich aus seiner Kehle.

„Falsch? Nein, Mädchen. Du bist einfach viel zu richtig."

Nicht sicher, was er damit meint, suche ich seinen Blick.

In seiner Stimme schwingt eine ungeheure Besitzgier mit.

Ist das normal beim Sex? *Keine Ahnung ...*

Heiß und fordernd leckt er über meinen Hals, an meinem Schlüsselbein entlang, durch das Tal zwischen meinen Brüsten hinab bis zu meinem Bauch.

An meinem Beckenknochen knabbernd, reibt er mit seinen Fingern geschickt über meine Klitoris, was mir einen lauten Schrei entlockt.

„Ich will dich lecken, Baby. Lecken, kosten und auffressen ..."

Er saugt sich an meiner empfindlichen Perle fest, das ungewohnte Gefühl, dort berührt zu werden, lässt mich den Rücken durchbiegen und einen gurgelnden Laut ausstoßen. Im ersten Moment will ich seinem heißen Mund ausweichen – die Empfindungen sind einfach zu stark, aber dann lässt der Druck nach und ich zerfließe regelrecht.

Das zwischen diesem Biker und mir ist völlig verrückt, zum Scheitern verurteilt und gehört eigentlich verboten und trotzdem fühlt es sich gut an, in seinen Armen zu liegen.

Ich will nicht länger alleine sein, das bin ich schon viel zu lang.

Ich will begehrt, geliebt und beschützt werden.

Ich will, was jedes Mädchen will – mein eigenes Märchen.

Mit zwei seiner langen Finger gleitet Bentley tief in mich, dehnt meinen engen Kanal und bereitet mich auf das noch Kommende vor. Er trifft auf diesen einen Punkt tief in meinem Inneren, der all meine Gedanken zerplatzen lässt und mich meinen eigenen Namen vergessen lässt.

„Schrei für mich, Baby."

Plötzlich beißt er sich an der Innenseite meines Oberschenkels fest. Der Schmerz ist heftig, sodass ich mich aufbäume und nach Luft schnappe. Die Pein vermischt sich mit der immer stärker werdenden Lust, die mich jeden logischen Gedankens beraubt. Der kontinuierlich intensiver werdende Druck, der sich in mir ausgebreitet hat, raubt mir den Atem.

Heute Morgen war ich der festen Überzeugung, dass Bentley mir etwas Böses will und jetzt liege ich stöhnend unter ihm und muss höllisch aufpassen, dass er sich nicht in mein einsames Herz schleicht.

Meine Scheidenwände zurren sich krampfend um seine Finger zusammen, der Höhepunkt ist zum Greifen nah.

Meine Schreie werden immer lauter, ich schaffe es einfach nicht, leise zu sein. Es fühlt sich so an, als wäre ich kurz davor zu explodieren. Dieser Rider leckt mich nicht einfach nur, er frisst mich einfach auf. Nachdem er mir seine Finger entzogen hat, rammt er sie erneut tief in mich, während er sich unermüdlich durch meinen Spalt leckt.

So tief war noch niemals zuvor jemand in mir, es schmerzt, ich zucke zusammen.

Mein lauter, fast schon verzweifelter Schrei erfüllt das Büro des Rockerpräsidenten.

Das animalische Knurren, das Bentley von sich gibt, vibriert in seinem Brustkorb. Wimmernd und kraftlos beobachte ich, wie er sich vor mir aufrichtet. Ein geradezu teuflischer Ausdruck legt sich auf seine markanten Gesichtszüge.

Einen Herzschlag später lässt er sich auf mich fallen und umfasst mit einem unnachgiebigen Griff mein Kinn.

„Fuck! Du hättest mich stoppen sollen, Lena. Jetzt ist es zu spät und ich bin süchtig nach dir. Zur Hölle! Wenn ich dich nicht gleich ficke, verliere ich den Verstand.“

Er lacht freudlos auf.

„In den vergangenen Jahren habe ich so viele Nutten gevögelt, dass ich mich kaum an alle erinnere. Doch bei dir ist es anders – *du* bist anders. Ice hatte mich vor deiner Pussymagie gewarnt. Erst jetzt verstehe ich, wie gefährlich du für mich bist. Scheiße! Ich war noch nicht mal in dir drinnen und weiß schon jetzt, dass ich nicht genug von deiner engen Muschi bekommen werde.“

Ich verstehe nicht, was er mir gerade zu sagen versucht, und runzle die Stirn.

Bentleys innere Wut und seine natürliche Dominanz sind auf eine düstere Art höllisch sexy, doch auch irgendwie einschüchternd.

Zwischen meinen Schenkeln pocht es, mein Puls rast und mich beschleicht das seltsame Gefühl, dass dieser Sex mein ganzes Leben verändern wird. Was sicherlich normal bei Jungfrauen ist, trotzdem ...

Nicht jeder erlebt sein erstes Mal mit dem Vizepräsidenten des Hell Riders Motorcycle Clubs.

Die dicke Spitze seines Schwanzes stupst gegen meine Öffnung ...

Ich sammle all meinen Mut und drücke mich ihm entgegen.

Jetzt oder nie ...

Bestimmend packt er mich an den Knien, reißt sie weit auseinander und legt sich auf mich. Das schabende Geräusch seiner über meine Schulter reibenden Bartstoppeln lässt mich erschaudern.

Meine Brüste mit unzähligen Küssen übersäend, vergräbt er seine Faust in meinen Haaren und reißt mir den Kopf nach rechts. Mit belegter Stimme brummt er mir ins Ohr, dass ich nach Äpfeln rieche und dass er mich am liebsten auffressen würde. Um seinen Worten mehr Nachdruck zu verleihen, lässt er sein dickes Glied durch meine

Falten gleiten und beißt sich an der empfindlichen Haut meines Halses fest.

Keine Ahnung, wie er es anstellt, aber dieser Rocker bringt mich dazu, meine Scheu zu überwinden und mich nach mehr zu sehnen.

„Ich will dich, Rider."

„Du hast mich, Mädchen."

Die dicke Wulst seines Phallus drückt sich in mich, ich stöhne gequält auf.

Hilfe! Sein Schwanz ist einfach so verdammt groß! Viel zu groß! Tränen steigen mir in die Augen, ich wimmere, während er wie ein Wolf zu knurren beginnt.

Allein die wenigen Zentimeter, die er bereits in mich eingedrungen ist, dehnen mich so sehr, dass ich kaum noch atmen kann.

„Oh Gott. Das tut weh. Du zerreißt mich!"

Entsetzt versuche ich ihm auszuweichen, doch Bentley hält mich bestimmend fest.

„Du schaffst das, Kleines. Halt jetzt still."

Seine Muskeln zucken unter meinen Fingern und seine Erektion gleitet noch ein bisschen tiefer in mich hinein.

Es fühlt sich an, als würde er mich zerreißen.

„Bereit?"

„Nein!"

Ganz der bestimmende Biker, ignoriert er meine Antwort, pinnt mir einen Kuss auf den Mund und stößt mit aller Kraft zu.

Arghhhhhh! Auuuuuuu!

Die Wucht, mit der er sich in mich rammt, überfordert meinen Körper. Mühelos durchdringt er die dünne Membran meines Jungfernhäutchens und steckt nun so tief in mir, dass sich seine Eier gegen meinen Damm drücken.

Mittlerweile schluchze ich laut, Tränen rinnen mir über die Wangen und ich zittere am ganzen Leib.

Es fühlt sich einfach unglaublich an, ihn komplett in mir aufgenommen zu haben.

Einerseits tut es höllisch weh, andererseits ...

Sein Schwanz ist so lang, dass ich nicht spüren kann, wo er endet und wo ich anfange. Für einen winzigen Augenblick denke ich, dass er nicht kapiert hat, was gerade geschehen ist. Doch als sich die roten Punkte, die vor meinen Augen getanzt haben, nach und nach auflösen, und ich einen Blick auf sein vor Unglauben und Wut verzerrtes Gesicht werfen kann, kapiere ich, dass er sehr wohl bemerkt hat, dass ich ihn bis zu einem gewissen Grad reingelegt habe.

„Sag mir, dass du nicht das bist, wonach es sich anfühlt.“
Er schreit regelrecht, was mich zusammenzucken lässt.
„Und was, wenn ich es doch war?“
Sein Kopf ruckt nach rechts, er schließt die Augen. Zitternd beobachte ich, wie sich seine Nasenflügel blähen.
„Warum hast du es mir nicht gesagt? Nur ein kleiner Hinweis – wäre das wirklich zu viel verlangt gewesen?“
Schweigend sehe ich ihn an, ich finde einfach nicht die richtigen Worte. Dem Teil meines Hirns, der für meine kognitiven Fähigkeiten zuständig ist, sind wohl die Sicherungen durchgebrannt.
Fluchend öffnet er wieder die Augen, sieht auf mich herab und zischt laut: „Fuck! Wenn du es mir gesagt hättest, wäre ich langsam vorgegangen und du hättest nicht solche Schmerzen gehabt.“
Noch immer aufs Innigste miteinander verbunden, weiche ich seinem eindringlichen Blick aus. Gegen den brennenden Schmerz, der in mir tobt, ankämpfend, lecke ich mir über die trockenen Lippen.
„Das spielt jetzt auch keine Rolle mehr, oder?“
Bentley schüttelt den Kopf.
„Nein, tut es nicht.“
Er bewegt sich etwas, sofort zucke ich zusammen. Ich spüre jede Wulst, jede Erhebung und jeden harten Zentimeter seines Schwanzes.
„Du bist völlig verrückt, Mädchen. Warum suchst du mich für dein erstes Mal aus? Mich? Einen Mann, der nicht in der Lage ist, zärtlich zu sein?“
Darauf fällt mir keine Antwort ein.
Also spreche ich einfach aus, was mir auf Zunge liegt.
„Ich will nicht reden, sondern fühlen.“
Brummend schüttelt er den Kopf.
„Ich kann dein Blut auf meinem Schwanz spüren und verdammt, das ist das Beste, was ich überhaupt jemals gespürt habe!“
Ein flüchtiges Lächeln zupft an seinen Mundwinkeln.
Unter Aufbringung all seiner Kräfte gelingt es ihm für einen Moment stillzuhalten. Aber ich kann ihm ansehen, wie schwer ihm das fällt.
Als er sich dann endlich wieder zu bewegen beginnt, verschlägt es mir den Atem. Aus dem flammenden Schmerz wird verzehrende Lust. Innerlich wund und aufgerissen, kralle ich mich an ihm fest, ertrinke in den Tiefen seiner Augen und stöhne leise.
„Atme Baby, atme ...“
Ich versuche es, doch das winzige bisschen Sauerstoff, das ich in die Lunge bekomme, reicht nicht aus. Vor meinen Augen flimmert es, es

fühlt sich an, als würde ich schweben und das, obwohl Bentley mich all sein Gewicht spüren lässt.

Mit seiner großen Hand bedeckt er meinen Bauch, so als würde er tasten wollen, wie tief er in mir steckt. Mein Inneres zuckt, sein raues Stöhnen übertönt mein leises Seufzen.

„Du fühlst dich unglaublich an. Jetzt weiß ich auch, warum du so höllisch eng bist."

Das Herz schlägt mir wummernd gegen die Rippen, dieser Moment ist so intensiv, dass ich nicht will, dass er jemals wieder endet.

Jetzt und hier existiert nur der Hell Rider mit dem vernarbten Gesicht für mich. Kyrill, seine Killer, ja selbst Lina geraten in Vergessenheit.

„Bitte ..."

Ich weiß selbst nicht, was ich von ihm will. Mehr? Weniger? Alles oder nichts?

Der Ausdruck in seinen Iriden verändert sich, wird dunkel und gefährlich.

Ich spanne meinen Unterleib an, fordere ihn so auf, sich endlich wieder zu bewegen.

Verstörend langsam zieht er sich aus mir heraus, nur um eine Sekunde später erneut in mich zu gleiten. Der Rhythmus, mit dem er mich fickt, ist tief und gnadenlos. Bei jedem neuen Vorstoß werde ich auf dem Sofa nach oben geschoben, einzig sein fester Griff hält mich an Ort und Stelle. Stöhnend schnappe ich nach Luft, halte mich an ihm fest und schließe die Augen. Meine Muschi kämpft wieder und wieder damit, seine beachtliche Länge aufnehmen zu können. Erregt komme ich ihm entgegen, werde immer aktiver und fordere Bentley so heraus, mich noch etwas härter zu ficken.

Wie verbinden uns – überwinden alle Grenzen und verlieren uns ganz in dem Gefühl, eins zu sein. In meinem Schoß beginnt ein Funkenregen, es fühlt sich so an, als würde ich explodieren und zum Himmel emporsteigen.

Zitternd und schwitzend versuche ich alles, um nicht den Verstand zu verlieren.

Der Druck, der sich in mir aufgebaut hat, entlädt sich mit einem Knall. Der Orgasmus, der mich gleich einem Tornado überrollt, hat eine zerstörerische Kraft. Ich schreie, presse mich fester auf seinen Schwanz und fordere den Rider auf, mir mehr zu geben.

„Ich glaube, ich mag es, gefickt zu werden!"

Bentley lacht und küsst mich tief und langsam.

Völlig enthemmt rammt er sich immer fester in mich, verliert die Beherrschung und stöhnt bei jedem Atemzug.

Ein letztes Mal gleitet er bis zum Anschlag in mich und verharrt dann reglos in dieser Position. Etwas Heißes, Prickelndes flutet mein Inneres. Unsere Blicke treffen sich und ich versuche, das gerade eben Erlebte zu verstehen.

Keiner von uns beiden findet die richtigen Worte, um zu beschreiben, was da gerade mit uns passiert ist. Ich traue mich kaum zu atmen, ich habe Angst, dass dann das Glücksgefühl, das sich wie eine schützende Decke auf mir ausgebreitet hat, wieder verschwindet. Bentley gibt meinen Blick nicht frei, beugt sich zu mir, streicht liebevoll eine Haarsträhne aus meinem Gesicht und küsst mich so zärtlich wie noch kein Mann zuvor. Langsam gleitet er aus mir heraus, ich zucke schmerzerfüllt zusammen.

„Alles okay bei dir, Darling?"

„Ich fühle mich komisch."

Wieder küsst er mich.

„Das ist in deiner Situation wohl normal."

Ja, wahrscheinlich ...

Die letzte Nacht habe ich unter einer Brücke verbracht und bin vor Angst tausend Tode gestorben und jetzt liege ich in den muskelbepackten Armen des Vizepräsidenten der Riders und fühle mich, als würde ich auf Wolken schweben.

Zwischen meinen Beinen klebt und brennt es, doch das stört mich nicht.

Nichts stört mich ...

Weder dass wir auf einem alten, eigentlich ziemlich ungemütlichen Sofa liegen, noch dass die Türe die ganze Zeit offen stand und wahrscheinlich Dutzende Leute meine Schreie gehört haben.

Diese postkoitale Gleichgültigkeit ist etwas, an das ich mich durchaus gewöhnen könnte ...

Erschöpft lasse ich zu, dass Bentley mich packt und herumdreht, sodass ich auf seinem Bauch zum Liegen komme. Er saugt sich an meinem Hals fest und lässt mich seine scharfen Zähne spüren.

Das Blut beginnt an der Innenseite meines Oberschenkels zu trocknen, ich seufze leise und kämpfe gegen die vielen Gedanken an, die ich so erfolgreich verdrängt habe und die nun zurückkommen wollen.

Warm und rau reiben die Hände des Rockers über meinen Rücken und umfassen meinen Po.

„Für die nächsten Wochen gehörst du mir!"

Ich höre seinen Besitzanspruch und nicke leicht.

Obwohl mir mein langsam wieder aktiv werdendes Hirn das Bild der toten und am Boden liegenden Russen aufzeigt, weiß ich, dass ich bei diesem Hell Rider absolut sicher bin.

Ich mache mir keine falschen Hoffnungen.

Das, was uns verbindet, hat nichts mit Liebe zu tun. Kyrill wird die Suche nach Lina und mir nicht aufgeben und auch sonst gleicht mein Leben einem in tausend Stücke zersprungenen Spiegel.

Trotzdem fühle ich mich in diesem Moment, wie eine frisch gefickte, ziemlich glückliche Prinzessin aus einem Märchen, das so noch nicht geschrieben wurde.

19. Kapitel

Bentley – der Vizepräsident

Einen Fuß auf der Tischkante abgestützt, winkle ich das Knie an, klemme mir die Kippe in den Mundwinkel und beobachte mit Ice zusammen die beiden Frauen, sie seit vier Tagen unseren MC auf den Kopf stellen. Die Sonne bricht sich in ihren dunklen Haaren, die Reflexe schimmern in unzähligen Brauntönen.

Lenas lautes Lachen hallt über den Hof, sorgt dafür, dass sich ein Dutzend gieriger Augenpaare auf sie richten. Es ist kurz vor drei Uhr nachmittags, aus den offen stehenden Toren der clubeigenen Werkstatt dringt lautes Gehämmer, das dann und wann von einem Fluch abgelöst wird.

Lucky, der Vollstrecker des Hell Riders Motorcycle Clubs, schraubt auf der anderen Seite des Geländes an der fast zwanzig Jahre alten Fat Boy, an der er nun schon seit mindestens drei Sommern dran sitzt. Wütend wirft er den Schraubenschlüssel auf den Boden, rauft sich die Haare und verpasst dem Baum hinter sich einen Tritt.

Ice lacht, schüttelt den Kopf und trinkt von seinem Kaffee.

Seit er sich diese Lina ins Bett geholt hat, hat er für seine Verhältnisse überraschend gute Laune. Erst vorhin ist er pfeifend über den Hof marschiert – pfeifend – ist das zu fassen?

Wenn ich nicht genau wüsste, wie fucking happy er sich fühlt, würde ich mich wahrscheinlich über ihn lustig machen. So aber?

Was ein Bullshit!

Ich halte mein Maul und beobachte Lena, wie sie sich zu ihrer Zwillingsschwester beugt und ihr etwas zuflüstert.

Es ist verrückt, die Kulisse, die sich mir bietet, wirkt friedlich, doch der Schein trügt. Die Scharfschützen auf dem Dach, die doppelt besetzten Wachposten am Tor und die zusätzlich montierten Sicherheitskameras sind der beste Beweis dafür, dass sich der Club dank der zwei Mädchen im Krieg befindet.

Wobei ich das so auch nicht sagen kann.

Die Riders und die Russen bekriegen sich seit einer Ewigkeit und nicht erst seit Ice Kyrills diebische Geliebte fickt. Wenn man die beiden Mädchen so beobachtet, fällt es schwer, zu glauben, dass sie genug Mut hatten, einen der mächtigsten Mafiabosse dieses Landes auszurauben.

Vom Optischen her unterscheiden sich die Schwestern nur minimal, aber in allen anderen Bereichen könnten die Zwillinge nicht unterschiedlicher sein.

Während Lina Kyrill nicht nur im übertragenen Sinne aufs Kreuz gelegt hat, war Lena bis zu dem Moment, in dem ich sie mir gepackt habe, eine verdammte Jungfrau.

Irre!

Der Moment, in dem ich mich grob und bis zum Anschlag in sie gerammt habe, hat im Nachhinein mein komplettes Leben auf den Kopf gestellt.

Nicht dass ich das Ice gegenüber jemals zugeben würde, aber die vergangenen vier Tage haben mir den Boden unter den Füßen weggezogen.

Wann immer ich die Augen schließe, erinnere ich mich an das unglaubliche Gefühl ihrer engen, zuckenden und blutigen Pussy.

Der gepeinigte Ausdruck in ihren Augen verfolgt mich und der von Lust und Schmerz durchtränkte Schrei klingt mir noch immer in den Ohren. So unfassbar das auch erscheinen mag, aber mein Schwanz ist süchtig nach Lenas Pussy. Die Tatsache, dass vor mir noch kein anderer Mann in ihrem kleinen, perfekten Körper gesteckt hat, macht diese Frau unwiderruflich zu meinem Eigentum.

Eigentlich wollte ich das kleine Luder nur dafür bestrafen, dass es sich nicht sofort einfangen lassen hat, doch dann – *verdammt* – dann hat Lena mich mit ihrer Jungfräulichkeit in die Knie gezwungen.

Dieses Mädchen ist wie eine schlimme, tödliche synthetische Droge, die einen Mann schon nach dem ersten Schuss süchtig macht.

Fuck off!

Ich wusste von dem Risiko und bin es trotzdem eingegangen. Erst Kyrill, dann Ice ... Ich wusste von der Pussymagie und konnte es kaum erwarten, sie am eigenen Leib zu spüren.

Schön blöd!

Fuck! Ich habe sogar ein Bett für dieses Mädchen gekauft!

Ist das zu fassen?

Jetzt sitze ich genau wie mein Präsident in der Falle – süchtig nach einem Mädchen mit katzenhaften Augen, Haut so weiß wie Porzellan und Lippen rot wie Blut.

Keine Ahnung was vor vier Tagen mit mir los war, aber ich habe es versaut!

Nicht nur dass ich Lena auf einer gammeligen alten Couch in Ice' Büro entjungfert habe, oh nein, ich habe auch noch das verflixte Kondom vergessen.

Wenn es dumm läuft, wenn das Schicksal uns ficken will, dann haben wir beide ins Schwarze getroffen – dann werden Ice und ich in neun Monaten Väter.

Ein skurriler Gedanke, der mir extrem surreal vorkommt.

Einfach. Fucking. Unglaublich!

Eine Jungfrau zu ficken stand nie auf meinem Plan, Scheiße, von unberührten Muschis habe ich mich, seit ich denken kann, ferngehalten. Ich habe sie gemieden wie der Teufel das Weihwasser. Aber jetzt, wo ich gefühlt habe, wie verteufelt eng Lenas Körper ist, frage ich mich, wie ich mich jemals wieder mit einer anderen Pussy zufriedengeben soll?

Diese beiden Schwestern haben irgendetwas an sich, das Männer wie mich und Ice, ja sogar wie Kyrill, unvorsichtig werden lässt.

Keine Ahnung, ob diese zwei Frauen ein Fluch oder ein Segen sind, aber ich bin mir sicher, dass es die Zukunft zeigen wird ...

Unruhig nehme ich den Fuß wieder runter und strecke die Beine aus.

„Verdammt! Ich wollte sie einfach nur für den Ärger, den sie mir bereitet hat, bestrafen!"

Ice versucht gar nicht erst seine Erheiterung zu verbergen, sondern lacht mich lautstark aus.

„Mir kommt es eher so vor, als würde sich unser Lebensstil an uns rächen wollen."

Ein unschöner Gedanke.

„Mit Jungfrauenblut und Babys? Wohl eher nicht."

Er lacht noch immer und schüttelt ungläubig den Kopf.

„Ich kann immer noch nicht glauben, dass du denselben Fehler gemacht hast wie ich. Scheiße, Bentley."

Da geht es ihm wie mir.

Die letzten vier Tage habe ich darum gekämpft, einen klaren Kopf zu bewahren, cool zu bleiben und Lena aus dem Weg zu gehen – gelungen ist mir das nur teilweise.

Dank dem Ärger mit den Russen gibt es viel zu tun. Kyrill ist unberechenbar, es wäre ein großer Fehler, ihn zu unterschätzen.

Für ihn ist die Sache mit Lina etwas Persönliches.

Er hat diese Frau geliebt, sie hat ihm das Herz aus der Brust gerissen und ihn bestohlen.

Das Clubhaus ist sicher, hier kann er uns nicht treffen, aber unsere Casinos, Bordelle und Pfandleihen bieten ihm ein leichtes Ziel.

Ich warte regelrecht darauf, dass mein Handy zu vibrieren beginnt und uns die Scheiße nur so um die Ohren fliegt.

Der König der Russen gleicht einem verletzten Tier, wenn ich an seiner Stelle wäre – *Shit*! Keine Ahnung, ob ich noch fähig wäre, einen logischen Gedanken zu fassen?!

Wahrscheinlich würde ich einfach Amok laufen.

Lena gehört erst seit vier Nächten mir, doch selbst nach der kurzen Zeit habe ich keine Ahnung, wie es mir gelingen soll, sie in wenigen Wochen auf freien Fuß zu setzen.

Es gefällt mir, dass dieses Mädchen mein Eigentum ist. Ich kann nicht abstreiten, dass es schön ist, nach einem langen Tag nachhause zu kommen und nicht alleine zu sein.

Außerdem ist dieser Frau ein Wunder gelungen.

Egal, wie viel Alkohol ich auch in mich reingeschüttet und egal wie viele Schlaftabletten ich auch geschluckt habe – nichts hat gegen meine Schlafprobleme geholfen. Doch seitdem ich Lenas kleinen, weichen Körper an mich gedrückt halte – seitdem sich Nacht für Nacht die Rundung ihres Pos in meinen Schritt drückt und ich ihren süßen Duft einatme, schlafe ich. Zum Teil sechs bis sieben Stunden am Stück, das konnte ich mein ganzes Leben noch nicht.

Bis jetzt habe ich mich geweigert, darüber nachzudenken, was das bedeutet und wie es weitergehen soll, wenn sie erst mal ihre Periode bekommen hat und ich sie gehen lassen muss.

Obwohl ich mich nie als Vater gesehen habe, fasziniert mich die Vorstellung, ein Kind gezeugt zu haben. Ich bin ein Mörder, ein Killer. Ich bringe Verwüstung, Schmerz und den Tod, nicht das Leben.

Bisher zumindest.

„Hast du dir Gedanken darüber gemacht, wie es weitergeht, wenn die Mädels nicht schwanger sind?“

Fuck, wie das schon klingt ...

Mit den Schultern zuckend, wendet Ice den Blick von Lina ab und sieht mich an.

„Nope. Bis auf dieses eine Mal habe ich meinen Schwanz immer eingetütet. Du kennst mich, ich hasse unkalkulierbare Risiken und Lina ist das personifizierte Risiko. Wenn sie kein Baby in sich hat, halte ich mich an den Deal und schaffe sie außer Landes.“

Mag sein, dass Ice das im Augenblick wirklich glaubt, seine Mimik erzählt jedoch eine ganz andere Geschichte.

Ich denke über das nach, was ich will, zünde mir eine neue Zigarette an und inhaliere das Nikotin.

„Wie sieht es bei dir aus, Vize? Was machst du mit Lena?“

Mit ihr schlafen – jede Nacht. Dieses Mädchen in den Armen zu halten, ist beinahe so geil wie es zu ficken, und das macht mir eine Scheißangst!

Ich stehe auf und lasse meine Schultern rollen.

„Um ehrlich zu sein, ich weiß es nicht."

Mein Präsident wirkt überrascht.

„Du denkst daran, dir eine Lady anzuschaffen?"

Aye, der Gedanke ist mir tatsächlich schon durchs Hirn geschossen. Genau genommen hat er sich wie ein tödliches Projektil in meinem Schädel festgesetzt.

Ich tue gelangweilt, lasse mir nicht anmerken, wie gut mir die Vorstellung von Lena in meinem Leder gefällt.

„Warum nicht? Sie ist süß, ihre Pussy ist magisch und sie kommt damit klar, dass ich nicht viel Zeit für sie habe!"

Die Mundwinkel nach unten ziehend, reibt er sich über den Kiefer und nickt.

Der mittlerweile vertraute Klang von Lenas Stimme bringt mich dazu, nach ihr zu sehen. Als ich Troy, einen unserer Prospects, neben ihr stehen sehe, beginnen meine Fäuste zu kribbeln, sie wollen unbedingt in Troys Gesicht.

Es gefällt mir nicht, dass mein Mädchen ihn anlächelt, es gefällt mir nicht, dass er so nah bei ihr steht und was mir überhaupt nicht gefällt ist, dass sie die Hand nach ihm ausstreckt und über die Vorderseite seiner Kutte streicht.

Bloody Hell!

„Offensichtlich hast du Konkurrenz bekommen, Bro."

Ice wirkt belustigt. Noch bevor ich es überhaupt bewusst vorhabe, setze ich mich in Bewegung, überquere den Hof und lasse Lena dabei nicht aus den Augen.

Fuck! Wenn sie doch nur nicht so unglaublich schön wäre!

Wieder lacht sie, der glockenhelle Klang bringt mein Herz aus dem Rhythmus.

Ich bin so was von gefickt!

In den letzten Jahren hatte ich unzählige Nutten unter, auf und über mir und keine von ihnen hat mich auch nur im mindesten interessiert. Und das war gut. Ehrlich!

Einfach, schnell und unkompliziert gefällt mir. Zumindest hat es das getan, bis Ice von mir verlangt hat, diese Frau einzufangen!

Die Narben in meinem Gesicht beginnen warnend zu brennen, sie erinnern mich daran, was es einem Mann bringt, Gefühle zuzulassen.

Das letzte Mal, als ich einer Frau erlaubt habe, mir etwas zu bedeuten, hat mir das nichts als Schmerz gebracht.

Der Benzinkanister, der Bentley und die Flammen haben mich auf ewig entstellt.

Ich kämpfe um Beherrschung, versuche ruhig zu bleiben, und scheitere kläglich. Zuckend sehnt sich meine Faust nach dem Gesicht des Anwärters.

Ice' schadenfrohes Lachen begleitet mich, macht es mir nicht gerade leichter, mich zu beherrschen.

Packen – ficken – beißen – besitzen – markieren und behalten! Packen – ficken – beißen – besitzen – markieren und behalten!

Packen – ficken – beißen – besitzen – markieren und behalten! Packen – ficken – beißen – besitzen – markieren und behalten ...

Ich kann an nichts anderes mehr denken.

Wenn es um Lena geht, funktioniert mein Hirn nicht richtig.

Der Drang, sie dafür bestrafen zu wollen, wird übermächtig, ergreift von mir Besitz.

Ich verliere die Kontrolle und zum Teufel, ich kann nichts dagegen tun!

20. Kapitel

Lena

Die Sonne scheint, Lina sitzt neben mir und ich spüre den eindringlichen Blick von Bentley in meinem Rücken.

Mein Rocker ist nicht oft da, aber wenn er es ist, dann ist er irgendwie immer in meiner Nähe. Nicht direkt bei mir, aber dennoch greifbar. Es ist schwer zu beschreiben, aber es gefällt mir.

Das Leben fühlt sich überraschend leicht an, so als würde ich mich in einer Seifenblase befinden und losgelöst von allem durch die Luft schweben. An sich eine schöne Sache. Wenn da nicht das Wissen wäre, dass diese bunte Blase, die mich von der Realität abschirmt, jede Sekunde zerplatzen könnte.

Das Gelände der Hell Riders ist so gut von der Außenwelt abgeschirmt, dass ich fast vergessen habe, dass vor den meterhohen Mauern, die mit Tonnen von Stacheldraht dekoriert sind, ein blutrünstiger und wütender Russe darauf wartet, meine Schwester und mich leiden zu lassen.

Sobald Kyrill uns in die Finger bekommt, sind wir so gut wie tot. Aber daran will ich gar nicht erst denken ...

Dank Ice und Bentley befinden Lina und ich uns in einer sicheren Zone, und das ist im Moment alles, was zählt.

Diese Leichtigkeit passt eigentlich gar nicht zu mir, die hatte bis jetzt immer meine Schwester für sich reserviert. Ich war bisher immer diejenige, die sich ununterbrochen um irgendetwas Sorgen gemacht und den Kopf zerbrochen hat.

Vielleicht hat diese Veränderung ja etwas mit dem Hell Rider zu tun, in dessen starken Armen ich die letzten Nächte verbracht habe?

Bentley ist ein faszinierender Mann, der viel komplexer ist, als man auf den ersten Blick vermuten würde. Nach außen hin zeigt sich der Vizepräsident der Riders unnahbar, brutal und tödlich, aber da gibt es noch eine Seite an ihm, eine, die sanftmütig, beschützend und zärtlich ist.

Und genau diesen versteckten Charaktereigenschaften habe ich es zu verdanken, dass ich mich wider besseren Wissens schon ein ganz winziges kleines bisschen in diesen Biker verliebt habe.

Lina hat meine Gefühle als Nebenwirkungen meines ersten Mals abgetan. Sie meint, dass es ganz normal sei, dass einer Frau der Typ, mit dem sie das erste Mal Sex hatte, etwas bedeutet. Wenn nicht vorher, dann im Nachhinein.

Eine wirklich komische Logik.

Bis zu einem gewissen Grad mag sie recht haben, dennoch spüre ich, dass es zwischen Bentley und mir anders ist.

Für meine Schwester ist es nichts Besonderes, mit einem Mann zu poppen. Für mich hingegen war es das schon, bevor ich mich dazu entschlossen habe, mich auf diesen Rocker einzulassen.

Und jetzt, wo ich es getan habe, sehe ich Bentley in einem völlig anderen Licht. Klug wie ich bin, versuche ich natürlich, mich gegen diese Gefühle zu wehren, doch das ist alles andere als leicht, vor allem während ich nackt, befriedigt und schutzlos in seinen starken, mit Tattoos übersäten Armen liege, seinem Herzschlag lausche, und sein unverkennbarer Geschmack noch immer meine Lippen benetzt.

Sex ist etwas Intimes, Berauschendes und unheimlich Schönes.

Jetzt, wo Bentley weiß, dass er mein Erster ist, fasst er mich vorsichtiger an. Immer noch bestimmend, klar, ich glaube, er kann gar nicht anders, aber viel vorsichtiger und zärtlicher. Seine Küsse sind verschlingend, und die Art, wie er in mich eindringt, süchtig machend.

Das Gefühl, wenn sich unsere Körper verbinden, ist einfach unbeschreiblich.

Seufz ...

Tagsüber bekomme ich meinen Biker nur selten zu Gesicht, aber die Nächte gehören uns. Lina erzählt mir immer wieder, dass sie und Ice wild und hemmungslos ficken, das, was Bentley und ich haben, ist anders ...

Wir streicheln uns, berühren uns und reden nach dem Sex miteinander. Wir erzählen uns unsere Träume, Wünsche und Sehnsüchte. Darum weiß ich auch, dass er seit längerem plant, der *Route 66* von Chicago aus bis nach Los Angeles zu folgen und sich dafür monatelang Zeit zu nehmen. An dem sehnsüchtigen Klang, den seine Stimme angenommen hat, konnte ich erkennen, dass er es liebt, unterwegs zu sein. Nur er, sein Bike und die Straße ...

Bentley ist ein echter Herzblut-Biker, es würde mich nicht wundern, wenn er statt Blut Sprit in den Adern hätte.

„Denkst du, dass der Vize deine Gefühle erwidert?"

Linas Frage reißt mich aus meinen Überlegungen.

„Woher soll ich das denn wissen? Er ist nett zu mir, ob da mehr ist, keine Ahnung."

Sie kichert.

„Ach komm schon, Schwesterchen, so was spürt man als Frau doch."

Ja, sie vielleicht.

„Ich habe nicht halb so viel Erfahrung wie du."

„Scheiß auf die Erfahrung. Da gibt es einen ganz einfachen Test."

Noch bevor ich kapiere, was sie vorhat, winkt sie einem der Wachen am Tor zu. Sofort setzte sich Troy, einer der Anwärter, in Bewegung und kommt zu uns.

Oh Gott!

Mein gezischtes „Was hast du getan?", ignoriert sie einfach. Bentleys Blick brennt sich regelrecht zwischen meinen Schulterblättern fest. Auch ohne mich zu ihm umzudrehen, weiß ich genau, dass er mich beobachtet.

„Wenn du dem Vize etwas bedeutest, ist er in Nullkommanichts hier, packt und verschleppt dich in seine Wohnung, um dir in eindrucksvoller Manier zu verdeutlichen, zu wem du während deines Aufenthalts bei den Hell Riders gehörst."

Das klingt so lächerlich.

„Du meinst – ganz nach dem Motto: angeleckt, meins?"

Sie nickt ernst.

„Jep, genau so. Warte ab, bis du dich mit mehreren Typen getroffen hast, dann kapierst du, was ich meine. Zwischen Männern und Frauen funktioniert alles nach der Angeleckt-Methode. Und diese bösen Outlaws haben sie geradezu perfektioniert."

Irgendwie verstehe ich kein Wort.

„Ich bin aber kein Lolly und auch kein Spielzeug, auf das man einfach so Anspruch erheben kann."

Sie grinst, Troy kommt bei uns an, was mich dazu bringt, mir auf die Zunge zu beißen und unsere Unterhaltung zu stoppen. Es muss ja nicht sein, dass er hört, über welche seltsamen Themen wir gerade sprechen.

„Hey Troy", Lina schenkt ihm ihren berüchtigten Augenaufschlag, bei dem sogar Marilyn Monroe vor Neid erblassen würde.

„Lena und ich haben uns gerade gefragt, wie es denn so ist, als Anwärter – was bedeutet das alles? Ich meine, deine Kutte ist ja noch ganz neu und irgendwie verstehen wir nicht so ganz, wie das funktioniert ..."

Sie klimpert mit den Wimpern, zieht die Nummer von der naiven Schönheit ab und die Falle schnappt zu.

Das funktioniert echt jedes verdammte Mal ...

Lina hatte schon immer das Talent, Männer im Handumdrehen für sich zu gewinnen.

Troy, der ihre Aufmerksamkeit genießt, wächst geradezu über sich hinaus.

Er gleicht einem Pfau, der seine Federn zur Schau stellt. Der Arme kapiert gar nicht, dass er im Netz einer Schwarzen Witwe gelandet ist

– was ziemlich dumm ist. Immerhin weiß der gesamte Club, dass Lina im Bett des Präsidenten liegt. Es muss dem Anwärter doch klar sein, dass er keine Chance bei ihr hat. Meine Schwester ist nicht oberflächlich, okay, vielleicht ist sie es doch, aber sie steht nun mal auf mächtige, erfolgreiche und gefährliche Männer.

Sie würde Ice niemals für Troy verlassen.

Das wäre wie einen Löwen gegen einen Stubenkater einzutauschen.

Es wundert mich auch nicht im Geringsten, dass sie sich schwuppdiwupp den Anführer der Riders geangelt hat. Lina hat sich noch nie mit Kleinkram zufriedengegeben.

Ihr Lebensmotto lautet: alles oder nichts!

Aber in diesem Fall sollte ich wohl ganz schnell meine Klappe halten, immerhin habe ich mir den Vizepräsidenten geangelt, was auch nicht schlecht ist, wenn man bedenkt, dass das mein erster Ausflug in ein männliches Bett ist.

Ich höre nur mit einem Ohr zu, wie sich die beiden über das noch neue Leder von Troys Kutte überhalten und kämpfe dabei gegen den Drang an, mich zu Bentley umzudrehen.

„Komm schon, Schwester, fass mal an, es ist noch ganz weich."

Lina stupst mit ihrer Schulter gegen die meine, also tue ich, was sie will und streiche mit den Fingerspitzen über die leere Kutte des Anwärters.

Instinktiv frage ich mich, wie weit Troy wohl gehen wird und was für Gewalttaten er verüben muss, damit sein Leder bald genauso mit Abzeichen übersät ist, wie das von seinem Vize. Ich zwinge mich zu einem freundlichen Lächeln, immerhin kann Troy nichts dafür, dass mich Linas Spielchen nerven.

„Wenn ich das erste Jahr erst mal hinter mich gebracht habe, bekomme ich das große *Back Patch*."

Er klingt so aufgeregt wie ein Kind an Weihnachten, was irgendwie süß ist.

„Wie alt bist du, Troy?"

„Zweiundzwanzig."

Also zwei Jahre älter als wir und um einiges jünger als Bentley.

Was einen jungen Kerl wie ihn wohl dazu gebracht hat, sich für ein Leben in einem Rockerclub zu entscheiden?

Er hätte genauso gut Bäcker, Lehrer, Polizist oder sogar Astronaut werden können.

Noch bevor ich dazu komme, ihm diese Frage einfach zu stellen, werde ich plötzlich durch die Luft gewirbelt. Ich kreische überrascht auf, versuche herauszufinden, was passiert und wo oben und unten ist.

Auf einmal befinde ich mich in Bentleys starken Armen, werde an seine Brust gedrückt und inhaliere die süchtig machende Mischung seines Körpergeruchs. Seife, Mann und Waffenöl.

Eine wirklich unglaublich leckere Kombination ...

„Hey, was soll das?"

Das Braun seiner Iriden wirkt wie flüssiges Pech – schwarz und unheilvoll.

„Ich nehme mir, was mir gehört!"

Irritiert runzle ich die Stirn und riskiere einen Blick zu meiner Schwester. Die zwinkert mir fröhlich zu. Bentleys Höhlenmenschengehabe ist wohl der beste Beweis dafür, dass sie mit ihrer Angeleckt-Theorie recht hat.

Aber was bedeutet das für mich?

Bedeute ich dem Rocker etwas?

Oder geht es hier nur darum, dass er sein neues kleines Sexspielzeug – mich – nicht mit einem anderen teilen will?

Herrgott!

Ich hätte nie gedacht, dass diese Sache zwischen Männern und Frauen so kompliziert ist.

So langsam komme ich zu der Überzeugung, dass das Leben viel einfacher wäre, wenn sich Gefühle kontrollieren ließen. Wenn das möglich wäre, würde ich meinem Herzen einfach befehlen, nichts mehr für den Biker, dessen Geruch meine Sinne vernebelt, zu empfinden. Das Dumme ist nur, dass sein besitzergreifendes Machogehabe der Romantikerin in mir mehr als gut gefällt.

„Was soll das werden, Bentley? Setz mich sofort wieder ab!"

Anstatt mich einer Antwort zu würdigen, trägt er mich über den Hof Richtung Clubhaus.

Ich tue so, als würde ich mich wehren, um zumindest den Anstand zu wahren. In Wirklichkeit aber kann ich es kaum erwarten, unter diesem Hell Rider zu liegen und von ihm geküsst zu werden.

„Warum hast du Troy angeflirtet?"

Wut und Eifersucht schwingen in seiner Stimme mit.

„Habe ich nicht, wir haben uns nur unterhalten."

Ein Knurren ausstoßend, kneift er die Augen zusammen und sieht mich aufgebracht an.

„Red keinen Bullshit, Baby. Du hast ihn angefasst und angelächelt."

Oh Hilfe! Wie schrecklich!

„Na und? Seit wann ist es verboten, nett zu sein?"

Er bleibt so abrupt stehen, dass man meinen könnte, er wäre gerade gegen eine unsichtbare Wand gelaufen.

„*Nett* ist ohne Anfassen! Kapiert!"

Interessant!

„Und ich dachte schon, du willst, dass ich jetzt gleich ganz besonders *nett* zu dir bin. Aber na ja, wenn ich dich nicht anfassen darf ... ich habe ja nicht so viel Erfahrung wie du, aber Sex ohne Berühren, das könnte schwierig werden! Dann lass uns doch einfach eine Runde Scrabble spielen."

Bentley scheint meinen Scherz alles andere als witzig zu finden, seine Mimik kann nur als mörderisch bezeichnet werden.

Aber warum?

Nur weil ich mich mit Troy unterhalten habe?

„Fuck, Mädchen! Du treibst mich in den Wahnsinn!"

Anstatt seinen Weg fortzusetzen, pinnt sich sein Mund grob auf den meinen. Wild und ungebändigt wühlt sich seine Zunge durch meine Mundhöhle. Seufzend kralle ich mich an ihm fest, erwidere den Kuss und knabbere an seiner Unterlippe, was ihm ein Stöhnen entlockt. Sanft lasse ich meine Fingerspitzen über die Narben gleiten, spüre die glatte Haut und erschaudere.

Am Anfang fand ich das tote Gewebe abstoßend, aber mittlerweile habe ich akzeptiert, dass es zu Bentley gehört. Lina hat mir erzählt, wie der Vize zu diesen Verletzungen gekommen ist und daher weiß ich, dass er diese Narben nicht nur auf dem Gesicht, sondern auch auf der Seele trägt. Der Rocker, der mich gerade auf seinen Händen trägt, wurde ausgenutzt und hintergangen – das hat er nicht verdient.

Auch wenn ich fast nichts über den Mann, dessen Zunge sich um die meine windet, weiß, spüre ich instinktiv, dass er tief in seinem Inneren ein guter Mensch ist.

Als er spürt, dass ich mich nicht gegen ihn wehre, sondern mich verlangend an ihn drücke, verändert sich der Kuss, verliert etwas von seiner Wildheit und wird sanfter.

Träge kreist seine Zunge durch meine Lippen, stiehlt mir den Atem und bringt mein Herz aus dem Takt. *Teuflische Küsse ...*

Ich verliere mein Zeitgefühl, kann sein, dass wir nur Minuten hier gestanden sind, es könnten aber auch Stunden vergangen sein. Das ist nicht wichtig, alles, was für mich zählt, ist der Mann, der mich ansieht, als würde er mich gleich hier an Ort und Stelle vögeln.

„Zukünftig wirst du nur noch zu mir *nett* sein! Verstanden? Wenn ich dich noch mal mit einem anderen Rider erwische, werde ich ihm *netterweise* die Knochen brechen!"

Meint er das ernst?

Die leise, warnende Stimme meines Unterbewusstseins flüstert mir ein leises ‚Ja' zu. *Wow* ... das ist heftig!

An der Art, wie sich seine Augen in die meinen brennen, erkenne ich, dass er auf eine Reaktion meinerseits wartet, also flüstere ich leise „okay, verstanden", was ihn zu beruhigen scheint.

„Sehr schön! Und jetzt lass uns Scrabble spielen!"

Wie bitte, was?

Sämtliche Finsternis ist aus seinem Blick gewichen, plötzlich wirkt er unbeschwert und zufrieden. Von den Stimmungsschwankungen dieses Outlaws bekomme ich noch mal ein Schleudertrauma.

Mit großen Schritten trägt er mich direkt in seine Wohnung, knallt die Türe hinter uns zu und wirft mich im hohen Bogen in sein Bett. Noch bevor ich mich aufsetzen kann, spüre ich auch schon seine Finger an meiner Hose. Mit einem Ruck reißt er sie nach unten, ich ziehe meine Beine raus und höre, wie er meinen Slip zerfetzt. Schnell und erschreckend effizient packt er sich meine Hände, zerrt sie mir über den Kopf und bindet sie mit Hilfe meines kaputten Höschens am Bettgestell fest.

Sofort schnellt mein Puls in die Höhe und ich beginne zu schwitzen.

„Du fesselst mich?"

Bentley ignoriert meine überflüssige Frage. Prüfend zerre ich an der Fixierung – keine Chance. Wer hätte gedacht, dass der pinke, mit Spitzen besetzte Stoff so stabil ist?

Er bemerkt meinen Befreiungsversuch und leckt sich träge die Lippen.

„Ergib dich mir einfach, Süße. Für dich gibt es kein Entkommen mehr."

An der Art, wie er das ausspricht, erkenne ich, dass er damit nicht nur den jetzigen Moment meint. *Hilfe* ...

Während in meinem Kopf tausend Warnlämpchen zu blinken beginnen, legt mein Herz einen Salto aufs Parkett. Mit einem Ruck spreizt er meine Knie, packt mich an den Beinen und betrachtet meine entblößte Mitte. Bentley ist ein sehr visueller Liebhaber. Er will immer alles sehen. Er liebt es, mich dabei zu beobachten, wenn ich komme oder dabei zuzuschauen wie sein dicker Schwanz beim Sex in mich hineingleitet.

„Bloody Hell! So rosa, so weich, so wunderschön ..."

Fast schon ehrfürchtig lässt er seine Fingerspitzen über meine Schamlippen gleiten, teilt sie und reibt kreisend über meinen Kitzler.

Ein Keuchen entweicht mir, ich beiße mir auf die Lippen, kämpfe gegen die ungeheure Lust an, die sich in mir aufbaut.

Dieser Biker hat innerhalb weniger Tage dafür gesorgt, dass ich von einer Jungfrau zur Nymphomanin geworden bin.

Wenn ich gewusst hätte, dass Sex so etwas unglaublich Tolles ist, hätte ich nicht so lange damit gewartet. Wobei ich nicht glaube, dass es mit jedem Mann so wäre wie mit Bentley.

„Du bist so nass, deine gierige kleine Pussy kann es kaum erwarten, gefickt zu werden!"

Vielleicht sollte es mir peinlich sein, dass ich so heftig auf ihn reagiere, aber das ist es nicht. Er taucht zwischen meinen Beinen ab. Ich weiß, dass manche Männer Frauen mit ihrem Mund verwöhnen, aber wir haben das bis jetzt noch nicht gemacht.

Entsetzt versuche ich, nach hinten zu rutschen, was dafür sorgt, dass er seine Hände unter meinen Po schiebt, mich wieder vorzieht und bestimmend festhält.

„Stopp! Warte. Was machst du?"

Er pustet seinen heißen Atem auf meine Scham, hebt grinsend den Kopf und sieht mich an.

„Na was wohl? Du wolltest doch Scrabble spielen."

Ich verstehe kein Wort, erst als er damit beginnt, mit seiner rauen Zunge das Alphabet auf meinen Kitzler zu schreiben, kapiere ich, was er vorhat.

Ach du heilige ...

Seinen Mund auf meiner Muschi zu spüren ist unglaublich, geradezu unbeschreiblich.

Das Wissen, dass ihm nichts von meiner Mitte verborgen bleibt, dass er alles sieht, mich schmeckt und riecht, macht mich nervös. Gleichzeitig spüre ich, wie mein Unterleib dank seiner geschickten Zungenspitze geradezu ausläuft.

Brummend leckt er über meine Scheide, beißt sich an dem empfindlichen Fleisch fest und formt mit seiner Zunge ein großes D oder ist es ein G?

Verdammt, ich habe keine Ahnung!

Alles, was ich weiß, ist, dass ich noch nie so schnell kurz davor war zu kommen wie jetzt. Ich zittere, am liebsten würde ich seinen Kopf fester gegen meine Muschi pressen, doch da meine Hände gefesselt sind, drücke ich mich seinen saugenden Lippen einfach entgegen und erschaudere, als sein heißer Atem über meine Klitoris streicht. Ich stöhne, winde mich, beginne zu zucken und zu keuchen.

Heiser flehe ich nach mehr, klemme seinen Kopf zwischen meinen Beinen ein und reibe mich schamlos an seiner Zunge.

„Diese Art zu spielen gefällt mir ..."

Mein gewispertes Eingeständnis entlockt ihm ein Kichern, das in meiner Klit nachhallt und mich beinahe über die Grenze des Erträglichen schubst. Das Nervenbündel zwischen meinen Schamlippen ist geschwollen und hyperempfindlich.

Bentley lässt sich Zeit, es kommt mir fast so vor, als wäre es für ihn genauso befriedigend wie für mich. In dem Moment, in dem er mit einem seiner langen Finger in mich gleitet, ist es um mich geschehen. Hinter meinen geschlossenen Lidern zucken grelle Blitze, ein Ruck geht durch meinen Körper, während ich von einem so heftigen Orgasmus hinfortgerissen werde, dass ich zu atmen vergesse.

Meine Lunge brennt, meine Scheide pulsiert und zieht sich zurrend um den Eindringling zusammen, was Bentley ebenfalls ein Stöhnen entlockt.

„Fuck Süße, du bist so verflucht eng, so eng und klein und geschwollen, dass ich kaum glauben kann, dass deine tropfende Pussy in der Lage ist, mich in sich aufzunehmen.“

Da geht es ihm wie mir. Jedes Mal, wenn wir miteinander schlafen, wundere ich mich aufs Neue, dass sein großer Schwanz in mich hineinpasst.

Es dauert ein paar Sekunden, bis ich wieder in der Lage bin zu reden. Jeder Zentimeter meines Körpers glüht, prickelt und fühlt sich gut an.

Noch immer steckt sein Finger in mir. Er krümmt ihn leicht, trifft auf den empfindlichen Punkt und löst so einen weiteren Höhepunkt aus. Dieser ist sanfter, verzehrender und gleicht einer Welle des Glücks, die über mich hinwegschwappt und mich zu den Sternen trägt.

Seufzend öffne ich die Augen und stelle fest, dass Bentley sich direkt über mir befindet. In den Tiefen seiner dunklen Augen versinkend, kämpfe ich gegen die vielen Emotionen an, die wie ein Schwarm Fische durch meinen Kreislauf huschen. Ich zwinge mich zu einem zittrigen Lächeln, lecke mir über die Lippen und schlucke schwer.

„Wie wäre es, wenn wir das gleich noch mal testen?“

„Was? Das Alphabet? Baby ich bin nur bis F gekommen, als deine Pussy regelrecht explodiert ist.“

Oh …

„Dann schuldest du mir ja noch zwanzig Buchstaben.“

Lachend schüttelt er den Kopf, reibt durch meinen pulsierenden Spalt und pinnt mir einen feuchten Kuss auf den Mund. Ich schmecke mein würziges Aroma und keuche zufrieden. Mich gegen seinen harten Körper pressend, versuche ich, mich an seinem Oberschenkel zu reiben, um so den Druck in meiner Mitte etwas zu mildern.

„Hast du noch immer nicht genug, süße Zuckerfee?“

Sofort schüttle ich den Kopf.

„Nein, nie. Ich will deinen Schwanz tief und hart in mir."

Sanft streicht er mit seinem Handrücken über meine Schläfe

„Tzz ... tzz ... tzzzzzz ... was für ein versautes Wesen habe ich da nur geschaffen?"

„Binde mich los und ich zeige es dir."

Der sanfte Ausdruck, der sich in seinen Augen spiegelt, lässt mich hoffen, aber auf was?

Auf eine gemeinsame Zukunft? Auf eine Liebesgeschichte?

Ein Happy End oder gar eine Hochzeit?

Wie um mir zu verdeutlichen, wie lächerlich meine Träume sind, steigt er von der Matratze und schiebt sich die Kutte von den Schultern.

Sofort entdecke ich die Waffe, die er einfach immer bei sich trägt, selbst nachts liegt sie griffbereit neben seinem Bett. Ich habe ihn einmal, nachdem wir uns geliebt hatten, halb im Scherz gefragt, ob er paranoid ist. Bentley hat nur gelacht, sich auf mich gerollt und mir mit dunkler Stimme mitgeteilt, dass er einfach nur vorsichtig ist und dass er in Anbetracht der Situation, in der wir uns befinden, nicht bereit ist, Risiken einzugehen. Was das bedeutet ist klar, er wird alles und jeden, der versucht, mich ihm wegzunehmen, töten. Eine harte, aber irgendwie auch romantische Tatsache.

Mein Unterbewusstsein verdreht genervt die Augen, es hält mich für bekloppt, weil ich es süß finde, dass Bentley mich jederzeit beschützen würde, selbst wenn das bedeutet, dass er einen Mord begehen muss.

Als Nächstes fällt mein Blick auf den Dolch an seinem Oberschenkel. Zuletzt, als ich dieses Messer gesehen habe, lag es blutverschmiert in der Küchenspüle und Bentley hat eine halbe Flasche Chlor darüber gekippt – ein weiterer Grund, aus dem ich mich auf gar keinen Fall noch mehr auf diesen Vizepräsidenten einlassen sollte.

Sollte- wohlgemerkt. In Wirklichkeit bin ich längst hoffnungslos verloren. Was total bescheuert ist, weil bisher immer ich diejenige war, die Lina für ihren gefährlichen Männergeschmack Vorwürfe gemacht hat.

Wenn ich länger hierbleibe, länger in diesem Rockerclub und länger bei diesem Mann, dann ist das mein Untergang. Was bedeutet, dass ich gehen muss! Am besten sofort und ganz weit weg. An sich sollte das nicht das Problem sein, schließlich haben wir dank dem Raub jede Menge Bargeld, wertvollen Schmuck und Diamanten.

Es könnte so einfach sein. Lina und ich müssten uns nur ein Taxi rufen, einsteigen, zum Flughafen fahren, zwei Tickets ans andere Ende der Welt kaufen und *zack* wären wir weg.

Könnte ... wenn da nicht ein wütender Mafiaboss wäre, ein Rockerpräsident, der Lina wegen einer eher unwahrscheinlichen Schwangerschaft in den Club sperrt und der Biker vor mir, der mich mit meinem Slip ans Bett gefesselt hat und der mich ansieht, als wäre ich ein gefallener Engel, der ihm den verborgenen Eingang zum Paradies zeigen wird.

Halleluja!

Bentley, der nichts von meinen Fluchtplänen ahnt, zieht sich mit ruckartigen Bewegungen aus, wirft seine Sachen achtlos auf den Boden und steigt wieder zu mir ins Bett. Groß, warm und schwer legt er sich auf mich, drückt mich mit seinem Gewicht tief in die Matratze und umfasst so sanft mein Gesicht, als würde ich aus zerbrechlichem Glas bestehen.

Kratzend reiben seine schwieligen Fingerspitzen über meinen Kiefer. Seine Daumenkuppe legt sich auf meiner Unterlippe, ich lasse die Zunge vorschnellen und sauge sie in meinen Mund.

Das Fauchen, welches er daraufhin ausstößt, lässt einen Schwarm Schmetterlinge in meinem Bauch zum Leben erwachen. Wie gerne würde ich jetzt meine Hände über seinen muskulösen Rücken gleiten lassen. Die harten Wölbungen seiner Muskeln spüren und ihn am Schwanz packen. Erneut zerre ich an der Fesselung – es bringt nichts.

„Packen – ficken – beißen – besitzen – markieren und behalten!“

Kaum dass mein von Hormonen überschwemmtes Gehirn versteht, was er da gerade gesagt hat, küsst er mich stürmisch.

Krachend schlagen unsere Zähne aufeinander, ich schmecke Blut, habe keine Ahnung, ob es von mir oder von ihm ist. Sinnlich und wild umschlingen sich unsere Zungen, liefern sich ein heftiges Duell, bei dem es keinen Verlierer geben kann.

Erkundend beginnen seine großen Hände über meine Flanken zu streichen, reiben über meine Brüste, er beginnt meine empfindlichen Nippel zu zwirbeln.

„Bitte Bentley ... bitte!“

Ich bettle um mehr, obwohl es viel intelligenter wäre, um Gnade zu winseln.

Dieser Rocker tut mir nicht gut ...

Und je besser, schöner und verführerischer sich das zwischen uns anfühlt – ja wie perfekter es wird, umso fester wird mein Entschluss, dass ich abhauen muss.

Lina schuldet mir etwas. Nur wegen ihr habe ich mich auf den Plan, ihren Ex auszurauben, eingelassen – nur wegen ihr befinde ich mich jetzt in dieser etwas delikaten Situation.

Sobald Bentley mich gevögelt hat und sich wieder seinen bösen Rockergeschäften widmet, werde ich ihr sagen, dass wir verschwinden müssen. Egal wie kompliziert oder gefährlich diese Flucht auch sein mag, wir müssen es zumindest versuchen. Die Hell Riders können uns nicht auf ewig vor Kyrill beschützen, früher oder später würden wir sowieso aus Atlanta verschwinden müssen, also können wir es auch gleich jetzt tun. Ich will nicht, dass mein Herz gebrochen wird.

Nur weil ich Sex für mich entdeckt habe, bedeutet das noch lange nicht, dass ich für so etwas Schreckliches wie Liebeskummer bereit bin.

„Worum bittest du mich, Baby?“

„Ich will dich in mir spüren.“ *Ein allerletztes Mal ...*

Die Vorstellung, Bentley zu verlassen, sollte nach vier lächerlichen Tagen nicht so weh tun. Dennoch tut sie es. Ein weiteres Zeichen dafür, dass ich nicht länger im Hell Riders Motorcycle Club bleiben kann.

„Du bist ungeduldig.“

Oh ja und wie ...

Erneut schieben sich seine Finger in meine pochende Mitte, mein lautes Stöhnen durchbricht die Stille. Die Hände zu Fäusten ballend, erwidere ich seinen Blick. In den karamellbraunen Tiefen seiner Augen erkenne ich deutlich, wie dringend dieser Rocker mich besitzen will.

Aber warum? Woher kommt diese wilde Besitzgier?

Die Tatsache, dass mein komplettes Leben auf dem Kopf steht, rückt, sobald er beginnt, immer härter in mich zu stoßen, in den Hintergrund. Mit einem Ruck richtet er sich auf und sieht aus zusammengekniffenen Augen auf mich herab. Wie eine Opfergabe liege ich vor ihm, bereit, gefickt zu werden.

Ich höre seinen leisen Fluch, lache, als er die Götter um Beistand anfleht.

So viel Kraft, so viele Muskeln ...

Ich will spüren, wie mich dieser beeindruckende Körper überwältigt, festnagelt und in Besitz nimmt. Forsch lässt er seine rauen Finger über meine Rippen gleiten, umkreist anschließend meinen Nabel und züngelt verspielt über die empfindliche Haut an meinem Schlüsselbein.

Hungrig saugt er sich an meiner Brustwarze fest, liebkost sie, ehe er sachte zubeißt. Die bittersüße Pein sorgt dafür, dass ich zerfließe.

Wer hätte gedacht, dass Sex so unglaublich sein kann?

Dank Bentley verstehe ich, warum die ganze Welt so besessen davon ist, warum es in fast jedem Lied, Film und Buch nur darum geht.

Er scheint es nicht eilig zu haben.

Verspielt erkundet er all meine erogenen Zonen. Zärtlich zeichnen seine Fingerspitzen unsichtbare Kreise auf meinen Arm, was mich erneut an der Fesselung reißen lässt.

Jeder seiner Muskeln ist vor Erregung angespannt.

Dennoch kontrolliert und beherrscht er sich.

Aber warum?

Er weiß ganz genau, dass ich es mag, wenn er mich härter anpackt.

Seine raue Zunge windet sich an meinem Hals nach oben, zuckt über mein Ohrläppchen.

Hinter meinen geschlossenen Lidern explodieren kleine Bomben.

Bentley nimmt immer Rücksicht auf mich, dennoch ist er dieses Mal ganz besonders zärtlich. So als würde er spüren, dass ich versuche, ihn in hohem Bogen aus meinem Herzen zu katapultieren.

Plötzlich packt er mich an der Taille, seine Finger graben sich tief in mein Fleisch, drücken mich gegen sein zuckendes Sixpack.

Roh, fast schon grob presst er seinen Mund auf den meinen.

Unser Kuss ist feucht, hungrig und süchtig machend.

Mein Seufzen vermischt sich mit dem gutturalen Laut, den er von sich gibt. Ich reibe mich an ihm, versuche so, ihn dazu zu bringen, mir endlich seinen Schwanz zu geben.

Um mich zu ärgern, zwickt er mir in den rechten Nippel, schickt einen dekadenten Schmerz durch meine Venen.

Der herbe Geruch dieses Hell Riders bringt mich um den Verstand.

Schwer atmend und verdammt hart liegt er auf mir, quält uns beide.

Das heftige Zucken seiner Wangenmuskulatur und sein angespannter Kiefer verraten mir, dass er kurz davor ist, die Kontrolle zu verlieren.

Süchtig nach seinem Geschmack sauge ich mich an seiner Schulter fest, knabbere an seiner Haut und lasse meine Zunge über die kratzigen Bartstoppeln an seiner Wange gleiten. Süß und zugleich salzig ...

„Oh fuck, Baby! Dich unter mir zu haben, wehrlos und gefesselt, stellt verrückte Dinge mit mir an.“

Meine Nervenenden vibrieren, glühen regelrecht vor ungestillter Begierde und mein Herz donnert nur so gegen meine Rippen.

„Am liebsten würde ich dich für immer in meinem Bett gefangen halten.“

Erkundend lässt er seine Hand über meinen Venushügel und durch meine geschwollene Mitte gleiten. Kreisend bearbeitet er meinen Kitzler, zupft an ihm und entlockt mir ein lustvolles Keuchen.

Meine Beine zittern und in meinem Kopf dreht sich alles.

Ich kämpfe, versuche den String zu zerreißen und die Hände frei zu bekommen, aber es gelingt mir nicht. Es ist zum Verzweifeln ...

Wenn ich ihn doch nur ebenfalls berühren könnte, hätte ich ihn längst so weit gebracht, sich endlich in mich zu stoßen.

Erneut saugt Bentley sich an meiner Brustwarze fest, beißt mich und verwöhnt das gepeinigte Fleisch mit sanften Zungenschlägen.

„Du“, seine Hand legt sich besitzergreifend auf meine Mitte, „gehörst ab jetzt und für immer nur mir!“

Mit jedem seiner eindringlichen Blicke, mit jedem verzehrenden Kuss und jeder sanften Berührung zeigt er mir, dass er seine Worte absolut ernst meint.

„Ich bin bereit zu töten, nur um dich behalten zu können.“

Hilfe! Oh Gott! Hilffeee ...

Was soll ich denn jetzt tun?

Wie in Trance sehe ich, wie Bentley sich zwischen meine gespreizten Schenkel kniet und zwei seiner Finger in meine geschwollene Scheide gleiten lässt.

Er beobachtet mich, sieht dabei zu, wie er wieder und wieder in mich eintaucht.

„Die reinste Pussymagie ... so fucking schön, eng und perfekt.“

Seine Worte lullen mich ein, vergiften meine Seele und mein Herz mit allem, was zwischen uns hätte sein können.

Erregt räkle ich mich unter ihm, nehme alles, was er mir gibt, und ertrinke in unserer Leidenschaft.

Das Hier und Jetzt gehört uns und morgen werde ich ihn verlassen.

Knurrend lässt er sich wieder auf mich fallen, seine Zunge umkreist meine Nippel. Beißend und saugend foltert er mich so lange, bis ich laut kreische.

Ich schließe die Augen, seine Hand umschließt meine Kehle, drückt leicht zu, lässt mich fühlen, wie wehrlos ich bin.

Hilflos reiße ich die Augen auf und suche seinen Blick.

„Spürst du das? Du bist klein und schwach und ich bin groß und stark – wir passen perfekt zusammen!“

In einer anderen Welt würden wir das gewiss tun, doch nicht in dieser. Er ist der Vizepräsident der Hell Riders, ein Killer und ein Verbrecher der schlimmsten Sorte.

Vielleicht ist es scheinheilig, schließlich liege ich in seinem Bett und kann es kaum erwarten, ihn endlich in mir zu spüren, aber ich bin einfach nicht bereit, mir eine Zukunft auf einem Fundament bestehend aus Blut und Knochen aufzubauen.

„Augen zu mir, Lena! Ich will, dass du genau siehst, zu wem du ab jetzt gehörst!"

Atemlos tue ich, was er verlangt und zwinge die Schmetterlinge in meinem Bauch zu sterben. Die Flattermänner verschwinden, es fühlt sich an, als wäre mein Herz zu einem Friedhof geworden – einsam, kalt und leer.

Mit einer Sache hat Bentley allerdings recht, mein Körper gehört längst ihm. Egal wie viele Männer nach ihm folgen werden, keinem wird es gelingen, mich diesen Rocker vergessen zu lassen.

Wieder stößt er seine Finger in mich, wieder zurrt sich mein Inneres zusammen. Ein weiterer Orgasmus streckt seine erlösenden Fänge nach mir aus. Es fehlt nicht mehr viel, und ich falle über die Klippe, an die Bentley mich geführt hat. Blind erwidere ich seinen eindringlichen Blick, meine Zehenspitzen rollen sich ein, dann werde ich von einem gigantischen Orgasmus hinfortgerissen.

Ahhh Ohhhh ... Jaaaa ...

Stürmische Wellen branden durch mein Nervensystem, das Blut in meinen Adern kocht. Die Kontraktionen sind so stark, dass ich mir sicher bin, gleich das Bewusstsein zu verlieren.

Die Erde hört auf, sich zu drehen, Sternschnuppen verglühen hinter meinen geschlossenen Lidern.

„Hilfe! Gnade ... was hast du vor? Willst du, dass ich in tausend Stücke zerspringe?"

Seine schwielige Daumenkuppe legt sich auf meinen über empfindlichen Kitzler, es ist zu viel, ich versuche, ihm auszuweichen, aber er hält mich bestimmend fest.

„Ich liebe es, wie du auf mich reagierst!"

Der Klang seiner vor Lust dunklen Stimme dringt wie durch einen dichten Nebel zu mir durch.

Mit letzter Kraft versuche ich, meine Hände zu befreien, ich will ihn berühren, doch es gelingt mir nicht.

„Bitte, ich will dich anfassen."

Er ignoriert mein Flehen einfach.

Bevor ich auch nur erahnen kann, was er vorhat, senkt er den Kopf, inhaliert meinen Duft und leckt mit seiner rauen Zungenspitze über meine geschwollenen Schamlippen.

„Ich bin dir immer noch ein paar Buchstaben schuldig."

Verspielt pustet er gegen meine Klit und knabbert an ihr.

Ich zucke, zittere und stöhne. *Das ist zu viel, viel zu viel ...*

Er quält mich so lange, bis ich erneut kurz davor bin abzuheben.

„Bitte, kein Scrabble mehr!"

Ich brenne, es fühlt sich so an, als würden Feuerperlen über meine Haut tanzen.

Bentleys dunkler Blick lässt meine Synapsen zerplatzen und die toten Schmetterlinge zum Leben erwachen. Zufrieden beobachte ich, wie er endlich ein Kondom zur Hand nimmt, es sich über den Schwanz zieht und sich dann auf mich legt.

Die dicke, runde Wulst seiner Eichel drückt sich in meinen Spalt, reibt durch meine Mitte und dringt dann wenige Zentimeter tief in mich ein.

Oh Gott!

Es sollte sich nicht so richtig anfühlen, diesen Rocker in mir zu spüren. Mit fest zusammengebissenen Zähnen stößt er sich in mich, dehnt meine Pussy und nimmt mich endlich vollständig in Besitz.

Schweißperlen rinnen ihm über die Stirn, die Hügel seines Sixpacks zucken ungeduldig.

„Du gehörst mir, Mädchen! Für immer mir."

Wieder stürzen mich seine Worte ins Chaos.

Warum um alles in der Welt muss er nur sein, was er nun mal ist?

Bentleys entschlossener Blick verstärkt meine verwirrenden Emotionen um ein Vielfaches. Ich verliere mich in diesem Moment und in dem berauschenden Gefühl, von ihm ausgefüllt zu sein.

Die unglaubliche Dehnung, das Ziehen in meinen Beinen und seine Augen, die sich auf mir festpinnen. Seine Stöße werden härter, er vergräbt sich so tief in mir, dass ich nicht mehr weiß, wo er aufhört und ich anfange.

„Zur Hölle, Baby …"

Er verändert den Winkel, mit dem er in mich eindringt, legt sich meine Beine auf die Schultern und trifft so bei jedem harten Vorstoß den empfindlichen Punkt tief in mir, der mir laute Schreie entlockt.

Zitternd presse ich den Kopf in das Kissen und drücke mich ihm stöhnend entgegen. Wir finden den perfekten Rhythmus – verschmelzen miteinander.

Seine Oberschenkel zucken und seine Bizepse spannen sich an.

Er stößt noch ein paar Mal zu, hämmert sich regelrecht in mich, ehe mich sein zuckender Schwanz zu den Sternen fliegen lässt. Die Mimik meines Rockers wird zu einer wilden Fratze, während er mich an der Taille packt und tief in die Matratze drückt.

Atemlos schnappe ich nach Luft und versuche, mich nicht vollends an diesen Hell Rider zu verlieren.

Träge lecke ich mir über die Lippen und atme die mit unseren Gerüchen geschwängerte Luft ein.

Wir schweigen, unsere Blicke begegnen sich und unsere Herzen beginnen im Gleichklang zu schlagen.

„Ab morgen wirst du mein Leder tragen, dann bist du offiziell die Old Lady des Vizepräsidenten."

Er nimmt meine Beine von seinen Schultern, legt sich neben mich, löst die Fesselung und gibt meine Hände endlich frei.

Sie kribbeln, das Blut beginnt wieder zu zirkulieren.

Das Bild, das seine Worte in meinem Kopf entstehen lassen haben, sollte mir nicht so gut gefallen.

Er und ich – das kann nicht gut gehen.

Zwar kennen wir uns kaum, aber trotzdem weiß ich genug von seiner Welt, um mir ganz sicher sein zu können, dass sie mir zu gefährlich ist.

Bentley beobachtet mich, so wie er es meistens tut.

Damit er nicht bemerkt, wie es tief in meiner Seele aussieht, lenke ich schnell vom Thema ab.

„Jetzt hatte ich in dutzend verschiedenen Stellungen *mit* einem Bentley Sex, aber noch nie *in* einem ..."

Sein Lachen verrät mit, dass es mir gelungen ist, ihn von dieser Ladysache abzulenken.

„Willst du das denn, in einem Auto ficken?"

„Na ja, ich bin jetzt zwanzig und hatte bisher nur in einem Bett und auf einer Couch Sex. Ich denke, ich habe einiges aufzuholen."

Bentleys Mundwinkel zucken.

„Du vergisst da etwas. Was ist mit der Nummer unter der Dusche?"

Oh... Ich kann regelrecht spüren, wie ich rot anlaufe.

Unglaublich, dass man an solch einem Ort so dreckigen Sex haben kann ...

„Es gefällt mir, dass ich dein erster Mann bin und dass du so unerfahren bist. Das macht dich erst so richtig zu der meinen."

Scheiße!

Und wieder sind wir bei dem Thema, das ich auf jeden Fall vermeiden muss.

„Warum willst du mich so unbedingt besitzen? Wir kennen uns erst seit wenigen Tagen, woher willst du wissen, dass wir zusammenpassen?"

Noch bevor mir klar ist, was ich tue, stelle ich ihm die Frage, die mir nicht mehr aus dem Hirn gehen will.

Er legt den Kopf schief, kneift die Augen zusammen und stützt sich auf einem Ellenbogen ab, sodass er auf mich hinunter sehen kann.

„Wie gut wir zusammenpassen, habe ich dir erst vor wenigen Sekunden demonstriert. Du bist wie für mich geschaffen. Während der

Tage, an denen ich dir nachgejagt bin, wurdest du für mich zur ultimativen Beute. Es wurde zu meinem Hauptziel, dich einzufangen und dich für den Ärger, den du mir bereitet hast, zu bestrafen. Aber als ich dich dann hatte, als ich mich in dich gestoßen habe und das Blut in deiner Pussy gespürt habe ... Fuck! Da wurde mir mit einem Mal klar, dass du die Richtige für mich bist. Keine Ahnung, woher ich es so plötzlich wusste, aber so war es. Seit diesem Moment will ich dich mehr als den nächsten Atemzug. Das Wissen, dass Kyrill dir etwas antun will, macht mich irre. Ich werde diesen Russen töten und dann bauen wir uns eine gemeinsame Zukunft auf."

Wie ich das sehe oder was ich davon halte, scheint für Bentley nicht wichtig zu sein.

Diese grobe, raue und brutale Rockerromantik übt definitiv eine gewisse Anziehung auf mich aus, das kann ich nicht leugnen.

Dennoch ...

Eine Zukunftsplanung mit integriertem Mordversprechen ist nicht ganz das, was ich für mein Leben will.

Er mustert mich mit einem prüfenden Blick, so als würde er spüren, dass ich versuche, etwas Abstand zu schaffen. Sein starker Arm schlingt sich um meine Mitte, dann zieht er mich noch etwas fester an sich heran.

Ich stecke in der Falle – einer warmen, sicheren, muskulösen, nach Mann und Seife riechenden Falle, aus der ich eigentlich gar nicht entwischen möchte und genau das macht sie so gefährlich.

Ich bin die Maus und dieser Rocker ist ein großes, verführerisches Stückchen Käse.

Und sobald ich einen Bissen davon nehme ... na ja ... ihr wisst, wie es läuft ... Die Maus gewinnt so gut wie nie!

21. Kapitel

Bentley – der Vizepräsident

Bis Lena mir begegnet ist, wusste ich nichts von den gefährlichen Nebenwirkungen des Jungfrauenbluts. Mir war nicht klar, dass diese paar Tropfen dafür sorgen, dass wir Männer nicht mehr klar denken können.

Keine Ahnung, ob es wirklich daran liegt, dass ich der Erste war, der in ihren Körper eingedrungen ist, oder eher daran, dass ich sie jagen musste, aber diese Frau geht mir nicht mehr aus dem Kopf.

Das Dumme ist nur, je dringlicher ich sie zu der meinen machen will, umso merkwürdiger verhält sich Lena.

Ich bin kein Psychologe, aber ich spüre, dass sie sich von mir abschottet. Genau jetzt, in diesem Moment, wird mir klar, dass Lena nie auch nur für eine Sekunde mit dem Gedanken gespielt hat, mir zu gehören. Es mag sein, dass sie etwas für mich empfindet, doch das reicht anscheinend nicht aus, um sie an mich zu binden.

Holy Fuck!

Vier Tage sind nichts und dennoch haben sie ausgereicht, um mir zu zeigen, was ich will – die Frau in meinen Armen.

Die Tatsache, dass sie mich küsst, so als wäre sie bereit, meine Lady zu werden, macht mich wütend. Ich kann regelrecht hören, wie sich die Rädchen in ihrem hübschen Köpfchen drehen und damit beschäftigt sind, einen Fluchtplan zu schmieden.

Egal wie ausgeklügelt dieser schlussendlich auch sein wird, ich werde dafür sorgen, dass er nicht gelingt.

Ihre magische Pussy hat mich süchtig gemacht und ich gebe zu, dass ihre grünen Augen die Macht haben, mich in die Knie zu zwingen, aber ich bin nicht so bescheuert wie Kyrill. Dieser Russe hat sich von den Schwestern abzocken lassen, das wird mir nicht passieren.

Ich werde nicht denselben Fehler begehen und die Zwillinge unterschätzen.

Wenn ich mit meiner Vermutung richtig liege und Lena abhauen will, dann wird sie Lina mitnehmen, was bedeutet, dass ich Ice warnen muss. Vielleicht ist ihm ja auch etwas aufgefallen – vielleicht hat er ebenfalls bemerkt, dass Lina sich davonschleichen will.

So wie ich das sehe, sind diese beiden Mädchen unzertrennlich. Die Wahrscheinlichkeit, dass eines Morgens nur Lena verschwunden ist und Lina noch im Bett meines Präsidenten liegt, ist eher gering.

Was ein Bullshit!

Hätte mir vor einer Woche noch jemand gesagt, dass Ice sich die Geliebte unseres Erzfeindes ins Bett legen wird und ich bereit sein werde, für ein Mädchen meine Freiheit zu opfern, hätte ich ihn erst ausgelacht und ihm anschließend ein paar auf die Fresse gehauen.

Jetzt hingegen ist mir so gar nicht nach Lachen zumute.

Was für eine verrückte Scheiße!

Zum zweiten Mal in meinem Leben bin ich bereit, mich auf eine Frau einzulassen und wieder stehen die Chancen schlecht.

Das Schicksal scheint für mich nur Arschkarten auf Vorrat zu haben!

Lena seufzt, schmiegt sich an mich und schließt die Augen.

Der Drang, sie erneut mit ihrem Höschen ans Bettgestell zu binden, wird beinahe übermächtig. Das Wissen, dass mich niemand daran hindern könnte, diese Frau für immer als meine Gefangene zu halten, gefällt mir.

Das laute Knurren ihres Magens durchbricht die Stille, sie kichert und sieht mich unter dem Kranz ihrer langen schwarzen Wimpern an.

„Fesselst du mich nur oder fütterst du mich auch?"

Eine Hand auf ihren Bauch legend, drücke ich ihr einen feuchten Kuss auf die Stirn.

„Ich fessle, ficke und füttere dich."

Lenas gemurmeltes „Die drei magischen F" bringt mich ebenfalls zum Lachen.

„Und was sagst du zu: bumsen, behalten und beschützen?"

Das Grün ihrer Katzenaugen funkelt geheimnisvoll.

„Ich glaube, die gefallen mir auch gut."

Skeptisch runzle ich die Stirn.

„Auch das *Behalten*?"

Anstatt zu antworten, löst sie sich geschickt aus meiner Umarmung und schleicht sich aus dem Bett. Sie beginnt sich anzuziehen und wirft mir meine Jeans zu.

„Ich bin jetzt für das Füttern. Es fühlt sich so an, als müsste ich gleich verhungern. Wer hätte gedacht, dass Sex so kräftezehrend ist?"

Gegen meine aufsteigende Wut ankämpfend, stehe ich ebenfalls auf.

„Ja, wer hätte das gedacht, vor allem, weil du dich ja auch so viel bewegt hast."

Sie wirft mir einen prüfenden Blick zu.

„Du hast mich mit einem Slip gebondaged."

„Ge... was?"

Sie stemmt die Hände in die Hüfte.

„Na du weißt schon: Bondage – gebondaged!"

Das Lachen, das aus mir herausbricht, schallt von den Wänden wider.

„Süß. Eine Jungfrau und Fetischbegriffe."
„Ich bin keine Jungfrau mehr! Schon vergessen?"

22. Kapitel

Lena

Sein Blick wird sanft, seine Augen dunkel.

„Wie sollte ich das je vergessen?“

Gute Frage ...

Ich für meinen Teil bin mir sicher, dass ich Bentley niemals vergessen werde. Er ist der Typ Mann, von dem Frauen schwärmen, wenn sie alt, faltig und mit grauen Haaren in ihrem Schaukelstuhl sitzen und von den Abenteuern ihres Lebens erzählen.

Wenn alles gut geht – wenn mein Plan funktioniert, dann wird der Rocker, der sich in diesem Moment wie selbstverständlich meine Hand schnappt und mich aus der Wohnung führt, schon bald zur Erinnerung werden.

Ein schmerzhafter Stich zuckt durch meinen Brustkorb, fühlt sich an wie ein Dolchstoß mitten ins Herz.

Wer hätte gedacht, dass es so weh tun kann, verliebt zu sein?

Irgendwie habe ich die Möglichkeit, dass ich mich mal in den falschen Kerl verliebe, nie in Betracht gezogen.

Warum hätte ich das auch tun sollen?

Bisher war immer Lina diejenige mit dem Hang zu Bad Boys und Katastrophen ...

23. Kapitel

Lina

Seit Lena mir erzählt hat, dass sie abhauen will, sind drei Tage vergangen.

Am Anfang wollte sie mir nicht erklären, warum sie den Hell Riders Motorcycle Club so schnell wie möglich verlassen will – dann ist es mir mit einem Schlag klar geworden: Mein ansonsten ach so vernünftiges und vorbildliches Schwesterchen hat sich in den Vizepräsidenten der Rocker verliebt. *Einfach unglaublich ...*

Wer hätte gedacht, dass es ausgerechnet Bentley mit seinem vernarbten Gesicht gelingt, Lena für sich zu gewinnen?

Im Grunde genommen hätte ich mir denken können, dass das passiert, meine Schwester ist nicht der Mensch, der Sex und Emotionen voneinander trennen kann. In diesem Bereich bin ich Profi, und selbst ich muss mir eingestehen, dass es Ice gelungen ist, mich um seine tödlichen Finger zu wickeln.

Diese raue und dennoch sanfte Art, dieses besitzergreifende und zugleich extrem beschützende Verhalten, das diese Biker an den Tag legen, ist einfach entwaffnend.

Tödlich und zugleich sanft, welch atemberaubende Kombination ...

Lena hat recht, es wäre wirklich für alle Beteiligten das Beste, wenn wir so schnell es geht aus dieser Stadt verschwinden würden, aber das ist nun mal leider nicht so leicht.

Kyrill wartet nur darauf, uns in die Hände zu bekommen. Ich würde meine rechte Arschbacke darauf verwetten, dass seine Männer vor den Toren des Clubs auf der Lauer liegen und nur darauf warten, dass wir einen Fehler begehen und in ihre Falle laufen.

Wir müssen also mit Bedacht vorgehen.

In den vergangenen Tagen haben wir die Routine der Rocker beobachtet und die Sicherheitsvorkehrungen nach Schwachstellen abgesucht. Es gibt keine! Diese kuttentragenden, stets bewaffneten und Harley-fanatischen Typen sind bestens strukturiert.

Aber das überrascht mich nicht, in der Woche, die wir nun hier sind, habe ich Ice gut kennengelernt und mir ein Bild von dem Rockerpräsidenten mit den Geisteraugen machen können.

Es wäre ein großer Fehler, sich von der natürlichen Arroganz, die er ausstrahlt, blenden zu lassen. Ice ist immer wachsam, stets einsatzbereit und sollte auf gar keinen Fall unterschätzt werden.

Mehr als ein Mal kam er nachts mit blutverschmierten Klamotten nachhause und war selber dennoch stets unverletzt.

Mit seinen Feinden kennt er keine Gnade!

Wenn es jemals so weit kommen sollte, dass Kyrill und Ice sich gegenüberstehen, dann ist das Kräfteverhältnis mehr als ausgeglichen.

Löwe gegen Alligator – Giftschlange gegen Skorpion.

Ich wüsste nicht, auf welchen der beiden Männer ich wetten sollte. Wobei ich mir nicht vorstellen kann, dass mein Ex Ice in einem fairen Kampf besiegen könnte.

Dafür wirkt der Rocker einfach viel zu mächtig.

Ice fürchtet sich nicht vor dem Tod, aber er liebt das Leben.

Allein die Tatsache, dass er mich wie ein rohes Ei behandelt, nur weil die minimale Chance einer Schwangerschaft besteht, ist der beste Beweis dafür, dass er das Geschenk des Lebens sehr wohl zu schätzen weiß.

Gedankenverloren starre ich auf die vor mir liegende Handgranate, die ich vor wenigen Minuten aus Ice' Büro stibitzt habe und streiche mit der rechten Hand über meinen flachen Bauch.

Ich habe schon oft gehört, dass Frauen instinktiv wussten, dass sie schwanger sind – lange bevor sie einen Test gemacht haben oder ihre Periode ausgeblieben ist. Mein Gefühl verrät mir hingegen nichts – absolut nichts. Was echt frustrierend ist.

Dank meiner Internetrecherche weiß ich, dass selbst Frühtests erst ein bis zwei Wochen nach der Befruchtung zuverlässig sagen können, ob man nun ein Kind erwartet. Was bedeutet, dass ich mir in wenigen Tagen endlich so einen Test besorgen kann.

Aber wenn es nach Lena geht, liegen wir dann schon am anderen Ende der Welt am Strand und lassen uns von halb nackten Typen leckere Cocktails servieren.

Selbst für den unwahrscheinlichen Fall, dass ich schwanger bin, wäre das nicht unbedingt ein Grund, bei Ice zu bleiben.

Ich wollte nie eine alleinerziehende Mutter sein, aber na ja, zusammen mit meiner Schwester würde ich das schon schaffen.

Das Dumme ist nur, dass ich Ice eigentlich gar nicht verlassen will.

Dieser Rocker ist anders als alle Männer, mit denen ich es bisher zu tun hatte.

Er schafft es, mich Nacht für Nacht das ganze Chaos, aus dem mein Leben besteht, vergessen zu lassen, und gibt mir das Gefühl, kostbar und einzigartig zu sein.

Wenn ich ehrlich zu mir bin, dann hat nicht nur meine Schwester ihr Herz an einen dieser Outlaws verloren ...

Vorsichtig spure ich mit der Fingerspitze die Konturen der olivfarbenen Granate nach, stoppe kurz vor dem Splint, an dem ein silberner Ring befestigt ist, und versuche herauszufinden, was zur Hölle ich tun soll.

Mit diesem explosiven Ding könnte es Lena und mir tatsächlich gelingen, das Gelände der Hell Riders unbemerkt zu verlassen.

Wenn wir die Granate auf der Rückseite des Clubhauses zum Explodieren bringen, werden alle Wachen dorthin laufen, um zu prüfen, was da los ist. Und das ist dann unsere Chance, um uns davonzustehlen. Aber, wie gesagt, ich will Ice und den MC eigentlich gar nicht verlassen. Ich mag die Rocker, es gefällt mir hier.

Sonne, weißer Strand, Palmen und türkisfarbenes, glasklares Wasser wird doch eh überschätzt. Fluchende Biker, schwere Harleys und der Geruch von Leder, das ist es, was ich will!

Ich brauche Abenteuer, einen starken Mann, wilden Sex und Nervenkitzel.

Das Problem ist nur, dass ich es meiner Schwester schuldig bin, sie von hier wegzubringen.

Ohne ihre Hilfe wäre es mir nie gelungen, Kyrill zu verlassen. Dann läge ich immer noch im Bett dieses Russen und wäre ihm schutzlos ausgeliefert.

Scheiße! Scheiße! Scheiße!

Was soll ich denn jetzt nur tun?

Meinen eigenen Willen durchsetzen oder eine gute Schwester sein?

Das ist eine echt blöde Zwickmühle.

Noch bevor ich eine Entscheidung getroffen habe, höre ich, wie die Wohnungstüre geöffnet wird, eine Sekunde später hallt Ice' „Bist du da, Baby?“, durch die Räume.

Verdammt!

Eigentlich wollte er erst in einigen Stunden zurück sein.

Hektisch riskiere ich einen prüfenden Blick über die Schulter, sehe dann wieder zu der vor mir liegenden Granate und spüre, wie mein Puls in die Höhe schnellt.

Oh Mist!

Wenn er das Ding sieht, bin ich erledigt.

Nach kurzem Zögern packe ich die Granate, drehe mich zu Ice um und verstecke die Hand, in der sich mein Diebesgut befindet, hinter dem Rücken.

„Ich bin hier.“

Selbst mir fällt auf, dass meine Stimme seltsam klingt, irgendwie schuldbewusst und zittrig.

„Alles klar bei dir?"

Gute Frage, nächste Frage ...

Was soll ich darauf antworten?

Ja natürlich, Schatz, ich spiele nur gerade mit dem Gedanken, dich zu verlassen, verstecke eine Handgranate vor dir, die ich aus deiner Schreibtischschublade gestohlen habe und plane bereits, das Kind, das wir eventuell gezeugt haben, alleine mit meiner Schwester großzuziehen.

„Ja, alles klar bei mir."

Als er das Wohnzimmer betritt, gleiten seine Augen von meinem Scheitel bis hinab zu meiner Sohle, dann packt er mich an den Schultern und zieht mich besitzergreifend in seine Arme.

Das ist etwas, das er gerne tut.

Wann immer er nach Hause kommt, führt ihn sein erster Weg zu mir.

Fest und warm liegen seine Lippen auf meinen. Wild und ungestüm wühlt sich seine raue Zunge durch meine Mundhöhle und klaut mir den Atem.

Das ist so unfair ...

Wann immer er mich küsst, werde ich zu Wachs in seinen Händen.

Das Knurren, das sich aus seiner Kehle löst, entlockt mir ein Seufzen.

Oh ja ... Das will ich für den Rest meines Lebens.

Das explosive Geheimnis in meinen Fingern scheint plötzlich eine Tonne zu wiegen, das schlechte Gewissen, das sich in mir ausbreitet, lastet noch viel schwerer auf meinen Schultern.

Während Ice alles in seiner Macht Stehende unternimmt, um meine Schwester und mich zu beschützen, bin ich dabei, ihn zu verlassen. *Fuck!* Das fühlt sich so was von mies an.

Als er sich eine kleine Ewigkeit später wieder von mir löst, schnappe ich zittrig nach Luft und drücke meine Stirn gegen das Leder seiner Kutte.

Lena hat mir unmissverständlich klargemacht, dass sie zur Not auch ohne mich von hier verschwindet. Es ist also nicht wirklich so, als ob ich eine Wahl hätte.

Ich sitze zwischen den Stühlen: Ice oder Lena. Und trotz der Tatsache, dass mein Herz dem Rockerpräsidenten gehört, der für mich die personifizierte Reinkarnation des Teufels darstellt, ist meine Entscheidung ganz einfach. Lena und ich gehören seit dem Mutterleib zusammen, niemand wird uns jemals trennen, schon gar nicht zwei Kerle. Egal, was ich für Ice empfinde, nur meiner Schwester gehört meine uneingeschränkte Liebe.

Natürlich könnte ich den einfachen Weg wählen und sie verraten, aber das würde ich niemals tun.

Sie und ich müssen zusammenhalten, ganz egal, was passiert.

24. Kapitel

Ice – der Präsident

Die Nase in Linas Haare vergrabend, atme ich tief ein, inhaliere ihren süßen Duft und schlinge die Arme noch etwas fester um ihre Mitte.

Noch vor einer Woche, als mir dieses Mädchen so unverhofft vors Bike gerannt ist, hätte ich nicht für möglich gehalten, dass ich zu solch tiefen Gefühlen im Stande bin.

Was ein Bullshit!

Als Bentley mir von seiner Vermutung, dass unsere Frauen etwas aushecken, erzählt hat, habe ich nur lachend den Kopf geschüttelt und ihn ein paranoides Arschloch genannt. Jetzt hingegen ... *Fuck!*

Ich kann regelrecht spüren, wie Lina sich vor mir abkapselt, was eine gewisse Ironie birgt. Seit ich dem Club beigetreten bin, haben Dutzende Frauen versucht, mich einzufangen. Sie haben mir Versprechungen gemacht, mir gedroht und so einigen anderen Scheiß abgezogen, in der Hoffnung, dass ich ihnen mein Leder anziehe, aber mir ist es jedes Mal gelungen, den Kopf aus der Schlinge zu ziehen.

Doch jetzt, wo ich bereit wäre, mir eine Lady zu nehmen, plant meine Auserwählte, mich zu verlassen.

Das Schicksal fickt am härtesten, das habe ich längst verstanden.

Unser aller Leben gleicht einem wilden und unvorhersehbaren Computerspiel.

Manchmal gewinnt und manchmal verliert man.

Es gibt Regeln, die gebrochen, und Spieler, die beiseitegeschafft werden müssen. Und während all dem Scheiß hat man nur eine Sache vor Augen, die gottverdammte Ziellinie. Im Augenblick ist Lina meine Ziellinie, und solange ich mir ihrer nicht zu 100 % sicher sein kann, werde ich keine Risiken eingehen.

Es ist mir egal, ob sie schwanger ist oder nicht, diese Sache hat auf meine Entscheidung, dieses Mädchen zu behalten, keine Auswirkung.

Wenn sie noch kein Baby im Bauch hat, werde ich mich der Aufgabe widmen, das zu ändern.

Die Albaner haben zwei Dutzend Uzis bei uns bestellt. Die Übergabe findet morgen um 17:00 Uhr auf einem Schrottplatz in der Nähe statt, der jedoch ziemlich abseits gelegen ist.

Der Besitzer ist clubfreundlich und es stört ihn nicht, wenn unsere Kunden gleich vor Ort ein paar Schießübungen machen.

Der Kunde ist nun mal König und Service ist alles, das gilt auch auf den Schattenseiten der Legalität.

Es gefällt mir nicht, dass Bentley und ich morgen unterwegs sein werden und keiner von uns beiden hier ist, um ein Auge auf Lena und Lina zu haben.

Aber Fuck off! Was soll ich tun?

Als Präsident der Hell Riders ist es meine Pflicht, dafür zu sorgen, dass die Geschäfte weiterlaufen.

Wenn ich damit anfange, das Wohlergehen zweier Pussys über dringend notwendige Clubangelegenheiten zu stellen, verliere ich den Respekt meiner Brüder und das kann und werde ich auf gar keinen Fall zulassen!

An dem Tag, an dem ich zum Präsidenten ernannt wurde, habe ich geschworen, den MC über meine persönlichen Belange zu stellen, und diesen Schwur werde ich halten – koste es, was es wolle!

Egal, was die Schwestern planen, es wird ihnen nie gelingen, das Gelände zu verlassen.

Dank unserem Sergeant-at-Arms ist der Club so sicher wie nie zuvor.

Wenn die Ladys keine Zaubertricks anwenden, schaffen sie es nie durch das Tor.

Erneut muss ich an Bentleys Plan denken, Lena während seiner Abwesenheit morgen mit ihrem Slip ans Bett zu fesseln.

Vielleicht sollte ich ebenfalls zu dieser außergewöhnlichen Methode greifen, schon der Gedanke, dass mein Mädchen nackt und wehrlos in meinem Bett auf mich wartet, lässt mich hart werden.

„Hast du einen guten Tag gehabt?“

Ihre Frage reißt mich aus meinen Überlegungen.

Für Tausende, wenn nicht sogar für Millionen von Männern, ist es die normalste Sache der Welt, nach der Arbeit nach Hause zu kommen und von ihrer Frau diese Frage gestellt zubekommen. Für mich hingegen ist es neu und kommt dem Paradies ziemlich nahe.

Ich mag das kleine Stückchen Normalität, das ich dank Lina erfahre.

„Er war okay.“

Genauer will ich nicht ins Detail gehen, meine Süße muss nicht wissen, dass ich vor einer Stunde noch damit beschäftigt war, eine Leiche in zwei Teile zu zersägen. Heute ist es mir endlich gelungen, Kyrills Nummer 1 kaltzumachen. Pawel war ein brutales Arschloch, ihn zu töten hat sich besser angefühlt, als mir von einer Nutte den Schwanz lutschen zu lassen.

Nach und nach verliert der Russe seine besten Männer, nicht mehr lange und seine Organisation ist so geschwächt, dass die Hell Riders einen Frontalangriff wagen können.

Doch bevor es so weit ist, werden wir morgen die Albaner beliefern und mit ein bisschen Glück ein oder zwei Folgeaufträge bekommen.

Kriege sind teuer. Wir müssen so viel Geld wie nur möglich zusammenbekommen.

Mit den Fingerspitzen die Linie meines Kiefers nachspurend, sieht Lina mich aus ihren smaragdgrünen Augen an.

„Ich habe dich vermisst."

Bämm...

Ihr Eingeständnis presst mir sämtliche Luft aus der Lunge.

Diese Frau geht mir einfach unter die Haut. Um zu prüfen, ob sie es ernst meint oder einfach nur mit mir spielt, sehe ich sie direkt an. Nichts als Aufrichtigkeit liegt in ihrem Blick. *Fuck!*

Wenn sie tatsächlich etwas für mich empfindet, warum plant sie dann, mich zu verlassen?

Wir Männer haben schon so einige Wunder vollbracht. Wir sind ins Weltall geflogen, haben die Welt umsegelt und wilde Tiere gebändigt, aber wenn es um Frauen geht, sind wir absolut planlos.

Im Moment erscheint mir eine Reise zum Mond wesentlich unkomplizierter als das Mädchen in meinen Armen.

„Küss mich, Schneewittchen."

Sie grinst, stellt sich auf die Zehenspitzen und schlingt mir einen Arm um den Nacken. In der Sekunde, in der ihre Lippen federleicht über die meinen streichen, packe ich sie an der Hüfte, hebe sie hoch und stoße meine Zunge tief in ihren Hals.

Lina keucht, wimmert und reibt sich an meinem Bein.

Ich verliere keine Zeit, trinke ihren süßen Geschmack und trage sie ins Badezimmer.

Bevor ich sie ficke, muss ich mir erst die Blutspuren des Russen von der Haut waschen.

Ohne unser Zungenspiel zu unterbrechen, setze ich sie auf dem Waschbecken ab, wühle mich ein letztes Mal durch ihre Mundhöhle und knurre zufrieden.

„Dusch mit mir, Baby."

„Wie wäre es mit einem Deal?"

Ich lasse sie los, drehe das Wasser in der Dusche an und beginne damit, mich auszuziehen.

„Das mit uns beiden hat mit einem Deal angefangen, Mädchen."

Sie grinst keck und leckt sich die Lippen.

„Dann will ich noch einen."

Frauen! In allen Bereichen des Lebens unersättlich.

„Was für einen?"

Ich streife mir die Kutte von den Schultern, lege das Leder auf den geschlossenen Klodeckel und entledige mich meiner Waffen.

„Ich dusche mit dir, wenn du mich fickst!“

Als ob ich das nicht sowieso vorgehabt hätte ...

„Dich zu ficken ist mein neues Lieblingshobby geworden. Wenn ich könnte, würde ich den ganzen Tag in deinem Körper bleiben, deinen Duft inhalieren und dich festhalten.“

Die sanfte Röte, die sich auf ihre Wangen legt, verrät mir, dass ihr die Vorstellung genauso gut gefällt wie mir.

Das letzte Mal, dass ich in ihr gesteckt bin, ist Stunden her, ich leide längst an Entzug. Ihre Pussy hat mich süchtig gemacht, was äußerst riskant ist.

Die Zeiten sind gefährlich, ich brauche einen klaren Kopf, wenn ich die nächsten Wochen überleben will.

Der König der Russen wird ausflippen, wenn der Paketdienst bei ihm klingelt und ihm meine Geschenke überreicht. Es war eine Scheißarbeit, Pawel in kleine Stückchen zu zerteilen und ihn in viele kleine, handliche Päckchen zu verpacken. Es waren unzählige Meter Klarsichtfolie nötig, bis es mir endlich gelungen ist, Kopf, Hände, Füße und Rumpf so einzuwickeln, dass kein Blut mehr rausgelaufen ist. Das Letzte, was ich wollte, war, dass der Postbote die Bullen informiert, weil aus einem seiner Pakete Körperflüssigkeiten tropfen.

Kaum dass ich mich von Lina abwende, beginnt sie sich auszuziehen. Als ich mich wieder umdrehe, hat sie ihre Klamotten auf einen Haufen gelegt. Für einen Moment wirkt es so, als würde sie darunter etwas vor mir verstecken. Gerade als ich nachsehen will, was es ist, kommt sie splitterfasernackt auf mich zu, packt mich am Schwanz und zieht mich an ihm in die Duschkabine unter das heiße Wasser.

„Holy Shit! Holy bloody fucking Shit!“

Über meinen Fluch lachend, sinkt sie anmutig vor mir auf die Knie und saugt die dicke Wulst meiner Eichel in ihren Mund.

Zack! Ich bin verloren ...

Kyrill, die Albaner, die Waffenlieferung, Bentleys Warnung und der ganze gottverdammte Rest der Menschheit wird mit einem Schlag unwichtig.

Alles, was in diesem Augenblick noch für mich zählt, ist die Frau, deren kleine Hände sich auf meine Beine legen, und ihre himmlischen Lippen.

Lina ist das gefährlichste Wesen, das mir jemals begegnet ist.

Sie würde sogar den Teufel höchstpersönlich dazu bringen, kopfüber in einen See voller Weihwasser zu springen, selbst wenn das seinen sicheren Tod bedeuten würde.

25. Kapitel

Lina

„Sie sind weg!"
Die Stimme meiner Schwester zittert vor Aufregung.

Mit rasendem Puls lausche ich dem immer leiser werdenden Dröhnen der vielen Bikes, die soeben das Gelände der Hell Riders verlassen haben.

Allen voran Ice, gefolgt von Bentley, Fire und einem Dutzend weiterer Member. Das Schlusslicht hat Troy mit dem Van voller Waffen gebildet.

Als Ice mir gestern nach dem Fick in der Dusche erzählt hat, dass heute ein Treffen mit den Albanern ansteht, konnte ich mein Glück – beziehungsweise mein Unglück – kaum fassen. Ich wusste sofort, dass das die Gelegenheit ist, auf die Lena und ich die letzten Tage gewartet haben. Wenn es uns heute nicht gelingt abzuhauen, dann schaffen wir es nie. Das Dumme ist nur, dass ich meinen Rockerpräsidenten eigentlich gar nicht verlassen will.

Egal ob schwanger oder nicht schwanger, ich liebe diesen Rider, das ist mir gestern, während ich in der Dusche vor ihm gekniet und ihm den Schwanz gelutscht habe, erst so richtig bewusst geworden. Ich habe wirklich versucht, Lena umzustimmen, habe auf sie eingeredet und sogar gebettelt, doch sie ist hart geblieben.

Selbst der Umstand, dass wir, wenn es blöd läuft, beide schwanger sind, konnte sie nicht dazu bringen, ihre Meinung zu ändern. Im Gegenteil, das war für sie eher noch ein weiteres Argument, Bentley zu verlassen. Ihrer Meinung nach ist ein Motorcycle Club nicht der geeignete Ort, um Kinder großzuziehen. In dieser Hinsicht kann ich ihr weder widersprechen noch zustimmen – dafür ist die Vorstellung, Mutter zu werden, für mich einfach noch zu abstrus. Lena ist fest entschlossen, die Biker zu verlassen, was bleibt mir also übrig, als mit ihr mitzugehen?

„Hast du die Granate?"

Ich nicke. Es ist immer noch ein Wunder, dass Ice sie letzte Nacht nicht entdeckt hat.

„Dann gib sie mir. Wir dürfen keine Zeit verlieren und müssen sie auf der Rückseite des Clubhauses deponieren."

Prüfend sehe ich zu den zwei gepackten Rucksäcken, die neben uns auf dem Boden stehen und in denen sich nichts weiter als unsere Pässe, das Geld, der Schmuck und die Diamanten befinden, die wir Kyrill gestohlen haben.

Ich lehne mich etwas weiter aus dem Fenster und prüfe, womit die zwei Wachen am Tor gerade beschäftigt sind.

„Wie willst du es machen?"

„Keine Ahnung. Vielleicht mit einem Gummi, der langsam den Splint rauszieht. Eine Bombe mit Zeitschaltuhr wäre besser gewesen."

Der Vorwurf, der in ihrer Stimme mitschwingt, ist unüberhörbar.

„Sehr witzig. Sei froh, dass ich überhaupt etwas gefunden habe, das *Buummmmm* macht. Du hast gar nichts beigesteuert!"

Sie streckt mir ihren Mittelfinger entgegen und verschwindet Richtung Türe. Bevor wir bei den Rockern Schutz gesucht haben, hätte sie das nie getan. *Interessant!*

„Halt dich an unseren Plan, Lina. Ich platziere jetzt die Granate, das wird ungefähr acht Minuten dauern, sechzig Sekunden später sollte das Ding hochgehen und dann müssen wir uns beeilen. Nach dem Knall haben wir nur ein winziges Zeitfenster, um zu verschwinden."

Das weiß ich alles, weil sie es schon mindestens ein dutzend Mal wiederholt hat.

„Bist du dir immer noch sicher, dass du das durchziehen willst? Was, wenn wir den Russen direkt in die Arme laufen, was dann?"

Lena zieht ihren Pullover hoch und präsentiert mir die Waffe, die sie darunter versteckt hat.

„Dann knallen wir sie alle ab, rennen zum Flughafen, kaufen uns zwei Tickets ins Paradies und weg sind wir."

Das klingt so einfach ... Wollen wir hoffen, dass es das auch ist.

„Warum willst du diesen verrückten Plan umsetzen? Lass uns doch einfach dableiben. Du willst Bentley doch gar nicht verlassen und ich will bei Ice bleiben."

Wut blitzt in ihren Augen auf.

„Wir *müssen* gehen. Diese Rocker wären unser Untergang!"

So wie ich das sehe, kann mein ach so vernünftiges Schwesterchen einfach nicht akzeptieren, dass sie sich in einen bösen und kriminellen Outlaw-Biker verliebt hat. Lieber bricht sie uns beiden das Herz, anstatt sich einzugestehen, dass es ihren Traumprinzen einfach nicht gibt und dass er nur ein Hirngespinst aus längst vergangenen Kindheitstagen ist. Außerdem finde ich Ice und Bentley schon sehr ritterlich mit ihren Waffen, den Harleys und den Kutten.

Früher hatten Prinzen Schwerter, Pferde und Rüstungen, heute fahren sie eben Motorrad. Ich finde, wir beide haben es gut getroffen und wenn Lena jetzt noch über ihren Schatten springen könnte, dann würde hier im Hell Riders Motorcycle Club unser ganz persönliches Märchen auf uns warten.

„Halt dich an unseren Plan, Lina. Wenn du nicht da bist, werde ich ohne dich von hier verschwinden!“

Scheiße!

Ich erkenne in ihren Augen, dass sie das absolut ernst meint.

Lena bemerkt, dass sie ihren Rucksack vergessen hat, holt ihn sich und stürmt davon.

Doppel Scheiße!

Mein Bauchgefühl sagt mir, dass wir lieber hierbleiben sollten und dass vor den Toren des Clubs nichts als Ärger auf uns wartet. Aber was soll ich tun? Lena ist fest entschlossen zu gehen, also werde ich sie begleiten.

Unruhig laufe ich auf und ab, ziehe mir den Rucksack an und gehe gedanklich noch mal unseren Plan durch. Keine Ahnung, wie lange ich an dem Fenster stehe, bis der laute Knall der explodierenden Granate das Clubhaus erschüttert. *Oh Gott!*

Schreie werden laut, mein Puls rast und ich kann nur an eine Sache denken – Lena.

Was, wenn etwas schiefgelaufen ist?

Was, wenn sie noch in der Nähe der Granate war, als diese hochgegangen ist? Selbst die Tatsache, dass die Wachen das Tor verlassen und über den Hof stürmen, genau wie wir es gehofft hatten, beruhigt mich nicht.

Erst als ich sehe, wie sich meine Schwester hinter einem geparkten Auto versteckt, um von Jett, einem der Anwärter, nicht entdeckt zu werden, kann ich wieder richtig atmen.

Fuck! Das Zeitfenster!

So schnell ich kann, stürme ich aus Ice’ Wohnung, verbiete es mir, an den Rider zu denken, den ich jetzt verlasse, und renne die Treppen runter. In Hof angekommen, sehe ich mich hektisch um und renne dann so schnell ich kann zum Tor.

Lena erwartet mich dort schon. Als sie mich kommen sieht, klatscht sie ungeduldig, dann greift sie sich meine Hand und zusammen laufen wir raus auf die Straße und lassen das gesicherte Clubgelände hinter uns.

Ich werfe einen Blick zurück, Tränen steigen mir in die Augen, mir wird schlecht.

Was, wenn ich Ice nie wiedersehe? Was, wenn ich schwanger bin? Was, wenn Lena und ich ein Kind erwarten? Oh Gott!

Das alles ist ein Fehler, wir hätten nie gehen dürfen!

„Schneller, Lina! Los, schneller!“

Im Gegensatz zu mir kann meine Schwester gar nicht schnell genug Abstand zu den Rockern gewinnen.

Wir überqueren die Straße, biegen um die Kurve und verschwinden zwischen den Häusern der Stadt. Nach einigen Minuten bleibe ich stehen und lehne mich an eine Hauswand. Das fiese Seitenstechen, das mich quält, lässt mich entsetzt nach Luft schnappen. „Stopp! Ich brauche eine Pause.“

Lena schüttelt entschieden den Kopf.

„Nein! Wir brauchen ein Taxi, wir müssen zum Flughafen!“

Ich weiß, dass sie recht hat, trotzdem fühlen sich meine Füße an wie Blei. Es ist fast so, als würde sich mein Körper weigern, mich auch nur einen weiteren Meter von Ice wegzubringen. Es ist schon verrückt.

All die vielen Typen, die ich bis jetzt hatte, haben mir nichts bedeutet. Aber jetzt, wo ich endlich einen Mann gefunden habe, dem ich etwas bedeute, und der mir wichtig ist, laufe ich vor ihm davon.

Scheiße! Scheiße! Scheiße!

Irgendwie hatte ich gehofft, dass wir scheitern und es gar nicht erst vom Gelände der Biker schaffen, aber unser Plan ist dummerweise aufgegangen.

Einfach unglaublich!

Lena zieht mich gnadenlos weiter, sie wirkt wild entschlossen, das alles durchzuziehen.

„Bitte, lass uns umdrehen.“

Entsetzt sieht sie mich an.

„Was?“

„Ich will zurück. Bitte!“

Fassungslosigkeit zeichnet sich auf ihrer Miene ab.

„Bist du bescheuert? Damals, als wir deinen Ex überfallen haben, hast du mir ein Leben im Paradies versprochen. Palmen, Meer und Sonne. Es war nie die Rede davon, dass wir in Atlanta bleiben und Old Ladys werden.“

Ja, ich weiß ...

„Die Dinge haben sich eben geändert.“

Sie wirkt resigniert.

„Das Problem ist wohl eher, dass du dich *nicht* geändert hast, Lina. Kaum liegst du im Bett von irgendeinem unkontrollierbaren, gefährlichen Macho, schaltet dein Hirn ab. Manchmal kann ich kaum glauben, dass wir Zwillinge sind.“

Ihre Worte fühlen sich wie eine schallende Ohrfeige an. Wahrscheinlich würden sie mich nicht so hart treffen, wenn sie nicht so wahr wären.

„Dieses Mal ist es anders."

Voll Spott kneift Lena die Augen zusammen.

„Wie oft habe ich diesen Satz schon gehört? Hundert Mal?"

Schon möglich ...

„Aber dieses Mal ist es tatsächlich anders!"

Ein lautes „Scheiße!", Richtung Himmel schreiend, reibt sie sich mit beiden Händen über das Gesicht.

„Okay, hör zu. Wenn du bleiben willst, dann tu das. Ich gehe!"

Genau vor diesem Satz hatte ich am meisten Angst.

Lena ist die einzige Konstante in meinem Leben. Sie zu verlieren könnte ich nicht verkraften.

„Spinnst du? Wir bleiben zusammen!"

Sie wirkt erleichtert und nickt.

„Gut, dann komm endlich. Wir müssen weiter. Die Rider sind nicht blöd, sie haben sicher schon kapiert, dass wir weg sind. Außerdem müssen wir uns auch vor den Russen in Acht nehmen. Je schneller wir in einem Flugzeug sitzen, desto besser ist es!"

Geschlagen lasse ich mich mitziehen, Freude darüber, dass wir Ice und seine Brüder verlassen haben, will sich nicht einstellen.

Entweder bin ich wirklich ein hoffnungsloser Fall, der es nie lernen wird, welche Männer die richtigen und welche die falschen sind, oder aber ... *Fuck!* Oder aber Ice war der richtige und ich werde mein ganzes Leben lang bereuen, dass ich diese verdammte Handgranate geklaut habe!

26. Kapitel

Lena

Gegen meine eigenen Zweifel ankämpfend, zwinge ich mich dazu, stark zu sein.

Es reicht schon, dass Lina schwach ist, ich kann es mir nicht auch noch erlauben, an der Richtigkeit unseres Plans zu zweifeln.

Ja, Bentley ist der erste Mann, der mein Herz zum Rasen bringt und Schmetterlinge in meinen Bauch zaubert, aber verdammt, das liegt nur daran, dass er mein erster Mann überhaupt ist.

Wenn ich erst mal ein wenig mehr Erfahrung gesammelt habe, werde ich sicherlich feststellen, dass diese Wirkung noch viele Kerle auf mich haben werden. Oder?

Ach verdammt ...

Diese blöden Flattermänner werden absolut überbewertet.

Wer braucht schon Schmetterlinge im Bauch?

Das einzig Wichtige ist, dass wir es auf eine kleine Insel irgendwo im Pazifik schaffen, auf der uns weder Kyrill noch die Rider jemals finden werden.

Alles andere spielt überhaupt keine Rolle!

Bis jetzt habe ich es mir strengstens verboten, eine Schwangerschaft in Betracht zu ziehen, und damit werde ich jetzt nicht aufhören.

Ich brauche einen klaren Kopf und ein Taxi und das jetzt sofort!

In dem ganzen Hin und Her habe ich überhaupt nicht auf Straßenschilder oder so etwas geachtet, was bedeutet, dass ich völlig die Orientierung verloren habe.

Mist! Mit Lina an der Hand lasse ich den Blick über die Straßen schweifen, kann jedoch nichts Verdächtiges entdecken.

Dass uns bis jetzt weder einer der Rocker verfolgt noch Kyrill erwischt hat, ist vielleicht ein Wink des Schicksals.

Wir überqueren eine Straße, kommen an einem chinesischen Fast-Food-Restaurant vorbei und bleiben an einer roten Ampel stehen.

Ich werde von Minute zu Minute immer nervöser, es kommt mir so vor, als würden uns alle Menschen beobachten, als würde jeder wissen, dass unsere Rucksäcke voller Schmuck, Geld und Diamanten sind. Gegen die wachsende Panik ankämpfend, entdecke ich auf der anderen Straßenseite ein gelbes Taxi.

Gott sei's gedankt!

Kaum dass die Fußgängerampel auf Grün schaltet, renne ich los, Lina gerät ins Stolpern, doch ich halte nicht an. Ich kann die Abgase des

Taxis regelrecht schmecken, so nah sind wir ihm, doch gerade als ich die Hand ausstrecken und die Türe öffnen will, rast ein schwarzer SUV auf uns zu. Der Porsche Cayenne, der mit quietschenden Reifen neben uns zum Stehen kommt, ist mir schmerzlich vertraut.

Kyrill hat uns gefunden!

Lina weiß so gut wie ich, was das zu bedeuten hat, denn sie stößt einen entsetzten Schrei aus, der alle Passanten im Umkreis von einhundert Metern dazu bringt, sich zu uns umzudrehen.

Die zwei Russen, die aus dem Porsche steigen, stört es wenig, dass wir Zuschauer haben. Mit erhobenen Waffen, den Finger am Abzug, stürmen sie auf uns zu, packen mich grob am Arm und reißen mich von meiner Schwester los.

Entsetzt rufe ich nach Hilfe, trete und schlage um mich, doch es bringt nichts. Die in identische Anzüge gekleideten Schläger sind viel stärker als wir und sie wissen genau, wie sie zupacken müssen, um mich in die Knie zu zwingen.

Ich sehe Kyrill aussteigen. Er ist für seine Verhältnisse leger gekleidet – er trägt keine Krawatte, seine Haare stehen wild ab und er hat einen Fünftagebart. Unter seinen Augen zeichnen sich dunkle Ringe ab, er sieht schlecht aus. So habe ich den König der Mafia in all der Zeit, die ich für ihn gearbeitet habe, nie gesehen.

Die Trennung von Lina scheint dem Russen tatsächlich nahezugehen. Oder aber es geht ihm nicht um meine Schwester, sondern um die Diamanten und den Inhalt seines Safes.

Wer weiß schon, was in Männern wie ihm vorgeht ...

Während Lina unkontrolliert schluchzt und am ganzen Leib zittert, versuche ich, cool zu bleiben, und recke das Kinn hoch.

Völlig egal, was er tun oder sagen wird, ich werde diesem Arschloch nicht die Genugtuung geben, dass ich um mein Leben bettle.

Vielleicht hatte Lina ja doch recht, vielleicht wäre es besser gewesen, bei den Rockern zu bleiben. Aber was dann?

Wir hätten uns ja wohl kaum für den Rest unseres Lebens hinter den meterhohen Mauern verstecken können.

Ach verflucht! Die Welt ist groß, geradezu riesig. Wir hätten garantiert ein schönes Fleckchen Erde gefunden, an dem wir glücklich geworden wären.

„Na sieh mal einer an, was haben wir denn da für Vögelchen eingefangen."

Vögelchen? Ich glaub, ich muss kotzen!

Lina weicht seinem Blick aus, ich hingegen erwidere ihn, ohne mit der Wimper zu zucken, und lasse ihn in meinen Augen all den Hass erkennen, den ich für ihn empfinde, was meinem ehemaligen Boss nur ein leises Lachen entlockt.

Er braucht nur mit den Fingern zu schnippen, dann werden wir von seinen zwei Gorillas in den SUV gestoßen. Wieder schreie ich nach Hilfe, doch niemand reagiert.

Im Gegenteil, anstatt uns zu helfen, haben einige Leute ihre Smartphones gezückt und filmen unsere Entführung.

Einfach unglaublich ...

Was ist nur mit der Menschheit los?

Fluchend trete ich nach dem schrankgroßen Russen neben mir, kämpfe und versuche alles, um wieder aus dem Wagen zu kommen, was mir natürlich nicht gelingt. Diese Arschlöcher scheinen nur aus Muskeln zu bestehen. Ohne es zu wollen, muss ich an Bentley denken und daran, wie er wohl reagieren wird, sobald er erfährt, dass ich ihn verlassen habe.

Ein schmerzhafter Stich zuckt durch meinen Brustkorb, setzt mein Herz erst in Flammen und friert es dann ein.

Das hat er nicht verdient!

Der ersten Frau, die ihm wichtig war, hat er es zu verdanken, dass sein Gesicht für immer entstellt ist und jetzt hintergehe ich ihn auch noch. Hoffentlich wird er mir eines Tages verzeihen können.

Aber das werde ich wohl nie erfahren, denn so wie ich meine momentane Lage einschätze, bin ich so gut wie tot.

Ich kämpfe noch immer, Tränen der Verzweiflung steigen mir in die Augen.

Lina hingegen scheint längst aufgegeben zu haben. Reglos sitzt sie auf dem Beifahrersitz neben ihrem ehemaligen Geliebten und starrt auf den Lauf der Waffe, der auf ihren Bauch gerichtet ist. Es gelingt mir, dem Russen, der mich festhält, mit den Fingernägeln durch das Gesicht zu fahren. Er flucht, Blut fließt. Ich reiße an der Türe, doch es bringt nichts, sie ist verriegelt. Entsetzt beobachte ich, wie er zum Schlag ausholt. Das Letzte, was ich sehe, ehe alles um mich herum schwarz wird, ist der silberne Griff seiner Waffe, kurz bevor er mit voller Wucht gegen meine Schläfe knallt.

Ein unbeschreiblicher Schmerz zuckt durch meinen Schädel, es fühlt sich an, als würde er jede Sekunde platzen. Ich öffne den Mund für einen lauten Schrei, doch zustande bringe ich nur ein leises Gurgeln. Obwohl ich längst nicht bereit bin aufzugeben, verlässt sämtliche Kraft meinen Körper, ich sacke zusammen, meine Stirn knallt gegen die

Scheibe, dann verliere ich das Bewusstsein. Der letzte Gedanke, der durch mein Hirn rauscht wie ein einzelner Fisch im großen weiten Ozean, ist der, wie traurig es mich macht, den Vizepräsidenten der Hell Riders nie wiederzusehen.

27. Kapitel

Bentley – der Vizepräsident

Noch bevor Cruz, unser Kassenwart und der Rider, dem ich die Verantwortung für Lena während meiner Abwesenheit übertragen habe, bei mir angerufen hat, wusste ich, was mein Mädchen getan hat. Es hat mich verlassen! Es hat auf die erstbeste Gelegenheit gewartet, um mir einen Dolch in den Rücken zu jagen ...

Bloody holy Fuck!

Damals, als die Scheiße mit der Tussi, ihrem Kerl und dem Bentley passiert ist, habe ich auf dem schmerzhaften Weg gelernt, dass Vertrauen gut – aber Kontrolle besser ist!

Noch in derselben Nacht, in der ich Lena entjungfert habe, wurde mir klar, dass ich dieses Mädchen nicht so schnell wieder gehen lassen werde, also habe ich vorgesorgt und mehrere Ortungschips in ihren Sachen platziert. Zwei befinden sich in den Dollarbündeln, die sie Kyrill gestohlen hat, einer in ihrem rechten Schuh, einer in dem Rucksack und einer in der Haarspange, die sie eigentlich immer trägt.

Dank einer App kann ich jederzeit den Standort der Sender prüfen und einen Radius einstellen, den ich als okay betrachte, in diesem Fall das Gelände der Hell Riders. Doch sobald auch nur einer der Sender diesen vorgegebenen Radius verlässt, schlägt die App Alarm. Ich weiß also genau, wann Lena den Club und somit mich verlassen hat.

Vor Wut und Schmerz wäre ich beinahe auf Ice losgegangen.

Der Drang, auf alles und jeden einzuschlagen, ist beinahe übermächtig geworden.

Dieses verdammte Miststück!

Für den Bruchteil einer Sekunde habe ich mit dem Gedanken gespielt sie einfach laufen zu lassen, doch dann hat sich mein Besitzanspruch mit voller Wucht zu Wort gemeldet, und ich habe ihn sofort verworfen.

Scheißegal, was Lena dazu gebracht hat, abzuhauen, ich weiß, dass sie genau wie ich gespürt hat, dass da etwas zwischen uns ist.

Diese Frau gehört mir, mir ganz allein und ich werde nicht zulassen, dass sie mich verlässt – eher sterbe ich!

In den vergangenen Jahren habe ich Dutzende Nutten gefickt, alle haben mir vorgespielt, dass sie genossen haben, was ich ihnen angetan habe. *Bullshit!*

Ich weiß also sehr wohl, wann mir eine Frau in die Augen schaut und mich anlügt.

Zwischen Lena und mir war alles echt!

Jeder Kuss und jede Meinungsverschiedenheit, aber vor allem das intime Gefühl der Zusammengehörigkeit beim Ficken.

Keine Ahnung, warum sie sich schlussendlich dazu entschieden hat, die Sicherheit des Clubs aufzugeben. Nicht mehr lange und ich werde sie fragen können.

Dank Cruz wissen wir längst, dass beide Schwestern abgehauen sind, was mich nicht verwundert, die beiden sind unzertrennlich!

Auf dem Display meines Handys zeigt es mir in Zick-Zack-Linien an, welchen Weg sie genommen haben. Ihre Flucht wirkt planlos!

Ice ist genau wie ich ausgetickt. Er hat Fire und Lucky, unserem Enforcer, die Verantwortung für die Waffenübergabe übertragen. Zusammen mit Jett und den anderen werden sie es schon schaffen, die Albaner in Schach zu halten. Dann haben er und ich auf der Stelle umgedreht, um uns an die Verfolgung unserer Frauen zu machen.

Der Peilsender zeigt uns genau an, wo Lena ist.

Die Geschwindigkeit, mit der sich der rote Punkt auf meinem Handydisplay bewegt, zeigt, dass sie sich in einem Auto befinden muss. In dem Moment, in dem ich kapiert habe, dass sich die Sender nicht Richtung Flughafen bewegen, sondern die entgegengesetzte Richtung eingeschlagen haben, wurde mir mit einem Schlag klar, was das zu bedeuten hat ... Kyrill!

Die Russen müssen die Zwillinge aufgespürt und einkassiert haben!

Fuck! Es war so klar, dass das passiert.

Was zur Hölle hat sich Lena nur dabei gedacht?

Ihr muss doch klar gewesen sein, dass Kyrill seine Männer auf sie angesetzt hat!

Vor Wut und Sorge könnte ich kotzen!

Die Tatsache, dass Ice Pawel getötet und in seine Einzelteile zerlegt hat, spielt uns nicht in die Hände. Sobald der König der Russen das Paket erhält, wird er ausflippen und die Kontrolle verlieren und ich will ganz gewiss nicht, dass er seinen Zorn an Lena und Lina auslässt!

Was für eine verfickte Katastrophe!

Ich wusste, dass die beiden Mädchen was planen, ich wusste, dass Lena was vorhat, doch ich war mir sicher, dass ich ausreichende Sicherheitsvorkehrungen getroffen habe.

Meine Arroganz rächt sich jetzt.

Obwohl ich mir fest vorgenommen hatte, mich nicht so naiv wie Kyrill zu verhalten und mich von den Schwestern aufs Kreuz legen zu lassen, ist es den Frauen trotzdem gelungen, uns zu ficken!

Keine Ahnung, wo sie die Granate herhatten, die sie für ihr kleines Ablenkungsmanöver benutzt haben, aber ich werde es herausfinden und dem Typen, der für diese Scheiße verantwortlich ist, den Arsch aufreißen!

Sämtliche Verkehrsregeln missachtend, rase ich an der Seite meines Präsidenten durch die Straßen, ignoriere rote Ampeln und Einbahnstraßen. Alles, was zählt, ist, so schnell wie möglich den rot blinkenden Punkt auf meinem Display einzuholen.

Ein Bus kommt uns entgegen, ich weiche ihm mühelos aus, doch für Ice wird es knapp, er reißt den Lenker rum, verliert kurz die Kontrolle über seine Maschine. Er gerät ins Schlingern, gerade als ich denke, dass es ihn vom Bike schleudern wird, fängt er sich wieder und schafft es, die Kontrolle zurückzuerlangen.

Zur Hölle, das war knapp!

Wir kommen dem Aufenthaltsort unserer Frauen immer näher, mittlerweile müssten Cruz und die anderen sich ebenfalls auf den Weg gemacht haben.

Es wird nicht mehr lange dauern, bis wir Verstärkung haben, wollen wir hoffen, dass es dann nicht zu spät ist.

Der Russe ist unberechenbar. Es kann sein, dass er Lena und Lina für sich behält, sie erst verletzt und vergewaltigt, ehe er sie umbringt, oder dass er sie sofort exekutiert.

Ich kann mir nicht mal annähernd vorstellen, was für einen Hass er auf die beiden Frauen haben muss.

Wütend schlage ich mit der Faust auf den Lenker und kämpfe darum, mich unter Kontrolle zu halten.

Eine falsche Entscheidung, eine falsche Bewegung und ich werde Lena nie wiedersehen.

Instinktiv frage ich mich, ob sie tatsächlich schwanger von mir ist. Nicht zum ersten Mal kann ich über meine eigene Naivität nur den Kopf schütteln. *Fuck!*

Erst Ice und dann ich. An dieser Scheiße muss das Karma schuld sein. Ich habe mich so über Ice' Fehler, Lina ohne Gummi zu ficken, lustig gemacht, dass das Schicksal beschlossen hat, mich seinen Fehler wiederholen zu lassen.

Ich und ein Kind. Das passt genauso gut zusammen wie ein Hai und eine Babyrobbe. Trotzdem schreckt mich die Vorstellung, dass Lena von mir schwanger ist, nicht ab.

Im Gegenteil, der Gedanke, dass ihr Bauch wegen mir anschwillt, gefällt mir.

Was eine Katastrophe!

Ich muss zu viele Abgase eingeatmet haben, anders kann ich mir den Mist, den ich da denke, nicht erklären. Diese Frau und ihre enge Pussy haben mir das Hirn vernebelt – mich völlig um den Verstand gebracht!

Während sie vor mir davonläuft, gründe ich gedanklich eine Familie.

Was. Ein. Bullshit!

So falsch Lenas Verhalten auch sein mag und so wütend ich auch auf sie bin, ist mir eine Sache schmerzlich bewusst – Familie hin oder her, ich bin gerade dabei, die Frau, die eventuell mein Kind in sich trägt, an meinen Feind zu verlieren.

Noch bevor der rote Punkt stoppt, weiß ich, wo der Russe mein Mädchen hingebracht hat – in seine Villa!

Ich weiß nicht viel über sein Anwesen, aber was ich weiß, ist, dass es beinahe uneinnehmbar ist. Kyrills Männer sind bis an die Zähne bewaffnet und darauf trainiert zu töten.

Wir biegen ab, nehmen eine Kurve, kommen dem Signal so verdammt nah, dass ich mein Mädchen eigentlich sehen müsste. Doch alles, was ich entdecken kann, ist ein schwarzer Porsche Cayenne.

„Da ist das Arschloch. In dem Wagen müssen die Schwestern sein."

Ice' Stimme übertönt das Brummen der Motoren.

Im Augenwinkel sehe ich, wie er nach seiner Waffe greift, ich tue es ihm nach, ziele genau wie er auf die Reifen und drücke wieder und wieder ab.

Der Porsche gibt Gas, ich fluche und verballere das komplette Magazin, ohne zu treffen. Zwei von Ice' Projektilen schlagen in der Heckscheibe ein, das Glas zerplatzt, unzählige Scherben rieseln auf die Straße.

„Das Auto ist nicht gepanzert!"

Ice klingt überrascht.

Die Limousine, mit der der Russe für gewöhnlich unterwegs ist, ist das nämlich sehr wohl.

So schnell es nun mal auf einem Motorrad bei voller Fahrt geht, wechsle ich das Magazin, lasse das leere einfach auf die Fahrbahn fallen und gebe Gas.

Wenn es mir gelingt, den SUV zu überholen und den Fahrer zu erschießen, schaffe ich es vielleicht, Kyrill daran zu hindern, die Frauen auf sein Anwesen zu bringen.

Falls der König der Russen überhaupt persönlich in der protzigen Karre sitzt.

Es ist durchaus möglich, dass er seine Handlanger losgeschickt hat, um Lena und ihre Schwester einzufangen.

Ice kapiert, was ich vorhabe, eröffnet das Feuer und bringt den SUV ins Schleudern.

Auf gleicher Höhe mit dem Porsche riskiere ich einen Blick durch die Seitenscheibe und entdecke Kyrill hinterm Steuer. Bingo!

Unsere Blicke begegnen sich, ein unglaublicher Hass schlägt über mir zusammen. Den Arm hochziehend, ziele ich auf seine Stirn und drücke ab. Die Kugel lässt sie Scheibe zerplatzen, Glassplitter surren wie durchsichtige Geschosse durch die Luft, ich spüre, wie sie mir das Gesicht zerschneiden.

Ich ignoriere den Schmerz, höre den entsetzten Schrei einer Frau und kapiere jetzt erst, dass sich Lina auf dem Beifahrersitz befindet.

Fuck! Ich muss besser aufpassen ...

Der SUV wird schneller, kommt von der Fahrbahn ab, nietet ein Verkehrsschild um und rast über eine Grünfläche. Ich hole auf und stelle zufrieden fest, dass meine Kugel den Russen getroffen hat.

Blut bedeckt seinen Hals, rinnt an seinem Arm nach unten.

Wieder ziele ich, wieder drücke ich ab. Kyrill setzt zum Gegenangriff an, reißt das Lenkrad nach links, und versucht so, mich vom Bike zu holen. Ich weiche aus, während Ice von hinten immer noch versucht, die Reifen zu treffen. Wir nähern uns mit erschreckender Geschwindigkeit den Toren zu Kyrills Villa. Um zu verhindern, dass er es auf sein Grundstück schafft, rase ich an dem Porsche vorbei.

Ich drehe, halte auf der Gegenfahrbahn und schieße wie ein Irrer.

Es funktioniert, der Russe weicht den Kugeln aus und rast davon.

Ich nehme die Verfolgung auf.

Hölle und Verdammnis!

Keine Ahnung, ob diese Entwicklung gut ist. Eine der hinteren, getönten Scheiben öffnet sich, der Lauf einer Maschinenpistole kommt zum Vorschein. Das Feuer wird eröffnet, das Rattern hallt in meinen Ohren wider. Ich ducke mich, weiche den tödlichen Geschossen aus und verliere das Gleichgewicht. Fluchend kämpfe ich darum, im Sattel zu bleiben und bremse. Die Harley kippt, die Fahrbahn kommt mir immer näher, dann schlage ich mit voller Wucht auf.

Das Geräusch von Stahl, der über die Straße schlittert, vermischt sich mit dem Knattern des Gewehrs. Eine der vielen Kugeln schlägt nur wenige Zentimeter neben meinem Bein ein. Asphaltbrocken schlagen mir ins Gesicht.

Ich spüre keinen Schmerz, alles, was ich fühle, ist Wut, Angst und Sorge.

Ice kommt neben mir zum Stehen, ich brülle ihn an, dass er dem SUV folgen soll. Er ignoriert meinen Befehl und hebt die Maschine von meinem Bein.

Wie durch ein Wunder bin ich kaum verletzt. Die Jeans ist zerrissen, mein Knie ist aufgeschürft und blutet. Die rechte Schulter, auf der ich gelandet bin, fühlt sich seltsam an, aber sie lässt sich bewegen und das ist alles, was zählt.

„Alles klar, VP?"

„Ja. Fühlt sich nicht an, als ob was gebrochen wäre."

Mit zusammengebissenen Zähnen stehe ich auf und lasse den Nacken rollen. Es knackst laut und schmerzt höllisch. *Fuck!*

Ice zieht sein Handy hervor, ruft Cruz an und informiert Fire.

Keiner von uns spricht es aus, aber uns läuft die Zeit davon.

Kyrill ist Profi. Er wird sich wundern, wie wir ihn so schnell finden konnten. Es ist nur eine Frage der Zeit, bis er die Sender gefunden und zerstört hat, und dann sind wir blind. Bleibt mir nur zu hoffen, dass ich ihn schwer verletzt habe und dass er schnell verblutet!

Ich taste meine Kutte nach meinem Mobiltelefon ab und kann es nirgendwo finden.

Prüfend sehe ich mich um und entdecke es einen Meter von mir entfernt auf dem Boden liegen. *Scheiße!*

Ich hebe es auf, das Display ist komplett zerstört, gleicht der Heckscheibe des SUVs. *Fuck! Das Ding ist tot!*

„Wir müssen zurück zum Club."

Ice' Kopf ruckt in meine Richtung.

Demonstrativ hebe ich das kaputte iPhone in die Höhe, was ihm einen lauten Fluch entlockt.

„Wir stecken in der Scheiße! Die Uhr tickt."

Das muss er mir nicht erst sagen – wir verlieren die Kontrolle.

Keine Ahnung, was Kyrill jetzt vorhat. Dreht er eine Runde, fährt im Kreis, hängt uns ab und kommt schlussendlich hierher zurück, oder sucht er sich einen anderen Unterschlupf?

Beides ist denkbar. Das vorherzusagen ist ein Ding der Unmöglichkeit.

Fieberhaft denke ich darüber nach, was ich an seiner Stelle tun würde – schwer verletzt mit zwei Geiseln und vom Feind verfolgt.

Wenn ich er wäre, würde ich mir ein Versteck suchen, von dem mein Feind nichts weiß und mir einen Arzt kommen lassen.

Die immer stärker werdenden Schmerzen ignorierend steige ich auf mein Bike und folge Ice zurück zum Club.

Wir brauchen Verstärkung und ich ein neues Handy, damit ich die Sender neu orten kann.

Bleibt mir nur zu hoffen, dass Kyrill sie bis dahin nicht gefunden und zerstört hat.

Was für ein beschissener Tag ...

28. Kapitel

Lina

Mein Herz rast noch immer so heftig, als wolle es mir aus der Brust springen. Das Atmen fällt mir schwer und vor meinen Augen verschwimmt alles.

Das muss an dem Adrenalin liegen, an der Angst oder an der Sorge um Lena.

Keine Ahnung, was ich davon halten soll, dass Ice und Bentley uns so schnell aufspüren konnten. Aber sie haben es getan und sich eine heftige Verfolgungsjagd inklusive Schießerei mit den Russen geliefert.

Trotz der Sorgen, die ich mir um meine Schwester mache, bin ich heilfroh, dass sie diese Katastrophe nicht mitbekommen hat.

Ice und Bentley haben wieder und wieder auf den Porsche geschossen und dabei nicht nur die Scheiben, sondern auch Kyrill getroffen.

Keine Ahnung, wie schwer seine Verletzung ist, aber sie blutet stark. Wenn die Blutung nicht bald stoppt, wird er das Bewusstsein verlieren und sterben – nicht dass mich das stören würde, aber ich habe Angst, was er mit uns machen wird, wenn er bemerkt, dass es mit ihm zu Ende geht.

Die Wahrscheinlichkeit, dass er uns am Leben lässt und selbst das Zeitliche segnet, ist schon sehr gering. Was bedeutet, dass ihm die Gesundheit und uns die Zeit davonläuft. Für einen Moment war ich mir sicher, dass es den Riders gelingt, die Russen zu töten und uns zu retten, aber das war wohl zu viel erwartet.

Verdammt …

Dass ich nicht von einem der vielen durch die Luft fliegenden Projektilen getroffen wurde, grenzt an ein Wunder. Die Art, wie der Präs und sein Vize den SUV eingekesselt haben, war beeindruckend. Als ich gesehen habe, wie Bentley von der Harley gestürzt ist, bin ich beinahe umgekommen vor Schreck.

Einzig die Tatsache, dass ich im Rückspiegel gesehen habe, dass er noch gelebt hat, hat mich beruhigt. Es war ein Fehler, den Club zu verlassen, ich hätte diese blöde Handgranate nicht stehlen dürfen. Besorgt drehe ich mich zu Lena um, die erschreckend blass und reglos neben einem der Schläger sitzt und sich nicht rührt.

Ich darf gar nicht an die vielen *wenns* denken, die durch meinen Kopf zucken, sonst würde ich den Verstand verlieren.

Sobald ich die Hoffnung aufgebe, sind wir verloren. Das Wissen, dass die Hell Riders nach uns suchen, beruhigt mich etwas.

Das bedeutet nämlich, dass es noch eine winzige Chance gibt, aus dieser Scheiße lebend rauszukommen.

Ice und Bentley werden sicherlich vor Wut kochen. Ich will mir auch gar nicht ausmalen, wie sie Lena und mich bestrafen werden, wenn sie uns erst mal befreit haben – damit setze ich mich erst auseinander, wenn es so weit ist. Bis dahin gilt es stark zu sein.

Der Umstand, dass Kyrill die ganze Zeit über kein einziges Wort mit mir gewechselt hat, macht mir Angst. Nennt mich verrückt, so sehr ich meinen Ex auch verabscheue, weiß ich, dass ich mich ihm gegenüber falsch verhalten habe und dass ich ihm eine Entschuldigung schulde. Nicht weil ich seinen Safe leer geräumt, sondern weil ich ihm die Liebe vorgespielt habe.

Das war unterste Schublade und charakterlich extrem verwerflich!

Seit er angeschossen wurde, kann er den einen Arm nicht mehr bewegen, aus dem Grund hat er sich die Waffe zwischen die Knie geklemmt und lenkt nun mit der verbliebenen freien Hand.

Trotzdem traue ich mich kaum, mich zu bewegen. Das Wissen, dass der russische Killer hinter mir eine Maschinenpistole auf seinem Schoß liegen hat, reicht völlig aus, um mich ruhig zu stellen. Selbst als uns eine rote Ampel zum Stehenbleiben zwingt, versuche ich gar nicht erst, die Türe zu öffnen.

Die Passanten um uns herum werfen uns kritische, zum Teil entsetzte Blicke zu. Ich kann mir nur zu gut vorstellen, wie wir mit den zerschossenen Fensterscheiben und dem blutüberströmten Mann hinterm Lenkrad auf sie wirken müssen – wie aus einem Horrorfilm.

Es dauert lange, bis ich kapiere, wo wir hinfahren – Richtung Coca-Cola-Company.

Hinter dem großen Gebäude, in dem im Jahr Tausende Liter Softdrinks abgefüllt werden, hat Kyrill vergangenes Jahr einen leer stehenden Gebäudekomplex gekauft, in dem er mehrere Büros und Lagerräume eingerichtet hat. Damals, kurz nachdem er es erworben hatte, hat er mir eines Nachts davon erzählt.

Jetzt bereue ich, dass ich ihm nur mit halbem Ohr zugehört und dabei meine Fluchtpläne geschmiedet habe.

Ich scheine in einer Art Dauerschleife festzuhängen – es kommt mir fast so vor, als wäre ich dauernd damit beschäftigt, vor irgendetwas davonzulaufen.

Sollte ich den heutigen Tag überleben, werde ich endlich damit aufhören und mich meinem Rockerpräsidenten stellen. Ich werde meine Gefühle für Ice nicht länger verleugnen, sondern mich auf den Hell Rider mit den eisigen Augen einlassen.

Falls er mich überhaupt noch möchte ...

Kyrill gibt ein schmerzerfülltes Keuchen von sich. Schweißperlen rinnen ihm über die Stirn, er schaut schlecht aus.

In genau der Sekunde, in der wir auf das mit einem meterhohen Zaun abgesperrte Gelände fahren, beginnt Lena sich endlich wieder zu bewegen. Grenzenlose Erleichterung breitet sich in mir aus.

Das Arschloch, das sie geschlagen hat, grinst fies, am liebsten würde ich ihm mit Vollgas in die Eier treten, so wie Lena es damals bei Bentley gemacht hat.

Es ist wichtig, dass sie wieder bei Bewusstsein ist. Falls sich uns eine Fluchtmöglichkeit bietet, dann muss sie fit genug sein, um laufen zu können.

Ich bin keine Mathematikerin, dafür aber Realistin und darum weiß ich, dass unsere Überlebenschancen schlecht stehen!

Kyrill parkt den völlig demolierten Wagen mit den zersprungenen Scheiben schräg vor dem geschlossenen Tor. Mit einem Handzeichen gibt er seinen Männern zu verstehen, dass sie uns in das Gebäude schaffen sollen.

Keine fünf Minuten später sitzen Lena und ich mit gefesselten Händen auf dem Boden und beobachten, wie mein Ex-Geliebter immer schwächer wird.

Einer seiner Handlanger hängt am Telefon, brüllt irgendetwas auf Russisch und wirkt verzweifelt.

Mir ist klar, dass er gerade versucht, einen Arzt aufzutreiben.

Tja, so ein Pech!

Als mächtiger Mafiaboss hat Kyrill Millionen, doch selbst sein vieles Geld kann ihm jetzt keine medizinische Versorgung verschaffen.

Dass er wie ein ganz gewöhnlicher Mensch in die nächste Notaufnahme spaziert, ist unmöglich. Sobald sich herumspricht, dass er angeschlagen ist, würden sich seine Feinde wie Piranhas auf ihn stürzen.

Ich weiß nicht genau, wie es zwischen den Russen und den Cops steht, aber ich weiß, dass er einen Teil der Polizisten gekauft hat und einige Senatoren mit irgendwelchen Papieren erpresst. Sein Einfluss reicht so weit, dass ihn die Staatsanwaltschaft weitestgehend in Ruhe lässt, aber ob dieser Deal auch noch gilt, wenn er halb tot in einem Krankenbett liegt, weiß ich nicht. Dafür habe ich mich einfach immer viel zu wenig für sein Business und seine Kontakte interessiert.

„Warum ist er verletzt? Warum ist das Auto so zerstört? Was habe ich verpasst, während ich ausgeknockt war?“

Lenas gewisperte Fragen lassen mir bittere Tränen in die Augen steigen. In all dem Chaos habe ich ganz vergessen, dass sie ja gar nichts von der Schießerei mitbekommen hat.

„Ice und Bentley hatten uns aufgespürt und sich eine wilde Verfolgungsjagd mit den Russen geliefert. Es kam zu einer Schießerei. Dein Rocker hat Kyrill die Kugel verpasst."

Sie wirkt entsetzt, beginnt zu schluchzen und lehnt sich an mich.

„Es tut mir leid. Du hattest mit allem, was du gesagt hast, recht. Wir hätten einfach bei den Hell Riders bleiben sollen."

Dass sie sich jetzt bei mir entschuldigt, ist wohl ein schlechter Scherz!

Wenn man es mal genauer betrachtet, ist das alles *meine* Schuld. Ich habe sie dazu überredet, mit mir einen der gefährlichsten Gangster dieses Landes auszurauben. Es war *meine* Idee, Kyrill zu verarschen und seinen Safe leer zu räumen. Das alles, der ganze Mist, der uns passiert, geht auf *mich*!

Der Typ, der bis eben noch telefoniert hat, hört, dass wir flüstern, dreht sich zu uns um, zieht seine Waffe und ballert keine zehn Zentimeter über unseren Köpfen zwei Löcher in die Wand.

Der Lärm der Schüsse ist ohrenbetäubend, vor Schreck hätte ich mir beinahe in die Hose gemacht.

„Noch ein Wort und ich knalle euch ab. Wenn es nach mir ginge, wärt ihr verfickten Schlampen längst tot!"

Wie beruhigend …

Mit diesen Worten stürmt er aus dem Raum, lässt uns mit einem apathisch wirkenden Kyrill zurück.

Lenas Schluchzen wird immer lauter, meine Nerven liegen ebenfalls blank. Es kostet mich all meine Kraft, ruhig zu bleiben. Es hilft uns nicht weiter, wenn ich jetzt durchdrehe und hysterisch werde. Das Seil, mit dem meine Hände gefesselt sind, schneidet mir in die Haut, aber ich nehme den Schmerz kaum wahr.

Erneut sehe ich zu meinem Ex – er sieht schlecht aus, sehr schlecht.

Sobald er tot ist, wird uns das Arschloch mit der Waffe abknallen, daran besteht kein Zweifel. Nicht zum ersten Mal frage ich mich, wo Pawel ist?

Als Kyrills Nummer 1 wäre es seine Aufgabe, hier zu sein.

Ich bin nicht traurig, dass er nicht da ist, das letzte Mal, als wir uns gesehen haben, hat er auf mich geschossen.

„Glaubst du, Ice und Bentley werden uns erneut finden?"

Das ist eine gute Frage, auf die ich keine Antwort habe.

„Keine Ahnung. Es wundert mich eh, wie sie uns vorhin so schnell aufspüren konnten.“

Sie beginnt unkontrolliert zu zittern, ihre Zähne schlagen aufeinander.

„Selbst wenn Ice und Bentley uns noch mal finden und sie es wie durch ein Wunder schaffen, uns zu retten, habe ich Angst. Diese Rocker sollte man nicht gegen sich aufbringen. Sie sind gefährlich!“

Oh ja, und wie sie das sind!

Trotzdem würde ich im Moment alles dafür geben, wieder auf dem Gelände des Clubs zu sein.

Der Russe mit der Waffe kommt zurück, mustert uns prüfend und eilt dann zu seinem Boss. Dieser ist mittlerweile jedoch kaum noch ansprechbar. Kyrill ist mehr im Jenseits als im Diesseits.

„Uns läuft die Zeit davon.“

Lena hat recht, nicht mehr lange und uns ereilt dasselbe Schicksal wie den König der Russen. Es ist merkwürdig, diesen eigentlich so starken und mächtigen Mann auf einmal so schwach zu sehen. Immer wieder erstaunlich, was eine einzelne kleine Kugel für einen Schaden anrichten kann.

Ich hasse Waffen, ich hasse sie ... dennoch wäre ich im Augenblick bereit, meine Seele an den Teufel zu verkaufen, wenn sich dafür jetzt wie durch ein Wunder, eine in meine Hand legen würde.

„Wir müssen von hier verschwinden!“

Lena nickt.

„Aber wie?“

„Als Erstes müssen wir die Hände frei bekommen!“

Der Typ, der uns lieber tot als lebendig sehen will, wendet sich von Kyrill ab, steckt seine Knarre hinten in den Hosenbund, zieht dafür ein Messer hervor und kommt auf uns zu.

Entsetzt starre ich die lange silberne Klinge an.

„Nein ... nein ... bitte nicht ... bitte!“

Die Stimme meiner Schwester klingt entsetzt und ist vor Angst ganz heiser. Meine Kehle fühlt sich an wie zugeschnürt, sodass ich kein Wort hervorbringe.

Anstatt uns wie befürchtet die Kehlen aufzuschlitzen, packt er mich an den Haaren, schleudert mich auf den Boden und schneidet die Riemen meines Rucksacks durch. Auf dem Bauch liegend, drehe ich den Kopf zur Seite und beobachte, wie er dasselbe bei Lena macht. Anschließend öffnet er die Taschen und grinst zufrieden.

Was zur Hölle passiert hier gerade?

Er nimmt eines der Geldbündel heraus, blättert durch die Scheine, wirft es dann zurück in den Rucksack und holt die samtenen Beutel hervor, in denen sich der Schmuck befindet. Eine der goldenen Rolex-Uhren scheint ihm besonders gut zu gefallen, denn er streift sie sich gleich aufs Handgelenk und prüft, wie die eingearbeiteten Diamanten im Tageslicht glänzen. Schlagartig wird mir bewusst, was hier gerade passiert, der Kerl wittert seine Chance.

Meine gefesselten Hände drücken sich mir schmerzhaft in den Magen, ich versuche, mich auf die Seite zu drehen, damit ich wieder besser Luft bekomme.

„Er wird uns alle umbringen!"

Ich höre Lenas Flüstern und weiß, dass sie recht hat. Dieser Russe hat längst verstanden, dass Kyrill, dessen Atemzüge laut und rasselnd kommen, so gut wie tot ist, und nutzt nun die Gelegenheit, um sich die Taschen zu füllen.

Entsetzt sehe ich dabei zu, wie er den Rucksack schließt, das Messer wieder in die Hand nimmt und es, ohne zu zögern, Kyrill ins Herz stößt.

Dieser gibt ein Röcheln von sich, reißt ein letztes Mal die Augen auf und stirbt. Blut spritzt, tropft und bildet eine große Pfütze.

Ich würge, kneife die Augen zusammen und bete zu Gott – flehe ihn regelrecht an – dass er nicht zulassen darf, dass Lena und ich jetzt und hier, mit gefesselten Händen auf dem dreckigen Boden liegend, sterben.

Mein Unterbewusstsein flüstert leise *Tschüss*, es hat längst alle Hoffnung aufgegeben.

Erst jetzt wird mir klar, dass ich damals, als ich beschlossen habe, Kyrill vorzuspielen, dass ich ihn liebe, begonnen habe, auf die Katastrophe hier hinzuarbeiten.

Das Leben ist wie eine verdammte Dominostein-Kette. Ich habe den ersten der Steine umgekippt, die Sache ins Laufen gebracht und somit dafür gesorgt, dass wir in diesem Moment genau hier gelandet sind.

Dass Lena stirbt, ist meine Schuld, dass ich sterbe, ist meine Schuld und falls wir tatsächlich schwanger sind, habe ich sogar noch unsere ungeborenen Kinder auf dem Gewissen.

Ein unglaublicher Hass breitet sich in mir aus, aber er richtet sich nicht gegen Kyrill oder seine Schläger, sondern gegen mich.

In der Sekunde, in der sich der Russe mit dem blutigen Dolch zu uns umdreht, schließe ich mit meinem Leben ab, sehe zu Lena und flüstere ihr ein leises „Es tut mir leid" zu.

Sie weint, zittert und antwortet mir, dass sie mich liebt.
Ihren Blick erwidernd, warte ich darauf, dass die kalte Klinge unserem Leben ein Ende setzt.

29. Kapitel

Bentley – der Vizepräsident

In den letzten dreißig Minuten bin ich eintausend Tode gestorben.

Es fühlt sich beschissen an, nicht zu wissen, was sich zur Hölle noch mal in dem Gebäude anspielt. Alles, was ich weiß, ist, dass dieser verfickte Russe die Frau in seiner Gewalt hat, die ich für mich will.

Sobald ich Lena wieder in meinem Bett und unter meiner Kontrolle habe, werde ich sie an die Kette legen.

Fuck! Fuck! Fuck!

Ich sollte es besser wissen, ich sollte aus der Scheiße meine Konsequenzen ziehen und Lena vergessen. Doch das kann ich nicht! Obwohl sie mich verraten und verlassen hat, will ich sie dringender als den nächsten Atemzug.

Allein die Vorstellung, sie nie wiederzusehen, zwingt mich beinahe in die Knie.

„Wir müssen da rein! Sofort!"

Ice zögert.

„Das könnte eine Falle sein."

Die Möglichkeit besteht durchaus. Es ist äußerst verdächtig, dass die Sender noch immer aktiv sind und nicht zerstört wurden.

Entweder ist Kyrill so schwer verletzt, dass er nicht mehr handeln kann, oder aber er ist nachlässig geworden. Letzteres passt nicht zu dem Russen, also spricht alles für einen Hinterhalt.

„Ich bin bereit, mir für mein Mädchen eine Kugel einzufangen. Du auch?"

Ice flucht, ballt die Faust und rammt sie mir mit voller Wucht gegen die Schulter.

„Wir sind gefickt! Du und ich, wir sind so was von gefickt. Das ist dir hoffentlich klar, Bro."

Oh ja, das ist es.

Allein die Tatsache, dass wir hier stehen und bereit sind, uns für die Schwestern den Arsch aufzureißen, beweist, dass diese Pussymagie tödliche Nebenwirkungen hat.

„Wir hätten uns an meinen Plan halten und sie mit ihren Höschen ans Bett fesseln sollen. Dann stünden wir jetzt nicht hier, sondern würden bis zu den Eiern in ihren weichen, engen Muschis stecken."

Er lacht, es klingt freudlos und wütend.

„Selbst wenn ich mir sicher wäre, dass sie kein Baby erwartet, würde ich Lina da rausholen."

Mir geht es mit Lena nicht anders.

Cruz taucht hinter uns auf, reicht Ice und mir jeweils eine Kevlarweste und deutet auf die, die er selbst angelegt hat.

„Zieht die Dinger an, ich habe ein ganz mieses Gefühl, Leute."

Damit ist er nicht allein.

Widerwillig lege ich die Weste an, checke das Magazin meiner Waffe und warte, bis Ice ebenfalls bereit ist.

„Für diese Scheiße werde ich Lena so hart den Arsch versohlen, dass sie eine Woche lang nicht mehr sitzen kann."

Zumindest falls es uns gelingt, die Schwestern in einem Stück da rauszubekommen.

Den Rest des Satzes denke ich mir nur, es bringt nichts, den Teufel an die Wand zu malen.

„Dem schließe ich mich an, VP. Mal sehen, welches Mädchen lauter schreit, deins oder meins."

Ich tippe auf Lina, das Luder kreischt ja schon beim Ficken das halbe Clubhaus zusammen. Gegen die Anspannung in meinem Inneren ankämpfend, betrachte ich den mitten im Hof stehenden Porsche, dessen Türen offen stehen.

Das Szenario spricht eher für die These, dass meine Kugel Kyrill schwer verletzt hat, als dass es sich um einen Hinterhalt handelt.

Sein jetziges Vorgehen wirkt auf mich schlecht durchdacht und improvisiert. Der Russe hat nicht damit gerechnet, dass wir unsere Frauen so schnell aufspüren, es hat ihm seinen Plan ruiniert, dass ich verhindert habe, dass er die Schwestern in seine Villa verschleppt.

Das – in Kombination mit der Schusswunde – hat ihn dazu gezwungen, hierherzukommen. Auch dass nicht längst Verstärkung eingetroffen ist, spricht ebenfalls für meine Vermutung. Klar, arg viele Männer stehen ihm gar nicht mehr zur Verfügung – die meisten haben Ice und ich in den letzten Tagen gekillt.

Trotzdem, es ist zu ruhig, viel zu ruhig.

„Lass uns reingehen und nachsehen, was da für eine Show läuft!"

Kaum dass die Stimme meines Präsidenten verhallt ist, ertönen zwei Schüsse.

Fuck! Ohne lang darüber nachzudenken, renne ich los, die Waffe im Anschlag und den Finger am Abzug nähere ich mich dem Eingang.

Ich höre Ice fluchen, dann folgt er mir. Cruz und zwei weitere Rider schließen sich uns an. Obwohl ich das Haus am liebsten einfach stürmen würde, halte ich mich zurück und zwinge mich dazu, mit Bedacht vorzugehen.

Egal, was da drinnen auch für eine Scheiße vorgeht, tot helfe ich Lena ganz bestimmt nicht. Wir sichern einen Raum nach dem anderen, checken jede Tür und arbeiten uns Stück für Stück nach oben vor.

Eine Blutspur weist uns den Weg, ich bin mir ziemlich sicher, dass sie von Kyrill stammt.

Gerade als Ice das nächste Zimmer prüfen will, taucht einer der Russen auf, wenn mich nicht alles täuscht, ist er derjenige, der mit dem Maschinengewehr auf mich geschossen hat. Noch bevor er uns entdeckt, springe ich auf ihn zu, packe mir seinen Kopf und reiße diesen mit einem Ruck nach rechts. Das vertraute Knacken seines brechenden Genicks lässt mich zufrieden grinsen.

Wenn meine Rechnung stimmt, sind jetzt nur noch Kyrill und einer seiner Handlanger übrig. Außer natürlich er hat doch Verstärkung angefordert und die hat einen anderen Eingang benutzt. Das Gelände ist groß, es ist unmöglich, alles im Blick zu behalten.

Mein Instinkt verrät mir jedoch, dass das nicht der Fall ist.

Möglichst geräuschlos lasse ich die Leiche zu Boden fallen. Ice nickt zufrieden, Cruz verpasst dem Toten einen Tritt.

„Weiter."

Wir setzen uns wieder in Bewegung, Stimmen werden laut – wir nähern uns dem Ziel.

Jemand unterhält sich auf Russisch, dann ertönt der Schrei einer Frau. Keine Ahnung ob er von Lena oder Lina stammt, es spielt auch keine Rolle.

Ice will losstürmen, es gelingt mir gerade noch, ihn zurückzuhalten.

„Bleib cool, Präs. Wir sind nah dran, geh jetzt kein unnötiges Risiko ein."

Ein gezischtes „Fuck!", später gibt er mir mit einem Nicken zu verstehen, dass er sich wieder unter Kontrolle hat. Wir durchqueren einen leer stehenden Raum und zwei Büros, dann fällt mein Blick auf den Rücken eines Russen, der mit dem obligatorischen Anzug gekleidet ist, den alle von Kyrills Schlägern tragen.

Bingo! Mit einem Handzeichen gebe ich Ice und den anderen zu verstehen, dass äußerste Vorsicht geboten ist.

Mit rasendem Puls gehe ich einen Schritt vor, sehe um die Ecke und entdecke die beiden Mädchen. Sie liegen merkwürdig verrenkt auf dem Boden. Im ersten Moment denke ich, dass sie tot sind – schlagartig breitet sich ein dumpfes Rauschen in meinen Ohren aus und meine Knie werden weich. Doch dann bemerke ich, dass sie sich bewegen und mir fällt ein Stein vom Herzen.

Vor Erleichterung wird mir schwindelig, ich schlucke und versuche, mich zu beherrschen. *Holy Shit!*

„Was geht da drinnen vor?“

Die blauen Augen meines Präsidenten wirken teuflisch, nicht mehr lange und er läuft Amok. Ich weiß, wie er sich fühlt – mir geht es genauso.

„Die Schwestern liegen auf dem Boden, sie scheinen am Leben zu sein.“

Cruz nickt zufrieden, die anderen ebenfalls.

Ice stößt ein erleichtertes Zischen aus.

Wieder sehe ich in den Raum, zwinge mich dazu, etwas anderes wahrzunehmen als die Frauen, und entdecke einen halb tot aussehenden Kyrill. Er sitzt zusammengesunken auf einem Stuhl, sein Atem kommt laut und abgehackt, an seinen Füßen hat sich eine große Blutlache gebildet. Ich muss eine Arterie getroffen haben, was bedeutet, dass er gerade dabei ist zu verbluten.

Sehr schön! Endlich mal gute Nachrichten!

Sein Handlanger scheint sich für die Gesundheit seines Bosses nicht sonderlich zu interessieren, er ist viel zu sehr damit beschäftigt, sich durch die zwei Rucksäcke, die Lina und Lena gehören, zu wühlen. Er nimmt sich eine Uhr, zieht sie an und betrachtet das Ziffernblatt. Danach schließt er die Taschen wieder, das Sonnenlicht bricht sich in dem Gold der Uhr, wirft bunte Reflexe an die Wand.

Mit zusammengebissenen Zähnen beobachte ich, wie der Russe nach einem Messer greift, ausholt und es Kyrill mit voller Wucht ins Herz rammt.

Fassungslos sehe ich dabei zu, wie der König der Russen stirbt.

Wut breitet sich in mir aus. *Fuck!*

Ich wurde gerade der Möglichkeit, meinen größten Feind leiden zu lassen, beraubt.

In der Sekunde, in der sich der Anzugträger mit dem Dolch zu den Frauen umdreht, geht ein Ruck durch meinen Körper.

Es ist klar, was er vorhat – er will sie töten!

„Jetzt!“

Den Finger am Abzug renne ich in das Zimmer, ziele und drücke wieder und wieder ab.

Bämm ... Bämm ... Bämm ... Bämm ...

Mit jeder Kugel, die ich ihm verpasse, geht ein Zucken durch seinen Körper.

Die panischen Schreie der Mädchen vermischen sich mit dem entsetzten Gurgeln des Russen. Er versucht noch, sich zu uns umzudrehen, schafft es aber nicht mehr.

Das Messer fällt ihm aus der Hand, dann kippt er um und starrt mich aus weit aufgerissenen Augen an.

Mit gespreizten Beinen stelle mich über ihn, ziele auf die Mitte seines Brustkorbs und betätige ein letztes Mal den Abzug.

Die plötzlich eintretende Stille ist unheimlich. Zufrieden beobachte ich, wie sich die Pupillen des Mannes weiten, die blauen Kreise seiner Iriden verschwinden, dann ist er tot.

Ice reagiert blitzschnell, eilt zu Lina und zieht sie vom Boden hoch. Erst als er sich versichert hat, dass sie nicht verletzt ist, beginnt er die Fesselung zu lösen. Kaum dass das Seil auf den Boden gefallen ist, zieht er das panisch schluchzende Mädchen in seine Arme und streichelt ihm beruhigend über den Rücken.

Ihr gewispertes „Rette mich, Rocker“, entlockt ihm ein wildes Knurren. Er pinnt ihr einen Kuss auf die Stirn, hebt sie hoch und marschiert an mir vorbei.

Obwohl ein Teil meines Ichs nichts sehnlicher will, als Lena vom Boden zu picken und sie ebenfalls an mich zu drücken, bleibe ich einfach nur stehen, starre sie an und kämpfe mit der Wut, die ich plötzlich empfinde.

Sie hat mich verraten und verlassen ...

Die Sorge und die Angst, die ich bis eben um sie hatte, lösen sich auf und hinterlassen nichts als bitteren Zorn.

Wir starren uns an, sie heult, schnieft und wirkt total verängstigt.

Ich will sie halten, küssen und ihr ins Ohr raunen, dass ich sie ab jetzt und für den Rest meines Lebens beschützen werde, doch ich tue es nicht. Anstatt zu ihr zu gehen, schnappe ich mir die Rucksäcke, befehle Cruz, sich um Lena zu kümmern, und verlasse ohne einen Blick zurück den Raum.

Fuck!

Doppel Fuck!

Dreifach Fuck!

Sie lebt und es geht ihr gut. Ich habe getan, was ich konnte, um ihren Arsch zu retten, und jetzt brauche ich Abstand.

Wenn ich sie jetzt berühre und ihren vertrauten Geruch inhaliere, verliere ich die Kontrolle.

Bloody hell!

Ich wollte dieser Frau mein Leder anziehen, ich war bereit für sie mein Leben zu verändern und meine Freiheit an den Nagel zu hängen und sie hat bei der erstbesten Gelegenheit die Flucht ergriffen.

Das Wissen, dass sie mich nicht will – dass sie nicht bei mir sein will, schmerzt mehr, als es die Verbrennungen getan haben, die mein Gesicht auf ewig entstellen werden.

Im Hof angekommen, ignoriere ich den fragenden Blick meines Präsidenten, werfe ihm die Rucksäcke zu, steige auf mein Bike und starte mit einem Kick den Motor.

Ich brauche Abstand – jetzt!

Der Drang umzukehren und mir mein Mädchen zu schnappen wird beinahe übermächtig. Ich kämpfe ihn nieder und gebe Gas.

Verdammte Scheiße!

Ich war bereit, für diese Frau zu sterben, ich war bereit, bis zum Äußersten zu gehen, aber ich schaffe es einfach nicht, meinen Zorn zu überwinden und mich jetzt um sie zu kümmern.

Es war Lenas Entscheidung, mich zu verlassen, dann soll sie sehen, wie sie jetzt ohne mich zurechtkommt.

Ich habe sie gerettet – mehr kann ich im Moment nicht für sie tun!

30. Kapitel

Ice – der Präsident

Gedankenverloren starre ich aus dem Fenster, beobachte das rege Treiben auf dem Hof und entdecke die Zwillinge, die auf einer Bank in der Sonne sitzen.

Lina reicht ihrer weinenden Schwester ein Taschentuch und zieht sie anschließend tröstend in die Arme. Fluchend reibe ich mir über die Stirn und drehe mich dann zu Bentley um.

„Wie lange willst du das noch durchziehen, Bro? Dein Mädchen ist nur am Heulen, es braucht dich!"

Bentley ignoriert meine Frage, tippt auf den vor ihm ausgebreiteten Stadtplan und klemmt sich eine Kippe zwischen die Lippen.

„Was meinst du, Präs? Wo sollen wir die neuen Grenzen ziehen?"

Es ist offensichtlich, dass er nicht über Lena sprechen, sondern sich auf die Arbeit konzentrieren will. Unter anderen Umständen würde ich seinen Eifer begrüßen, so aber ...

„Fuck! Hast du mir nicht zugehört?"

Wütend schlägt er mit der geballten Faust auf das zerknitterte Papier, das über die Hälfte meines Schreibtischs bedeckt und sieht mich aus zusammengekniffenen Augen an.

„Was soll das? Was willst du, Alter? Seit wann mischst du dich dauernd in mein Privatleben ein?"

Bescheuerte Frage.

„Seit dein Privatleben jeden Abend heulend in meiner Wohnung hockt."

Seufzend lässt sich mein Vize auf einen der Stühle fallen, verdeckt das Gesicht mit beiden Händen und schüttelt den Kopf.

„Sie hat mich verlassen. Schon vergessen? Lena hatte sich für ein Leben ohne mich entschieden. Also, was interessiert es mich, ob sie heult oder tanzt?"

Die Verbitterung, die in seiner Stimme mitschwingt, ist nicht zu überhören.

„Verdammt, Bruder. Du tust so, als wäre sie am anderen Ende der Welt, aber sie sitzt hier in deinem Club und ist mit deinem Kind schwanger."

Seit dem gescheiterten Fluchtversuch von vor einer Woche ist viel geschehen. Die beiden Schwestern haben einen Schwangerschaftstest gemacht. Bei Lina war er negativ, bei Lena hingegen positiv.

Die Chance, dass ich mein Mädchen geschwängert habe, stand 50/50. Dass sie kein Kind erwartet, ist also nicht sonderlich überraschend. Was mich jedoch sehr wohl verwundert, ist die Tatsache, dass ich es schade finde, dass sie nicht schwanger ist.

Fuck!

Ich werde demnächst fünfzig, wenn ich jetzt keine Familie gründe, wann dann? Der Altersunterschied von neunundzwanzig Jahren scheint für Lina kein Problem zu sein. Im Gegenteil, sie beteuert immer wieder, dass sie es gut findet, dass ich älter bin.

Aber verdammt, nur der Teufel weiß, wie viel ich diesem Weib glauben kann!

Was aber definitiv feststeht, ist, dass sie seit ihrem gescheiterten Fluchtversuch anschmiegsamer geworden ist. Es kommt mir fast so vor, als wäre sie erst jetzt, nachdem ich sie gerettet habe, bereit, sich voll und ganz auf das, was auch immer zwischen uns läuft, einzulassen.

Vielleicht bilde ich es mir ja auch nur ein, aber ich würde fast behaupten, dass Lina froh darüber ist, dass ich sie zurück in den Club gebracht und ihr unmissverständlich klargemacht habe, dass ich sie behalten werde.

Kyrills Tod hat für Furore auf den Straßen gesorgt.

Die Cops sind ausgeflippt, haben seine Villa beschlagnahmt und darin nicht nur jede Menge Koks und Waffen, sondern auch zwei tote Nutten entdeckt. Selbst post mortem wird der Mafiaboss seinem Ruf gerecht.

Jeder noch so kleine Gangster versucht, in die Fußstapfen des Russen zu treten, ein lächerlicher Versuch. Kyrills Imperium ist nach seinem Tod wie ein Kartenhaus in sich zusammengefallen, nichts ist übrig geblieben – nichts außer seinem Revier und das haben längst wir für uns beansprucht.

Atlanta gehört endlich den Hell Riders.

Das letzte Jahr war blutig und verdammt anstrengend, Kyrill war ein harter Gegner.

Jetzt wo endlich Frieden einkehrt ist, hätte es mich nicht gestört, Vater zu werden. Mag sein, dass ich Lina kaum kenne, aber verdammt, das spielt keine Rolle. Ich habe längst entschieden, dass dieses Mädchen mir gehört.

Selbst der Umstand, dass sie mir eine Granate gestohlen hat und abgehauen ist, ändert nichts an der Tatsache, dass ich dieses Mädchen nie wieder gehen lassen werde.

Dass Bentley wütend auf Lena ist, kann ich durchaus verstehen, aber fuck! Die Sache ist gelaufen, der Fluchtversuch ist gescheitert und die Schwestern sind hier.

Wo ist also sein gottverdammtes Problem?

Wenn er sie erst bestrafen muss, um ihr verzeihen zu können, dann muss er das tun.

Soll er sie packen, übers Knie legen und ihr so hart den Arsch versohlen, dass sie eine Woche lang nicht mehr sitzen kann.

Hauptsache, die Scheiße ist danach endlich abgehakt.

Ich kann regelrecht dabei zusehen, wie Lena jeden Tag ein bisschen mehr zusammenbricht.

Die Ereignisse der vergangenen Wochen waren einfach zu viel für das Mädchen.

Kein Wunder, wenn man bedenkt, was alles vorgefallen ist.

Erst haben die Schwestern Kyrill ausgeraubt, dann wurden sie von den Russen durch die halbe Stadt gejagt und sind schlussendlich bei uns gelandet. Wie es dann weiterging, ist Geschichte ... Die Trennung von Bentley war Lenas eigene Entscheidung, anders kann ihr Fluchtplan nicht interpretiert werden. Doch ihr Plan ist nicht aufgegangen, anstatt mit Lina unter Palmen am Strand zu liegen, hockt sie jetzt hier, wird rund um die Uhr bewacht und ist schwanger. Dieses Mädchen braucht Bentley an ihrer Seite, doch dessen Stolz lässt es einfach nicht zu, dass er die Kleine in seine Arme zieht und ihr verspricht, dass alles gut werden wird.

Fuck! Fuck! Fuck!

Die ganze Scheiße wäre nicht halb so krass, wenn es nicht so offensichtlich wäre, was die beiden füreinander empfinden.

Keine Ahnung, was die Mädchen dazu gebracht hat, abzuhauen – was das angeht, schweigt Lina beharrlich. Aber es ist unübersehbar, dass Lena sich nichts sehnlicher wünscht, als dass Bentley endlich auf sie zugeht.

Da mir klar ist, dass mein Vize gerade keinen Kopf hat, um sich mit mir über die neuen Reviergrenzen des Clubs zu unterhalten, zünde ich mir ebenfalls eine Kippe an und lehne mich an die Kante des Schreibtischs.

„Ich bin weiß Gott kein Beziehungsexperte, aber dass du Lena für dich willst, ist wohl allen klar. Pack dir das Mädchen endlich und rede mit ihm. Ihr müsst über den Bullshit, der passiert ist, hinwegkommen."

Ruckartig zieht er die Hände nach unten und sieht mich an.

„Worte sind nicht meine Stärke."

Aye, da geht es ihm wie mir.

„Dann fick sie."
Ein freudloses Lachen ausstoßend, steht er auf und starrt auf den Straßenplan.
„Mit Ficken hat die ganze Katastrophe ja erst ihren Lauf genommen. Diese verfluchte Pussymagie hat mir nur Ärger eingebracht."
Zur Hölle!
So langsam kann ich sein Gejammere nicht mehr hören.
„Was willst du eigentlich, Bro? Du hast eine schöne Frau – ja, sie ist abgehauen – na und? Jetzt ist sie hier! Wo ist das Problem? Lina ist ebenfalls vor mir davongelaufen. Was stört es mich?! Was zählt, ist, dass ich sie eingefangen und zurückgebracht habe, der Rest ist unwichtig. Hör auf, dir selbst in den Schwanz zu zwicken, und lass dir endlich ein paar Eier wachsen. Du klingst schon wie 'ne Muschi."
Wut blitzt in seinen Augen auf. Kurzerhand schnippt er die halb gerauchte Kippe auf den Boden und ballt die Hände zu Fäusten. Er geht einen Schritt in meine Richtung und sieht mich drohend an.
„Wiederhol das und ich prügle dir die Scheiße aus dem Leib!"
Er will einen Kampf? Den kann er haben!
„Du klingst wie ein Mädchen. Wie ein kleines süßes Ding, dem man die Puppe weggenommen hat."
Zufrieden beobachte ich, wie er die Zähne zusammenbeißt, ausholt und versucht, mir einen rechten Haken zu verpassen. Ich weiche ihm mühelos aus und gönne mir einen Zug von meiner Zigarette.
„Mich zu schlagen wird deine Probleme auch nicht lösen!"
Er nickt.
„Mag sein, aber es wird sich gut anfühlen. Und Shit! Es hat sich schon viel zu lange nichts mehr wirklich gut angefühlt."
„Wie wäre es mit einem Fight? Wenn du mich im Ring besiegst, halte ich zukünftig meine Fresse und mische mich nicht mehr in die Sache mit Lena ein. Wenn ich es aber schaffe, dich von den Füßen zu holen, dann kümmerst du dich endlich um dein schwangeres Mädchen."
Gespannt, ob er sich darauf einlässt, strecke ich ihm meine rechte Hand entgegen und sehe ihn herausfordernd an.
Bentley zögert eine Sekunde, dann schlägt er ein.
„Du willst einen richtigen Kampf? Du hast keine Chance gegen mich, Präsident."
Das werden wir ja sehen.
„Heute Abend 20:00 Uhr. Fire macht den Ringrichter."
„Abgemacht."
Plötzlich guter Laune verschwindet er aus dem Büro. Kaum dass er weg ist, taucht Lina im Türrahmen auf.

Sie trägt eine enganliegende Jeans, rote Sneakers und einen schwarzen Pullover. In dem Outfit wirkt sie erschreckend jung und unschuldig.

„Wo wollte Bentley denn so schnell hin?“

Ich zucke mit den Schultern, gehe auf sie zu und vergrabe meine Faust in ihren Haaren. Mit einem Ruck ziehe ich sie zu mir, pinne meinen Mund fest auf den ihren und zwinge sie mit meiner Zunge dazu, sich mir zu öffnen. Seufzend sinkt sie gegen mich, erwidert den Kuss gierig und reibt sich an meinem Oberschenkel.

Holy Shit!

Ich weiß nicht, woran es liegt oder was Lina Besonderes an sich hat, aber von dieser Frau werde ich einfach niemals genug bekommen.

Ihr Geruch, ihr süßer Geschmack und das Gefühl, das sich immer dann in meinem Brustkorb ausbreitet, wenn ich sie in meinen Armen halte ...

Es spielt keine Rolle, dass sie Kyrills Geliebte war, es ist egal, dass die Sache zwischen uns ursprünglich mit einem Deal angefangen hat und es interessiert mich einen Dreck, dass sie versucht hat, mich zu verlassen.

Das Einzige, was zählt, ist, wie fantastisch und richtig es sich anfühlt, wenn ich bis zu dein Eiern in ihrer magischen Pussy stecke!

Keine Ahnung ob diese Frau ein Fluch oder ein Segen ist – das wird die Zeit zeigen.

Grob wühle ich mich durch die warme Höhle ihres Mundes, erkunde jeden Winkel und beiße mich an ihrer Unterlippe fest.

Mit einem Ruck ziehe ich ihren Kopf zur Seite, lasse meine Zunge über ihren Kiefer nach unten gleiten und sauge an ihrem Hals. Sie erschaudert, was mir ein Knurren entlockt und meinen Schwanz hart werden lässt.

„Ich will dich, Baby.“

Sie nickt zustimmend, fasst mir in den Schritt und stöhnt anerkennend, als sie spürt, wie hart ich bereits für sie bin.

„Du kannst wohl nie genug bekommen, was, Hell Rider?“

„Nein niemals. Nicht von dir!“

Die Hände auf Linas Arsch platzierend, hebe ich sie hoch, setze sie auf meinem mit dem Stadtplan bedeckten Schreibtisch ab und ziehe ihr mit einem Ruck den Pullover über den Kopf. Rot und geschwollen drücken sich ihre Nippel durch den spitzenbesetzten Stoff des BHs. Ihre langen dunklen Haare bilden den perfekten Kontrast zu ihrer hellen Haut, während ihre grünen Augen vor Erregung funkeln.

Gott, dieses Mädchen ist so unglaublich schön ...

Tief einatmend, inhaliere ich ihren Duft, das Wasser läuft mir im Mund zusammen. Genießerisch lecke ich über die kleine Kerbe an ihrem Mundwinkel und stöhne, als ihr Geschmack auf meiner Zunge explodiert.

Ich will diese Frau auf jede nur erdenkliche Art besitzen. Ich will sie zeichnen, markieren, ficken und zum Schreien bringen. Der Drang, sie dominieren und unterwerfen zu wollen, wird immer stärker.

Mit dem Daumen streiche ich über die Stelle an ihrer Kehle, an der sich ihr Puls überschlägt.

„Wenn du wüsstest, was gerade in meinem Kopf vorgeht, würdest du mich um Gnade anflehen."

Linas Atem überschlägt sich, streift warm über meine Schläfe.

Die Stimmung zwischen uns verändert sich.

„Ice ..."

Sie wispert meinen Namen, was meinen Schwanz nur noch härter werden lässt.

Oh Fuck!

Ich bin kurz davor durchzudrehen.

„Ich erwarte keine Gnade, Hell Rider."

Der Tag wird kommen, an dem ich Lina mein Leder anziehe.

Um sie zu meiner Old Lady ernennen zu können, werde ich einen hohen Preis bezahlen müssen – meine Freiheit.

Ich küsse sie erneut und umfasse das weiche Fleisch ihrer Titten. Sie krallt sich an meinen Haaren fest, zieht an ihnen und biegt den Rücken durch. Bestimmend umfasse ich ihren Kiefer, vertiefe unser Zungenspiel und spüre, wie die Muskeln in meinen Beinen vor Ungeduld zu zucken beginnen.

Unter Aufbringung all meiner Kräfte beende ich den Kuss und löse mich von ihr.

„Fuck, Baby."

Sie leckt sich die Lippen und grinst wissend.

„Oh ja. Fuck!"

Ihre Stimme ist leise und rau, klingt erregt.

Lina weiß genau, was ich brauche, rutscht vom Tisch und sinkt anmutig vor mir zu Boden. Sobald sie vor mir kniet, öffne ich den Gürtel. Brav wie sie ist, zieht sie meine Jeans nach unten, befreit meinen Schwanz und packt mich an den Eiern.

Yeah, mein Mädchen weiß ganz genau, wie es läuft.

„Willst du in meinem Mund kommen?"

„Fuck, Baby, wenn ich in zwanzig Jahren zwischen deinen Lippen sterbe, verlasse ich diese Welt als glücklicher Mann."

Gekonnt massiert sie meine Latte, erhöht den Druck und lässt die Daumenkuppe geschickt über den kleinen Schlitz an der Eichel gleiten.

Fluchend lasse ich den Atem entweichen und kämpfe um Beherrschung.

Genau das habe ich jetzt gebraucht ...

Mit den Händen die Tischkante umfassend, beobachte ich Lina dabei, wie sie den Kopf senkt und mit der Zunge die Ader nachspurt, die sich dick und bläulich über meinen Schwanz windet.

„Blood Hell."

Ihr leises Kichern hallt in meinem Inneren wieder. Ich liebe dieses Geräusch.

„Wer wird denn da so ungeduldig sein?"

Das letzte Mal, als ich bis zum Anschlag in ihrem Rachen gesteckt bin, ist noch keine zwölf Stunden her, trotzdem kann ich es kaum erwarten, wieder in dieses enge, feuchte Paradies zu gleiten. Ungeduldig packe ich sie am Hinterkopf und dirigiere ihre leicht geöffneten Lippen an meinen Schwanz. Ihr heißer Atem weht über meine Eichel, ehe sie die Wulst endlich in den Mund nimmt.

Heiß, nass und so perfekt ...

Lutschend und saugend sorgt Lina dafür, dass sich eine angenehme Leere in meinem Hirn ausbreitet. Der Ärger mit Bentley, das Problem mit den Gebietsgrenzen und die neue Waffenlieferung an die Albaner, das alles verschwindet aus meinen Gedanken, sodass ich mich nur noch auf ihre weichen Lippen konzentriere und auf das Gefühl, das ihre raue Zunge in mir auslöst.

Ich stöhne, zittere und schwitze. Lina knabbert an mir, lässt mich kurz ihre Zähne spüren, ehe sie meinen Schwanz Zentimeter für Zentimeter in ihre Kehle gleiten lässt. Gekonnt erhöht sie den Druck – sie weiß genau, wie ich es brauche. Ein roter Nebel breitet sich vor meinem Sichtfeld aus, in meinen Ohren rauscht es.

„Oh verdammt ... Baby ..."

Tief einatmend packe ich mir ihre Haare, wickle sie mir um die Faust und stoße hart zu.

Lina hat kein Problem mit dem Deep Throat – sie ist die unangefochtene Königin der Blow Jobs. Sie schluckt meine komplette Länge, eine Träne rinnt ihr aus dem Augenwinkel, doch sie ist tapfer und presst sich noch ein winziges Stückchen tiefer auf meine Härte. Lina lässt sich Zeit, sie scheint es nicht eilig zu haben, das nächste Mal Luft holen zu können. Die Augen auf ihren Scheitel gepinnt, ramme ich mich wieder und wieder in ihren Rachen. Ihr Hals krampft sich zusammen, sodass es noch etwas enger um meinen Schwanz wird. Meine Süße würgt, schluckt und leidet, nur um mir Lust zu bereiten.

Ein heißer Blitz schießt an meiner Wirbelsäule entlang und explodiert in meinen Hoden. *Yeah!*

Es wird nicht mehr lange dauern, bis ich sie meinen Samen schlucken lasse. Lina stöhnt, sieht zu mir hoch und fängt meinen Blick ein, während sie mich wieder bis zum Anschlag in ihren Schlund gleiten lässt.

Verlangend beobachte ich, wie mein Glied in ihrem Mund verschwindet, wie sich ihre Lippen nach außen wölben und ihre Atmung stockt.

Die Show ist der Hammer, diese Frau ist der Hammer.

In meinem Leben habe ich schon hunderte Nutten gevögelt, aber keine hat meinen Schwanz mit solch einer Hingabe gelutscht wie dieses Mädchen. Lina lässt mich glauben, dass sie sich nichts Besseres vorstellen kann, als hier vor mir zu knien und an mir zu nuckeln, als ob ich ein verfickter Chupa-Chups-Lutscher wäre.

Vor Lust getrieben, beginne ich damit, ihren Kopf immer fester auf meinen Schwanz zu drücken, während ich zeitgleich in einen gnadenlosen und tiefen Rhythmus verfalle.

Meine Süße gerät ins Wanken, ihre Fingernägel graben sich schmerzhaft in meine Oberschenkel. Anstatt sich gegen meine Brutalität zu wehren, lässt Lina sich alles, was ich ihr antue, gefallen. Und verdammt, ich nehme keine Rücksicht auf die vielen Tränen, die ihr mittlerweile über die Wangen rinnen.

Der Augenblick ist so hammer, dass ich für diesen Moment all den Bullshit, der auf meinen Schultern lastet, vergesse. Fluchend ramme ich mich immer wieder in ihre Kehle, wühle mich durch ihre Haare und ziehe mich ein letztes Mal zurück.

„Sieh mich an, Baby."

Sie tut es. Ihre langen Wimpern sind verklebt und ihr Mund zu einer sexy Schnute verzogen, in der mein Schwanz steckt.

Langsam ziehe ich mich noch ein Stück zurück, sodass die Wulst meiner Eichel auf ihrer geschwollenen Unterlippe liegt. Die Muskeln in meinen Beinen sind so angespannt, dass es schmerzt.

Den Blick auf ihren Mund gerichtet, schiebe ich mich wieder bis zur Wurzel in sie hinein. Linas Rachen krampft, doch anstatt sich zu wehren oder zurückzuweichen, stützt sie sich ergeben an mir ab und sieht mich unverwandt an.

Brummend stelle ich mir vor, wie fantastisch mein Leder an ihr aussehen wird. Das Gefühl ihrer Kehle in Kombination mit dieser Fantasie reicht aus, um mich abspritzen zu lassen.

Schub für Schub pumpe ich mein Sperma in ihren Hals, genieße die Schluckbewegungen und schließe die Augen, um dem Moment zu huldigen.

What a fuck! Der Mund meines Mädchens ist das reinste Paradies.

Das Herz schlägt mir gegen die Rippen, in meinem Kopf dreht sich alles. Als ich meine Finger von ihren Haaren löse, kippt Lina nach hinten und wischt sich den Rest meines Samens von den Lippen. Wenn sie denkt, dass ich jetzt mit ihr fertig bin, täuscht sie sich gewaltig. Ich habe noch lange nicht genug, wahrscheinlich werde ich niemals von ihr genug haben!

Ich werde meine zukünftige Lady jetzt so lange ficken, bis ich endlich wieder klar denken kann und mich wieder im Griff habe. Bis zu einem gewissen Grad stört es mich, dass Lina so eine Macht über mich hat.

Entschlossen ziehe ich sie nach oben und beuge sie kurzerhand über den Schreibtisch. Ihr zufriedenes Lachen entlockt mir einen Fluch. Meine Süße mag es, wenn ich sie hart anpacke.

Entschlossen, mir alles zu nehmen, was sie zu bieten hat, öffne ich die Häkchen des BHs, lasse das Ding zu Boden fallen und umfasse ihre prallen Titten.

Tief einatmend zwinge ich mich dazu, einigermaßen ruhig zu bleiben.

Es ist nicht Linas Schuld, dass ich mich in ihrer Nähe kaum beherrschen kann.

Verspielt kneife ich ihr in die Nippel, zwirble sie und ziehe sie in die Länge. Meine Süße stöhnt, windet sich und keucht gepeinigt auf, als ich sie meine Fingernägel spüren lasse. Erst als ihre Brustwarzen hart und geschwollen sind, lasse ich Gnade walten und ziehe ihr die Jeans aus. Wenige Augenblicke später reckt sie mir ihren nackten Po entgegen. Der Versuchung nachgebend hole ich aus und verpasse ihren runden Arschbacken ein paar kraftvolle Schläge.

Amüsiert beobachte ich, wie sie sich auf die Lippe beißt, um gegen einen lauten Schrei anzukämpfen.

Keuchend wirft sie mir über die Schulter hinweg einen Blick zu, drückt sich meiner spankenden Hand entgegen und fordert mich so wortlos auf, weiterzumachen. Wieder und wieder klatscht meine Handfläche auf ihre Rückseite. Die sonst so schneeweiße Haut färbt sich rosa, mein Schwanz zuckt.

Tief einatmend inhaliere ich den unverkennbaren Geruch von feuchter Pussy und schlage ein letztes Mal hart zu.

Dieses Mal verliert Lina den Kampf und ihr gepeinigtes Kreischen hallt von den Wänden wider.

„Bitte Ice ...“

Sie klingt verzweifelt.

„Um was bittest du mich, Darling? Um mehr oder um Gnade?“

Lina wirkt hin- und hergerissen. Mein süßes Luder scheint selber nicht so ganz zu wissen, was es eigentlich will.

„Ich will deinen Schwanz in mir, während du mir den Po versohlst.“

Das nenne ich doch mal eine geile Idee!

Langsam schiebe ich meinen Finger in ihre Pussy, stimuliere den schwammigen Punkt über ihrem Schambein und reibe mit dem Daumen über ihren Kitzler.

Sie wimmert und beißt sich auf die Unterlippe. Lina ist so nass, das sie meine Hand volltropft.

Ungeduldig lässt sie die Hüften kreisen. Ich entziehe ihr meine Finger, spreize ihre Arschbacken, spucke auf das runzelige Loch und verreibe meinen Speichel.

Gierig lasse ich meine Augen über ihren zitternden Körper gleiten.

Genau wie die letzten Male, als ich sie gefickt habe, hadere ich mit mir selbst.

Kondom, ja oder nein?

Was zur Hölle will ich?

Die Vorstellung, Lina zu schwängern, macht mir keine Angst, sie erregt mich in einem Maß, das mir Angst machen sollte.

Dennoch habe ich mir bis auf dieses eine Mal in unserer ersten Nacht immer einen Gummi übergezogen.

Fuck! Unentschlossen schließe ich für eine Sekunde die Augen, höre in mich hinein und weiß instinktiv, was zu tun ist.

Ich bin jetzt neunundvierzig und hatte mit unzähligen Frauen Sex. Und keine von all den Tussis hat mich das spüren lassen, was Lina in mir auslöst. Es spielt keine Rolle, dass sie vom Alter her meine Tochter sein könnte, oder dass wir uns kaum kennen. Alles, was zählt, ist, dass ich dieses Mädchen besitzen will und behalten werde. Ich bin der Präsident des Hell Riders Motorcycle Clubs und wenn ich diese Frau schwängern will, dann werde ich das tun und nichts und niemand kann mich davon abhalten!

Mit einem Ruck stoße ich mich bis zu den Eiern in ihre geschwollene und himmlisch enge Pussy und genieße den lustvollen Schrei, den meine Süße ausstößt.

Oh yeahhh ...

Eng und bebend zurrt sich ihre Mitte um meinen Schwanz zusammen.

Nicht gewillt, mich auch nur eine Sekunde länger zurückzuhalten, verliere ich die Kontrolle und nehme mir, was ich brauche. Immer und immer wieder treibe ich mich bis zum Anschlag in Linas engen Kanal, lasse sie meine Kraft spüren und meiner Gewalt freien Lauf.

Eine Hand in ihren Haaren vergrabend, reiße ich ihren Kopf nach hinten, hole mit der anderen aus und beginne damit, ihr im Rhythmus meiner Stöße den Arsch zu versohlen. Wieder und wieder schlage ich zu, meine Handfläche brennt, immer dickere Tränen rinnen über das wunderschöne Gesicht meiner Frau.

Sie könnte jederzeit *Stopp* schreien, doch sie tut es nicht. Im Gegenteil! Gierig spannt sie ihre inneren Muskeln an, wird so noch enger und fleht mich heiser an, dass ich sie härter ficken und schlagen soll.

In der Verfassung, in der ich mich momentan befinde, denke ich nicht nach, sondern tue, was sie sich wünscht.

Ihre Schreie werden lauter, verkörpern eine Mischung aus Schmerz und Lust, die das Blut in meinen Adern zum Kochen bringt.

Lina erschaudert unkontrolliert und bricht dann kraftlos zusammen. Eine dünne Schweißschicht überzieht ihren Rücken, während ihre salzigen Tropfen auf die bunten Linien des Straßenplans tropfen.

Meine Hoden ziehen sich pochend zusammen. Knurrend ficke ich sie noch etwas härter, beiße die Zähne zusammen und brülle ein „Fuck yeah!“, an die Zimmerdecke.

Ich verkrampfe mich, spritze ab und schließe die Augen.

Mit allen Sinnen genieße ich das Vibrieren ihrer Pussy, das Gefühl von Haut auf Haut und wie es sich anfühlt, als mein Schwanz in ihrer Grotte in meinem Sperma badet.

Es ist unglaublich, aber der Fick war so heftig, dass meine Beine zittern. Lina jammert leise, jetzt wo die Lust langsam abebbt, scheint sie erst so richtig zu spüren, was ich ihrem rot glühenden Arsch angetan habe.

Ich beiße die Zähne zusammen, schiebe mich ein letztes Mal so tief wie möglich in sie hinein und gleite dann langsam aus ihr heraus. Lina bleibt einfach reglos liegen, atmet schwer und verzieht ihre Lippen zu einem sanften Lächeln.

„Hilfe, ich glaube, du hast mich in meine Einzelteile zerlegt.“

Ihre vom vielen Schreien heisere Stimme klingt sexy.

Ohne den Blick von ihrer Rückseite abzuwenden, ziehe ich meine Hose hoch und schließe den Gürtel.

Gerade als sie sich aufrichten will, umfasse ich ihren Nacken und drücke sie zurück auf den Tisch. Mit einem Knie spreize ich ihre Beine weiter und genieße den Anblick.

„Bleib so liegen!"

Sie befolgt meinen Befehl, sodass ich genug Zeit habe, ihre geschwollene, rote und mit meinem Sperma benetzte Muschi zu betrachten.

Noch nie zuvor habe ich etwas Heißeres gesehen.

Ich brenne mir das Bild tief ins Hirn, stoße dann mit zwei meiner Finger in ihren engen Kanal und schiebe meinen Samen so tief es geht in sie hinein, was Lina ein leises Seufzen entlockt.

Anschließend verreibe ich den Rest meines Spermas auf ihren Schamlippen, verpasse ihnen einen Klaps und beuge mich über die Frau, die mir den Kopf verdreht hat.

„Ab jetzt nie wieder mit Gummi!"

Sie will etwas sagen, ich halte ihr den Mund zu und beiße mich an ihrem Hals fest.

Ein Ruck geht durch ihren Leib, ich werde schon wieder hart.

Alles in mir schreit danach, dieses Mädchen bis zum Rand mit meinem Saft vollzupumpen. Ich will, dass sie ihn schluckt, ich will ihn ihrem Arsch und in ihrer Pussy.

Verdammt!

Am liebsten würde ich jeden Zentimeter ihres Körpers damit einreiben und sie so endgültig als mein Eigentum markieren.

Die Besessenheit, die ich dieser Frau gegenüber empfinde, ist fast schon krankhaft, aber sie fühlt sich extrem gut an.

Mir wird klar, dass sie kaum noch atmen kann, dennoch lasse ich meine Hand, wo sie ist und beginne, Lina mit meinen Fingern zu ficken.

„Ich lasse dich erst wieder Luft holen, wenn du mir einen weiteren Orgasmus geschenkt hast."

Sie wirkt entsetzt, doch zugleich flutet ein Schwall Feuchtigkeit meine Fingerspitzen, ein untrügliches Zeichen, dass sie dieses gefährliche Spiel erregt.

Es dauert nicht lange, bis ihre Augen nach oben rollen und sie zuckend und bebend zum Höhepunkt kommt.

Das war gerade noch rechtzeitig, ich bin mir sicher, dass sie wenige Sekunden später das Bewusstsein verloren hätte.

Wie versprochen nehme ich die Hand weg und erlaube ihr so, zu atmen. Japsend schnappt Lina nach Luft, keucht und hustet.

„War das zu hart?“

Genau wie erwartet, schüttelt sie den Kopf.

„Nein, ich mag es, wenn du mich an meine Grenzen führst. Ich vertraue dir, Ice.“

Bämm ... Das war die Eine-Million-Dollar-Antwort.

Falls bis zu diesem Moment auch nur der geringste Zweifel daran bestanden hat, dass diese Frau die richtige für mich ist, dann ist dieser jetzt beseitigt.

Bei allen Höllen!

Ich habe Lina gerade ganz bewusst ohne Kondom gefickt, es wird also höchste Zeit, dass ich ihr mein Leder anziehe.

Doch bevor ich mich dieser Aufgabe widme, werde ich zu Bentley in den Ring steigen und ihm ein wenig Vernunft in den Schädel prügeln.

Im Gegensatz zu ihm habe ich längst kapiert, dass diese zwei Schwestern das Beste sind, was ihm und mir passieren konnte.

Es ist mir egal, wie oft Lina in den kommenden Jahren versuchen wird abzuhauen, ich werde sie jedes Mal – ausnahmslos jedes Mal – mit Freuden wieder einfangen!

Wenn es sein muss, werde ich ihr einen dieser Peilsender in den Arsch transplantieren lassen.

31. Kapitel

Bentley – der Vizepräsident

Fire steht mit ernster Miene vor mir, flucht und schimpft pausenlos vor sich hin.

Er ist wütend auf mich, aber das geht mir am Arsch vorbei.

Irgendwie kommt es mir so vor, als würde die ganze verdammte Welt langsam, aber sicher durchdrehen.

Fuck!

Bilde ich es mir nur ein oder war früher einfach alles unkomplizierter?

Ein Ja war ein Ja und ein Nein ein Nein. Oder?

Lena zum Beispiel: An dem Tag, an dem sie sich verpissen wollte und lieber das Risiko eingegangen ist, von den Russen gefangen und getötet zu werden, anstatt bei mir zu bleiben, hat sie mich, kurz bevor ich mit Ice zu der Waffenauslieferung aufgebrochen bin, geküsst, als würde ihr verdammtes Herz in meinen Händen liegen.

Doch anstatt mir ihres zu schenken, hat sie mir das meine aus der Brust gerissen und im Klo runtergespült.

Frauen sind teuflische Geschöpfe, die nur auf der Welt sind, um uns Männer in die Hölle zu locken. Das mag jetzt melodramatisch klingen, aber hey, es ist nichts als die Wahrheit. Jesus sagte doch einst so provokativ:

‚Wenn dich einer auf die linke Wange schlägt, dann halte ihm auch die andere hin.'

In der Bibel heißt es, dass man auch noch seine zweite Wange hinhalten soll, wenn man geschlagen wurde.

Gilt das auch für Verbrennungen?

Wenn ja, na dann sollte ich Lena vielleicht eine Packung Streichhölzer und einen Benzinkanister bringen.

Angespannt sehe ich zu dem Boxring, der sich auf der Westseite neben dem Club befindet, folge mit den Augen den gespannten Seilen und frage mich, wie es weitergehen soll.

Von Lena ist nichts zu sehen, wahrscheinlich sitzt sie gerade oben in meiner Wohnung und legt sich einen neuen Plan zurecht, in dem es darum geht, wie sie mich verlassen kann. Jetzt, wo ich Kyrill getötet habe, ist sie eine reiche Frau, die nichts mehr zu befürchten hat.

Fuck! Reich mag sie sein, aber frei ist sie nicht.

Zum bestimmt einhundertsten Mal frage ich mich, ob ich sie gehen lassen würde, wenn sie nicht von mir schwanger wäre.

Die ehrliche und harte Antwort ist leicht zu finden, jedoch nur schwer zu akzeptieren, denn sie lautet ganz klar: NEIN!

Nein, ich würde Lena nicht aufgeben.

Wäre sie ein Schmetterling, würde ich ihr die Flügel nehmen, nur damit ich sie behalten kann.

Und genau diese Tatsache, dieser unglaubliche Egoismus, ist das, was mir zu schaffen macht. Mir war schon immer klar, dass ich nicht zu den Guten gehöre. Ich bin kein Held, ich bin das Monster, das Clark Kent dazu bringen würde, seine Brille abzusetzen und als Superman in Erscheinung zu treten.

Dennoch ist es immer wieder krass, wie schwarz und tot meine Seele mittlerweile ist.

Wenn ich ehrlich zu mir wäre, würde ich mir eingestehen, dass meine Wut nicht daher rührt, dass Lena mich verlassen wollte, sondern eine ganz andere Ursache hat, nämlich die, dass ich von meiner eigenen Skrupellosigkeit entsetzt bin.

Fire reißt das Tape ab und mustert mich skeptisch.

„Bist du eigentlich bei der Sache? Wenn nicht, solltest du auf dein Bike steigen und dich für die nächste Zeit verpissen."

Keine schlechte Idee, vielleicht sollte ich wirklich meine Sachen packen und für einige Wochen eine Pause einlegen.

Dumm nur, dass mir der Gedanke, Lena aus den Augen zu lassen, überhaupt nicht gefällt.

„Misch dich nicht in meine Angelegenheiten ein, Sergeant."

Grunzend setzt er sich neben mich auf die Bank und streckt die Füße aus.

„Deine Angelegenheiten? Shit, Alter, wirst du weich in der Birne? Du bist unser Vize, wenn du unkonzentriert oder abgelenkt bist, passieren Fehler, die den ganzen Club betreffen."

Ich weiß, dass er recht hat, dennoch kann ich diesen Bullshit gerade echt nicht gebrauchen.

„Fick dich, Bro. Ich mache keine Fehler und das weißt du."

Er deutet ein Grinsen an und nickt.

„Du hast dieses Mädchen geschwängert. War das etwa kein Fehler?"

Der Nächste, der auch nur ein Wort über Lena verliert, bekommt von mir die Fresse eingeschlagen.

„Das ist privat!"

Er wirkt skeptisch.

„Ach ja? Das sehe ich anders. Immerhin sind wir alle ausgerückt, um deine schwangere Frau wieder einzufangen, als sie abgehauen ist."

Es kostet mich einiges an Beherrschung, dass ich ruhig sitzen bleibe und ihm nicht mit einem gezielten Schlag den Kiefer breche.

„Richtig. Und nur durch diese Aktion habe ich die Möglichkeit erhalten, unseren größten Feind zu töten! Ich würde sagen, du darfst mir danken! Denn wenn man es genau nimmt, dann wäre das eigentlich in dein Aufgabengebiet gefallen, Sergeant-at-Arms."

Anstatt sich von mir provozieren zu lassen, bleibt Fire ruhig und deutet auf meine bandagierten Hände.

„Und weil ja gerade auch alles so rosig läuft, hast du beschlossen, zu Ice in den Ring zu steigen und dich verprügeln zu lassen?"

Arghh...

War er eigentlich schon immer so nervig?

„Das ist ebenfalls eine private Angelegenheit. Hast du kein eigenes Leben, um das du dich kümmern kannst?"

Während er mit den Schultern zuckt, zieht er eine Packung Marlboro hervor und zündet sich eine Kippe an.

„Das hier", er deutet auf das Clubhaus und das weitläufige Gelände, „ist mein Leben. Es ist mein Job, mich darum zu kümmern, dass es den Hell Riders gut geht. Und wenn das bedeutet, dass ich dich darauf aufmerksam machen muss, dass du in letzter Zeit ein Idiot bist, dann tue ich das."

Jetzt reicht's!

Noch bevor er überhaupt kapiert, was los ist, bin ich auch schon aufgesprungen und habe ihm meine Faust mit voller Wucht in den Magen gerammt. Den Rauch, den er eben noch auf Lunge gezogen hat, aushustend, sieht er mich überrascht an und versucht, als er sieht, dass ich noch nicht mit ihm fertig bin, mich davon abzuhalten, ihm die Nase zu brechen. *Fuck!* Das Knacken seines Nasenbeins ist der beste Beweis dafür, dass es ihm nicht gelungen ist. Seinen Schrei und das viele Blut, das ihm über das Gesicht rinnt, missachtend, mustere ich prüfend meine Fäuste.

„Ich muss schon sagen, die hast du wirklich gut bandagiert. Danke!"

Fire flucht, spuckt ein Gemisch aus Speichel und Blut auf den Asphalt und sieht mich zornig an.

„Bist du jetzt völlig durchgedreht, Alter?"

„Schon möglich. Aber selbst wenn es so ist, dann ist das *meine private* Angelegenheit. Verstanden?"

Er kapiert, dass ich es ernst meine, und nickt einfach nur, während er seine schief stehende Nase abtastet.

„Sehr schön. Was den Club angeht, bin ich voll da! Und was mit Lena los ist, geht dich einen Dreck an. Beachte sie am besten gar nicht.

Tu so als wäre sie nicht da und versuch gar nicht erst, den Helden zu spielen. Diese Frau gehört mir! M.I.R. Misch dich noch mal ein und ich schwöre dir, ich werde mich nicht damit zufriedengeben, dir eine in die Fresse zu schlagen!"

Mit vor Anspannung zitternden Armen wende ich mich von Fire ab und mache mich auf den Weg zu dem Boxring.

So langsam wird es zur Gewohnheit, dass ich meine Brüder verprügle. Erst Rocco, jetzt Fire und gleich meinen Präsidenten.

Was zur Hölle ist nur los mit mir?

Wütend auf mich, Fire und die ganze verdammte Welt, sehe ich mich auf dem Hof um und verpasse der Wand des Clubhauses einen Tritt.

Der Fight mit Ice wird alles, aber gewiss nicht leicht. Unser Präs ist gut im Ring, er hat ein paar böse Tricks drauf und einen tödlichen Uppercut.

Das Verrückte ist, dass es bisher noch nie so weit gekommen ist, dass wir uns im Kampf gegenüberstanden – nicht mal zum Spaß.

Bis heute haben wir uns immer gegenseitig den Rücken frei gehalten. *Präsident und Vizepräsident eben ...*

Keine Ahnung, was ich davon halten soll, dass mich ausgerechnet eine Frau dazu gebracht hat, mit dieser Regel zu brechen.

Lenas Pussymagie treibt mich Stück für Stück in den Wahnsinn und das, obwohl ich seit dem Tag ihrer missratenen Flucht nicht mehr mit ihr gefickt habe.

Vielleicht liegt genau darin das Problem?

Vielleicht hatte Ice ja doch recht und es ist höchste Zeit, dass ich mir dieses Mädchen packe, es ficke und ein für alle Mal klarstelle, das es mir gehört.

An sich eine ganz einfache Sache. Das Problem ist auch nicht mein Schwanz, der wird allein bei der Vorstellung, sich in Lenas Muschi zu stoßen, schmerzlich hart. Das Problem ist mein Kopf.

Das Wissen, dass Lena mich genauso verraten hat wie die verheiratete Schlampe damals, macht mir zu schaffen.

Lächerlich, ich weiß. Die beiden Frauen und die beiden Vorfälle haben nichts miteinander zu tun, trotzdem ...

Lena ist nicht verheiratet, fuck!

Sie hatte vor mir ja noch nicht mal einen anderen Kerl in sich.

Sie ist schwanger von mir und lebt in meiner Wohnung.

Dieses Mädchen gehört so mir, wie es mir nur gehören kann. Es gibt keine Steigerung mehr, außer natürlich ein Ladyleder. Trotzdem stört es mich, dass sie mir überhaupt nicht gehören will.

Wenn ich ihr jetzt ihr Diebesgut zurückgebe und sie vor die Tore des Clubs führe, würde sie, ohne zu zögern und ohne einen Blick zurück, von hier verschwinden.

Die Fäuste ballend, steige ich zwischen den Seilen hindurch in den Ring, springe ein paarmal auf und ab und lockere meine Muskulatur.

Ich kenne Ice, er kennt kein Erbarmen – auch bei mir nicht – schon gar nicht nachdem ich mich die letzten sieben Tage wie ein brünstiger Bulle aufgeführt habe, der zu blöd ist, seine Kuh zu besteigen.

An seiner wütenden Mimik kann ich ablesen, dass er unserem Sergeant schon begegnet und nicht sonderlich erfreut darüber ist, dass ich ihn meine Faust schlucken lassen habe.

Tja, Pech!

Ich hatte Fire gewarnt, aber er wollte ja nicht hören! Im Vergleich zu Rocco ist unser Sergeant noch gut davongekommen ...

Routiniert steigt Ice durch die Seile zu mir in den Ring, seine Fäuste sind ebenfalls bandagiert. Woher ich das weiß? Ganz einfach, noch bevor er überhaupt ein Wort gesagt hat, rammt er mir die Rechte mit voller Wucht gegen den Kiefer. Ich gerate ins Taumeln, stolpere rückwärts in die Ecke und muss den Kopf schütteln, um wieder klar sehen zu können. *Fuck! Der Punch hat gesessen ...*

Prüfend bewege ich das Kinn, es schmerzt, aber ich denke, es ist nichts gebrochen.

„Bullshit! Was soll das, Präs? Bist du irre?"

Schweigend verpasst er mir den nächsten Hieb, dieses Mal direkt in den Magen.

Sämtliche Luft wird mir aus der Lunge gequetscht, ich keuche und würge. Ice beobachtet mich mitleidslos, seine blauen Iriden wirken frostig.

Entschlossen, mich nicht einfach so fertigmachen zu lassen, blende ich den Schmerz aus und atme so tief wie möglich ein.

„Mir war nicht klar, dass der Kampf schon angefangen hat!"

Ice schüttelt den Kopf und sieht mich aus zusammengekniffenen Augen an.

„Hat er auch nicht. Das ist nur das Vorspiel."

Ach Scheiße!

„Ah, du sprichst."

„Fick dich, Bentley. Fick dich! Ich habe echt keine Ahnung, was zur Zeit mit dir los ist. Aber ich habe gerade gute Lust, dir sämtliche Knochen zu brechen. Damals, als das mit Joleen war, konnte ich verstehen, warum du ausgetickt bist. Die Frau hat dich abgezogen, sie hat dich verarscht und dir Hoffnungen gemacht, wo keine waren.

Verdammt! Sie hat einem anderen Typen gehört. Aber Lena ist hier. Sie schläft in deinem Bett, wohnt in deiner Wohnung, und trägt dein Kind im Bauch. Fuck, VP. Du hast sie entjungfert – dieses Mädchen gehört so sehr dir wie nur möglich. Also hör auf, ein Wichser zu sein, und fang an, die Scheiße in deinem Kopf geregelt zu kriegen, ehe ich meine Waffe ziehe und dir eine Kugel verpasse."

Ich höre, was Ice sagt, wie sollte ich das auch nicht, schließlich steht er direkt vor mir und brüllt mich an. Trotzdem ist mein Verstand bei dem Namen Joleen stehengeblieben. Fast so, als wäre er gegen eine unüberwindbare Mauer gelaufen.

Selbst gedanklich vermeide ich es, den Namen zu verwenden. Ice weiß das und trotzdem hat er ihn mir gerade lautstark ins Gesicht geschrien.

Seltsamerweise passiert nicht das, was sonst immer passiert ist, wenn ich an Joleen gedacht habe.

Die Bitterkeit und der Schmerz bleiben aus, nicht mal der altbekannte Hass will in mir aufsteigen. Alles, woran ich im Moment denken kann, ist Lena und die Tatsache, dass sie mein Kind in sich trägt.

Fuck! Fuck! Fuck!

Mein Kiefer pocht dumpf, mein Magen schmerzt und mein Schädel fühlt sich an, als wäre er mittig zersprungen, gleich einem Puzzle, das nicht richtig zusammengesetzt wurde.

Die ganze Zeit über habe ich versucht, ein falsches Teilchen einzusetzen und mich darüber gewundert, dass es nicht gepasst hat. Aber jetzt, jetzt habe ich das richtige Puzzlestück gefunden: Lena.

Sie passt wie die Faust aufs Auge, wie der Arsch auf den verfickten Eimer!

Zum ersten Mal tausche ich Joleen bewusst gegen Lena aus und *Bämm* ... schlagartig wird mir klar, dass Joleen einfach immer die falsche Frau für mich war.

Dieses Miststück passt zu dem Krawatten tragenden, Bentley fahrenden Hurensohn, den es geheiratet hat. Lena hingegen hat sich nie zuvor für einen anderen Mann entschieden, ich war ihr erster und wenn ich endlich anfange, ihr zu verzeihen, dann werde ich auch ihr letzter sein!

Ice beobachtet mich wissend, er hat längst kapiert, was mir jetzt erst klar geworden ist.

„Zur Hölle! Ich bin gerade dabei, alles zu vermasseln!"

Er nickt.

„So sieht es aus, Bro."

Frustriert starre ich auf meine bandagierten Hände und schüttle den Kopf.

Anstatt hier im Ring zu stehen und meinen besten Freund zu verprügeln, könnte ich genauso gut bis zu den Eiern in meinem Mädchen stecken und es so lange und so hart ficken, bis es endlich zustimmt, meine Old Lady zu werden.

„Wie sieht es aus? Bereit für den Fight?"

Nicht nur für den – ich bin endlich bereit, mein Leben in den Griff zu kriegen und Joleen endgültig aus meinem Hirn zu verbannen. Diese Schlampe wird für mich zukünftig nichts weiter sein als eine dunkle Erinnerung. Ein irreparabler Fehler, der mich die Hälfte meines Gesichts gekostet hat.

„Du wirst keine weiteren Treffer landen!"

Ice nimmt die Herausforderung an, beginnt zu tänzeln und schwingt die Fäuste durch die Luft.

„Das werden wir ja sehen!"

„Sechs Runden. Der Verlierer muss den nächsten Monat die Gräber ausheben."

Er grinst siegessicher.

„Dann schnapp dir schon mal den Spaten, Vize. Die nächsten Nächte wirst du dich mit den Toten unterhalten!"

Und selbst wenn, es ist mir egal – alles ist mir egal.

Das Einzige, was im Moment für mich zählt, ist Lena.

Ice macht einen Ausfallschritt, zieht die Faust hoch und zielt auf meine Nieren. Instinktiv weiche ich ihm aus, und verpasse ihm einen kraftvollen Schlag gegen die Schulter.

Er flucht, geht zum Angriff über und der Fight beginnt ...

Fire taucht nicht auf, um den Schiedsrichter zu machen, kein Wunder. Er wird immer noch damit beschäftigt sein, seine gebrochene Nase zu richten.

32. Kapitel

Lena

Aus dem Fenster im ersten Stock beobachte ich, wie Ice und Bentley wieder und wieder aufeinander einschlagen. Der Kampf hat komisch begonnen. Der Präsident des Hell Riders Motorcycle Clubs ist durch die Seile gestiegen, auf Bentley losgegangen und hat diesem ohne Vorwarnung ins Gesicht geschlagen.

Die zur Schau gestellte Brutalität hat mich erschaudern lassen und mir erneut vor Augen geführt, dass diese Rocker absolut kein Problem damit haben, Knochen zu brechen und zu töten.

Nach den ersten Treffern sah es nicht gut für Bentley aus. Der Vize hat desorientiert gewirkt, am liebsten hätte ich laut „Stopp!“, geschrien. Ich konnte mir gerade noch so auf die Zunge beißen.

Dann haben sich die beiden unterhalten und der Kampf fing von neuem an, aber dieses Mal lief er anders ...

Bentley hat nicht mehr eingesteckt, sondern ausgeteilt und seinen Präsidenten innerhalb von kürzester Zeit zu Boden geschickt.

Was eine echt angsteinflößende und zugleich beeindruckende Machtdemonstration war.

Mit diesen Bikern ist nicht zu spaßen!

Jetzt stehen sich die beiden wieder gegenüber, beide haben blutüberströmte Gesichter. Gerade als ich denke, dass die nächste Runde losgeht, zieht Ice Bentley in eine kurze, brüderliche Umarmung, dann steigt der Vize aus dem Ring und marschiert Richtung Clubhaus.

Schnell, damit er mich nicht entdeckt, ducke ich mich und verschwinde wieder ins Innere der Wohnung.

Seit meinem völlig missratenen Fluchtversuch scheint Bentley mich zu hassen. Nicht nur, dass er mich damals, nachdem er den Russen getötet hatte, einfach so, gefesselt und verängstigt auf dem Boden liegen ließ, nein, er hat mich auch seitdem kaum eines Blickes gewürdigt.

Es kommt mir fast so vor, als würde es ihn stören, dass ich noch immer in seiner Wohnung lebe. Wahrscheinlich ist der einzige Grund, aus dem er mich nicht längst rausgeworfen hat, der, dass ich von ihm schwanger bin.

Ein Umstand, an den ich mich immer noch gewöhnen muss. Zwar habe ich das Testergebnis gesehen, trotzdem fällt es mir schwer zu glauben, dass das ausgerechnet mir passiert ist.

Ich meine, verdammt ...

Wir hatten nur ein einziges Mal ohne Kondom Sex. Genauer gesagt, war das bei meinem allerersten Mal Sex und *zack* erwarte ich ein Kind. *Scheiße!*

Das Schicksal hat schon einen echt schrägen Humor, über den ich überhaupt nicht lachen kann. Natürlich bin ich selber schuld an der Misere. Ich bin kein unreifer Teenager, sondern eine erwachsene Frau. Ich wusste, welches Risiko ungeschütztem Geschlechtsverkehr anhaftet und habe in besagter Nacht einfach trotzdem nicht mitgedacht. Ich war viel zu aufgeregt, zu betrunken und zu durcheinander, um an so etwas wie Verhütung zu denken.

Doch dieses Kind ist nur ein Problem von vielen.

Der Hauptgrund, aus dem ich vor einer Woche Lina dazu gedrängt habe, mit mir zu fliehen, war der, dass ich einfach viel zu viel für diesen Rocker empfinde.

Mit jedem Tag, den ich länger in seiner Nähe verbringe, merke ich mehr und mehr, dass Bentley mein Mister Perfect ist.

Scheiße auf den Prinzen, das Pferd und das Schloss.

Ich will diesen gefährlichen, Kutten tragenden Outlaw mit einer Dringlichkeit, die mir Angst macht.

Die Tatsache, dass er sofort losgeeilt ist, um meine Schwester und mich vor Kyrill zu retten, ja dass er sogar bereit war, für unsere Sicherheit zu töten, ist der beste Beweis dafür, dass ich ihm nicht egal bin. Trotzdem!

Meine Flucht kann er mir einfach nicht verzeihen und ich glaube, ich weiß auch warum. Es ist wegen der Frau, die mit daran schuld ist, dass sein Gesicht verbrannt ist. Sie hat ihn damals betrogen und hintergangen, und ich habe das jetzt auch getan ...

Verdammt!

An seiner Stelle würde ich mich auch hassen!

Verzweiflung breitet sich in mir aus. Bevor ich abgehauen bin, hat Linas Angeleckt-Meins-Methode noch funktioniert. Jetzt hingegen habe ich keine Ahnung, was Bentley für mich empfindet, und ob er mich immer noch für sich will.

Was würde er tun, wenn ich nicht schwanger wäre?

Und die Frage aller Fragen – was hat er nun, wo ich es bin, vor?

Der Druck in meinem Kopf wächst ins Unermessliche, das schmerzhafte Pochen hinter meiner Stirn erreicht einen neuen Höhepunkt.

Seufzend reibe ich mir über den Bauch, frage mich, wie es dem Winzling in mir geht und wie unser gemeinsames Leben wohl aussehen wird.

Diese Schwangerschaft war alles, aber gewiss nicht geplant. Trotzdem liebe ich das Baby jetzt schon. Klar war das Testergebnis ein Schock – dennoch ...

Ich denke, diese mütterlichen Gefühle liegen uns Frauen im Blut, wir können gar nicht anders, als unsere Kinder zu lieben!

Dieser Zwerg kann nichts für das Durcheinander meines Lebens, er ist nicht schuld daran, dass ich nicht verhütet habe und er weiß auch nicht, dass sein Vater ein kaltblütiger Killer und der Vizepräsident des gefürchtetsten Rockerclubs des Landes ist.

Das alles wäre viel leichter, wenn ich diesen Hell Rider nicht lieben würde, aber das tue ich und darum ist die Missachtung, mit der er mich straft, auch so schmerzhaft.

Ice hingegen scheint Lina längst verziehen zu haben, dass sie ihn verlassen wollte. Zwischen den beiden läuft es bestens, meine Schwester scheint hier im MC endlich den Mann gefunden zu haben, der mit ihrem Temperament umgehen kann.

So wie ich das sehe, ist es nur noch eine Frage der Zeit, bis sie ein *Property of Ice* auf ihrem Rücken trägt und offiziell zu seinem Eigentum wird. Es freut mich, dass die beiden so glücklich miteinander sind. Wenigstens hat eine von uns ihr ganz persönliches Märchen gefunden.

Ich höre, wie die Wohnungstüre aufgeht, und zucke zusammen. *Scheiße!* Mit Bentley habe ich gar nicht gerechnet.

Klar, das ist seine Wohnung, trotzdem betritt er sie kaum noch. Meistens holt er sich, was er braucht, tief in der Nacht, wenn ich längst auf der Couch eingeschlafen bin.

Woher ich das weiß? Ganz einfach! Ich bin in seinem Bett im Schlafzimmer aufgewacht ...

So wütend dieser Rocker auch auf mich sein mag, hat er nicht aufgehört, sich um mich zu kümmern. Jede Nacht lege ich mich zum Schlafen auf das Sofa und jeden Morgen, wenn ich die Augen aufmache, liege ich bis zum Hals zugedeckt in der Mitte seines Bettes.

Wo Bentley die Nächte verbringt, weiß ich nicht und wahrscheinlich will ich das auch gar nicht wissen. Allein bei der Vorstellung, dass er zu irgendeiner Nutte geht, dreht sich mir der Magen um.

Und selbst wenn er es tun würde, könnte ich es ihm nicht mal zum Vorwurf machen. *Ich* hatte mich dazu entschieden, *ihn* zu verlassen. In dem Moment, in dem ich die Handgranate eingesetzt habe, ist mein Recht auf Eifersucht ebenfalls explodiert.

Angespannt lausche ich den Schritten, höre, wie er durch den Flur marschiert, flucht und dann im Badezimmer verschwindet.

Vielleicht sollte ich, solange er hier ist, zu Lina gehen.

Aber was dann?

Wenn ich ihm dauernd aus dem Weg gehe und er mich stoisch ignoriert, wird das zwischen uns beiden nie besser werden.

In dem Augenblick, in dem ich mich dazu entscheide, mich dem Rocker zu stellen, schnellt mein Puls in die Höhe.

Vor Aufregung beginnen meine Hände zu zittern, ich fühle mich, als würde ich mich unbewaffnet einem hungrigen und wütenden T-Rex nähern. So verkehrt ist dieser Vergleich auch gar nicht. Diese Dinos waren vor langer Zeit die gefährlichsten Raubtiere dieses Planeten, jetzt sind es die Member des Hell Riders Motorcycle Clubs ...

Mutig nähere ich mich der geschlossenen Türe. Die Sekunden verstreichen, ich höre, wie das Wasser aufgedreht wird, Klamotten fallen zu Boden, seine Gürtelschnalle landet auf den Fliesen.

Ich erkenne dieses scheppernde Geräusch sofort, immerhin habe ich diesen Biker oft genug ausgezogen und seine Sachen achtlos auf den Boden fallen lassen.

Das Wissen, dass Bentley jetzt gerade keinen Meter von mir entfernt nackt im Bad steht, sorgt dafür, dass sich ein Schwarm Schmetterlinge in meinem Bauch ausbreitet.

Himmel hilf ...

Wenn die Dinge zwischen uns anders stehen würden, würde ich nicht zögern und mich zu ihm unter die Dusche stellen. So aber beschließe ich abzuwarten, bis er fertig ist.

Wäre ich nicht gegangen, würde ich jetzt in seinen starken Armen liegen, wäre von seinen Muskeln umgeben und würde ihn stürmisch küssen.

Doch stattdessen setze ich mich allein auf die Couch und betrachte meine zitternden Finger, während ich mich unaufhörlich frage, wie es jetzt zwischen uns weitergehen soll?

Scheiße!

Was, wenn er mir nicht verzeihen kann?

Was, wenn er mich nicht zurückwill?

Was, wenn ich ihn für immer verloren habe?

Wütend auf mich selbst, verbiete ich mir weitere *was wenns,* horche tief in mich hinein und frage mich, was ich wirklich will?

Die Antwort darauf ist einfach – Bentley!

Schon bevor er mich vor Kyrill gerettet hat und ich wusste, dass ich sein Kind erwarte, wollte ich ihn. Und jetzt will ich ihn noch mehr.

Gott, ich bin so dumm ... so schrecklich dumm ...

Aber ich kann nichts gegen die Gefühle, die ich für Bentley habe, tun. Wenn dieser Rocker mein Untergang sein soll – dann ist es so.

Mir fehlt die Kraft, um mich noch länger gegen diesen Outlaw zu verschließen!

33. Kapitel

Bentley – der Vizepräsident

Kaum dass ich die Türe zu meiner Wohnung aufgestoßen habe, schlägt mir auch schon Lenas unverkennbarer Duft entgegen.

Der Geruch von Frau und Parfüm – ich kann ihn nicht genauer definieren – zwingt mich mit einem Schlag beinahe in die Knie.

Er trifft mich härter als die Faust meines Präsidenten.

Da ich Lena unmöglich blutüberströmt und in der Verfassung, in der ich mich gerade befinde, gegenübertreten kann, beschließe ich, mich zuerst sauber zu machen.

Ich höre ihre Schritte, verschwinde im Bad, drehe das Wasser an und den Hebel auf kalt. Dann wickle ich die Bandage von meinen Fäusten, entkleide mich und steige unter das eisige Wasser.

Der Temperaturunterschied ist wie ein Schock.

Die Zähne zusammenbeißend, reibe ich mir das getrocknete Blut aus dem Gesicht, schrubbe über die aufgeplatzten Fingerknöchel und zwinge mich dazu, ruhiger zu werden.

Lena ist hier, sie kann nicht weg, ich habe es also nicht eilig.

Theoretisch weiß ich das, praktisch hingegen ... *Fuck!*

Jetzt, wo Ice die Scheiße in meinem Kopf zurechtgerückt hat und ich endlich erkannt habe, dass Joleen keine Macht mehr über mich hat, kann ich es kaum erwarten, die Sache zwischen Lena und mir endlich zu klären.

Bevor ich aus dem Ring gestiegen bin, habe ich Ice damit beauftragt, ein Ladyleder für mich zu bestellen.

Er hat nur gelacht und mir gesagt, dass er sich längst darum gekümmert hat, als er die Kutte für Lina geordert hat.

Dieser Bastard wusste vor mir, wie sich die Dinge entwickeln werden!

Wäre meine Vergangenheit eine andere, hätte ich vielleicht nicht so hart auf Lenas Flucht reagiert, aber Scheiße!

Jeder von uns trägt die Schatten der Vergangenheit mit sich herum, so spielt das Leben nun mal ...

Erst als es sich so anfühlt, als würde meine Haut gefrieren, stelle ich das Wasser auf warm, schnappe mir das Duschgel und beginne, mich einzuseifen.

Ich lasse mir mehr Zeit als nötig, zögere das vor mir Liegende trotz meiner Ungeduld heraus und verfluche Gott und die Welt.

Warum muss zwischen Männern und Frauen immer alles so verfickt kompliziert sein?
Ein Handtuch um meine Hüfte schlingend, gehe ich ins Schlafzimmer, doch bevor ich dazu komme, eine saubere Jeans aus dem Schrank zu holen, spüre ich Lenas Blicke auf meinem Rücken.
„Wir müssen reden, Bentley."
„Aye, das sehe ich auch so."
Ich drehe mich zu ihr um, sehe sie im Türrahmen stehen.
Lena trägt eine enganliegende weiße Hose, einen rosanen Wollpullover und dazu passende Socken, auf denen Sterne abgebildet sind.
Süß, niedlich und unschuldig ...
Zumindest war sie das, ehe ich ihr gezeigt habe, wie man fickt.
Ihre langen, dunklen Haare rahmen ihr wunderschönes Gesicht ein, meine Augen tackern sich an ihren Lippen fest.
Es ist viel zu lange her, dass ich mein Mädchen das letzte Mal gekostet habe. Es hat mich schier verzweifeln lassen, sie auf dem Clubgelände zu wissen, aber nicht zu berühren. Nacht für Nacht habe ich Höllenqualen ausgestanden. Diese Frau zu ficken ist zu meiner Obsession geworden. Natürlich hätte ich mir jederzeit eine der vielen Bitches packen können, aber das wollte ich nicht.
Die einzige Frau, die ich will, ist Lena!
Bei Gott! Wenn ich etwas an dieser Tatsache hätte ändern können, hätte ich es in den letzten Tagen garantiert getan, aber das ist unmöglich. Die Pussymagie dieses Mädchens hat mich unwiderruflich schachmatt gesetzt.
Ich ziehe die Jeans an, reibe mir mit dem Handtuch einmal kurz über den Kopf, trockne so meine Haare und setze mich dann auf das Bett.
„Komm her, Mädchen." Sie zögert. „Jetzt!"
Natürlich hört sie nicht auf mich, es wäre auch einem Wunder gleichgekommen, wenn Lena nur ein einziges Mal tun würde, was ich verlange.
„Warum?"
„Wir müssen uns unterhalten."
Ihre Augen blitzen auf, das Grün ihrer Iriden wirkt tief und dunkel, erinnert mich an einen Wald voller Geheimnisse und Gefahren.
„Das kann ich auch von hier!"
Teufel, ist dieses Weib stur!
„Du hast drei Sekunden, dann schnappe ich dich, ziehe dir den Slip aus und fessle dich mit ihm ans Bett."
Sie kapiert sofort, dass ich das absolut ernst meine.

Zögerlich setzt sie sich in Bewegung. Instinktiv rutscht mein Blick auf ihren noch flachen Bauch.

Einfach unglaublich, dass da mein Kind drinnen sein soll!

Ich suche ihren Blick, versuche herauszufinden, was in ihrem hübschen Köpfchen so alles vor sich geht.

„Du und Ice, ihr habt gekämpft."

Na sieh mal einer an, sie hat mich beobachtet.

Obwohl das keine Frage war, nicke ich.

„Warum?"

Fuck! Wenn ich das nur wüsste ...

„Es musste einfach sein."

Langsam, geradezu zögerlich streckt sie die Hand nach mir aus, streift federleicht mit der Fingerspitze über meine aufgeplatzte Augenbraue.

„Du bist verletzt."

Ich zucke mit den Schultern.

„Das ist nichts."

Lena wirkt skeptisch.

Für eine Weile schweigen wir, sehen uns einfach nur an.

Ihr so nah zu sein, stellt verrückte Dinge mit mir an. Das Blut in meinen Adern erhitzt sich, beginnt zu kochen. Meine Finger prickeln, es fällt mir schwer, mein Mädchen einfach sitzen zu lassen und es nicht zu packen und auf meinen Schoß zu ziehen.

Lena leckt sich die Lippen, ihr Blick verrutscht, bleibt auf meinem nackten Oberkörper hängen. Sie mustert die Tattoos, ein trauriges Lächeln huscht über ihre ebenmäßigen Gesichtszüge.

Wenn sie doch nur nicht so verdammt schön wäre ...

Als sie mir einige Augenblicke später wieder in die Augen sieht, wirkt sie verschlossen und vorsichtig, so als würde sie sich vor den Worten, die sie gleich ausspricht, fürchten.

„Du hast mir nicht gesagt, wie du zu meiner Schwangerschaft stehst. Kaum dass der Test zwei Striche angezeigt hat, bist du fluchend aus der Wohnung gestürmt und seitdem haben wir kaum miteinander geredet."

Reden war noch nie meine Stärke. Wenn es darum geht Drohungen auszustoßen, bin ich gut, ich fluche oft und gerne und ich schmiede mit Ice stundenlang Pläne. Aber dieses *Über-dich-und-mich-Gelaber*, na ja, darin bin ich einfach nicht gut.

„Ich wusste damals nicht, was ich sagen sollte – und wenn ich ehrlich bin, weiß ich es immer noch nicht. Seit ich dich auf diesem Sofa in Ice' Büro entjungfert habe, ist nichts mehr so, wie es war. Plötzlich gibt es da ein Mädchen, ein junges, verdammt schönes und hilfloses Mädchen, das ich besitzen will. Und Shit! Sag mir, wenn ich mich täusche, aber zu meinem Erstaunen lief es gut zwischen uns, besser als ich es mir jemals hätte vorstellen können. Du und ich, Baby, das hat sich gut und richtig angefühlt – zumindest für mich."

Ein leises „Fuck off!", murmelnd, atme ich mehrmals tief durch, ehe ich einfach ausspreche, was mir durchs Hirn schießt.

„Ich war bereit, mein Leben für dich zu ändern, ich wollte dir einen Platz in meiner Welt schaffen, für dich sorgen und dich beschützen. Du hast mich in dem Glauben gelassen, dass du mich magst. Ich habe sogar ein Bett für dich gekauft."

Nicht zu fassen ...

„Nacht für Nacht hast du für mich die Beine gespreizt. Du hast für mich geschrien und gestöhnt. Dank dir konnte ich das erste Mal in meinem Leben richtig schlafen. Und dann ... Fuck! Fuck! Fuck! Dann hast du eine verfickte Granate auf dem Gelände meines Clubs hochgehen lassen und bist abgehauen."

Lena hat genug Anstand, schuldbewusst zu wirken. Sie schluchzt leise, senkt den Blick und beginnt, ihre Finger zu kneten.

„Ich kann verstehen, dass du wütend auf mich bist. Ehrlich. Aber ich musste einfach versuchen, von hier wegzukommen."

Sie klingt so verzweifelt und traurig, dass ein heftiger Stich durch meine Brust zuckt. Trotzdem machen mich ihre geflüsterten Worte auch extrem wütend. Die Haut an meinen aufgeschürften Knöcheln brennt, als sich meine Hände zu Fäusten ballen.

„Ach, und warum? War die Zeit mit mir so unerträglich für dich?"

Als ob ich sie geschlagen hätte, ruckt ihr Kopf nach oben und sie sieht mich aus weit aufgerissenen Augen an.

„Nein! Du verstehst mich falsch. Ich bin nicht abgehauen, weil ich dich nicht mag, sondern weil das genaue Gegenteil der Fall ist."

Okay. Jetzt ist es so weit und ich verstehe überhaupt nichts mehr!

„Bullshit, Baby. Was redest du da? Willst du behaupten, dass ihr diese verdammte Granate gestohlen und hochgehen lassen habt, weil du mich ja *ach so nett* findest?"

Die Unsicherheit weicht aus Lenas Blick, aufgebracht springt sie auf die Füße, ihre moosgrünen Augen funkeln kämpferisch.

„Wir beide wissen, dass du alles, aber ganz gewiss nicht *nett* bist. Und genau darin liegt das Problem. Du bist ein Mörder, ein Waffenhändler und was weiß ich nicht noch alles ... Du bist einer von den Bösen. Bentley – der Vizepräsident des Hell Riders Motorcycle Clubs, der zu diesem Namen gekommen ist, weil er einen Mann mit einem Baseballschläger verprügelt und sein Auto angezündet hat, nachdem er dessen Ehefrau unter sich liegen hatte.

Scheiße! Deine Hände sind die meiste Zeit deines Lebens mit dem Blut deiner Opfer besudelt und trotzdem, trotz all den Dingen, die ich über dich weiß, habe ich mich in dich verliebt. Und das macht mir eine Heidenangst ...“

Ich höre, was sie sagt, höre den Schmerz und die Verzweiflung in ihrer Stimme und muss mich zusammenreißen, um sie nicht zu unterbrechen. Jedes ihrer Worte ist richtig und schneidet mir wie ein Messer in die Seele. Aber als ihre Stimme dann immer leiser und leiser wird und sie schlussendlich sagt, dass sie sich in mich verliebt hat, bleibt die Zeit mit einem Knall stehen – für mich zumindest.

Denn Lena spricht einfach weiter, so als wäre ihr gar nicht richtig bewusst, was sie da eben eingestanden hat. Ich höre ihr längst nicht mehr zu. Mein Verstand ist viel zu sehr damit beschäftigt, zu kapieren, was ich eben gehört habe.

Bloody – fucking – holy – Hell!

Dieses wunderschöne, verrückte, mutige und durchtriebene Geschöpf liebt mich!

Das Universum muss einen Fehler gemacht haben, oder aber es spielt mir einen üblen Streich – aber so etwas darf eigentlich nicht sein.

Ein Teufel und ein Engel ...

Lena redet noch immer unaufhörlich weiter.

Sie plappert etwas über Nutten, Kutten und Tattoos ... entschlossen, sie endlich zum Schweigen zu bringen, stehe ich auf, packe sie an den Schultern und schüttle sie leicht, ehe ich meinen Mund grob auf den ihren presse.

Im ersten Moment ist sie wie erstarrt, dann versucht sie, mich von sich zu stoßen. Doch ich festige meinen Griff, erobere mit der Zunge ihren Mund und koste ihren süchtig machenden Geschmack.

Als Lena erkennt, dass sie keine Chance gegen mich hat, gibt sie mit deutlichem Widerwillen nach und sinkt mit einem Seufzen an mich. Unsere Zähne schlagen aufeinander, es kracht, ich schmecke Blut. Doch das ist mir egal, ich muss diese Frau jetzt einfach festhalten, spüren und für mich beanspruchen. Erst als sie japsend nach Luft schnappt, gebe ich ihre Lippen wieder frei.

„Du liebst mich?“

Selbst mir fällt auf, dass ich mehr geknurrt als gesprochen habe.

Lena nickt und sieht mich unter einem Kranz dunkler Wimpern an.

Sie ist so klein und schmal, erneut rufe ich mir in Erinnerung, wie verletzlich meine Süße ist und dass ich wegen des Babys besonders vorsichtig mit ihr umgehen muss.

„Ja. Es ist einfach so passiert und war absolut keine Absicht. Das, was ich für dich empfinde, Bentley, das macht mir echt Angst und darum habe ich Lina dazu überredet, mit mir davonzulaufen."

Ich habe keine Ahnung von Liebeserklärungen, trotzdem ist mir klar, dass sie eigentlich anders ablaufen sollte. Für gewöhnlich sollte die Frau nicht todunglücklich sein, wenn sie einem Mann sagt, dass sie sich in ihn verliebt hat.

Aber Fuck!

Mag sein, dass Lena traurig ist, aber ich werde sie wieder glücklich machen.

Das Einzige, was zählt, ist, dass sie mich überhaupt liebt, dass sie hier ist und dass sie von mir schwanger ist. Alles andere ist Nebensache.

„Du musst keine Angst haben, Baby. Ich beschütze dich."

Sie mustert mich zweifelnd.

„Auch vor dir selbst?"

Mit dieser Frage habe ich nicht gerechnet. Doch ich nehme mir nicht die Zeit, über eine Antwort nachzudenken, sondern spreche aus, was mir als Erstes durch den Kopf schießt.

„Ja, Lena, wenn es sein muss auch vor mir selbst! Du bist alles für mich, Mädchen. Du und unser Kind! Ich werde alles tun, was nötig ist, um euch beide in Sicherheit zu wissen. Das schwöre ich dir auf mein Leder!"

Hoffnung blitzt in ihren Iriden auf.

„Das heißt, du willst das Baby?"

Ihre Frage irritiert mich.

Einen Schritt zurücktretend, sehe ich sie prüfend an.

„Was meinst du?"

„Na ja", sie zuckt mit den Schultern. „Du willst nicht, dass ich abtreibe?"

Bei allen Höllen! Ist die Frau völlig irre?

„Wie kommst du auf den Mist?"

„Seit du Kyrill erschossen hast, haben wir uns kaum unterhalten. Und als dann das Testergebnis positiv war, hast du mich sitzen gelassen. Ich wusste nicht, wie du zu dem Kind stehst. Vor meiner Flucht lagen die Dinge anders. Aber jetzt? Ich habe keine Ahnung, was das zwischen uns beiden ist."

Es wird Zeit, dass ich Lena ein für alle Mal klarmache, wie ich zu ihr und dem Baby stehe.

Zärtlich lege ich eine Hand auf ihre linke Wange, streiche eine Haarsträhne zurück und winde meine Finger um ihren Nacken.

„In dem Moment, in dem ich erfahren habe, dass du mich verlassen hast, bin ich in ein tiefes schwarzes Loch gefallen. Das Wissen, dass du lieber das Risiko eingegangen bist, von den Russen geschnappt und getötet zu werden, anstatt bei mir zu bleiben, hat mich hart getroffen. Und trotzdem hat mich die Sorge um dich beinahe um den Verstand gebracht. Keine Ahnung, wie das passieren konnte, aber du gehst mir unter die Haut, Mädchen. Du und ich – das ist für mich genauso endgültig wie die Tinte meiner Tattoos. Ich will dich, ich will unser Kind und ich will eine gemeinsame Zukunft. Fuck! Lass uns etwas Verrücktes tun, ein Haus kaufen, zusammenbleiben und glücklich sein."

Eine einzelne Träne löst sich aus Lenas Augenwinkel, rinnt über ihre Wange und bleibt an ihrer Oberlippe hängen. Ich küsse sie fort, schnappe mir meine schwangere Frau und nehme sie in die Arme.

„Ich muss wissen, dass du das auch willst. Ich muss es aus deinem Mund hören. Schwöre, dass du mir gehörst und ich schwöre dir, dass ich dich glücklich machen werde!"

Mittlerweile rinnt ein ganzer Sturzbach der salzigen Tropfen über ihr Gesicht. Obwohl sie weint, zupft ein schüchternes Lächeln an ihren Mundwinkeln.

„Du meinst das absolut ernst?"

„Nie war mir etwas ernster!"

Die rechte Hand auf ihren Bauch legend, pinne ich Lena einen feuchten Kuss auf die Stirn.

„Schwöre es, Baby!"

Sich mit der Stirn an meine Brust lehnend, schlingt sie die Arme um meine Mitte und schnieft leise.

„Ich gehöre dir, Bentley!"

Etwas, das sich nach Hoffnung anfühlt, steigt in mir auf.

Als Reaktion auf diesen Sieg lasse ich den Kopf in den Nacken fallen und stoße ein wildes Brüllen aus.

Ich bin es nicht gewohnt, so viel auf einmal zu fühlen, sodass ich keine Ahnung habe, wie ich mit all diesen Emotionen umgehen soll. Ich entscheide mich für die altbewährte Methode, packe mir meine Beute, küsse sie wild und werfe sie anschließend auf die Mitte des Bettes, das ich extra für sie gekauft habe.

Soll mich der Teufel holen. Aber wenn ich mich nicht gleich bis zum Anschlag in der süßen Pussy meines Mädchens vergrabe, drehe ich durch.

Lena quietscht erschrocken auf – ich mag es, wenn sie laut ist. Entschlossen, sie zum Schreien zu bringen, begrabe ich sie unter mir, lasse sie mein Gewicht spüren und drücke sie tief in die Matratze.

Auch wenn diese Schwangerschaft nicht geplant war und dieses Baby meine komplette Existenz durcheinanderbringen wird, gefällt es mir, dass ich Lena auf jede nur erdenkliche Art zu der meinen gemacht habe.

Ich war der erste Mann, der sie gefickt hat, ich habe meinen Samen tief in sie gepflanzt und ich werde auch derjenige sein, dessen Namen sie für den Rest ihres Lebens schreien wird, wenn sie kommt.

Das Leben will einen ausgeben und ich sage verdammt noch mal nicht Nein ...

34. Kapitel

Lena

Hitze, Kraft, Sicherheit und Liebe – das alles umgibt mich wie ein schützender Kokon.

Die vergangenen Tage waren die Hölle, umso paradiesischer ist es, jetzt unter Bentley zu liegen und von ihm geküsst zu werden.

All die Dinge, die er eben gesagt hat, haben sich in mein Herz gebrannt und ich hoffe, dass er sie wirklich ernst meint.

Denn wenn nicht ... *Oh Gott!*

Daran will ich gar nicht erst denken. Ich hätte nie gedacht, dass die Liebe so eine zerstörerische Kraft besitzt.

„Du bist perfekt und ganz und gar mein, Lena."

Seine vor Erregung raue Stimme lässt mich erschaudern.

Mit den Fingernägeln zeichne ich unsichtbare Kreise auf seinen Rücken, spüre, wie seine Muskeln daraufhin zu zucken beginnen. Bentley vibriert regelrecht vor Kraft, er kann es kaum erwarten, sich endlich in mich zu stoßen. Sein dicker Schwanz presst sich durch den Stoff unserer Hosen gegen meine Mitte. Zwischen meinen Schenkeln beginnt es sehnsüchtig zu pochen.

„Ich will dich, Rocker."

Brummend reibt er mit seiner stoppeligen Wange über die meine.

„Du hast mich, Baby. Du hattest mich seit dem ersten Moment."

Schon verrückt!

Damals, als ich gemerkt habe, dass mich nicht nur die Russen, sondern auf einmal auch die Rocker verfolgt haben, bin ich vor Angst fast umgekommen. Ich hatte keine Ahnung, vor wem ich mehr Angst haben muss. Vor meinem ehemaligen Chef oder von den Hell Riders. Tief in meinem Inneren war ich mir sicher, aus dieser Angelegenheit nicht lebend rauszukommen. Und jetzt?

Jetzt liege ich schwanger und mit rasendem Herzen unter dem Vizepräsidenten des Clubs und habe geschworen, ihm zu gehören. *Unglaublich!*

Das Schicksal nimmt manchmal schon seltsame Wege ...

„Nimm mich. Ich will dich tief in mir spüren."

Das muss ich ihm nicht zwei Mal sagen.

Ungeduldig schiebe ich meine Hand in seine Hose, massiere die faszinierende Härte und stöhne zufrieden. Fluchend packt Bentley sich meine Hände und drückt sie über meinem Kopf in das Kissen.

„Jetzt bist du meine Gefangene."

Am Klang seiner Stimme kann ich erkennen, wie gut ihm diese Tatsache gefällt.

„Dann wären wir ja wieder am Anfang angekommen ..."

An seinem Kiefer beginnt ein Muskel zu zucken. Mein Rider bebt vor unterdrückter Kraft und Anspannung.

„Falsch Mädchen, dieser Bullshit liegt hinter uns. Ich will dich nicht länger einsperren. Verdammt, ja! Ich will dich behalten und besitzen und daran wird sich auch nie etwas ändern. Trotzdem will ich mir deiner sicher sein – ich muss wissen, dass ich mich auf dich verlassen kann, dass das zwischen uns echt und nicht gespielt ist! Fuck Baby! Ich will dir die Welt zu Füßen legen, ohne befürchten zu müssen, dass du, sobald ich dir den Rücken zudrehe, um dir die Sterne vom Himmel zu holen, die Flucht ergreifst!"

Oh wow! Das klang fast schon poetisch ...

Wer hätte gedacht, dass in diesem Killer ein kleiner Shakespeare steckt?

Mir ist klar, dass ich dieses Misstrauen verdient habe, dennoch tut es weh. Entschlossen, ihn spüren zu lassen, wie sehr ich ihn will, und das nicht nur jetzt in diesem Augenblick, sondern für immer, beginne ich damit, mich an ihm zu reiben.

„Ich bin hier, ich gehöre dir, Bentley und gehe nirgendwo hin. Außerdem haben wir doch schon festgestellt, dass ich dir nicht entkommen kann. Oder?"

Seine vollen Lippen verziehen sich zu einem echten Bad-Boy-Lächeln.

„Aye, das haben wir."

Für einen Moment sehen wir uns einfach nur an, genießen die Nähe des anderen und versichern uns, dass endlich wieder alles okay zwischen uns ist.

Jetzt, wo ich weiß, wie es in seinem Inneren aussieht, verspüre ich nicht mehr den Drang, vor ihm davonzulaufen, sondern habe endlich genug Mut, um mich voll und ganz auf das zwischen uns einzulassen.

„Lass mich los, Rider. Ich will dich berühren."

Einen geflüsterten Fluch später, gibt er meine Hände frei, die ich sofort in seinen Haaren vergrabe. „Bitte ... nimm mich ..."

Er hört mein Wispern, zögert nicht, sondern küsst mich stürmisch. Neckend, beißend, leckend und forschend windet sich seine Zunge um die meine, stiehlt mir den Atem und setzt meine Nervenbahnen in Flammen.

Mein Herz brennt, meine Seele brennt – ich brenne – für den Vizepräsidenten des Hell Riders Rockerclubs.

Plötzlich beendet er den Kuss, richtet sich zu seiner vollen Größe auf und reißt mir die Klamotten vom Leib. Er geht grob vor, Knöpfe fliegen durch die Luft, das Geräusch von zerreißendem Stoff dringt in meinen vor Leidenschaft benebelten Verstand durch.

Erst als ich nackt und schutzlos vor ihm liege, steigt er aus dem Bett und entledigt sich seiner Jeans.

Einen Herzschlag später ist er auch schon wieder bei mir, auf mir und mit seiner Zunge in mir. Seufzend spreize ich die Beine noch etwas weiter, muss Bentley einfach noch ein winziges bisschen näher sein. Dick und hart gleitet seine Erektion durch meinen Spalt und ich weiß, dass ich verloren bin.

Es mag falsch, dumm und gefährlich sein, aber ich will diesen Rocker mit Leib und Seele.

Oh Gott ...

Es hat mir so gefehlt, auf diese Art und Weise von ihm berührt zu werden.

Keuchend schließe ich die Augen, seine Zähne finden mein Ohrläppchen und beißen zu. Zitternd und erregt liege ich unter ihm, während ich es kaum erwarten kann, ihn endlich bis zum Anschlag in mir zu spüren.

Unsere Münder verschmelzen miteinander, wir küssen uns stürmisch, das Blut in meinen Adern beginnt zu kochen.

„Du bist der Wahnsinn, Frau!"

Viel zu zärtlich lässt er seine schwieligen Fingerspitzen über meine Beine tanzen, bis sie die Innenseite meiner Schenkel erreicht haben. Verzweifelt versuche ich, etwas Sauerstoff in meine Lunge zu bekommen.

In der Sekunde, in der er meine bereits feuchten Schamlippen teilt, bin ich verloren. Meine Synapsen feuern wie wild um sich, eine dünne Schweißschicht überzieht meinen Nacken.

Hungrig knabbert er an meinem Schlüsselbein, während er mit zwei seiner Finger in mich eindringt. Seine raue Zunge umrundet träge kreisend meine Brustwarzen, ehe er die rechte hungrig in den Mund saugt.

Bentley beißt zu, schickt eine Welle bittersüße Pein durch mein Nervensystem.

Ungeduldig hebe ich die Hüfte an und presse mich seiner Hand entgegen. Jede Zelle meines Körpers schreit nach Erlösung.

So gut sich seine Finger auch anfühlen, ich brauche mehr, sehne mich nach seinem dicken, langen Schwanz.

„Bitte Bentley... bitte, ich ..."

Meine Worte verhallen, ich vergesse sie in der Sekunde, in der er damit beginnt, unerträglich langsam meinen Kitzler zu bespielen. Kreisend, zwickend und zupfend entlockt er mir einen lauten Schrei.

Keuchend kralle ich mich an seinem Rücken fest und genieße die Macht, die er über mich hat.

„Öffne die Augen, ich will, dass du mich ansiehst, während du für mich kommst!“

Blinzelnd komme ich seinem Befehl nach, spüre, wie sich mein Inneres krampfend zusammenzieht. Der Druck, der sich in mir aufbaut, ist beinahe zu stark, tut fast schon weh, dennoch sehne ich mich immer noch nach mehr.

Flehend sehe ich ihn an und dann passiert es ...

Meine Zehenspitzen krümmen sich, mein Unterleib brennt und mein ganzer Körper fängt an zu zittern. Der erlösende Schrei, der sich aus meiner Kehle löst, hallt von den Wänden wider, während mich ein wahnsinnig intensiver Orgasmus überrollt. Rote Blitze flimmern durch mein Nervensystem, ich vergesse zu atmen, vergesse alles und ertrinke in Bentleys schokobraunen Augen.

Oh mein Gooottt ...

Noch immer nicht ganz bei mir, spüre ich, wie er seine Finger aus meiner Mitte zieht und beobachte, wie er aus dem Bett steigt. Er hebt seine Kutte vom Boden auf, kommt dann zu mir zurück und fordert mich mit belegter Stimme auf, mich hinzusetzen. Unsicher, was er vorhat, tue ich, was er verlangt. Der hungrige Glanz in seinen Iriden erinnert mich an ein wildes Raubtier bei der Jagd.

Genießerisch lasse ich die Augen über seinen beeindruckenden Körper gleiten.

Holy Shit! Was für ein Anblick!

Seine Rückseite besteht nicht nur aus einem muskulösen Rücken, der sich an der Taille zu einem sexy Dreieck verjüngt, oh nein ...

Bentley hat auch eine perfekt definierte Brust und ein herrliches Sixpack, was genau genommen eigentlich mehr ein Eightpack ist. *Halleluja!*

Perfektion, so weit das Auge reicht – zumindest bis zu seinem Hals, an dem sich die ersten Narben bereits in die Richtung seines Gesichts ziehen.

Dieses wunderschöne, gefährliche, tödliche und tätowierte Monster ist der Vater meines ungeborenen Kindes. Einfach unglaublich ...

Das Gesamtbild des sexy Outlaws wird von starken Oberschenkeln und einem knackigen Arsch abgerundet.

Das Körperteil, das im Augenblick meine komplette Aufmerksamkeit auf sich zieht, ruht in einem Nest heller Haare. Der Schwanz dieses Rockers ist einfach anbetungswürdig. Groß, dick, lang und hart wartet er nur darauf, endlich zum Einsatz zu kommen. Wie immer, wenn ich sein Glied sehe, wundert es mich, dass es in mich hineinpasst.

Eine bläulich schimmernde Ader zeichnet sich gut sichtbar auf der glatten Haut ab. Sie schlängelt sich gleich einer tödlichen Schlange um die beachtliche Erektion.

Plötzlich nervös, lecke ich mir über die Lippen und suche Bentleys Blick.

Das amüsierte Zucken seiner Mundwinkel verrät mir, dass mein Killer meine wachsende Nervosität spüren kann.

Die Instinkte dieses Riders sind bemerkenswert ...

Er sucht meinen Blick, fesselt ihn an sich und zieht mir seine Kutte an. Glatt und zugleich rau schmiegt sich das Leder an meinen Rücken. Der unverkennbare Geruch der Kutte steigt mir in die Nase, bringt mein Herz aus dem Takt.

Die Bedeutung dieses Augenblicks ist so allumfassend, dass sie nicht mit Worten beschrieben werden kann. Jetzt und hier – in genau diesem Moment – beginnt unsere gemeinsame Zukunft.

Dieses mit Patches übersäte Leder, das Bentley mit seinem Leben verteidigen würde, ist mehr als nur eine schwarze Weste – es definiert den Vizepräsidenten der Hell Riders, verrät der Welt, was für ein Mann er tief in seiner Seele ist.

„Dich in meinem Leder ist das Geilste, was ich jemals gesehen habe."

Seine Stimme klingt rau und leise, fast schon geheimnisvoll.

„Du bist meine Frau, Lena. Nur meine und ich schwöre dir, ich teile nicht. Vergiss das besser nie."

Bestimmend drückt er mich zurück auf die Matratze und küsst mich, als würde sein Leben davon abhängen.

Die Kutte streift über meine geschwollenen Brustwarzen, hüllt mich ein und markiert mich als seine Old Lady.

„Heute wirst du mein Leder tragen, ab morgen hast du dein eigenes."

Ich kann am Klang seiner Stimme hören, wie viel ihm dieser Augenblick bedeutet.

Groß und stark legt er sich auf mich. Seine Hände schieben sich unter mich, umfassen meinen Po und pressen meinen Körper besitzergreifend an den seinen.

Hart trifft weich – Stärke trifft Schwäche – wir sind zwei Menschen, die füreinander geschaffen wurden – die zusammengehören.

Dass Lina Kyrills Geliebte wurde, dass sie den verrückten Plan hatte, ihn auszurauben und dass unser Plan, uns in die Karibik abzusetzen, schiefgelaufen ist, das alles musste so sein, der ganze Ärger, die Ängste und all der Schmerz ...

Das war mein Weg, der Weg, der mich in die Arme dieses Hell Riders geführt hat.

Es musste so kommen, das mit Bentley und mir ist Bestimmung.

So kitschig und abgedroschen das auch klingen mag, aber ich bin fest davon überzeugt, dass ich jetzt und hier genau da bin, wo ich hingehöre.

Das Universum hat für uns alle einen Plan.

Wir können uns gegen das, was es uns auferlegt hat, wehren und dagegen ankämpfen, aber schlussendlich landen wir alle an dem für uns vorbestimmten Platz. Und mein Platz ist in diesem Bett und unter diesem Rocker!

Das habe ich jetzt, nach den tausend Tränen und den vielen Nächten, in denen Bentley mich in sein Bett getragen hat, endlich verstanden.

Ich stöhne, reibe mich an ihm und genieße das Prickeln, das sich in meinem Bauch ausbreitet. Grob pinnt er seine Lippen auf die meinen. Automatisch öffne ich mich ihm und versinke in unserem leidenschaftlichen Kuss.

Unser Atem vermischt sich und zwischen meinen Beinen beginnt es sehnsüchtig zu pochen. Ich schlinge die Arme um seinen Nacken und halte mich an ihm fest. Unser Kuss dauert an. Bentley massiert meine Brüste, liebkost meinen Hüftknochen und beißt mir, als ich atemlos nach Luft schnappe, in die Schulter.

Ich gebe mich ihm rückhaltlos hin, lasse all meine Schutzmauern, die ich letzte Woche um mein Herz errichtet hatte, fallen und sauge seine enorme Kraft in mich auf.

„Von dir werde ich nie genug bekommen, Baby!“

Er kneift mir in den Nippel und grinst frech, als ich gepeinigt aufkeuche.

„Du gehörst nur mir, Süße. Ich lasse dich nie mehr frei.“

Sehnsüchtig reibe ich meine feuchte Muschi an seinem Bein und verpasse seinem Rücken tiefe Kratzer.

„So ist es brav, Baby. Ich will deine vollkommene Hingabe. Mach die Augen zu und konzentriere dich nur aufs Fühlen.“

Liebkosend, zwirbelnd und erforschend verwöhnt er meine Knospen. Erst als meine Nippel extrem empfindlich und sehr sensibel sind, lässt er von ihnen ab.

Er fasst mir zwischen die Schenkel, bedeckt meine Scham mit seiner Hand.

„Fuck! Du bist so nass und geschwollen. Du kannst es kaum erwarten, tief und hart gefickt zu werden."

Noch während er spricht, dringt er mit zwei seiner Finger tief in mich ein und trifft auf meinen inneren Glückspunkt.

„Du bist so warm, so eng – so paradiesisch – so mein!"

Er wühlt sich durch meine weichen Falten, verteilt die Feuchtigkeit gleichmäßig und bereitet mich auf sein Eindringen vor. Bentley dehnt mich und stöhnt dabei lustvoll.

„Nur meins. Ich werde niemals zulassen, dass ein anderer Mann in dich eindringt!"

Seine Finger ficken mich immer härter, während seine andere Hand zu meinem Hals gleitet.

Sanft drückt er zu, stiehlt mir den Atem und fordert meine Unterwerfung.

Ich kämpfe gegen den Drang an, mich zu wehren, und atme automatisch etwas flacher. Seine Finger immer gnadenloser in mich stoßend, umkreist er mit seinem Daumen rhythmisch meinen Kitzler und treibt mich so immer weiter in den Wahnsinn.

Hilflos wirble ich in einem Meer aus Hoffnung, Lust und bittersüßem Schmerz umher. Mein Verlangen nach diesem Hell Rider erreicht einen neuen Höhepunkt, ich bin verloren.

„Bitte, Bentley ... ich will ... ich brauche ... dich ... jetzt!"

Keuchend gebe ich den Versuch, einen ganzen Satz formulieren zu wollen, auf. Meine Beine beginnen unkontrolliert zu zittern und mein Puls rast. Wieder und wieder stoßen seine Fingerspitzen auf meinen G-Punkt. *Ich bin verloren ...*

Der Orgasmus, der wie eine Naturgewalt über mich hereinbricht, entlockt mir einen lauten Schrei. Ich kreische und bäume mich auf. Alles, was ich noch wahrnehme, ist das Gefühl seiner Kutte auf meiner hyperempfindlichen Haut und sein Geschmack, der auf meinen Lippen liegt. Knurrend verpasst er meiner zuckenden Muschi einen harten Klaps, der leichte Schmerz bringt mein Blut zum Kochen und zieht meinen Höhepunkt in die Länge. Seine Finger, die noch immer auf meiner Kehle liegen, drücken noch etwas fester zu.

Bentley dominiert mich, macht mir auf unmissverständliche Art und Weise klar, dass er das Sagen hat, und dass er ab jetzt die Kontrolle über mich und mein Leben übernimmt.

Im ersten Moment will ich mich wehren, reiße die Augen auf und sehe, dass er mich beobachtet, regelrecht anstarrt.

Bentley saugt jede meiner Regungen in sich auf, gleich einem Erstickenden, der seinen letzten Atemzug nimmt.

Mein Hirn schreit mich an, dass ich mich wehren muss, dass ich sonst ersticke. Doch ich bleibe einfach nur reglos liegen, ertrinke in den Tiefen seiner dunklen Iriden und ergebe mich.

Meine Lunge brennt, meine Mitte pocht und zwischen meinen Schenkeln rinnt immer mehr Feuchtigkeit hinab. Schwarze Punkte surren durch mein Sichtfeld. Ich kralle mich am Laken fest, öffne den Mund und beobachte, wie er sich zwischen meinen Knien in Position bringt. Dick und hart drückt sich die Wulst seiner Eichel in mich hinein.

Ein atemloses Keuchen entringt sich mir.

Bentley stößt einen lauten Fluch aus, seine Bauchmuskeln spannen sich an, dann rammt er sich mit all seiner Kraft bis zum Anschlag in mich hinein. Die Pein und die Lust verbinden sich, werden zu einer explosiven Mischung.

Gerade als ich glaube, das Bewusstsein zu verlieren, löst Bentley seine Hand von meinem Hals.

„Atme, Baby! Atme sofort!“

Wie ferngesteuert tue ich, was er mir befiehlt.

„Du. Gehörst. Mir!“

Wie in Trance nicke ich, spüre bis in meine Zehenspitzen, dass es wahr ist.

Für immer nur ihm!

Er legt sich auf mich, wir küssen uns wild und stürmisch. Seine Zunge dringt tief in meinen Mund ein, unsere Zähne schlagen krachend aufeinander.

Wimmernd versuche ich, nach Luft zu schnappen, doch er lässt es nicht zu, küsst mich nur noch eindringlicher. Ich vergesse zu atmen, das Bedürfnis nach Sauerstoff rückt in den Hintergrund, ich versinke im Strudel der Lust und schenke mich ihm bedingungslos.

Blitzartig richtet er sich wieder auf, spreizt grob meine Beine und lässt seinen hungrigen Blick über meinen Körper gleiten, während er sich unaufhörlich in mich rammt. Aus seiner Kehle entringt sich ein wildes Fauchen. Kraftlos beobachte ich, wie er aus dem Bett steigt, meinen Po an die Kante zieht und sich vor mir auf den Boden kniet.

Seine Finger schließen sich fest um meine Knöchel, während er meine Knie noch ein Stückchen weiter auseinanderzieht. Bentleys Berührungen sind nicht grob, jedoch bestimmend und fordernd.

Ich bin so erregt, dass es sich anfühlt, als würde ich gleich in tausend kleine Scherben zerspringen. Zitternd liege ich nur wenige Zentimeter vor seinen Augen und spüre seinen eindringlichen Blick auf meinen Falten.

Dieser Moment ist so intim und sinnlich, dass ich ihn kaum mit Worten beschreiben kann.

Instinktiv versuche ich, die Beine wieder zu schließen, doch er hält sie so fest in Position, dass mir nichts anderes übrigbleibt, als mich seinem Willen zu unterwerfen.

Leise stöhnend küsst er die empfindlichen Innenseiten meiner Schenkel. Seine Bartstoppeln kratzen über die empfindsame Haut, lassen mich erschaudern.

Seine heiße Zunge leckt sich ihren Weg nach oben, ich höre, wie er an meiner Pussy schnuppert und kann es kaum erwarten, dass er mich endlich leckt.

„Bleib genau so liegen!"

Ich nicke.

Endlich trifft seine Zunge auf meine Pussy, sie leckt sich durch den Spalt, züngelt über meine Öffnung, und sein Mund saugt sich an meinem Kitzler fest.

„Du schmeckst nach Glück und dem Paradies."

Seine vor Lust dunkle Stimme verrät mir, wie geil es ihn macht, mich zu kosten. Lutschend, knabbernd und knurrend leckt er meine zitternde Pussy, saugt an ihr und dringt mit einem Fingern zeitgleich tief in mich ein.

„Oh Süße, ich will in dir sein, dich ficken und dich schreien hören."

Gnadenlos beginnt er mich bei lebendigem Leib aufzufressen. Meine Beine zucken vor Anspannung und in meinem Bauch beginnt es zu prickeln.

„Ich will dich hart ficken. So hart wie nur möglich!"

Unter gesenkten Lidern beobachte ich, wie er seinen langen Schwanz umfasst und ihn pumpend massiert. Die dicke Spitze dringt in mich ein, dehnt mich und nimmt mich in Besitz. Wir küssen uns, ich kann mein würziges Aroma auf seinen Lippen schmecken.

Ich inhaliere seinen Atem, während er sich gnadenlos bis zum Anschlag in mich schiebt.

Verzweifelt versuche ich, meine Sinne beisammenzuhalten, doch es gelingt mir nicht. Bentley zerlegt mich in meine Einzelteile, stiehlt sich mein Herz und verankert sich auf ewig in meiner Seele.

Die Gefühle, die dieser Rocker in mir auslöst, sind so wahnsinnig intensiv, dass sie mich wie ein starker Wein berauschen. Das vertraute Ziehen breitet sich in meinem Unterleib aus, ich bin mal wieder kurz davor zu kommen.

Sein mächtiger Körper spannt sich an, seine Muskeln werden steinhart und seine Stöße immer tiefer. Plötzlich dringt er so tief in mich ein, dass ein leichter Schmerz entsteht.

„Oh ja, genau so ... ja ... so brauche ich es. Mehr!“

Er hört mein Flehen, verändert seinen Winkel und touchiert bei jedem erneuten Vordringen meinen G-Punkt.

Der Höhepunkt, der über mich hereinbricht, lässt meinem Verstand die Lichter ausgehen. Die Kontraktionen in meinem Inneren sind so stark, dass ich ihn mit mir mitreiße und er sich stöhnend in mir ergießt.

Halleluja! Das war ein verdammter Seelenfick!

Noch immer keuchend, schlinge ich ihm die Beine um die Hüfte, ziehe ihn so noch ein göttliches Stückchen tiefer in mich hinein und versuche, ihn für immer bei mir zu behalten.

Wenn mir das nur gelingen würde ...

Solange Bentley in mir steckt und wir aufs Innigste miteinander verbunden sind, erscheint die Welt so leicht und unkompliziert. Kraftlos streiche ich mit meinen Fingern über seinen Nacken, berge das Gesicht in der Kuhle an seinem Hals und inhaliere seinen unverkennbaren, herben Duft.

„Ich mag es, wenn du in mir bist!“

Ein Lachen rumpelt in seinem Brustkorb.

„Und ich mag es, in dir zu sein. Der schönste Platz auf Erden ist in deiner magischen Pussy.“

Was ein Kompliment ...

Er hebt den Kopf, sieht mich aus teuflisch wirkenden Augen an.

„Du bist jetzt meine Old Lady, mein Eigentum und ich schrecke vor nichts zurück, um meinen Anspruch auf dich geltend zu machen. Fuck! Ich töte für dich und für unser Kind! Vergiss das nie, Mädchen.“

Nervös lecke ich mir über die Lippen, versuche, nicht panisch zu werden. Diese düstere Rockerromantik verschreckt und fasziniert mich gleichermaßen.

Mit den Fingerspitzen zeichne ich liegende Achten auf seinen verschwitzten Rücken – das Zeichen der Unendlichkeit.

„Du musst niemanden für mich töten. Ich bin hier bei dir, in Sicherheit. Ich trage deine Kutte und bin mit deinem Kind schwanger ... alles ist gut.“

Ein Schauer lässt seinen muskelbepackten Körper erbeben. Ich kann die Anspannung, die ihn im Griff hat, regelrecht spüren.

„Du hast mich verlassen.“

Der unverhohlene Schmerz, der in diesen vier Wörtern mitschwingt, treibt mir die Tränen in die Augen.

„Es tut mir leid, Bentley. Wirklich."
Er hebt den Kopf und sieht mich an. In seinen Augen erkenne ich seine innere Zerrissenheit.
„Tu das nie wieder, es wäre mein Untergang!"
Das Leder, mit dem er mich gekleidet hat, scheint plötzlich heiß zu werden, es verbrennt mich beinahe.
Es ist ein merkwürdiges Gefühl, diesen starken, tödlichen und unbesiegbaren Rocker plötzlich so schwach zu sehen.
„Tue ich nicht. Du hast nichts zu befürchten, ich gehöre dir, Hell Rider."
„Ich will für dich hoffen, dass du das ernst meinst, Mädchen. Das nächste Mal, wenn ich dir nachjagen muss, laufe ich Amok und richte ein gottverdammtes Blutbad an."
Die Berge seiner Bizepse spannen sich an, werden steinhart.
„Hast du das nicht das letzte Mal schon?"
Er schüttelt entschieden den Kopf.
„Nope, Baby, das war die normale Vorgehensweise."
Als ich aus dem Haus, in das uns Kyrill verschleppt hatte, rausgetragen wurde, habe ich drei Tote gezählt.
Das nennt er normal? *Huiuiuiuiui...*
„Seit du mich verlassen hast, lauert eine gefährliche Schwärze in meinem Inneren. Meine Seele war schon immer dunkel, aber diese Finsternis ist neu, und sie macht mir Angst. Ich kann sie nicht kontrollieren. Das, was ich fühle, ist unheimlich, die unbeschreibliche Wut und die Sorge um dich – das war zu viel. Du hast eine Grenze überschritten, es gibt kein Zurück mehr. Was diese Beziehungsdinger angeht, habe ich keine Ahnung, wie das läuft. Aber du bist schwanger und die Welt ist gefährlich. Also sei nachsichtig mit mir, wenn ich auf dich aufpassen und dir einige Sachen verbieten werde."
Verbieten?
Bevor ich nachfragen kann, was er damit meint, beginnt er damit, sich aus mir herauszuziehen. Ich versuche es zu verhindern, klammere mich an ihm fest und hake meine Füße an seinem Rücken ein. Es ist zwecklos.
„Süßer Versuch, Kleines."
„Hey, ich habe all meine Kraft aufgewendet."
Sein lautes Lachen hallt von den Wänden.
„Sag ich ja, süß."
Um Bentley zu beweisen, wie *süß* ich bin, hole ich aus und boxe ihm mit voller Wucht gegen die Schulter. Ganz der Macho wird sein Lachen nur noch lauter.

Sein im Spaß gejammertes „Autsch!“, entlockt mir ein genervtes Grummeln.

Amüsiert stützt er sich mit den Händen neben meinem Gesicht auf dem Bett ab und sieht mir tief in die Augen.

„In dir steckt eine Kämpferin, das bewundere ich. Trotzdem bist du einfach nur ein wehrloses, süßes, kleines Kätzchen. Ich genieße es, wenn du deine Krallen ausfährst. Ehrlich! Aber du wirst es nie schaffen, mich zu verletzen, physisch zumindest ...“

Dunkle Wolken umschatten seine Mimik.

„Ich wollte dich nicht verletzen, sondern dich einfach nur ein winziges bisschen länger in mir haben. Verstehst du? Ich liebe es, von dir ausgefüllt zu sein. Solange du in mir bist, fühle ich mich ganz, irgendwie komplett, vollständig ... keine Ahnung, wie ich es besser beschreiben soll.“

Die Dunkelheit weicht aus seinem Blick, auf seiner Stirn bilden sich zwei tiefe Falten.

„Ja Baby, ich weiß genau, was du meinst.“

Sanft schiebt er sich wieder in mich hinein. Ich zucke zusammen, keuche leise und schließe genüsslich die Augen. Bentley zieht mich in eine besitzergreifende Umarmung und hält mich fest an sich gedrückt.

So bleiben wir liegen, lauschen den Atemzügen des anderen und genießen unsere wiedergefundene Zweisamkeit.

Gefickt haben wir von Anfang an, aber jetzt, jetzt sind wir ein echtes Liebespaar, eine weitere Premiere für mich, ein weiteres erstes Mal, das ich mit dem Vizepräsidenten des Hell Riders Motorcycle Clubs erlebe ...

35. Kapitel

Lina

Die Sonne scheint, vor mir stehen ein Latte Macchiato und ein überdimensionaler, mega leckerer Blaubeermuffin mit extra viel Puderzucker.

Lena sitzt mir gegenüber, an ihrem Hals prangt ein dicker Knutschfleck und ihre Augen schimmern verträumt.

Irgendwie kann ich immer noch nicht glauben, dass sich meine ach so brave, langweilige und gewissenhafte Schwester in den Vizepräsidenten der Hell Riders verliebt hat und sogar ein Kind von ihm erwartet.

Total crazy ...

Im Grunde genommen unterscheiden wir uns kaum von den Frauen, die an den Tischen um uns herum sitzen, ratschen und Kaffee trinken.

Und trotzdem sind wir völlig anders.

Wenn wir über unsere Kerle reden, dann geht es meistens um Waffen, Schlägereien, Tote, Prospects und Sicherheitsvorkehrungen.

Neben den Jeans und den Turnschuhen tragen wir schwarze Kutten, die uns als Eigentum des Hell Riders MCs kennzeichnen. Auf meinem Rücken prangt in großen, weißen Lettern ein *‚Property of Ice'-Patch.* Es ist immer noch ein seltsames Gefühl, als der Besitz von jemandem bezeichnet zu werden. In der Welt der Rocker und Harleys ist das allerdings ganz normal.

In den Augen der Outlaws bin ich Ice' Eigentum. Ich muss zugeben, auf eine schräge und abgehobene Art und Weise finde ich dieses ganze Besitzdingens ziemlich romantisch und auch wenn Lena es nicht zugibt, bin ich mir sicher, dass es ihr genauso geht.

Welche Frau wünscht sich keinen Mann, der für sie, ohne zu zögern, durch die Hölle und wieder zurück gehen würde?

An ihrem Früchtetee nippend, wirft Lena einen Blick durch die große Scheibe des *Ria's Bluebird Cafés,* in dem wir gerade sitzen, und beobachtet Troy dabei, wie er auf seiner schwarzen Harley sitzt, die Umgebung im Blick behält und eine Kippe raucht.

„Findest du es nicht merkwürdig, dass wir einen Aufpasser dabei haben?"

Ich zucke mit den Schultern.

„Merkwürdig? Ich finde, es passt zu unserem Leben. Sag mir eine Sache, die gerade nicht irgendwie merkwürdig ist!"

Sie sieht mich an, grinst und nickt dann zustimmend.

„Hast ja recht. Trotzdem. Was meinst du? Haben Ice und Bentley nur darauf bestanden, dass wir den Anwärter mitnehmen müssen, weil sie insgeheim befürchten, dass wir erneut abhauen, oder weil sie um unsere Sicherheit besorgt sind?“

Eine gute Frage, auf die ich keine Antwort habe.

„Das kann ich dir nicht sagen. Um ehrlich zu sein, bin ich froh, dass wir überhaupt vom Clubgelände gekommen sind. Dein Macker dreht zurzeit völlig durch. Mich würde es nicht wundern, wenn er sich auf der anderen Straßenseite positioniert hätte, um dich im Auge zu behalten.“

Eine leichte Röte überzieht die Wangen meiner Schwester.

„Ja, er ist etwas überbeschützend. Aber das stört mich nicht.“

Gedankenverloren reibt Lena sich über den Bauch und schiebt sich einen Keks in den Mund.

„Ich kann immer noch nicht glauben, dass du mich zur Tante machst.“

Meine Stimme klingt wehmütig.

Auch wenn ein Baby eine echt große Verantwortung ist und ich mir nicht sicher bin, ob Ice und ich gute Eltern wären, beneide ich Lena um ihre Schwangerschaft. Damals, als mein Test negativ war, war ich erleichtert, jetzt hingegen ...

Scheiße! Keine Ahnung ...

Ich glaube, mein Rockerpräsident wäre vor Freude ausgeflippt, wenn ich schwanger gewesen wäre. Der vernünftige Teil meines Ichs weiß, dass unsere Beziehung noch viel zu frisch ist, um an eine Familienplanung zu denken, aber na ja, diesen Teil ignoriere ich meistens sowieso.

Über den Tisch fassend, greift Lena sich meine Hand und drückt sie leicht.

„Ich auch nicht. Ich kann auch nicht glauben, dass ich diese Kutte trage und mit dem VP der Rider zusammen bin, und trotzdem ist es so. Manchmal kommt mir das alles vor wie ein verrückter Traum und ich habe Angst aufzuwachen. Denn egal, wie durchgeknallt das alles auch sein mag, ich bin so glücklich wie noch nie zuvor. Bentley ist ... hach ... er ist einfach perfekt.“

Sie kichert, verdreht die Augen und spricht dann mit gesenkter Stimme weiter.

„Ich liebe ihn so sehr, dass es weh tut.“

Ja, das ist ihr deutlich anzusehen.

„Mir geht es mit Ice genauso. Auch wenn ich mich nie als die Lady eines Rockers gesehen habe, bin ich froh, dass es so gekommen ist.“

Lena nickt, ich kann ihr ansehen, dass ihr etwas auf der Seele liegt, was sie sich nicht auszusprechen traut. Gespannt, was es ist, beiße ich in meinen Muffin und sehe sie herausfordernd an.

„Was ist los? Dir steht ein großes, dickes *Aber* auf die Stirn geschrieben."

Wieder sieht sie zu dem Prospect raus.

„Du weißt, dass Bentley mein erster Freund ist. Ich hatte nie Dates oder so was und jetzt, wo ich mich endlich für einen Mann interessiere, bin ich auch schon schwanger von ihm und wohne in seiner Wohnung. Versteh mich nicht falsch. Ich will mich nicht beschweren. Aber ich habe das Gefühl, dass ich einen wichtigen Teil übersprungen habe. Ich hatte nie Dates, bin nie ausgegangen und habe keine Nächte durchgetanzt."

Sie klingt wehmütig, das kann ich verstehen.

„Und was hält dich davon ab, das jetzt noch zu tun? Bis du einen dicken Bauch hast, vergehen noch Monate."

Lena zieht skeptisch eine Augenbraue in die Höhe.

„Willst du mich verarschen? Ich habe stundenlang auf Bentley einreden müssen, damit er mir erlaubt hat, mit dir einen Kaffee trinken zu gehen. Und selbst das darf ich nur mit einem Aufpasser. Wenn ich ihm sage, dass ich mit dir zusammen tanzen gehen will, wird er garantiert ausflippen."

Ja, das wird er und Ice mit ihm. Trotzdem ...

„Süße, das ist deine erste Beziehung und darum verrate ich dir jetzt ein Geheimnis. Männer sind simpel und unheimlich manipulierbar."

Sie runzelt die Stirn.

„Was meinst du damit?"

„Na, was wohl. Mach deinem Kerl schöne Augen, verführ ihn und sorg dafür, dass sein Hirn leer ist. Am besten bläst du ihm einen. Und dann, wenn er abgespritzt hat und sein Kopf noch immer blutleer ist, dann fragst du ihn um Erlaubnis. Ich wette mit dir, er wird Ja sagen, vor allem, wenn du ihm das größte Geschenk von allen machst, vor ihm auf die Knie sinkst und jeden Tropfen schluckst."

Typisch Lena sieht sie sich beschämt um.

„Herrgott ... musst du so laut reden?"

Ihr Gesicht hat die Farbe einer Tomate angenommen.

„Warum? Das ist das Normalste auf der Welt."

Verlegen senkt sie den Blick und mir wird klar, wo das Problem ist. Ich vergesse einfach immer wieder, wie unerfahren mein Schwesterchen ist.

„Du hast das noch nie gemacht, richtig?"

Sie nickt.

„Hör zu, das ist ganz einfach. Nimm seinen Schwanz einfach so tief es geht in den Mund und stell dir vor, dass es sich dabei um einen übergroßen Chupa-Chups-Lutscher handelt."

Zu meiner Belustigung schüttelt sie entschieden den Kopf.

„Das kann ich nicht. Niemals."

„Ach ja? Willst du jetzt tanzen gehen oder nicht?"

Sie zögert.

„Natürlich will ich."

„Dann stell dich nicht so an. Glaube mir, knien, lutschen und schlucken sind das Geheimnis einer jeden guten Beziehung."

Erneut trinkt sie von ihrem Tee.

„Okay. Ich mach's, aber was, wenn es nicht klappt?"

„Das wird es. Ganz sicher. Und falls nicht, denken wir uns einfach einen neuen Plan aus."

Plötzlich beginnt sie laut zu lachen.

„Ich glaube, ich weiß genau, wie wir den heutigen Abend verbringen. Du wirst Ice ebenso manipulieren müssen. Dein Typ ist genauso besitzergreifend wie meiner."

Damit könnte sie recht haben, nur reicht ein Blow Job nicht aus, um Ice aus dem Konzept zu bringen. Bei meinem Rockerpräsidenten werde ich schärfere Geschütze auffahren müssen. Mein armer Po tut mir jetzt schon leid. Ice steht auf harten, gnadenlosen und tiefen Analsex. Am besten in Verbindung mit Toys. Der Dildo, den er das letzte Mal für mich gekauft hat, ist extrem dick und lang und ich kann ihn nur mit viel Mühe komplett in mir aufnehmen.

Seit er das pinke Monster – wie ich das Ding gerne nenne – mitgebracht hat, will er mich in den Po ficken, während der Dildo mich von vorne ausfüllt. Bis jetzt habe ich dazu immer Nein gesagt, ich kenne meine Schmerzgrenze. Aber heute Nacht werde ich mich auf dieses Experiment einlassen. Was tut man nicht alles, um sich einen freien Abend zu erkaufen?!

Die nächste Stunde quatschen wir noch über alles Mögliche, über das Leben im Club und über die Farbe, in der Lena das zukünftige Kinderzimmer anmalen will.

Erst als Troy zu uns kommt und uns mitteilt, dass sein Präsident langsam nervös wird, und will, dass wir zurückkommen, bezahlen wir die Rechnung und machen uns auf den Weg zurück in die Welt der Schießpulverküsse.

Im Club angekommen, finde ich Ice in seinem Büro. Er sitzt mit konzentrierter Miene an seinem Schreibtisch und hackt mit zwei ausgestreckten Fingern auf der Tastatur seines Computers herum.

„Schon mal daran gedacht, eine Sekretärin einzustellen?"

Meine Frage reißt ihn aus seiner Gedankenwelt. Sein Kopf ruckt hoch, ich gehe auf ihn zu. Kaum dass er mich sieht, wird sein Gesichtsausdruck weicher.

„Störe ich dich, Mister Präsident?"

„Nein Süße. Du bist meine Lady und stehst für mich an erster Stelle, das weißt du doch."

Oh ja, und ich liebe es. Egal womit Ice beschäftigt ist, für mich nimmt er sich immer Zeit.

Er winkt mich zu sich, ich bin nervös.

Bevor ich mich auf die Suche nach ihm gemacht habe, bin ich schnell rauf in die Wohnung geflitzt und habe das pinke Monster geholt. Ich verberge es in der Hand hinter dem Rücken, umrunde den Schreibtisch und lasse mich auf seinen Schoß ziehen.

„Wie war der Ausflug mit deiner Schwester?"

„Gut. Wir konnten viel reden."

Er nickt.

„Worüber?"

„Mädchenkram."

Wieder nickt er.

Ice bemerkt, dass ich etwas vor ihm verberge.

„Was hast du hinter deinem Rücken?"

Ich lecke mir die Lippen und küsse ihn sanft.

„Willst du spielen?"

Das fragt er mich eigentlich immer, wenn er Bock auf Toys hat.

Seine Augen blitzen erregt auf.

„Immer!"

Die Antwort überrascht mich nicht.

Zögerlich ziehe ich die Hand vor, zeige ihm den Dildo und beuge mich zu ihm vor.

„Ich will dich in meinem Po und das Monster in meiner Pussy. Bring mich zum Schreien, Rider."

Meine gewisperten Worte zeigen sofort Wirkung. Ein Ruck geht durch Ice' Körper, die Oberschenkel, auf denen ich sitze, werden stahlhart und seine Atmung beschleunigt sich.

„Du willst, dass ich dich zum Kreischen bringe?"

Ich nicke. *Mein armer Hintern …*

Obwohl ich ihm seine Erregung deutlich ansehen kann, packt er mich plötzlich am Kiefer und sieht mich streng an.

„Warum? Die letzten Male, als ich das mit dir anstellen wollte, hast du dich mit Händen und Füßen gewehrt."

Hoffentlich ist Ice tatsächlich so leicht zu manipulieren, wie ich behauptet habe!

Ich sehe ihn aus großen Augen an, spiele die Unschuld und reibe mich auffordernd an ihm.

„Weil ich dich will. Ich will all deine Wünsche wahr werden lassen. Ich bin jetzt deine Old Lady. Ist es da nicht meine Pflicht, dich glücklich zu machen? Außerdem vertraue ich dir, Ice. Du bist der einzige Mann, dem ich erlaube, mich über meine Grenzen zu führen."

Das kühle Blau seiner Iriden scheint Feuer zu fangen.

Brennendes Eis ...

Die Ader, die auf seiner Stirn hervortritt, verrät mir, welche Wirkung meine Worte auf ihn haben.

„Bei allen sieben Höllen, Mädchen. Du bist gefährlicher, als ich dachte."

Bingo, das bedeutet dann wohl, dass ich ihn an der Angel habe.

Ich nehme den Dildo in die Hand, umfasse ihn und beiße mir dabei auf die Unterlippe.

„Dieses Ding ist wahnsinnig groß und dick. Es wird mich unheimlich dehnen. Denkst du, dass ich es schaffe, euch beide gleichzeitig in mich hineinzubekommen?"

Das wilde Knurren, das sich aus seiner Kehle löst, verrät mir, dass meine Show zu 100 Prozent aufgeht.

Nervös rutsche ich auf Ice herum, drücke den Rücken durch und gewähre ihm so einen tiefen Blick in meinen Ausschnitt.

„Du wirst schreien, vielleicht auch weinen und mich um Gnade anflehen."

Ich nicke und ziehe einen Schmollmund.

„Wirst du denn Gnade walten lassen?"

Das böse Lächeln, zu dem sich seine Lippen verziehen, ist mir Antwort genug.

„Nein, Baby. Das werde ich nicht und das weißt du. Und aus genau diesem Grund ist deine Pussy sicherlich auch schon klatschnass. Es erregt dich, wenn ich streng zu dir bin, es erregt dich zu leiden und mich erregt es, dich leiden zu lassen. Und darum bist du auch die perfekte Frau für mich."

Er nimmt mir den Dildo ab, führt ihn an meine Lippen.

„Mund auf."

Ich tue es sofort. Ice hat recht, ich liebe es, wenn er mich dominiert.

Langsam schiebt er den künstlichen Schwanz in meinen Mund. Tiefer und tiefer. Ich würge, Tränen schießen mir in die Augen und ich kämpfe darum, den Kiefer locker zu lassen und nicht instinktiv zurückzuweichen.

Meine Lippen rollen nach außen, meine Zunge wird tief in meinen Kiefer gedrückt.

Oh Gott ...

Er öffnet meine Jeans, fasst mir in den Slip und zwickt mir hart in den Kitzler.

Ich bin so nass, dass mein String durchgeweicht ist.

„Na also, ich hatte recht, du tropfst."

Als es mir zu viel wird, versuche ich, den Kopf wegzudrehen, er verhindert es und hält mir zur Strafe die Nase zu.

„Fuck! Was soll das, Lina? So habe ich dir das nicht beigebracht."

Stimmt.

Entschlossen, mir zu zeigen, wer der Boss ist, drückt er mir den Dildo noch ein paar Zentimeter tiefer in den Hals. Ich würge, etwas Spucke tropft über mein Kinn.

„Noch mehr?"

Ich schüttle den Kopf, ein Fehler, wie mir klar wird.

Meine Lunge brennt, Tränen laufen mir über die Wange.

So heftig das eben auch ist und so dringend ich auch atmen will, mindestens so sehr erregt mich dieses Spiel auch.

Ice weiß genau, wie es in mir aussieht, er weiß, was ich brauche und dass ich tief in meinem Herzen ein böses Mädchen bin, das es liebt, bestraft zu werden.

36. Kapitel

Bentley – der Vizepräsident

Gespannt, was passiert, sitze ich auf der Couch, ein Bier in der Hand, die Füße auf dem Tisch und starre in den Fernseher. Es läuft irgendein Thriller, der mich überhaupt nicht schockt. Dieser blöde Clown sitzt mit einem nie zu enden scheinenden Vorrat an roten Luftballons in irgendwelchen Abwasserkanälen und lauert kleinen Jungs auf.

Dieser King oder wie der Typ heißt, der sich diesen Blödsinn einfallen lassen hat, muss echt schräg drauf sein.

Doch es ist nicht der Film, der mich nervös macht, sondern mein Mädchen. Seit Lena vom Kaffeeklatsch mit ihrer Schwester zurück ist, wirkt sie irgendwie aufgedreht und zugleich unsicher, so als würde sie mich etwas fragen wollen, sich aber nicht trauen.

Aus dem Augenwinkel heraus beobachte ich sie dabei, wie sie sich einen rosanen Lutscher in den Mund schiebt und dabei übers ganze Gesicht grinst.

„Alles okay bei dir, Baby?"

Sie nickt und läuft rot an.

Interessant.

„Komm her."

Ich klopfe neben mir auf das Sofa, sie zögert.

Doppelt interessant.

Für gewöhnlich ist meine Lady ein echtes Klammeräffchen und lässt sich keine Chance, sich auf meinen Schoß zu setzen, entgehen. Ich mag, dass sie so anlehnungsbedürftig ist, was mich echt überrascht. Dieses Kuscheln war eigentlich noch nie mein Ding.

Aber *fuck*, wem mache ich da eigentlich etwas vor? Ich mag einfach alles an dieser Frau, ich bin regelrecht besessen von ihr.

Die Art, wie sie sich bewegt, spricht, riecht und lacht ...

Im TV steigt ein weiterer roter Luftballon gen Himmel, genervt greife ich nach der Fernbedienung und schalte den Film aus.

„Bentley?"

Allein wie sie meinen Namen ausspricht, lässt mich hart werden.

„Yeah?"

Mit wiegenden Hüften kommt sie auf mich zu, umrundet den Tisch und sieht, mit der Zunge über den Lolly leckend, auf mich herab. Ich beobachte, wie ihre Zunge geschickt über die Süßigkeit schnellt und schlucke.

Beruflich bedingt verbringe ich viel Zeit in Bordellen, Laufhäusern und Stripclubs. Ich habe in meinem Leben schon alles Mögliche und Unmögliche gesehen, doch nichts hat mich so erregt, wie Lena dabei zuzusehen wie sie den Chupa-Chups bearbeitet.

Ich räuspere mich, nehme die Füße vom Tisch und setze mich aufrechter hin.

Sie kichert, so als ob sie genau wüsste, was sie mir da antut.

Aber kann das sein?

Bis vor kurzem war meine Süße noch eine unerfahrene Jungfrau.

Ihre Unerfahrenheit ist ein Kreuz, das ich mir gerne aufgeladen habe. Ich meine, verdammt, welcher Kerl hat nicht gerne eine Pussy nur für sich?

Lena ist aufgeschlossen und experimentierfreudig. Egal was ich mit ihr machen wollte, egal wie ich sie bisher gefickt habe, sie hat nie nein zu etwas gesagt, sondern alles genossen. Auf die Idee, an meinem Schwanz zu lutschen, wie sie es gerade an dem Lutscher macht, ist sie zwar bisher noch nie gekommen, aber hey, das ist garantiert nur eine Frage der Zeit.

Sie sieht mir tief in die Augen, stellt sich zwischen meine Beine und lässt die Zunge vorschnellen.

Ich schlucke hart – *holy shit*!

Ohne unseren Blickkontakt zu unterbrechen, klemmt sie sich den Lolly zwischen die Zähne, beißt zu und bringt die rosa Zuckerkugel zum Knacken. Mit einem fiesen Grinsen schluckt sie die einzelnen Teile runter, wirft den weißen Stiel auf den Tisch und sinkt dabei anmutig vor mir auf den Boden.

Was zur Hölle ...?

„Süße?“

„Ja, Rider?“

Ihre kleinen Finger lassen meine Gürtelschnalle aufschnappen, dann macht sie sich an meiner Hose zu schaffen und packt mich einen Atemzug später am Schwanz.

„Du bist hart.“

Ach, was sie nicht sagt ...

„In deiner Nähe immer.“

Lena gibt ein zufriedenes Schnurren von sich, ich beiße die Zähne zusammen und zwinge mich, ruhig zu bleiben.

Um ihr dabei zu helfen, mir die Jeans runterzuziehen, hebe ich die Hüfte an und warte gespannt, was jetzt passiert.

In dem Moment, in dem sie sich gierig die Lippen leckt und ihr heißer Atem über meine empfindliche Eichel streicht, beginnt sämtliches Blut von meinem Hirn in meinen Schwanz zu rauschen.

Rote, dicke Lippen, vor Lust glänzende Augen, lange verwuschelte Haare und ein tief ausgeschnittenes Top, das mir einen Blick auf die cremefarbenen Hügel ihrer Titten erlaubt ... *ist das der Himmel oder die Hölle?*

„Was hast du vor, Baby?"

In Anbetracht der Tatsache, wie nah ihr Mund bereits meiner Erektion gekommen ist, ist diese Frage höchstwahrscheinlich überflüssig, aber verdammt! Ich kann kaum noch einen klaren Gedanken fassen.

„Ich will dich schmecken."

Bämm! Diese Frau wird eines Tages mein Untergang sein.

Kaum das ihre Stimme verhallt ist, zuckt ihre Zungenspitze vor, leckt über den kleinen Schlitz an der Spitze meiner Eichel und entlockt mir so ein raues Stöhnen.

Die Hände zu Fäusten ballend, kämpfe ich darum, nicht die Kontrolle zu verlieren.

Lena ist meine Old Lady und keine erfahrene Bitch. Das hier ist mit Sicherheit das erste Mal, dass sie an einem Schwanz lutscht, also muss ich mich in Geduld üben. Sie an den Haaren zu packen und mit aller Kraft bis zum Anschlag auf mein Glied zu pressen, ist garantiert keine gute Idee. Trotzdem, die Vorstellung bis zur Wurzel in ihrem engen Rachen zu stecken, lässt mich so hart werden, dass es schmerzt.

Summend sieht sie zu mir hoch und saugt sich an meinem Glied fest.

Mit einem *Plopp* lässt sie es wieder aus ihren Lippen gleiten und grinst frech.

„Ich mag, wie du schmeckst. Nach Pfirsich und Mann, eine wirklich leckere Kombination."

Meine Nasenflügel blähen sich, die Muskeln in meinen Beinen zittern und mein Herz rast, aber verdammt, Lena lässt sich Zeit und klärt mich darüber auf, wie mein Schwanz schmeckt?!

Das ist ganz klar die Hölle!

Ungeduldig lege ich die rechte Hand auf ihren Hinterkopf und fluche leise.

„Baby, nimm ihn wieder in den Mund. Jetzt!"

Sie kichert, ich drücke sie nach unten und hebe das Becken an, sodass ich nun bis zur Hälfte in ihrem Hals stecke.

Instinktiv stützt sie sich an meinen Oberschenkeln ab.

Ich ignoriere ihre Gegenwehr, ignoriere das Wissen, dass ich zu schnell bin und schiebe mich Stück für Stück tiefer in die enge, feuchte Hitze.

Sie würgt, zuckt und bebt, doch ich stoppe erst, als ihr eine einzelne Träne über die Wange rinnt.

Bullshit! Was tue ich da?

Wütend auf mich selbst, lasse ich ihren Kopf wieder los und erlaube ihr so, sich zurückzuziehen. Doch Lena denkt nicht mal daran, sondern saugt sich an meinem Schwanz fest, lutscht und knabbert.

Rau und wild windet sich ihre Zunge um meine komplette Länge, spurt die Ader an der Unterseite nach und kitzelt mich am Frenulum.

Puckernd ziehen sich meine Eier zusammen, sie werden so heiß, dass es sich anfühlt, als würde mein Sperma zu kochen beginnen. Sie packt sich meine Hoden, knetet und massiert sie, entlockt mir so ein gezischtes Fauchen.

„Oh Fuck! Yeah!"

Sie schnurrt, das zarte Vibrieren lässt mich beinahe abspritzen.

Das ist mit Abstand das Geilste, was ich jemals erlebt habe. Lena lässt mich ihre Zähne spüren, nur leicht, aber trotzdem drohend.

Sie genießt es, mich nicht nur sprichwörtlich an den Eiern zu haben. In meinem ausgeknockten Hirn ploppt das Bild auf, wie sie den Lutscher zerbissen hat, die Härchen auf meinen Armen stellen sich auf.

Gekonnt beginnt sie, ihren Kopf auf und ab zu bewegen, fickt mich mit ihren Lippen und saugt dabei so fest, dass sich ihre Wangen nach innen wölben. Keuchend beobachte ich, wie meine Länge immer wieder in ihrem Mund verschwindet.

Das laute Schmatzen dröhnt mir zusammen mit meinem Puls in den Ohren.

Bloody, holy Fuck!

Das ist das Beste, was ich jemals gesehen und was ich jemals gespürt habe.

Mit zusammengebissenen Zähnen beobachte ich, wie sie sich immer tiefer auf meine Härte drückt, meine Eichel gleitet an ihrem glatten Gaumen entlang, rutscht in ihren Rachen und steckt dann so tief wie nur möglich in ihrer Kehle.

Lenas Nasenspitze stößt gegen meinen Bauch, ich spüre, wie sich ihr Hals verkrampft, sich regelrecht um meinem Schwanz festzurrt.

Respekt!

Ich hätte nicht gedacht, dass sie es schafft, beim ersten Mal meine komplette Länge zu schlucken. Sogar die erfahrensten Schlampen haben ein Problem damit.

Die Hüften kreisen lassend, bohre ich mich noch tiefer in sie hinein, streiche mit dem Daumen über die Träne, die ihr über die Schläfe rinnt und stöhne zufrieden.

Ungeduldig packe ich mir ihre Haare, wickle sie mir um die Faust und zeige ihr, welchen Rhythmus ich bevorzuge.

Lena lässt zu, dass ich ihren Hals immer schneller und härter ficke. Sie keucht, würgt und stöhnt und kommt mir freiwillig entgegen. Da ist nicht die geringste Gegenwehr, sie überlässt sich voll und ganz meiner Kontrolle.

Zwischen Himmel und Hölle gefangen, kämpfe ich darum noch ein winziges bisschen länger durchzuhalten. *Fuck!* Ich scheitere.

„Baby ... wenn du nicht schlucken willst, solltest du dich für den Rückzug bereit machen."

Ihre Antwort ist ein leises Stöhnen. Anstatt aufzuhören, wippt ihr Kopf immer schneller hoch und runter. Ihre Entscheidung scheint gefallen zu sein.

Knurrend vergrabe ich beide Hände in ihren Haaren, drücke sie nach unten und ramme mich so tief wie nur möglich in ihren Rachen.

Ein heißer Blitz schießt an meinem Rückgrat entlang, explodiert in meinen Eiern wie eine Ladung TNT und lässt mich so hart kommen, dass es schmerzt.

Schub für Schub spritze ich mein Sperma in ihre Kehle, spüre, wie sie es schluckt, und kneife die Augen zusammen.

Meine Lunge krampft, in meinem Kopf dreht sich alles und Lena zieht sich zurück, leckt wie eine professionelle Nutte meinen Schwanz sauber und verweilt einen Herzschlag lang an meiner Eichel, ehe sie einen sanften Kuss auf die geschwollene Wulst drückt und mich zufrieden ansieht.

„Das war gut, ich glaube, das will ich jetzt öfters machen. Ich mag, wie du schmeckst."

Ihre Lippen sind geschwollen, die Tränen auf ihren Wangen noch nicht getrocknet.

Verdammt, ich war nicht sanft zu ihr und trotzdem wirkt meine Lady, als hätte sie gerade den Topf voll Gold am Ende des Regenbogens gefunden.

What a fuck! Dieses Mädchen ist mein Lotto-Jackpot.

„Du bist der Hammer, Baby. Dich gebe ich nie mehr her."

Sie lacht laut, steht auf, setzt sich auf meinen Schoß und deutet auf die Kutte, die sie trägt und die sie als mein Eigentum kennzeichnet.

„Ich dachte, das hätten wir längst beschlossen. Oder was glaubst du, warum ich dein Leder trage?"

Von meinen Gefühlen überwältigt, ziehe ich mein Mädchen einfach nur fest in die Arme, halte es fest, und vergrabe meine Nase an ihrem Scheitel. Tief einatmend schließe ich die Augen, spüre die Wärme ihres kleinen Körpers und danke allen Göttern dafür, dass sie mir einen ihrer Engel geschenkt haben ...

37. Kapitel

Lena

Bentley wirkt zufrieden, entspannt und glücklich.

Zu meinem Erstaunen hat es mir echt Spaß gemacht, vor ihm auf dem Boden zu knien und an seinem Schwanz zu lutschen. Es hatte etwas extrem Erregendes, meinen Rocker auf diese intime Weise zu befriedigen, ihn zu schmecken und ihn in meinem Mund kommen zu lassen.

Das Schlucken hat mir nichts ausgemacht, im Gegenteil, ich fand es echt scharf, seine Lust bis zum letzten Tropfen in mir aufzunehmen.

Ich weiß, dass jetzt der richtige Zeitpunkt gekommen ist, um mit ihm zu besprechen, dass ich mit Lina eine Ladys Night machen möchte. Das Dumme ist nur, dass ich genau weiß, dass ich, sobald ich darauf zu sprechen komme, die Harmonie, die gerade zwischen uns herrscht, zerstören werde.

Bentley ist nicht blöd – er ist nicht so simpel, wie Lina denkt. Egal, ob sich sein Blut im Kopf oder im Schwanz befindet, sobald ich ihm sage, dass ich zum Tanzen in einen Club gehen will, wird er ausrasten.

Seufzend schmiege ich mich an ihn und ignoriere die Stimme in meinem Kopf, die mir fast schon wütend mitteilt, dass ich eine erwachsene Frau bin und dass ich niemanden um Erlaubnis bitten muss, wenn ich ausgehen will.

Theoretisch mag die Stimme auch recht haben, praktisch hingegen liege ich in den Armen eines der gefährlichsten und mächtigsten Männer dieses Landes, der das mit Sicherheit ganz anders sehen wird.

Tief Luft holend, lecke ich mir über die geschwollenen Lippen, kralle mich an seiner Kutte fest und suche seinen Blick.

„Bentley?“

Er brummt, nickt und wirkt, als wäre er gedanklich ganz weit weg.

Na ja, vielleicht klappt Linas Plan ja doch?

„Was, Baby?“

Shit! Wie formuliere ich das denn jetzt am besten?

„Du hast doch immer so viel zu tun und da dachten meine Schwester und ich, dass es mal ganz nett wäre auszugehen. Du weißt schon, ein bisschen tanzen, Spaß haben und so weiter. Dann hättest du die ganze Nacht Zeit, um deine bösen Rocker-Angelegenheiten zu erledigen, und müsstest kein schlechtes Gewissen haben, weil ich alleine zuhause sitze und auf dich warte.“

Kaum dass ich fertig gesprochen habe, beginnt mein Puls zu rasen.

Im ersten Moment denke ich, dass er mich vielleicht nicht gehört hat, doch dann spüre ich, wie sich die Muskeln in seinen Armen anspannen und hart wie Stein werden.

Vor einer Sekunde hat Bentley mich noch liebevoll gehalten, jetzt fühlt es sich so an, als wäre ich in einem lebendigen Käfig gefangen.

„Wolltest du mich manipulieren, Lena? Hast du gedacht, du kannst mir das Hirn aus dem Kopf blasen oder was?"

Ja, das trifft es ziemlich gut.

„Ähm, nein. Natürlich nicht."

Ein freudloses Lachen ausstoßend, schüttelt er den Kopf und mustert mich aus zusammengekniffenen Augen.

„Deine Lippen sind gut und deine Kehle ist eng und heiß. Dass du geschluckt hast, war der Hammer, aber so leicht wickelst du mich nicht um deine kleinen Finger."

Simpel? Von wegen ... Danke Schwesterchen!

Ich versuche, mich etwas gerader hinzusetzen, sodass wir uns zumindest ungefähr auf Augenhöhe begegnen, aber der feste Griff, mit dem er mich an sich gepresst hält, hindert mich daran.

„Hör zu, alles, worum ich dich bitten will, ist ein Abend mit meiner Schwester in einem Nachtclub. Und dass ich dich bitte, ist schon echt nett von mir, denn im Grunde genommen bin ich ein freier Mensch und kann tun und lassen, was immer ich will."

Das Braun seiner Iriden wird auf einen Schlag schwarz. Gerade sitze ich noch auf seinem Schoß, dann werde ich plötzlich durch die Luft gewirbelt, knalle auf den Boden und werde von seinem Gewicht festgepinnt. Groß, stark, vor Wut zitternd und laut fluchend befindet Bentley sich über mir und starrt mich finster an.

Hilfe!

„Lass mich dir eine Frage stellen. Fühlst du dich gerade frei?"

„Nein."

Meine Stimme ist nicht lauter als ein Flüstern.

Er nickt zufrieden.

„Gut. Denn du bist alles, aber gewiss kein freier Mensch. Du gehörst mir, Lena! Du bist mein Eigentum, mein Besitz – meine Old Lady. Weder kannst du mich austricksen noch verarschen. Wenn es um deine Sicherheit geht, verstehe ich keinen Spaß. Da können auch deine begnadeten Lippen nichts dran ändern."

Ein Schluchzen löst sich aus meiner Kehle.

So war das nicht geplant. Verdammt!

Ich halte seinem Blick nicht länger stand, drehe den Kopf zur Seite und kneife die Augen zusammen.

Bentleys gezischtes „Fuck!“, hallt durch den Raum, lässt mich zusammenzucken.

„Das ist unfair, Baby. Du kämpfst mit unfairen Mitteln.“

Irritiert sehe ich ihn doch wieder an.

„Was meinst du?“

Seufzend streicht er mit dem Zeigefinger an meinem Augenwinkel entlang.

„Deine Tränen. Shit, Lena. Ich will dich glücklich und nicht unglücklich machen. Kapierst du das denn nicht?“

Na ja, doch, irgendwie schon.

„Dann lass mich tanzen gehen. Lass mich eine Nacht lang die Frau sein, die ich noch nie zuvor war. Ich will ausgehen, lachen, tanzen und Spaß haben.“

„Und deine Sicherheit – eure Sicherheit?“

Seine große Hand legt sich besitzergreifend auf meinen Bauch.

„Du erwartest mein Kind. Du sollst nicht tanzen ... du sollst ... Scheiße, keine Ahnung ... tun, was schwangere Frauen nun mal so tun.“

Interessant.

„Ach und was ist das? Im Bett sitzen und vor Langweile sterben?“

„Nein. Für mich ist es auch okay, wenn du dich auf die Couch legst.“

Ach wie nett ...

Vielleicht sollte ich die Strategie ändern und einfach aufrichtig zu ihm sein.

„Hör zu“, ich streiche über seine vernarbte Wange, spüre die glatte tote Haut an meinen Fingerspitzen und atme tief durch. „Im Gegensatz zu Lina war ich immer die Brave. Keine Männer, keine Abenteuer, keine durchtanzten Nächte. Das war okay, das hat mir nicht gefehlt. Ich wusste ja, dass ich mein ganzes Leben Zeit habe, um das alles noch zu tun. Aber dann bin ich dir begegnet und zack – mein ganzes Leben hat sich auf einen Schlag geändert. Jetzt trage ich deine Kutte, bin schwanger und verliebt ...“, ich mache eine kurze Pause, ignoriere seine zornige Miene und küsse ihn liebevoll. „In wenigen Monaten habe ich einen dicken Bauch und watschle wie eine Ente durch die Gegend, während ich hunderte von Essiggurken in mich reinschiebe. Ich will doch nur diesen einen Abend, nur einmal tun, was Mädchen in meinem Alter für gewöhnlich jedes Wochenende machen. Kannst du das denn nicht verstehen?“

Mit einem Fluch springt er auf die Füße, schließt seine noch immer offen stehende Hose und sieht finster auf mich herab. Vor Anspannung am ganzen Leib zitternd, streicht er sich mit beiden Händen über das Gesicht.

„Du treibst mich in den Wahnsinn, Weib! Eine Nacht! Mindestens zwei Wachen. Keinen Alkohol und einen Mindestabstand von zwei Metern zu allem, was einen Schwanz hat."

Seine merkwürdige Art zu formulieren, dass ich mich keinem Mann nähern darf, bringt mich zum Lachen.

„Keine Sorge, Rider, ich will nur deinen Schwanz! Für immer! Versprochen!"

Etwas umständlich stehe ich auf, verflechte meine Finger mit den seinen und sehe ihm tief in die Augen.

„Ich bin nicht diese Tussi, die dich hintergangen hat. Du hast mich eingefangen, ich gehöre dir! Nur dir! Wir sind jetzt eine Familie. Nichts und Niemand kann uns wieder auseinanderbringen. Ich will nur tanzen, du kannst gerne mitkommen, wenn du willst."

Der letzte Satz kam mir einfach so über die Lippen. Lina wird mich killen, aber was soll's? Dann ist es halt kein reiner Mädchenabend mehr. Vielleicht macht es ja in der Gesellschaft meines Rockers noch mehr Spaß.

„Oh Baby. Ich bin kein Tänzer, sondern eher so der Ficker."

Ich muss lachen. *Ach, was er nicht sagt.*

„Das heißt, du lässt mich gehen?"

Er nickt widerstrebend.

„Fuck, ja! Aber nur wenn du dich an meine Regeln hältst. Ich werde den Prospects sagen, dass sie jeden Typen, der sich dir nähert, sofort abknallen sollen."

Ach du heilige ...

Verrückterweise zweifle ich keine Sekunde daran, dass er das absolut ernst meint.

Vor Freude quietschend, werfe ich mich in seine Arme.

„Danke."

„Mir gefällt das nicht."

Ja, das kann ich ihm deutlich ansehen.

„Und trotzdem lässt du mich gehen und dafür danke ich dir!" Fluchend hebt er mich hoch, trägt mich ins Schlafzimmer und wirft mich auf das Bett.

„Was soll das werden?"

Die Gier in seinem Blick ist unübersehbar.

„Ich ficke dich. Wieder und wieder, so lange, bis du endlich kapiert hast, dass du nur mir gehörst."

Klingt gut.

„Darf ich auch einen Wunsch äußern?"

Seine Augenbrauen wandern nach oben.

„Noch einen?"

Ich nicke.

„Also gut. Aber Baby, keinen Scheiß mehr. Nicht heute. Ich bin eh schon wütend auf dich und mich und auf die ganze gottverdammte Welt."

Wer hätte gedacht, dass mein großer, böser Vizepräsident so süß sein kann, wenn er wütend ist?

„Besitze mich, Rocker."

Seine Nasenflügel blähen sich.

„Das ist dein Wunsch?"

„Mein sehnlichster Wunsch!"

Knurrend kommt er zu mir ins Bett, legt sich auf mich und beweist mir die nächsten Stunden auf eindrucksvolle Art und Weise, wie unglaublich fantastisch es sein kann, die Old Lady eines besitzergreifenden und überbeschützenden Hell Riders zu sein.

38. Kapitel

Lina

Bunte Lichtkegel tanzen über die Wände, huschen über den Boden und verlieren sich in den Gesichtern der vielen Clubgäste, die sich rhythmisch zu den wummernden Bässen der Musik bewegen.
Die Luft ist stickig, mir ist heiß und meine Füße fühlen sich an, als würden sie jeden Moment in Flammen aufgehen – trotzdem fühle ich mich einfach fantastisch. Ich bin hier, in einem der begehrtesten Clubs der Stadt, trage ein schickes Kleid, nippe immer wieder an einem pinken Strohhalm, der in einem bunten Cocktail steckt, und singe laut und falsch die Songs mit, die der sexy DJ spielt.

Die Tanzfläche ist voll, der gesamte Club ist voll und dennoch haben Lena und ich genug Platz, um uns zu bewegen. Was zum einen daran liegt, dass wir uns im VIP-Bereich aufhalten (ist das zu fassen), und zum anderen daran, dass zwei finster dreinschauende, vor Ungeduld vibrierende und alles andere als entspannt wirkende Rocker keine zwei Meter von uns entfernt an der Bar sitzen und jedem Typen, der auch nur mit dem Gedanken spielt, sich uns zu nähern, tödliche Blicke zuwerfen. Erst einer war mutig oder dumm genug, je nachdem wie man es sieht, Troy und Jett einfach zu ignorieren und zu uns an den Tisch zu kommen. Dort war er dann geschätzte drei Sekunden, ehe er auf Nimmerwiedersehen verschwunden ist.

Es war echt beeindruckend, mit welcher Effizienz Jett den armen Kerl durch die feiernde Menschenmenge hinaus vor die Türe verfrachtet hat.

Ich fühle mich ein bisschen wie eine Berühmtheit – von der normalen Welt abgeschottet, mit zwei starken Aufpassern, neuen teuren Klamotten und einem prall gefüllten Geldbeutel.

Mein genialer Plan, Ice und Bentley zu manipulieren, ist grandios gescheitert. Die Member des Hell Riders Motorcycle Clubs sind nicht annähernd so simpel, wie ich dachte. Aber na ja ... Was soll's?

Lena und ich sind hier und das ist alles, was zählt.

Ich habe keine Ahnung, wie Lena es geschafft hat, ihren Vizepräsidenten dazu zu bringen, sie gehen zu lassen und zugleich noch Ice so weit zu beeinflussen, dass er zugestimmt hat, dass ich sie begleiten darf.

Für die meisten Frauen mag es unverständlich sein, dass meine Schwester und ich unsere Männer um Erlaubnis bitten müssen. Das wäre es für mich vor ein paar Jahren ebenfalls gewesen.

Aber wenn man als Mädchen eine Vorliebe für gefährliche und dominante Männer hat, dann muss man auch bereit sein, mit den Charaktereigenschaften dieser Dämonen klarzukommen.

In meiner zweifelhaften Karriere als die Geliebte von bösen Jungs habe ich eine Sache schnell gelernt: Je gefährlicher der Typ ist, auf den man sich eingelassen hat, je bestimmender und beschützender ist dieser auch.

Das mag zum einen daran liegen, dass es Männern wie Ice oder Bentley im Blut liegt, die Menschen in ihrem Umfeld zu befehligen, und zum anderen daran, dass sie ganz genau wissen, wie verdammt gefährlich diese Welt ist, und dass sie nicht bereit sind, ihre Frauen diesen Gefahren auszusetzen.

In Lenas und meinem speziellen Fall kommt erschwerend hinzu, dass unsere Rocker irgendwie befürchten könnten, dass wir einen spontanen Fluchtversuch starten. Bevor mich mein Hell Rider aus der Wohnung gelassen hat, hat er mir noch mal unmissverständlich klargemacht, wie die Regeln für diese Nacht lauten und was mit mir passiert, wenn ich mich nicht an sie halte.

Aus Rücksicht auf meinen wunden Hintern habe ich nicht vor, irgendeinen Quatsch zu machen. Die letzte Nacht war hart und das im wahrsten Sinne des Wortes.

Einen großen Schluck von dem nach Fruchtsäften und Tequila schmeckenden Drink nehmend, lehne ich mich zu Lena rüber und stupse sie mit der Schulter an.

„Alles klar bei dir?“

Im Gegensatz zu mir ist Lena ein Neuling, wenn es darum geht, sich ins Nachtleben zu stürzen, zu trinken und zu feiern. Wobei sie ja eh nur an einem schick geschmückten Orangensaft nippt.

„Ja, mir geht's gut.“

Freut mich zu hören. Heute Morgen war ihr nicht nur im sprichwörtlichen Sinne kotzübel. Für mich ist es ein echtes Wunder, dass Bentley seine schwangere Old Lady vom gut bewachten Clubgelände gelassen hat.

„Verrätst du mir endlich, wie du deinen Rider dazu gebracht hast, uns diesen Abend zu ermöglichen?“

Sie grinst schelmisch.

„Auf meine Art und Weise!“

„Du hast ihm keinen geblasen?“

Lena kichert und sieht sich nervös um.

„Doch. Deine Chupa-Chups-Methode war ein guter Tipp. Bentley mag es, wenn ich seinen Schwanz in den Mund nehme, aber der Blowjob war nicht der Grund, aus dem er uns die Ladys Night ermöglicht hat."

Ja, ja, ja, diese Rocker ticken anders.

„Und was ist dann dein Geheimmittel gewesen?"

Sie lässt mich zappeln, trinkt von ihrem Saft und wirkt äußerst zufrieden.

„Aufrichtigkeit und eine Liebeserklärung."

Vor lauter Überraschung lasse ich fast mein Glas fallen. Perplex starre ich sie an und schüttle ungläubig den Kopf.

„Du hast ihm gesagt, dass du ihn liebst?"

Meine Fassungslosigkeit scheint sie zu amüsieren.

„Ja. Das habe ich getan. Und dann habe ich ihm erklärt, wie unheimlich gerne ich mit dir tanzen gehen würde. Das hat er verstanden."

Ach du heilige Scheiße!

Irgendwie überrascht es mich nicht, dass Lena gleich mit dem L-Wort herausgerückt ist, immerhin hat sie ihr Herz schon immer auf der Zunge getragen.

Um den Schock zu verarbeiten, leere ich meinen Cocktail mit einem großen Schluck und bestelle mir sofort einen neuen.

Ein junger Typ, ich schätze ihn auf Anfang zwanzig, überquert die imaginäre Sicherheitslinie, die die Prospects um uns gezogen haben, sofort steht Troy auf, zieht das Leder seiner Kutte zur Seite und erlaubt unserem potentiellen Verehrer einen Blick auf die silberne Halbautomatik, die Troy eigentlich immer bei sich trägt. Der Typ, dessen Augen regelrecht auf Lenas nackten Beinen geklebt haben, dreht sofort um und sucht, so schnell es geht, das Weite.

Was ein Weichei …

„Mag sein, dass die beiden noch Anwärter sind, aber das Bedrohlich-Wirken und das Leute-Erschrecken haben sie schon gut drauf."

Lena klingt amüsiert, sie genießt den Abend sichtlich.

Ich sehe zu den Anwärtern und versuche, die zwei Jungs nicht sofort mit Ice zu vergleichen. Neben ihrem Präsidenten sehen die beiden ganz klar schwach aus. Aber wenn ich sie einfach so betrachte, ganz unvoreingenommen, dann muss ich Lena recht geben.

Troy und Jett wirken nicht wie nette Kerle, sondern wie gnadenlose Killer. Ich schätze, das ist eine Grundvoraussetzung, wenn man dem MC beitreten will.

„Oh ja allerdings. Gib den beiden noch mal zehn Jahre und sie könnten sich in heiße Typen verwandeln.“

Lachend verdreht Lena die Augen, trinkt ihren Saft aus, knallt das leere Glas auf den Tisch und klatscht vor Übermut in die Hände.

„Komm schon Schwesterherz, lass uns tanzen.“

Mit den Hüften wackelnd, zieht sie ihren nach oben gerutschten Rock wieder ein Stückchen nach unten und zerrt mich aus dem VIP-Bereich.

Die Prospects mustern uns besorgt, ihnen ist wohl klar, was wir vorhaben und würden am liebsten ihre Waffen ziehen und alle anwesenden Männer in die Flucht schlagen.

Mich würde brennend interessieren, was Ice den beiden angedroht hat, wenn sie nicht gut auf uns aufpassen?

Vielleicht ist es besser, dass Troy es mir vorhin, als ich ihn danach gefragt habe, nicht verraten hat. So wie ich den Präsidenten der Hell Riders einschätze, ist er ein Verfechter der Todesstrafe.

In der Mitte der Tanzfläche angekommen, schließe ich die Augen, genieße die kraftvollen Beats und beginne, mich zur Musik zu bewegen.

Die Arme über den Kopf reckend, lasse ich mich treiben, genieße den Moment und denke über das nach, was Lena mir vorhin verraten hat.

Es ist unglaublich, dass sie Bentley gesagt hat, dass sie ihn liebt.

Ich bin zwanzig und hatte schon unzählige Liebhaber, aber das L-Wort habe ich noch nie ausgesprochen. Die Liebe ist ein hinterfotziges Miststück, sie verkompliziert alles, macht uns das Leben schwer und bricht uns Mädchen mühelos die Herzen.

Das, was ich für Ice empfinde, ist stark und völlig neu für mich. Für all die Kerle, mit denen ich bisher geschlafen habe, habe ich maximal eine starke Sympathie empfunden. Ich war nie auf der Suche nach der großen Liebe oder meinem Mister Perfect. Alles, was ich wollte, war guter Sex, Spaß und Abenteuer. Für mich waren immer die drei magischen M's ausschlaggebend: Money – Muskeln – Macht.

Hatte ein Mann das alles, kam er für mich infrage.

Gefühlen bin ich bisher immer ausgewichen, sie waren für mich eher eine hinderliche und unerwünschte Nebenwirkung, der ich bereitwillig aus dem Weg gegangen bin.

Der Präsident der Hell Riders hingegen ist wie ein Tornado über mich hinweggefegt. Seine zerstörerischen Kräfte haben die Schutzmauern, die ich so mühevoll um mein Herz errichtet habe, zum Einsturz gebracht.

Dieser Rocker gibt sich nicht einfach nur mit meinem Körper zufrieden, er will alles und er ist auf dem besten Weg, das auch zu bekommen. Flüsternd teste ich aus, wie es sich anfühlt, es auszusprechen. „Ich liebe dich, Ice."

Die laute Musik verschluckt meine Stimme. Ich spüre, wie meine Lippen zu kribbeln beginnen, so als ob ich eines der Brausetütchen gegessen hätte, die ich als Kind so geliebt habe.

„Ich liebe dich, Ice." Hier und jetzt, in der Anonymität des Clubs, umgeben von fremden Menschen, traue ich mich, zu sagen, was ich sonst niemals laut aussprechen würde. „Ich liebe dich, Ice."

Wieder und wieder verlassen diese vier kleinen, jedoch bedeutungsvollen Worte meinen Mund, verhallen ungehört und stellen komische Sachen mit mir an.

Wie mein Rider wohl reagieren würde, wenn ich es zu ihm sage?

In die Stille der Nacht hinein, nachdem wir uns ausgiebig geliebt haben und ich atemlos und verschwitzt in seinen Armen liege?

Würde er davonlaufen?

Es ignorieren oder meine Gefühle vielleicht sogar erwidern?

Die Angst, abgewiesen zu werden, ist stark, so stark, dass ich meine Lippen fest zusammenpresse und mir selbst verbiete, das L-Wort jemals wieder auszusprechen.

Verdammt!

Was zur Hölle ist nur los mit mir?

Die gefährliche Kombination aus Leder, Harleys und Schießpulverküssen muss mir das Gehirn vernebelt haben. Anders kann ich mir nicht erklären, dass es Ice gelungen ist, sich in mein Herz zu schleichen und es für sich zu beanspruchen.

Es würde mich ja brennend interessieren, wie Bentley reagiert hat, als Lena ihm ihre Liebe gestanden hat?

Was hat der große, böse Rocker mit dem vernarbten Gesicht zu seiner schwangeren Old Lady gesagt? Dass er das Gleiche für sie empfindet? Oder hat er sie ganz nach Rocker-Manier einfach gepackt, ins Bett getragen und sie so lange gefickt, bis Lena kapiert hat, was er für sie empfindet und wie viel sie ihm bedeutet?

Scheiße!

Ich denke, Letzteres ist der Fall gewesen.

Und das ist gut so, sehr gut sogar, denn Taten sind das Einzige, was zählt. Worte sind nichts wert, sobald sie ausgesprochen wurden, verhallen sie und verschwinden dann in der Vergesslichkeit.

Die Tatsache, dass meine Schwester und ich jetzt hier sind, dass Bentley bereit ist, ihr die Freiheit zu lassen, die sie braucht, um glücklich zu sein, ist der beste Beweis dafür, dass dieser knallharte Outlaw sein Herz am rechten Fleck hat und dass er Lena ebenfalls liebt. Etwas, das sich verdächtig nach Neid anfühlt, breitet sich in mir aus.

Shit!

Was ist nur mit mir los?

Natürlich gönne ich meiner Schwester und ihrem Vize ihr Glück. Wenn es eine Frau auf diesem Planeten verdient hat, glücklich zu sein, dann meine Zwillingsschwester. Trotzdem will ich das, was sie da hat, auch für mich!

Lena ist schwanger, sie erwartet ein Kind und ist dabei, mit dem Mann, den sie liebt, eine Familie zu gründen. Es würde mich nicht wundern, wenn die beiden sich bald ein Haus oder etwas Ähnliches suchen würden, in dem sie dann heile Welt spielen können.

Und was mache ich?

Fuck!

Ich lutsche an viel zu großen, pinken Dildos ...

Tränen steigen mir in die Augen. Wütend wische ich sie weg, zwinge mich zu einem tapferen Lächeln und drehe mich wieder und wieder im Kreis. Der Song endet, sofort beginnt ein neuer ...

Ich sehe, wie Lena lacht, tanzt und das Leben genießt.

Sie hat den gottverdammten Jackpot gezogen und so wie sie aussieht, weiß sie das auch.

„Ich liebe dich, Ice."

Ein letztes Mal lasse ich die Worte über meine Lippen kommen und muss feststellen, dass sie sich mittlerweile gar nicht mehr so schlecht anfühlen.

Himmel hilf!

Ein Mann nähert sich uns, seine Hand legt sich auf Lenas Hüfte, dort bleibt sie genau zwei Sekunden lang, ehe Jett die Tanzfläche betritt. Das rote Licht der Deckenspots legt sich auf die finstere Mimik des Anwärters. Er muss nicht mal was sagen, allein seine Anwesenheit reicht aus, um den Verehrer meiner Schwester in die Flucht zu schlagen.

Lena lacht, pinnt Jett ein Küsschen auf die Wange und tanzt dann einfach weiter, so als ob nichts gewesen wäre.

Die Liebe steht ihr ...

Vielleicht sollte ich mir noch ein paar der mit bunten Schirmchen dekorierten Cocktails bestellen, mir quasi Mut antrinken und Ice ebenfalls gestehen, dass ich mich in ihn verliebt habe?

Allein bei der Vorstellung beginnt mein Puls wie verrückt zu rasen und ich fühle mich, als ob ich mich in einem abstürzenden Flugzeug befinden würde.

Heilige Scheiße!

Wenn ich doch nur wüsste, wie mein Rocker fühlt, wenn ich doch nur irgendwie herausfinden könnte, ob zumindest eine winzige Chance besteht, dass er für mich das Gleiche empfindet, wäre ich vielleicht bereit, das Risiko einzugehen.

So aber? Niemals!

Und während mein Herz immer schwerer wird und wie die Titanic gegen den Eisblock knallt, der sich gerade in meiner Brust gebildet hat, tanze ich einfach weiter.

Wie ein Kreisel – bunt und schillernd aber innerlich hohl.

39. Kapitel

Ice – der Präsident

Wie ein Roboter erledigen meine Hände ihre Arbeit, während ich mit dem Kopf überhaupt nicht bei der Sache bin. Ich montiere eine Kalaschnikow nach der anderen und versuche währenddessen, nicht daran zu denken, wo Lina gerade ist und was sie eventuell gerade treibt. *Fuck! Fuck! Fuck!*

Das ist schwerer als gedacht. Ich verfluche mich dafür, dass ich sie in dem knappen Outfit gehen lassen habe.

Im Nachhinein kapiere ich, dass es ein Fehler war, ihr diese Nacht zuzugestehen.

Die AK's waren, dank des Umstandes, dass sie zerlegt verkauft wurden, ein echtes Schnäppchen und das Beste daran, wir hatten bereits einen Käufer für sie gefunden, bevor wir sie überhaupt geliefert bekamen. Das Geschäft mit den Waffen boomt.

Je größer und schwerer die Knarren, umso höher die Gewinnspanne. Das Einzige, was im Moment zählt, ist die Durchschlagskraft.

Die sowjetisch-russischen Sturmgewehre sind neben den israelischen Uzis unsere Verkaufsschlager. Für gewöhnlich ist es die Aufgabe der Prospects die AK's zu montieren, aber die habe ich heute mit den Schwestern mitgeschickt. *Bullshit!*

Keine Ahnung ob das so eine gute Idee war?!

Wohl eher nicht.

Natürlich hätten auch Bentley und ich unsere Ladys in den Club begleiten und die Wache übernehmen können, aber fuck, das hätte meine Selbstbeherrschung auf eine zu hohe Belastungsprobe gestellt.

Ich will nicht, dass mein Mädchen einen Rock trägt, ich will nicht, dass Lina so viel Haut zeigt und ich will schon gar nicht, dass sie vor den Augen anderer Männer tanzt.

Dumm nur, dass mich keine alte Sau gefragt hat, was ich will!

Diese Sache mit dem Lady-Leder ist komplizierter als gedacht.

Einerseits will ich Lina für den Rest ihres Lebens auf dem Clubgelände einsperren und für mich behalten. Andererseits hingegen will ich, dass meine Süße glücklich ist.

Und trotz des ganzen Kopfzerbrechens, den Sorgen und dem Ärger, den so eine Old Lady mit sich bringt, habe ich es noch keine Sekunde bereut, dass ich Lina zu meinem Eigentum gemacht habe!

Diese Frau ist das Beste, was mir je passiert ist!

Vielleicht sollte ich Kyrill post mortem dafür danken, dass er sie von seinen Männern durch die halbe Stadt jagen lassen hat, nachdem sie aus seinem Bett geflüchtet ist.

Ohne diese Schicksalsfügung wäre ich ihr nie begegnet.

Sie macht mich glücklich, und nur der Teufel weiß, dass ich noch nie zuvor wirklich glücklich gewesen bin.

Ich bin es Lina also auf gewisse Weise schuldig, ihr diesen Mädchenabend zuzugestehen, dennoch gefällt es mir nicht, sie nicht in meinem Club zu wissen.

Meinem Vize scheint es da ganz ähnlich zu gehen, er sitzt seit einer geschlagenen Stunde an der Bar, nippt an einer Flasche Bier und starrt wütend Löcher in die Luft.

Zumindest bin ich nicht der einzige Hell Rider, der sich wegen einer Pussy zum Narren macht. Was ein schwacher Trost.

Seine schwangere Frau in eine verfickte Disco gehen zu lassen, ist Bentley nicht leichtgefallen.

Bloody Hell!

Er hat nie ein Geheimnis daraus gemacht, wie wichtig ihm diese Lena geworden ist. Fluchend setze ich die nächste Kalaschnikow zusammen, lehne sie zu den anderen an die Wand und verpasse der Holzkiste, in der locker noch ein Dutzend zerlegte Waffen darauf warten, zusammengebaut zu werden, einen Tritt.

Mir reichts's!

An der Bar setze ich mich neben meinen VP, bestelle mir bei der Bitch hinterm Tresen einen Jacky-Cola und zünde mir eine Kippe an.

„Früher wären wir einfach ins Bordell gegangen, hätten uns zwei heiße Nutten gesucht und uns das Hirn aus dem Kopf saugen lassen."

Er gibt ein zustimmendes Grunzen von sich.

„Yeah, früher ..."

Ich bemerke, dass er die ganze Zeit auf das Handy starrt, das vor ihm auf dem Tresen liegt.

Den Rauch ausatmend, riskiere ich einen Blick auf das Display und muss lachen.

„Du hast deiner Lady einen Sender untergejubelt?"

Bentley nickt.

„Jep! Schön versteckt in einer schicken Kette. Ich liebe diese Frau und sie trägt mein Ungeborenes in sich, aber nach der Scheiße mit den Russen ist mein Vertrauen in sie nicht allzu groß."

Dieses Mal bin ich derjenige, der nickt.

„Warum wolltest du dann unbedingt, dass die beiden heute in diesen beschissenen Club gehen?"

Er zuckt mit den Schultern.
„Das grenzt schon fast an Selbstverstümmelung. Wenn sie es könnten, würden meine Nerven bluten."
Vor lauter Belustigung verschlucke ich mich an dem nächsten Zug meiner Kippe. Keuchend schlage ich mir mit der Faust gegen den Brustkorb und kämpfe gegen die Tränen an.
Bis ich wieder richtig atmen kann, vergehen ein paar Minuten. Noch immer belustigt leere ich den Jacky auf Ex, werfe den glühenden Filter in das leere Glas und wische mir mit dem Handrücken über den Mund.
„Ich habe die Schnauze voll. Fuck! Wer oder was sind wir eigentlich? Muschis? Fuck! Bestimmt nicht. Ich habe einen Schwanz und der will in die magische Pussy meiner Frau!"
Bentley beobachtet mich skeptisch.
„Du willst den Mädchen ihren Abend versauen?"
„Es ist weit nach Mitternacht. Wird Zeit, mein Eigentum einzukassieren und meine Besitzansprüche geltend zu machen."
Er wirkt skeptisch, dann stößt er ein gezischtes „Piss doch die Wand an" aus, steht auf, steckt sein Telefon ein und folgt mir nach draußen. Zeitgleich steigen wir auf unsere Harleys und starten mit einem kräftigen Tritt den Motor.
„Dafür werden uns die Ladys killen."
„Meinetwegen können sie es gerne versuchen. Ich steh drauf, wenn Lina beim Ficken die Krallen ausfährt."
Ich stülpe mir den Helm auf den Kopf, mache mir nicht erst die Mühe, die Riemen zu schließen, und gebe Gas.
Es wäre doch gelacht, wenn ich mich von einem zwanzigjährigen Mädchen zum Narren halten lasse ...

40. Kapitel

Lena

Mit den Heels in der Hand bestelle ich mir ein Glas eiskaltes Wasser und lasse mich anschließend zufrieden stöhnend in einen der weichen Ledersessel fallen, von denen es im VIP-Bereich nur so wimmelt. Obwohl der Club voll ist, ist es hier oben bei uns leer.

Schon seltsam!

Entweder gehört der Club den Hell Riders oder aber der Inhaber muss ein guter Freund der Rocker sein. Ich beschließe Bentley, sobald wir zurück im MC sind, danach zu fragen.

„Oh Gott, bin ich erledigt."

Lina lacht und streift sich eine Haarsträhne von der schweißnassen Stirn.

„Ja, bei mir macht sich das Schlafdefizit auch so langsam bemerkbar. Bentley war in seinem vorherigen Leben bestimmt ein Vampir oder irgendein nachtaktives Raubtier. Sobald die Sonne untergeht, läuft er erst so richtig zur Höchstform auf."

Kaum dass mir das Wasser gebracht wird, trinke ich es mit großen Schlucken aus.

Troy und Jett stecken die Köpfe zusammen, sie deuten auf eine vollbusige Blondine, die mit verdammt wenig Stoff am Leib auf der Tanzfläche steht und mit dem Po wackelt.

„Unsere Babysitter scheinen auch endlich etwas Spaß zu haben."

Lina dreht sich zu den Anwärtern um und kichert.

„Ist doch gut so. Die Armen haben mir fast schon leidgetan."

Skeptisch sehe ich meine Schuhe an und beschließe kurzerhand, sie nicht mehr anzuziehen. Meine Füße fühlen sich an, als hätte ich sie gefoltert. Während Lina zur Bar geht, um sich einen neuen Cocktail zu holen, sehe ich mich prüfend um und reibe gedankenverloren über meinen noch flachen Bauch. Ein Typ, der gerade zur Türe reingekommen ist, lenkt meine Aufmerksamkeit auf sich.

Er trägt einen schwarzen Anzug, ein schwarzes Hemd und eine ebenfalls schwarze Krawatte. In seinen auf Hochglanz polierten Schuhen blitzt das Licht auf.

Keine Ahnung warum, aber der Kerl bereitet mir Bauchschmerzen. Er hält den Kopf von mir abgewandt. Als er sich dann aber zu mir umdreht und genau in meine Richtung sieht, beginnt mein Herz wie verrückt zu schlagen. Dieser Fremde sieht aus wie ein Double von Kyrill. Wenn ich nicht zu 100 Prozent wüsste, dass mein Ex-Chef tot ist, würde ich sogar denken, dass er es ist, der da reglos zwischen all den Feiernden steht und mich mit unverhohlenem Interesse anstarrt. Einzig die Tatsache, dass ich dabei war, als der Mafiaboss erschossen wurde, hält mich davon ab, in Panik zu geraten.

Immer nervöser werdend, versuche ich die Augen abzuwenden, aber es gelingt mir nicht.

Je länger ich in seinem Blick gefangen bin, umso mehr Details fallen mir auf. Wie zum Beispiel die Tätowierung, die zur Hälfte aus dem Hemdkragen herausschaut und sich um seine Kehle windet.

Der Typ reibt sich über das Kinn, ich bemerke, dass seine Hände über und über mit schwarzer Tinte übersät sind, und dass er viele silberne Ringe trägt. Leider kann ich die verschiedenen Symbole auf seinen Fingern aufgrund der Entfernung nicht gut erkennen, aber ich bin mir sicher, dass es sich dabei weder um Einhörner noch um Blümchen handelt.

Zwei weitere Kerle in schwarzen Anzügen tauchen auf, beide haben dasselbe rundliche Gesicht und diese unverkennbaren osteuropäischen Gesichtszüge. Der Fremde, dessen Augen sich noch immer in die meinen bohren, deutet ein Nicken an, was die anderen beiden Typen dazu bringt, sich in die Menge zu mischen.

Vielleicht werde ich paranoid oder ich leide mittlerweile an Verfolgungswahn, aber ich bin mir sicher, dass diese drei Männer nicht hier sind, um mit Schirmchen dekorierte Cocktails auf Tequilabasis zu trinken oder zu tanzen.

Mein Instinkt schlägt Alarm, meine Handflächen werden feucht.

Wenn ich in der Lage wäre, logisch zu denken, würde ich mir vielleicht klarmachen, dass die Wahrscheinlichkeit, dass schon wieder irgendwelche Russen hinter uns her sind, sehr gering ist.

Aber ich denke nicht logisch, sondern reagiere panisch, schaffe es endlich, den Blickkontakt zu unterbrechen und vom Sessel zu springen. Dabei stoße ich gegen den Tisch, mein Glas fällt wie in Zeitlupe zu Boden und zerbricht in der Sekunde, in der es auf den Fliesen landet, in tausend kleine Splitter. Die Scherben kratzen mich am Bein, Blut fließt – doch ich spüre keinen Schmerz.

Wo zur Hölle steckt Lina?

Die zwei Prospects sind noch immer damit beschäftigt, die anwesenden Frauen abzuchecken, sodass sie die drei neuen Clubbesucher noch gar nicht bemerkt haben.

Aber vielleicht gibt es ja auch gar nichts zu bemerken?

Vielleicht bilde ich mir diese drohende Gefahr einfach nur ein?

Wer weiß?!

Als ich das nächste Mal zu der Stelle sehe, an der der komplett in Schwarz gekleidete Mann stand, ist er verschwunden.

Scheiße! Scheiße! Scheiße!

Wenn ich nicht so streng darauf geachtet hätte, ja keinen Tropfen Alkohol zu mir zu nehmen, würde ich diese seltsame Begegnung einfach auf ihn schieben. Aber ich bin schmerzlich nüchtern.

Ich fühle mich gerade, als hätte ich einen Geist gesehen.

Das alles ist so gruselig und unheimlich, dass mir die Knie weich werden.

Die Situation ist leicht zu beschreiben. Jeder, der schon mal eine gigantische, große achtbeinige und ekelige schwarze Spinne in seinem Schlafzimmer hatte, weiß, wie ich mich gerade fühle. Die Spinne zu sehen ist schlimm, aber sich kurz umzudrehen, um den Staubsauger zu holen, wiederzukommen und dann festzustellen, dass das Tier weg ist, ist noch viel, viel schlimmer.

Der Spinne in die Augen zu sehen ist heftig, aber erträglich.

Aber sich in einem Raum aufzuhalten, mit dem Wissen, dass sie da ist, aber man nicht genau weiß wo – ist unmöglich.

Hektisch beginne ich mich umzusehen. Doch von dem Fremden und seinen zwei Freunden fehlt jede Spur.

Habe ich mir das etwa alles nur eingebildet?

Habe ich einfach überreagiert?

Lina steht an der Bar und lacht, Troy und Jett wirken ebenfalls entspannt und die Menschen auf der Tanzfläche wiegen sich zu den rhythmischen Bässen der Musik. Alles wirkt ganz normal – nichts hat sich in den letzten Minuten verändert.

Nervös stehe ich auf, gebe Troy mit einem Handzeichen zu verstehen, dass ich mal pinkeln muss, und mache mich dann barfuß auf den Weg.

Himmel hilf!

So langsam zweifle ich an meiner geistigen Gesundheit.

Die letzten Minuten sind der beste Beweis dafür, dass die vergangenen Wochen nicht spurlos an mir vorbeigegangen sind.

Und das war nicht auf die Schwangerschaft bezogen.

Vielleicht hatte Bentley recht, vielleicht bin ich noch nicht so weit, in die normale Welt zurückzukehren. Mein Rocker hatte mich gewarnt, er wusste von vornherein, dass die Ereignisse der letzten Zeit zu heftig für mich waren und ihre Spuren auf mir hinterlassen haben.

Ach verdammt! Plötzlich bin ich einfach nur noch schrecklich müde. Am liebsten würde ich einem der Anwärter sagen, dass er Bentley anrufen soll, damit er mich abholen kommt.

Das Bedürfnis, mich an seinen muskulösen Körper zu lehnen und seine starken Arme um mich zu spüren, wird mit einem Schlag beinahe übermächtig.

Ich gehe an der Tanzfläche vorbei, steuere die WCs an und riskiere einen prüfenden Blick über die Schulter.

Verflucht noch mal ...

Obwohl ich mich beobachtet fühle, kann ich niemanden entdecken, der mir besondere Aufmerksamkeit schenkt. War es falsch, Troy und Jett nichts von den drei Russen zu sagen? Vielleicht! Vielleicht auch nicht. In Atlanta leben mehr als eine halbe Million Menschen, nicht jeder Mann mit osteuropäischen Wurzeln steht oder besser gesagt stand mit Kyrill in Verbindung. Nicht jeder Russe ist ein Killer. Außerdem, was hätte ich denn sagen sollen?

Hör mal Jett, da sind gerade drei Typen reingekommen, die mich irgendwie an Kyrill erinnern? Was hätte der Rider denn dann tun sollen? Seine Waffe ziehen? Wild um sich schießen oder den gesamten Nachtclub nach den Fremden absuchen?

Nur weil meine Nerven blank liegen, muss ich keine Panik verbreiten. Lina hat es verdient, einen schönen Abend zu haben.

Es war meine Idee, auszugehen.

Ich wollte die Nacht zum Tag machen, also werde ich mich jetzt zusammenreißen und cool bleiben.

Doch das ist leichter gesagt als getan!

Auf den Toiletten angekommen, stelle ich mich vor eines der vielen Waschbecken, lasse die luxuriöse Einrichtung auf mich wirken und betrachte mein gehetzt aussehendes Spiegelbild.

Was sagt es über mich aus, dass ich mich mittlerweile nur noch in Bentleys Nähe sicher fühle? Wahrscheinlich, dass ich mir professionelle Hilfe suchen und mich bei einem Psychodoc auf die Couch legen sollte. Über mich selbst verwundert, spritze ich mir etwas kaltes Wasser ins Gesicht, zupfe eines der Papiertücher aus dem Spender und entferne die dunklen Mascararänder unter meinen Augen, die dafür sorgen, dass ich so aussehe, als ob ich mit einem Waschbären verwandt wäre.

Die Türe öffnet sich, zwei Frauen kommen lachend herein.

Eine von ihnen nickt mir grüßend entgegen, bemerkt meine nackten Füße und grinst spöttisch. Die beiden Freundinnen verschwinden in aneinander liegenden Toilettenabteilen und unterhalten sich über irgendein Sahneschnittchen, das wohl einen Porsche fährt und eine Rolex trägt.

Jeder wie er es braucht ...

Sie kichern und tuscheln. Wieder öffnet sich die Türe, als Erstes sehe ich eine große, mit Tinte überzogene Hand, dann einen in einem schwarzen Sakko gekleideten Arm und einen Atemzug später sehe ich in die grauen, ausdruckslosen und tot wirkenden Augen des Kyrill-Doubles.

Pure, unverkennbare Angst kriecht an meiner Wirbelsäule nach oben. Ein Schauer rieselt an meinen Armen hinab, die Härchen in meinem Nacken stellen sich warnend auf. Die Spinne hat mich gefunden ...

Nicht bereit meine Furcht gewinnen zu lassen, schlucke ich den Kloß, der sich in meiner Kehle gebildet hat, nach unten und zwinge mich zu einem Lächeln.

„Das hier ist die Frauen-Toilette, die für Herren befindet sich auf der anderen Seite des Ganges."

Ich hoffe wirklich, dass der Typ mir jetzt dankend zunickt und mir mitteilt, dass er sich in der Türe geirrt hat und verschwindet. Doch das tut er nicht. Im Gegenteil. Selbstbewusst betritt er das Klo und kommt auf mich zu. Die Mädchen in den Kabinen bemerken nicht, was los ist, sondern unterhalten sich lautstark weiter über ihre Männerbekanntschaften und diskutieren darüber, was ein Mikropenis ist und wie winzig solche Schwänze sind.

Unter anderen Umständen hätte ich mich über den Quatsch, den sie da von sich geben, totlachen können, aber anstatt Belustigung verspüre ich nichts als Panik.

Mir wird sofort klar, dass mich mein Instinkt nicht getäuscht hat und dass es diese Kerle tatsächlich auf mich und Lina abgesehen haben.

Lieber Gott steh mir bei ... Endet denn dieser ganze Mist nie?

Es kommt mir so vor, als wäre ich in einem fürchterlichen Albtraum gefangen, aus dem es einfach kein Entkommen gibt.

Mit Entsetzen sehe ich dabei zu, wie er eine schwarze Waffe aus dem Hosenbund zieht, den Arm hebt und auf mich zielt.

„Oh Gott! Nein! Bitte! Nein!"

Mein entsetztes Wimmern entlockt ihm ein selbstgefälliges Grinsen.

Soll das mein Ende sein? Echt jetzt? Barfuß und schwanger auf der Toilette eines Nachtclubs erschossen?

Die Ironie entgeht mir nicht ...

In den vergangenen Wochen wurde ich nicht nur verfolgt, gejagt, gefangen genommen, entjungfert und geschwängert.

Oh nein ... Es wurden auch mindestens ein Dutzend Kugeln auf mich abgefeuert. Dass ich noch am Leben bin, gleicht einem Wunder. Einem schönen Wunder, das dafür gesorgt hat, dass ich mich nicht nur über beide Ohren in den Vizepräsidenten des Hell Riders Motorcycle Clubs verliebt, sondern auch damit begonnen habe, Zukunftspläne zu schmieden. *Verdammt!*

Zum ersten Mal in meinem Leben war ich wirklich so richtig glücklich ...

Tränen steigen mir in die Augen, verschleiern mir die Sicht.

Lina hatte schon immer recht: Das Schicksal ist eine hinterhältige Schlampe!

Anstatt mich vor dem Tod zu fürchten, trauere ich um die vielen Dinge, die hätten sein können und die nun niemals stattfinden werden.

Dass ich jetzt hier stehe und in den Lauf der Halbautomatik starre, ist meine Schuld.

Bentley hat mir gesagt, dass es zu gefährlich ist, auszugehen, er hat mich gebeten, auf dem sicheren Gelände des MCs zu bleiben, doch ich wollte einfach nicht auf ihn hören und jetzt kassiere ich die Quittung für mein naives Verhalten. Mir hätte klar sein müssen, dass die Gefahr nicht zusammen mit Kyrill gestorben ist, und dass es garantiert jemanden gibt, der es auf meine Schwester und mich abgesehen hat.

Scheiße, wir haben einem mächtigen Mafiaboss Diamanten im Wert von hunderttausenden von Dollars geklaut.

So etwas vergisst die Welt nicht ...

Ich bemerke erst, dass ich zum Weinen angefangen habe, als mir unzählige Tränen über die Wangen tropfen. In dem verzweifelten Versuch, mein Baby vor der Gefahr zu schützen, bedecke ich mit beiden Händen meinen Bauch.

Dem Russen entgeht diese Geste nicht, irritiert runzelt er die Stirn.

„Du erwartest ein Kind?“

Seine Stimme klingt dunkel und gefährlich.

Ich nicke.

„Ist es von meinem Cousin?“

Im ersten Moment kapiere ich nicht, was er meint und will *Nein* sagen, doch dann wird mir mit einem Schlag bewusst, was los ist.

Die Ähnlichkeit des Fremden mit Kyrill ist kein Zufall, sondern stammt daher, dass die beiden verwandt sind. Ich wusste nicht, dass mein Ex-Chef Cousins hatte, aber das spielt auch keine Rolle.

Alles was wichtig ist, ist, dass dieser Russe mich offensichtlich mit meiner Zwillingsschwester verwechselt und denkt, dass ich Kyrills Geliebte war und nun von ihm schwanger bin. Wenn es mir gelingt, ihn in dem Glauben zu lassen, dass ich Kyrills Baby erwarte, sieht er vielleicht davon ab, mir jetzt und hier eine Kugel in den Kopf zu jagen, und ich gewinne kostbare Zeit. Es wird nicht lange dauern, bis mein Verschwinden bemerkt wird und die Prospects Alarm schlagen.

Der Plan ist riskant, doch arg viel andere Möglichkeiten habe ich nicht.

Auch wenn mir der Gedanke, dass mich dieser Typ mit sich nimmt, eine Heidenangst einjagt, ist es besser, von ihm entführt zu werden, als hier und jetzt eine Kugel in den Kopf gejagt zu bekommen.

Außerdem vertraue ich meinem Rocker. Sobald Bentley erfährt, dass ich entführt wurde, wird er alles in seiner Macht Stehende tun, um mich und unser Kind zu retten.

„Ja, es ist von Kyrill."

Auf russisch fluchend, steckt er nach kurzem Zögern seine Waffe wieder weg und ballt die Fäuste.

„Du bist schuld an Kyrills Tod."

Was soll ich dazu sagen?

Offensichtlich nichts, denn bevor mir eine passende Erwiderung einfällt, stürmt der Fremde auch schon auf mich zu, packt mich grob am Arm und stößt mich mit so viel Wucht gegen die Wand, dass mein Hinterkopf gegen die Fliesen kracht. Der heftige Schmerz, der daraufhin durch meinen Schädel zuckt, sorgt dafür, dass mir schwarz vor Augen wird. Meine Knie geben nach, um mich herum beginnt sich alles zu drehen, so als ob ich in einem verdammten Kettenkarussell sitzen würde.

Sein starker Akzent und die Tatsache, dass es ihm unheimlich schwerzufallen scheint, in meiner Sprache zu reden, verrät mir, dass er nicht in den USA lebt, sondern wohl extra für seine Rache hergeflogen ist.

„Ich werde dich nach Hause bringen, shlyukha. Dort bekommst du dein Kind und dann töte ich dich."

Es dauert etwas, bis ich die Bedeutung des Gehörten verstehe. Der Umstand, dass er mich gerade shlyukha, also eine Hure genannt hat, erscheint mir im Moment als unbedeutend.

„Wo ist *nach Hause*?"

„Moskau!"

Oh Gott, bitte nicht.

Ich will schreien, doch meine Lippen bleiben stumm.

Der Schock sitzt zu tief.

Einzig das Wissen, dass er offensichtlich nicht weiß, dass Kyrills ehemalige Geliebte eine Schwester (also mich) hat, beruhigt mich. Da er denkt, dass ich Lina bin, wird er der echten Lina nichts tun.

„Komm mit!"

Er zerrt mich Richtung Türe, ich versuche mich von ihm loszureißen, doch ich habe keine Chance. Er hält mich mühelos fest.

Als es mir gelingt ihm einen Ellenbogen in die Rippen zu stoßen, drücken sich seine Finger so fest in meinen Arm, dass ich schon befürchte, dass er ihn mir brechen wird. Dann zieht er seine Waffe und drückt den Lauf so fest gegen meinen Bauch, dass ich gepeinigt zusammenzucke.

„Machst du mir Ärger, mache ich dein Kind tot."

Eiskaltes Entsetzen flutet meine Venen, sofort höre ich auf, mich zu wehren.

Sein Blick fällt auf die Kette, die Bentley mir, bevor ich gefahren bin, geschenkt hat. Er stößt einen Fluch aus, reißt sie mir vom Hals und wirft sie in eines der Waschbecken.

Irritiert sehe ich ihn an.

„Was soll das?"

Ich bekomme keine Antwort.

Die zwei Freundinnen kommen aus den Kabinen, sie entdecken uns, mustern mich missbilligend und zucken erschrocken zusammen, als sie die Pistole sehen.

Der Russe lächelt sie eiskalt an und hält sich die Waffe vor die Lippen.

„Psssschhh ... Ihr werdet schweigen oder sterben!"

Die beiden weichen entsetzt zurück und nicken heftig, um meinem Entführer klarzumachen, dass sie keinen Mucks von sich geben werden.

Ich nehme es ihnen nicht übel, dass sie keinen Versuch starten, mir zu helfen, an ihrer Stelle hätte ich mich genauso verhalten.

Ergeben lasse ich mich durch die Türe ziehen, raus in den Flur und den Gang entlang.

Der Russe scheint sich umgesehen zu haben, denn anstatt mich zum Vordereingang zu bringen, schafft er mich durch den abseits gelegenen Personalausgang raus auf den dunklen Hinterhof.

Niemand schenkt uns besondere Aufmerksamkeit, niemand bemerkt die Knarre, die sich immer fester in meinen Bauch drückt.

Das Herz schlägt mir vor Angst und Panik so kraftvoll gegen die Rippen, dass es schmerzt. Ich bekomme kaum noch Luft.

Kaum dass wir draußen sind, tauchen auch schon die zwei Typen auf, mit denen Kyrills Cousin hierhergekommen ist.

Sie unterhalten sich in ihrer Landessprache, ich verstehe kein Wort, kann mir jedoch denken, worum es geht – um mich und mein Baby.

Die Blicke der Männer zucken zu meinem Bauch, sie denken jetzt wohl ebenfalls, dass ich von Kyrill schwanger bin.

Was für eine Katastrophe!

Einzig dem Umstand, dass ich ein Kind erwarte, verdanke ich es, noch am Leben zu sein.

Es fühlt sich falsch an, nicht lauthals herauszuschreien, dass Bentley der Vater dieses Babys ist und dass mein Rocker kommen und diese Arschlöcher alle abknallen wird.

Trotzdem beiße ich mir auf die Zunge und behalte diese Wahrheit für mich.

Bleibt mir nur zu hoffen, dass Bentley mich findet, bevor ich in ein Flugzeug verladen und nach Russland gebracht werde.

41. Kapitel

Bentley – der Vizepräsident

„Die Musik ist scheiße!"

Es juckt mich in den Fingern, dem DJ beide Hände zu brechen, um so für Stille zu sorgen. Ice lacht, nickt zustimmend und sucht die Tanzfläche nach seiner Lady ab. Ich tue es ihm nach, doch von Lena und Lina fehlt jede Spur, dafür eilen jedoch zwei finster dreinschauende Prospects auf uns zu. *Fuck!*

Mein Magen zieht sich schmerzhaft zusammen.

„Etwas stimmt nicht!"

In der Sekunde, in der mein Blick auf das Paar High Heels fällt, das in Troys rechter Hand baumelt, sehe ich rot.

Ungehalten stürme ich auf ihn zu, Ice folgt mir mit einem gezischten Fluch.

„Wo ist meine Lady?"

Jett sieht mich entschuldigend an, Troy beginnt zu stottern.

„Sie ist weg. Scheiße VP. Sie wollte nur mal kurz pissen und dann kam sie nicht wieder. Das Mädchen ist wie vom Erdboden verschluckt."

Mit einem Schlag wird mir eiskalt und sämtliche Luft weicht mir aus der Lunge.

Instinktiv ziehe ich mein Handy hervor, öffne die App und checke ihren Aufenthaltsort.

Der rote Punkt befindet sich immer noch hier im Gebäude.

Was zur Hölle wird hier gespielt?

Durchaus möglich, dass ich Lena unrecht tue, doch mein erster Impuls ist, zu glauben, dass sie erneut abgehauen ist.

Meine Süße ist nicht blöd, kann sein, dass sie durchschaut hat, dass die Kette nicht einfach nur ein schönes Schmuckstück war.

„Was ist mit Lina?"

Die Stimme meines Präsidenten klingt rau und bebt vor unterdrückter Wut.

„Sie sitzt an der Bar, wir haben ihr befohlen, sich nicht wegzubewegen. Sie ist völlig fertig."

Das glaube ich sofort.

Für einen kurzen Moment spüre ich so etwas wie Erleichterung.

Ich hätte es meiner Süßen zugetraut, dass sie ohne Schuhe flüchtet, aber ohne ihre Zwillingsschwester? Niemals!

Das Wissen, dass egal was passiert ist, sie mich nicht verlassen hat, hilft mir dabei, nicht augenblicklich durchzudrehen.
Egal was passiert ist. Egal wo sie ist und egal, wer für ihr Verschwinden verantwortlich ist, solange sie mich nicht verlassen hat, komme ich damit klar.
„Es ist gut, dass ihr da seid, wir wollten euch gerade über Lenas Verschwinden informieren."
Ich höre Jett nur mit einem Ohr zu, ziehe mein Telefon aus der Tasche und rufe Lucky an. Mit wenigen Worten setze ich ihn über die Scheiße in Kenntnis und beauftrage ihn damit, alle zusammenzutrommeln.
Meine Finger schließen sich so fest um das iPhone, dass es knackt, fluchend sehe ich nach und stelle fest, dass das Glas des Displays einen Sprung bekommen hat.
Lina muss Ice von der Bar aus gesehen haben, denn sie kommt völlig verheult auf uns zugerannt, wirft sich in seine Arme und schluchzt so heftig, dass ihr kleiner Körper wie verrückt bebt.
Er tröstet sie kurz, hält sie dann eine Armlänge von sich entfernt und sieht sie streng an.
„Was ist passiert, Baby?"
Sie schüttelt den Kopf.
„Keine Ahnung. Alles war gut. Wir hatten Spaß und dann: zack war sie weg."
Scheiße! Scheiße! Scheiße!
„Ist dir was Verdächtiges aufgefallen? Irgendetwas? Egal wie unwichtig es dir erscheint, es könnte hilfreich sein. Also konzentrier dich!"
Ihr Blick huscht zu mir, mit einer Hand wischt sie sich über die verquollenen Augen.
„Nein, nichts."
Vor Sorge und Angst getrieben, sehe ich zu den unnützen und so gut wie toten Anwärtern. Für diesen Bullshit werde ich ihnen die Köpfe abhacken.
„Du Troy gehst ins Büro und checkst die Aufnahmen der Sicherheitskameras. Ich will, dass du sie nach verdächtigen und bekannten Gesichtern absuchst. Feinde des Clubs – Russen, Mexikaner, Albaner, alle sind verdächtig. Du berichtest mir von jedem, der nicht wie der typische Discobesucher aussieht. Du Jett durchsuchst jeden Winkel dieses verfickten Ladens. Sollte meiner Frau etwas passiert sein, ist das euer Todesurteil!"

Die beiden stammeln ihre Zustimmung, Ice grunzt verächtlich. Er weiß so gut wie ich, dass die beiden sowieso schon tot sind. Lina bekommt vor lauter Heulen kaum noch Luft.

Ich kann verstehen, wie sie sich fühlt. *Fuck!*

Lena ist nicht einfach nur irgendeine bedeutungslose Tussi, die ich ficke, sondern mein gottverdammter Lebensinhalt.

Diese Frau trägt nicht nur mein Leder, sondern auch mein Kind in sich! Der Zorn, der sich in mir aufbaut, richtet sich zum Großteil gegen mich selbst. Dass meine Old Lady verschwunden ist, ist meine Schuld. Ich bin weich geworden, habe mich von ihren großen grünen Augen und dem süßen Schmollmund verzaubern lassen und ihr viel zu viel erlaubt. Ihre Idee, Tanzen zu gehen, war von Anfang an zum Schreien blöd. Doch in dem verzweifelten Wunsch, sie glücklich zu machen, habe ich es ihr erlaubt und jetzt ist sie weg.

Ich fühle mich, als hätte mir jemand das Herz aus der Brust gerissen und es anschließend mit einer Axt bearbeitet.

Wenn ich ihr diesen Ausflug nicht erlaubt hätte – wenn ich nicht zugestimmt hätte, dass sie für diese Nacht ihre Kutte, die sie als mein Eigentum markiert, ausziehen darf, dann würde sie jetzt sicher und wund gefickt in meinem Bett liegen und schlafen.

Ice versucht noch immer, etwas Nützliches aus seiner Lady herauszubekommen, ich beginne damit, eine Runde durch den Club zu drehen. Troy hat gesagt, sie wollte auf die Toilette, da werde ich als Erstes nachsehen. Nicht dass ich damit rechne, sie dort zu finden, aber zur Hölle! Eine erfolgreiche Suche startet immer an dem Ort, an dem die vermisste Person zuletzt gesehen wurde.

Gedanklich kille ich die unnützen Anwärter auf jede erdenkliche Art und Weise. Das hilft mir dabei, nicht Amok zu laufen. Mir fällt die direkt über der Klotüre in die Decke eingelassene Kamera auf.

Auf dem weißen Ring, der die Linse einkreist, steht die Nummer 10. *Bingo!* Schnell prüfe ich den gefliesten Raum und stoße ein lautes „Fuck!“, aus, als ich die Kette in einem der Waschbecken liegen sehe. Ich nehme sie, stelle fest, dass sie zerrissen ist, und kämpfe gegen die aufwallende Panik an.

Das hätte Lena nie getan. Nie!

Keine Ahnung was hier passiert ist, aber meine Lady scheint sich in großer Gefahr zu befinden! Die Finger um die Kette schließend, verstecke ich das silberne Herz, in dem sich der Sender befindet, in meiner Faust und eile zu Troy ins Büro.

„Zeig mir die Aufnahmen von Kamera 10. Geh dreißig Minuten zurück und spul dann langsam vor.“

Er nickt und klickt sich durch das Programm. Sofort öffnet sich auf dem MacBook ein Fenster, in dem die Aufzeichnungen wiedergegeben werden.

Mich in Geduld übend, starre ich auf den Computer und beiße die Zähne so fest zusammen, dass es knackt.

Es dauert nur einen Moment, doch es kommt mir wie eine Ewigkeit vor, bis Lena endlich auf dem Bildschirm auftaucht. Sie ist barfuß und wunderschön. Ich erkenne auf den ersten Blick, dass sie müde und verängstigt aussieht.

Irgendetwas muss passiert sein, etwas dass ihr Angst gemacht hat.

Aber was? Was verdammt noch mal?

Wir lassen das Band weiterlaufen, keine drei Minuten nachdem meine Lady in dem Klo verschwunden ist, taucht ein Mann auf – ich erkenne ihn auf den ersten Blick.

Es ist Ossip!

Hass flutet meine Venen, bringt mein Blut zum Kochen.

Troy, der mich beobachtet hat, kapiert sofort, dass ich weiß, wer der Bastard ist, der auf der Frauentoilette verschwunden ist.

Er will etwas sagen, mir eine Frage stellen, doch ich winke ab, starre weiterhin gebannt auf die Aufnahmen. *What a Fuck!*

Das erklärt das mit der zerrissenen Kette, Ossip ist nicht dumm, er kennt die Tricks.

Mit jeder Minute, die verstreicht, schwindet meine Selbstbeherrschung. Ich vibriere regelrecht, die Muskeln in meinen Armen zucken. Der Drang, auf etwas einzuschlagen, wird beinahe übermächtig. Endlich öffnet sich die Türe wieder, was ich sehe, lässt mich durchdrehen. Ossip, Kyrills Cousin, hält seine Knarre auf den Bauch meiner schwangeren Frau gerichtet und zerrt diese grob den langen Gang entlang.

Tief einatmend kneife ich die Augen zusammen, sehe Schwarz, fühle alles und zugleich nichts!

„Was ist das für ein Typ?“

Ich antworte dem Anwärter nicht, stürme aus dem Büro und suche Ice. Er ist gerade dabei, die Securitys des Clubs zu befragen.

„Ich weiß, wo sie ist.“

Irritiert sieht er mich an.

„Wo?“

„Wir müssen zum Flughafen. Sofort.“

Obwohl ich ihm ansehen kann, dass er keine Ahnung hat, warum, folgt er mir raus auf den Parkplatz. Ich schleudere den nun nutzlosen Sender auf den Boden.

„Was hast du herausgefunden?“

Ich bringe gerade so den Namen des Wichsers über die Lippen.

„Ossip. Ossip hat Lena.“

Der entsetzt klingende Fluch, den Ice ausstößt, verrät mir, dass er den Ernst der Lage sofort verstanden hat.

Das vertraute Dröhnen von sich nähernden Motorrädern hallt durch die Dunkelheit.

Na endlich, die Verstärkung ist eingetroffen.

„Hör zu. Ich muss Lina zurück zum MC bringen. Dann komme ich direkt zum Flughafen.“

Ich nicke.

„Beeil dich. Ossip nimmt keinen Linienflug. Er hat seinen eigenen Jet. Sobald er in der Luft ist, haben wir Lena verloren.“

Mir ist klar, dass ich das meinem Präsidenten nicht sagen muss. Ice weiß, was los ist. Trotzdem spreche ich es laut aus, nur so kapiere ich, dass dieser Albtraum tatsächlich real ist. Ice eilt davon. Lucky, Cruz und Fire kommen auf mich zu.

Mit kurzen, präzisen Sätzen erzähle ich ihnen, was passiert ist, wenige Minuten später sind wir bereits auf dem Weg zum Flughafen.

Der Hartsfield-Jackson Atlanta International Airport ist ein internationaler Flughafen mit dem weltweit größten Passagieraufkommen.

Das Gelände ist riesig. Den Russen rechtzeitig zu finden, gleicht der berühmten Suche nach der Nadel im Heuhaufen.

Aufgeben ist keine Option und scheitern steht nicht zur Debatte.

Ossip ist der Kopf der Moskauer Mafia, er ist mächtiger und tödlicher als sein Cousin.

Kyrill war ein brutaler, geldgieriger Hurensohn – gefährlich, jedoch besiegbar.

Ossip hingegen ist, sobald er russischen Boden unter den Füßen hat, unantastbar.

Warum er nach Amerika gekommen ist, kann ich mir denken – es geht um Rache.

Wir haben seinen Cousin getötet und jetzt will er uns töten.

Aber wenn das so ist, warum schnappt er sich dann meine Lady und verpisst sich? Das ergibt keinen Sinn!

Die komplette Fahrt zum Airport zerbreche ich mir den Kopf, erst als wir an den mit Zäunen abgeschirmten Gelände entlangfahren, trifft mich die Erkenntnis mit voller Wucht. Der Russe war nicht auf der Suche nach Lena, sondern nach Lina.

Er wusste, dass Lina die Geliebte seines Cousins war und dass sie ihn ausgeraubt hat. Was Ossip aber anscheinend nicht weiß, ist, dass Lina einen Zwilling hat.

Fuck! Fuck! Fuck!

Ossip ist hier, um die verräterische und diebische Frau seines Cousins für ihre Taten zu bestrafen, und hat sich unwissentlich den falschen Zwilling geschnappt.

Echt Scheiße, aber irgendwie noch nachvollziehbar.

Was ich aber nicht kapiere, ist, warum er Lina, beziehungsweise Lena, die er für Lina hält, nicht sofort in der Toilette erschossen hat? Was verspricht er sich davon, Kyrills ehemalige Geliebte zu entführen?

Will er sie leiden lassen?

Über längere Zeit hinweg für ihren Verrat bestrafen?

Zur Hölle, ich weiß es nicht!

Mein Hirn spielt mir schreckliche Szenarien ab, in allen schreit Lena vor Schmerzen, blutet stark und stirbt.

Ich bin so durcheinander, dass ich es kaum schaffe, mich auf der Harley zu halten und das will was heißen – das Motorradfahren liegt mir im Blut wie anderen Menschen das Atmen. Ich fühle mich, als müsste ich ersticken. Allein die Möglichkeit, dass der Russe sich jetzt in diesem Moment an meiner Old Lady austobt, sie vergewaltigt oder foltert, bringt mich beinahe um.

Holy Shit!

Ossip weiß mit Sicherheit, dass Lina bei den Hell Riders, Schutz gesucht hat und dass Ice und ich alles getan haben, um Kyrill zu töten.

Warum greift er also nicht uns an?

Warum versucht er nicht, dem Club zu schaden?

Reicht es ihm etwa, die Frau, die seinen Cousin betrogen und verlassen hat, zu quälen?

Fuck!

Das kann ich mir nur schwer vorstellen ...

42. Kapitel

Lena

Schritt für Schritt überquere ich den hell erleuchteten Bereich des Flughafens, auf dem die Reichen und Mächtigen dieser Welt mit ihren Privatjets stehen, und kämpfe darum, nicht durchzudrehen.
Es ist wichtig, dass ich trotz der ungeheuren Angst, die durch meine Adern rauscht, aufmerksam bleibe. Mir darf kein Detail, keine Schwachstelle in der Sicherheitsmaschinerie des Russen entgehen.

Wenn ich diesen verdammten Jet erst mal betreten habe, bin ich verloren. Über den Wolken und außerhalb des Landes kann Bentley mich nicht retten.

Mit ist so schlecht, dass es sich anfühlt, als müsste ich mich jede Sekunde übergeben.

Der schrankgroße Typ hinter mir, dessen Waffe auf mich gerichtet ist, stößt mir den Lauf der Uzi grob in den Rücken und macht mir so wortlos klar, dass ich gefälligst schneller gehen soll.

Ich will umdrehen, davonlaufen und laut nach Hilfe schreien, doch dafür fehlt mir der Mut.

Ich habe viel zu große Angst davor, dass mich diese Kerle bei der geringsten Kleinigkeit abknallen. Dass ich noch lebe, habe ich nur der Tatsache zu verdanken, dass Kyrills Cousin mich mit meiner Schwester verwechselt hat. Und selbst dieses Täuschungsmanöver, auf das ich mich eingelassen habe, rettet mich nur für maximal acht Monate. Sobald mein Baby auf der Welt ist, wird mir dieser Russe eine Kugel in den Kopf jagen.

Es ist einfach unglaublich, dass ich mich schon wieder in so einer ausweglosen Situation befinde. Ich meine, Scheiße!

So langsam komme ich zu der Überzeugung, dass ich verflucht bin ...

Mit jedem Schritt komme ich dem weißen Privatjet näher, die silberne Treppe, die davor gerollt wurde, wirkt auf mich wie das Tor zur Hölle.

Wenn es mir nicht bald gelingt, Zeit zu schinden, bin ich verloren.

Nachdem mich der Russe, der sich mir als Ossip vorgestellt hat, aus dem Club entführt hat, sind wir nicht direkt zum Flughafen gefahren, sondern haben noch einige Umwege gemacht. Wir haben vor einer Bank, einem Juwelier und einem Wolkenkratzer gehalten.

Ich habe keine Ahnung, wie lange wir schon unterwegs sind, aber ich bin mir sicher, dass Lina und die Prospects längst bemerkt haben, dass ich verschwunden bin.

So Gott will, ist Bentley längst auf der Suche nach mir.

Das Dumme ist nur, dass die Stadt groß ist – sehr groß – vor allem, wenn man ein vermisstes Mädchen darin finden will.

Es war ein Fehler, dass ich nicht auf meinen Instinkt gehört und Jett und Troy über das Auftauchen der Russen informiert habe.

Scheiße! Wenn ich diesen Mist nicht überlebe, dann, weil ich mir eingeredet habe, dass nicht alle Russen auf dieser Welt böse Killer sind, die es auf meine Schwester und mich abgesehen haben.

Alleine die Vorstellung, dass Ossip tatsächlich Lina auf der Toilette begegnet wäre und nicht mir, lässt mich würgen.

Lina ist nicht schwanger, er hätte sie also eiskalt erschossen.

Wenn ich nicht intuitiv versucht hätte, mein ungeborenes Kind zu beschützen, wäre ich jetzt tot.

Der Gedanke bringt mich an den Rand eines Nervenzusammenbruchs.

Hilfe! Hilfe ... Hilfe ...

Mein Herz blutet, es sehnt sich nach dem Vizepräsidenten der Hell Riders. Alleine das die Chance besteht, dass ich ihn nie wiedersehen werde, treibt mir dicke Tränen in die Augen. Meine Knie beginnen zu zittern, dann geben meine Beine nach und ich sinke auf den Asphalt des Airports. Der Russe mit dem israelischen Sturmgewehr in der Hand verpasst mir einen harten Tritt und flucht dabei laut.

„Steh auf!"

Ich will es, ehrlich, doch ich schaffe es nicht.

Vor Zorn bebend, lässt er den Griff der Uzi gegen meinen Schädel knallen.

Der Schmerz, der daraufhin hinter meinen Schläfen explodiert, ist so heftig, dass ich zu würgen anfange. Immer mehr Magensäure flutet meine Kehle, dann passiert es, und ich übergebe mich lautstark direkt vor den auf Hochglanz polierten, schwarzen Schuhen des Russen.

Angewidert weicht er einen Schritt zurück.

„Shlyukha!"

Erneut knallt sein Maschinengewehr gegen meinen Kopf, wieder übergebe ich mich. Der Vorgang wiederholt sich noch einige Male, gerade als ich denke, dass er mich mit dem Ding erschlagen will, taucht Ossip plötzlich auf. Er bellt einen wütend klingenden Befehl und eilt auf mich zu. Anstatt mir wie erhofft hoch zu helfen, nimmt er seinem Handlanger die Uzi ab, packt sie am Lauf und rammt den Griff mit voller Wucht in den Magen des Wichsers, der mir fast den Kopf eingeschlagen hätte.

Der Typ geht mit einem gepressten *Urgh* zu Boden, krümmt sich und sieht mich aus hasserfüllten Augen an, fast so, als ob ich diejenige wäre, die ihn geschlagen hat.

Ein letztes Mal zieht sich mein Magen zusammen, mir kommt nur noch Galle über die Lippen. Anstatt wütend zu sein, hält Ossip mir überraschend hilfsbereit seine Hand entgegen, die ich jedoch entschlossen ignoriere. Eher friert die Hölle zu, als dass ich jemals die dargebotene Hand meines zukünftigen Mörders ergreife.

So anmutig es nun mal geht, nachdem man sich ausgekotzt hat, stehe ich auf und wische mir mit dem Handrücken über den Mund.

„Schön und stolz, eine gefährlich verführerische Kombination. Ich kann verstehen, dass mein Cousin bei dir all seine Vorsicht vergessen hat."

Ach ja? Verdammt!

Es ärgert mich, dass dieser Russe meint, dass *ich* so bescheuert gewesen bin, mich auf Kyrill einzulassen. Diese Scheiße hat Lina verbockt und nicht ich. Doch das kann ich Ossip nicht auf die Nase binden – noch nicht jedenfalls. Der einzige Grund, aus dem ich noch am Leben bin, ist der, dass mein Entführer denkt, dass ich das Kind seines Cousins in mir habe. Sobald er erfährt, dass ich von seinem Feind, dem Vizepräsident der Hell Riders, schwanger bin, wird er mich hinrichten.

Das darf also nie passieren ...

Er packt mich am Arm, will mich stützen, doch darauf kann ich gut verzichten.

Lieber falle ich hundert Mal auf den Boden, als dass ich seine Hilfe annehme.

„Fass mich nicht an!"

Das selbstgefällige Lächeln, das an seinen Mundwinkeln zuckt, verrät mir, dass er meine Gegenwehr amüsant findet.

„Denkst du, dass es intelligent ist, mich zu reizen?"

Sein starker Akzent und seine Optik erinnern mich an Kyrill. Es fühlt sich fast so an, als würde ich einem Geist gegenüberstehen.

„Was ich denke, spielt wohl keine Rolle. Oder?"

Er lacht, murmelt etwas in seiner Landessprache und nickt zustimmend.

„In welcher Woche bist du?"

„Das geht dich nichts an!"

„Sobald wir in Moskau sind, erfahre ich es sowieso. Der Arzt, der dich untersuchen wird, gehört zur Familie. Spar dir also deine Zickereien, Lina."

Das sind ja ganz *tolle* Aussichten.
„Ich weiß nicht, wie weit ich bin, ich war noch nicht beim Arzt. Die letzten Wochen waren heftig. Aber es waren drei Tests positiv. Also ..."
Ossip nickt und zwingt mich mit festem Griff die Stufen zum Jet hochzugehen.
Je näher ich dem teuer aussehenden Flugzeug komme, umso heftiger schlägt mir das Herz gegen die Rippen.
Oben angekommen, stoppe ich, eiskalter Schweiß überzieht meine Haut.
Noch nie in meinem Leben habe ich mich so hoffnungslos gefühlt wie in diesem Moment.
Ich vergesse mich, vergesse meinen Stolz, vergesse meinen Hass ...
„Bitte tu das nicht. Bitte."
Etwas Undefinierbares blitzt in seinen Iriden auf, keine Ahnung ob es Mitgefühl, Abscheu oder Zorn ist. Ich kann nicht erkennen, was in diesem Russen vorgeht.
„Dir wird es an nichts fehlen."
„Bis zu dem Tag, an dem ich mein Baby bekomme."
Er nickt zustimmend.
„Ja. Das ist mehr, als du verdienst."
Mit einem gnadenlosen Ruck zieht Ossip mich über die Schwelle in den Jet. Zwischen all dem auf Hochglanz polierten Tropenholz, den Ledersitzen und dem puren Luxus komme ich mir vor, als wäre ich in meiner persönlichen Hölle gelandet.
Dieses Flugzeug ist protzig und zeugt davon, dass es der Mafia verdammt gut geht und dass ihre kriminellen Machenschaften jede Menge Geld einbringen.
Warum passiert mir das?
Warum? Ich kann es einfach nicht verstehen.
Ich meine, Scheiße! Warum hat mich das Schicksal die letzten Wochen überleben lassen, wenn ich schlussendlich doch durch die Hand eines Russen sterben werde?
Soll das ein schlechter Scherz sein?!
Ist das mein vom Karma auferlegtes Todesurteil, weil ich zusammen mit Lina Kyrill überfallen habe? Ich weiß es nicht.
Aber womit auch immer ich das verdient habe, mein Kind ist unschuldig.
Zwei junge, wunderschöne Frauen stehen in königsblauen Uniformen vor Ossip.

Ihre langen blonden Haare haben sie zu seinem ordentlichen Zopf zusammengebunden, auf ihren Köpfen tragen sie goldene Hütchen. Das alles ist so lächerlich und abstrus, dass ich zu lachen anfange.

„Hast du deinen Nutten extra für diesen Ausflug neue Kleider gekauft?“

Ossip findet das nicht lustig. Er schubst mich vorwärts, stößt mich in einen der sehr breiten Ledersessel und befiehlt mir, dass ich mich anschnallen soll.

Anstatt das brave Entführungsopfer zu spielen, warte ich ab, bis er mir den Rücken zuwendet, springe dann auf und stürme los.

Zu meiner Verwunderung schaffe ich es tatsächlich bis raus zu der rollbaren Treppe. Doch gerade als ich die Stufen nach unten eilen will, werde ich gepackt. Ossip wickelt sich meine Haare um die Faust und reißt meinen Kopf so kraftvoll nach hinten, dass ich gegen ihn knalle.

Mein gellender Schrei hallt über den Flughafen, entlockt dem Russen einen gezischten Fluch. Es dauert einen Augenblick bis ich kapiere, dass dieser nicht mir und meinem gescheiterten Fluchtversuch gilt, sondern den Rockern, die mit großen Schritten auf uns zugeeilt kommen.

In der ersten Sekunde verspüre ich nichts als Erleichterung, doch das wird blitzschnell von purem Entsetzen abgelöst, als ich beobachte wie Ossips Gorillas ihre Waffen nehmen, sie auf Bentley und seine Männer richten und das Feuer eröffnen.

Unzählige Kugeln surren durch die Luft, das Rattern der Maschinenpistolen dröhnt mir zusammen mit den Befehlen, die Ossip brüllt, in den Ohren.

Die Russen gehen zu Boden, einer nach dem anderen fällt wie eine Marionette, bei der die Fäden durchgeschnitten werden, in sich zusammen. Lucky, der Enforcer, wird getroffen, ich sehe, wie sein Arm nach hinten geschleudert wird und er einen schmerzerfüllten Laut ausstößt.

Zu meiner Erleichterung schafft er es hinter der Limousine, mit der Ossip mich hergebracht hat, Deckung zu suchen. Fire, der Sergeant at Arms, und Bentley rennen auf den Jet zu. Mein Puls dröhnt mir in den Ohren, es fühlt sich so an, als müsste ich mich erneut übergeben.

Als sich die Riders den Weg freigeschossen haben, marschieren sie an den vielen Leichen vorbei und kommen auf mich zu. Mich trennen nur noch wenige Meter von dem Mann, den ich liebe, trotzdem ist die Wahrscheinlichkeit, dass wir beide diese Scheiße hier überleben, ziemlich gering.

Groß und stark, mit leicht gespreizten Beinen bleibt Bentley am Fuße der Treppe stehen und sieht mich besorgt an. Sein Blick tackert sich an meinem Bauch fest, auf den, genau wie zuvor, eine Waffe gerichtet ist.

„Noch einen Schritt weiter und ich knall die Bitch ab."

Pures Entsetzen blitzt in Bentleys Augen auf. Er versucht, es sich nicht anmerken zu lassen, und zuckt scheinbar gelangweilt mit den Schultern.

„Na und? Was interessiert mich das? Ich bin wegen dir hier, Arschloch."

„Dann stimmt also das Gerücht, dass die Rocker die Geliebte meines Cousins ficken, nicht?"

Na ja, so kann man das nicht sagen ...

„Wir ficken vieles, aber wir retten nicht alles!"

Die Worte sind hart und schmerzen. Natürlich weiß ich, dass Bentley das nicht so gemeint hat und dass er so tun muss, als würde ihm mein Leben nichts bedeuten, trotzdem ... Scheiße, es tut höllisch weh ihn das sagen zu hören.

Ossip zögert, vor lauter Panik bekomme ich kaum noch Luft.

Die Knarre drückt sich immer fester gegen meinen Bauch, vor meinen Augen dreht sich alles. Wahrscheinlich habe ich dank der vielen Schläge eine Gehirnerschütterung.

Mir ist klar, dass der Russe und die Rocker in einer Pattsituation feststecken. Beide Parteien sind bewaffnet, beide sind bereit zu töten!

Gegen meine Angst ankämpfend, sehe ich zu Bentley und forme mit den Lippen ein stummes ‚Ich liebe dich'. Für den Fall, dass ich keine Gelegenheit mehr dazu bekomme, es ihm zu sagen, muss ich trotzdem wissen, dass er weiß, was ich für ihn empfinde.

Als Reaktion darauf geht ein Ruck durch seinen Körper, sein Kopf zuckt nach rechts und die Hand, in der er die Waffe hält, gerät kurz ins Wanken.

Die Chance, dass ich diese Nacht überlebe, steht fünfzig zu fünfzig, aber dass wir beide überleben ... *Himmel hilf!*

Die steht verdammt schlecht.

Ossip murmelt etwas auf Russisch, das Herz schlägt mir bis zum Hals.

Keine Ahnung warum, aber diese Situation erinnert mich an den Film, den Bentley und ich erst vor wenigen Tagen geschaut haben.

In dem wurde auch eine Frau mit einer Pistole bedroht und ihr Liebhaber, ein FBI Spezial Agent wollte sie retten. Doch die Lage war vergleichbar aussichtslos. Die Frau hingegen hat einen Trick angewendet ...

Oh Gott! Das ist es!

Vielleicht kann ich das auch, vielleicht hilft dieser Trick nicht nur in Hollywood-Produktionen, sondern auch im wahren Leben?!

Da meine Möglichkeiten begrenzt sind und ich im Grunde genommen nichts mehr zu verlieren habe, atme ich tief ein und hoffe, dass sich mein Rocker ebenfalls noch an diesen Film und diese spezielle Szene erinnert.

Langsam und unauffällig schiebe ich meine Hand nach vorne, balle eine Faust und strecke dann drei Finger aus. Bentley beobachtet mich gebannt, der Russe hinter mir bemerkt nichts von all dem.

Als mein Rider kapiert, was ich vorhabe, schüttelt er vehement den Kopf. Ich ignoriere sein Nein, winkle den Mittelfinger an und halte so nur noch zwei Finger gerade. Bentley wirkt zornig, mir ist klar, dass sich seine Wut gerade nicht auf das Arschloch hinter mir richtet, das unser Baby mit einer Waffe bedroht, sondern auf mich.

Nicht bereit, mich einschüchtern zu lassen, zähle ich weiter von drei an rückwärts, sodass nun nur noch mein Daumen ausgestreckt ist.

All meinen Mut zusammenkratzend deute ich ein Nicken an, nehme nun auch den Daumen weg und lasse meine angespannten Muskeln locker, sodass ich kraftlos nach unten wegsacke und Ossip nun ohne Schutz dasteht. Noch bevor meine Beine das Metall der Treppe berühren, ertönt der laute Knall eines einzelnen Schusses. Die Kugel surrt über mich hinweg, trifft ihr Ziel und durchbohrt die Brust des Russen direkt an der Stelle, an der sich sein Herz befindet, zumindest in dem Fall, dass dieses Arschloch überhaupt eins hat.

Aber das bezweifle ich stark!

Gespannt was jetzt passiert, sehe ich zu Ossip. Seine Augen sind weit aufgerissen, blankes Entsetzen spiegelt sich auf seiner Mimik.

Ich kann mir vorstellen, was gerade in seinem psychopathischen Hirn vorgeht. Wahrscheinlich bereut er, dass er nur eine Handvoll Männer mit in die USA gebracht hat.

Tja! Ganz offensichtlich hat er die Gefahren, die in Atlanta auf ihn lauern, deutlich unterschätzt. Mit einem schmerzerfüllten Keuchen sinkt er zu Boden, ein Gemisch aus Blut und Spucke rinnt ihm aus dem Mund, dann bricht er zusammen, schlägt brutal auf und fällt, mit dem Kopf voran, Stufe für Stufe nach unten. Als er reglos am Fuße der Gangway liegen bleibt, breche ich in Tränen aus. Nicht aus Trauer um den Russen, sondern vor Erleichterung. Um ehrlich zu sein, war ich mir ab einem gewissen Zeitpunkt sicher, dass wir alle sterben werden.

Schluchzend und schniefend beobachte ich, wie Bentley auf mich zugestürmt kommt. Er ignoriert den toten Russen, nimmt immer drei der Stufen auf einmal und lässt sich vor mir auf die Knie fallen.

„Oh Gott – Süße ... Geht es dir gut?"

Eine ziemlich merkwürdige Frage, die ich skurrilerweise mit einem Ja beantworten muss. Ich meine, ich lebe, meinem Baby geht es hoffentlich gut und Bentley hat keine Kugel abbekommen. Das kommt einem verdammten Wunder gleich. Fire geht zu dem völlig verdrehten Leichnam verpasst ihm einen Tritt, sodass er Ossip ins Gesicht sehen kann und nickt dann zufrieden.

Kyrills Cousin ist tot – erschossen von dem Mann, den ich mehr als alles auf der Welt liebe!

„Fuck Lena! Geht es dir gut?"

Bentley wirkt völlig verzweifelt, ich kapiere, dass ich vergessen habe, ihm zu antworten.

Laut schluchzend schlinge ich meine Arme um seinen Hals und drücke mich so fest es geht an seinen starken Körper. Er zögert nicht, steckt seine Waffe weg und zieht mich in seine Arme.

Warm, kraftvoll und unglaublich stark.

Das hier ist der sicherste Platz auf Erden.

„Ja, es geht mir gut."

Ich kann regelrecht spüren, wie ein Teil der Anspannung seinen Körper verlässt.

„Was ist mit dem Baby?"

„Ich denke, dass alles okay ist. Ich habe keinen Schlag in den Bauch bekommen."

Kaum dass die Worte meinen Mund verlassen haben, löst Bentley sich von mir und sieht mich prüfend an.

„Du wurdest geschlagen?"

„Nur ein paar Mal gegen den Kopf."

Ich versuche es herunterzuspielen, doch das gelingt mir nicht.

Er scheint erst jetzt die vielen Hämatome in meinem Gesicht zu bemerken.

Mit einem Fluch steht er auf, hebt mich hoch und trägt mich die Stufen runter.

„Es ist meine Schuld, dass dir das passiert ist."

Irritiert suche ich seinen Blick.

„Was meinst du?"

Die Entführung, die Waffen – der ganze Bullshit. Das geht auf mein Konto."

Verdammt!

Ich habe keine Ahnung wovon mein Rocker da eigentlich redet.
„Du konntest doch nicht wissen, dass das passiert."
Ein raues Knurren vibriert in seinem Brustkorb.
„Doch. Fuck off! Im Grunde genommen war diese Scheiße vorprogrammiert. Ich wusste es besser und habe mich dennoch von dir um den Finger wickeln lassen. Deine grünen Augen und deine prallen Lippen ... Fuck, Baby! Fuck! Vielleicht ist es dir doch gelungen, mir das Hirn aus dem Schädel zu blasen."
Wahrscheinlich stehe ich unter Schock, anders kann ich mir nicht erklären wo das leise Kichern herkommt, das in mir aufsteigt.
„Du kannst nicht die ganze Welt kontrollieren, du kannst nicht hellsehen und du kannst mich nicht für immer in deinem Club einsperren. Es ist niemands Schuld, dass das passiert ist."
Entschieden schüttelt er den Kopf.
„Falsch Mädchen. Ich kann *deine* verdammte Welt kontrollieren, ich kann das Verhalten meiner Feinde abschätzen und ja, für die nächsten Monate werde ich dich auf dem Gelände des Clubs einsperren!"
Endlich kommen wir unten an den Stufen an. Cruz geht an uns vorbei, nickt mir kurz zu und verschwindet dann mit gezogener Waffe in dem Jet. Stimmt! Die Nutten-Stewardessen in ihren schicken Uniformen habe ich total vergessen.
In dem Zustand, in dem Bentley sich gerade befindet, macht es keinen Sinn, mit ihm über irgendetwas zu diskutieren. Mein Biker bebt regelrecht vor unterdrücktem Zorn, Sorge und Hass. Ossip kann froh sein, dass es so gelaufen ist. Wären die Dinge anders gestanden, hätte der VP der Hell Riders ihm garantiert keinen so leichten und schnellen Tod geschenkt.
Gerade als ich denke, dass Bentley mich wieder abstellen wird, zieht er mich noch fester an sich, vergräbt seine Nase in meinen Haaren und schnuppert an mir.
„Fuck, Mädchen. Du hast keine Ahnung, wie viel du mir bedeutest und wie sehr ich dich brauche. Dich zu verlieren, wäre mein Untergang!"
Er küsst mich wild, tackert seine Lippen regelrecht auf die meinen und wühlt sich gierig durch meinen Mund. Bentley schmeckt nach Rauch, Bier und Schießpulver. Der Geruch von Leder und Mann steigt mir in die Nase und berauscht meine angespannten Nerven.
Unser Kuss hat beinahe schon etwas Verzweifeltes.
Vor wenigen Minuten war ich mir sicher, im Kugelhagel umzukommen. Ich war mir sicher, dass ich nie wieder in den Armen

dieses Mannes liegen und nie wieder meine Zunge um die seine winden würde ...

Erneut laufen mir dicke Tränen über das Gesicht. Bentley bemerkt sie, beendet zögerlich unser wildes Zungenspiel und verreibt die Tropfen mit seiner schwieligen Daumenkuppe.

„Schhh Baby ... Alles wird gut."

„Ehrlich?"

Er nickt ernst.

„Ja ehrlich! Dafür werde ich sorgen."

Gerade als ich ihm glauben will, ertönt der unverkennbare Knall eines Schusses.

Ich zucke erschrocken zusammen, Bentley beugt sich über mich und dreht sich zur Seite, sodass er mich mit seinem starken Körper vor der drohenden Gefahr abschirmt.

Meinem Biker ist es regelrecht ins Blut übergegangen, mich zu beschützen – das gefällt mir!

„Oh Gott, was war das?"

„Bleib unten, Mädchen."

„Wer hat da geschossen?"

Er flucht.

„Bleib jetzt gefälligst unten!"

Ich suche bei ihm Schutz und sehe mich panisch um.

Wieder ertönt ein lauter Knall, dieses Mal lokalisiere ich ihn. Er kommt aus dem Jet.

Bentley trägt mich hinter die Limousine, hinter der noch immer Lucky sitzt, der so gar nicht lucky aussieht.

„Bleib hier. Kümmere dich um ihn, ich sehe nach, was da los ist!"

Bevor er mich zurücklassen kann, packe ich ihn am Nacken, ziehe ihn zu mir runter und pinne ihm einen kurzen Kuss auf die Lippen.

In einer beschützenden Geste bedeckt er meinen Bauch für eine Sekunde mit seiner großen, warmen Hand und sucht dann meinen Blick. Das, was ich in den Tiefen seiner braunen Iriden erkennen kann, verrät mir mehr, als es tausend Worte könnten.

Dieser gefährliche, tödliche und Kutten tragende Outlaw liebt mich und unser Baby, und er wird alles in seiner Macht Stehende tun, damit uns nichts passiert.

Der Moment vergeht wie in Zeitlupe, derweil weiß ich genau, dass das alles keine fünf Sekunden gedauert hat. Dann stürmt er davon und eilt unerschrocken auf das Flugzeug zu. Die Waffe in der Hand rennt er die Stufen der Gangway hoch.

Ein paar Herzschläge lang sitze ich einfach nur da – reglos – wie erstarrt, dann zuckt ein Schub Adrenalin durch mich hindurch und ich springe auf die Füße.

Lucky ist zwar bei Bewusstsein, aber er sieht nicht gut aus. Er ist besorgniserregend blass, kalter Schweiß rinnt ihm über die Stirn, sein Atem kommt laut und viel zu schnell.

„Scheiße Enforcer, seit wann ist es cool, getroffen zu werden?"

Er lacht über meinen schlechten Scherz und sieht mich an.

„Ist nicht cool, nur verfickt schmerzhaft."

Ja, das glaube ich ihm sofort. Immer mehr Blut rinnt ihm über den Arm. Entschlossen die Blutung zu stoppen, mache ich mich an seiner Hose zu schaffen. Verwirrt zieht er die Stirn kraus.

„Du bist wunderschön, Mädchen. Der Traum eines jeden Mannes ... Aber Teufel, ich bin nicht suizidgefährdet, also Finger weg, ehe dein Kerl auftaucht und mich blind vor Eifersucht abknallt."

Ha ... Ha ... Ha ...

Ich lasse mich nicht abhalten, sondern öffne die wie ein Bullenkopf geformte Gürtelschnalle und mache mich dann daran, das schwarze Leder aus den Schlaufen der Jeans zu ziehen.

„Wirklich witzig. Ich brauche deinen Gürtel, damit ich deinen Arm damit abbinden kann."

„Du bist zu nah an meinem Schwanz. Das wird Bentley nicht gefallen."

Herr Gott!

„Hat dein Kopf auch was abbekommen oder warum laberst du so einen Mist?"

Ein Grunzen ausstoßend, kneift er die Augen zusammen.

„Ist das etwa deine Art, dich bei mir dafür zu bedanken, dass ich herbeigeeilt bin, um dich mal wieder vor den Russen zu retten, Mädchen?"

Grrr ...

„Hör zu du Sturkopf. Ich bedanke mich, sobald du mir versprichst, mir nicht einfach so wegzusterben."

Jegliche Belustigung weicht aus seiner Mimik, zurück bleiben nur Schmerz und Ernsthaftigkeit.

„Wir Hell Rider sterben nicht so schnell. Bleib cool Süße. Zu viel Aufregung ist schlecht für das Baby."

Es ist wieder so typisch für Lucky, dass er sich um mich Sorgen macht, obwohl er derjenige ist, der angeschossen wurde.

„Dem Baby und mir geht es gut. Und jetzt halt bitte die Klappe, damit ich dir helfen kann."

Er nickt und hilft mir endlich dabei, dass ich den Gürtel aus der Hose bekomme. Vorsichtig wickle ich ihn ein paar Zentimeter über der Schusswunde um seinen Oberarm und ziehe das Leder straff, was den Vollstrecker der Rider dazu bringt, gepeinigt das Gesicht zu verziehen.

„Es tut mir leid, ich wollte dir nicht wehtun. Ich wollte auch nicht, dass du wegen mir angeschossen wirst. Ehrlich!"

Wieder laufen mir dicke Tränen über die Wangen, meine Gefühle scheinen gerade eine wilde Achterbahnfahrt zu machen.

„Nicht weinen, Lena. Alles wird gut."

Ich nicke und schniefe.

Seitdem Bentley in dem Jet verschwunden ist, ist kein Schuss mehr gefallen. Keine Ahnung ob das ein gutes oder ein schlechtes Zeichen ist.

„Vielleicht sollte ich mal nachsehen gehen, was da los ist?"

„Nein. Du bleibst hier. Mein VP killt mich, wenn ich dich gehen lasse. Mag sein, dass er dir gesagt hat, dass er dich zu mir gebracht hat, damit du nach mir siehst, aber in Wirklichkeit wollte er, dass ich ein Auge auf dich habe."

Das könnte durchaus sein.

Gebannt und mit rasendem Puls riskiere ich einen Blick über die Motorhaube. Bis auf die vielen Leichen ist nichts zu sehen.

Meine Nerven liegen blank, mir wird schlecht.

Die Möglichkeit, dass mein Rocker verletzt oder vielleicht sogar getötet wurde, will ich gar nicht erst in Betracht ziehen.

Immer nervöser werdend, reibe ich mir über den Bauch, zwinge mich dazu, tief einzuatmen und kämpfe gegen den Drang an, nach Bentley suchen zu wollen.

Gerade als ich es kaum noch aushalten kann, tauchen die Rider in der offen stehenden Flugzeugtüre auf. Bentleys rechte Hand ist voller Blut, ein entsetztes Keuchen kommt mir über die Lippen.

Ohne zu zögern springe ich auf die Füße und laufe auf ihn zu.

„Bist du verletzt?"

Mein lauter Schrei hallt über das ansonsten leere Gelände. Es hat auch seine Vorteile, dass Mafiabosse auf ihre Privatsphäre bestehen und sie genug Geld haben, um sich diese leisten zu können. Ossips Jet steht ziemlich am Rand des Flughafens, sodass bis jetzt niemand mitbekommen zu haben scheint, was hier in den letzten Minuten los war.

Bentley eilt mir entgegen, fängt mich, als ich vor lauter Panik über eine der Stufen stolpere, mühelos auf und schüttelt mich leicht.

„Beruhig dich, Baby. Das ist nicht mein Blut."

Ach nein?
„Wessen dann?"
„Das des Piloten!"
Oh ...
„Ist er tot?"
Die Mundwinkel meines Bikers ziehen sich nach unten.
„Was denkst du denn?"
Ja okay, ich gebe zu, das war eine blöde Frage.
Am ganzen Leib zitternd sehe ich mich um, mustere Ossips reglose Gestalt und die vielen anderen erschossenen Russen.
„Ich will hier weg. Kannst du mich nach Hause bringen? Bitte!"
Er nickt, steckt seine Waffe weg und hebt mich mühelos hoch.
„Yeah Baby. Das kann ich!"
Ganz der Vizepräsident erteilt er noch einige Befehle, ehe er mich wegbringt.
Mit großen Schritten trägt er mich an den vielen Leichen vorbei. Als mein Blick auf den Russen fällt, der mich mit seiner Uzi geschlagen hatte, zucke ich instinktiv zusammen.
Bentley bemerkt es natürlich und bleibt stehen.
„Was ist los, Süße? Hast du Schmerzen?"
Mein Schädel pocht wie verrückt und mein Arm tut an der Stelle weh, an der Ossip mich gepackt hatte, aber das ist nicht der Rede wert.
„Nein. Aber der Typ da." Ich deute mit einem Nicken auf den Mann unter mir. „Er hat mich mit seinem Gewehr geschlagen, wieder und wieder. Ich dachte schon, er würde mich töten."
Pure, ungefilterte Aggression dringt Bentley nun aus jeder Pore.
„Wie schade, dass der Bastard schon tot ist!"
Das verstehe ich nicht.
„Warum?"
„Weil ich ihn mit Freuden töten würde!"
Irritiert runzle ich die Stirn.
„Aber das hast du doch schon getan."
Er zuckt mit den Schultern.
„Ich oder einer meiner Brüder. Aber es ging zu schnell. Bei Ossip ebenfalls, die Hurensöhne hätten es verdient gehabt, tagelang zu leiden!"
Da ist er wieder, der gnadenlose Killer, der tief in der Seele meines Rockers schlummert und nur darauf wartet, zum Vorschein zu kommen.
„Manchmal machst du mir Angst."

Mein leise geflüstertes Eingeständnis entlockt Bentley ein lautes Lachen.

„Gut so. Vergiss besser nie, wessen Leder du trägst, Mädchen."

Als ob das möglich wäre.

„Bringst du mich zu Lina?"

Er nickt.

„Aye, sie ist vor Sorge um dich fast umgekommen."

Das kann ich mir vorstellen.

„Magst du mir sagen, warum dich der Russe nicht direkt auf der Toilette des Nachtclubs erschossen hat?"

Mag ich das?

„Nur wenn du mir versprichst, dass du nicht böse wirst."

Bentley wirkt irritiert.

„Warum sollte ich *böse* werden?"

„Ossip hat mich für Lina gehalten. Er hat uns verwechselt und erkannt, dass ich schwanger bin. Nur weil ich ihm in dem Glauben gelassen habe, dass ich Lina bin und dass das Kind von Kyrill ist, hat er mir keine Kugel in den Kopf gejagt. Er wollte mich nach Russland bringen, mich dort das Kind gebären lassen und dann direkt nach der Geburt töten."

Sein gemurmeltes „Ach du heilige Scheiße!", verrät mir, dass er damit nicht gerechnet hat.

„Und bist du jetzt böse?"

Noch immer trägt er mich mit großen Schritten über den Flughafen, so als würde ich nicht mehr wiegen als eine Feder.

„Nein Baby, ich bin nicht wütend. Du hast getan, was du tun musstest, um dich und unser Kind zu schützen. Aber wenn ich davon gewusst hätte, dann hätte ich Ossip, bevor ich ihn erschossen habe, klargemacht, dass du mein Kind in dir trägst."

Erleichtert schließe ich die Augen, kuschle mich an ihn und vertraue darauf, dass Bentley mich sicher nach Hause bringen wird.

Schon verrückt. Vor nicht allzu langer Zeit konnte ich es nicht erwarten, aus dem Motorcycle Club zu fliehen und jetzt ist der MC zu meinem Zuhause geworden.

Ich liebe den Rocker, in dessen starken Armen ich liege, ich liebe die hohen Mauern, die mich von der Außenwelt abschotten und all die raubeinigen, ständig fluchenden und stets bewaffneten Rider, die zwar eine schwarze Seele, jedoch auch ein Herz aus Gold haben.

An seinem Bike angekommen, setzt er mich vorsichtig auf seiner Harley ab, zieht sich seinen Pullover aus und stülpt ihn mir über den Kopf.

„Es gefällt mir nicht, dass du halb nackt bist.“

Das ist neu ...

„Ich dachte, du magst mich nackt?“

„Ich liebe dich nackt, aber nur in der Abgeschiedenheit meiner Wohnung! Ich bin ein sehr besitzergreifender Mann, falls dir das noch nicht aufgefallen ist.“

Soll das etwas ein Witz sein?

Wie hätte mir *das* nicht auffallen sollen?

Mit einem Brummen nimmt er vor mir Platz, schnappt sich meine Hände und legt sie sich um die Mitte.

„Wenn was ist, klopf und ich halte sofort an.“

„Okay.“

Mit einem kraftvollen Fußkick startet er den Motor und fährt los.

Während sich die anderen um den Schauplatz des Verbrechens und um den angeschossenen Vollstrecker kümmern, rasen wir davon und lassen den Albtraum der vergangenen Nacht hinter uns.

Im Osten färbt sich der Himmel blutrot – wie passend.

Es wird nicht mehr lange dauern, bis die Sonne aufgeht und der neue Tag beginnt.

Bentley gibt Gas, rast regelrecht über die im Dunkeln liegenden Straßen.

Erschöpft schließe ich die Augen und wispere ein leises „Ich liebe dich!“, gegen Bentleys breiten Rücken, das ungehört vom Fahrtwind davongetragen wird.

Mittlerweile habe ich den Überblick darüber verloren, wie oft mir dieser Rider schon das Leben gerettet hat, hoffentlich wird das in den nächsten Tagen, Wochen und Monaten nicht mehr nötig sein.

Ich würde mir ein wenig Ruhe und Frieden wünschen.

Das Einzige, um das ich mich in der nächsten Zeit kümmern will, ist das Glücklichsein ...

43. Kapitel

Bentley – der Vizepräsident

Zufrieden sitze ich auf dem Stuhl, schwenke das dickbauchige Glas, das ich in der Hand halte, und lasse so die bernsteinfarbene Flüssigkeit, die sich darin befindet, kreisen.
Auf meinem rechten Oberschenkel ruht eine Packung Kippen, darauf liegt mein silbernes Zippo, auf dem der Death Skull des MCs eingraviert wurde.

Vor den Fenstern ist es hell, die Sonne scheint und aus den offen stehenden Toren der clubeigenen Werkstatt dringt lautes Gehämmer.

Die Welt um mich herum dreht sich weiter, doch ich bekomme kaum etwas davon mit, sondern sitze einfach nur reglos da und betrachte die schlafende Frau in meinem Bett.

Ihre langen kastanienbraunen Haare liegen zu einem Fächer ausgebreitet auf dem Kopfkissen. Ein schlankes Bein lugt unter der Decke hervor und endet in einer wohlgerundeten Pobacke. Es ist abends, kurz vor sechs, und meine Süße hat, seit wir vom Arzt zurück sind, geschlafen. Wahrscheinlich ist das nach den jüngsten Vorkommnissen ganz normal, vor allem wenn man die Aufregung der letzten Stunden bedenkt, trotzdem mache ich mir Sorgen um meine schwangere Lady.

Die Schläge, der Stress und die Todesangst können nicht gut für unser Kind gewesen sein.

Hölle!

Alles was ich will, alles was ich zum Leben brauche, befindet sich in diesem Moment in meinem Bett.

Es war nie mein Plan, eine Familie zu gründen, doch jetzt, wo ich mein Mädchen geschwängert habe, kann ich mir nichts Schöneres vorstellen.

Zwar hat uns der Frauenarzt, zu dem ich sie geschleppt habe, nach einer gründlichen Untersuchung bestätigt, dass es dem Kind gut geht – trotzdem.

Was ich empfinde, kann nicht mit Tatsachen beruhigt oder mit Worten beschrieben werden – es ist intensiv, das reinste Chaos, es macht mir Angst und fühlt sich zugleich gut an.

Es war ein erhabener Moment, unser Baby auf dem Monitor des Ultraschallgeräts zu sehen. Unser Kind ist im Moment nicht größer als eine Erdnuss und auch ungefähr so geformt, dennoch ist es zum Mittelpunkt meiner Welt geworden.

44. Kapitel

Lena

Als ich das nächste Mal die Augen öffne, ist es vor den Fenstern pechschwarze Nacht. Es ist überraschend still, keine laute Musik und kein lautes Lachen.

Das ist ungewöhnlich für die Hell Riders.

Sehr ungewöhnlich!

Ob die Entführung den Rockern die Partystimmung versaut hat.

Wohl kaum?

Je härter das Leben ist, je mehr Blut fließt und je höher der Stapel Leichen ist, umso wilder sind die Feten, umso nackter die Nutten und umso hochprozentiger ist der Schnaps.

Der Tod kann den Rockern keine Angst machen, das habe ich nach den vielen Wochen, die ich in diesem Club verbracht habe, längst begriffen.

Leise gähnend drehe ich mich auf den Rücken, strecke den rechten Arm aus und taste das Bett nach Bentley ab. Zu meiner Enttäuschung ist es leer. Aber das überrascht mich eigentlich nicht.

Mein Rider braucht nicht halb so viel Schlaf wie ich ...

Es brennt kein Licht, darum dauert es auch einen Moment, bis ich ihn in der Dunkelheit erkenne. Er sitzt groß, böse und reglos in einem Stuhl neben dem Bett.

Das Weiß seiner Augen schimmert gespenstisch, seine langen Finger liegen auf einem dickbauchigen Glas.

„Hey ..." Meine Stimme ist heiser vom Schlaf. „Warum sitzt du da und bist nicht hier?"

Ich deute auf den Platz neben mir.

Ein kurzes Lächeln zuckt an seinen Lippen.

„Ich musste nachdenken."

„Und worüber?"

Die Decke zwischen meinen Beinen einklemmend, drehe ich mich auf die Seite und suche seinen Blick. Bentley scheint sich in einer komischen Stimmung zu befinden.

„Über dich, mich, das Baby – einfach alles."

Ein mulmiges Gefühl breitet sich in meinem Magen aus.

„Und zu welchem Entschluss bist du gekommen?"

„Zu dem, dass ich dich bis zu meinem letzten Atemzug behalten und beschützen werde."

Oh ...

Kleine Bläschen gefüllt mir Glücksgefühlen steigen in meinem Inneren auf. Sie zerplatzen wie Seifenblasen, setzen die Gefühle frei und zaubern ein zufriedenes Lächeln auf meine Lippen.

„Ach und das weißt du erst seit jetzt?"

Den Kopf auf meiner Hand ablegend, beobachte ich, wie er sich den Inhalt des Glases in die Kehle schüttet, es abstellt, sich vorbeugt und mit den Ellenbogen auf den Knien abstützt.

„Nein, das weiß ich seit unserer allerersten Begegnung. Fuck! Ich wollte dich schon damals, als du mir dein Knie in die Eier gerammt hast und vor mir davongelaufen bist. Du bist der Wahnsinn, Frau. Wahrscheinlich wirst du mich auch in den Wahnsinn treiben, aber verdammt, ich kann es kaum erwarten."

Wow ...

Ich erinnere mich an die Szene, die er gerade beschrieben hat. Damals hatte ich panische Angst vor dem Vizepräsidenten des Hell Riders Motorcycle Clubs.

Und jetzt ... Jetzt liege ich schwanger und verliebt in seinem Bett und sehne mich nach seinen wilden Schießpulverküssen.

„Es kommt mir vor, als wäre die Erinnerung aus einem anderen Leben."

Er nickt zustimmend, ein Knurren löst sich aus seiner Kehle.

„Du bist schwanger, Lena. In diesem Moment, während wir reden, wächst mein Kind in deinem Bauch heran. Das ist so krass, dass ich es kaum glauben kann! Du bist so klein und zerbrechlich. Ich will dich beschützen, ich will unser Baby beschützen und habe Angst, dass ich das nicht schaffe."

Unglaublich!

Wer hätte gedacht, dass dieser große, starke und mächtige Rocker vor irgendetwas Angst hat.

„Aber du hast mich heute gerettet. Du hast mich doch beschützt!"

In einer verneinenden Geste schüttelt er den Kopf.

„Ich habe versagt. Die Russen haben dich erwischt, geschlagen, entführt und beinahe getötet."

Seine Stimme bricht, das Bedürfnis, ihm nahe zu sein, wird übermächtig, also steige ich aus dem Bett, gehe zu ihm und ziehe seine Arme beiseite, sodass ich mich breitbeinig auf seinen Schoß setzen kann.

Ich bin nackt – er ist komplett angezogen.

Seine Jeans reibt an meinen Schenkeln, der raue Stoff drückt sich gegen meinen Po.

Das glatte Leder seiner Kutte, die kratzigen Patches und sein heißer Atem, der über mein Schlüsselbein streift. Wir sind uns so nah, dass ich seinen unverkennbaren Duft inhaliere.

„Fuck, Süße. Du bist so unglaublich schön!"

Warm legen sich seine großen Hände auf meine Hüfte, ziehen mich noch ein Stückchen fester an ihn heran. Dann bedeckt er meinen Bauch und drückt sein Gesicht gegen meinen Hals.

Rau kratzen seine Bartstoppeln über meine Wange, die wulstige Haut der vielen Narben fühlt sich kühl und glatt an.

Ich kann die Anspannung, die ihn im Griff hat, regelrecht spüren.

„Was muss ich tun, damit du dich besser fühlst?"

Er schweigt, hält mich einfach nur bestimmend fest und inhaliert mit tiefen Atemzügen meinen Geruch.

Die Sekunden verstreichen, werden zu Minuten. Ich rechne nicht mehr mit einer Antwort, streiche sachte über seinen Rücken und lasse die Fingerspitzen über seinen breiten Nacken gleiten.

Die Muskeln in seinen Armen zucken unkontrolliert – so viel Kraft.

Wenn er wollte, könnte Bentley mich schwer verletzten, er könnte mich in zwei Teile zerbrechen und müsste sich dafür nicht mal sonderlich anstrengen.

„Heirate mich, Lena."

Waaassss?

Im ersten Moment bin ich mir sicher, dass ich mich verhört haben muss.

Dann ruckt sein Kopf hoch, sodass sich unsere Gesichter direkt gegenüber befinden, unser Atem vermischt sich, ich verliere mich in den unendlichen Tiefen seiner dunklen Augen.

„Heirate mich, Baby. Ich will, dass du auf alle nur erdenklichen Arten mir gehörst. Ich will dir meinen Namen geben, dich mit meiner Kutte kleiden und dir einen dicken, goldenen Ring auf den Finger schieben. Fuck! Du bist mein Eigentum, du wirst mein Kind zur Welt bringen und für den Rest deines Lebens mir gehören. Mein Schwanz wird dein erster und dein letzter sein. Alles andere erlaube ich nicht! Also heirate mich! Ich muss einfach wissen, dass ich das elementare Recht habe, dich zu beschützen. Ich brauche das schwarz auf weiß. Auch vor dem Gesetz!"

Halleluja! Lieber Gott ...

Das war der schönste und zugleich ungewöhnlichste Heiratsantrag, den sich eine Frau nur wünschen kann. Wobei, in der normalen Welt hätte eine Frau die Möglichkeit, Nein zu sagen, die habe ich nicht, das hat der Klang seiner Stimme längst klargemacht.

Zum Glück will ich auch gar nicht Nein sagen, ich will diesem Rocker gehören, seinen Namen annehmen und für den Rest meines Lebens nur noch von ihm geküsst werden.

„Ich bin mir nicht sicher, ob das Wort *Schwanz* in einen klassischen Heiratsantrag gehört. Außerdem sollte man dabei nicht fluchen, sondern vor seiner Angebeteten auf den Boden sinken, genauer gesagt auf die Knie. Du weißt schon: devot und flehend ...“

Seine Augen glühen teuflisch. Plötzlich werde ich durch die Luft gewirbelt und auf den Boden vor dem Bett geworfen. Bentley ist über mir, kniet sich zwischen meine gespreizten Beine, fängt meine Hände ein und pinnt sie über meinem Kopf fest.

„Du wolltest mich auf den Knien? Bitte schön ... Jetzt hast du mich auf den Knien. Aber die Einzige, die gleich flehen wird, bist du. Und zwar um Gnade. Wenn du nicht sofort Ja sagst.“

Gott, ich liebe diesen Mann so sehr!

„Bevor ich Ja sage, muss ich aber noch eine Sache wissen. Warum ist es dir so wichtig, dass wir vor dem Gesetz Mann und Frau sind? Sonst interessierst du dich ja auch nicht für die Regeln der normalen Welt.“

Sein Gesichtsausdruck kann nur als kämpferisch beschrieben werden.

„Weil ich auf Nummer sicher gehen will. Ich kenne dich Baby, ich lasse dir kein Schlupfloch. Soll ich dir sagen was das Tollste daran ist, ein Outlaw zu sein?“

Ich nicke.

„Dass ich mir aussuchen kann, welche Gesetze für mich gelten und welche nicht. Das mit dem Heiraten finde ich gut. Ich will, dass jeder Cop und jeder Richter weiß, dass du mir gehörst und dass du für sie unantastbar bist. Wenn es sein muss, heirate ich dich in allen 194 Ländern dieser Welt und schwöre in allen Sprachen, dass ich dich lieben, ehren und bis zu meinem letzten Atemzug beschützen werde.“

Tränen steigen mir in die Augen und mein Herz quillt über vor Liebe.

Ich will Ja sagen, will es in die ganze Welt hinausschreien, doch meine Kehle ist vor lauter Emotionen wie zugeschnürt.

Das, was ich für diesen Rocker empfinde, kann einfach nicht in Worte gefasst werden.

Egal wie alt ich werde und welche Gefahren oder Probleme das Schicksal zukünftig für uns bereithalten mag – dieser Rocker ist meine erste, einzige und wahre Liebe!

„Bitte Baby. Tu mir das nicht an. Sag Ja. Oder ich dreh durch!“

Bentley klingt beinahe verzweifelt. Zum ersten Mal kommt mir mein sonst so starker Rider verletzlich vor.

Eine einzelne Träne rinnt mir aus dem Augenwinkel.

Er bemerkt sie und flucht leise.

„Was ist los? Warum weinst du? Habe ich dich traurig gemacht?“

Ich schluchze und lächle zugleich.

„Ich weine, weil ich so glücklich bin.“

Irritiert legt er die Stirn in Falten und schüttelt den Kopf.

„Ich werde mein ganzes Leben damit verbringen, es zu versuchen, aber verstehen werde ich dich wahrscheinlich nie.“

Prüfend bewege ich meine Hände, er gibt sie nach kurzem Zögern frei, sodass ich sein entstelltes und zugleich wunderschönes Gesicht umfassen kann. Langsam ziehe ich ihn zu mir nach unten, streiche zärtlich über die markanten Konturen seines Kiefers und hauche ihm einen liebevollen Kuss auf die Lippen.

Bevor unsere Münder verschmelzen, wispere ich ein leises „Ja ich will!“, in seinen Mund, was ihm ein lautes Brüllen entlockt.

„Fuck Yeah! Sie hat Ja gesagt! Scheiße, Welt hörst du das? Mein Mädchen hat Ja gesagt!“

Seine dunkle, volltönende Stimme hallt von den Wänden wider, dringt durch das offen stehende Fenster hinaus in den Hof.

Seine Freude ist ansteckend, sodass ich zum Kichern anfange.

Grob drückt er seine Lippen auf die meinen, sucht meinen Blick und sieht mir so tief in die Augen, dass es sich anfühlt, als könnte er bis in den hintersten Winkel meiner Seele sehen.

„Du bist mein und ich bin dein!“

Ich nicke, dann küssen wir uns stürmisch.

Unsere Zungen umschlingen sich sanft und zugleich leidenschaftlich. Beginnen einen Tanz, den wir beide uns geschworen haben, niemals enden zu lassen.

Bentleys Hände sind überall.

Auf mir, in mir und unter mir. Seine Lippen saugen sich an meinem Hals fest, ich spüre, wie sich die scharfen Konturen seiner Zähne in meine Haut bohren, sie durchstoßen und mich regelrecht auffressen. Der bittere Schmerz vermischt sich mit der süßen Lust, die mich durchströmt.

Ich bin high von dem Hell Rider und der Liebe, die ich für ihn empfinde ...

45. Kapitel

Bentley – der Vizepräsident

Sie hat Ja gesagt!
Sie hat Jaaaa gesagt!
Sieee haaattt Jaaaa gesaaaaaagt!

Die Stimme in meinem Hirn brüllt so laut, dass es sich anfühlt, als würde mein Schädel jede Sekunde platzen. Wäre mein Leben eine lange Reise, würde das Navigationsgerät jetzt die magischen fünf Worte sagen: Sie haben ihr Ziel erreicht!

Fuck! Ich fühle mich wie der König der Welt.

Zwar hätte ich nicht gedacht, dass es so schnell geht, Lena einzufangen, aber so spielt das Leben nun mal – es hat seine ganz eigene Geschwindigkeit.

Dieses faszinierende Mädchen wird für immer und ewig mein Leder tragen, niemand kann es mir mehr nehmen!

Als Ice mich losgeschickt hat, um eine der Zwillingsschwestern einzufangen, war das für mich nichts weiter als ein ganz normaler Auftrag. Es war ein Wink des Schicksals, dass ich die Frau, die mein Leder tragen wird, erst einmal fangen musste.

Und zur Hölle!

Lena hat es mir nicht gerade leicht gemacht ...

Es fühlt sich einfach nur unglaublich richtig an, mein schwangeres Mädchen in den Armen zu halten und mit meiner Zunge durch ihren Mund zu kreisen. Die Tatsache, dass sie genug Mut hat, um mich zu heiraten, imponiert mir. Meine Lady hat Feuer im Arsch und genug Unerschrockenheit, um sich auf ein Leben in einem Rockerclub einzulassen.

Ich hätte nie gedacht, dass ich mal an dem Punkt ankomme, an dem nichts weiter zählt, als die Frau, die mein Kind in sich trägt.

Ice, Lucky, Cruz und Fire, all meine Brüder wissen, dass Lena mir gehört. Es spielt keine Rolle, wie unsere beiden Leben bisher verlaufen sind, ab jetzt gehören wir zusammen.

Das satte Grün ihrer Augen schimmert geheimnisvoll, ich erkenne die Liebe darin.

Gierig küsse ich sie erneut, presse meinen harten Schwanz gegen ihre Mitte und stelle mir vor, wie ich mich gleich bis zum Anschlag in ihre magische Pussy rammen werde. Mein ungeduldiges Brummen vermischt sich mit ihrem sehnsüchtigen Seufzen.

Besitzergreifend erkunde ich die samtene Höhle ihres Mundes, spüre das Zittern, das ihren kleinen Körper durchläuft, und schließe die Augen.

Bei allen Göttern – Lena gehört mir. Sie ist mein Eigentum und ich gebe sie nie wieder frei! Egal wie viele Männer sie noch entführen werden, ich hole sie mir jedes verdammte Mal wieder zurück!

Fuck! Jetzt, wo feststeht, dass ich diese Frau heiraten werde, übernimmt mein Beschützerinstinkt die Kontrolle und mein Besitzanspruch schnellt in ungeahnte Höhen.

Mit jedem Atemzug wird das, was ich für meine Lady empfinde, stärker und stärker!

Die letzten Wochen waren außergewöhnlich, anstrengend, neu – aber vor allem intensiv!

Bis zu dem Augenblick, in dem feststand, dass sie schwanger von mir ist, war mir nicht klar, mit welcher Dringlichkeit ich dieses Mädchen für mich beanspruchen will.

Ungeduldig beende ich unseren Kuss, hebe sie vom Boden auf und lege sie in die Mitte meines Bettes. Mit ruckartigen Bewegungen ziehe ich mich aus, werfe meine Kutte und die Waffe einfach zu Boden. Währenddessen ist mein Blick die ganze Zeit über auf Lenas feuchter Mitte festgepinnt. Ihre Knie sind gespreizt, sodass ich genau erkennen kann, wie bereit sie für mich ist.

Eine Sekunde lang genieße ich noch den geilen Anblick, ehe ich mich auf sie lege, an ihrem Hüftknochen knabbere und meine Nase anschließend zwischen ihren Beinen vergrabe. Tief einatmend inhaliere ich den göttlichen Duft ihrer Pussy und spüre die Nässe, die aus ihr herausströmt, an meinen Lippen.

„Fuck! Ich will dich, Baby!“

„Du hast mich längst, Rider.“

Das ist so was von richtig!

Mit den Fingern wühle ich mich durch ihre geschwollenen Falten.

Meine Lady ist nicht nur feucht, sondern nass und mehr als bereit, hart rangenommen zu werden. Ein scheues Lächeln huscht über ihr wunderschönes Gesicht. Die Erregung, die sich immer deutlicher auf ihrer Mimik abzeichnet, entlockt mir ein zufriedenes Keuchen.

Jetzt, in diesem Moment, ist sie nicht mehr einfach nur meine Lady, sondern auch meine Verlobte.

Grob tackere ich meinen Mund auf den ihren, schiebe meine Zunge tief in ihren Hals und küsse sie so tief wie nur möglich. Sie keucht und presst sich an mich.

„Bitte, Bentley. Ich will dich ..."

Wieder küssen wir uns, unsere Zähne schlagen krachend aufeinander, ihre Fingernägel kratzen über meine Schultern.

Ich sehe schwarz – meine Sicherungen brennen durch. Alles, was ich noch wahrnehme, ist ihr lustvolles Keuchen und die unglaubliche Hitze ihrer Muschi. Lenas dicke Titten recken sich mir entgegen.

Mit vor Anspannung zuckenden Muskeln lasse ich meinen Schwanz wieder und wieder durch ihre pulsierende Mitte gleiten, ich bade regelrecht in ihrer Geilheit.

Bloody Hell!

Ich muss mich beherrschen, muss mich zur Ruhe zwingen, damit ich nicht wie eine Bestie über meine Lady herfalle.

Dieses Mädchen ist so fucking perfekt ...

Nicht in der Lage auch nur einen Atemzug länger zu warten, bewege ich mich, bringe mich vor ihrer heißen Möse in Stellung und stoße mit aller Kraft zu. Sie ist so verdammt eng, dass es mir den Atem verschlägt.

Ich schwitze und zucke, ihr lauter Schrei hallt mir in den Ohren.

Lena keucht, bockt und stöhnt. Ihre ruckartigen Bewegungen lassen mich beinahe abspritzen. Das ist gut – viel zu gut!

Entschlossen dränge ich mich immer tiefer in ihre nasse Pussy. Dieses Mädchen und ihr Körper sind für immer mein Besitz!

Knurrend ziehe ich mich ein Stück zurück, spanne die Muskeln in meinen Beinen an und schiebe mich mit voller Wucht in sie.

Lena schreit, reißt die Augen auf und sieht mich an.

Von ihrer feuchten Hitze und der Heftigkeit des Moments berauscht, verfalle ich in einen schnellen, harten und gnadenlosen Rhythmus.

Es fühlt sich so an, als würde mein Hirn gleich platzen. Meine Arme zittern und meine Nervenbahnen sind zum Zerreißen gespannt.

Jetzt, wo sie nicht nur meine Old Lady ist, sondern noch dazu schwanger und mit mir verlobt, kapiere ich erst die Tragweite des Ganzen. Diese Frau steht ab sofort unter meinem Schutz – sie ist meine Familie. Es ist meine Verantwortung, dafür zu sorgen, dass es ihr gut geht. Nun ist sie für den Rest ihres Lebens ein Teil meiner Welt, eine Frau der Hell Riders und das Eigentum des Clubs.

Von einem unstillbaren Verlangen getrieben, stoße ich mich wieder und wieder in ihren pochenden Körper, genieße die glitschige Hitze und ihr lustvolles Schreien.

Den Blick auf ihre geöffneten Lippen gepinnt, ficke ich sie mit all meiner Kraft ...

Hungrig küsse ich sie, zwicke in ihre empfindlichen Nippel und werde mit einem heiseren Flehen belohnt.

Lena windet sich unter mir und presst sich mir herausfordernd entgegen.

Mein Schwanz pocht, vor meinen Augen zucken gelle Blitze.

Diese Pussy ist mein Eigentum.

Entschlossen, mich so tief wie nur irgend möglich in sie zu rammen, lege ich noch mehr Kraft in den Fick und verändere den Winkel, mit dem ich in sie gleite. Fluchend verliere ich mich in den Zuckungen ihrer Pussy und genieße den geilen Anblick, den sie mir bietet.

Ich packe ihre rechte Titte, zwirble den roten Nippel und spüre, wie sich ihre inneren Muskeln noch etwas fester um mich herum zusammenziehen.

Meine Eier pochen und klatschen gegen ihren Damm.

„Fuck Baby. Fuck! Fuck! Holy Fuck! Ich will nicht nur deinen Körper, sondern auch deine Seele ficken."

Sie windet sich etwas, presst sich mir entgegen und sucht meinen Blick.

„Das tust du doch schon. Seit unserem ersten Mal, seit du mich entjungfert hast, gehört ein Teil meiner Seele dir."

Gut zu wissen, aber ein Teil reicht mir nicht.

„Aber ich will alles. Ich will dich komplett!"

Wieder stoße ich mich bis zum Anschlag in sie, wieder entlocke ich ihr einen lauten Schrei.

„Dann fick mich härter!"

Sie muss wahnsinnig sein.

Obwohl ich noch ein wenig mehr Kraft in den Fick lege, halte ich mich dennoch etwas zurück.

Lena ist schwanger, ich will ihr nicht wehtun.

Wir finden den perfekten Rhythmus, verlieren uns aneinander und sehen uns dabei unentwegt an. Es fühlt sich so an, als hätte mir diese Frau das Herz aus der Brust gerissen, ihren Namen rein geritzt und so für alle Zeit für sich beansprucht.

Meine Old Lady – meine Verlobte – die Mutter meines ungeborenen Kindes ...

46. Kapitel

Lena

Die Nägel in Bentleys Rücken vergrabend, knabbere ich an seinem Kiefer, suche anschließend seinen Blick und keuche bei jedem seiner harten Stöße.

Scheiß auf das Vorspiel!

„Ich will dich tiefer, Rider."

Eine Art Fauchen ausstoßend, richtet er sich zu seiner vollen Größe auf und sieht mich zweifelnd an.

„Noch tiefer? Sicher?"

„So tief wie nur irgend möglich."

Er knurrt.

„Was ist mit dem Baby?"

„Es geht ihm gut. Du wirst ihm nicht schaden."

Er wirkt zweifelnd.

„Ehrlich. Bitte ..."

Seine Nasenflügel blähen sich.

„Fuck, Mädchen. Wenn du mich weiter so anflehst, verliere ich die Kontrolle und ficke dich tief und gnadenlos."

Klingt perfekt ...

„Das ist genau das, was ich brauche."

Für einen kurzen Moment sieht er mich ungläubig an. So, als würde er mit sich selbst ringen. Dann springt er plötzlich auf, zerrt mich aus dem Bett und pinnt seinen Mund grob auf den meinen.

Seine Zunge stiehlt mir geschickt den Atem, dann beißt er mir in die Unterlippe und zieht an ihr. Noch bevor ich den Kuss erwidern kann, löst er sich auch schon wieder von mir, dreht mich um und beugt mich über die Bettkante.

Wenige Handgriffe später hat er den Gürtel aus seiner am Boden liegenden Jeans gezogen und fesselt meine Hände. Das Leder schnürt sich tief in meine Haut – es gefällt mir, meinem Rocker hilflos ausgeliefert zu sein.

Zwei seiner Finger gleiten in mein enges Loch, dehnen mich und entlocken mir einen leisen Schrei. Kreisend reibt sein Daumen über meinen Kitzler, meine Knie geben nach, ich breche vor Lust zusammen und sinke tief in die Matratze.

Keuchend drücke ich mich Bentley entgegen.

Es dauert nur wenige Herzschläge lang, bis ich kurz vor einem heftigen Orgasmus stehe.

Er scheint es zu spüren, stoppt das erregende Spiel seiner Finger und verpasst meiner Mitte einen leichten Klaps.

Ich schwitze, zittere und stammle zusammenhanglose Worte.

Mein Herz stolpert hilflos in meinem Brustkorb umher, es ist kurz davor, die weiße Fahne zu schwenken.

„Bitte ... ich brauche dich wieder in mir."

In dem Moment, in dem ich endlich wieder die wulstige Spitze seines Schwanzes an meiner Pussy spüre, seufze ich zufrieden.

Endlich rammt er sich wieder bis zur Wurzel in mich hinein. Unglaublich dick und extrem lang pfählt er mich regelrecht.

In dieser Stellung fühlt sich sein Schwanz noch viel dicker und länger an.

Mein lustvolles Keuchen vermischt sich mit seinem heiseren Brüllen.

Bentley lässt die Hüften kreisen und beugt sich über mich, sodass ich zwischen ihm und dem Bett gefangen bin.

„Yeah Baby! Fuck ... Du wurdest nur für mich geschaffen."

Während er spricht, verpasst er meinem Po einen harten Schlag.

Die Pein, die durch meine Adern rauscht, setzt meine Nervenbahnen in Brand.

Mein Unterleib steht in Flammen, der Puls dröhnt mir in den Ohren. Keuchend schnappe ich nach Luft.

„Du bist so verflucht eng, Lena. Eng und perfekt!"

Mit der Nase an meinem Nacken entlang streichend, knabbert er an meinem Ohrläppchen, ehe er zubeißt und mich seine Zähne spüren lässt. Hungrig saugt er meine Haut in seinen heißen Mund.

Ich kreische vor Lust, was ihm ein Fauchen entlockt.

Ich spüre, wie sich die Hügel seines Sixpacks anspannen und hart werden, sein Bizeps wölbt sich und die Muskeln in seinen Oberschenkeln beginnen zu zucken, machen sich bereit, um so richtig loszulegen.

Bentley fickt mich immer gnadenloser, rammt sich tief und hart in meinen Unterleib und knurrt dabei wie ein wildes Tier.

Ich genieße den bitteren Schmerz, das süße Brennen, die pure Lust. Ich lasse mich fallen, inhaliere den Geruch von Mann und Leder und fühle mich, als würde ich jeden Moment in tausend Teile zerspringen.

„Sei ein braves Mädchen und beug dich noch ein wenig weiter vor."

Ich tue, was mein Rider will und spüre, wie er noch ein Stückchen tiefer in mich gleitet. Wimmernd beiße ich die Zähne zusammen und presse mich seinen Stößen entgegen.

Oh. Mein. Gott!

Das Ziehen in meinem Unterleib wird immer stärker, ich reiße an der Fesselung, was ihm ein raues Lachen entlockt.

„Mein für immer! Du kannst mir nicht entkommen, Baby!"

Bämm! Das war's! Seine Besitzgier schickt mich über die Klippe.

Der Orgasmus, der wie ein Waldbrand über mich hinwegfegt, reißt mich von den Füßen. Ich kippe nach vorne und schreie in die Matratze. Am ganzen Körper zitternd, genieße ich das unbeschreibliche Gefühl, das er mir geschenkt hat.

Am Rand meines Sichtfelds explodieren rote Funken – ich bin verloren.

Während ich bebe und zittere, legt er immer noch mehr Kraft in unseren Fick.

Es fühlt sich fast so an, als würde er versuchen, bei jedem Vorstoß immer tiefer in mich einzudringen. Bentley zuckt, brüllt und schlingt mir einen stahlharten Arm um die Taille. Mühelos zieht er mich in eine stehende Position.

Seine langen Finger legen sich drohend um meine Kehle.

Bentley unterwirft mich, lässt mich seine Überlegenheit spüren.

Langsam drückt er zu und löst so einen weiteren Höhepunkt aus.

Ich wehre mich nicht gegen ihn, sondern lasse mich bereitwillig fallen und spüre, wie sein Schwanz tief in mir pulsiert.

Kurz bevor mich die Dunkelheit, die sich vor meinen Augen ausbreitet, verschlingt, verschwinden seine Finger von meiner Kehle und umfassen besitzergreifend meine Scham.

Japsend schnappe ich nach Luft, Bentley beißt sich in meinem Nacken fest.

„Du und ich für immer!"

Seine leisen Worte bedeuten für mich das Paradies.

Mit einem Ruck drückt er mich wieder nach unten, pinnt mich auf dem Bett fest und fickt mich schnell und hart.

Ich spüre, wie sein dicker Schwanz immer härter wird und dann zu zucken beginnt.

Erneut baut sich ein heftiger Orgasmus in mir auf.

Wir kommen gleichzeitig, dann breche ich kraftlos zusammen.

Bentleys starke Arme halten mich beschützend fest, sein Geschmack auf meinen Lippen und sein Schwanz tief in mir ...

Das war der Hammer!

Er löst den Gürtel von meinen Händen, hebt mich hoch und legt mich liebevoll in die Mitte des Bettes.

Genau diese Mischung aus hart und brutal – sanft und fürsorglich, hat mich so süchtig gemacht. Eine Sekunde später legt er sich neben mich, zieht mich an seinen heißen Körper und deckt uns zu.
Ich bin so erschöpft, dass ich kaum die Augen aufhalten kann.
„Das war gut."
Er brummt zustimmend.
„Du hast mich geschlagen, gefesselt und gewürgt ... Ist es pervers, wenn es mir gefallen hat?"
Seine große Hand bedeckt schützend meinen Bauch.
„Nein Süße, das ist es nicht. Du magst es, wenn ich die Führung übernehme, dich dominiere und dir zeige, dass ich die Kontrolle über dich, den Sex und unser Leben habe."
Ich muss nicht erst darüber nachdenken, sondern weiß sofort, dass er recht hat.
„Das will ich wieder."
Ein Brummen vibriert in seinem Brustkorb.
„Du hast gerade zugestimmt, dass ich das Recht habe, das dein ganzes Leben lang mit dir zu tun!"
Ein debiles Lächeln breitet sich auf meinem Gesicht aus.
„Ab jetzt habe ich einen Lieblingsgürtel, Hell Rider."
„Ab jetzt werde ich keinen anderen mehr tragen!"
Seine Hand wandert an meinem Bauch nach oben, über meine Brüste bis hoch zu meinem Hals. Dort schließen sich seine langen Finger um meine Kehle. Der Druck, den Bentley ausübt, ist minimal, instinktiv atme ich etwas flacher.
Anstatt Angst zu verspüren, beginne ich mich augenblicklich zu entspannen. Eine unglaubliche Ruhe breitet sich in mir aus.
„Ich spüre deinen Puls an meinen Fingern. Das Wissen, dass du voll mit meinem Sperma bist, dass mein Samen deine Pussy bedeckt und mein Kind in dir heranwächst, macht mich so fucking glücklich, das kannst du dir gar nicht vorstellen, Mädchen."
Oh doch und wie ich das kann, mir geht es nämlich ganz genauso.
„Lass mich nie mehr los!"
Er versteht sofort, was ich meine und festigt den Griff an meiner Kehle.
„Das werde ich nicht, niemals! Auf keine Art und Weise!"
Ein zufriedenes Seufzen ausstoßend, kuschle ich mich noch etwas fester an ihn.
„Schlaf jetzt, Baby."
Ich tue es und träume von schwarzem Leder, braunen Augen und goldenen Ringen.

47. Kapitel

Bentley – der Vizepräsident

Es soll auf meinem Grabstein stehen:
Ich. Liebe. Diese. Frau!

48. Kapitel

Lina

Unsere missratene Ladys Night ist nun zehn Tage her.
Zehn Tage, die ich damit verbracht habe, meine Schwester, ihren Rocker und ihr neu gefundenes Glück zu beobachten.

Es ist schon verrückt!

Manche Beziehungen haben einen leichten, ganz normalen Start. Zum Beispiel bei einem Speed Dating. Der Mann und die Frau lernen sich ganz unverfänglich kennen, es gibt ein paar Dates, der erste Kuss – der erste Sex, die anfänglichen Treffen mit der Familie, ein Kurzurlaub, nach einem Jahr ziehen die beiden zusammen, verloben sich und planen dann Kinder.

Bei Lena hingegen war nichts normal und schon gar nichts langsam.

Die Beziehung zwischen ihr und dem Vizepräsidenten ist aus einer Katastrophe heraus entstanden, hat sich dann in Lichtgeschwindigkeit entwickelt und ist bei jedem Problem, jeder Entführung und jeder fliegenden Kugel stärker und intensiver geworden.

Das, was die beiden verbindet, wurde auf einem Fundament aus Leichen aufgebaut und gleicht trotzdem einem richtigen Märchen.

Jeder, der die beiden miteinander sieht, erkennt auf den ersten Blick, wie sehr sie sich lieben. Es ist unglaublich, aber meine Schwester hat es geschafft, aus der Scheiße, in die ich sie hineingezogen habe, Gold zu machen.

Hätte ich nicht die total verblödete Idee gehabt, einem der mächtigsten Mafiabosse dieses Landes die Liebe vorzuspielen und dann auszurauben, wäre sie niemals ihrem Rocker über den Weg gelaufen.

Es ist nicht so, dass ich Lena die Welle des Glücks, die sie gerade reitet, missgönne, es ist nur so, dass ich das alles auch gerne für mich hätte.

Himmel!

Sie und Bentley haben sich verlobt, kann man sich das vorstellen?

Meine Schwester wird einen Outlaw Biker heiraten ...

Der goldene Ring, den er ihr gekauft hat, muss ein Vermögen gekostet haben und ist so wunderschön, dass ich noch nie etwas Vergleichbares gesehen habe.

Da es mein zukünftiger Schwager extrem eilig hat, es offiziell zu machen, ist er nicht bereit, bis nach der Geburt des Babys zu warten, sondern hat gerade mal vier Wochen bis zur Hochzeit veranschlagt.

Wäre es nicht so skurril, dass ein krimineller Killer so viel Wert darauf legt, die Frau, die er liebt, auch vor dem Gesetz zu der seinen zu machen, würde ich es witzig finden.

So aber ...

Zum Teufel ja, ich platze vor Neid!

Meine Schwester hat alles, was ich auch will.

Sie ist dabei, eine Familie zu gründen, sich etwas Echtes aufzubauen, etwas auf das sie den Grundstein ihrer Zukunft legen kann.

Während es zwischen Bentley und Lena immer besser läuft, habe ich das Gefühl, dass Ice sich immer mehr von mir entfernt.

Ja wir ficken – gut – hart und oft. Aber das war es dann auch schon. Eine Zeit lang habe ich wirklich gedacht, dass er ebenfalls etwas für mich empfindet, aber damit habe ich mich ganz offensichtlich getäuscht.

Ice liebt mich nicht, er will mich einfach nur besitzen, so als wäre ich seine geliebte Harley, oder das Leder, das er immer trägt.

Für ihn bin ich ein nettes, befriedigendes Spielzeug, das man benutzen und zur Seite stellen kann, wenn man gerade keine Zeit hat.

An dem Tag, an dem er mir seine Kutte angezogen hat, dachte ich wirklich, dass das zwischen ihm und mir etwas Ernstes und Besonderes ist. Ich lag falsch!

Seit der Nacht, in der Ossip Lena entführt hat, weil er sie mit mir verwechselt hat, scheint Ice auf Abstand zu mir zu gehen. Es kommt mir fast so vor, als ob er mir die Schuld an dem ganzen Drama geben würde. Was einfach lächerlich ist, immerhin konnte ich ja schlecht wissen, dass Kyrills Cousin auf der Suche nach mir war.

Vielleicht ist es auch einfach Karma?

Das Schicksal hat einen echt beschissenen Humor.

Vielleicht hat es ja beschlossen, dass ich es, nachdem ich Kyrill vorgespielt habe, dass ich ihn liebe, nicht mehr verdient habe, geliebt zu werden?

Im Nachhinein erkenne ich, wie falsch es war, den König der Russen in dem Glauben zu lassen, dass er mein Herz gewonnen hat.

Doch das nützt mir jetzt auch nichts mehr.

Geschehen ist geschehen und tot ist tot.

Außerdem war mein Ex-Geliebter keiner von den Guten.

Es ist also nicht so, dass es einen Unschuldigen getroffen hat.

Kyrill war ein Monster – Ice ist auch ein Monster, aber auf eine völlig andere Art.

Der Rocker mit den Augen aus Eis liebt seinen Club, ist seinen Brüdern gegenüber loyal und würde, ohne zu zögern, für sie sterben.

Für ihn gibt es nur zwei Arten von Menschen auf dieser Welt.

Die, die zu der Gemeinschaft des Hell Riders Motorcycle Clubs dazu gehören, und die, die es nicht tun.

Für eine Weile dachte ich wirklich, dass ich es geschafft habe, in den inneren Kreis zu kommen, mittlerweile bin ich mir da allerdings nicht mehr so sicher.

Nacht für Nacht haben wir den besten, grandiosesten und weltenverändertsten Sex, den man sich nur vorstellen kann, aber sobald die Sonne aufgeht und er aus dem Bett steigt, behandelt er mich wie Luft.

Lena steht in der Sonne und ich versinke im Schatten.

Zum ersten Mal in meinem Leben liebe ich einen Mann wirklich von ganzem Herzen und dann wird diese Liebe nicht erwidert.

Verdammt!

Ich fühle mich wie ein ausgespuckter Kaugummi, der in der Fußgängerzone auf dem Kopfsteinpflaster klebt und auf dem alle herumtrampeln.

Danke liebe Schicksalsgöttin, ich habe die Lektion verstanden!

Seufzend wende ich den Blick von Lena ab, die auf dem Schoß ihres Verlobten sitzt und sich mit ihm zusammen durch einen Brautmoden-Katalog blättert.

So falsch es auch sein mag, fühle ich mich gerade nicht dazu imstande, mich für sie zu freuen oder ihr gar bei den Hochzeitsvorbereitungen zu helfen.

Mein Herz ist gebrochen und das Einzige, was es davon abhält, in tausend Teile zu zerspringen, ist jede Menge Tequila.

Ice stört es nicht, dass ich trinke, wahrscheinlich hat er es nicht mal mitbekommen ... Er ist viel zu sehr damit beschäftigt, sich um Uzis, Kalaschnikows, Albaner und tote Nutten zu kümmern.

Seit vor drei Tagen in einem der Sexhäuser der Riders zwei erstochene Huren aufgefunden wurden, ist Ice wie besessen davon, die Mörder zu finden.

Das kann ich verstehen, aber bevor die Prostituierten getötet wurden, waren es die Albaner, die seine komplette Aufmerksamkeit an sich gefesselt haben. Ich bin nicht naiv, ich weiß, dass Männer in seiner Position viel arbeiten müssen, um ihre Macht aufrechtzuerhalten und zu stärken. Das konnte ich schon bei Kyrill beobachten, trotzdem kommt es mir so vor, als würde Ice jede Ablenkung, die ihn von mir fortzieht, begrüßen.

So wie es aussieht, hatten wir unseren Ritt ...

Wenn es so weitergeht, wird es nicht mehr lange dauern, bis er mich aus seinem Bett und irgendwann später aus seinem Club verbannt.

Meine Kehle zieht sich zusammen, Tränen steigen mir in die Augen und in meinem Brustkorb bildet sich ein gigantischer Eisbrocken.

Verdammt! Verdammt! Verdammt!

Es ist allgemein bekannt, dass einer immer mehr liebt, aber bisher war das nie ich.

Mir wird erst jetzt bewusst, wie glücklich ich mich dafür schätzen konnte. Geliebt zu werden ist toll – aber zu lieben ist Scheiße.

Fluchend wische ich mir mit dem Ärmel über die Augen, zünde mir eine Kippe an und inhaliere den ersten Zug auf Lunge.

Das Nikotin und der Tabak beruhigen meine aufgewühlten Nerven.

Nach der Flasche neben mir greifend, gönne ich mir einen großen Schluck Tequila und lasse den Blick über das Gelände des Clubs gleiten.

Alles wirkt friedlich, alles wirkt ruhig.

Wie es scheint, gibt es gerade keinen Russen, der auf der Lauer liegt und Pläne schmiedet. *Echt schade ...*

Der Gedanke von einem großen, trainierten und mächtigen Mann entführt zu werden, ist im Moment nicht so abschreckend, wie er es eigentlich sein sollte!

49. Kapitel

Ice – der Präsident

Mit geballten Fäusten stehe ich in meinem Büro, starre aus dem Fenster und beobachte, wie meine Lady im Schatten sitzt, raucht und trinkt.

Ihr Alkoholkonsum macht mir Sorgen, aber fuck, ich habe das Recht, ihr das Trinken zu verbieten, längst an den Nagel gehängt.

Ich weiß, dass ich mich wie ein verficktes Arschloch benehme und dass ich es verdient hätte, ein paar auf die Fresse zu bekommen.

Aber verdammt! Was soll ich tun?

In der Nacht, in der Ossip Lena entführt hat, weil er dachte, dass sie Lina ist, ist mir eine Sache überdeutlich klar geworden.

Wenn ich an Bentleys Stelle gewesen wäre, hätte ich alles getan, um mein Mädchen zurückzubekommen. Und wenn ich sage ALLES, dann meine ich das auch genau so.

In den Wochen, die Lina nun schon mir gehört, ist irgendetwas mit mir passiert.

Diese Frau macht mich glücklich – so glücklich wie noch nie zuvor. Zumindest hat sie das, ehe ich sie von mir gestoßen habe.

Sie ist zum Mittelpunkt meiner Welt geworden und genau darin liegt das Problem.

Hätte der Russe tatsächlich Lina entführt, dann hätte ich alles, was er von mir verlangt hätte, getan, um sie zu retten, selbst wenn das bedeutet hätte, das ich den MC und das Leder, das ich trage, verraten muss.

In der Sekunde, in der mir das klar geworden ist, wusste ich, dass ich Lina zukünftig nicht mehr so nah an mich ranlassen darf.

Zur Hölle!

Als ich vor vielen Jahren zum Präsidenten gewählt wurde, habe ich lautstark geschworen, den Club zu beschützen und alles in meiner Macht Stehende zu tun, um unsere Gemeinschaft zu stärken.

Das Patch, das seitdem meine Kutte ziert, ist für mich mehr als einfach nur irgendein Stofffetzen – es bedeutet für mich etwas.

Ich würde für die Hell Riders durch die Hölle gehen – ich würde für diesen Motorcycle Club sterben. Es ist die Aufgabe des Präsidenten, seine persönlichen Belange unter die des Clubs zu stellen und dank der Gefühle, die ich für meine Old Lady habe, kann ich das nicht mehr.

Ich bin nicht stolz darauf, aber ich hätte Ossip den MC und all meine Brüder auf einem Silbertablett überreicht, wenn mir das dabei geholfen hätte, Lina zurückzubekommen.

So hart es ist und so schwer es mir auch fallen mag, mein Mädchen leiden zu sehen, muss ich Abstand zwischen uns schaffen.

Diese Frau geht mir unter die Haut, sie geht mir ins Blut und direkt ins Herz.

Durch sie werde ich schwach und angreifbar, das kann ich nicht länger zulassen!

Ich bin nicht stark genug, sie freizugeben. Allein der Gedanke, sie zu verlieren, zwingt mich beinahe in die Knie. Trotzdem muss ich die Liebe, die ich für sie empfinde, ersticken, ich muss sie mir aus der Brust reißen, mit Benzin überschütten und anzünden.

Das Problem ist nur, dass es mich tötet.

Mit jedem Tag, den ich sie länger von mir stoße, fühle ich mich beschissener.

Die Gefühle, die ich für dieses Mädchen habe, sind wie eine süchtig machende Droge und jetzt, wo ich mich selbst auf Entzug gesetzt habe, spüre ich, dass ich ohne diese Droge nicht mehr leben kann.

Und dass ich das auch gar nicht mehr will.

Fuck! Warum sollte ich auch?

Lina gehört mir, sie trägt mein Leder, sie ist meine Old Lady – sie ist meine gottverdammte Frau!

Ich brauche keinen Ring und keine Hochzeit, um das zu wissen.

Ich muss nur die Augen schließen und schon spüre ich bis in den hintersten Winkel meiner Seele, dass ich ohne diese Frau nicht mehr leben kann.

Sie ist zum Hauptgrund meiner Existenz geworden.

Ich stehe mit dem Rücken zur Wand, meine Liebe zu dieser Frau ist mein persönliches Exekutionskommando!

Durch dieses Mädchen bin ich stark und dennoch macht es mich schwach.

Es kostet mich all meine Kraft, einfach stehen zu bleiben und sie zu beobachten, anstatt zu ihr rauszugehen, sie zu packen und zu ficken.

Die Nächte gehören uns, ich bin einfach nicht stark genug, um mir diese auch noch zu verwehren. *Bei allen Teufeln!*

Ich habe keine Ahnung, wie es weitergehen soll. Lina leidet wegen mir – eine Tatsache, die unerträglich für mich ist.

Tagsüber befinde ich mich in der Hölle, nachts bin ich im Himmel.

Die Erinnerung daran, wie sie mir völlig verängstigt und von den Russen gejagt vors Bike gelaufen ist, löst ein heftiges Ziehen in meiner Brust aus.

Dank der Scheiße mit den Albanern, die bei der letzten Geldübergabe versucht haben, uns zu betrügen und den toten Nutten, die wir in einem unserer Bordelle gefunden haben, gibt es genug Dinge, mit denen ich mich ablenken kann.

Mir ist bewusst, dass ich, was Lina angeht, möglichst bald eine Entscheidung treffen muss, so kann das nicht weitergehen.

Doch bis es so weit ist, werden Tage, vielleicht sogar Wochen vergehen ...

Fuck! Ganz das Arschloch, das ich nun mal bin, lasse ich mir vielleicht sogar Monate Zeit. Eventuell auch Jahre oder Jahrzehnte.

Tief in meinem Inneren hoffe ich immer noch, dass ich eine Lösung für das Problem finde und bis es so weit ist, habe ich dafür gesorgt, dass Lina nichts passieren kann.

Ich habe Fire und Lucky auf sie angesetzt, sie darf auf gar keinen Fall gekidnappt werden. Denn wenn das passieren würde und der Entführer dann von mir verlangt, dass ich mir das Herz aus der Brust schneiden soll, bei allen Riders, ich würde es, ohne zu zögern, tun.

Wenn es um diese Frau geht, gibt es für mich keine Grenzen und ganz genau darin liegt das gottverdammte Problem!

50. Kapitel

Lina

Es ist kurz nach Mitternacht – Geisterstunde.

Vielleicht ist das auch die Erklärung dafür, dass ich mich magisch fühle, trunken vor Lust und Liebe.

Keine Ahnung was los ist, aber Ice hat die unfreundliche, abweisende Maske, die er seit einigen Tagen mir gegenüber trägt, in dem Moment, in dem er zu mir ins Bett gestiegen ist, abgelegt.

Ich mache mir nichts vor, spätestens wenn die Sonne aufgeht, verwandelt er sich wieder in den unnahbaren und knallharten Präsidenten der Hell Riders. Aber bis es so weit ist und mein Herz zum x-ten Mal bricht, will ich die wenigen Stunden, die uns noch bleiben, genießen.

Das warum und wieso brennt mir ein Loch in die Zunge, dennoch stelle ich die Fragen nicht. Zum einen, weil ich den schönen Moment der Zweisamkeit nicht zerstören will, und zum anderen, weil ich mich vor den Antworten fürchte.

Wenn ich eine konsequentere Frau wäre, würde ich Stärke beweisen und mich, solange er mich tagsüber ignoriert, auch nachts von ihm fernhalten. Aber dafür bin ich nicht stark genug. Anstatt ihn von mir zu stoßen und eine Erklärung zu verlangen, gebe ich mich ihm hin und hoffe, dass der wilde, tabulose Sex richten kann, was auch immer zwischen uns kaputtgegangen ist.

Wenn ich Ice nicht so lieben würde, wäre die Sache einfacher.

Dann würde ich ihm einfach eine knallen, ihm die Spielregeln erklären und, falls er nicht bereit wäre, diese einzuhalten, meine Konsequenzen ziehen.

Das Dumme ist nur, dass ich diesen Rocker mit den arktisch blauen Augen mehr liebe, als gut für mich ist.

Selbst der Altersunterschied von 28 Jahren kann mich nicht abschrecken.

Dieser Leder tragende und Harley fahrende Outlaw ist mein Mister Perfect und völlig egal, wie schlecht, gut oder kompliziert es auch gerade zwischen uns sein mag, ich will ihn einfach nicht verlieren.

Der viele Sex ist der Klebstoff, der uns verbindet, und darum bin ich regelrecht süchtig danach, Ice so oft es geht in mir zu spüren.

Groß und stark liegt er neben mir, braucht den meisten Platz des Bettes. Sein Blick ist auf die Zimmerdecke gepinnt, in der Hand, die aus dem Bett raushängt, hält er eine Kippe. Sein linkes Bein hat er angewinkelt, das andere ist ausgestreckt.

Einen Arm unter dem Kopf und schweigend liegt er da und hängt seinen Gedanken nach.

Das ist etwas, das er in letzter Zeit des Öfteren tut.

Es kommt mir fast so vor, als wüsste er gerade selbst nicht, was er will, als wäre er in einer Zwickmühle gefangen, aus der es kein Entkommen gibt. Geräuschvoll saugt er den warmen Rauch in seine Lunge, räuspert sich und lässt das Nikotin mit einem gezischten Fluch entweichen.

Am liebsten würde ich ihn fragen, was los ist und ob ich ihm helfen kann, doch ich tue es nicht, sondern liege einfach nur reglos da, und versuche, die Puzzleteile, in die mein Herz zerbrochen ist, wieder zusammenzusetzen.

Obwohl wir uns nicht berühren, kann ich die unglaubliche Hitze fühlen, die sein Körper ausstrahlt. Ich würde mich gerne auf die Seite drehen, mich an ihn kuscheln und spüren, wie er seinen Arm um mich legt und so fester an sich heranzieht.

Doch ich tue es nicht.

Warum? Scheiße! Keine Ahnung!

Wir liegen im selben Bett, sind nur wenige Zentimeter voneinander entfernt und dennoch kommt es mir so vor, als würde uns eine gewaltige, hunderte von Metern tiefe und unüberwindbare Schlucht trennen. *Gemeinsam einsam ...*

Bei jedem anderen Mann, bei all seinen Vorgängern, wäre mir das egal gewesen, ich wäre einfach aufgestanden, hätte mich angezogen und wäre gegangen.

Doch nicht so bei Ice.

Ich will diesen Rocker – ich liebe diesen Rocker – ich kämpfe um diesen Rocker.

Gegen die Angst, abgewiesen zu werden, ankämpfend, schöpfe ich neuen Mut, atme tief ein und überwinde überraschend mühelos die Distanz zwischen uns.

Pah ... So viel zur unüberwindbaren Schlucht.

Mit rasendem Puls setze ich mich rittlings auf ihn, reibe mein feuchtes Geschlecht an seinem Schwanz und nehme ihm frech die Zigarette ab, was ihm ein Grunzen entlockt und dafür sorgt, dass er den Blick von der Decke abwendet und mich ansieht.

„Hey, Rider ...“

Seine Mundwinkel zucken.

„Hey, Schönheit ...“

„Ich will deine Kippe und deinen Schwanz.“ *Und dein Herz ...*
Um die letzten drei Worte laut auszusprechen, fehlt mir der Mut.
„Tja, die Kippe hast du ja schon. Freches Luder.“
Rau und kratzig, seine Stimme klingt nach purem Sex, Abenteuer und wirkt auf mich genauso verführerisch wie Karamell ...
Auf seiner rechten Wange bildet sich ein sexy Grübchen, ich spure es mit einem Finger nach und spüre, wie tausend Schmetterlinge durch meinen Bauch huschen. Sie scheinen eine ganz exotische Sorte der Flattermänner zu sein, denn sie verbrennen mich regelrecht, so als würden sie aus Feuer bestehen.
Vielleicht sind es ja gar keine Schmetterlinge, sondern Feuerlinge ...
Über meinen irrwitzigen Gedanken kichernd, lasse ich mein Becken kreisen und stöhne leise, als er mich an der Hüfte packt und fester auf sich presst.
„Holy Fuck, Baby. Deine Pussy ist magisch.“
Unter gesenkten Lidern mustere ich seine, mir mittlerweile so vertrauten Gesichtszüge.
Der Cut in seiner Augenbraue, der markante Kiefer, die hohen Wangenknochen und die eisigen unglaublich blauen Augen.
Genau wie damals, als ich ihn das erste Mal gesehen habe, mitten auf der Straße, von Todesangst erfüllt und von Russen verfolgt, umgeben von aufeinander gefahrenen Autos, finde ich ihn noch immer teuflisch.
Ice ist die Reinkarnation des Leibhaftigen und ich bin bereit, ihm meine Seele zu opfern, wenn er mich dafür nur lieben würde.
„Ich will dich in mir, jetzt ...“
„So ein ungeduldiges, süßes Mädchen.“
„Ich bin nicht ungeduldig, sondern geil!“
Ohne Eile umfasst er meine Brüste, reibt mit seinen schwieligen Daumenkuppen über die empfindliche Unterseite, findet meine Nippel und zwirbelt sie sanft.
Keuchend lasse ich den Kopf in den Nacken fallen, schließe die Augen und konzentriere mich ganz aufs Fühlen.
Zupfend und ziehend sorgt er dafür, dass sie immer empfindlicher werden.
Plötzlich kneift er hart zu, sodass ein Blitz, bestehend aus bittersüßer Pein, durch meine Nervenbahnen zuckt und dafür sorgt, dass ein Schwall Feuchtigkeit aus mir herausläuft und auf seinen Schwanz tropft. Ices Härte badet regelrecht in meiner Nässe.
„Du bringst mich noch mal um, Baby.“
Auf seiner Stirn bilden sich zwei tiefe Falten. Er beißt die Zähne zusammen und reibt sich an meiner geschwollenen Muschi.

„Es gibt schlimmere Arten zu sterben."

Ein zustimmendes Brummen von sich gebend, richtet er sich auf, sodass wir uns Auge in Auge gegenüber befinden und beißt sich an meiner Unterlippe fest.

„Für dich, Lina, würde ich mit Freuden in den Tod gehen."

Wie kann er so etwas sagen? Wie?

Wenn er mich tagsüber wie Luft behandelt.

Die Lust, die ich empfinde, vermischt sich mit Wut, wird zu einer explosiven Mischung.

Instinktiv, ohne lange darüber nachzudenken, hole ich aus und verpasse ihm eine schallende Ohrfeige.

Verwundert und irgendwie amüsiert zieht er eine Augenbraue in die Höhe und sieht mich fragend an.

„Womit habe ich die denn verdient?"

Weil du mir das Herz brichst ...

Weil du mich jeden Tag weiter von dir stößt ...

Weil ich dich liebe ...

Ich ignoriere den Lärm in meinem Kopf.

Anstatt zu antworten, drücke ich meinen Mund grob auf den seinen, teile mit meiner Zunge seine Lippen und küsse ihn stürmisch.

Knurrend tut er es mir nach, übernimmt die Kontrolle und vergräbt seine Finger grob in meinen Haaren.

„Du bist völlig verrückt, Mädchen. Aber zur Hölle! Ich schwöre dir, ohne dich kann ich nicht mehr leben! Für dich würde ich töten, sterben, über Leichen gehen und den Teufel zu einem Duell herausfordern. Du machst mich wahnsinnig, Lina. Du und deine enge Pussy. Verdammt ... Deine Lippen sind das Paradies und in deinen grünen, katzenhaften Augen könnte ich mich verlieren. Fuck! Es ist falsch, dich so sehr zu wollen, aber ich kann nichts dagegen tun. Du bist mein! Mein! Mein Untergang! Doch ich gebe dich nie wieder her!"

Bämm ...

Da ist sie wieder, diese herzzerreißende und süchtig machende Rockerromantik.

Gerade als ich unseren Kuss unterbrechen und ihn fragen will, warum es falsch ist, mich zu wollen, hebt er mich mühelos an und rammt sich mit einem kraftvollen Stoß bis zum Anschlag in mich hinein.

Ich schreie, zucke und biege den Rücken durch.

Selbst nach all den Wochen braucht mein Körper einen Moment, um sich an seinen langen, dicken Schwanz zu gewöhnen.

Und ich liebe es, ich liebe diese ersten Sekunden, in denen es sich so anfühlt, als würde er mich zerreißen.

Das Gefühl der Dehnung und die dekadente Pein ...
Wimmernd stütze ich mich auf seinen Schultern ab, drücke mich nach oben und lasse mich erneut auf seine Härte sinken.
„Oh Gott, das ist so gut. So verflucht gut!"
Er nickt, ich wiederhole den Vorgang – wieder und wieder, so lange, bis sich meine Nervenenden entzünden und vor Erregung in Flammen aufgehen.
Ich brenne lichterloh, schreie laut und spüre, wie sich meine Zehenspitzen einrollen. Meine Beine beginnen zu zittern. Keuchend kneife ich die Augen zusammen, erhöhe das Tempo und spüre, wie Ice' Schwanz tief in mir drinnen noch etwas dicker wird.
Die animalischen Geräusche, die mein Rocker von sich gibt, turnen mich an. Es gefällt mir, so eine Wirkung auf ihn zu haben – es gefällt mir sogar sehr.
Mit einem gezischten „Fuck, Baby!", verliert Ice die Kontrolle und hämmert sich immer fester in mich. Mein Schoß pulsiert und pocht, jeder Zentimeter meines Körpers ist so angespannt, dass es sich so anfühlt, als würde ich jeden Moment in tausend Teile zerspringen. Einzig die Liebe, die ich für diesen Mann empfinde, hält mich noch zusammen. Wimmernd presse ich mich seinen gnadenlosen Stößen entgegen, fordere ihn heiser auf, es niemals enden zu lassen.
Wir verschmelzen miteinander, küssen und beißen uns. Seine scharfen Zähne knabbern an meinem Hals, saugen sich an mir fest und verpassen mir einen pochenden Bissabdruck.
Kraftlos und verschwitzt sinke ich gegen ihn, lehne meine Stirn an seine Schulter und lasse zu, dass ich von einem allumfassenden Orgasmus hinfort gerissen werde. Ice hält mich, stößt noch einige Male zu und pumpt dann sein heißes Sperma tief in mein Inneres.
Das prickelnde Gefühl löst einen weiteren Höhepunkt aus, der mich durchschüttelt und leise wimmern lässt.
Irgendwo in meinem Hirn geht eine kleine rote Warnlampe an und macht mich darauf aufmerksam, dass wir das Kondom vergessen haben.
Seltsamerweise stellt sich keine Panik ein, alles was ich empfinde, ist eine unglaubliche und durchdringende Glückseligkeit.
Jetzt und hier, auf meinem Rider sitzend, mit seinem Schwanz in meinem Inneren und seinem herben Geschmack auf meinen Lippen, fühle ich mich einfach nur sicher, beschützt und wohl.
Ich spüre bis tief in mein Innerstes, dass ich für diesen Rockerpräsidenten geschaffen wurde und dass wir zusammengehören.

Sein lauter und stoßweise kommender Atem streift über meinen Nacken, lässt mich erschaudern.

„Shit Baby, das was der Hammer!“

Ja, das sehe ich auch so.

Ice scheint nicht bewusst zu sein, dass wir die Verhütung vergessen haben. Um die Stimmung zwischen uns nicht zu verderben, halte ich den Mund und bleibe einfach auf ihm sitzen.

Aufs Innigste miteinander verbunden, bleiben wir einfach so und genießen die Nachwehen des eben Geschehenen.

Die Sekunden verstreichen, verwandeln sich in Minuten und werden zu einer wunderschönen Ewigkeit. Es fühlt sich so an, als hätte die Zeit ihre Bedeutung verloren – als hätte die ganze gottverdammte Welt ihre Bedeutung verloren und als wäre nichts mehr weiter von Bedeutung als er und ich.

Eine schöne Fantasie, die ich nur zu gern wahr machen würde.

In Wirklichkeit weiß ich aber, dass bei Sonnenaufgang die Blase, in der wir uns gerade befinden, zerplatzen wird.

Nicht bereit, der Realität schon wieder zu viel an Bedeutung zuzugestehen, streiche ich mit den Lippen über seine stoppelige Wange und knabbere sanft an seinem Ohrläppchen.

„Ice?“

„Mhmmmm ...“

„Lass uns was Verrücktes tun, um den ganzen Irrsinn zu vergessen.“

Die Muskeln in seinen Oberarmen spannen sich an. Trotzdem macht er keine Anstalten, sich aus mir zurückzuziehen.

„Was Verrücktes?“

Seine Stimme klingt rau und streicht wie Schleifpapier über meine Nerven.

„Ja, geh mit mir ein Eis essen.“

Er lacht und wirkt skeptisch.

„Jetzt? Das ist allerdings verrückt. Es ist kurz vor zwei Uhr morgens.“

„Na und? Die Uhrzeit wird das Eis wohl kaum stören.“

Schweigend lehnt er seinen Kopf an meine Brust und lauscht mit geschlossenen Augen meinem Herzschlag.

„Wann warst du das letzte Mal ein Eis essen, Hell Rider?“

Nachdenklich reibt er sich über die Stirn.

„Das muss mindestens zehn Jahre her sein.“

Dachte ich es mir doch.

„Mehr Leichen als Eiskugeln, was?“

Mit einem Nicken bestätigt er meine Vermutung, ich erschaudere.

„Ein Grund mehr, es zu tun."
Prüfend sieht er mich an.
„Das ist dein Ernst?"
„Ja. Komm schon Präsident, lad mich auf ein Eis ein. Ich will vier Kugeln. Schoko + Schoko + Schoko + Schoko + Strawberry Cheesecake."
Seine Mundwinkel ziehen sich nach oben, ein untrügliches Zeichen dafür, dass ich gewonnen habe.
„Das sind aber fünf."
Amüsiert zucke ich mit den Schultern.
„Na und? Du nimmst es mit den Toten nicht so genau und ich mit den Eiskugeln. Wie du siehst, passen wir also perfekt zusammen!"
Ein bellendes Lachen ausstoßend, schlingt er seine langen Finger um meinen Nacken, zieht mich zu sich und küsst mich grob und stürmisch.
Unsere Zähne schlagen krachend aufeinander, gekonnt stiehlt er mir den Atem und schenkt mir den seinen dafür.
Keuchend, leckend und küssend bearbeite ich seinen Mund, spüre, wie er aus mir herausrutscht, und wimmere leise.
„Sorry Baby. Aber entweder Schwanz oder Eis."
Seine Stimme vibriert vor Belustigung.
„Das ist ein blöder Tausch."
Mit seinem Zeigefinger auf meine Nasenspitze tippend, hebt er mich hoch.
„Auch du kannst nun mal nicht alles haben, Prinzessin."
Oh ... Ich mag es, wenn er mich so nennt ...
„Gut. Dann nehme ich das Eis."
Mich auf dem Bett absetzend, bückt er sich nach seiner Jeans und zieht sie ohne Boxershorts darunter an.
„Ich versuche es nicht persönlich zu nehmen, dass du ein Milchprodukt meinem Fleisch vorziehst."
In einer typischen Machogeste fasst er sich in den Schritt und wackelt dabei mit den Augenbrauen. Wenn man Ice das erste Mal sieht, würde man nie auf die Idee kommen, wie verspielt und humorvoll er sein kann.
„Tja, eine Sache haben dein Schwanz und das Eis gemeinsam: An beiden kann man gut lecken."
„Steh auf und zieh dich an, oder anstatt einem Eis werde ich dir meinen Schwanz in den Mund schieben."
Ein verführerischer Gedanke. Aber das ist mir für heute nicht verrückt genug.

Zufrieden, dass ich Ice so weit gebracht habe, steige ich aus dem Bett, ziehe mich an und verschwinde kurz im Bad.

Händchenhaltend machen wir uns auf den Weg zu seinem Bike.

Er, mit der Waffe unter seiner Kutte, und ich, mit dem Leder, das mich als seine Old Lady auszeichnet. Die Sterne funkeln auf uns herab und mein Herz macht vor lauter Freude, dass er sich auf meine Idee eingelassen hat, einen dreifachen Flickflack.

Die Arme um seine Mitte schlingend, spüre ich, wie die Harley unter uns zu vibrieren beginnt. Mein Rocker gibt Gas, wir rasen vom Clubgelände, an den Wachen vorbei, raus auf die Straße.

Das hier – das Hier und Jetzt – dieser Moment – ist ein Glücksmoment.

51. Kapitel

Ice – der Präsident

Ich kann nicht glauben, was wir da tun.

Fuck! Es ist mitten in der Nacht. Die Straßen sind leer, der Himmel ist dunkel und wolkenverhangen und in meinem Brustkorb breitet sich schon wieder dieses verräterische Ziehen aus, das ich immer dann spüre, wenn Lina in meiner Nähe ist.

Egal was für Konsequenzen es auch nach sich zieht, aber ich werde diese Frau für immer behalten. Ohne sie war mein Leben genauso schwarz wie der Nachthimmel. Erst durch sie habe ich erfahren, wie es ist, Spaß zu haben, zu genießen und abzuschalten.

Die Welt, für die ich mich entschieden habe, ist grausam, unbarmherzig und tödlich.

Uns Rider bleiben für gewöhnlich nicht viele Jahre, keiner von uns macht sich Gedanken um so etwas Triviales wie eine Altersvorsorge.

Holy Shit!

Ich habe nie damit gerechnet, so alt zu werden, wie ich jetzt bin.

Dass ich sie eben ohne Gummi gefickt habe, war kein Versehen, sondern pure Absicht.

Wenn ich schon untergehe – dann so richtig!

Soll Gott mich verfluchen und der Teufel meine Seele holen.

Ohne Lina ist sie eh nichts wert.

Dieses junge Mädchen hat mir altem Sack gezeigt, wie man lebt.

Es mag unglaublich klingen, aber so ist es.

In Momenten wie diesen wünsche ich mir Unendlichkeit.

Wenn es meine Old Lady glücklich macht, werde ich sie jede Nacht ficken und anschließend zur Eisdiele bringen.

Bloody Hell!

Ich würde sogar versuchen, für sie den Mond einzufangen, wenn sie mich darum bitten würde.

Was das über mich aussagt, ist einfach: Ich verliere den Verstand!

Aber das ist okay, solange es sich nur so fucking gut anfühlt.

Ihre kleinen Arme hat sie um meine Taille geschlungen, die Finger sind unter meiner Kutte verborgen und krallen sich an meinem Hosenbund fest.

Allein diese eigentlich so unverfängliche Berührung lässt mich schon wieder hart werden.

Von Lina kann ich einfach nie genug bekommen ...

Die Welt ist voller Monster. Kyrill, sein Cousin, Bentley und ich sind nur einige wenige davon. Auf den Straßen tummeln sich die Psychopathen, versteckt hinter alltäglichen Gesichtern lauern die schlimmsten Bastarde.

Es mag sein, dass das Leben in einem Rockerclub nicht ungefährlich ist. Aber nur solange Lina mein Leder trägt und in meiner Nähe bleibt, kann ich sie vor den Gefahren, die auf eine junge, schöne Frau lauern, beschützen.

Bentley und seine Lena sind glücklich. Mein VP hat sich verlobt.

Seit die Zwillinge in unser Leben gestolpert sind, passieren die unglaublichsten Dinge.

Mein Leben war perfekt strukturiert – geradezu vorhersehbar.

Ich hatte alles im Griff und die Kontrolle über das, was geschieht.

Jetzt hingegen hält jede Stunde, ja jede Minute eine Überraschung für mich bereit.

Wir fahren durch den Memorial Drive und kommen an *Ria's Bluebird Café* vorbei.

Hier hätte Lina sich damals, vor all den Wochen, mit Lena treffen sollen. Doch anstatt ihrer Schwester hat Bentley auf Lena gewartet und damit hat alles seinen Lauf genommen. Eine Handvoll Diamanten und ein liebeskranker Mafiaboss ergeben eine unterhaltsame Kombination.

Mir ist klar, was gerade geschieht – genau das, was ich eigentlich vermeiden wollte.

Wie immer, wenn ich Lina gefickt habe, passiert das Gleiche:

Die Pussymagie vernebelt mir das Hirn, ich vergesse die Konsequenzen, meine Verpflichtungen und den ganzen anderen Bullshit, der auf meinen Schultern lastet. Ich bin wie berauscht, high von der Frau, die mein Leder trägt, und sich mitten in der Nacht fünf Kugeln Eis einbildet.

Und was mache ich Idiot?

Ich steige auf mein Bike und sorge dafür, dass ihr Wunsch wahr wird.

Holy Shit!

Wäre nicht ich der Typ, der sich gerade zum Affen macht, würde ich das alles zum Scheißen komisch finden. So aber?!

So aber mache ich etwas *Verrücktes*, wie Lina es genannt hat.

Entschlossen drehe ich am Gas, breche alle Geschwindigkeitsbegrenzungen und hoffe, dass mir der Fahrtwind das Hirn frei bläst.

52. Kapitel

Lena

„Ihr habt was?"

Fassungslos sehe ich meine Schwester an und frage mich, was in den letzten Wochen mit ihr passiert ist?

Seit wir ihren Ex Geliebten ausgeraubt haben, hat sie sich in einen völlig anderen Menschen verwandelt.

„Wir waren ein Eis essen."

„Das meinte ich nicht. Wobei ich das mitten in der Nacht auch etwas schräg finde. Ich meine das, was du davor gesagt hast, das mit dem Sex ohne Kondom! Bist du jetzt völlig durchgeknallt. Ich meine Scheiße! S.C.H.E.I.ß.E. Hast du denn in der Vergangenheit gar nichts gelernt?"

Linas Wangen röten sich, Wut blitzt in ihren Augen auf.

Mit einem Schnauben springt sie vom Stuhl und baut sich vor mir auf. Mit verschränkten Armen bleibt sie vor mir stehen und verpasst dem weißen Plastikstuhl, auf dem sie bis eben noch gesessen hat, einen Tritt.

„Glaubst du echt, dass du dich in einer Situation befindest, die es dir erlaubt, mich zu kritisieren? Fuck, Schwester. Wer hat sich denn gleich beim ersten Mal Sex schwängern lassen? Ich oder du?"

Okay, das ist ein unschlagbares Argument.

„1:0 für dich. Aber nur weil ich unvorsichtig war, bedeutet das noch lange nicht, dass du das auch sein sollst. Ich hatte Glück, einfach nur pures Glück. Dass Bentley und ich so glücklich miteinander sind, gleicht einem Wunder. Es hätte auch anders sein können, und dann wäre ich jetzt nicht verlobt, sondern verlassen und bald alleinerziehend. Außerdem hast du deutlich mehr Erfahrung mit Männern. Du bist Profi. Ganz davon abgesehen erzählst du mir seit Tagen, dass Ice dich immer weiter von sich stößt, also wie kannst du nur so naiv sein und eine Schwangerschaft riskieren?"

Mit einem Seufzen hebt sie den Stuhl wieder auf und lässt sich mit einem gezischten „Scheiße!", darauf plumpsen.

„Es war keine Absicht, verstehst du? Als ich kapiert habe, dass wir kein Kondom verwendet haben, war es bereits zu spät. Außerdem hoffe ich, dass Ice, wenn ich schwanger bin ..." Sie stoppt, so als würde ihr klar werden, was für einen Mist sie da redet. Ihr Kopf ruckt zu mir, sie sieht mich gequält an. „... du hast recht. Es war dumm. Extrem total dumm. Aber was ist so verkehrt daran, dass ich dasselbe will wie du und dein Rocker?"

Lina wirkt so traurig, dass es mir das Herz bricht. Während ich auf Wolke sieben schwebe und vom Schicksal mit Glück nur so überschüttet werde, läuft es bei ihr richtig schlecht. Ich habe fast schon ein schlechtes Gewissen, weil ich mein Märchen lebe, während Ice meiner Schwester das Herz bricht.

Mit einem erzwungenen Lächeln nehme ich mir ihre Hand und verflechte meine Finger mit den Ihren.

„Nichts ist verkehrt daran, aber man kann es nicht erzwingen."

Eine Träne rinnt ihr aus dem Augenwinkel.

„Seit wann bist du eigentlich so klug, wenn es um Liebesangelegenheiten geht, kleine Schwester?"

Sehr witzig ...

„Du bist nur ein paar Minuten älter als ich. Und ich bin nicht klüger als du, dass mit mir und Bentley funktioniert einfach, ich muss nichts dafür tun – es ist fast schon wie Zauberei!"

Sie lässt meine Hand los, zündet sich eine Zigarette an und schafft etwas Abstand zwischen uns, damit ich den Rauch nicht einatme.

Für eine Weile schweigen wir. Gebannt beobachte ich, wie Ice und Bentley, gefolgt von Fire und Lucky, durch das Tor auf das Gelände fahren.

Der Vollstrecker des Hell Riders Motorcycle Clubs hat sich erstaunlich schnell von seiner Schusswunde erholt. Das einzig Merkwürdige ist, dass die Prospects verschwunden sind.

Troy und Jett waren plötzlich von einem Tag auf den anderen nicht mehr da. Natürlich habe ich mich bei Bentley nach den beiden Anwärtern erkundigt. Aber der hat mich mit einer seltsamen Antwort abgefertigt. Er meinte nur, dass sie *befördert* wurden.

Ja, aber befördert wohin und warum?

Eigentlich würde das bedeuten, dass sie im Rang aufgestiegen wären, aber dann wären sie ja noch da. Na ja ... Das ist alles ziemlich verwirrend.

Ich kenne mich noch immer nicht so wirklich mit den Regeln des Rockerclubs aus. Vielleicht wurden sie ja in ein anderes Chapter versetzt ...

Mir kann es egal sein. Die beiden waren nett, aber wir waren keine Freunde oder so.

Ich muss daran denken, wie Lina mir die Angeleckt-meins-Methode erklärt hat.

Hoppala ... Vielleicht ist das ja die Idee?

Männer sind wie Kinder, da bilden auch die harten Rocker keine Ausnahme. Kinder wollen immer neue Spielsachen, aber sobald sie sie dann besitzen, verlieren sie das Interesse und wünschen sich ein neues. Vielleicht ist das bei Ice auch so?

Vielleicht hat Lina für ihn, jetzt, wo sie seine Kutte trägt und seine Old Lady ist, den Reiz verloren? Dass er noch immer etwas für sie empfindet, ist klar, sonst wäre er nicht mitten in der Nacht mit ihr zum Eis essen gefahren.

Mir kommt da eine Idee ...

„Erinnerst du dich noch daran, wie wir Bentley mit dem Prospect eifersüchtig gemacht haben?“

Ein Lächeln zuckt an ihren Mundwinkeln.

„Ja, das war witzig. Dein Kerl benimmt sich, wenn es um dich geht, wie ein Höhlenmensch, der seine Beute verteidigt. Irgendwie süß.“

Stimmt, süß ... süß und anstrengend ...

„Was, wenn wir das mit Ice auch machen? Ich meine, er ignoriert dich tagsüber, da ist es doch nur logisch, dass dir irgendwann langweilig wird. Oder? Da wäre es nur selbstverständlich, wenn du dich nach einer anderen Gesellschaft umsiehst.“

Lina wirkt skeptisch.

„Ich will kein Blutvergießen anrichten.“

Die Zigarette fallen lassend, tritt sie den glühenden Stummel mit dem Schuh aus. „Und was ist, wenn es ihm egal ist?“

Aufgebracht fährt sie sich mit der Hand durch die Haare.

„Himmel, Lena, ich habe keine Ahnung, vor was ich mehr Angst habe. Davor, dass Ice nicht eifersüchtig ist, oder davor, dass er es ist?!“

So verwirrt und unsicher habe ich meine Schwester noch nie gesehen. Bis jetzt war immer sie diejenige, die die Männer an der Nase herumgeführt und ihnen das Herz gebrochen hat. Ihr momentaner Zustand ist ein klarer Beweis dafür, dass sie den Rockerpräsidenten wirklich lieben muss.

Ihr Blick huscht über den Hof, zu der Stelle, an der unsere Männer stehen, sich die Helme vom Kopf ziehen und unterhalten.

Ich kenne Bentley, es wird nicht lange dauern bis er rüberkommt, mich packt und verschleppt. Schnell stehe ich auf, packe Lina an den Schultern, drehe sie zu mir um und schüttle sie leicht.

„Denk doch mal nach, Süße. Wenn du ihm nicht wichtig wärst, würde er dann jede Nacht mit dir schlafen? Oder zur unmöglichsten Tageszeit mit dir Eis essen gehen?“

Sie wirkt noch immer zweifelnd.

„Er hat, nachdem wir Sex hatten, gesagt, dass ich ihm gehöre und dass er sich in meinen Augen verlieren könnte."

Na also.

„Bingo! Das ist doch der beste Beweis. Männer sind nach dem Sex am ehrlichsten. Das liegt daran, dass ihr Hirn zu dem Zeitpunkt zu wenig durchblutet ist, um komplexe Gedankengänge zu vollführen."

Lina wirkt noch immer unentschlossen.

„Wo hast du denn das her?"

Ich grinse.

„Von meiner älteren Zwillingsschwester."

Jetzt muss sie auch lachen – endlich.

Diese Niedergeschlagenheit passt gar nicht zu ihr. Sonst kann nichts und niemand ihren Frohsinn ausknipsen. Egal ob fliegende Kugeln, wütende Mafiabosse oder Harley fanatische Outlaw Biker. Im Normalfall schafft sie es, in allem das Beste zu sehen.

„Okay und wer soll mein Opfer sein?"

Kurz über die Frage nachdenkend, fällt mein Blick auf den Kassenwart des MCs.

Cruz ist Anfang vierzig, sein kahlrasierter Schädel ist von einem großen Spinnennetz bedeckt, er hat graue Augen und humpelt leicht. Er hat mir erzählt, dass er sich die Verletzung selbst zugezogen hat, weil er eines seiner *Babys* zu früh gezündet hat.

Mit *Babys* sind die vielen Bomben gemeint, an denen er eigentlich immer bastelt.

Egal ob TNT, Plastiksprengstoff oder anderes Zeug, das ich kaum aussprechen kann, wenn es irgendwo knallt, dann ist Cruz nicht weit.

„Nimm Cruz. Er ist der perfekte Kandidat."

Lina wirkt skeptisch.

„Ist das dein Ernst? Ich meine, er ist nett, ehrlich. Aber attraktiv ist was anderes."

„Stimmt, und aus genau diesem Grund habe ich ihn ausgesucht. Nur so kann ich mir sicher sein, dass du das Spiel nicht übertreibst und nach ein paar Tequilas zu viel in seinem Bett landest."

Meine Schwester nickt zustimmend. Tja, sie kann ihre wahre Natur eben nicht verleugnen. Ein gebrochenes Herz kommt auf die dümmsten Ideen!

„Trotzdem ist mir der Kerl echt unheimlich. Ich habe ihn mal gefragt, warum keine Spinne in dem Netz auf seinem Kopf sitzt. Weißt du, was er geantwortet hat?"

So wie ich Cruz einschätze, gibt es die Spinne ...

„Nein was?"

„Dass sie gerade auf einem anderen Körperteil unterwegs ist."
Oh Shit!
„Lass mich raten auf welchem."
Wir kichern, endlich wirkt sie nicht mehr so traurig.
„Okay. Also denk dran. Ab morgen beginnt die Operation: Cruz."
Sie nickt zustimmend, Bentley taucht hinter ihr auf und begrüßt uns mit einem lockeren: „Hey Mädels."
Wie immer, wenn wir ein paar Stunden lang getrennt waren, kann ich mich kaum an ihm sattsehen. Er wirkt unbesiegbar, tödlich und gefährlich, doch wann immer er mich ansieht, wird der Ausdruck in seinen Augen sanft. Die glatten Narben, die sich an seinem Hals nach oben schlängeln und die Hälfte seines Gesichts überziehen, stören mich längst nicht mehr. Im Gegenteil, mein Vizepräsident erinnert mich an diesen einen Clown, der ein lachendes und ein weinendes Gesicht hat. Bentley ist ein Mann mit zwei Gesichtern, und das meine ich nicht nur auf die Narben bezogen, sondern auch auf seine Persönlichkeit. Mein Rocker ist gnadenlos tödlich, aber auch treu und loyal. Er ist gewaltbereit, aber auch zärtlich – böse, jedoch auch gut. Diese Liste könnte ich unendlich fortsetzen. Und genau diese Gegensätze ziehen mich wie magisch an.
Manche Menschen mögen das anders sehen, aber genau die Brutalität, zu der er in der Lage ist, ist ein klares Indiz für mich, dass er ein wunderbarer Vater sein wird.
Bentley ist bereit, bis zum Äußersten zu gehen, um seine Familie zu beschützen, was will Frau mehr?
Das Wissen, das mein Mann ein starker Beschützer ist, lässt mich gut schlafen. Völlig egal was die Zukunft auch für uns bereithalten mag, an der Seite meines Hell Riders wird mir nichts passieren.
„Hey Rocker."
„Na, wie geht es euch drei?"
Ich liebe es, dass er unser Baby so oft erwähnt, es mit einbezieht und in sein Leben integriert und das, obwohl ich noch nicht mal einen dicken Bauch habe.
„Uns drei Ladys geht es bestens."
„Ladys?"
Er zieht die Augenbrauen hoch.
„Ihr denkt, dass es ein Mädchen wird?"
Mein armer Outlaw wirkt völlig verstört.
„Na ja, die Chancen stehen fünfzig zu fünfzig. Wäre dir denn ein Sohn lieber?"
Gespannt, was er auf Linas Frage antwortet, sehe ich ihn an.

Ich für meinen Teil habe keine Ahnung, was mir lieber wäre, ein Sohn oder eine Tochter? Das Einzige, was für mich zählt, ist, dass wir ein gesundes Kind bekommen. Wobei mir die Vorstellung, einen süßen kleinen Mini-Bentley im Arm zu halten, schon sehr gut gefallen würde.

Mit einem Schritt überwindet er die restliche Distanz zwischen uns, legt seine Hände auf meine Taille und zieht mich mit einem Ruck so fest an sich, dass mir sein unverkennbarer Duft von Leder, Schießpulver, Waffenöl und Mann in die Nase steigt.

Instinktiv atme ich tief ein und fülle meine Lungen mit dem vertrauten Geruch.

„Fuck, Zuckerpuppe. Die Vorstellung, ein kleines Mädchen zu bekommen, das aussieht wie du und das voll und ganz mir gehört, ist fantastisch, aber eben auch mindestens so angsteinflößend. Ich meine ... Oh Gott! Stell dir vor, ich muss es irgendwann mal aus den Augen lassen. Egal ob für Kindergarten oder Schule. Ich würde durchdrehen!"

Seine Besorgnis bringt mich zum Lachen.

Das ist mal wieder so typisch für ihn. Bentley liebt es, die Kontrolle über alles zu haben.

„Und bei einem Sohn wäre das anders?"

Er nickt, ohne zu zögern.

„Allerdings. Ich würde ihn nur mit Spinat und Steaks füttern, sodass er schon mit sechs Jahren größer ist als du. Wir Männer können auf uns aufpassen. Ihr Frauen hingegen geratet immer in Schwierigkeiten und müsst beschützt werden."

Was für eine altmodische aber zugleich auch süße Einstellung.

„Dann lass uns doch einfach einen Sohn und ein Mädchen bekommen. Das wäre nur fair. Dann steht es zwei gegen zwei."

Auf seiner Stirn bilden sich zwei tiefe Falten.

„Du meinst, du willst noch viele Babys von mir?"

Darüber habe ich bis jetzt noch gar nicht nachgedacht. Es ist ja nicht so, dass wir unsere Familiengründung lange geplant haben, sie ist schließlich einfach passiert. Aber ...

„Ja, mir gefällt die Vorstellung. Immerhin müssten wir dann viel ... na ja ... du weißt schon."

Anzüglich mit den Augenbrauen wackelnd, stelle ich mich auf die Zehenspitzen und hauche ihm einen sanften Kuss auf die Lippen.

„Yeah! Ich steh auf, na ja ... du weißt schon."

Dass er genau dieselben Worte verwendet wie ich, bringt Lina zum Kichern.

„Okay. Das ist zu viel. Ich verschwinde."

Sie winkt uns zu und geht.

„Wie wäre es, wenn wir das, na ja ... du weißt schon, noch mal üben, nicht dass wir es verlernen?“

Ein wildes Brummen löst sich aus seiner Kehle.

„Üben? Fuck Baby! Dich zu ficken ist meine Obsession. Das werde ich nie verlernen. Ohne deine magische Pussy kann ich nicht mehr leben. Ich brauche dich dringender als die Luft zum Atmen!“

Er hebt mich mühelos hoch, sodass meine Füße in der Luft baumeln, und trägt mich mit großen Schritten ins Clubhaus. Gerade als er den Weg zu seiner Wohnung einschlagen will, schüttle ich entschieden den Kopf.

„Stopp!“

Irritiert sieht er mich an.

„Was stopp?“

„Nicht in deiner Wohnung und nicht in deinem Bett. Bring mich zu dem Sofa, auf dem alles angefangen hat.“

Er grinst, trägt mich in das Büro und setzt mich auf dem Sofa, auf dem er mich nicht nur entjungfert, sondern auf dem wir auch unser Baby gezeugt haben, ab. Dann geht er zur Türe und dreht den Schlüssel rum.

„Damals war sie aber offen.“

„Damals hast du auch noch nicht mir gehört.“

Besitzergreifend durch und durch!

„Und das ändert etwas?“

„Das ändert einfach alles, Baby. Dein Körper, deine Schreie und dein Stöhnen – das alles gehört mir. Ich teile dich nicht. Mit niemandem! Allein die Vorstellung, dass jemand den Atemzug atmet, den du gerade ausgeatmet hast, stört mich.“

Waaas? Das ist krass!

Es dauert einen Moment, bis ich den letzten Satz kapiert habe.

„Da kommt aber ziemlich oft das Wort Atem vor, meinst du nicht?“

Ein Knurren ausstoßend, kommt er zu mir zurück, zieht sich die Weste aus und legt vorsichtig die Waffe auf den Schreibtisch.

Fuck! Ich weiß genau, dass die geladen ist und dass er damit heute höchstwahrscheinlich einen Menschen erschossen hat.

Trotzdem! Es will sich einfach keine Angst einstellen. Keine Angst, kein Hass und keine Abscheu!

Ich liebe diesen Mann so wie er ist, mit all seinen Stärken und Schwächen.

„Machst du dich etwa gerade über mich lustig?“

„Ich?“ Mit gespielter Unwissenheit deute ich auf mich. „Niemals! Wie könnte ich es wagen? Du bist schließlich ein großer böser Biker und ich nur eine arme kleine Jungfrau!“

Sein bellendes Lachen hallt von den Wänden wider.

„Scheiße Süße, das mag damals zutreffend gewesen sein, aber heute? Never! Dafür habe ich gesorgt.“

Oh ja, und wie er das hat!

Ohne lange darüber nachzudenken, spreche ich aus, was mir auf der Zunge liegt.

„Ich liebe dich, Bentley. Und ich bin heilfroh, dass ich mich damals von dir einfangen lassen habe.“

Als Nächstes zieht er sich sein weißes Shirt über den Kopf, entblößt so seinen muskulösen Oberkörper. *Halleluja ... Lecker ...*

„Baby, etwas an deiner Erinnerung ist falsch. Du hast dich nicht einfangen lassen, sondern *ich habe dich gefangen*. Nackt, nass, barfuß und nur in ein Handtuch gewickelt, während dir unzählige Kugeln um die Ohren geflogen sind und dir die Russen an den Fersen geklebt haben.“

Hmmm ...

„Ehrlich? War das so? Na ja! Vielleicht ... Ich glaube eher, dass ich Mitleid mit dir hatte, weil du es einfach nicht geschafft hast, mich zu erwischen. Wenn ich damals schon gewusst hätte, wie geil sich dein Schwanz in mir anfühlt, hätte ich nie das Knie hochgezogen.“

Sein gemurmeltes „Wie nett!“, trieft nur so vor Ironie.

Die Daumen in den Gürtel gehakt, steht er nun vor mir, sieht mich skeptisch an und legt den Kopf schief.

„Was soll das werden? Hast du einen Clown gefrühstückt oder willst du mich reizen? Bei Fall eins muss ich dir sagen, dass ich dir verbiete, andere Männer zu vernaschen, selbst wenn sie rote Plastiknasen tragen. Bei Fall zwei ... Oh Mädchen ... Bist du verrückt oder lebensmüde?“

Ich stehe auf, setze meinen Zeigefinger auf der Höhe seines Brustbeins an und kratze langsam nach unten zwischen den harten Hügeln seiner Brustmuskeln hindurch über die zuckenden Päckchen seines Bauches. *So viel Kraft und Stärke ...*

Mir läuft das Wasser im Mund zusammen, zwischen meinen Schenkeln beginnt es sehnsüchtig zu pochen.

„Vielleicht bin ich ein bisschen von beidem.“

„Was soll ich nur mit ihnen anstellen zukünftige Mrs Mike Sanders?“

Bentleys bürgerlicher Name Mike Sanders klingt so harmlos und unschuldig, eher nach einem Buchhalter oder einem Koch, aber nicht nach einem wilden, gesetzeslosen Outlaw.

„Wie wäre es fürs Erste mit küssen und dann sehen wir weiter?“

„Wie wäre es mit ficken, heiraten und behalten?“

Oh ja ... Gute Idee!

„Klingt perfekt.“

Hungrig bedecken seine Lippen die meinen.

Ich spüre seine warme Zunge, gewähre ihr Einlass und wimmere zufrieden, als sie sich durch meine warme Mundhöhle wühlt.

Bentley stiehlt mir den Atem, schenkt mir dafür den seinen und bringt mein Herz aus dem Takt. Sehnsüchtig kralle ich mich an seinen Schultern fest, presse mich an ihn und erwidere den Kuss stürmisch.

53. Kapitel

Bentley – der Vizepräsident

Zu viel ist zu viel ...

Ich bin verdammt noch mal kein Heiliger, alles, was ich in diesem Moment will, ist, meine furchtbar süße Frau ficken.

Und ganz genau das werde ich jetzt auch tun!

Die letzten Stunden habe ich damit verbracht, die Mörder der zwei toten Huren zu jagen. Einen haben wir erwischt, der zweite ist uns allerdings entkommen.

Ich hasse Typen, die wehrlose Frauen schlagen, vergewaltigen oder auf irgendeine andere Art missbrauchen. In meinem Leben habe ich schon viel gesehen, aber Fuck! Das, was diese Bastarde den zwei Nutten angetan haben, war einfach nur noch krank.

Gebrochene Finger, abgeschnittene Nippel, Würgemale und Dutzende von anderen Verletzungen. Die Mädels in unseren Bordellen können selbst entscheiden, wie weit sie gehen und was sie dafür verlangen. Viele der Freier haben außergewöhnliche Vorlieben, aber das hatte nichts mehr mit Sex zu tun. Die Typen, die den Frauen das angetan haben, müssen psychopathische Irre sein.

Eine andere Erklärung gibt es dafür nicht.

Die zwei Huren standen unter dem Schutz des Clubs und darum ist es auch unsere Aufgabe, die Täter zu fangen und zu bestrafen.

Es ärgert mich, dass wir nur den einen zu fassen bekommen haben. Ich wollte ihn zum Reden bringen, wollte, dass er mir den Namen seines Komplizen verrät, doch er hat geschwiegen. Selbst dann, als ich ihm die Finger abgetrennt habe, kam kein Wort über seine Lippen. Das ist krank! Total kranker Scheiß!

Seinem Aussehen und seinem Akzent nach, waren die beiden Iraker, aber das kann ich nicht mit hundertprozentiger Sicherheit sagen.

Was ich aber mit Garantie weiß, ist, dass wir den zweiten Typen finden und kaltmachen müssen, ehe eine weitere Nutte leiden und sterben muss!

Die Sicherheitsvorkehrungen haben wir längst erhöht, bleibt nur zu hoffen, dass er nicht durchs Raster fällt.

Der ganze Bullshit, mit dem ich mich Tag für Tag rumärgern muss, zerrt an meinen Nerven. Nur bei meiner Lady schaffe ich es, abzuschalten und so etwas wie Frieden zu spüren.

Entschlossen verdränge ich das Bild der verstümmelten Nutten, das sich tief in meinem Kopf eingebrannt hat, und konzentriere mich ganz auf das Mädchen, dem mein schwarzes Herz gehört.

Zufrieden beobachte ich, wie sie meinen Hunger nach ihr in meinem Blick erkennt. Ein Seufzen ausstoßend, leckt sie sich mit der Zungenspitze über die Unterlippe.

Süchtig nach ihrer Nähe schiebe ich meine Hand über die Seite ihres Gesichts, sodass ich mit den Fingerspitzen ihren Nacken umfassen kann.

Noch immer sind unsere Blicke ineinander verhakt und ich weiß, dass ich von dieser Frau niemals genug bekommen werde.

Jede Zelle meines Körpers ist angespannt, dank meiner eisernen Zurückhaltung beginnen meine Muskeln zu zucken, doch ich muss mich noch etwas kontrollieren.

Ich will das hier nicht übereilen, sondern genießen.

Obwohl Lena sich mit Sicherheit nicht wehren würde, wenn ich mir die Hose runterreiße und mich innerhalb von einer Sekunde in sie ramme, habe ich nicht vor, das hier zu einem schnellen Fick werden zu lassen. Wir küssen uns.

Gierig duellieren sich unsere Zungen, und mit jeder Sekunde fällt es mir schwerer, nicht wie ein Dämon über sie herzufallen.

Die Hände unter ihren Pullover schiebend, streiche ich über ihren perfekten Körper, ertaste samtweiche Haut und umfasse ihre prallen Titten.

Hart pressen sich ihre Nippel gegen meine Handfläche, mein Schwanz beginnt vor Lust zu zucken.

Stöhnend presst sie sich mir entgegen, ehe sie mich packt und nach unten zieht, sodass wir auf dem harten Boden landen anstatt auf dem Sofa. Gierig streifen ihre kleinen Finger über meinen Rücken, legen sich auf meinen Po und treiben mich in den Wahnsinn.

Diese Frau muss lebensmüde sein, anders kann ich mir nicht erklären, warum sie meine eh schon außer Kontrolle geratene Begierde noch mehr anstachelt.

Wie soll ich mich so nur zurückhalten? *Gar nicht!*

Das Letzte was ich will, ist, ihr wehzutun, aber wenn meine Lady so weitermacht, werde ich über sie herfallen und sie besinnungslos ficken!

Bloody Hell!

Ein Knurren ausstoßend, ringe ich nach Atem und beende unseren Kuss, fange ihre Hände ein und presse sie über ihrem Kopf auf den Boden.

„Verdammt, Frau! Wenn du nicht langsamer machst, drehe ich durch!“

Ihre Lippen sind feucht und geschwollen, ihre perfekten Titten kommen mir mit jedem ihrer schweren Atemzüge entgegen und ihre Beine hat sie um meine Mitte geschlungen.

Ungeduldig reibe ich meinen harten Schwanz durch den Stoff unserer Hosen an ihrer Pussy.

Gebannt beobachte ich, wie sie stöhnend die Augen schließt und sich meinen reibenden Bewegungen entgegenpresst.

So schutzlos – so wunderschön – so mein!

54. Kapitel

Lena

Welle für Welle rast pure Leidenschaft durch meine Venen.
Bentley hält meine Hände mühelos über meinem Kopf gefangen, während er mich mit seinem Gewicht auf den Boden presst.
Sein dicker Schwanz gleitet rhythmisch über meine Mitte und ich spüre, dass ich verloren bin.

Dieser Rocker weiß, was ein anständiger trocken Fick ist.

Oh Gott ...

Unser letztes Mal Sex ist erst wenige Stunden her, trotzdem kann ich es kaum erwarten, ihn endlich wieder in mir zu spüren!

Keuchend schließe ich die Augen, er beißt sich an meiner Kehle fest, lässt mich seine Zähne spüren und schickt so einen Blitz, bestehend aus bittersüßer Pein, durch meine Nervenbahnen.

Zitternd liege ich unter ihm, während ich es kaum erwarten kann, ihn endlich in mir zu spüren.

Erschrocken reiße ich die Augen auf, als er meine Hände abrupt loslässt, aufsteht und mich beinahe mühelos in seine Arme hebt.

„Was machst du?" Verwirrt blinzle ich ihn an. „Warum hast du aufgehört?"

Der Ausdruck in seinen holzbraunen Iriden ist unergründlich.

„Ich werde meine schwangere Old Lady nicht auf dem dreckigen Boden ficken."

Seine wilden Küsse haben meinem Verstand die Lichter ausgeblasen, denn es dauert eine Sekunde, bis ich den Inhalt seiner Worte verstehe.

„Dann leg mich auf die Couch."

„Nein!"

Er schüttelt entschieden den Kopf.

„Du hast ein Bett aus Rosen verdient. Weiche Wolken – einfach von allem das Beste. Das hier ist nicht gut genug für dich."

Er macht eine kurze Pause. „Ich bin nicht gut genug für dich. Aber ich habe nicht die Kraft, dich freizugeben. Du hättest noch tausende Male vor mir flüchten können, ich hätte dich immer wieder eingefangen!"

Mit großen Schritten trägt er mich zu der verschlossenen Türe, lässt seine Kutte und seine Waffe einfach liegen.

„Aber unser erstes Mal hast du mich auch hier genommen."

„Das war etwas anderes. Da hast du noch nicht mir gehört. Außerdem war ich wütend auf dich und wollte dir eine Lektion erteilen! Das ist mit jetzt nicht mehr zu vergleichen!“

Interessant ...

Oben in seiner Wohnung angekommen, trägt er mich direkt ins Schlafzimmer und legt mich mittig auf der weichen Matratze ab. So schnell, dass ich es kaum mitbekomme, zieht er sich aus, legt sich auf mich und küsst mich stürmisch. Wild, grob und besitzergreifend fängt er meine Zunge ein und fordert sie für sich.

Seine Finger wandern zu meiner Hose und ziehen sie nach unten, mein Slip folgt und mein Pullover ist ebenfalls eine Sekunde später nicht mehr in unserer Nähe.

Mein Rider kniet sich zwischen meine gespreizten Schenkel und lässt seine Augen über meinen nackten Körper gleiten.

„Du bist so unglaublich schön, Baby!“

Überraschend zärtlich lässt er seine Finger über meine Beine tanzen, bis sie die empfindlichen Innenseiten meiner Oberschenkel erreicht haben.

Ein Zittern durchläuft mich, meine Nervenenden fangen Feuer. Seufzend schließe ich die Augen, während ich verzweifelt versuche, etwas Atem in meine Lungen zu bekommen.

In der Sekunde, in der seine schwieligen Fingerspitzen meine bereits feuchten Schamlippen teilen, bin ich verloren.

Meine Synapsen zerplatzen, kleine Schweißtropfen bilden sich in meinem Nacken, während er langsam in mich eindringt.

Atemlos genieße ich das Gefühl, das sein Finger in mir auslöst. Bentley beugt sich über mich, seine Zunge umrundet träge kreisend meine Brustwarzen, ehe er die linke sachte in den Mund saugt.

Er beißt leicht zu, schickt eine Welle süßen Lustschmerzes durch mein Nervensystem.

Verzweifelt biege ich den Rücken durch, presse mich ihm entgegen.

Jede Zelle meines Körpers schreit nach seinem Eindringen und wenn er mir nicht bald gibt, was ich will, sterbe ich ...

Das mag jetzt melodramatisch klingen, aber es ist so!

„Bitte Bentley ich ...“ Meine Worte verlieren ihre Bedeutung, als er einen zweiten seiner langen Finger in mich schiebt.

Rhythmisch fickt er mich mit ihnen und ich spüre, wie sich mein Inneres bebend zusammenzieht. Der Druck, der sich in meinem Unterleib aufbaut, gleicht einer Naturgewalt. Flehend sehe ich ihn an und dann passiert es ...

Meine Zehenspitzen kringeln sich, meine Atmung stockt und mein ganzer Körper fängt an zu zittern. Atemlos und heiser erfüllt mein lustvoller Schrei die Stille des Zimmers, während mich ein unglaublich intensiver Orgasmus überrollt.

Prickelnde Blitze zucken durch mein Nervensystem, in meinen Adern rauscht flüssige Lava direkt zu meinem Herzen.

Oh wow ...

Reglos unter ihm liegend, spüre ich, wie er seine Finger aus meiner Mitte zieht und sich zwischen meinen Beinen in Position bringt.

Gierig lasse ich die Augen über seinen Körper gleiten.

Sein breites Kreuz besteht nicht nur aus einem muskulösen Rücken, der sich an seiner Taille zu einem Dreieck verjüngt, sondern er hat auch eine perfekt definierte Brust.

Mag sein, dass seine Seele dem Teufel gehört, aber er ist einfach göttlich schön!

Über die Haare an seinem Brustkorb streichend, lecke ich mir über die vom Schreien trockenen Lippen. *Und verdammt!*

Sein Glied ist einfach unglaublich perfekt.

Dick, lang und steinhart wartet es nur darauf, endlich in mich einzudringen.

Ich weiß, dass mir die Vergleichsmöglichkeiten fehlen, aber ich kann mir nicht vorstellen, dass es auf der Welt einen Schwanz gibt, der genauso schön, dick und befriedigend ist wie der meines Rockers.

Ich bin süchtig danach, ihn in mir zu spüren, süchtig danach, von ihm gedehnt und gebumst zu werden ...

55. Kapitel

Bentley – der Vizepräsident

Der leicht abwesende Blick meiner Lady und der süße Geruch ihrer feuchten Muschi lassen mich beinahe durchdrehen.

Wie soll ich nicht wie ein Monster über sie herfallen, wenn sie mich mit rauer Stimme anfleht, sie endlich hart zu ficken?

Weich und nachgiebig liegt ihr kleiner Körper unter dem meinen und mir wird schlagartig bewusst, dass ich mich zusammenreißen muss, wenn ich ihr nicht wehtun will. Sie ist schwanger, verdammt!

In ihrem Bauch wächst mein Baby. Es ist einfach ein Wunder der Natur und erfüllt mich mit Ehrfurcht.

Ein Killer wie ich hat es eigentlich nicht verdient, so verdammt glücklich zu sein!

Langsam lege ich mich auf sie, lasse sie mein Gewicht spüren und presse sie tief in das Bett. Mein Schwanz liegt pochend auf ihren geschwollenen Schamlippen und ich bete zu Gott, dass ich meine Selbstbeherrschung nicht vollends verlieren werde.

Kreisend umzirkle ich mit dem Daumen ihren Kitzler, reize das Nervenbündel und beobachte mit einem gewissen männlichen Stolz, wie sie leise wimmernd ihre Schenkel noch ein Stückchen weiter für mich spreizt.

Meine süße, kleine Jungfrau hat sich, seit sie mir gehört, in eine willige Sexgöttin verwandelt. Knurrend spanne ich die Muskeln in meinen Oberschenkeln an und bringe mich vor ihrer magischen Pussy in Position.

Wenn ich mich nicht bald bis zum Anschlag in sie ramme, verliere ich den Verstand ...

Die Zähne aufeinanderbeißend, lasse ich meine Eichel in ihren engen Kanal gleiten.

Holy Shit!

Noch bevor ich realisiere, was passiert, verliere ich die Kontrolle und stoße mit einem kräftigen Ruck tief in ihr glühendes Inneres.

Knurrend spüre ich, wie sich ihre inneren Scheidenwände für mich dehnen, wie sie sich anspannen und meinen harten Schaft regelrecht melken.

„Yeah, Zuckerpuppe!“

Mein Kopf ist wie leer gefegt und dennoch realisiere ich erleichtert, dass ich ihr offensichtlich nicht wehgetan habe, denn sie presst sich willig meinen gnadenlosen Stößen entgegen.

Ich verändere den Winkel, mit dem ich in sie eindringe, und werde mit einem wilden Schrei belohnt.

In einem schnellen, harten Rhythmus nehme ich jeden Millimeter ihres Körpers in Besitz.

Dieser Fick ist so intensiv, so unfassbar geil, dass ich Sterne sehe.

Meine Eier klatschen bei jedem erneuten Eindringen gegen ihren Damm und ich weiß, dass ich nicht lange durchhalten werde.

Lenas Schreie werden leiser und kehliger, ihr Körper spannt sich an und ich fühle, wie sich ihre perfekte Pussy für den nächsten Orgasmus bereit macht.

Fluchend treibe ich mich erneut tief in ihr Inneres, stütze mich mit den Händen direkt neben ihrem Gesicht ab und lasse sie spüren, wie schutzlos sie in genau diesem Augenblick ist.

Vertrauensvoll sucht sie meinen Blick, ehe sich ihre Pupillen weiten und sie zuckend unter mir kommt.

Entschlossen pumpe ich mich immer schneller in ihre glitschige Öffnung, einzelne Schweißtropfen rinnen mir über den Rücken und ich spüre, wie ihre Fingernägel blutige Spuren auf meinen Schultern hinterlassen. Der leichte Schmerz gibt mir den Rest.

Heiß und pulsierend pumpe ich mein Sperma in den Körper meiner Frau.

Nichts hat sich je besser angefühlt!

Schwer atmend schließe ich die Augen und genieße das fantastische Gefühl, das Lena in mir auslöst.

Bloody Hell!

So fühlt es sich also an, zu sterben und dennoch zu leben …

56. Kapitel

Ice – der Präsident

Das Geräusch von Schüssen hallt über die Straße, dröhnt mir in den Ohren und lässt meinen Puls in die Höhe schnellen.

Obwohl die Kugeln auf das Metall meines Bikes krachen und meinem Körper immer näher kommen, bremse ich nicht ab, um mehr Abstand zwischen dem Schützen und mich zu bekommen, sondern gebe sogar noch Gas, um ihn endlich zu erwischen.

Der Schaden an dem Motorrad ist mir egal, die Harley unter meinem Arsch ist so gut wie Schrott und wird nach diesem Einsatz nach Mexiko verkauft. Der Bastard vor mir hat sein Leben verspielt!

Wenn es sein muss, kassiere ich eine Kugel, Hauptsache ich erwische den irakischen Hurensohn, der für den Tod der drei Nutten verantwortlich ist. Zuerst waren es *nur* zwei Opfer, aber nachdem wir seinen Kumpel gekillt haben, hat er sich gerächt und noch eine dritte unserer Prostituierten auf grausamste Art verstümmelt und erstochen.

Bei dem Anblick der reglos in ihrem eigenen Blut liegenden Frau habe ich kotzen müssen, und das will schon was heißen.

Nach den vielen Jahren als Präsident der Hell Rider habe ich schon viele Dinge gesehen, aber das war mit nichts zu vergleichen.

Zur Hölle!

Nicht im Traum hätte ich mir vorstellen können, dass ein Mann einer Frau so etwas antun kann. Ich bin von Rache getrieben, Hass kocht in meinen Adern und ich kann, seit wir die dritte tote Nutte gefunden haben, an nichts anderes mehr denken als daran, den Iraker kaltzumachen. Es kommt leider in regelmäßigen Abständen vor, dass Mädchen, die im Rotlicht-Milieu arbeiten, Opfer von Übergriffen werden. Berufsrisiko – dafür verdienen sie aber auch nicht schlecht. Dass es dieser Iraker trotz der erhöhten Sicherheitsvorkehrungen geschafft hat, eine weitere Nutte leiden zu lassen, erfüllt mich mit Scham.

Es war meine Aufgabe, diesen Psycho zu stoppen, und ich habe versagt!

Bentley lenkt sein Bike neben das meine, gibt mir mit einem Handzeichen zu verstehen, dass wir den Wichser in dem schwarzen Audi vor uns in die Zange nehmen sollen.

Ich nicke und zeige ihm so, dass ich die Idee gut finde.

Es ist kurz nach vier Uhr Nachmittag – Rushhour.

Die Straßen Atlantas sind mit Autos vollgepflastert, auf den Gehwegen tummeln sich hunderte von Menschen. Das noch keine der vielen Kugeln einen Unschuldigen getroffen hat, gleicht einem Wunder.

Wir müssen diesen Bullshit beenden. Schnell!

Ehe ein Zivilist in die Angelegenheit mit reingezogen wird. Bentley weicht den durch die Luft surrenden Geschossen aus, als eines gegen sein Schutzblech knallt, stieben Funken durch die Luft.

Fuck! Das war knapp!

Wütend reißt er das Lenkrad rum, verpasst dem Audi einen Tritt und zieht seine eigene Waffe. Ich fädle mich durch den Verkehr, schließe auf und nehme die andere Seite des Wagens ins Visier.

Das Gleichgewicht ausbalancierend, lege ich den Finger auf den Abzug, und drücke wieder und wieder ab. Der Rückstoß bringt mich ins Schlingern, doch ich fange mich wieder und sehe dabei zu, wie der Kopf des Wichsers wie eine reife Melone zerplatzt. *Volltreffer!*

Tja, ein großes Kaliber, Vollmantelgeschosse und ein geringer Abstand ergeben eben eine Riesensauerei.

Der nun führerlose Audi bricht nach links aus, rammt beinahe Bentley und kracht schlussendlich in einen weißen Minivan, auf dem ein blöd grinsender Italiener abgebildet ist, der eine schrecklich unappetitliche Pizza in den Händen hält.

Schreie werden laut, ein weiterer Wagen kracht in die Autos und löst so eine Kettenreaktion an Unfällen aus.

Diese Szene könnte sich gut in einem Kinderzimmer abspielen, in dem zwei Jungs auf dem Boden sitzen, spielen und unzählige Matchboxautos ineinander rasen lassen.

Da ich mit so einem Ausgang gerechnet habe, haben wir für heute die Kutten abgelegt. Wir fahren nicht oft inkognito, aber bei solchen Aktionen zahlt es sich aus, kein Leder zu tragen. Natürlich werden die Leute auch so wissen, dass wir für dieses Blutvergießen verantwortlich sind, aber *Shit Happens*. Das mit dem Gesetz ist schon eine komische Sache. Ein Staatsanwalt braucht eine ganze Menge, damit er einen hinter Gittern bringen kann. Oft steht sich das Gesetz selbst im Weg, was ich immer wieder sehr geil finde.

Keine Kutten – kein Problem!

Wobei keine Kutten so auch nicht stimmt, schließlich habe ich Cruz und Mikel, einen der Hangarounds, mit dem Leder von Bentley und mir versehen und mit unseren Handys bewaffnet ans andere Ende der Stadt geschickt. Dort sollen unsere Doubles ein paar Meilen zu schnell durch eine Radarfalle rasen und einen Anruf tätigen, sodass die Sendemasten die Standorte aufzeichnen.

Das perfekte Alibi.

Zum Zeitpunkt des Verbrechens – also jetzt – werden wir offiziell nicht mal in der Nähe dieser Schießerei gewesen sein.

Dank der neutralen Klamotten und den schwarzen Helmen wird uns keine Sau nachweisen können, dass mein VP und ich den Iraker am helllichten Tag und auf offener Straße erschossen und so eine Massenkarambolage ausgelöst haben.

Noch vor ein paar Wochen wären wir auf volles Risiko gegangen und hätten keine Sekunde über so ein Täuschungsmanöver nachgedacht.

Dass wir jetzt vorsichtiger sind, liegt an meinem Vizepräsidenten, beziehungsweise wohl eher an seiner Old Lady.

Als sie erfahren hat, was wir heute vorhaben (weiß der Teufel warum mein VP solche Angelegenheiten mit seinem Mädchen bespricht), hat sie darauf bestanden, dass wir unsere Hell-Rider-Identitäten für ein paar Stunden ablegen.

Ihr Plan war so simpel wie genial, also hatte ich keine Einwände.

Bei Gott! Lena ist eine echte Bikerbraut und mit allen Wassern gewaschen. Mir gefällt, dass sie gar nicht erst versucht hat, Bentley von der Aktion abzuhalten, sondern einfach darüber nachgedacht hat, wie sie die Gefahr einer drohenden Haftstrafe abwenden konnte.

Allein bei der Erinnerung daran, wie sie mit hoch erhobenem Haupt und mit beiden Händen auf dem Bauch dagestanden und erklärt hat, dass sie nicht zulassen wird, dass der Vater ihres Kindes wegen so etwas Lächerlichem wie Mord ins Gefängnis muss, verziehen sich meine Lippen zu einem breiten Grinsen.

Die Verwandlung, die Lena in den letzten Wochen vollzogen hat, ist unglaublich.

Von der prüden, spießigen und gesetzestreuen Jungfrau zu einer knallharten, raffinierten Old Lady des Hell Riders Motorcycle Clubs.

Bentley fährt einen Bogen, kommt mir entgegen und stoppt. Er klappt das abgedunkelte Visier seines Helms auf und grinst zufrieden.

„Ich würde sagen, wir sind hier fertig!“

Und wie wir das sind.

„Zurück zum Club?“

Er nickt.

„Wer als erster da ist?“

Das könnte ihm wohl so passen.

„Nix da. Dein Platz ist rechts hinter mir, Bruder.“

Er lacht und schüttelt den Kopf.

„Sei kein Arschloch, Ice."

Gerade als ich ihm sagen will, was ich von seinem Wettrennen halte, tauchen zwei schwarze Ninjas auf.

Auf den Maschinen sitzen zwei in Leder gekleidete Gestalten. Schwarze Klamotten – schwarze Helme – schwarze Handschuhe. *Fuck!*

„Was läuft hier?"

Die Typen ziehen ihre Knarren, zielen auf uns und ballern los.

Das panische Geschrei der auf der Straße und den Gehwegen stehenden Menschen hallt durch die Straßenschluchten. Bentley duckt sich, weicht einer Kugel aus und flucht.

„Bloody Hell! Die sind nicht hier, um sich nett mit uns zu unterhalten!"

„Nein, ganz bestimmt nicht."

„Scheint so, als würde ich mein Wettrennen doch noch bekommen."

Yeah, aber dieses Mal sitzen uns zwei Psychos im Nacken.

„Was sind das für Arschlöcher?"

Gute Frage.

„Racheengel!"

„Aber warum? Was soll das? Woher wussten die, dass wir den Bastard, der unsere Nutten getötet hat, jagen?"

Mir fällt nur eine logische Antwort ein.

„Offensichtlich hat er, kurz bevor wir ihn kaltgemacht haben, telefoniert und einen Hilferuf abgesetzt."

Ein Zischen ausstoßend, klappt er sein Visier wieder runter und lässt das Gas aufheulen.

„Wir müssen hier weg. Sofort! Es ist nur noch eine Frage der Zeit, bis die Bullen auftauchen. Und ich finde, es reicht aus, wenn sie eine Leiche vorfinden. Lena folgt mir in die Hölle, nur um mir den Arsch aufzureißen, wenn ich mich jetzt abknallen lasse!"

Oh ja, daran besteht kein Zweifel.

Die Ninjas haben gut und gerne 650 PS und sind damit bedeutend schneller als die ausgedienten Harleys, die mein Vize und ich für diese Aktion benutzen. Die Freunde des toten Irakers haben alle Vorteile auf ihrer Seite. Na ja, fast alle ...

Denn das hier ist unsere Stadt! Hier ist unser Revier und niemand kennt die Straßen Atlantas besser als wir Hell Riders.

„Okay. Gib Gas. Wer erschossen wird, hat verloren!"

Die Mundwinkel meines Vizes zucken, die Ninjas fahren an uns vorbei, wir befinden uns mitten im Schussfeld, Dutzende Kugeln surren uns um die Köpfe.

Dass keiner von uns getroffen wird, gleicht einem Wunder.

Die Zivilisten neben uns haben sich längst auf den Boden fallen lassen, die Köpfe mit den Händen bedeckt, das Gesicht auf dem Asphalt des Gehsteigs.

Bentley zieht ab, ohne einen Blick zurück rast er die *East Warren Avenue* entlang. Das ist zwar die entgegengesetzte Richtung unseres Ziels, aber eben auch die entgegengesetzte Richtung zu unseren Verfolgern.

Das Clubhaus liegt im Süden, ich folge ihm gen Norden und lasse den Unfallort und die Leiche ohne Kopf hinter mir.

Die Ninjas wenden, Reifen quietschen, erneut werden Schüsse laut. Aus der Ferne ertönt das unverkennbare Geheule der Polizeisirenen, sobald die Ermittler eintreffen, wird die Hölle los sein.

Die Straße ist mit Patronenhülsen übersät, der Tatort gleicht einer Filmkulisse.

Innerlich danke ich Lena, dass sie dafür gesorgt hat, dass wir inkognito unterwegs sind. Die Gerüchte werden kochen, hätten wir unser Leder an, würde in weniger als einer Stunde das FBI vor den Toren des Clubs stehen.

Im Grunde genommen spielt uns das Auftauchen der Kawasakis in die Hände: vier Motorräder – vier Männer ohne Kutten und ein toter Iraker.

In der Geschichte unseres MCs hatten wir noch nie Ärger mit den Irakern, was bedeutet, dass die Cops keine Verbindung zu uns herstellen werden.

Mit ein bisschen Glück geht der Scheiß spurlos an uns vorbei.

Ein Geschoss trifft das Schutzblech, ein weiteres streift meinen Arm, ich zucke schmerzerfüllt zusammen.

Okay, fast spurlos ...

Ich gebe Gas, fahre so schnell wie möglich und sehe im Rückspiegel, wie unsere Verfolger immer mehr aufholen.

Einmal Fuck!

Zweimal Fuck!

Dreimal Fuck!

Das wird eine verdammt knappe Sache.

Ohne den Blinker zu setzen, schneide ich die nächste Kurve, biege in die enge Gasse rechts von mir ab und weiche einigen Müllcontainern und einem Obdachlosen, der da zu leben scheint, aus.

Die arme Sau, ganz offensichtlich bin ich gerade durch sein Wohnzimmer gefahren ...

Eine der Ninjas folgt mir, die andere bleibt an Bentley dran.

Ich spüre, wie das Blut an meinem Arm entlangrinnt, beiße die Zähne zusammen und verlagere das Gewicht, links von mir befindet sich ein mehrstöckiges Parkhaus. Mit Schwung reiße ich das Lenkrad rum, ignoriere die heruntergelassene Schranke und atme erleichtert aus, als ich es schaffe, durch den engen Spalt zwischen Schranke und Wand zu kommen. Der Rückspiegel kracht gegen die Mauer und bricht ab.

So schnell wie möglich fahre ich hoch in den ersten Stock, suche gleichzeitig nach der Ausfahrt und höre das Dröhnen der Kawasaki, die mir quasi am Hinterreifen klebt.

Shit!

Ich bin der Präsident des mächtigsten Rockerclubs des Landes, weglaufen ist nicht mein Stil. Entschlossen mache ich eine Kehrtwende, sodass ich dem Ninjafahrer direkt gegenüberstehe, ziehe meine Waffe und atme mehrmals tief durch.

Jetzt bloß nicht die Nerven verlieren!

Verrückterweise zuckt plötzlich ein Bild von Lina durch mein Großhirn. Ich bilde mir ein, ihr Lachen zu hören und ihre kleine Hand auf meinem Bauch zu spüren.

Fuck!

Dieses Mädchen ist zu meinem Lebensinhalt geworden.

Wenn ich jetzt sterben würde – wenn es dem Wichser auf der Ninja gelingen würde, mich zu töten, würde ich am meisten bereuen, zu sterben, ohne meiner Old Lady gesagt zu haben, dass es mir leidtut, dass ich die letzte Zeit so ein Arschloch war und dass ich sie liebe.

Die Erkenntnis, dass es nichts Schlechtes ist, zu lieben, trifft mich wie ein Schlag.

Angreifbar zu sein war meine größte Sorge, doch ich erkenne erst jetzt, dass es auch meine größte Stärke ist. Denn im Gegensatz zu den meisten Männern habe ich jeden Tag aufs Neue das Glück, dieses wunderbare, schöne, verletzliche und eigensinnige Mädchen mein Eigen nennen zu können!

Ohne Lina wäre meine Existenz sinnlos.

In den vergangenen Jahrzehnten habe ich getötet, um zu leben.

Das Blut unzähliger Opfer hat meine Seele abstumpfen lassen, und meine Lady ist dabei, sie wieder von all dem Dreck und dem Leid reinzuwaschen.

Mein Finger, der auf dem Abzug liegt, zuckt ungeduldig.

Keine Ahnung wie viele Schuss ich noch habe – nicht mehr viele.

Die nächste Kugel muss ein Treffer sein!

Das Arschloch lässt den Motor aufheulen und den hinteren Reifen durchdrehen. Qualm steigt auf. Der widerliche Geruch von verbranntem Gummi liegt in der Luft.

Ich klappe das Visier auf, mein Gegenüber tut es mir nach.

Verflucht! Kann das sein?

Ich sehe nicht viel, nur einen kleinen Ausschnitt eines Gesichts, doch das, was ich sehe, sieht nach einer Frau aus. Prüfend taxiere ich den in der schwarzen Motorradkluft steckenden Körper.

Schmale Schultern und schlanke Beine ...

Echt jetzt?

Ich wurde von einer Pussy angeschossen und durch die halbe Stadt gejagt?

Sie scheint zu bemerken, dass ich erkannt habe, dass sie kein Kerl ist, und grinst siegessicher.

Diese Tussi muss völlig irre sein.

Wie kann eine Frau einem Mann zur Hilfe eilen, der andere Frauen auf bestialischste Art und Weise getötet hat?

Es gibt nicht viele Regeln, an die ich mich halte, aber eine davon lautet ganz klar, keine Frauen zu töten. *Was für eine Scheiße!*

Wenn Bentley wüsste, in was für einer Situation ich mich gerade befinde, würde er sich totlachen. Was jetzt?

Schießen oder erschossen werden?

Töten oder getötet werden?

Ich zögere, warte ab und hoffe, dass die Kleine nachgibt, ihre Waffe wegsteckt und das Weite sucht. Doch sie tut es nicht, sondern spielt weiter mit dem Gas – die silberne Halbautomatik in der Hand, und sieht mich herausfordernd an.

Sie scheint das hier zu genießen. Anscheinend weiß sie nicht, wie kurz davor ich bin, meine Regel zu brechen.

Stellt sich mir die Frage, warum sie mit mir spielt – warum sie nicht einfach als Erstes abdrückt und der Sache hier ein Ende setzt?

Wie crazy!

Das Prepaid Handy in meiner Tasche vibriert. Die Nummer haben nur mein Vize und Lucky, unser Vollstrecker. Keine Ahnung wer von den beiden es ist, aber es muss wohl etwas Wichtiges sein. Ich ignoriere den Anruf und starre die Tussi auf der anderen Seite des Parkhauses gebannt an.

Obwohl sie auf den ersten Blick reglos dazusitzen scheint, bemerke ich, wie sich die Muskeln in ihrer Schusshand anspannen.

Ich schalte um, vergesse meine Regeln und überlasse dem Killer in mir die Führung.

Ehe sie es schafft zu schießen, reiße ich den Arm hoch, ziele mitten in ihr Gesicht und drücke ab. Noch bevor der Knall verhallt ist, hat ihr Blut ein einzigartiges Muster auf der grauen Betonwand, die sich hinter ihrer Ninja befindet, hinterlassen.

Die Kleine war tot, bevor ihr Hirn überhaupt kapiert hat, was los ist. Trotzdem fühle ich mich beschissen!

Was einfach lächerlich ist. Schließlich war sie diejenige, die dieses Duell herausgefordert hat. Sie hat mich verfolgt, nicht andersrum.

Ihr erschlaffender Körper fällt vom Bike, durch die Bewegung wird das Gas der Ninja leicht gedreht, sodass die Kawasaki einen Ruck nach vorne macht, ehe sie mit laufendem Motor umfällt.

Ein bitterer Geschmack breitet sich auf meiner Zunge aus.

Einen Fluch murmelnd, klappe ich das Visier meines Helms nach unten, werfe einen letzten Blick auf den nun reglos am Boden liegenden Körper, unter dem sich eine große rote Pfütze bildet und gebe Gas.

Der Iraker hat es geschafft, selbst nach seinem Tod dafür zu sorgen, dass eine weitere Frau wegen ihm gestorben ist.

Ich hoffe, er schmort für alle Ewigkeit in der Hölle!

In der Hoffnung, dass es meinem Vize gelungen ist, seinem Verfolger zu entkommen verlasse ich das Parkhaus und schaffe etwas Abstand zwischen mir und Tatort Nummer zwei. Erst an einer Bushaltestelle, mehrere Meilen weiter, mache ich halt, ziehe das Mobiltelefon hervor und prüfe, wer versucht hat, mich zu erreichen. Der verpasste Anruf ist von Bentley. Ohne zu zögern, rufe ich ihn zurück, nach dem dritten Läuten geht er ran. „Yeah Bro, was gibt's?"

Er grunzt in den Hörer.

„Schön von dir zu hören, Ice. Für einen Moment hatte ich schon befürchtet, dass du erwischt wurdest und dass ich deine Überreste suchen und aufsammeln muss."

Nur in seinen Träumen.

„Klingt fast so, als hättest du dir Sorgen gemacht."

„Nope. Nicht wirklich ... Gedanklich hatte ich mir längst das *Präsidenten-Patch* aufs Leder genäht."

Ich weiß, dass er nur einen Scherz macht.

„Warum hast du angerufen?"

Eine drückende Stille tritt ein. Ich kenne diese Art des Schweigens, sie verheißt in 99 Prozent der Fälle nichts Gutes.

„Ich wurde von einem Mädchen verfolgt. Einem echt jungen Ding, nicht älter als zwanzig."

Fuck off!

Dass er weiß, wer unter dem schwarzen Helm und der Lederkluft gesteckt hat, kann nur eins bedeuten.

„Du hast sie gekillt?“

Er reagiert mit einer Gegenfrage.

„Warum klingst du nicht überrascht?“

Auf das, was ich jetzt sage, bin ich nicht stolz.

„Weil ich sie gekillt habe!“

Wieder breitet sich diese unheilvolle Stille aus. Mein Magen zieht sich schmerzhaft zusammen.

„Dann sind es jetzt fünf tote Frauen, die auf das Konto des Irakers gehen.“

Will heißen, er hat seiner Verfolgerin ebenfalls die Lichter ausgeknipst.

Im ersten Moment weiß ich nicht, was ich sagen soll, also räuspere ich mich und lasse die Augen über die nähere Umgebung schweifen.

Der Tod ist schon eine eigenartige Sache.

Obwohl in den letzten zwanzig Minuten drei Menschen erschossen wurden, dreht sich die Welt einfach weiter.

Fast so, als ob nichts geschehen wäre.

Für das Universum spielt es keine Rolle, ob jemand lebt oder stirbt. Auf der anderen Straßenseite spielen unzählige Kinder auf einer Grünfläche Fußball. Eine Frau geht, einen Kinderwagen schiebend, an mir vorbei. Nicht ahnend, was für ein Monster ich bin, grüßt sie mich mit einem freundlichen Lächeln. Erst als sie die noch immer blutende Wunde an meinem Arm entdeckt, beschleunigt sie ihre Schritte und eilt davon.

Lina hatte recht. Ganz am Anfang, in unserer allerersten Nacht, hat sie mich als die Reinkarnation des Teufels bezeichnet.

Meine Lady hat sofort erkannt, was ich bin, und trotzdem ist sie bei mir geblieben. Nicht dass ich ihr in dieser Hinsicht eine Wahl gelassen hätte, trotzdem ... Sie gehört mir und ist glücklich damit.

Jetzt und hier, in genau dieser Sekunde, schwöre ich mir selbst, dass ich alles in meiner Macht Stehende tun werde, um zu verhindern, dass die Schwärze, die mich umgibt, auf mein Mädchen abfärbt.

Lina ist gut, rein und jung. Sie liebt das Leben, und seit Kyrill und Ossip tot sind und ihr keine Gefahr mehr von den Russen droht, wirkt sie unbeschwert und glücklich. Zumindest tut sie das nachts, wenn ich sie ficke und ihr zeige, wie viel sie mir bedeutet.

Holy Shit!

Ich habe eine Frau wie sie nicht verdient, und aus genau diesem Grund werde ich ab JETZT alles tun, um sie glücklich zu machen.

Und wenn das bedeutet, dass ich Nacht für Nacht mit ihr Erdbeerkäsekucheneis oder irgendeine andere verrückte Sorte essen muss, dann werde ich das verdammt noch mal auch tun!

In der Leitung ist es so still, dass ich für einen Moment denke, dass Bentley aufgelegt hat.

„Bist du noch dran, VP?“

„Aye, bin ich. Bist du okay?“

Blöde Frage. Nichts ist okay. Ich habe gerade gegen meine oberste Regel verstoßen und eine Frau getötet.

„Yeah alles okay. Nur ein kleiner Streifschuss, aber nichts Ernstes.“

Er lacht.

„Du wurdest von einem Mädchen angeschossen?“

Jetzt klingt er ungläubig.

„So sieht es aus.“

„Das ist echt peinlich, Mann.“

„Halt dein Maul, fahr zurück zum Club und kümmere dich um deine Lady.“

Sein freudlos klingendes Lachen strapaziert meine eh schon angespannten Nerven.

„Gilt unser Wettrennen noch?“

„Nein. Ich komme erst später nach. Ich muss erst den Kopf freibekommen.“

Bevor er etwas erwidern kann, nehme ich das Telefon vom Ohr und beende das Gespräch.

Für eine Weile bleibe ich einfach an der Bushaltestelle stehen, lasse den Blick über die Umgebung schweifen und die Normalität auf mich wirken. Die Schmerzen in meinem Arm sind erträglich, die Kugel hat meine Haut nur angeritzt. Mehr Blut als Drama.

Noch immer unter Strom stehend, zünde ich mir eine Kippe an und frage mich, wie die Scheiße der letzten Stunden so außer Kontrolle geraten konnte. Alles, was ich wollte, war den Wichser, der unsere Nutten tötet, aufzuspüren und zu eliminieren. Doch stattdessen, gab es eine wilde Verfolgungsjagd mitten durch die Stadt, eine öffentliche Hinrichtung, eine Massenkarambolage und zwei auf Ninjas sitzende Killertussis, die wie irre um sich geschossen haben und nun von uns erschossen wurden.

Ist das zu fassen? Fuck! Einfach unglaublich!

Immer wenn ich denke, dass mich das Leben nicht mehr schocken kann, passiert eine Scheiße, die ich niemals für möglich gehalten hätte.

Die Zigarette fertig rauchend, schnippe ich den glühenden Stummel auf die Straße, steige wieder auf das Bike und starte den Motor mit einem kräftigen Tritt.

Eine Sekunde später befinde ich mich auf dem Weg stadtauswärts, Richtung Westen, dem Sonnenuntergang entgegen. Bevor ich zurück zum Club und somit auch zu Lina kann, muss ich mich selbst wieder in den Griff kriegen!

Die vergangenen Wochen waren heftig und haben ihre Spuren an mir hinterlassen.

Lina, die Gefühle, die ich überraschenderweise für sie entwickelt habe, Kyrills Tod, die Tatsache, dass ich dem Mädchen mein Leder angezogen habe und die Probleme, für die ich persönlich verantwortlich bin, weil ich mich durch sie nicht angreifbar machen wollte. *Zum Teufel noch eins ...*

Seit Lina mir vors Bike gelaufen ist, die Taschen voller Diamanten und den König der Russen an den Versen klebend, ist so viel passiert wie sonst in einem Jahr.

Bentley wird Vater und ich habe meine Frau ebenfalls ohne Verhütung gefickt. Der Grund, aus dem ich das getan habe, ist einfach. Ich will mehr – ich will alles!

Ich will Lina auf jede nur erdenkliche Art und Weise an mich binden. Was total abgefuckt ist, denn mindestens einmal am Tag frage ich mich, ob es überhaupt richtig war, ihr mein Leder anzuziehen!

Sehnsüchte, Besitzerinstinkt und Zweifel prallen wie drei unstoppbare Güterzüge aufeinander. Der Lärm in meinem Kopf erreicht einen neuen Höhepunkt, hinter meinen Schläfen beginnt es schmerzhaft zu pochen. *Fuck!*

Zornig schlage ich auf den Lenker, beschleunige noch mehr und rase mit hundert Sachen an der Stadtgrenze vorbei. Raus auf den Highway, möglichst weit weg von dem Bullshit, der mich in den Wahnsinn zu treiben droht.

57. Kapitel

Lina

Entsetzt starre ich in den Fernseher, lausche der monotonen Stimme des Nachrichtensprechers, der von einem Sturm des Bösen spricht, der die Stadt heimgesucht hat, und beobachte die Kameraaufnahmen.

Ach du heilige Scheiße!

Waren das alles Ice und Bentley?

Mindestens zehn Autos sind in der Innenstadt ineinander gekracht. Vom Kleinwagen bis hin zu großen Transportern.

Mitten in dem Trümmerhaufen steht ein schwarzer Audi, dessen vordere Autoscheiben blutverschmiert sind, und an dem sich gerade ein Team, bestehend aus Polizisten, Feuerwehrmännern und einigen Notärzten, zu schaffen macht. Wobei ich das mit den Sanitätern nicht so ganz verstehe. Ich kenne meinen Rocker und weiß genau, dass er diesen Iraker, auf den er Jagd gemacht hat, nicht einfach nur verletzt, sondern getötet hat.

Die blutbespritzten Scheiben sind der beste Beweis dafür, dass, wer auch immer in dem Auto sitzt, keinen Puls mehr hat.

Ein Passant in der unmittelbaren Nähe konnte es nicht lassen und hat vom direkten Angriff, wie es in den Nachrichten genannt wird, ein verwackeltes Video gedreht, das nur kurz eingeblendet wird, da es wegen zu drastisch zur Schau gestellter Gewalt nicht komplett ausgestrahlt werden darf.

Ich schnappe mir das Handy, gehe auf YouTube und werde sofort fündig.

In der kurzen Zeit, in der es erst online ist, wurde es schon über eine Million Mal angesehen. *Einfach unglaublich ...*

Mit zitterndem Zeigefinger drücke ich auf Play und halte, als ich Ice und Bentley sehe, die Luft an.

Das Video wurde wohl aus einem Auto heraus gefilmt, aus einem Auto, dessen Fahrer verrückt genug war, den fliehenden Audi und die zwei Harleys, die diesen gejagt haben, zu verfolgen.

Obwohl Bentley und Ice heute auf ihre normalen Bikes und auf ihr Leder verzichtet haben, erkenne ich die beiden sofort. Ice Rücken ist etwas breiter als der von Bentley, dafür ist der Vize jedoch etwas größer. Allein an der Art, wie sie auf den Motorrädern sitzen, die Körperhaltung strahlt puren Hass, Wut und Entschlossenheit aus.

In den meisten Kommentaren wird die Frage gestellt, ob es sich bei den zwei Bikern um Hell Riders handelt.

Tja! Das überrascht mich nicht sonderlich ...

Ich denke, es gibt nicht allzu viele Männer in diesem Land, die so gut Motorrad fahren können und zugleich so eine Gewaltbereitschaft ausstrahlen.

Die Verfolgungsjagd erreicht einen neuen Höhepunkt, immer mehr Schüsse werden laut, die Aufnahme verwackelt und wird zunehmend unschärfer. Trotzdem starre ich wie gebannt aufs Handydisplay. Natürlich weiß ich längst, dass Ice und Bentley nichts passiert ist, aber das interessiert mein Herz nicht.

Es klopft wie verrückt, und mein Puls schnellt in die Höhe.

Endlich wird das Bild wieder klarer, ich sehe, wie die Rocker den Audi einkesseln, dann reißt Ice die Hand hoch und drückt wieder und wieder ab.

Ich erkenne den Moment, in dem er den Iraker getötet hat, denn er lässt seinen Arm sinken und nickt zufrieden. Der Typ hinter der Kamera sagt etwas, dann knallt es laut. Das ist dann wohl der Zeitpunkt, an dem die Autos alle ineinander gekracht sind.

Die Aufnahme endet abrupt, was mich ärgert, ich hätte gerne gesehen, wie es weitergeht ...

Fluchend sehe ich wieder in den Fernseher, mittlerweile wird in der Sondersendung von zwei weiteren Motorradfahrern gesprochen. Fotos werden eingeblendet, zwei schwarze Kawasaki Ninjas flackern kurz über den Bildschirm.

Die Fahrer wirken klein und zierlich, fast wie Frauen.

Der Sprecher berichtet, dass diese neuen Beteiligten mit gezogenen Waffen auf die Personen auf den Harleys geschossen und sich anschließend auf eine weitere Verfolgungsjagd mit diesen eingelassen hätten. Mittlerweile wurden die Leichen der zwei Kawasaki-Fahrer aufgefunden. Eine in einem Parkhaus und die zweite in einer Seitenstraße. Beide wurden mit einem Kopfschuss hingerichtet, es handelt sich bei den Opfern um zwei Frauen irakischer Herkunft. Weiteres sei über die Opfer jedoch noch nicht bekannt.

Holy Shit!

Ich lag mit meiner Vermutung richtig, es waren Frauen.

Ice und Bentley haben also nicht nur den Iraker in dem Audi, sondern auch diese zwei Ninjaschlampen erschossen. Das ist krass!

Aber verdammt, was hätten sie auch tun sollen?

Ich meine, die Tussis sind plötzlich aufgetaucht und haben wie verrückt um sich geschossen.

Der Bürgermeister wird kurz eingeblendet, er steht mit ernster Miene vor dem Polizeirevier. Die Blitzlichter der vielen Kameras, die ihm ins

Gesicht gehalten werden, lassen ihn älter und blasser aussehen, als er in Wirklichkeit ist. Er spricht davon, wie traurig es ihn macht, dass Atlanta erneut von einer Welle der Gewalt überrollt wurde, und er beteuert, dass er alles in seiner Macht Stehende tun wird, um dabei zu helfen, die Täter zu schnappen und ihrer gerechten Strafe zuzuführen.

Ich wünsche ihm ein frohes Scheitern!

Momentaufnahmen von den beiden Tatorten, an denen die Frauen ermordet wurden, werden kurz eingespielt, mein Magen zieht sich schmerzhaft zusammen.

In einer großen Blutpfütze liegt ein kleiner, mit einem weißen Leichentuch abgedeckter Körper. Ein paar dunkle Haare lugen darunter hervor – mir wird schlecht.

Es ist eine Sache, davon zu wissen und es zu hören, aber eine ganz andere, es zu sehen.

Das Wissen, dass mein Kerl und der Verlobte meiner Schwester für diese brutalen Taten verantwortlich sind, lässt mich erschaudern.

Manchmal vergesse ich einfach, zu was der Rockerpräsident, dessen Leder ich trage, und in dessen Armen ich schlafe, fähig ist. Es fällt mir schwer, diesen Killer mit dem Mann, der mit mir mitten in der Nacht Erdbeerkäsekucheneis isst, in Verbindung zu bringen.

Ich halte es nicht länger aus, stelle den TV auf stumm und schnappe mir die Schachtel Luckys, die vor mir auf dem Wohnzimmertisch liegt. Nervös hole ich eine Zigarette raus, klemme sie mir zwischen die Lippen und sehe mich genervt nach einem Feuerzeug um.

Ich finde keins, also gehe ich in die Küche und nehme mir das aus der fast leeren Besteckschublade. Ice besitzt nur wenige Teller, drei Tassen, davon eine ohne Henkel und nur wenige Löffel, ein paar Messer und keine einzige Gabel. Es gibt auch keine Töpfe, Pfannen oder andere Dinge, die für gewöhnlich in einer Küche anzufinden sind. Dafür aber unzählige Dolche, schachtelweise Munition und mehrere Waffen.

Endlich zünde ich mir die Kippe an, hole eine angebrochene Flasche Weißwein aus dem sonst leeren Kühlschrank, öffne das Küchenfenster und setze mich auf die Fensterbank.

Mit dem Rücken angelehnt, ein Bein angewinkelt und das Kinn auf mein Knie gestützt, fülle ich meine Lungenflügel mit dem warmen Rauch und beobachte das rege Treiben auf dem Hof.

In dem Wachhäuschen neben dem verschlossenen Tor sitzt ein Member, den ich zuvor noch nie gesehen habe.

Das ist nichts Seltenes. Die Hell Riders haben unzählige Mitglieder. Manche sind nur sporadisch da, andere sind monatelang wegen irgendwelcher Aufträge unterwegs und wieder andere wechseln mehrmals im Jahr die Chapter. Es ist kurz vor 21:00 Uhr, doch in der Werkstatt herrscht noch immer rege Betriebsamkeit. Der Rhythmus der restlichen Welt gilt für die Rocker nicht.

Tags arbeiten, nachts schlafen – lächerlich. Oder ganz normale Arbeitszeiten – niemals.

Die Uhr tickt hier anders, die Zeit hat eine andere Geschwindigkeit und das Leben seinen ganz eigenen Rhythmus.

Die Normalität, das Gesetz, Gott und der Teufel, niemand bestimmt über das Leben eines Hell Riders, niemand außer dem Hell Rider selber.

Am Anfang war das schwer zu verstehen, aber mittlerweile habe ich das begriffen.

Der Anarchismus dringt den Outlaws aus jeder Pore und in ihren Adern fließt nicht einfach nur Blut, sondern ein gefährliches Gemisch aus Waffenöl und Benzin.

Bentley ist schon vor einiger Zeit heimgekommen und, wie sollte es auch anders sein, ist er sofort zu meiner Schwester geeilt.

Die beiden sind das perfekte Paar, die Liebe, die sie füreinander empfinden, ist außergewöhnlich und etwas ganz Besonderes.

Ich bin keine Hellseherin, trotzdem spüre ich bis in den hintersten Winkel meiner Seele, dass die beiden eines von den Ehepaaren werden, die bis zu ihrem letzten Atemzug glücklich miteinander sind und mit siebzig händchenhaltend im Park spazieren gehen.

Bentleys wilde Art lockt meine eigentlich schüchterne Schwester aus der Reserve, während sich Lenas ruhiger Charakter positiv auf den Vizepräsidenten des Hell Riders Motorcycle Clubs auswirkt. Seit die beiden zusammen sind, wirkt Bentley zufriedener auf mich, so als wäre es ihm endlich gelungen, die Dämonen seiner Vergangenheit zu besiegen und zu verscheuchen.

Ich wünsche den beiden nur das Allerbeste und freue mich schon sehr darauf, Tante zu werden. Aber ... und auch wenn ich versuche, das *aber* möglichst leise zu denken, ist es dennoch da.

Ice ist nicht wie sein Vize sofort zum Club zurückgekommen, sondern weiß der Geier wo hingefahren. Er hat sich nicht mal bei mir gemeldet, sondern ist nach dem Chaos, das er in der Stadt angerichtet hat, einfach abgehauen.

Während ich mir Sorgen gemacht und auf glühenden Kohlen gesessen habe, war ich ihm nicht mal wichtig genug, um mir eine verdammte SMS zu schreiben oder nur mal kurz anzurufen.

Er kann sich doch denken, dass ich wissen will, wie es ihm geht ...

An Tagen wie heute kommt es mir so vor, als wäre der Präsident des Clubs es einfach gewöhnt, der einsame Leitwolf zu sein.
Zwar sehnt er sich nach Nähe, jedoch ist ihm seine Freiheit wichtiger.
Ice ist beinahe fünfzig, er ist seit einer Ewigkeit alleine.
Soweit ich weiß, hat er nie eine feste Freundin gehabt, keine echten Beziehungen und auch keine Old Lady. Für ihn gab es immer nur Nutten – Nutten und noch mehr Nutten!
Dass er mir sein Leder gegeben hat, ist eine Ehre und das hat etwas zu bedeuten, das ist mit natürlich bewusst und das rechne ich ihm auch hoch an. *Trotzdem ...*
Was ist, wenn er nach all der langen Zeit einfach nicht mehr in der Lage ist, sich auf mich und das, was uns verbindet, einzulassen?
An dem Tag, an dem er mir seine Kutte angezogen und mich somit offiziell zu seinem Eigentum gemacht hat, war mir klar, dass es an der Seite dieses Rockers nicht immer leicht sein wird, doch ich hatte einfach die Hoffnung, dass es schon irgendwie klappt.
Ich war blind vor Liebe, geradezu berauscht von der Wirkung, die Ice auf mich hatte.
Jetzt, nach all den Wochen, ist das nicht mehr so ...
Die Realität hat mich mit voller Wucht getroffen und mir gezeigt, dass Liebe allein nicht ausreicht, um glücklich zu sein.
Immer wieder einen Schluck von dem Wein trinkend, beobachte ich, wie Cruz über den Hof schlendert und im Clubhaus verschwindet.
Mir fällt Lenas verrückte Idee wieder ein.
Die Sache hat nur einen Haken, wie soll ich Ice eifersüchtig machen, wenn er gar nicht da ist? Eben! Das ist unmöglich!
Aber vielleicht kann ich mir ja einen schönen Abend machen, mich unten an die Bar setzen und in Gesellschaft ein paar Kurze kippen, anstatt alleine hier zu sitzen und über die hohe Mauer, die das Gelände der Rider einrahmt, zu starren. Alleine trinken ist scheiße!
Ein frustriertes „Scheiße!", später, steige ich vom Fensterbrett, schnippe die Zigarette raus und mache mir nicht die Mühe, meine Kutte anzuziehen.
Mit den Kippen und dem Vorsatz, mich zu amüsieren, bewaffnet, ziehe ich die Wohnungstüre hinter mir zu und mache mich daran, den Kassenwart zu suchen.
Cruz ist unheimlich, aber auf eine sympathische Art.
Er kann tolle Geschichten erzählen, hat einen trockenen Humor und das Herz am rechten Fleck.

Unten im großen Hauptraum angekommen, stoße ich auf einige fremde Rider.

Offensichtlich ist die Wache am Tor nicht alleine hier angekommen.

Manche der Typen sehen aus, als hätten sie einige Wochen in einer Höhle gelebt.

Lange, verfilzte Haare, vom Alkohol gezeichnete Gesichter, durchzogen von tiefen Falten.

Aber es sind auch zwei, drei dabei, die auf diese typische, unverkennbare Bikerart höllisch heiß sind.

Markante Kiefer, breite, von Leder bedeckte Schultern, verwuschelte Haare und dieser ganz bestimmte Ausdruck in den Augen, den nur echte Bad Boys draufhaben.

Holy Shit!

Früher, bevor ich Ice kennengelernt habe, wären einige von den Kerlen garantiert ein Abenteuer wert gewesen, aber jetzt ...

Himmel, ich bin verloren!

Mein Kopfkino bleibt aus und mein Interesse ist minimal.

Der Präsident dieses MCs ist der einzige Mann, den ich will.

Die Erkenntnis ist bitter und bringt mich dazu, dass ich hinter die Bar gehe, den Kühlschrank öffne und mir die Tequilaflasche schnappe, die ich mit meinem Namen markiert habe. Die Old Lady des Oberrockers zu sein, bringt mir gewisse Privilegien, die ich nur zu gerne ausnutze.

Eine eigene Tequilaflasche zu haben, ist schon was Geiles!

Das mögen viele nicht verstehen, aber wenn der Liebeskummer fast schon chronisch ist, na ja, dann hilft die klare Flüssigkeit dabei, dass man sich nicht ganz so miserabel fühlt.

Früher, da war alles einfacher. Wenn mich ein Typ genervt hat, habe ich mir einfach einen anderen gesucht. Sex, Sex und noch mal Sex. Mein Allheilmittel für alle Probleme.

Erst bei Kyrill hat es angefangen, dass durchs Ficken noch mehr Probleme entstanden sind.

Aber dieser Russe war in vieler Hinsicht ein spezieller Fall.

Und jetzt ist er wegen dir tot!

Ich beschließe, die böse Stimme in meinem Kopf in Alkohol zu ertränken, und sehe mich suchend um. Von Cruz fehlt jede Spur.

Wie ärgerlich!

Stattdessen fällt mein Blick auf einen großen Kerl, der mit einer Bierflasche in der Hand etwas abseits an der Wand lehnt und alle Anwesenden beobachtet. Beim ersten Hinsehen könnte man meinen, dass er entspannt ist, doch bei genauerer Betrachtung erkenne ich, wie wachsam er ist.

Er hat etwas von einem auf der Lauer sitzenden Löwen, der nur darauf wartet, dass ihm eine Gazelle vors Maul rennt, die er erlegen kann.

Was ein Pech für ihn ...

Für Clubverhältnisse sind heute nur wenige Nutten anwesend.

Vielleicht liegt es daran, dass Montag ist, was weiß ich?

Die selbstzerstörerische Seite meines Charakters hebt zögerlich den Finger und meldet sich zu Wort. Ich weiß, dass das, was mir gerade durch den Kopf zuckt, eine ganz miese Idee ist. Trotzdem klingt sie einfach zu verführerisch, um ignoriert zu werden.

Verdammt! Verdammt! Verdammt!

Noch bevor ich weiß, was ich tue, setze ich mich auch schon in Bewegung, zupfe mein Top zurecht und nähere mich dem Billardtisch, der sich direkt neben dem Fremden befindet. Je näher ich ihm komme, umso attraktiver wird er. Hohe Wangenknochen, volle Lippen, lange schwarze Haare, die ihm auf die Schultern fallen und an den Knöcheln überkreuzte Beine, die in einer zerschlissenen, dunklen Jeans stecken.

Hot as Hell!

Ich setze mich auf den Billardtisch, proste ihm lässig zu und sehe ihn dabei herausfordernd an.

Tja, ich bin zwar nicht die erhoffte Gazelle, sondern eine wilde Löwin, aber mal sehen, ob er damit auch zurechtkommt. Bevor er die Geste erwidert und leicht sein Bier in die Luft hebt, mustert er mich prüfend, das kann er ruhig tun.

Ich bin selbstbewusst und mit meinem Körper zufrieden. Im Gegensatz zu den meisten Frauen verbringe ich nicht Stunden damit, nackt vor dem Spiegel zu stehen und mir irgendwelche Problemzonen einzureden. Ich behaupte nicht, dass ich perfekt bin, aber ich mache mich eben nicht selbst schlecht.

Entweder *Mann* nimmt mich, wie ich bin, oder *Mann* soll es eben lassen. Wie Ices endgültige Entscheidung ausfällt, ist alles andere als vorhersehbar, was mich immer häufiger dazu bringt, dass ich die Kutte, die mich als sein Eigentum auszeichnet, ausziehe.

„Ein neues Gesicht?“

Die Stimme des Fremden ist genau wie erwartet, dunkel, rau und erinnert mich an Zartbitterschokolade.

„Ein neuer Rocker?“

Da ich aus Erfahrung weiß, dass Kerle wie er es mögen, wenn Frauen geheimnisvoll sind, reagiere ich auf seine Frage mit einer Gegenfrage. Interesse blitzt in seinen Augen auf.

Wusste ich es doch, dieses Spiel liegt mir im Blut.

Wenn ich ihn jetzt damit vollgetextet hätte, wie ich zum Club gekommen bin und was ich hier mache, wäre er entweder vor Langeweile gegangen oder aber er hätte aus Sicherheitsgründen das Weite gesucht.

Der Präsident der Hell Rider ist für seine Eifersucht bekannt ...

„Ich war für längere Zeit unterwegs. Clubangelegenheiten."

Ah, da ist es, das Lieblingswort aller Hell Riders.

Es steht für so ziemlich alles, was mit einer langen Haftstrafe geahndet wird: Mord, Körperverletzung, Raub und Waffendeals.

An dem abgewetzten Leder, das er trägt, und welches von beeindruckenden Patches geziert wird, erkenne ich, dass er die Wahrheit sagt. Außerdem wirkt dieser Outlaw nicht wie ein Prospect. Wieder trinke ich von dem Tequila, dieses Mal zucken seine Mundwinkel.

„Hast du das Glas vergessen, Mädchen?"

„Wieso? Ich halte Glas in der Hand."

Mit dem Fingernagel schnippe ich gegen die Glasflasche, was dem Fremden ein kehliges Lachen entlockt. Immer mehr Blicke richten sich auf uns, jeder ist gespannt, was passiert.

Die meisten unserer Beobachter wissen, wer ich bin und zu wem ich gehöre, doch keiner von ihnen macht sich die Mühe, den Rocker mit den schwarzen Haaren aufzuklären – das verspricht interessant zu werden!

„Touché!"

Unser Geplänkel beginnt mir zu gefallen, Ice und seine Abwesenheit rücken langsam in den Hintergrund.

Zufrieden zünde ich mir eine Kippe an und inhaliere den ersten Zug.

„Lust auf eine Runde Pool?"

Mit einem Nicken deutet er auf den Billardtisch, an dem ich lehne.

„Bist du gut?"

Wieder das Gegenfragen Spiel ...

„Wieso? Lust auf einen Einsatz?"

Oha! Jetzt wird's gefährlich.

„Was schwebt dir denn vor?"

Ein wölfisches Grinsen huscht über seine markanten Gesichtszüge.

„Das, Sweety, sage ich dir, wenn ich gewonnen habe."

Da ich wirklich gut im Billard bin, Pawel und Mischa haben es mir beigebracht, lasse ich mich auf seinen Vorschlag ein.

Bei der Erinnerung an die vielen lustigen Nächte mit den Russen, durchzuckt mich ein heftiger Blitz.

Die beiden sind jetzt tot, genau wie ihr Anführer, und ich bin daran schuld. Schnell verdränge ich die Schatten der Vergangenheit und strecke meine Hand aus.

„Abgemacht. Aber sei gewarnt, du hast keine Chance gegen mich!"

Er ergreift meine Finger und drückt sie fest.

„Nenn mich Cutter."

Cutter? Cutter wie Schneider? *Holy Shit!*

Mein Blick fällt auf den langen Dolch, der in einer ledernen Scheide an seinem Gürtel befestigt ist.

Für eine Sekunde spiele ich mit dem Gedanken, ihm meinen Namen zu sagen, verwerfe ihn aber sofort wieder. Ich bin mir sicher, dass es sich längst herumgesprochen hat, dass Ice sich eine Lady genommen hat. Das Risiko, dass allgemein bekannt ist, dass diese Lina heißt, will ich nicht eingehen.

Dafür verspricht diese Sache hier viel zu interessant zu werden.

„Nenn mich Tequila."

Er lacht und nickt.

Na also, geht doch. Wer sagt eigentlich, dass nur die Männer tolle Straßennamen haben dürfen?

Ich war ja schon immer eine Verfechterin der Gleichberechtigung.

Mehr als bereit mir einen schönen Abend zu machen, zur Not auch ohne Ice, sammle ich die wild auf dem Billardtisch verteilten Kugeln ein, stelle sie in das Plastikdreieck und sortiere sie. Anschließend entferne ich die Schablone, nehme mir einen Queue und reibe die Spitze mit etwas blauer Kreide ein.

„Bist du bereit, von einem Mädchen abgezockt zu werden?"

Schweigend zieht er eine Augenbraue nach oben, nimmt mir den Queue ab und schnappt sich die weiße Kugel.

Mit einem selbstsicheren Schlag befördert er drei Volle in die Löcher, kurz darauf folgen drei weitere.

Himmel hilf!

Vielleicht hätte ich den Mund nicht zu voll nehmen sollen?

Nicht bereit, mir meine Verunsicherung anmerken zu lassen, zünde ich mir eine neue Lucky an, trinke noch einen Schluck Tequila, ich muss ja meinem neuen Namen alle Ehre machen, und streiche mir dann die Haare aus dem Gesicht.

Es wäre doch lachhaft, wenn ich mich jetzt von diesem Typen bei so etwas Lapidarem wie einer Billardpartie abzocken lasse.

Fuck!

Ich habe einem Mafiaboss die Liebe vorgespielt, ihn ausgeraubt und wurde von seinen Schlägern durch halb Atlanta gejagt. So bin ich in den Fängen des gefürchteten Rockerpräsidenten des Hell Riders Motorcycle Clubs gelandet. Ich habe dafür gesorgt, dass uns die Biker beschützen und nicht töten und Ice dazu gebracht, mir sein Leder anzuziehen.

Halleluja!

Ich werde es also auch schaffen, diesen Cutter in Grund und Boden zu spielen!

Nervös befeuchte ich mir die Lippen, suche mir eine der Kugeln aus und beuge mich über den Billardtisch. Cutters Blick klebt auf mir, sexuelle Begierde spiegelt sich in seinen Iriden. Pech für ihn.

Der einzige Mann, den ich an mich ranlasse, ist Ice.

Bevor ich zustoßen kann, setzt er sich in Bewegung, stellt sich hinter mich und korrigiert die Haltung meines rechten Arms.

„So ist es besser, Mädchen. Die Körperhaltung ist entscheidend."

„Und du denkst, dass du das Recht hast, meine Haltung zu kritisieren? Mutig?"

Sein muskulöser Oberkörper presst sich gegen meinen Rücken, ich spüre seine Lenden an meinem Po.

Cutter geht ja mal voll ran ...

„Warum mutig? Trägst du eine Waffe in deinem Höschen?"

Noch bevor ich antworten kann, ertönt ein wildes, von Wut durchtränktes Knurren. Ich erkenne es sofort und weiß instinktiv, dass ich bis zum Hals im Ärger stecke.

„*Mein* Finger liegt auf dem Abzug, Cutter. Komm noch ein Mal auch nur ansatzweise in die Nähe meiner Old Lady oder rede von ihrem verfickten Höschen und ich knall dich wie einen räudigen Straßenköter ab."

Der Körper, der sich bis jetzt an mich gepresst hat, verschwindet blitzartig. Das Geräusch von Fäusten, die auf Fleisch treffen, lässt mich die Augen zusammenkneifen.

Scheiße! Scheiße! Scheiße!

Im ersten Moment will sich mein schlechtes Gewissen zu Wort melden, doch ich schiebe es beiseite und lasse meinem Zorn freien Lauf. Ice war derjenige, der mich mal wieder alleine gelassen hat. Es war seine Entscheidung, seine Zeit ohne mich zu verbringen, also war es mein verdammtes Recht, mir eine andere Gesellschaft zu suchen.

Außerdem ist es ja nicht so, dass Cutter und ich einen Porno gedreht oder wild auf dem Billardtisch gefickt haben.

Wir haben gespielt und geflirtet, was ist schon dabei?

Mit geballten Fäusten drehe ich mich um, beobachte, wie Ice dem Fremden einen rechten Haken verpasst. Sein Kiefer knackt. *Autsch ...*

Cutter geht nicht zu Boden, sondern schüttelt nur kurz den Kopf und schlägt zurück. Ice hat seine Waffe neben mir auf den Billardtisch gelegt, wahrscheinlich sollte ich froh sein, dass er Cutter nicht sofort abgeknallt hat.

Die beiden liefern sich einen heftigen Boxkampf.

Jeder teilt aus und jeder steckt ein, sie scheinen sich fast ebenbürtig zu sein. Ice ist größer und stärker, aber Cutter ist mindestens zehn Jahre jünger. Blut spritzt, die Augenbraue meines Riders platzt auf, das Blut in meinen Adern beginnt warnend zu pulsieren.

Mir reicht's!

Selbst jetzt, wo er mich mit einem anderen Kerl erwischt hat, schafft Ice es, mich zu ignorieren. Anstatt mich zu küssen und mir so zu zeigen, dass ich ihm gehöre, prügelt er sich mit diesem Psycho, der sich selbst *Schneider* nennt.

Ist das zu fassen?

Immer mehr Zuschauer haben sich um die Kämpfer gebildet, jubeln und grölen.

Ich komme mir vor, wie in einem verdammten Irrenhaus!

Ohne lang darüber nachzudenken, schnappe ich mir Ices Waffe, löse die Sicherung, ziele auf die Decke und drücke ab. Der laute Knall ist ohrenbetäubend, der Rückschlag tut mir in der Schulter weh, aber zumindest erreiche ich, was ich wollte, endlich schenkt Ice mir seine Aufmerksamkeit.

Wahrscheinlich wäre es jetzt intelligenter, die Knarre wieder abzulegen, doch ich tue es nicht, sondern lasse den Finger am Abzug und ziele direkt auf das Herz des Rockerpräsidenten.

„Weißt du was, Ice? Fick dich! Fick deinen Club, fick dein Leder und fick den gesamten Planeten! Ich habe es so satt, auf dich zu warten, ich habe es so satt, immer nur an zweiter oder dritter Stelle zu stehen. Für was hast du mich zu deiner Old Lady ernannt, wenn du mich dann ignorierst? Für was? Scheiße! Fick dich, Hell Rider! Ich bin eine Frau und wir Frauen hassen es, einsam zu sein. Es ist mein Recht, dass ich mir andere Gesellschaft suche, wenn du mich immer alleine lässt. Cutter ist heiß, er riecht gut und er ist da. Also warum sollte ich nicht mit ihm eine Partie Pool spielen? Steig du doch auf deine Harley, fahr durch die Stadt und töte irgendjemanden, aber hör verdammt noch mal auf, dich wie ein zurückgebliebener Höhlenmensch zu benehmen."

Mittlerweile schreie ich regelrecht.

Mir ist klar, dass jetzt alle über unsere Beziehungsprobleme Bescheid wissen.

Aber was soll's? *Scheiß drauf!*

Für eine Sekunde zögere ich, doch dann spreche ich auch den Rest aus, der noch auf meiner Zunge liegt.

„Man kann über Kyrill sagen, was man will, aber hey, für ihn war ich immer die Nummer eins. Vielleicht hätte ich ihn nicht bestehlen und verlassen, sondern bei ihm bleiben sollen?“

Ich kann regelrecht sehen, was dieser Satz bei Ice auslöst.

Pure, grenzenlose Wut.

Er beginnt zu zittern, an seinem Kiefer zuckt ein Muskel.

„Leg die Waffe weg, Baby!“

Mit vorgetäuschter Selbstsicherheit recke ich den Kopf in die Höhe und spanne den Abzug leicht an.

„Warum? Angst vorm Sterben, Hell Rider?“

Tief in meinem Inneren weiß ich, dass ich es gerade zu weit treibe, aber ich kann nicht anders.

Mein verletzter Stolz lässt mir keine andere Wahl.

„Nein, ich mache mir mehr Sorgen um dich, Zuckerpuppe.“

Zuckerpuppe? Ich stehe hier und ziele auf sein Herz und er nennt mich Zuckerpuppe? Das Ego dieses Rockers kennt echt keine Grenzen.

„Nicht nötig, ich stehe am besseren Ende der Pistole.“

Im Augenwinkel sehe ich, wie einige der Rider nun ebenfalls ihre Waffen ziehen und auf mich richten. Es war klar, dass sie ihren Präsidenten schützen.

Mit einer Handbewegung befiehlt Ice ihnen, ihre Knarren sofort wieder runterzunehmen. Sie tun es nur zögerlich und mit deutlichem Widerwillen.

„Baby, ich zähle jetzt bis drei. Entweder hast du die Glock dann runtergenommen oder du wirst es bereuen!“

Natürlich tue ich nicht, was er will, sondern ziehe nur herausfordernd eine Augenbraue in die Höhe.

„Ach ja? Ich bereue so vieles, da kommt es dann auf diese eine Sache auch nicht mehr an.“

Unsere Blicke treffen sich, tackern sich regelrecht aneinander fest.

Cutter wischt sich mit dem Handrücken über den blutenden Mundwinkel, zündet sich eine Zigarette an und lehnt sich scheinbar entspannt an die Wand, genau an die Stelle, an der ich ihn das erste Mal gesehen habe. Er wirkt weder nervös noch wütend, noch verängstigt, sondern eher amüsiert.

Was zum Teufel läuft hier?

Ices gemurmeltes „Eins!“, verrät mir, dass meine Frist abgelaufen ist. Noch bevor ich überhaupt kapiere, was los ist, bevor ich überhaupt sehe, dass er sich bewegt, verschwindet die Waffe aus meiner Hand und ich werde grob auf den Billardtisch gedrückt.

Meine Wange reibt über den grünen und ziemlich rauen Stoff, mit dem der Tisch bespannt ist.

Ices Mund befindet sich so nah an meinem Gesicht, dass sich unser Atem vermischt und ich die Wut spüren kann, die in Wellen von ihm ausgeht.

„Du treibst mich in den Wahnsinn, Baby. Fuck! Du bist echt der Hammer!"

Seine geflüsterten Worte lassen mich erschaudern, sein Schwanz drückt sich dick und hart gegen meine Rückseite.

„Lass mich los, du tust mir weh!"

Er lacht. Echt jetzt?

Vor einem Moment hat er noch gezittert vor Zorn.

„Ich werde noch viel mehr mit dir tun ... Aber erst muss ich dir jemanden vorstellen."

Was?

Plötzlich werde ich hochgerissen und herumgewirbelt. Ice' stahlharter Arm schlingt sich fest und besitzergreifend um meine Taille. Die Menge kapiert, dass die Show vorbei ist, und löst sich langsam wieder auf.

„Cutter, das ist Lina, meine Frau!"

Irritiert sehe ich zwischen den beiden hin und her. Das Blut der Wunden, die sie sich erst vor wenigen Minuten zugefügt haben, ist noch nicht mal getrocknet und jetzt stehen sie hier und tun so, als ob nichts gewesen wäre?

Was zur Hölle läuft hier?

Diese Hell Rider sind doch alle nicht mehr ganz richtig im Kopf!

Cutter grinst breit, stößt sich von der Wand ab und schnalzt laut mit der Zunge.

„Also doch nicht Tequila?"

Ice runzelt die Stirn, logo, er kann ja nicht wissen, auf was Cutter anspielt.

„Nicht so ganz."

Er nickt.

„Du trägst kein Leder?"

Das klingt fast nach einem Vorwurf.

„Heute war mir nicht danach."

Ice knurrt aufgebracht, was Cutter zum Lachen bringt.

„Wie ich sehe, hast du nicht gelogen, Bro. Dein Mädchen hat ordentlich Temperament."

Noch immer nicht so ganz sicher, was hier gerade läuft, versuche ich, mich von meinem Rocker loszureißen – vergeblich.

„Fahr deine Krallen aus, kämpf gegen mich an – mach was du willst, aber das wird nichts ändern, ich lasse dich nicht los!“

Mein gemurmeltes „Danke für die Warnung“, ignorierend, unterhält er sich noch kurz mit diesem Cutter und verspricht ihm, dass sie später weiterreden, dann hebt er mich hoch und trägt mich durch den Hauptraum des Clubs. Ich riskiere einen Blick über seine Schulter und sehe, wie Cutter uns mit undeutbarer Miene nachsieht.

Für eine Millisekunde spiele ich mit dem Gedanken, laut nach Hilfe zu schreien. In der Verfassung, in der Ice sich befindet, ist er zu absolut allem imstande.

Doch dann beiße ich mir auf die Lippe und sinke seufzend gegen ihn.

Es ist mir egal, dass er wütend ist, es ist mir egal, dass er mich so fest an sich presst, dass es schmerzt. Endlich ist er hier, endlich liege ich in seinen Armen und stehe im Fokus seiner Aufmerksamkeit.

Das ist genau das, was ich wollte!

Na ja, vielleicht nicht ganz auf diesem Weg, aber manchmal muss ‚Frau‘ eben Umwege gehen, um zu bekommen, was sie will.

Du hast ihn mit einer Waffe bedroht ...

Die Stimme meines Unterbewusstseins klingt fassungslos.

Ich kann es ja selbst kaum glauben.

Aber verflucht!

Ich habe ja nicht abgedrückt, also ist es ja nur halb so schlimm.

Oder?

58. Kapitel

Ice – der Präsident

Fuck! Fuck! Fuck!

Diese. Frau. Treibt. Mich. In. Den. Wahnsinn!

Die letzten Stunden, Scheiße, eigentlich den ganzen Tag schon, kann ich an nichts anderes denken, als daran, die Sache zwischen Lina und mir endlich wieder hinzubekommen. Ehrlich!

Gefühle waren nie meine Stärke und Liebe war etwas, was ich gemieden habe wie der Teufel das Weihwasser.

Aber für das Mädchen in meinen Armen, für Lina, war ich bereit, mich auf dieses Abenteuer einzulassen, selbst wenn das bedeutet, dass ich angreifbar werde. Während der kompletten Fahrt habe ich mir gedanklich zurechtgelegt, was ich und wie ich es sage.

Doch dann, als ich den Club betreten und Lina unter Cutter auf dem Billardtisch liegen gesehen habe, sind mir die Sicherungen durchgebrannt.

Es war nicht nur der Körperkontakt, der dafür gesorgt hat, dass mir das Blut in den Adern gefroren ist, sondern auch das Lächeln, das ihm *meine Lady* geschenkt hat, und der gierige Ausdruck, der in Cutters Augen stand!

Fuck! Scheiße! Ich denke zu oft ... Fuck ...

Seit sich diese Schwestern in unserem Club aufhalten, stehe ich an der Schwelle zum Wahnsinn.

Ich weiß genau, wie es meinem Bruder geht, ich weiß es, weil es mir genauso geht. Cutter ist der zweite Sohn meiner Mutter, jedoch von einem anderen Vater. Wir sind nicht zusammen aufgewachsen, wir haben uns als Kinder nie gesehen, ich habe erst nach meinem achtzehnten Geburtstag von ihm erfahren und ihn damals gesucht. Schon bei unserem ersten Treffen stand fest, dass wir zusammenbleiben. Das mag jetzt komisch klingen, aber so war es nun mal.

Er ist neun Jahre nach mir den Hell Riders beigetreten und ist seitdem für den Club im ganzen Land unterwegs.

In dieser Hinsicht ist er wie sein Zigeunervater ...

Wenn er sich zu lange an einem Ort aufhält, dreht er durch.

Der Grund, aus dem er gekommen ist, war Bentleys bevorstehende Hochzeit und die Tatsache, dass ich einer Frau meine Kutte angezogen habe. Er wollte mit eigenen Augen sehen, welches Mädchen es geschafft hat, mich an die Leine zu legen, wie er es nennt.

Jetzt hat er sie kennengelernt und ich weiß, dass er begehrt, was mir gehört.

Zur Hölle!

Ich kann es Cutter nicht mal übel nehmen, Lina zieht mit der Lebensfreude, die sie ausstrahlt, nun mal Männer wie mich, ihn und Kyrill magnetisch an.

Sie ist das Licht und wir sind die Wesen der Dunkelheit.

Wir schenken den Tod, wir tragen ihn in uns und sind dann, wenn wir einem Geschöpf wie Lina begegnen, von der Lebendigkeit, die es ausstrahlt, fasziniert.

Die Wut in meinem Inneren wird bei jedem Schritt weniger, lässt nach und löst sich dann gänzlich in Luft auf.

Alles was bleibt, ist eine tiefe Zufriedenheit.

Meine Süße hat mich mit einer Waffe bedroht, sie hat direkt auf mein Herz gezielt. Das kann nur eines bedeuten: dass sie mich liebt.

Mit einem breiten Grinsen sperre ich die Wohnung auf, trage meine Beute direkt ins Schlafzimmer und halte sie noch für einen kurzen Moment fest, ehe ich sie abstelle, ihr Gesicht umfasse und meine Lippen gierig auf die ihren presse.

Sollte jetzt die Welt untergehen, es wäre mir egal.

Alles was zählt, ist die Frau in meinen Armen und die Gewissheit, dass ich endlich bereit für sie bin.

Das störrische Weib versucht, den Mund zusammenzupressen und sich mir zu verweigern, doch ich bohre mich mit meiner Zunge hinein, koste die samtige Weichheit und trinke ihren süßen Geschmack. Hungrig wühle ich durch die Höhle ihres Mundes, erkunde jeden Winkel und fordere sie so auf, es mir nachzutun.

Für eine Weile bleibt sie noch reglos, dann krallt sie sich an mir fest und küsst mich so stürmisch, dass es mir den Atem verschlägt.

Holy Shit!

Diese Frau hat ein Feuer in sich, an dem ich mich auf kurz oder lang verbrennen werde.

Keuchend beißt sie mir in die Unterlippe, leckt über die schmerzende Stelle und schlingt mir die Arme um den Nacken, während sie sich auf die Zehenspitzen stellt, um mir noch näher sein zu können.

Der Kuss zieht sich in die Länge, gewinnt an Intensität und lässt meinen Schwanz vor Ungeduld zucken.

Davon werde ich niemals genug bekommen ...

Ich war nie ein großer Küsser, sondern eher so der Ficker, doch seit Lina hat sich das geändert.

Erst als sie sich schwer atmend von mir löst, nach Luft schnappt und mich unter halb gesenkten Lidern ansieht, ergreife ich das Wort.

„Du hast mich mit *meiner eigenen* Waffe bedroht."

„Du hattest es verdient!"

Ich bezweifle, dass sie damit nur auf die Tatsache anspielt, dass ich wegen ihr meinem eigenen Bruder aufs Maul gehauen habe.

„Womit?"

„Wenn du das echt fragen musst, bereue ich, dass ich nicht abgedrückt habe!"

Gott!

Sie kann so froh sein, dass sie in den letzten Wochen zum wichtigsten Menschen für mich geworden ist. Jedem anderen, der damit droht, mich zu töten, hätte ich längst ein paar Knochen gebrochen.

Meine Faust in ihren Haaren vergrabend, reiße ich ihren Kopf nach hinten und sehe ihr tief in die Augen.

„Wenn ich dich jemals wieder ohne mein Leder herumspazieren sehe, werde ich dich übers Knie legen. Verstanden?"

Empört macht sie den Mund auf, doch bevor sie etwas sagen kann, halte ich ihn mit meiner freien Hand zu.

„Stopp! Ehe du jetzt wieder zu zicken anfängst, muss ich dir etwas sagen!"

Wut blitzt in ihren katzenhaften grünen Augen auf.

Wenn sie *jetzt* eine Waffe hätte, würde sie unter Garantie abdrücken.

„Ich habe mich wie ein Arschloch verhalten, bin dir aus dem Weg gegangen und habe versucht, das, was da zwischen uns ist, zu zerstören. Fuck, Baby! Du hast mit deinem plötzlichen Auftauchen mein Leben auf den Kopf gestellt. Du hast mich aus der Bahn geworfen und mich Dinge fühlen lassen, für die ich noch nicht bereit war."

Ich mache eine Pause, kann nicht fassen, dass ich das tatsächlich alles laut ausspreche.

„Es hat lange gebraucht, bis ich eingesehen habe, dass es okay ist, dich zu behalten, dass es okay ist, dich für mich zu wollen, und dass es okay ist, dich zu lieben!"

Bis zu dem Moment, in dem mir die Wörter über die Lippen kommen, war ich mir nicht sicher, ob ich genug Mut habe, sie auch zu sagen.

Morddrohungen, Flüche und falsche Alibis sind für mich kein Problem, aber eine Liebeserklärung ist etwas völlig Neues für mich.

Linas Augen weiten sich, werden groß und feucht, zaghaft umfasst sie mein Handgelenk, zieht so die Finger von ihren Lippen und sieht mich weiterhin unverwandt an.

„Du liebst mich?"

Ich nicke. „Ja, das tue ich!"

Sie schluckt. „Das heißt, ab jetzt wird sich einiges ändern, oder?"

Allerdings

„Kein Weglaufen mehr. Versprochen!"

Ihre Tränen laufen über.

„Versprich nicht, was du nicht halten kannst, sonst knalle ich dich doch noch ab, das schwöre ich dir bei meinem Leben!"

Ein Lachen löst sich aus meiner Kehle.

„Wie passend, denn die Gewissheit, dass ich nicht mehr ohne dich sein kann, hat sich in dem Moment in mir ausgebreitet, als ich einen Menschen erschossen habe."

Meine Süße erschaudert.

„Das ist nicht romantisch."

Ich zucke mit den Schultern.

„Aber wahr. Das Leben ist nicht romantisch. Es ist hart, blutig und tödlich. Und aus genau diesem Grund brauche ich dich, Baby. Du bist mein Paradies, du schenkst mir einen Frieden, den ich eigentlich gar nicht verdient habe, aber nach dem ich süchtig bin."

Sanft streicht sie mit ihren Lippen über die meinen.

„Bist du dir sicher, dass du das, was du gerade gesagt hast, morgen früh bei Tagesanbruch nicht bereuen wirst?"

Todsicher.

„Das Einzige was ich bereue, sind die Tage, an denen ich versucht habe, von dir loszukommen."

Ein leises Schniefen ausstoßend, birgt sie ihr Gesicht an meinem Hals und haucht einen zärtlichen Kuss auf mein Ohr, der mich erzittern lässt.

„Ich liebe dich, Ice. Wahrscheinlich tue ich das seit unserer ersten Nacht."

Sanft schiebe ich Lina etwas von mir, sodass ich sie ansehen kann.

„Seit unserer ersten Nacht?"

„Ja, die war etwas Besonderes. Ich wusste nicht, was mich erwartet, als du mich hierher in deinen Motorcycle Club gebracht hast, und das, was dann passiert ist, war unglaublich."

Stimmt, die Erinnerungen an damals haben sich mir auch auf ewig ins Hirn gebrannt.

„Du und ich für immer?"

Meine Frage hängt schwer im Raum, dass sie schon längst zugestimmt hat, mein Leder zu tragen, spielt im Augenblick keine Rolle. Unsere Zukunft beginnt jetzt und hier ..."

„Ja, du und ich für immer."

Ein heißes Kribbeln breitet sich in meinen Zehenspitzen aus, wandert an meinen Beinen nach oben und ergreift von mir Besitz.

„Fuck. Baby ich liebe dich."

Sie grinst mich unsicher an.

„Du weißt, was das bedeutet?"

„Yeah, Erdbeereis, das nach Käsekuchen schmeckt um Mitternacht, ein Leben voller Glück und dich für immer an meiner Seite."

Meine Stimme klingt rau und heiser, das, was diese Frau in mir auslöst, kann einfach nicht in Worte gefasst werden. Mit ihren kleinen Fingern umfasst sie meinen Kiefer, reibt mit der warmen Daumenkuppe über meine Lippen.

„Beschütze mich, fang mich, rette mich, besitze mich, liebe mich und küss mich, Rocker. Zeig mir, wie sehr du mich willst und lass mich spüren, dass ich dir gehöre!"

Das muss sie mir nicht zweimal sagen.

Mit einem unstillbaren Hunger beiße ich mich an ihrem Nacken fest, hebe sie hoch und lasse mich mit ihr in den Armen auf das Bett fallen. Ihre Füße sind an meinem Rücken überkreuzt und ihre Titten pressen sich fest gegen meinen Oberkörper.

Bei allen Ridern!

Noch nie hat sich etwas so gut und so richtig angefühlt, wie Lina unter mir liegen zu haben, ihre Lippen auf den meinen und ihre Hände unter meiner Kutte.

Ich liebe diese Frau, es hat lange gedauert, bis ich das endlich kapiert habe, aber jetzt, wo ich es weiß, kann ich es kaum erwarten, dass wir uns ein gemeinsames Leben aufbauen.

Ich will ein Haus, ein Kind, einen Hund und alles, was das verfickte Leben zu bieten hat.

Und was das Wichtigste ist, ich will es jetzt, mit dieser Frau, und zwar sofort!

59. Kapitel

Lina

Glück ist etwas, das man nicht kaufen, nicht suchen und nicht finden kann.

Glück ist etwas, für das man selbst verantwortlich ist.

Ich habe nie an die wahre Liebe geglaubt, ich wollte keinen Prinzen, kein Märchen auch kein Happy End.

Ich wollte Abenteuer, ein spannendes Leben voller Aktion, böser mächtiger Männer, Champagner und jede Menge Glitzer und Feenstaub.

Doch das Leben hatte einen anderen Plan für mich und ich muss zugeben, dass der gar nicht so schlecht ist.

Ice und ich haben uns gefunden, wir haben erst gegeneinander und dann füreinander gekämpft und wir haben gewonnen!

Jetzt habe ich einen starken, bösen Prinzen, der nicht zögert, wenn es darum geht, mich vor all den vielen Ungeheuern dieser Welt zu beschützen.

Das Glitzern in seinen Augen, wenn er von Liebe spricht, lässt mein Herz schmelzen und das mit dem Feenstaub, Scheiße – Feen gibt es doch gar nicht.

Und weil es gerade so schön ist, weil ich so glücklich bin und weil es sich so richtig anfühlt, genau hier zu sein, wo ich gerade bin, beschließe ich, dass ich mein ganz persönliches Happy End gefunden habe.

Meine Geschichte war nicht immer rosa und plüschig, aber dafür war sie echt ...

Zumindest so echt eine erfundene Biker Romance eben sein kann.

Ich hoffe, sie hat euch gefallen, ich hoffe, ihr habt mit Ice, Bentley meiner Schwester und mir mitgefiebert und ich hoffe, dass wir uns in euren Träumen wiedersehen ...

Lebt wohl ihr süßen Buchstabenjunkies, lasst es euch gut gehen, klappt dieses Buch zu und macht euch auf die Suche nach eurem ganz persönlichen Märchen.

Und nicht vergessen, Prinzen müssen nicht unbedingt auf einem Pferd angeritten kommen und Strumpfhosen tragen.

Manchmal sehen sie ganz anders aus, als man denkt ...

Ende

Buchempfehlung

Kennt Ihr die weiteren Rocker Romane von Bärbel Muschiol?

1. Rocker Dämon – Ace und Amy
2. Rocker Devil – Slide und Ellen
3. Rocker Bastard – Razzor und Nicki
4. Rocker Heart – Spider und Abigail
5. Rocker Ghost – Ghost und Angel

Ihr könnt die Rocker Romane als Taschenbücher und eBooks lesen!

„Rocker Dämon – Ace und Amy"

Klappentext:
Es ist ein Deal, um ihren Vater zu retten. Amy liefert sich Ace, dem dämonischen Präsidenten der Dead Riders aus. Doch schon bald genießt sie diese neue und gefährliche Welt des gefürchteten Rockerclubs. Das vollkommene Ausgeliefertsein, Aces Gier und der harte, bedingungslose Sex führen sie in immer neue Höhen. Aber die Schatten der Vergangenheit drohen das neue Glück zu zerstören. Gewalt bricht über die Familie der Riders herein und führt in ein tödliches Blutbad. Prickelnde Erotik, gnadenlose Härte und Dominanz und wahre Freundschaft zeichnen diese spannende Geschichte aus, die mehr als eine Lovestory ist: furchteinflößend, dabei sexy, verdammt heiß und voller Gefühl!

Taschenbuch ISBN: 978-3-95573-549-4
eBook ISBN: 978-3-95573-550-0

Klarant Verlag

Lernen Sie die Titel des Klarant Verlages kennen und besuchen Sie uns im Internet unter:

www.klarant.de

Sie können dort Näheres über unsere Autoren erfahren, viele weitere interessante Bücher und eBooks finden und Leseproben herunterladen.

Mit dem kostenlosen Newsletter unter

www.liebe-lesen.de

erhalten Sie aktuelle Informationen rund um das Verlagsprogramm, wie beispielsweise spannende Neuerscheinungen und Gewinnspiele.